Paul Scott wurde 1920 in Palmers Green (Nord-London) geboren. Beide Eltern waren Gebrauchsgraphiker. Von 1943 bis 1946 diente er als Nachrichtenoffizier und Versorgungsspezialist bei der britischen Luftwaffe in Indien. Nach dem Krieg wurde er Mitarbeiter einer literarischen Agentur in London. Seit 1960 widmete er sich ganz seinen eigenen Werken. Während der Arbeit am *Reich der Sahibs* unternahm er mehrere Reisen nach Indien. In den Jahren von 1950 bis 1978 schrieb Scott insgesamt 13 Romane, die zu seinen Lebzeiten mäßigen Erfolg hatten. 1977, während eines Aufenthalts als Gastdozent an einer amerikanischen Universität, wurde er mit Krebs ins Krankenhaus eingeliefert. Den Booker-Preis, der ihm in diesem Jahr verliehen wurde, konnte er nicht mehr persönlich entgegennehmen. Er starb am 1. März 1978.
Über ›Das Juwel in der Krone‹, den ersten Band von Paul Scotts Romanzyklus *Das Reich der Sahibs,* schrieb die *Frankfurter Allgemeine:*

»Der Roman ist spannend und doch nicht reißerisch, er ist erschütternd und doch nicht sentimental. Und er ist fair. Die Ironie des Autors gilt gleichermaßen indischer Hitzköpfigkeit und englischer Blasiertheit.«

# PAUL SCOTT

DAS REICH DER SAHIBS

Das Juwel in der Krone

Der Skorpion

Die Türme des Schweigens

Die Teilung der Beute

# PAUL SCOTT

# DER SKORPION

KLETT-COTTA

Aus dem Englischen übersetzt von
Manfred Ohl und Hans Sartorius

Für Fern und John
voll Achtung und tiefer Zuneigung

# PROLOG

In einer vorwiegend von Hindus bewohnten Stadt begegnete der Autor in einer der engen Gassen im Viertel der Geldverleiher einmal einer Moslemfrau. Er hatte das Gefühl, sie wollte sich Geld leihen. Sie trug eine *burkha* – dieses unhygienische Kleidungsstück, das seine Trägerin von Kopf bis Fuß einhüllt und aus einer Frau das wandelnde Symbol der unzulänglichen städtischen Müllabfuhr macht. Die *burkha* gewährt niemandem auch nur einen Eindruck von den Augen ihrer Trägerin hinter den Schlitzen, durch die sie die fröhliche Welt beobachtet; sie wird verlockt, ohne zu verlocken; dieses Gewand entflammt zwar mit aller Wahrscheinlichkeit ihre Leidenschaften, dämpft jedoch die Hoffnung auf ihre Erfüllung . . . Bedauert diese Frau wegen der prickelnden Erregung, die sie quälen muß!

Nachdem die Frau vorübergegangen war, lag der Duft von Chanel No. 5 in der Luft. Man konnte daraus schließen, daß sie Geld brauchte, weil sie teure Dinge liebte. Vielleicht hatte sie ein rebellisches Wesen. Vielleicht quälten sie widerstreitende Ideen und Absichten. Möglicherweise beugte sie sich aber nur dem Willen ihres Mannes und überschüttete sich zu seinem persönlichen Vergnügen mit diesem Parfüm, ohne zu ahnen, daß der Duft eine verführerische Aufforderung an jedermann war, und ging an diesem Tag nur durch die Straße der Geldverleiher, um den Weg zur Moschee abzukürzen. Das alles ereignete sich an einem Freitag, und im Koran steht geschrieben: »Ihr Gläubigen, wenn am Freitag der Ruf zum Gebet ertönt, eilt zum Dienst an Allah und lasset alle Geschäfte ruhen. Das wäre das Beste für euch, wenn ihr es nur wüßtet. Nach den Gebeten gehet auseinander und suchet Allahs Gaben.« Vielleicht wollte sie nach dem Gottesdienst auf demselben Weg zurückgehen.

Wenn die Frau tatsächlich zum Gottesdienst eilte, war die Große Moschee im Herzen der Stadt ihr Ziel. Das Minarett der Großen Moschee ist nicht das einzige Minarett in Ranpur, aber es ist das höchste und das einzige, von dem heute noch der Ruf zum Gebet ertönt; die anderen Moscheen von Ranpur dienen nicht mehr als Gotteshäuser. Einige sind zerfallen, andere, besser erhaltene, werden von der Stadtverwaltung als Lagerhäuser benutzt. In Ranpur leben noch Moslems, doch die Zeiten sind vorbei, in denen sich an den großen Festen *Id al-fitr* und *I al-Adzha* Tausende von Gläubigen aus der Stadt und den umliegenden Dörfern der Ebene in den Moscheen versammelten. Die Zeiten sind vorbei, weil die vielen tausend Gläubigen nicht mehr da sind. Manche der Zurückgebliebenen betrauern immer noch Freunde und Verwandte, die sich für den Islam entschieden hatten, das Land der Verheißung jedoch nie erreichten, weil sie auf dem Weg starben – einige an Krankheiten, viele durch Gewalt. Hin und wieder begegnete dem Zug, in dem sie reisten, ein anderer Zug, der aus dem islamischen Land kam und von Passagieren überquoll, die weder den Islam gewählt hatten, noch sich damit abfanden, in den Häusern, in denen sie geboren worden waren, plötzlich unter ihm zu leben. Auch diese Menschen trauerten um das, was sie zurückgelassen hatten; sie trauerten um Freunde und Verwandte, die die Reise mit ihnen begonnen, aber nicht überlebt hatten. Einige der Überlebenden ließen sich in Ranpur nieder. Ranpur war und ist immer noch eine wachsende Stadt, der Sitz der Provinzregierung. Es gibt dort Tempel und Badeplätze an den Ufern des heiligen Flusses, mit Stufen und Verbrennungsplätzen. Brücken verbinden das Nordufer mit dem Südufer, das weniger dicht bevölkert ist als der Norden, wo periphere und tangentiale Industrieansiedlungen Schornsteine in die Landschaft gesetzt haben, die höher sind als alle Minarette. Aus der Luft wirkt diese Ausbreitung um den alten Stadtkern herum wie eine Art Ornament. Auf der Erde bemerkt man es nicht (abgesehen von der militärischen Präzision, mit der die Straßen und Anlagen des Garnisonsviertels von einem Volk erbaut worden sind, das ebenfalls nicht mehr da ist). Der Stadtkern selbst ist ein Labyrinth enger Straßen und Gassen, in denen man sich nur allzu leicht verirrt; wenn das geschieht, wundert man sich, daß es jemanden geben soll, der eine Abkürzung zur Moschee oder zu einem anderen Platz kennt – ganz zu schweigen davon, sie auch noch zu finden. In diesem Labyrinth hat man den Eindruck, keine noch so lange Erfahrung werde einem je diese souveräne Ortskenntnis vermitteln; die Verwirrung scheint beinahe gewollt zu sein. Vielleicht ist sie aus dem Bedürfnis heraus entstanden, sich zusammenzudrängen, um nicht von einem Land vernichtet zu werden, das sich menschlicher Besiedlung gegenüber bestenfalls gleichgültig zeigt und sich ihr schlimmstenfalls feindselig widersetzt.

Wenn man die engen Straßen und von Menschen wimmelnden Gassen hinter sich läßt, erreicht man ein Gebiet, das früher durch den Namen Zivilistenviertel ausgezeichnet war. Es ist eine Gegend mit breiten Alleen und geräumigen Bungalows, die inmitten großer, von Mauern umgebener Grundstücke stehen, die in der palladianischen Pracht der Residenz des Gouverneurs, dem Amtssitz des Ministerpräsidenten und des Abgeordnetenhauses ihren Höhepunkt findet. Wenn man noch weiter nach Osten geht, kommt man am Maidan, am staatlichen College, am Krankenhaus und an den Filmateliers vorbei und erreicht dann das Garnisonsviertel. Jemand nannte es einmal »Aldershot« – ein Aldershot allerdings, wo man Bäume gepflanzt hat, die Schatten spenden, anstatt sie zu fällen, um Platz zu schaffen. Auf diesem Weg läßt man die eine geschichtliche Periode hinter sich und gelangt in eine andere. Man spürt, daß das Volk von der kleinen fernen Insel Britannien, das hier Gebäude errichtet und sich niedergelassen hat, versuchte, in (seiner Meinung nach) angemessenen architektonischen Formen dem Gefühl seiner Freiheit Ausdruck zu verleihen und dem Gefühl, endlich Raum um sich zu haben, endlich ein Land von beachtlicher Länge und Breite zu besitzen, das anscheinend ideale Bedingungen bot, um konkret und abstrakt den Beweis für das außergewöhnliche Talent dieses Volkes zu liefern, Dinge erfolgreich in die Hand zu nehmen. Aber auch hier herrscht ein Gefühl der Enge, als seien unerwartete Grenzen erreicht und akzeptiert worden, mit denen man sich vernünftig und ohne großes Aufheben abfand. Da es zu spät ist, die Dimensionen zu verkleinern und alles zusammenzudrängen, vermittelt jede Straße und jedes Gebäude den Eindruck, sich nach innen zu richten, um einer Belagerung zu trotzen. Sucht man in Städten wie Ranpur nach Zeichen, daß dieses Inselvolk etwas Wertvolles zurückgelassen hat, könnte man eine oder mehrere der öffentlichen Einrichtungen und Anlagen als sichtbaren Beweis nehmen: Straßen, Eisenbahn und Telegrafenämter für ein modernes Kommunikationssystem; das Gericht für ein differenziertes Zivil- und Strafrecht, das College für eine Bildung auf Universitätsniveau, das Abgeordnetenhaus für eine demokratische Regierung, den Regierungssitz für eine Verwaltung, die nach dem aufwendigen Vorbild der Regierung in Whitehall entstanden ist; die Clubs für den Maßstab städtischen und zivilisierten Lebens, die Offiziersmessen und Kasernen für ein Ideal des militärischen Dienstes für das Vaterland. Dies alles wurde zweifellos als Erbe hinterlassen. Zu diesem Erbe gehören auch die Sprache und die Grabhügel auf dem englischen Friedhof von St. Luke's im ältesten Teil des Garnisonsviertels (wo viele Grabsteine von einem frühen Tod künden, von einem Ende vor dem Höhepunkt oder auf dem Höhepunkt des Lebens, mit allem, was an nicht zu Ende geführten

Aufgaben damit einhergeht). Aber nicht diese Dinge beeindrucken den Fremden bei seinem Gang durch das Zivilistenviertel, durch die alte Stadt (wo er sich verirrt und in der Straße der Geldverleiher eine vorübergehende Frau in der *burkha* bemerkt) und zurück zum Amtssitz des Ministerpräsidenten, dem Abgeordnetenhaus, der Residenz des Gouverneurs und von dort weiter in das alte Garnisonsviertel. Sie beeindrucken ihn nicht, weil er auf der Suche ist nach Anhaltspunkten für eine Verbindung der Gegenwart mit der Realität vor zwanzig Jahren, einem Echo zum Beispiel auf die Affäre im Bibighar-Park. Kein Denkmal kündet von dem, was ihn beeindruckt. Aber alle diese Dinge bezeugen es: Hier in Ranpur und in Städten wie Ranpur erreichten die Engländer das Ende ihrer selbst als Engländer im alten Sinn.

Mehr als zweihundert Meilen südwestlich von Ranpur, jedoch noch immer in der Provinz, deren Hauptstadt Ranpur ist, liegt das Städtchen Premanagar – und etwa fünf Meilen weiter, an der Stelle einer gleichnamigen früheren Stadt erhebt sich die Festung Premanagar.

Premanagar läßt sich mühelos als Premman*ag*gar aussprechen. Die Briten alten Stils nannten es Pre*mah*'n'gh, wobei sie die zweite Silbe stark betonten und die dritte und vierte beinahe verschluckten. Dadurch erhielt die Festung einen Status wie etwa ein Zelt, das man als Pavillon bezeichnet. Ursprünglich war die Festung von den Radschputen erbaut und von den Moghulen teilweise zerstört und wieder instand gesetzt worden, die es gegen die Mahratten verteidigten und an die Briten verloren. Um die Mitte des neunzehnten Jahrhunderts diente es einem englischen Freibeuter zweifelhafter Herkunft namens Turner eine Zeitlang als Standquartier. Er warb eine Kompanie Söldner an, die er »Turner's Horse« taufte. Seine Männer terrorisierten das Land und waren, wie man erzählt, ihrem Anführer treu ergeben. Neben seinen Söldnern hatte Turner sechs Frauen und ein bescheidenes Vermögen, das er in Kalkutta beim Spiel verlor, als er versuchte, eine siebte Frau zu kaufen. Er starb bei einer Schießerei, der die meisten Historiker des Sepoyaufstandes von 1857 keine Aufmerksamkeit widmen, vermutlich deshalb, weil (soweit man sehen kann) kein besonderer Anlaß sie auslöste und sie insgesamt ohne Folgen blieb. Eine alte Daguerreotypie zeigt Turner als einen Mann mit Backenbart und starren blassen, vermutlich blauen Augen. Wahrscheinlich wurde er ermordet. Seine Söldner starben entweder mit ihm oder verschwanden auf der Suche nach neuen Abenteuern; und so überlebte keiner von Turners Reitern, um die Erinnerung an ihn wachzuhalten. Man erzählt, Turner sei von einer Preßpatrouille als Matrose angeheuert worden und in Madras desertiert, um sein Glück im Landesinnern zu suchen. Wie die Wahrheit auch sein mag, auch Turner ist eine Leiche im Fundament des Britischen Empire, jener anderen Festung, die langsam zerfällt . . .

In den Fundamenten der Festung Premanágar wurden tatsächlich Menschen lebend begraben. Das entsprach der Sitte der Zeit; doch die Eltern (manchmal auch die Frauen) der jungen Männer, die man bei lebendigem Leib einmauerte, damit sie der Festung Glück bringen sollten, wurden großzügig entschädigt. Man erzählt jedoch, das Unglück dieser Festung sei darauf zurückzuführen, daß der Schatzkämmerer am Hof des Radschputenfürsten, der sie erbaute – und einen vielversprechenden jungen Mann mit seiner kindlichen Frau einmauern ließ – die Rente der beraubten Familie fünf Jahre lang in die eigene Tasche steckte, ehe der Vater des jungen Mannes den Mut aufbrachte, den Schatzkämmerer anzuklagen und auf diese Ungerechtigkeit hinzuweisen. Es ist nicht bekannt, was mit dem Schatzkämmerer und dem Kläger geschah. Aber das ganze ist ohnedies nur ein Gerücht und klingt nach einem Märchen, das später erfunden wurde, um ein Unglück zu erklären oder zu verbrämen. Die Briten hatten – wie üblich – den größten Nutzen. Sie übernahmen eine teilweise zerfallene Festung und hüteten sie mit ehrfürchtiger Entschlossenheit, als erfülle sie der Gedanke, etwas zu verändern, was sich hinterher zu ihrem Nachteil herausstellen könnte, mit größtem Entsetzen. Bis 1939 diente das Fort als Militärgefängnis und war ein beliebter Schauplatz für militärische Gefechtsübungen, die so mancher ergraute Oberst leitete, der vergessen hatte, daß er als rosiger Subalterner stets gefunden hatte, solche Manöver lenkten ihn von dem ab, wozu er eigentlich auf der Welt sei.

Nach 1939 wurde das Fort ein Gefängnis – für Zivilisten und nicht mehr für Soldaten. Zu der Festungsanlage gehören die Überreste der alten Verteidigungsmauer, ein zerfallener, entweihter Hindutempel in der Nähe des ehemaligen Südtores, eine noch intakte innere Verteidigungsmauer, eine hübsche Moschee, zwei Brunnen, ein Fahnenmast und ein ummauerter Innenhof mit roter Erde. In diesem Innenhof legte der berühmteste Gefangene der Festung einen Garten an, um sich die Zeit von seiner Einlieferung im August 1942 bis zur Entlassung zu vertreiben. Spuren davon sind immer noch vorhanden. Hätte er etwas mehr Glück gehabt als Turner, hätte die Erinnerung an ihn durch eine beliebte Sitte der Inder lebendig gehalten werden können, einen Ort nach seinem Gründer oder seinem berühmtesten Bewohner zu benennen. Aber niemand spricht heute von Kasims Garten. Außerdem war es wirklich nur ein Gärtchen.

Am Fuß des Hügels, auf dem das rote Sandsteinfort sich in der massigen Unbeweglichkeit seines funktionalen Niedergangs erhebt, befinden sich andere Ruinen. Hier führte 1926 eine Gruppe Franzosen Ausgrabungen durch. Der Expeditionsleiter wurde vom Distriktskommissar und vom Provinzgouverneur zur *persona non grata* erklärt, nachdem eine englische Dame, eine gewisse Miss Frayle, Klage gegen Professor Lebrun erhoben und behauptet hatte, er habe eine unsittliche Bemerkung gemacht, während er ihr einen gerade ausgegrabenen Fries mit hinduistischen erotischen Szenen erklärte. Die Expedition reiste belustigt und mit gallischem Unmut unter allgemeinem Schulterzucken nach Pondicherry ab; die neugierigen Engländer, die daraufhin archäologisches Interesse an den Ausgrabungen in Premanagar entwickelten, stellten fest, daß diese erotischen Szenen enttäuschend harmlos waren, sogar so harmlos, daß Miss Frayles Ruf darunter litt und sie die Koffer packte und nach Persien entschwand.

Vor den Ruinen erstreckt sich die Ebene. Die Zeit, spärliche Regenfälle, gelegentliche Überschwemmungen und eine armselige Landwirtschaft haben hier ihre Spuren hinterlassen: Ein Gewirr alter ausgetrockneter Flußläufe *(nullahs)* und kümmerliche grasbewachsene Bodenwellen, über die Ziegenherden mit ihren Glöckchen zogen und ziehen, den Schatten der wenigen Bäume und Büsche suchend, deren dürre Blätter gelb vom Staub sind, der von den unbefestigten Seitenstreifen der Straße aufgewirbelt wird. Die Straße ragt aus dieser ausgetrockneten Landschaft heraus wie eine verhärtete Arterie. Das Blut des Landes, der Verkehr, fließt hier dünn und unregelmäßig. Selbst heute kann man am Straßenrand stehen und stundenlang nichts anderes hören als das gelegentliche Läuten der Ziegenglöckchen und den Wind in den Telefonleitungen. Der Wind ist heiß. Mittags verschwimmen die Umrisse der Festung in der flirrenden, schimmernden Luft. Aus einer gewissen Entfernung wirken sie wie eine Luftspiegelung, und zu bestimmten Zeiten im Jahr rufen sie unter den richtigen klimatischen Bedingungen tatsächlich eine Fata Morgana hervor. Man sieht dann ein genaues Ebenbild der Festung, das manchmal auf dem Kopf steht und über dem Boden schwebt. Engländer, die diese Erscheinung sahen, erinnerten sich dabei an Kipling oder an A. E. W. Mason und sehnten sich nach dem Sonnenuntergang, denn zu dieser Stunde war es Sitte, den Körper zu erfrischen und dem Geist von der ansonsten schwer lastenden Bürde der Pflicht Erleichterung zu verschaffen.

Ranpur und die Festung Premanagar sind die beiden ersten Schauplätze der Geschichte, die hier erzählt werden soll.

# TEIL EINS
# DER GEFANGENE IN DER FESTUNG

# EINE VERHAFTUNG
# 1942

## I

Der ehemalige Ministerpräsident Ali Kasim wurde am 9. April 1942 um fünf Uhr morgens in seinem Haus in Ranpur von einem höheren Polizeibeamten verhaftet, der in Begleitung von zwei bewaffneten Wachen und einer motorisierten Eskorte vorfuhr. Er hatte einen Haftbefehl nach dem Ermächtigungsgesetz bei sich. Der Beamte wartete zehn Minuten auf der falschen Seite des verschlossenen Eisentors, während der Chaudikar im Haus verschwand, um einen der Diener zu wecken, der einen anderen weckte, der schließlich Kasim weckte. Als der Beamte endlich die Eingangshalle erreichte, erwartete ihn Kasim dort bereits im Schlafanzug.

»Guten Morgen«, begrüßte ihn der ehemalige Ministerpräsident, »es tut mir leid, daß man Sie aus dem Bett geholt hat. Ist das für mich?«

»Ich fürchte ja«, erwiderte der Beamte. Kasim warf einen kurzen Blick auf den Haftbefehl, bat den Engländer einzutreten, und versprach, es würde nicht lange dauern. Kasims Frau erschien und bot dem Beamten eine Tasse Tee an, die er glaubte, unter den augenblicklichen Umständen ablehnen zu müssen. Sie nickte, als verstehe sie das, und ließ ihn allein, um ihrem Mann bei seinen Vorbereitungen zu helfen.

Zehn Minuten später kam das Ehepaar Kasim in die Eingangshalle zurück.

»Wohin bringen Sie mich?« fragte Kasim.

Der Beamte zögerte. »Ich habe den Befehl, Sie zum Amtssitz des Gouverneurs zu bringen. Mehr weiß ich nicht.«

»Ach, das ist nur eine Formalität. Sie werden mich kaum dort festhalten wollen. Ich hoffe, es wird nicht das Gefängnis von Kandipat sein. Es ist dort so feucht und deprimierend.« Er umarmte seine Frau. Der Beamte trat beiseite und betrachtete eines der vielen Porträts an der Wand – das Brustbild eines älteren Inders, der viele prächtige Orden und Auszeichnungen trug – wahrscheinlich der Vater des Exministerpräsidenten. Der Engländer stellte eine Ähnlichkeit fest. Die Kasims waren schon immer wohlhabend und einflußreich gewesen. Das Haus war groß und prächtig eingerichtet, doch es roch intensiv nach indischer Küche und indischen Gerüchen, was den Engländer immer irritierte. Er empfand das als nicht ganz zivilisiert oder auf eine Weise zivilisiert, die darauf deutete, daß man alte Kulturen nicht mit modernen vergleichen konnte.

»Ich bin bereit«, sagte Kasim.

»Haben Sie kein Gepäck?«

»Oh, das steht hier.« Kasim wies auf einen Koffer und zusammengerolltes Bettzeug an der Wand. »Ich habe gestern abend gepackt, als ich von der Kongreßabstimmung in Bombay erfuhr. Ich dachte, es würde uns Zeit sparen.«

Der Beamte warf einen Blick auf das Gepäck und kaschierte seine Reaktion – Überraschung und einen Anflug von Gereiztheit –, indem er die Lippen spitzte. Schon seit einiger Zeit waren geheime Listen aufgestellt und Vorbereitungen für die Inhaftierungen getroffen worden. Aber die Festnahmen – wenn es dazu überhaupt kommen mußte – sollten eine Überraschung sein ...

Der Beamte bückte sich wortlos, griff nach dem Gepäck und trug es hinaus zu dem wartenden Wagen. Dort nahm es ihm einer der Diener ab, die inzwischen alle geweckt worden waren und in der Auffahrt standen, um sich von ihrem Herrn zu verabschieden, der ins Gefängnis mußte.

Es war immer noch dunkel. Kasims Frau blieb im Haus. Der Engländer wartete, bis Kasim auf dem Rücksitz des Wagens Platz genommen hatte, und nickte dann den Motorradfahrern zu. Als sie ihre Maschinen antraten, setzte er sich ebenfalls in den Wagen und schloß die Tür. Der unangenehmste Teil seiner Aufgabe war vorüber; er hätte jetzt gerne seine Zigarette geraucht und steckte die Hand in die Tasche. Er wollte Kasim eine anbieten, um ihm zu zeigen, daß er seine Kooperationsbereitschaft würdigte. Bei der letzten Festnahme eines Kongreßmitglieds war es zu einer höchst widerwärtigen Szene gekommen: Sarkasmus, Beschimpfungen und auf dem ganzen Weg ins Gefängnis einen Vortrag über die Ungerechtigkeiten der englischen Herrschaft. Kasim war ein Vorbild an Zurückhaltung und gutem Benehmen. Aber schließlich war er Moslem. Und die Moslems waren Männer der Tat, nicht der Worte. Bei ihnen wußte man besser, woran man war, und sie wußten, wann sie sich mit Würde in das Unvermeidliche fügen mußten. Als der Beamte sich jedoch daran erinnerte, daß Kasim Moslem war, fiel ihm ein, daß er vermutlich nicht rauchte. Bei diesem Gedanken hielt er es für das bessere Benehmen, selbst auch nicht zu rauchen.

»Es tut mir leid, Mr. Kasim«, sagte Sir George Malcolm.

Sie befanden sich in dem großen, hohen Raum, in dem Kasim sich 1937 beim vorigen Gouverneur eingestellt hatte, um sich die förmliche und ziemlich unwillige Aufforderung anzuhören, eine Regierung zu bilden. Im Oktober 1939 hatte er sich hier wieder eingefunden, um seinen schriftlichen Rücktritt und den seiner Kollegen zu übergeben. Er war auch zu vielen anderen Gelegenheiten in dem Raum gewesen, aber bezeichnenderweise erinnerte er sich jetzt an diese beiden Anlässe.

»Bitte entschuldigen Sie sich nicht«, sagte er. »Wird Gandhi-ji auch verhaftet?«

»Ja . . . soviel ich weiß.«

»Und der Ausschuß in Bombay?«

Der Gouverneur nickte und sagte dann: »Diesmal wird groß aufgeräumt. Selbst Leute aus Ihren Distriktunterausschüssen sind dabei.«

Hinter einem der hohen Fenster wurde es hell. Kasim erkannte in einiger Entfernung deutlich die Umrisse des großen Regierungsgebäudes. Während seiner Amtszeit hatten dort die Lichter oft die ganze Nacht gebrannt. Man erzählte sich, der Vorgänger des Gouverneurs habe bei Kasims Abdankung gewartet, bis er mit seinem Adjutanten allein war, und dann bemerkt: »Gott sei Dank, jetzt kehrt hier wieder Frieden ein.« Ein englischer Regierungsbeamter hatte diese Äußerung schlagfertig mit den Worten kommentiert: »Warum auch nicht? Der Krieg dauert immerhin schon beinahe zwei Monate.« Wie alle anderen hatte auch er die alte Gewohnheit wieder aufgenommen, das Büro um vier Uhr nachmittags zu verlassen. Dann wurde im Club Tennis gespielt, ein Drink genommen, ehe man nach Hause ging, um sich für das Abendessen umzuziehen.

Der Gouverneur sagte: »Ich nehme an, Sie haben schon gestern abend gepackt. Haben Ihre Kollegen das auch getan? Was meinen Sie?«

»Vielleicht, ich weiß es nicht. Hätten sie es tun sollen?«

»Die meisten schon.«

»Sind sie alle hier im Haus?«

»Nein, sie sind woanders.«

»In Kandipat?«

Der Gouverneur gab keine Antwort. Kasim erwartete es auch nicht. Bei Massenverhaftungen wie dieser achteten die Engländer geradezu übertrieben darauf, die Orte geheimzuhalten, an denen sie führende Kongreßmitglieder hinter Schloß und Riegel hielten.

»Warum hat man mich hierher gebracht, wenn sie in Kandipat oder woanders sind?«

Der Gouverneur nahm die Brille ab, ließ sie baumeln und legte sie auf den Tintenlöscher. Auf seinem Schreibtisch herrschte Unordnung. Zu Zeiten seines Vorgängers hatte der Schreibtisch immer geradezu unangenehm aufgeräumt gewirkt.

»Ich wollte eine Unterredung«, sagte er.

»Ehe Sie mich nach Kandipat schicken?«

»Nein, ich glaube nicht nach Kandipat. Da geben Sie mir doch recht?«

Kasim lächelte. »Kann ich also wählen?«

»Möglicherweise.« Der Gouverneur lehnte sich zurück und legte eine Hand auf die Armlehne des Sessels. Mit der anderen Hand spielte er mit der Brille. »Eine dumme Sache, nicht wahr? Was haben Ihre Leute von uns erwartet? Glauben sie, wir würden ruhig zusehen, wie sie das Land lahmlegen? Kann jemand mit gesundem Menschenverstand wirklich glauben, wir würden uns erpressen lassen und Indien mitten in einem Weltkrieg einfach so die Unabhängigkeit gewähren, während die Japaner am Chindwin aufmarschieren?«

»Kann jemand mit gesundem Menschenverstand glauben, es wird etwas nützen, uns alle, bei Gandhi angefangen, einzusperren?«

»Wenn es Sie davon abhält, die Fabrikarbeiter zum Streik aufzurufen, die Eisenbahn zum Stillstand zu bringen, die Häfen zu schließen und die Soldaten die Waffen niederlegen zu lassen . . . dafür haben Sie gestern in Bombay gestimmt.«

»Ich nicht, Gouverneur-ji.«

»Nein, Sie nicht, weil Sie im letzten Jahr aus dem Kongreßkomitee ausgetreten sind. Aber aus der Kongreßpartei sind Sie nicht ausgetreten. Es hat Gerüchte gegeben, daß Sie daran denken.«

»Diese Gerüchte sind unbegründet.«

»Sind sie das? Sind sie das wirklich?«

Kasim legte die Hände zusammen.

»Zum größten Teil sind sie das Ergebnis des Wunschdenkens von, sagen wir zum Beispiel, Mr. Dschinna.«

Der Gouverneur lachte. »Ja, davon habe ich gehört. *Stimmt* das? Dschinna hat Ihnen ein Portefeuille in Bengalen oder Sind versprochen, wenn Sie zur Liga übertreten . . .«

»Sagen wir einfach, sein Interesse wurde durch meinen Austritt aus dem Kongreßkomitee geweckt. Ein gewisser Herr wurde beauftragt, mich über meine künftigen Absichten zu befragen. Es ist richtig, daß es bestimmte Andeutungen über eine rosige Zukunft an der

Spitze einer der Provinzen mit Moslemmehrheit gab, doch etwas Bestimmtes wurde nicht versprochen.«

»Und Ihre Antwort?«

»Hielt sich an die Wahrheit. Ich erklärte, ich sei aus dem Ausschuß ausgetreten, um mich mehr meinen juristischen Aufgaben widmen zu können, und außerdem sei ich kein Opportunist. Vielleicht sollte ich betonen, daß ich das wirklich nicht bin, ehe wir weitersprechen. Ich glaube, Sie denken daran, mir ein Schlupfloch anzubieten, das mir ersparen soll, ins Gefängnis zu wandern.«

»Nein, kein Schlupfloch. Aber es wäre eine schreckliche Verschwendung Ihrer Zeit und Ihrer Fähigkeiten, wenn Sie in dem Moment ins Gefängnis wandern würden, in dem Sie ernsthaft in Erwägung ziehen, aus der Kongreßpartei auszutreten, nicht wahr?«

»Ich ziehe es nicht ernsthaft in Erwägung, Gouverneur-ji. Ich ziehe es überhaupt nicht in Erwägung und habe es auch nie getan.«

»Werden Sie es jetzt in Erwägung ziehen?«

»Werden Sie mir Gründe nennen, weshalb ich es tun sollte?«

Der Gouverneur beugte sich vor, setzte die Brille wieder auf und nahm einen Bleistift in die Hand. »Ja, Mr. Kasim, ich werde Ihnen Gründe nennen, obwohl sie meiner Ansicht nach alle auf einen Grund hinauslaufen: Sie sind nicht mehr mit der Politik der Kongreßpartei einverstanden. Sie sind schon lange nicht mehr damit einverstanden und entfernen sich emotional und intellektuell von Woche zu Woche weiter von Ihrer Partei. Sie hatten wenig Verständnis dafür, daß die Kongreßpartei nach den gewonnenen Wahlen in den Provinzen 1937 zögerte, Regierungen zu bilden. Sie hatten wenig Verständnis für die Parole, mit der der Kongreß das Gesicht wahren wollte, und die ihm erlaubte, die Regierung zu übernehmen, nur um zu beweisen, daß der Plan einer föderalistischen Zentralregierung nicht zu verwirklichen sei. Sie, Mr. Kasim, waren sehr alarmiert, als Sie sich nicht in der Lage sahen, eine Provinzregierung zu bilden, die den Wünschen der Wähler genauer entsprochen hätte. Die Kongreßmehrheit in der Provinz war schwach genug, um eine Koalition zu rechtfertigen. Sie wollten Nawaz Schah in Ihr Kabinett berufen, doch keiner Ihrer Kongreßkollegen stimmte dafür, weil er ein Moslem war und der Liga angehörte. Sie waren Realist genug, sich dem Unvermeidlichen zu beugen, und Sie waren ein guter Lehrmeister für Ihre Partei, da Sie dafür sorgten, daß sie bei wichtigen Gesetzesvorlagen im Parlament Kompromisse mit der Moslem-Liga anstelle der Hindu-Mahasabah bevorzugte. Man hat Sie dafür kritisiert. Die Leute sagten: Kratze an Kasim, und unter der Oberfläche kommt ein

Dschinna-Anhänger zum Vorschein. Aber Sie riskierten lieber diese Kritik und Niederlagen im Parlament, als Ihr Programm zu ändern. Sie verzichteten damit auf eine sichere Mehrheit aus Kongreßmitgliedern und Hindus des rechten Flügels.« Der Gouverneur lächelte. »Sie sehen, ich habe meine Hausaufgaben gemacht. Lassen Sie mich also fortfahren. Sie wußten, was in den Distrikten geschah, und Sie wußten auch, das meiste, was die Moslems behaupteten, war maßlos übertrieben. Aber Sie erkannten die Gefahren, und Sie waren entsetzt über die Beweise tatsächlicher Repressalien. Der Kongreß behauptete, eine nationale Partei, eine säkulare Partei zu sein, eine Partei, die sich dem Ideal der Unabhängigkeit und der nationalen Einheit verschrieben hatte. Aber Sie erkannten, daß es genug Parteimitglieder gab, die nie etwas anderes wollten als eine von Hindus beherrschte Organisation, deren wahres Ziel es war, den Hindus die Macht zu sichern. Und nachdem sie an der Macht waren, hielten sie damit auch nicht länger hinter dem Berg. Auch das alarmierte Sie, Mr. Kasim. Jeder Fall von Diskriminierung eines Moslem, von Ungerechtigkeit gegen einen Moslem, von Gewalttaten gegen Moslems, der Zwang für Moslemkinder, vor der Kongreßfahne zu salutieren, oder in der Schule eine Kongreßhymne zu singen, all diese Provokationen waren für Sie nicht nur schändlich, sondern ein Nagel zum Sarg, ein weiterer Keil, der zwischen die beiden großen Glaubensgemeinschaften getrieben wurde. Und noch etwas alarmierte Sie: Die Erkenntnis, daß Sie nicht nur *einen* Herren, sondern *zwei* hatten: Die Wähler, denen Sie sich verantwortlich fühlten und die Parteispitze, deren Befehlen Sie sich fügen mußten. Es alarmierte Sie, weil die Parteispitze keine Regierungsverantwortung trug. Diese Herren, die sich nicht vor den Wählern verantworten, kontrollierten und beeinflußten Sie, obwohl Sie, Mr. Kasim, sich vor den Wählern verantworten mußten. Deshalb sind Sie zurückgetreten, als England Deutschland den Krieg erklärte und der Vizekönig den Krieg erklärte und die Kongreßführung sich nicht gefallen lassen wollte, daß über ihren Kopf hinweg der Krieg erklärt worden war, und alle Kongreß-Regierungen zum Rücktritt aufforderte. Sie sind auf Befehl einer politischen Organisation zurückgetreten, die nicht als gewählte Regierung die Verantwortung für das ganze Land trug, sondern nur in den Provinzen – und zwar dank Männern wie Ihnen. Sie erkannten die verfassungsmäßige Absurdität dieses Vorgehens, reichten aber trotzdem den Rücktritt ein. Sie überreichten Ihr Rücktrittsgesuch hier in diesem Raum meinem Vorgänger, und er freute sich darüber, denn er war ein Mann der alten Schule, der glaubte, Indien sei nur durch Dekrete regierbar. Er war ein Mann, der sich zweieinhalb Jahre in seinem Sessel zurückgelehnt und ins Fäustchen gelacht hatte, während er der Farce zusah, wie eine Regierung versuchte, sowohl den Wählern als auch ihren politischen Herren zu dienen, und der sich dann in seinem Sessel zurücklehnte und mit einem Seufzer die Herrschaft als Gouverneur wieder ausübte, die ich von ihm übernommen habe. Sie, Mr. Kasim, waren sich nicht nur der verfassungsmäßigen Absurdität bewußt, sondern auch der politischen Dummheit, die der Rücktritt bedeutete, der erzwungene Rücktritt. Politik ohne Macht ist nichts als leeres Geschwätz. Und Ihre Partei verlor die Macht. Sie wußten sehr wohl, was geschehen würde, und haben erlebt, das alles Punkt für Punkt so geschah. Wie viele der in der gesetzgebenden Versammlung für Moslems bestimmten Sitze wurden 1937 von Moslems gewonnen, die nicht der Liga angehörten? Nur wenige, einschließlich Ihres eigenen. Wie viele wären es jetzt, wenn morgen eine Wahl stattfände? Überhaupt noch einer? Wo wäre die knappe Mehrheit der Kongreßpartei, nachdem die meisten der neutralen Moslems und sogar einige Kongreß-Moslems zur Liga übergewechselt sind? Wo bleibt der Beweis, daß Ihre Partei für ganz Indien spricht, wenn sich überall im Land das gleiche Bild bietet? Wo, Mr. Kasim? Wo? Sie kennen die Antwort ebensogut wie ich. Ihre Mehrheit ist dahin. Sie ist den Bach hinunter . . . sie hat sich in Luft aufgelöst. Warum? Weil Ihre Partei die Tatsache übersehen hat, daß der alte Kampf gewonnen war, sobald Sie zum ersten Mal die Macht übernahmen, und ein neuer Kampf begann. Bei dem alten Kampf ging es um die indische Unabhängigkeit. Obwohl Sie es jetzt nicht so sehen, war die indische Unabhängigkeit 1937 eine abgemachte Sache, als Männer wie Sie Provinzregierungen bildeten. Uns Engländer loszuwerden, stand immer noch auf Ihrem Programm, aber darum ging es bei dem Kampf nicht mehr. Der eigentliche Kampf bestand darin, die Macht Ihrer Partei zu erhalten und auszuweiten. Ich kann Leute nicht ausstehen . . . und meist handelt es sich dabei um meine Landsleute . . ., die angeblich mit Entsetzen dem traurigen Schauspiel zusehen, wie sie es nennen, wie die Inder sich untereinander streiten, weil sie sich nicht darüber einigen können, wie die Macht verteilt werden soll, die sie übernehmen werden. Natürlich muß es Meinungsverschiedenheiten geben. Natürlich müssen Sie sich streiten. Es ist ein Zeichen dafür, daß Sie wissen, Sie kämpfen nicht länger für etwas Grundsätzliches, denn Sie wissen, das Grundsätzliche ist Ihnen zugestanden worden. Sie kämpfen um die politische Macht über das, was Ihnen zugestanden worden ist. Das ist nur logisch. Es ist notwendig und menschlich unvermeidlich. Als Sie und alle anderen in dem Glauben, etwas Gutes für Indiens Unabhängigkeit zu tun, die Macht aufgaben, die Sie besaßen, haben Sie keineswegs etwas Gutes für Indien getan. Sie haben Ihrer bestehenden und potentiellen politischen Macht einen Schlag versetzt. Sie haben den Bereich verkleinert, in dem Sie hoffen konnten, die Macht auszuüben. Es liegt weniger an dem, womit Sie alle zwischen 1937 und 1939 in vielen Moslems den Glauben erweckten, die Liga habe mit ihrer Behauptung recht gehabt, ein von der Kongreß-Partei regiertes Indien würde ein Indien der Hindus sein, es ist weniger das, was eine künftige Teilung des Landes beinahe mit Sicherheit unvermeidlich machen wird, sondern die Tatsache, daß Sie die Macht aufgegeben haben, und daß Sie die Macht aufgegeben haben, weil Sie nicht erkannten, wie wichtig es war, sie zu behalten. Ich sage ›Sie‹, aber ich meine damit nicht Sie, Mr. Kasim. Sie erkannten die Wichtigkeit der Macht sehr wohl und die Dummheit, die darin lag, sie aufzugeben, so wie Sie auch die neueste Dummheit erkennen, die Ihre Partei begangen hat . . . die Dummheit nämlich, sich die Konsequenzen der ersten Torheit nicht einzugestehen und zu glauben, man könne die Zeit auf 1939 zurückdrehen, Dschinna ignorieren und so tun, als richte sich der wahre Kampf immer noch gegen England, und die Engländer spielten nur wieder das alte Spiel von Teilen und Herrschen, hielten aber in Wahrheit verbissen an Indien fest. Sie wissen gut, daß Ihre Partei eine letzte Chance hatte, ihre Position wiederzugewinnen, als Cripps im April hier war. Sie wissen, in der langen traurigen Geschichte von Konferenzen, Arbeitsgesprächen und Verhandlungen am runden Tisch ging es *uns* bei der Cripps-Mission zum ersten Mal nicht einfach darum, Sie nach alter Weise mit möglichst wenig abzuspeisen. Wir waren wieder die Sündenböcke, doch wir standen unter Druck von außen, unter dem Druck unserer Verbündeten, insbesondere unter dem Druck von Amerika. Ich glaube, Sie erkannten sehr wohl, welche Vorteile es Ihnen verschaffte, mit Menschen zu verhandeln, die unter dieser Art Druck standen. Ich glaube, Sie begriffen auch, daß die Vorschläge von Cripps das beste waren, was Sie erwarten konnten, solange der Krieg dauerte, und daß sich Ihnen damit die letzte Möglichkeit bot, Dschinna zurückzuhalten. Aber was geschieht? Ihre Partei scheute bereits wie ein erschrecktes Pferd bei der Vorstellung, eine Provinz oder eine Gruppe von Provinzen könnte das Recht haben, eine nach dem Krieg zu erarbeitende indische Verfassung abzulehnen und sich eine eigene zu geben. Was heißt das, fragen Sie? Was heißt das anderes als Pakistan?

Aber wer hatte vor ein paar Jahren auch nur von Pakistan gehört, geschweige denn daran gedacht, daß es sich verwirklichen ließe? Nun ja, jetzt läßt es sich durchaus verwirklichen. Es ist so gut wie sicher. Das müßte nicht sein, wenn Sie die Vorschläge von Cripps angenommen hätten, in Ihre Ämter zurückgekehrt wären, wenn Sie sich am Krieg weiterhin beteiligt hätten und nach Kriegsende zu einer Nation geworden wären, der Sie im Vertrauen auf die Vernunft der Leute, ihre Nation nicht teilen zu lassen, zum Sieg und zur Unabhängigkeit verholfen hätten. Statt dessen brechen Sie die Verhandlungen mit Cripps ab, verbringen den ganzen Sommer im Wolkenkuckucksheim und denken sich die absurde Theorie aus, daß die Engländer abziehen werden, wenn Sie das Land für sie unhaltbar machen, und daß die Japaner nicht einmarschieren. Und während Sie diesen lächerlichen Plan entwickeln, lassen Sie zu, daß Dschinna seinen Machtbereich vergrößert. Denn in den Provinzen mit einer Moslemmehrheit sind Dschinnas Männer im Amt geblieben. Nun folgt der Gipfel der Dummheit: Eine Resolution, die gleichbedeutend ist mit einem landesweiten Aufruf zur Revolution! Und auch damit sind Sie nicht einverstanden, Mr. Kasim . . . oder? Sie wissen, die Engländer werden diesen ganzen ›Quit India‹-Unsinn nicht einfach hinnehmen, während sie versuchen, die Japaner zu vertreiben . . . und zwar – vergessen Sie das nicht – nicht nur, um sich und ihr Land zu retten, sondern Sie, Mr. Kasim, und Ihr Land. Sie wissen das alles, und trotzdem sind Sie eine Säule der Kongreßpartei, einer ihrer berühmtesten und beliebtesten Moslems, eine gute Propaganda und scheinbar der lebende Beweis für die Wahrheit der Behauptung, der Kongreß sei eine gesamtindische Partei. Sie sind ein Mann, der in seiner Provinz so einflußreich ist, daß ich nicht zweimal darüber nachdenke, Sie als möglichen Anstifter zu Unruhen und Streiks einzusperren, denn Ihre Partei, Ihre Partei, Mr. Kasim, hat gestern Hochverrat begangen, indem sie geschworen hat, Schritte zu ergreifen, die den Feinden des englischen Königs und indischen Kaisers helfen und sie unterstützen sollen. Ich stelle mir die eine große Frage: Weshalb ist es immer noch Ihre Partei, Mr. Kasim? Welche offizielle Politik oder Linie hat sie in den letzten drei Jahren beschlossen und verfolgt, die Sie aus ganzem Herzen für klug oder nützlich halten?«

»Vielleicht keine«, sagte Kasim.

»Genau. Und deshalb, mein lieber Kasim, lassen Sie sich bitte nicht mit den anderen heute morgen in die Wüste schicken. Wie lange es auch sein mag – ich vermute, es wird lange sein –, es ist eine Verschwendung Ihrer Talente. Sie üben eine Loyalität, die nicht am

Platze ist. Treten Sie aus! Schreiben Sie Maulana Azad. Schreiben Sie heute morgen, schreiben Sie hier und jetzt. Erklären Sie Ihren Austritt aus der Partei. Könnte es einen besseren Moment geben? Sobald Sie Ihren Austritt erklären, zerreiße ich dieses dumme Papier, das Ihre Verhaftung autorisiert. Seit Sie 1939 aus dem Amt geschieden sind, haben Sie nichts getan, nichts gesagt, Sie haben keinen Brief geschrieben, keine Rede gehalten und nichts in privaten Gesprächen verlauten lassen, was rechtfertigt, Sie einzusperren. Die einzige Rechtfertigung dafür liegt in Ihrer Loyalität zur Kongreßpartei, in Ihrer Stellung als führendes Mitglied einer Organisation, die wir verbieten.«

»Ich verstehe, Sir George.«

Der Gouverneur musterte Kasmin. Dann stand er auf, ging zu einem der hohen Fenster, sah hinaus und kam langsam wieder zurück. Kasim wartete. Er hielt die Hände immer noch im Schoß gefaltet.

»Ich möchte Sie in meinen Ministerrat berufen«, sagte der Gouverneur. »Wenn es mir die Verfassung erlauben würde, dieser Provinz die Autonomie zurückzugeben, wüßte ich, wen ich auffordern würde, an die Spitze der Regierung zu treten. Da ich das nicht kann, möchte ich Sie *in* der Regierung haben. Ich möchte mir Ihre Talente zunutze machen, Mr. Kasim.«

»Das ist sehr freundlich von Ihnen, Sir George. Ich fühle mich ungemein geschmeichelt.«

»Aber Sie lehnen ab, nicht wahr? Sie lehnen es ab, aus der Partei auszutreten. Sie bestehen darauf, ins Gefängnis zu gehen. Dann vergeben Sie mir bitte. Ich hoffe, Sie fassen mein Angebot nicht als Beleidigung auf. Das lag nicht in meiner Absicht.«

Kasim wehrte ab. »Aber ich bitte Sie. Das weiß ich.«

Der Gouverneur setzte sich, nahm die Brille ab und spielte wieder damit, allerdings jetzt mit beiden Händen, während er sich, die Ellbogen auf den Schreibtisch gestützt, vorbeugte. »Verschwendung!« rief er plötzlich aus, »Verschwendung! Weshalb, Mr. Kasim? Sie stimmen allem zu, was ich gesagt habe. Aber Sie bitten mich nicht einmal um Bedenkzeit, um über meinen Vorschlag nachzudenken. Sie lehnen ihn auf der Stelle ab. Weshalb?«

»Weil Sie mir nur eine Stellung anbieten. Ich suche ein Land, und ich bin nicht der einzige.«

»Ein Land?«

»Es ist ebenso natürlich, darüber verschiedener Meinung zu sein, wie man dieses Land suchen soll, wie es Ihrer Meinung nach natürlich ist, darüber zu streiten, wie man die Macht aufteilen soll, nachdem man sie bekommen hat. Und wie Sie feststellen, war ich oft anderer Ansicht über diese Wege, die zum Ziel führen. Die Leute haben oft erwartet, ich würde aus der Partei austreten und meinen politischen Standort wechseln. Wenn Wege und Mittel das einzig Wichtige wären, hätte ich der Kongreßpartei schon lange den Rücken gekehrt. Aber ich glaube, diese Dinge sind nicht wichtig. Wichtig ist die Idee, nach der sich Wege und Mittel richten. Ich habe diese Idee ein Vierteljahrhundert lang verfolgt, und es ist eine Idee, die meine Partei trotz all ihrer Fehler für mich immer noch verkörpert . . . und nur diese Partei, Gouverneur-ji, sonst nichts und niemand. Nebenbei bemerkt, stimme ich Ihnen nicht zu, wenn Sie sagen, Indiens Unabhängigkeit sei eine abgemachte Sache. Unabhängigkeit kann man nicht in Abschnitte aufteilen. Sie existiert oder sie existiert nicht. Man kann gewisse Schritte tun, die zu ihrer Verwirklichung beitragen. Man kann andere tun, die sie verhindern. Aber Unabhängigkeit allein ist nicht die Idee, die ich verfolge, ebensowenig ist es die Idee, die die Partei, der ich angehöre, versucht zu verfolgen – wobei sie zweifellos viele Fehler und Irrtümer begeht. Wissen Sie, es geht nicht einfach darum, die Engländer loszuwerden. Es geht darum, eine Nation zu schaffen, die in der Lage ist, sie loszuwerden, und gleichzeitig ihren Platz als Nation in der Welt einzunehmen. Wir wissen, daß jede innere Zersplitterung unserer Interessen die Entstehung einer solchen Nation behindert. Deshalb beharren wir darauf, daß der Kongreß ein gesamtindischer Kongreß ist. Es ist in erster Linie ein gesamtindischer Kongreß, denn er läßt sich nicht von der Idee loslösen, daß er das ist. Der Kongreß ist erst in zweiter Linie eine politische Partei, obwohl er das eines Tages werden muß. In der Zwischenzeit, Gouverneur-ji, versuchen wir die Arbeit zu leisten, die Ihre Regierung *nicht* zu leisten immer als zweckmäßig empfand – nämlich die Arbeit, Indien zu einen und allen Indern das Gefühl zu geben, daß sie in erster Linie Inder sind. Vielleicht glauben Sie, wir tun das, um eine starke Front gegen die Engländer zu bilden. Damit hätten Sie nur teilweise recht. Wir tun es hauptsächlich für das Indien nach Ihrem Abzug. Wir arbeiten meist im Dunkeln und sehen nur einen schwachen Lichtschein vor uns, denn ein solches Indien haben wir nie gehabt, und wir wissen nicht, was für ein Indien es sein wird. Deshalb sage ich, wir suchen nach einem Land. Ich fürchte, ich kann es besser im Gefängnis suchen als im Ministerrat Eurer Exzellenz.«

Während Kasim sprach, hatte der Gouverneur eine Mappe gesucht und gefunden, aus der er jetzt ein Blatt Papier nahm. Er reichte es über den Schreibtisch. Kasim streckte die Hand aus, nahm das Blatt entgegen und suchte in seiner Tasche nach der Brille.

»Wie Sie sehen, Mr. Kasim, sind das nur ein paar Zeilen. Wenn Sie unterschreiben, verpflichten Sie sich damit, keine Handlung zu begehen . . . oder begehen zu lassen, die den Frieden stört oder die Verteidigung des Reichs behindert. Die Verpflichtung wäre nach Unterzeichnung für einen Zeitraum von sechs Monaten gültig. Wie Sie außerdem sehen, gibt es eine Zusatzklausel, die besagt, daß der Unterzeichner nach Aufforderung sich nach besten Kräften darum bemüht, den Auswirkungen solcher Handlungen entgegenzuwirken, falls andere in der Provinz sie begehen sollten. Sie werden feststellen, daß von Ihrem Austritt aus der Kongreßpartei nicht die Rede ist. Aber wenn Sie unterschreiben, werde ich das andere Papier trotzdem zerreißen.«

»Ich sehe«, sagte Kasim. Er legte das Blatt auf den Schreibtisch des Gouverneurs und schob die Brille in das Etui zurück. »Sie rechnen also mit Schwierigkeiten. Sie haben die Nachteile erkannt, die Sie sich damit einhandeln, daß Sie uns einsperren müssen, um zu verhindern, daß wir den Mob aufwiegeln, wie Sie es nennen. Aber vielleicht geschieht das auch ohne uns. Und der Mob ist dann ohne Kontrolle. Er will wissen, was Sie mit uns getan haben. Alle möglichen unerwünschten Elemente kommen zum Vorschein. Deshalb möchten Sie mich zu einer Art amtlichem Friedensstifter machen, der mit beschwichtigenden Worten daherkommt und keine Integrität besitzt. Wie Sie sagen, steht in dem Papier nichts über einen Austritt aus dem Kongreß. Natürlich ist das auch nicht nötig. Sollte ich unterschreiben, würde ich ausgeschlossen. Meine Unterschrift wäre gleichbedeutend mit dem Austritt. Ich könnte nicht unterschreiben. Sie haben es auch nicht erwartet. Doch ich nehme an, Sie glaubten, es sei einen Versuch wert. Ich fürchte, Sie müssen ohne mich mit dem Mob fertig werden.«

»Nun ja, das können wir, und das werden wir.« Der Gouverneur schwieg eine Zeitlang und musterte Kasim. Dann sagte er: »Sie befinden sich in einer merkwürdigen Lage.«

»Ich empfinde sie nicht als merkwürdig.«

»Ich dachte an Ihre persönliche Lage . . . an Ihren ältesten Sohn zum Beispiel. Er ist ein Offizier des englischen Königs. Er hat in Malaja gekämpft und befindet sich jetzt in japanischer Kriegsgefangenschaft. Ich habe mich immer gewundert, daß Sie ihm erlaubt haben, in die Armee einzutreten.«

»Erlaubt? Er brauchte meine Zustimmung nicht. Es war sein

Wunsch. Indien muß ebenso eine Armee haben wie eine Regierung. Er wurde Offizier, ich wurde Minister.«

»Und Sie haben beide der Krone gedient. Richtig. Sie tun es nicht mehr, aber er. Zweifellos haben Sie die Gerüchte gehört ... über den Druck, den man auf die indischen Gefangenen ausübt – auf Offiziere und Soldaten. Sie können ihre Freilassung aus dem Kriegsgefangenenlager dadurch erreichen, daß sie sich freiwillig zu Einheiten melden, die Seite an Seite mit den Japanern kämpfen. Der Feind kann die Nachricht von Ihrer Verhaftung sehr wohl benutzen, um im Fall Ihres Sohnes den Druck zu verstärken. Wie ich glaube, war er ein ausgezeichneter Offizier. Er wäre für die Japaner sehr nützlich. Seine Treue als Offizier könnte auf eine harte Probe gestellt werden, wenn er hört, daß wir seinen Vater ins Gefängnis geschickt haben. In seiner augenblicklichen Lage kann er sein Offizierspatent nicht einfach zurückgeben wie Sie Ihr Regierungsamt. Das ist der Unterschied, nicht wahr?«

»Ich glaube, diesen Unterschied wird er verstehen. Genauso wird er verstehen, daß ich meine politischen Entscheidungen keinesfalls von persönlichen Erwägungen beeinflussen lassen kann.«

»Ja«, sagte der Gouverneur, »vermutlich.« Er erhob sich auf eine Weise, die Kasim verriet, daß das Gespräch zu Ende war. Auch Kasim stand auf. Er spürte das vertraute leere Gefühl im Magen. Er wollte nicht ins Gefängnis.

Der Gouverneur streckte ihm die Hand entgegen. Kasim ergriff sie.

»Ich fürchte ... zumindest im Augenblick ... darf Ihr Aufenthaltsort nicht bekannt werden. Bedauerlicherweise dürfen wir auch Ihre Familie darüber nicht informieren. Ihre Angehörigen werden Briefe an Sie an die Regierung adressieren, und Ihre eigenen Briefe kommen automatisch hierher. Ich hoffe, Mr. Kasim, hin und wieder werden Sie daran denken, mir persönlich zu schreiben.«

»Danke. Sind mir Zeitungen erlaubt?«

»Ich werde die nötigen Anweisungen geben.«

»Dann sage ich auf Wiedersehen.«

»Auf Wiedersehen, Mr. Kasim.«

Kasim neigte den Kopf, zögerte und ging dann auf die Doppeltür zu, hinter der, wie er wußte, der junge Polizeibeamte, dem der ältere Beamte ihn übergeben hatte, und zwei britische Militärpolizisten warteten. Aber kurz bevor er die Tür erreichte, hörte er seinen Namen und drehte sich um. Der Gouverneur stand immer noch hinter dem Schreibtisch. Er wies mit beiden Händen auf den Schreibtisch mit den vielen Akten.

»Darf ich Sie mit einem interessanten Gedanken verabschieden, der mir plötzlich gekommen ist?«

»Und der wäre, Eure Exzellenz?«

»Vermutlich ist dies eines Tages Ihr Schreibtisch.«

Kasim lächelte und sah sich in dem Raum um. Der Gedanke verursachte ihm gerade in diesem Augenblick beinahe Übelkeit. Er sagte: »Vielleicht haben Sie recht.« Immer noch lächelnd drehte er sich um und ging die wenigen letzten Schritte dem Gefängnis entgegen, das ihm unmittelbar bevorstand.

Kurz vor Einbruch der Dunkelheit holte man Mr. Kasim aus dem Zimmer im oberen Stockwerk, wo er den ganzen Tag über festgehalten worden war, und brachte ihn zum Rangierbahnhof der Garnison von Ranpur. Dort führte man ihn zu einem Waggon, wie sie für Truppentransporte verwendet wurden. Die meisten Fenster waren mit Eisenläden verschlossen. Der junge Offizier, der für Kasim verantwortlich war, bekam Verstärkung durch einen zweiten. An der einzigen noch benutzbaren Tür des Waggons stand ein bewaffneter Posten. Beim Näherkommen entdeckte Kasim, daß der Waggon abgehängt worden war. In der Nähe sah er noch mehr Soldaten und Polizisten. Als er in den Waggon stieg, erwartete er, andere Verhaftete vorzufinden – Freunde oder ehemalige Kollegen – doch er war allein. Die beiden jungen Offiziere sprachen leise und einsilbig miteinander. Er machte sein Bett auf einer der Holzbänke. Man servierte ihm auf einem Tablett das Abendessen: Suppe, Huhn und Gemüse und Milchreis mit Marmelade – offensichtlich stammte es aus der europäischen Küche des Bahnhofsrestaurants. Während er aß, ging einer der Offiziere zum Abendessen. Eine halbe Stunde später kam er zurück, und sein Gefährte ging ebenfalls. Ein englischer Militärpolizist holte Kasims Tablett wieder ab. Der Wachtposten wurde durch einen zweiten verstärkt. Gegen neun Uhr hängte man den Waggon an andere an, und der Offizier kam aus dem Restaurant zurück. Die beiden Offiziere setzten sich in die Mitte des Waggons, so daß sich die Wachtposten an einem und Kasim am anderen Ende befanden. Der Zug fuhr an. Kasim las. Die Offiziere unterhielten sich leise. Sie rauchten Zigaretten. Hin und wieder erzählten sie sich einen Witz. Um zehn Uhr, während der Zug immer noch langsam und zögernd seinen Weg über Weichen und Eisenbrücken nahm, schreckte Kasim die Offiziere auf, als er sich plötzlich erhob und seinen Koffer öffnete. Er ahnte, daß sie an ihre Halfter griffen, um sich davon zu überzeugen, daß die Revolver noch dort steckten. Er nahm seinen Gebetsteppich aus dem Koffer. Dann drehte er sich zu ihnen um.

»Vermutlich kann mir keiner von Ihnen sagen, wo Westen liegt.« Er lächelte, erhielt vage, verständnislose aber nicht völlig unfreundliche Antworten und rollte den Teppich auf dem Boden aus. Einen Moment lang blieb er stehen und sammelte sich, um seine *Ischa*-Gebete ruhig und gelassen zu sprechen. Dann führte er die ganzen vier vorgeschriebenen *Rak'ahs* durch.

In der Nacht wachte er mehrmals auf. Die Offiziere und die Posten schliefen abwechselnd. Er betrachtete ihre Gesichter: Sie wirkten schlaff und fern im Schein der trüben Glühbirnen an der Decke, die noch brannten. Das Licht drang kaum bis an das Ende des Waggons, wo er lag; einmal erregte er die Aufmerksamkeit des wachhabenden Offiziers, weil er sich bewegte. Er erwiderte den teilnahmslosen, gleichgültigen, verschlafenen Blick scheinbar eine Ewigkeit lang, ehe dem Mann plötzlich bewußt wurde, daß Kasim die Augen geöffnet hatte. Der Offizier wendete sofort den Blick ab und starrte auf seine verschränkten Arme. Als Kasim das nächste Mal erwachte, schlief dieser Mann, und sein Gefährte saß vorgebeugt auf der Bank. Er hatte die Ellbogen auf die Knie gestützt und starrte auf seine gefalteten Hände. Zwischen den Fingern der einen Hand steckte eine brennende Zigarette. Kasim hob die Hand und warf einen Blick auf das Leuchtzifferblatt seiner Armbanduhr. Es war beinahe fünf Uhr morgens. Der Zug fuhr nicht, hatte seinen Bestimmungsort vermutlich jedoch noch nicht erreicht. In der Stille hörte er von fern das Geheul der Schakale. Er erhob sich und registrierte, daß der Offizier zusammenfuhr und ihn nicht aus den Augen ließ. Aus seinem Koffer nahm er den wasserdichten Beutel, die lederne Toilettentasche, Seifenschale, Handtuch und Rasierzeug – die Dinge, die er alle am letzten Abend zu Hause eingepackt hatte, und ging in die kleine Kabine. Die Tür hatte kein Schloß. Eine nackte Glühbirne beleuchtete schmutziggrüne Kacheln und altes, kraqueliertes Porzellan. Das Fenster war vergittert. Hinter den Eisenstäben befand sich eine Milchglasscheibe. Er duschte und rasierte sich und zog dann seine Kleider vom Vortag an. Der Zug rollte inzwischen wieder, und durch die Bewegung schwang die Tür auf und zu. Als er herauskam, waren beide Offiziere wach. Er grüßte mit einem Nicken, legte die Sachen in den Koffer zurück, nahm den Gebetsteppich heraus und absolvierte die beiden *Rak'ahs* der *Fajr*-Gebete. Beim letzten Fußfall rezitierte er in Gedanken eine Stelle aus dem Koran: »Preis dem, der seinen Diener des Nachts entführte von der heiligen Moschee zur fernsten Moschee, deren Umgebung wir gesegnet haben, um ihm unsre Zeichen zu zeigen. Gelobt sei Allah, der niemals einen Sohn gezeugt hat, der keinen Gefährten in seinem Reich hat und keines Beschützers bedarf gegen Erniedrigung.«

Kniend rollte er die Matte wieder zusammen, legte sie in den Koffer und drückte die Schlösser zu. Er rollte sein Bettzeug zusammen und zurrte die Riemen fest. Dann setzte er sich auf die harte Lattenbank. Die Offiziere verschwanden nacheinander in der Kabine am anderen Ende des Waggons. Der Posten, der auf dem Boden hockte, erhob sich, weckte seinen schlafenden Kameraden und ging ans Fenster. Er zog die Scheibe nach unten und blickte hinaus. Der Zug blieb stehen. Regen trommelte auf das Dach. Kasim überlegte, ob seine Frau schon wach sei. Er dachte an seine verheiratete Tochter im Pandschab, an seinen Sohn Achmed in Mirat und an seinen ältesten Sohn Sajed, der weiß Gott wo in der Hölle eines Kriegsgefangenenlagers saß.

Der Zug rollte beinahe unmerklich weiter. Die beiden Offiziere hatten ihre Morgentoilette beendet, und nun verschwanden die beiden Posten nacheinander in der Kabine am anderen Ende des Waggons. Die Offiziere unterhielten sich leise. Der eine warf einen Blick auf seine Armbanduhr, reckte sich und trat an das offene Fenster. Es muß allmählich hell werden, dachte Kasim. Der Offizier blieb eine Weile am Fenster stehen. Die Glühbirnen an der Decke erloschen. Ein dunstiges Grau verbreitete sich im Waggon, das an fröstelnde Morgenkühle denken ließ; die Gesichter seiner Wächter wirkten plötzlich wie die Gesichter von Fremden. Der Offizier verließ den Platz am Fenster und trat wieder zu seinem Kameraden. Er mußte ihm ein Zeichen gegeben haben, denn sie begannen, ihre Gürtel zurechtzuziehen, und der eine griff nach seiner Mütze. Kasim wendete den Blick ab und spürte wieder die Leere im Magen. Ein paar Minuten später blieb der Zug stehen. Da alles still blieb, glaubte Kasim einen Augenblick lang, ein Signal habe den Aufenthalt ausgelöst. Aber dann durchbrach eine Stimme draußen die Stille. Kasim drehte sich um und sah einen der Offiziere am Fenster stehen; der Mann rief jemandem etwas zu, der tiefer als der Waggon stehen mußte. Kurz darauf öffnete der Offizier die Waggontür und kletterte hinunter. Sein Kamerad blieb zurück, stellte sich jedoch in die offene Tür. Er zündete sich eine Zigarette an. Einer der Posten schulterte das Gewehr und betrachtete aufmerksam seine linke Hand, als habe er sich geschnitten oder einen Splitter eingezogen. Der Waggon hallte von metallischem Klirren wider. Er wurde abgehängt. Es hatte aufgehört zu regnen. Von vorne ertönte ein Pfiff. Kasim stand auf. Der Posten hob den Blick von seiner Hand; der Offizier an der Tür drehte sich um und starrte dann wieder hinaus. Er gab jemandem eine Antwort, der tiefer stand, und trat beiseite. Ein Offizier mit einer Armbinde kletterte in den Waggon.

»Mr. Mohammed Ali Kasim?« fragte er, als handle es sich um eine offizielle Identifikation.

»Ja.«

»Hier entlang, bitte!«

Kasim griff nach seinem Koffer und der Bettrolle; die anderen machten ihm Platz. An der Tür blickte er in das Gesicht des Offiziers, der ihn in der Nacht angestarrt hatte. Kasim sagte: »Ich wäre Ihnen dankbar, wenn Sie mir mit dem Gepäck behilflich sein könnten.«

Draußen standen in der Nähe zwei Militärpolizisten. Der Waggon befand sich in einem Güterbahnhof. Vor dem geschlossenen Eingangstor eines Lagerhauses stand ein Lastwagen. Kasim roch den Kohlenstaub. Der Offizier hob die Hand, und Kasim schob den Koffer vorsichtig vor, bis er spürte, daß er ihm abgenommen wurde. Die Bettrolle folgte. Der Offizier stellte beides auf den Schlackenboden. Kasim kletterte rückwärts die enge steile Eisentreppe nach unten. Dann blieb er wartend stehen. Der Offizier mit der Armbinde kletterte ebenfalls herunter und wies auf das Gepäck.

»Ist das Ihr ganzes Gepäck?«

»Ja.«

»Gut. Meine Männer werden es zum Wagen bringen. Folgen Sie ihnen bitte.«

»Darf ich vielleicht erfahren, wohin Sie mich bringen?«

Der Offizier mit der Armbinde zögerte.

»In die Festung«, erwiderte er knapp.

»Festung?«

Der Offizier zögerte wieder. Kasim fand, er wirke überrascht. »Sie sind in Premanagar«, erklärte er.

»Vielen Dank. Das wußte ich nicht.«

Er blickte sich um. Ein Güterbahnhof sah wie der andere aus. Seit seiner Rundreise durch die Provinz im Jahre 1938 war er nicht mehr in Premanagar gewesen. Die Festung hatte er nie besucht, aber er hatte sie von ferne gesehen. Trotzdem konnte er sie sich nicht genau vorstellen. Ihm fiel ein, daß Premanagar nicht weit von Mirat entfernt lag, wo sein Sohn Achmed lebte. Wenn man seine Familie irgendwann einmal von seinem Aufenthaltsort in Kenntnis setzte und ihm Besuch erlaubte, würde er Achmed vielleicht sehen.

II

Major Tippit war ein kleiner Mann mit sehr wenig Haaren; die spärlichen Überreste waren gelblich-weiß. Falten und Runzeln durchzogen sein hochrotes Gesicht. »Ich bin eigentlich Historiker«, erklärte er, »und habe 1938 meinen Abschied von der Armee genommen. Aber sie haben mich wieder ausgegraben. Es war doch anständig von ihnen, mir die Festung zu geben, nicht wahr?«

Kasim stimmte ihm zu.

»Die Festung hat eine interessante Geschichte. Ich schreibe eine Monographie darüber. Vielleicht möchten Sie einmal, wenn Sie Zeit haben, ein paar Kapitel lesen und mir sagen, was Sie davon halten.«

»Ich habe viel Zeit.«

»Es tut mir leid, daß ich bei Ihrer Ankunft nicht hier war. Also wollen wir doch einmal sehen: Wie lange sind Sie jetzt schon bei uns?«

Der Major warf einen Blick auf die Papiere auf seinem Schreibtisch, unternahm jedoch nichts, ein bestimmtes Blatt zu finden.

Kasim sagte: »Neun Tage.«

»Geht es Ihnen gut?«

»Es geht mir gut.«

»Haben Sie irgendwelche Klagen?«

»Mehrere.«

»Ach ja. Leutnant Moran Singh berichtete mir, er habe eine Notiz darüber gemacht. Ich nehme an, sie liegt hier irgendwo. Ich werde sie mir ansehen.«

»Könnten Sie die Notiz nicht jetzt ansehen?«

Major Tippit hatte sehr blasse blaue Augen. Er betrachtete Kasim mit diesen blassen blauen Augen, als habe er Gründe, sich nicht mit Beschwerden zu befassen, könne sich aber im Augenblick nicht mehr daran erinnern, welche Gründe . . . Er faltete die knochigen kleinen Hände und legte sie auf den Schreibtisch – Kasim vermutete in ihm eine Art Mann, der fehlendes Talent, Mut, Energie und Entschlossenheit durch stumpfsinnige, geistlose Unerbittlichkeit wettmachte. Der unangenehme junge Sikh, der offiziell Major Tippit unterstand, wußte sicher genau, wie weit er gehen konnte, welche Freiheiten er sich seinem Vorgesetzten gegenüber herausnehmen und was er sich nicht erlauben durfte.

»Erstens«, fragte Kasim, »liegt es wirklich in der Absicht der Regierung, mich in Einzelhaft zu halten? Wie ich gehört habe, befinden sich außer mir in der Festung noch weitere Zivilisten. Wir sind keine Verbrecher. Wir werden vermutlich einige Zeit hier verbringen. Die anderen Gefangenen scheinen sich ungehindert treffen zu dürfen. Ich kann sie vom Fenster meines Zimmers im äußeren Hof beobachten. Aber mich hält man seit meiner Ankunft isoliert, und ich habe bisher nur mit meinen Wachen und Leutnant Moran Singh sprechen können. Ist dies lediglich ein vorübergehender Zustand oder ist er von Dauer?«

»Ich verstehe.«

Kasim wartete.

»Es tut mir leid, daß Sie es so sehen. Das alte Zenanahaus ist höchst interessant. Ich muß Sie einmal besuchen und Sie auf ein paar bemerkenswerte Dinge hinweisen.«

»Einige meiner Mitgefangenen würden sich bestimmt auch dafür interessieren.«

»Oh, das glaube ich nicht. Wenn ich mir die Freiheit erlauben darf, das zu bemerken: Sie sind keineswegs von Ihrem intellektuellen Kaliber. Die anderen Gefangenen sind sozusagen das Fußvolk Ihrer Bewegung.« In Major Tippits Gesicht trat ein Ausdruck von nahezu abgrundtiefer Enttäuschung, als werde ihm erst jetzt bewußt, worüber sie sprachen. »Vor einigen Wochen hat man uns davon in Kenntnis gesetzt, daß wir unter Umständen einen VIP-Gefangenen hier unterbringen müßten. Natürlich dachten wir sofort an Mr. Gandhi oder Mr. Nehru. Zunächst glaubte ich, wir hätten keine geeignete Unterkunft. Es ist doch erstaunlich, daß man etwas übersehen kann, was einem direkt vor der Nase liegt. Ich hatte mich so sehr daran gewöhnt, hier zu sitzen, aus dem Fenster auf das Zenanahaus zu blicken . . . ich hatte mich so daran gewöhnt, hinüberzugehen und es für mich persönlich zu benutzen, verstehen Sie, ich habe dort sehr viel gelesen, geschrieben und studiert . . . daß ich die Zenana tatsächlich als eine Erweiterung meines Büros betrachtete. Dann fiel mir natürlich auf, wie unglaublich gut sie sich zu diesem Zweck eignete. Das Haus steht im Herzen der Zitadelle, und, wenn ich das sagen darf, ich habe es ständig im Blick. Man hat diese Art Verpflichtung, wenn man seine Aufgaben ernst nimmt. Ich gab sofort die nötigen Anweisungen. Es war das Letzte vor meinem Urlaub. Man muß vorbereitet sein. Ich wußte, das kleine Haus würde mir fehlen. Es inspirierte mich immer so zum Nachdenken. Ich gestehe, es machte mich ein bißchen traurig, als Leutnant Moran Singh mir bei meiner

Rückkehr gestern abend berichtete, das Zenanahaus sei jetzt belegt. Ich war jedoch sehr interessiert, als er mir sagte, wer Sie sind . . . ein Angehöriger der alten Familie Kasim. Die Festung lag einmal in dem Gebiet, über das ein Kasim als Vizekönig des großen Moguls herrschte. Sie wissen das? Ihr Verwandter, der derzeitige Nawab von Mirat ist ein direkter Nachfahre des großen Moguls. Ich dachte gestern abend: Wie interessant, daß ein Kasim hierher zurückgekommen ist, um in Premanagar zu leben. Und offengestanden war ich erleichtert, daß der Bewohner der Zenana ein Moslem ist. Sagen Sie, sind Sie Sunnit oder Schiit?«

»Major Tippit, Sie haben meine Frage nicht beantwortet. Ich habe den Eindruck, die Offiziere, die mich hierhergebracht haben, hatten einen Brief von Sir George Malcolm an Sie bei sich. Steht irgend etwas in dem Brief, was darauf hindeutet, daß man mich in Einzelhaft halten soll?«

»Ein Brief?«

»Ich glaube, er liegt neben Ihrem linken Ellbogen. Ich erkenne den Briefkopf.«

Tippit blickte auf den Tisch, griff nach dem Blatt Papier und sah ihn an.

»Ach ja. Leutnant Moran Singh hat einen Brief erwähnt. Ich habe ihn noch nicht gelesen.«

»Würden Sie ihn bitte jetzt lesen?«

Tippit senkte wieder den Blick und starrte auf den Brief in seiner Hand. An seinen reglosen Augen konnte man erkennen, daß er ihn nicht las. Nach einiger Zeit legte er den Brief wieder neben seinen linken Ellbogen.

»Nun?« fragte Kasim. »Enthält er etwas, das auf Einzelhaft hindeutet oder Einzelhaft anordnet?«

»Nein.«

»Steht etwas über Zeitungen darin?«

»Sie haben die Erlaubnis, Zeitungen zu lesen.«

»Gut. Aber man hat mir bisher noch keine gegeben. Das ist meine zweite Beschwerde.«

»Ich werde Leutnant Moran Singh darauf hinweisen.«

»Ich habe Leutnant Moran Singh mehrfach darauf hingewiesen. Ich habe ihm eine Liste der Zeitungen gegeben, die ich lesen möchte. Außerdem habe ich meiner Frau geschrieben und sie gebeten, mir Zeitungen zu schicken. Dieser Brief und mehrere andere Briefe sind immer noch hier. Sie liegen auf Ihrem Schreibtisch.«

»Ich werde sie sobald wie möglich lesen. Sie verstehen doch, daß sie gelesen werden müssen.«

»Ich verstehe es nicht. Sie werden in Ranpur gelesen, entweder in der Zensurabteilung des Ministeriums oder von jemandem aus dem Stab des Gouverneurs. Manchmal sowohl als auch. Ich habe bis jetzt noch nicht an den Gouverneur persönlich geschrieben, wozu er mich aufgefordert hat, aber nun werde ich es tun. Ich möchte gern in der Lage sein, ihm einige Gedanken zur augenblicklichen Situation darzulegen, wie immer sie auch sein mag.«

Major Tippit blickte auf – er schien Kasims Worte nicht als Drohung zu empfinden. Er sagte: »Die Lage ist sehr betrüblich, nicht wahr?«

»Major Tippit, wie kann ich etwas über die Lage sagen? Ich habe kein Radio, keine Zeitungen, die Wachen sagen mir nichts, Leutnant Moran Singh sagt mir nichts und leitet nicht einmal meine Briefe weiter. Man hat mir auch keine Briefe ausgehändigt, und inzwischen müßten eigentlich mehrere gekommen sein.«

»Welche sinnlose Gewalt! Es ist schwer zu sagen, wen die Schuld daran trifft. Und dann dieses arme Mädchen . . . diese unglückliche Frau. Das alles hat die Leute in große Erregung versetzt. Raub, Plünderung und Brandstiftung. Ja, ja. Man erwartet es. Es stimmt einen traurig, aber man erwartet es. Und diese anderen Dinge . . . Ich habe mich verspätet, weil die Züge so unregelmäßig verkehren. In Ranpur schlagen die Wellen hoch. In Majapur hat die Zivilverwaltung dem Militär die Macht übergeben. Überall im Land brodelt es. Möchten Sie Tee?«

»Nein danke.«

»Es ist zehn Uhr. Ich trinke um zehn immer Tee. Das ist eine feste Gewohnheit. Wenn ich nicht da bin, läßt die Disziplin nach. Es ist bereits fünf nach zehn.« Er sagte das, ohne auf seine Armbanduhr zu blicken. Er machte auch keine Anstalten, sich den Tee bringen zu lassen. Draußen auf der Bank warteten Chapprassis, aber er rief keinen herein. Er sagte: »Das wird sich ändern, jetzt, nachdem ich wieder zurück bin. Leutnant Moran Singh hat sich in allem genau an seine Anweisungen gehalten, und jetzt, nachdem ich wieder hier bin, um ein Machtwort zu sprechen, kommt alles schnellstens in Ordnung. Ich fürchte, ich kann in der Frage Ihrer Unterbringung nichts tun. Haben Sie sonst noch Wünsche?«

»Ich bitte um mehr Federn, Tinte und Papier.«

»Ich werde es Leutnant Moran Singh sagen. Er wird einen der Männer im Büro damit beauftragen.«

»Im Zenanahaus gibt es zwei bewohnbare Räume. Einen benutze ich als Schlafzimmer, den anderen als Arbeitszimmer. Ich würde die Räume gerne mit einem anderen Gefangenen teilen.«

»Mit welchem?«

»Mit irgendeinem. Ich weiß nicht, wen Sie hier alles haben.«

»Fußvolk, wie gesagt. Ich kann es nicht erlauben. Es verstößt gegen meine Prinzipien. Ihr Wunsch überrascht mich. Sie haben ein hohes Amt bekleidet. Ja, ja, das ist ein einsames Leben. Ich lebe auch allein in dieser Festung, Mr. Kasim. Ich freue mich, daß Sie hier sind. Wir können uns hin und wieder unterhalten. Mich interessieren islamische Kunst und Literatur ebenso wie Geschichte. Gaffur, der Urdudichter aus dem frühen achtzehnten Jahrhundert, gehört auch zu Ihrer alten Familie, wie ich weiß. Ich habe einige seiner Verse ins Englische übersetzt. Vielleicht möchten Sie sie einmal lesen.«

Kasim nickte.

»Ich glaube, in ein oder zwei Fällen ist es mir gelungen, etwas von dem großen Reichtum und der Schlichtheit des Originals zu vermitteln. Kennen Sie die Gedichte Gaffurs, Mr. Kasim?«

»Es hat einmal eine Zeit gegeben, da kannte ich sie gut. Damals war ich noch ein Junge. Seither haben mich eher andere Dinge beschäftigt. Sie sagen, im Land brodelt es?«

»Plünderung, Brandstiftung, Sabotage. Man hat Polizeibeamte ermordet, Bahngeleise zerstört, Richter in ihre eigenen Gefängnisse gesperrt und Kongreßfahnen gehißt. Das Militär mußte ausrücken. Unvermeidliches Blutvergießen. Verschwendung. Gewalt, schreckliche Gewalt. Ohne jeden Sinn. Der Aufruhr wird niedergeschlagen. Am besten vergißt man das alles. Ich sollte nicht darüber sprechen.«

»Sie haben etwas von einem Mädchen gesagt.«

»Sie wurde vergewaltigt und eine andere Frau überfallen ... eine ältere Frau. Der Inder, der sie mit dem Wagen in Sicherheit bringen wollte, wurde ermordet.«

»Waren es Europäerinnen?«

»Engländerinnen. Bei der Frau handelte es sich um eine Missionslehrerin, und das vergewaltigte Mädchen kommt aus guter Familie. Die Männer hat man gefaßt.«

»Geschah das in Ranpur?«

»Nein, in Majapur. Das Militär hat die Macht übernommen. Ihre Leute haben schreckliche Dinge getan. Ich verstehe Sie nicht, Mr. Kasim. In diesem Punkt stehen wir in entgegengesetzten Lagern. Wir sind Feinde. Aber ich bin ein Mensch.« Major Tippit schwieg. »Eigentlich bin ich Historiker. Die Gegenwart interessiert mich nicht. Die Zukunft noch weniger. Der Mensch kann nur durch die Kunst und die Beschäftigung mit der Vergangenheit mit anderen Menschen zusammenleben. Ich hoffe, Sie werden hier zufrieden sein. Betrachten Sie die Festung als einen Zufluchtsort vor den Stürmen und Enttäuschungen des Lebens.«

Kasim wartete. Als er erkannte, daß Tippit im Augenblick nichts mehr zu sagen hatte, erhob er sich, dankte seinem Kerkermeister für das Gespräch und erklärte: »Mit Ihrer Erlaubnis ziehe ich mich jetzt zurück.«

Er ging allein unter den Augen der Chapprassis und der bewaffneten Posten, die im Säulengang der alten Truppenunterkünfte patrouillierten, über den Platz zwischen dem Büro des Festungskommandanten und der Zenana. Ein Zedrachbaum in der Mitte des Hofes spendete etwas Schatten. In Pfützen auf der roten Erde spiegelte sich der blaue Himmel. Wattewölkchen, die zu leicht waren, um Schatten zu werfen, wurden vom Wind aus Südwesten schnell über den Himmel getrieben. Gegen Mittag würde es wahrscheinlich regnen.

Der Hof wurde im Osten von Truppenunterkünften begrenzt, im Norden, Westen und Süden von hohen roten, zinnenbewehrten Backsteinmauern mit Ecktürmen. In der West- und der Südmauer befanden sich Durchgänge, die von schweren eisenbeschlagenen Holztoren verschlossen wurden. Nahe der Südmauer stand der quadratische Pavillon, den Major Tippit bewohnte. Die alte Zenana, ein zweistöckiges Gebäude aus Steinen und Ziegeln mit geschnitztem und verziertem Holzgitterwerk vor den Veranden oben und unten befand sich direkt an der Nordmauer. Eine Holztreppe führte in den oberen Stock. Die Zimmer unten dienten als Lagerräume. Der trokkene Geruch von Getreide und Säcken erfüllte das ganze Haus. Hinter der oberen Veranda lagen Zimmer, die bis auf zwei völlig zerfallen waren. Die hinteren waren mit Brettern vernagelt, die beiden bewohnbaren lagen direkt an der Holztreppe. Das Licht fiel durch die geöffneten Türen und Fenster in der Außenwand. Vor den Fenstern befand sich durchbrochenes steinernes Gitterwerk, durch dessen viele Öffnungen man einen Blick auf den Hof und die inneren und äußeren Festungsmauern hatte. Der Hof um die Zenana hatte offenbar früher den Frauen gehört. Die Truppenunterkünfte waren vermutlich einmal Dienstbotenwohnungen gewesen. Hinter der Südmauer sah er nur die Kuppel der Moschee, doch von den Fenstern in den Außenmauern bot sich ihm ein Blick über die äußeren Mauern hinweg bis in die Ebene.

Die Wände der beiden Zimmer waren weiß getüncht. In dem einen Raum standen ein Bett, ein Stuhl und ein Kleiderschrank, im anderen ein Tisch, ein Stuhl, und an der Wand hing ein Kalender. Der Kalender gehörte Kasim. Er strich die Tage nicht durch. Es kam ihm sinnlos vor, da er nicht wußte, wie lange seine Gefangenschaft dauern würde.

»Ich stehe wie üblich um sechs Uhr auf, da ich aus alter Gewohnheit wach werde«, schrieb er jetzt seiner Frau. »Um acht Uhr bringen sie mir Frühstück. Die zwei Stunden vergehen mit Baden, Anziehen und Lesen. Nach dem Frühstück spaziere ich durch den Hof, wenn es nicht regnet. Dann schreibe ich bis zum Mittagessen Briefe und führe Tagebuch. Nach dem Essen schlafe ich eine Weile und lese dann bis vier Uhr. Dann bekomme ich Tee. Nach dem Tee gehe ich wieder in den Hof. Danach bade ich und lese bis zum Abendessen. Natürlich vergeht die Zeit nur schleppend. Heute hoffe ich, endlich Post zu bekommen. Bitte grüße die Kinder von mir, wenn Du ihnen schreibst. Man hat mir erzählt, daß es zu Unruhen gekommen ist. Ich hoffe, es geht Dir gut, und es ist Dir nichts geschehen. Sicher mußt Du Dich jetzt um sehr viele Dinge kümmern. Schreib mir nur, wenn Du es wirklich gut einrichten kannst. Mir mißfällt besonders, daß man mir nicht erlaubt, mich selbst zu rasieren. Man hat mir mein Rasierzeug weggenommen, und jeden zweiten Tag kommt ein Barbier. Heute ist so ein stachliger Morgen. Ich nehme an, sie befürchten, ich könnte mir mit dem Rasierapparat etwas antun. Selbst meinen kleinen Spiegel habe ich nicht mehr. Bestimmt werde ich vergessen, wie ich aussehe. Dein Photo und die Photos der Kinder hat man mir gelassen, da sie nicht hinter Glas, sondern hinter Plastik gerahmt sind. Die Bilder stehen vor mir auf dem Tisch. Philosophische Regungen erinnern mich an Nawab Achmed Gaffur Ali Raschid. Die Photos lassen mich immer wieder an unseren edlen, aber exzentrischen Vorfahren denken . . .«

Es gab keinen Nawab Achmed Gaffur Ali Raschid. Seine Frau würde deshalb sofort erkennen, daß dieser Satz eine einfache kodierte Nachricht enthielt. Es war ein Anagramm. Das hatten sie im voraus abgesprochen, damit er ihr schreiben könnte, wo man ihn gefangen hielt. Er hoffte, die Zensoren würden es nicht bemerken. Sie würden in seinen ersten Briefen an seine Frau nach solchen verschlüsselten Nachrichten suchen. Dies war sein vierter. Er fuhr sich mit der Hand über das stopplige Kinn, dann über die Wangen und überlegte, ob die Gefängniskost sein Gesicht bereits hagerer machte.

Also: Kasim Gesicht. Geschichte sprach aus diesem Gesicht, die Geschichte der heiligen Kriege des Islam und der imperialen Expansion. Er führte seine Abstammung auf einen kriegerischen Abenteurer namens Mir Ali zurück, der in der Blütezeit des moslemischen indischen Reiches aus der Türkei kam (ganz ähnlich wie viele Jahre später junge Engländer in der Blütezeit ihres Reichs hier landeten). Mir Ali heiratete eine Hinduprinzessin; sie nahmen beide die neue Religion an, die der große Mogul Akbar in einem Versuch gestiftet hatte, ein Fundament zu legen, auf dem er einen Traum aufbauen wollte. Es war der Traum von einem Indien, das nicht durch widerstreitende Gottesbegriffe und Auffassungen von Gottesverehrung gespalten sein würde. Akbar wollte erreichen, daß seine Glaubensbrüder, die Moslems, und die besiegten Hindus sich wenigstens in einer Hinsicht gleich fühlten. Doch unter der Herrschaft von Aurangzeb bekehrten sich die Kasims wieder zum Islam. Das Reich zerfiel bereits, doch die Moslems hielten immer noch die Schlüssel der Macht in den Händen; und unter Aurangzeb wurde der alte missionarische Glaube an Allah und seinen Propheten als Bollwerk eingesetzt, um die bröckelnden Mauern des Staates zu befestigen. Eine neue Bekehrungswelle, die selbst die stolzen Radschputen erfaßte, bewies, daß der Glaube, der nicht mit den weltlichen Zielen übereinstimmt, sich eher beugt als umgekehrt.

Als Belohnung für den Übertritt zum Islam wurde einer der Kasims – Mir Alis ältester Enkelsohn – zum Vizekönig über ein Gebiet ernannt, das sich von Ranpur bis Mirat erstreckte. Er wurde von seinem Sohn, einem seiner Stellvertreter, ermordet. Innere Kämpfe, Krieg gegen die rebellischen Hinduherrscher und Stammesfürsten, Krieg gegen Eindringlinge aus dem Westen, die Mahratten, kennzeichneten die letzten Jahre der sterbenden Moguldynastie. Die Stellvertreter des großen Moguls rissen während des unaufhaltsamen Niedergangs Fürstentümer an sich, kämpften um die Macht und öffneten damit unwissentlich der Flut, in der sie ertrinken sollten, Tür und Tor, der Flut der allgegenwärtigen, geschäftstüchtigen, fremden Kaufleute, in denen sie anfangs eine sprudelnde Quelle persönlicher Reichtümer und Einkünfte sahen. Es waren französische, britische und portugiesische Kaufleute. Sie kamen, um Handel zu treiben; sie blieben jedoch, um ihre Geschäfte zu sichern, indem sie die Quelle des Reichtums in Besitz nahmen: das Land. Auch die Kaufleute bekämpften sich gegenseitig. Diebe kennen keine Ehre, und so mancher selbsternannte Fürst, der sich auf einen der Ausländer stützte, um sich ein benachbartes Reich einzuverleiben, mußte erleben, daß er selbst unterworfen wurde, in Gefangenschaft geriet, durch die Streitkräfte eines anderen Ausländers befreit wurde, der ihn als Marionette benutzte und schließlich völlig ausschaltete. Zu Beginn des neunzehnten Jahrhunderts war von all den Fürstentümern, die man aus dem Gebiet herausgelöst hatte, über das Mir Alis ältester Enkel herrschte, nur ein einziges übrig geblieben, das winzige Mirat. Seinem Herrscher, ebenfalls einem Kasim, war es mit Verstand und Glück gelungen, die Besitzgier der Engländer nicht zu wecken. Er hatte ihnen vermutlich eher im richtigen Moment als aus den richtigen Gründen geholfen, aber sich damit seine Einkünfte ebenso gesichert wie ihre Anerkennung seines Titels Nawab. Und da es inzwischen in der unmittelbaren Umgebung keinen anderen Fürsten mehr gab, sahen die Engländer im Nawab von Mirat keine Bedrohung ihrer friedlichen merkantilen und administrativen Ziele. Sie erlaubten ihm weiterhin zu regieren und wie eine kleine unbedeutende Rose in der Wüste begrabener Mogulambitionen zu blühen.

All das stand in Kasims Gesicht. So ein Gesicht findet man im Profil auf Münzen verherrlicht: eine Stirn, die sich zu einem kahl werdenden Schädel wölbt, eine dickliche, jedoch wohlproportionierte Nase, die gemeinsam mit einem ebenso dicklichen, aber hübschen Kinn einen Mund mit keineswegs dünnen, aber festen, entschlossenen und nicht unsinnlichen Lippen bewacht. Von vorne entdeckte man breite Backen, Kiefern und einen dicken Hals, was auf eine Überfunktion der Schilddrüse hinwies. In den schwarzen Haaren an den Schläfen und am Hinterkopf zeigte sich Grau. Das Dickliche und die Kahlheit vermittelten eine andere Vorstellung von Kasim, einem Kasim, der nicht die Zeichen prokonsularischer Würde und autokratischer Macht trug, sondern die Zeichen jahrhundertelanger Erfahrungen in weniger glanzvollen, aber keineswegs unwürdigen Berufen. Es war ein bürgerlicher Kasim, ein Kasim – und das war Mohammed Ali tatsächlich –, der seine Abstammung von Mir Ali über den jüngeren Sohn des türkischen Kriegers und seiner Hindubraut zurückführte. Dieser Zweig der Familie hatte sich bescheidener, aber tiefer in der Wahlheimat verwurzelt. Er konnte sich keines Vizekönigs, keines Nawabs, keines Feldherrn rühmen, sondern erblühte auf andere Weise: durch Handel und durch bürgerliche Berufe. Man könnte ihn den Ranpurzweig nennen; er schenkte Indien Kaufleute, Imame, Gelehrte, Anwälte, Beamte, Philosophen, Mathematiker und einen Dichter: Gaffur Mohammed, dessen Verse Major Tippit bewunderte. In neuerer Zeit hatte dieser Zweig ein Mitglied im Provinzrat des Gouverneurs gestellt: Mohammed Ali Kasims Vater. Und ein Polizeibeamter, der eine Verhaftung vornahm, hatte sich einen Moment lang die Zeit genommen, sein Porträt zu betrachten. Außerdem hatte er den ersten Regierungschef der Provinz gestellt: Mohammed Ali, ein Mann, in dem man vielleicht noch ein anderes Erbe entdecken konnte: Akbars alten Traum von einem geeinten Indien. Für diesen Traum war er ins Gefängnis gegangen; für diesen Traum hatte er das Mißfallen Dschinnas erregt, der ebenfalls Mohammed Ali hieß und jetzt von einem separaten Moslemstaat träumte. Aber Dschinnas Vorfahren waren vom Hinduismus abgefallen und nicht aus der Türkei gekommen.

Einen Monat nach der Einlieferung in die Festung von Premanagar bat Mohammed Ali Kasim (in den Zeitungen allgemein M. A. K., von den saloppen Engländern Mac genannt) Major Tippit um Erlaubnis (die er auch erhielt), vor der Zenana einen kleinen Garten anzulegen. Er schrieb auch seinen ersten Brief an den Gouverneur.

---

Es dauerte eine Weile (schrieb er), bis mich Zeitungen und Briefe erreichten, aber bald wurde ich geradezu damit überschwemmt. In kurzer Zeit war ich über die Ereignisse (wie sie berichtet wurden) auf dem laufenden (da es wenig anderes gab, mit dem ich mich hätte beschäftigen können), die auf das Bekanntwerden der landesweiten Verhaftungswelle folgten, und hatte sofort den Wunsch, Ihnen zu schreiben, denn die Zeitungen versuchten alle, den Eindruck zu erwecken, daß die Unruhen und Aufstände, die erst jetzt ein Ende finden, vom Kongreß geplant und sogar vom Kongreß in Gestalt mysteriöser Untergrundführer gelenkt worden seien, die Leute wie ich angeblich ausgewählt und instruiert hatten, damit sie die Aufgabe durchführten, falls wir verhaftet würden und sie nicht selbst übernehmen könnten. Ich erinnere mich daran, was ich bei unserem Gespräch über die Massen gesagt habe, die sich selbst aufputschen, die Führer brauchen und infolgedessen das Auftauchen aller möglichen unerwünschten Elemente fördern. Ich würde sagen, im großen und ganzen ist genau das geschehen, obwohl einige der Vorfälle – in Dibrapur zum Beispiel – auf eine Planung hindeuten. Die unerwünschten Elemente, von denen ich sprach, entstehen natürlich nicht über Nacht. Aber es sind keine Untergrundelemente des Kongresses. Ebensowenig können sie kommunistisch beeinflußt sein, denn die indischen Kommunisten sind seit dem Einmarsch Hitlers in Rußland für den Krieg und würden kaum etwas unternehmen, um den Kampf gegen den Faschismus zu behindern. Diese Elemente sind mit Sicherheit nur von sich selbst beeinflußt und sind eine Gefahr für uns alle.

Es scheint jedoch allgemein die Ansicht zu herrschen, dem Kongreß sei durch die plötzliche Verhaftung so vieler seiner Führer der Wind aus den Segeln genommen worden. Man weist darauf hin, daß Gandhi vermutlich erwartet habe, die »Quit India Resolution«, wie sie jetzt genannt wird, würde nicht ins Gefängnis, sondern zu ernsthaften Gesprächen mit dem Vizekönig führen. Dem stimme ich zu. Daß ich meine Koffer gepackt habe, nachdem ich hörte, daß die Resolution angenommen worden war, ist das Ergebnis einer rein persönlichen Überlegung gewesen. Ich gestehe, ich habe gehofft, es sei etwas, auf das ich später mit dem leichten Spott zurückblicken würde, den wir für Befürchtungen reservieren, die sich durch die Ereignisse als unbegründet erweisen. Ich sehe jedoch nicht, wie die beiden Ansichten sich in Einklang bringen lassen. Wenn die Verhaftungen als Überraschungen kamen (und ich bin sicher, für die meisten von uns war es so), hatten die Männer, die festgenommen wurden, doch wohl kaum einen Aufstand in ihrer Abwesenheit geplant? Gandhi hat nie gesagt, *wie* das Land sich praktisch aus dem Kriegsgeschehen zurückziehen soll. Wie Sie wissen, war Gandhi noch nie ein Mann der Einzelheiten. Selbst jene, die ihm am nächsten stehen, haben sich oft gefragt, was er eigentlich genau beabsichtigt. Leute auf Ihrer Seite, die ihn ablehnen, beschuldigen ihn der Verschlagenheit. Natürlich herrscht jetzt allgemein der Eindruck, sein neuester und hinterhältigster Plan sei nach hinten losgegangen. Sie selbst haben das Wort Erpressung benutzt, und die Engländer im allgemeinen haben die derzeitige Bedrohung ihrer Sicherheit genau in der Haltung von ausersehenen Opfern einer Erpressung aufgenommen, die sich weigern, Opfer zu sein. Ich hoffe, Sie werden bei erneutem Nachdenken die Erpressungstheorie verwerfen – wenn Sie das nicht bereits getan haben. Diese Theorie hat ohnedies zwei Seiten. Wir könnten die Engländer beschuldigen, sie versuchten uns mit falschen Versprechungen über die Gewährung der Unabhängigkeit nach dem gewonnenen Krieg zu erpressen, damit wir alles tun, um den Kampf zu unterstützen. Dem würden Sie entgegenhalten, die Versprechungen seien nicht falsch, obwohl Sie das nicht beweisen können und Churchill deutlich gemacht hat, daß – soweit es ihn betrifft – die in der Atlantikcharta verankerten Rechte und Freiheiten nicht für Indien gelten. Wir unsererseits würden Ihren Vorwurf der Erpressung mit der Feststellung zurückweisen, daß der Krieg für die Lage irrelevant ist, denn wir verlangen nichts, was wir nicht schon seit Jahren verlangt hätten. Der Krieg hat vielleicht dazu geführt, daß wir die Unabhängigkeit mit größerer Hartnäckigkeit verlangen, und daß Sie sich darin bestärkt sehen, sie uns noch nicht zu gewähren. Aber der Krieg hat weder etwas am Wesen der Forderung noch am Wesen der Weigerung geändert. Er hat lediglich einen anderen emotionalen Faktor und einen neuen Katalog praktischer Überlegungen hinzugefügt; und darüber vergrößern sich die Differenzen unserer Ansichten und unserer Wesen. Ich hoffe, Sie stimmen mir in meinem Glauben zu, daß es zu den Gewalttätigkeiten der vergangenen Wochen überhaupt nicht gekommen wäre, wenn man uns erlaubt hätte, frei und ungehindert weiterzumachen. Ihnen wäre dann natürlich die weit beschwerlichere Aufgabe zugefallen, einen Weg aus der Sackgasse zu finden, die durch eine koordinierte, friedliche und passive Beendigung der indischen Teilnahme am Kriegsgeschehen entstanden wäre. Das wäre die Art »Sabotage« gewesen, die Kongreßführer – und nur Kongreßführer – hätten veranlassen können. Vielleicht ist es machiavellistisch von *mir,* in der postwendenden Verhaftung der Führer eine machiavellistische Absicht der Regierung zu entdecken: Die Absicht nämlich, die beschwerliche Aufgabe in die einfachere Taktik der Gewaltanwendung zu verwandeln. Es ist leichter, auf Aufständische zu schießen, die von unerwünschten Elementen angeführt werden, als streikende Arbeiter zu zwingen, in eine Waffenfabrik zurückzukehren, Hafenarbeiter in die Häfen und Lokomotivführer auf ihre Lokomotiven. Die Regierung muß gewußt haben, daß die Inder über die Massenverhaftungen und die Gefangennahme ihrer Führer aufs höchste erregt und empört sein würden: empört, verwirrt und begierig das zu tun, was ihre Führer von ihnen erwarteten. Doch sie würden auch anfällig für Zorn, Furcht und alle jene Leidenschaften sein, die zu Gewalttätigkeiten führen. Mir fällt es keineswegs schwer, die Regierung der bewußten Provokation des indischen Volks zu beschuldigen: Entweder das, oder sie hegt den beleidigenden Glauben, das indische Volk sei so schwach und apathisch, daß das Verschwinden der Männer, die zu verantwortungsvollen Positionen aufgestiegen sind, die Bevölkerung augenblicklich so gefügig und formbar machen würde wie Lehm.

Die Bevölkerung hat nur allzu gut bewiesen, daß sie weder schwach noch apathisch ist. Ich habe die Berichte über die Unruhen, Brandstiftungen, Plünderungen, Sabotageakte und Morde gelesen, die Berichte über die Versuche zahlloser Männer, Frauen und Kinder, sich unbewaffnet dem Willen und der Stärke der Regierung zu widersetzen. Und ich habe die Berichte darüber gelesen, daß Polizei und Militär in die Menge der Unbewaffneten geschossen haben, die Berichte über Tote auf beiden Seiten, über Versuche, Gefängnisse zu stürmen, Züge zum Entgleisen zu bringen, Brücken in die Luft zu sprengen und öffentliche Einrichtungen zu besetzen; es sind Berichte über einen regelrechten, jedoch spontanen Aufstand – aber welch ein trauriges Mißverhältnis – denn die Inder hatten meist nur ihre bloßen Hände oder das, was sie mit bloßen Händen ergreifen konnten. Ich bezweifle nicht, daß es Inder gibt – besonders unter uns im Gefängnis (unsere Zahl ist seit dem Morgen des 9. August beträchtlich gestiegen) –, die stolz auf das sind, was die Nation versucht hat zu erreichen. Ich kann mich nicht dazu zählen, denn ich empfinde in erster Linie Zorn und Trauer . . . und ein Gefühl, das ich nicht ohne weiteres beschreiben kann, das aber vermutlich auf das Bewußtsein der Unfähigkeit und Machtlosigkeit zurückzuführen ist, etwas zu tun, das dazu beitragen könnte, die Situation in irgendeiner Hinsicht zu ändern.

Wenn ich Trauer und Zorn empfinde, bin ich keineswegs parteiisch. Diese Gefühle gelten und richten sich auf Menschen, die mir völlig unbekannt sind – die jungen Männer zum Beispiel, die als Soldaten hier sind. Es sind junge Engländer, die – wie wir alle wissen – nicht die geringste Vorstellung von Indien haben, außer daß es fern von zu Hause und voll dunkelhäutiger Menschen ist. In vielen Fällen sind solche Soldaten der zivilen Macht zu Hilfe gekommen (wie Sie das bezeichnen). Ihr stärkstes Gefühl muß eine große Verwirrung gewesen sein, die sich sehr schnell in tiefen und glühenden Haß verwandelte, denn sie sahen nur, daß das Land, zu dessen Verteidigung sie den ganzen langen Weg gekommen sind, sie scheinbar nicht wollte, und entschlossen war, sie zu vertreiben. Da kam es zu diesem schrecklichen Vorfall mit den beiden kanadischen Luftwaffenoffizieren, die von den Bewohnern eines gerade bombardierten Dorfes buchstäblich in Stücke gerissen wurden, weil die Leute glaubten, diese Männer hätten den Einsatz geflogen. Selbst wenn es so ist, ändert sich nichts an der Situation, wie ich sie sehe und empfinde. Sie geht uns alle an, ebenso wie die Bombardierung, der Schauplatz und die Geschichte dieser beklagenswerten Angelegenheit. In unserer Provinz haben mich zwei Vorfälle, in die Engländerinnen verwickelt waren, besonders betroffen gemacht: der Überfall auf die Leiterin der Missionsschule in der Nähe von Ranpur und die Vergewaltigung von Miss Manners im Bibighar-Park in Majapur. An diesem letzteren Fall nehme ich persönlich stärkeren Anteil als an allen anderen. Natürlich kannte ich Miss Manners' Onkel, Sir Henry Manners, aus den frühen dreißiger Jahren, als er Gouverneur der Provinz war. Er berief mich in einige der Ausschüsse, die er in dem Versuch ins Leben rief, Barrieren zwischen der Regierung und dem Volk abzubauen.

Manners war ein Gouverneur mit großem Können – tolerant, sympathisch und in jeder Hinsicht bewundernswert. Seine Amtsperiode war eine Zeit der Hoffnung für uns – ein heller Fleck am eher düsteren Horizont. Er machte sich nur Feinde unter den reaktionären Engländern und den extremistischen Indern. Ohne die Möglichkeit, die er mir bot, in diesen Ausschüssen etwas – was immer es gewesen sein mag – zu bewirken, hätte meine Partei mir vielleicht nicht die größere Gelegenheit geboten, die zu dem Regierungsamt führte. Daher werden Sie das Ausmaß meiner persönlichen Betroffenheit verstehen, als ich die Nachricht von der Vergewaltigung der Nichte eines solchen Mannes erhielt. Es scheint nur allzu verständlich, daß dieser Vorfall Öl für das Feuer der Gewalttätigkeiten in Majapur und vielleicht in der ganzen Provinz bedeutete. Die ersten Berichte, die ich las, erwähnten Miss Manners' Namen nicht – sie sprachen lediglich von einer jungen Engländerin, die das Opfer einer Vergewaltigung durch sechs junge Inder geworden war, die man alle umgehend festgenommen hatte. Diese Berichte schienen mir möglicherweise Übertreibungen zu sein, denn sie klangen hysterisch; natürlich hoffte ich auch, sie seien nicht wahr. Aber offensichtlich sind sie es, zumindest insoweit, daß Miss Manners tatsächlich überfallen und mißbraucht wurde; die spätere Bekanntgabe ihres Namens und ihrer Verwandtschaft mit dem verstorbenen Sir Henry Manners machte mich persönlich sehr betroffen.

Inzwischen jedoch verwirren und beunruhigen mich ein wenig die Folgen dieser Affäre, soweit ich sie überblicken kann. Der Artikel im gestrigen *Statesman,* der sich mit der Vergewaltigung von Miss Manners beschäftigte (gnädigerweise ohne ihren Namen zu erwähnen – ein erster Schritt, um ihr wieder ein privates Leben zu ermöglichen), bestätigt mein Gefühl, daß über die ganze unglückselige Angelegenheit merkwürdigerweise ein Schleier gezogen wurde. Als Anwalt kann ich mich damit nicht abfinden. Ich habe die Zeitungen in der täglichen Erwartung weiterer Nachrichten über die sechs Männer gelesen, die nach den ersten Berichten festgenommen worden waren. Wenn man dem *Statesman* glauben darf, sind diese sechs Männer offenbar nicht der Vergewaltigung angeklagt worden. Der *Statesman* bezieht sich auf eine sehr kurze Notiz, die vor einer Woche in der *Majapur Gazette* erschien und die Namen von zwei oder drei Männern enthielt, die kürzlich gemäß dem Ermächtigungsgesetz (natürlich ohne Verfahren) ins Gefängnis gewandert sind. Laut *Statesman* gehörten diese Männer zu den sechs, die man ursprünglich der Vergewaltigung verdächtigt und deshalb festgenommen hatte. Wiederum laut *Statesman,* der recherchiert hat, sind alle sechs auf Grund des Ermächtigungsgesetzes eingesperrt worden. Der *Statesman* fragt berechtigterweise, ob die ursprünglichen Berichte, daß »die vermutlichen Täter dank des unverzüglichen Eingreifens der örtlichen Polizei unter Führung ihres Polizeichefs sofort festgenommen worden sind«, auf Wunschdenken basierten oder auf einem Irrtum des Reporters, oder ob nachfolgende Untersuchungen die Unschuld der jungen Männer erwiesen hätten. Wenn sie unschuldig sind, ist es dann nicht merkwürdig (wie der *Statesman* wiederum richtigerweise fragt), daß sechs einer Vergewaltigung verdächtigte Männer sich alle politischer Aktivitäten schuldig gemacht haben sollten, die eine Gefängnisstrafe verdienen? Inzwischen ist klar, daß es im Zusammenhang mit der Vergewaltigung selbst kaum zu einer Festnahme oder zu einem Verfahren kommen wird, und man muß annehmen, daß die wahren Schuldigen frei ausgegangen sind. Die Frage, die der *Statesman* stellt, läuft darauf hinaus: Sind sechs Männer wegen einer Vergewaltigung festgenommen und als unschuldig erkannt worden – entweder weil sie unschuldig sind oder aus Mangel an Beweisen, die sich vor einem Gericht aufrechterhalten ließen? Sind sie aber trotzdem nach diesem bequemen Gesetz eingesperrt worden, weil jemand sie immer noch für schuldig hält oder entschlossen ist, sie aus dem einen oder anderen Grund zu bestrafen? Ich bezweifle, daß jemand die Antwort geben wird, die der *Statesman* sucht; die juristischen Aspekte werden bald vergessen sein – obwohl die Affäre selbst noch lange in Erinnerung bleiben wird –, man wird sie ebenso vergessen wie die merkwürdigen Randerscheinungen, die mir nach der Lektüre der Berichte und der Zusammenstellung beiläufig erwähnter Fakten aufgefallen sind und mich beschäftigen: Zum Beispiel die Tatsache, daß einer der Verhafteten, ein Mann namens Kumar, ein Freund von Miss Manners war; und die Tatsache, daß Miss Manners (wenn der *Statesman* es richtig interpretiert), wie Gerüchte behaupten, es ablehnte, eine Aussage zu machen, weil die Verhafteten eine andere Art Männer waren als die, an die sie sich erinnert.

Ich vermute, die Einzelheiten dieser traurigen Affäre, die den Rassenhaß im ganzen Land verstärkt hat, sind Ihrer Aufmerksamkeit nicht entgangen, besonders im Hinblick auf die Verbindungen der Familie des Opfers in Indien. Ich nehme an, Miss Manners ist die Tochter eines Bruders von Henry Manners. Ein Bericht nannte das

MacGregor-Haus in Majapur als ihre Adresse. Wie ich mich erinnere, ist es das Haus von Sir Nello und Lady Chatterjee – Freunden von Sir Henry und Lady Manners. Sicher wohnte Miss Manners bei Lady Chatterjee, lebte normalerweise aber bei ihrer Tante, die ich recht gut kannte und die, wie ich glaube, immer noch in Rawalpindi wohnt. Ich habe Lady Manners einen kurzen Brief geschrieben, den ich beilege. Ich wäre Ihnen sehr dankbar, wenn Sie ihn weiterleiten würden. Der Umschlag ist nicht verschlossen, damit Sie sich rasch selbst davon überzeugen können, daß er nichts enthält, was über Worte des Mitgefühls und des Bedauerns über das Schreckliche, was ihrer Nichte zugestoßen ist, hinausgeht. Mir ist bewußt, ich kann zu den von mir in diesem Brief angesprochenen Punkten keine ausführliche Antwort erwarten. Ich biete Ihnen meine Gedanken als jemand an, dessen erzwungene Position als Zuschauer sein Gefühl des Engagements, der Neugier und der Sorge um Gerechtigkeit in keiner Weise verkleinert hat.

»Seine Exzellenz bedankt sich für Ihren Brief« (schrieb einer von Sir Georges Sekretären einen Monat später), »und hat mich gebeten, Ihnen auch den Dank von Lady Manners für Ihre persönliche Nachricht zu übermitteln, die Seine Exzellenz an sie weitergeleitet hat.«

Kasim blickte auf. Leutnant Moran Singh, der den Brief in die Zenana gebracht hatte, stand immer noch in der Tür und lächelte.

»Sie kennen aber einflußreiche Leute«, sagte Moran Singh, »Briefe aus der Residenz des Gouverneurs und ähnliches.« Er drehte sich um und ging hinaus. Im nächsten Moment hörte Kasim, wie er einen der Wächter anschrie. In Ranpur lebten Verwandte von Moran Singh. Er hatte angeboten, Mrs. Kasim durch diese Verwandten persönliche Nachrichten überbringen zu lassen – natürlich gegen Bezahlung. Moran Singh nahm Bestechungsgelder, und er verkaufte regierungseigene Bestände. Er hatte Kasim gegenüber erklärt: »Major Tippit ist verrückt« und angedeutet, er könne – ebenfalls gegen Geld – Tippit überreden, daß er Kasim erlaubte, regelmäßig von bestimmten Mitgefangenen Besuch zu empfangen. Moran Singh repräsentierte all das, was Kasim in Indien verabscheute. Er hatte diese Angebote abgelehnt.

Kasim schrieb in sein Tagebuch: »Eine Antwort aus der Residenz des Gouverneurs, die deutlich macht, daß S. E.'s Bitte, ich möge ihm gelegentlich schreiben, wirklich nicht die freundliche Geste war, für die ich sie hielt. Anscheinend soll es eine einseitige Korrespondenz sein. Er möchte, daß ich meine Gedanken zu Papier bringe, tut es selbst aber nicht. Er will mich nicht aus den Augen verlieren. Ich bin ein Exemplar, das unter Beobachtung steht. Er muß die Anweisung gegeben haben, mich von den anderen Gefangenen getrennt zu halten. Er glaubt, die Isolation biete mir die Zeit und die Möglichkeit, meine Position zu überdenken. Hinter diesem liberalen und scheinbar offenen Äußeren verbirgt sich der unerschütterliche Beamte. Vielleicht wartet er darauf, daß ich unter der Belastung zusammenbreche. Ich könnte noch vor Weihnachten Premanagar verlassen, wenn ich ihm schreiben würde, daß ich meine Meinung geändert habe und bereit sei, aus dem Kongreß auszutreten, und daß ich mich für seinen Ministerrat zur Verfügung stellen würde. Weiß Gott, ich könnte nützliche Arbeit tun. Aber ich darf nicht zu streng über ihn urteilen. Ich erdulde hier nur geistige Härten. Seine Politik mir gegenüber wird von guten Absichten diktiert und von der Entschlossenheit, alles Mögliche zu tun, um die Provinz erfolgreich zu regieren und die Lage der Menschen zu erleichtern. Der Gouverneur konzentriert sich nicht auf die Vergangenheit . . . nicht auf die Zukunft, sondern auf die Gegenwart. Das ist eine englische Eigenschaft. Die Engländer werden erst dann erkennen, daß sie in Indien keine Zukunft mehr haben, wenn Indien nicht mehr in das Bild paßt, das sie von sich und ihren gegenwärtigen Pflichten haben. Wenn diese Zeit kommt, wird es sie nicht sonderlich kümmern, was mit uns geschieht. Früher oder später wird der Gouverneur feststellen, daß ich nicht in das Bild passe, das er von den derzeitigen Problemen seiner Provinz hat – wie immer dieses Bild auch aussehen mag. Vielleicht verschwinde ich bereits langsam daraus. Ich nehme an, er hätte geschrieben, wenn er gesehen hätte, daß ich ihm im Augenblick von Nutzen sein könnte. Man muß diese ungeschminkte Schamlosigkeit bewundern. Wir könnten etwas daraus lernen. In unserem öffentlichen Leben gibt es zu viele Emotionen. Den Engländern könnte man das nie vorwerfen. Sie sperren uns ein, lassen uns frei und sperren uns wieder ein – ganz wie es ihnen im Augenblick paßt. Sie tun es mit einer höflichen Gleichgültigkeit, die wir glücklicherweise oder unglücklicherweise mit ebenso höflicher Duldsamkeit erwidern. Sie handeln kollektiv und können sich deshalb Gleichgültigkeit leisten. Wir reagieren individuell, und das schwächt uns. Wir haben den kollektiven Instinkt noch nicht entwickelt. Die Engländer schicken Kasim ins Gefängnis. Und Kasim geht ins Gefängnis. Der Gefangene in der Zenana ist ein Mensch. Und wer ist sein Gefängniswärter? Der Gefängniswärter ist eine Idee. Aber im Gefangenen ist die Idee durch einen Menschen verkörpert. In seiner Einsamkeit streckt er die Hand nach anderen Menschen aus. Er schreibt an Sir George Malcolm. Er schreibt an die alte Lady Manners. Aber er kann sie als Menschen nicht erreichen. Der kollektive Instinkt ihres Volkes schützt sie vor ihm. Eine Antwort kommt, aber sie kommt nicht von ihnen. Sie kommt von jemandem, der an ihrer Stelle spricht. Es war für keinen von beiden zweckdienlich zu schreiben. In beiden Fällen verstehe ich, weshalb das so ist. Aber Verstehen wärmt nicht das Herz.«

---

Einige Monate später, im Mai des folgenden Jahres entdeckte der Gefangene in einer Ausgabe der *Times of India* zwei Meldungen. In der Spalte ›Geburten‹ stand: *Manners, Parvati, Tochter von Daphne; am siebten Mai in Srinagar.* Und unter ›Sterbefälle‹: *Manners, Daphne; Tochter der verstorbenen Mr. und Mrs. George Manners, die geliebte Nichte von Ethel und dem verstorbenen Sir Henry Manners.*

Es gab Zeiten, sagte sich Kasim, in denen er glaubte, er würde die Engländer niemals verstehen. Welche merkwürdige Art von Arroganz und Gefühllosigkeit konnte eine alte Dame dazu bringen, der Welt die Geburt eines Halbbluts zu verkünden, die Tochter ihrer unverheirateten Nichte, die neun Monate zuvor im Bibighar-Park vergewaltigt worden war? »Es ist«, schrieb er in sein Tagebuch, »als schleudere die alte Lady Manners uns eine Anschuldigung ins Gesicht, um sicherzustellen, daß wir wissen, dieser Vorfall kann nicht vergessen werden. Wir tragen eine bleibende Verantwortung dafür. So wie ich sie in Erinnerung habe, hätte ich ihr eine solche Geste nicht zugetraut. Aber natürlich, ihre Nichte ist gestorben, und zwar vermutlich im Kindbett. Ich nehme an, sie sagt uns, daß sie nie vergessen wird, was einige unserer Männer in dieser Nacht getan haben. Oder bedeuten diese Meldungen, daß sie uns vergeben hat? Nimmt sie das Kind, das auf so tragische und gewalttätige Weise gezeugt wurde, Indien zuliebe zu sich? Man weiß es nicht. Die Engländer haben eine Redewendung: ›Er trägt das Herz auf der Zunge‹, aber das lassen sie sich nie anmerken – höchstens sehr selten einmal, wenn sie unter sich sind.«

## EINE VERGANGENHEIT

I

»So war es mit Henry und jetzt auch mit der armen Daphne«, murmelte Lady Manners. Sie reichte Suleiman das Tagebuch ihrer Nichte, damit er es in dem schwarzen Metallkästchen verschließen sollte, wie er Jahre zuvor mit Ehrerbietung oder zumindest Behutsamkeit einige persönliche Papiere ihres Mannes darin verschlossen hatte. Aber er nahm Daphnes Buch entgegen, als sei es nichts Besonderes; er legte es in das Kästchen mit dem offenen Deckel und blieb dann abwartend stehen, ohne ihren Blick zu erwidern. Er trug immer noch die alte Astrachankappe, über die er sich vor Monaten in Pindi beklagt und obwohl er das Geld für eine neue von ihr bekommen hatte.

Nun ja, er ist eifersüchtig, dachte sie, und er ärgert sich immer noch darüber, daß er allein und höchst unbequem im Bus den ganzen Weg von Pindi nach Srinagar kommen mußte, nur um den Haushalt für die Rückreise zu ordnen – wie ein Lasttier, das keine Last trägt, die seiner Jahre, seines jahrhundertelangen, ewigen Dienstes würdig wäre. Er ist ein alter Mann. Seine Haare sind grau geworden wie meine. Warum läßt er sich keinen Bart stehen? Wenn er sich einen Bart wachsen läßt, darf ich das nicht übersehen und muß auf den Morgen vorbereitet sein, an dem er zu mir kommen und sagen wird: »Memsahib, lassen Sie mich gehen. Ich bin ein alter Mann. Ich muß Mekka sehen, ehe ich sterbe. Und wenn ich es gesehen habe, muß ich meinen Bart rot färben, zurückkommen und die restlichen Jahre meines Lebens in Frieden und ehrenhaftem Ruhestand mit dem Segen Allahs, des Barmherzigen, verbringen.«

So würde ich auch gehen ... aber nicht nach Mekka. Wohin würde ich gehen? Und wie? Ich weiß nicht wie oder wohin und auch nicht, wer barmherzig wäre ...

Sie blickte durch das Fenster auf das ruhige Wasser des Sees und hörte das Kind weinen. Sie machte eine Geste und sagte ein Wort, was beides dasselbe bedeutete: *Khatam.* Fertig. Suleiman schloß den Deckel des Kästchens, drehte den Schlüssel um und reichte ihn ihr. Seine alten braunen Finger waren noch immer geschmeidig nach dem lebenslangen geschickten Umgang mit ihrem Besitz und Henrys Besitz, mit den Dingen, die seine Götter waren, seine Ikonen. Aber

Daphnes Dinge bedeuteten ihm nichts. Es war alles weg. Aber was? Nun ja, es ist weg, dachte sie . . . was immer es auch war. Sie nahm den Schlüssel, legte ihn in ihre Handtasche und war sich dabei der Endgültigkeit der Geste bewußt, ohne zu begreifen, weshalb sie ihr als endgültig erscheinen sollte. Du warst einmal hübsch, sagte sie zu Suleiman ohne Worte. Du hattest eine Frau, von der wir wußten, und zwei Nebenfrauen, von denen du behauptet hast, sie seien die Schwestern deiner Frau. Du warst ein Gauner und ein Wüstling. Du hattest Kinder, Gott weiß wie viele, von wem und wo überall. Jetzt bist du allein, und ich bin allein. Selbst jetzt können wir nicht so darüber sprechen wie ein Mann und eine Frau es vielleicht tun, die gemeinsame Erinnerungen haben. Doch wenn du sterben solltest, würde ich weinen. Wenn ich sterben sollte, würdest du dein Haupt bedecken und tagelang mit niemandem sprechen. Aber hier in der Welt, in der wir beide leben, in der Schwebe zwischen Kommen und Gehen oder Gehen und Kommen, halten wir immer noch die Beziehung von Herrin und Diener aufrecht, obwohl wir weit darüber hinausgewachsen sind, und sie uns nur als ein Kürzel dient, um über den Tag zu kommen, ohne uns gegenseitig Schwierigkeiten zu machen.

Suleiman griff nach dem Kästchen und trug es hinaus in den Gang, der sich, an der dem Ufer der Insel zugewandten Seite, über die ganze Länge des Hausbootes zog. Er verließ ihr Schlafzimmer mit dem einen Bett, ging an dem leeren Gästezimmer mit den beiden Betten vorbei durch das Eßzimmer und die beiden Stufen hinauf in das Wohnzimmer, vor dem die Veranda mit dem Blick auf den See und das andere Ufer lag, wo die Tongas warteten, um die Passagiere von den Schikaras zu dem Platz zu befördern, wo die Busse und Autos hielten.

Auf dem Wasser direkt unter der Veranda drängten sich Schikaras – eine für das Gepäck, eine für die Passagiere und ungefähr ein halbes Dutzend, die beladen waren mit dem Kunsthandwerk Kaschmirs: Holzschnitzereien, Umschlagtücher, Teppiche, Blumen . . . und selbst ein Wahrsager mit seinem Boot – obwohl es an diesem Septembermorgen erst halb acht war und der Nebel, durch den man eine greifbare Zukunft sehen mochte, sich noch nicht gelichtet hatte. Aber in der letzten halben Stunde vor einer Abreise bestand immer die Möglichkeit, etwas zu verkaufen. In ihrem Zimmer hörte Lady Manners die Rufe der Händler, die verlockende Angebote und Versprechungen machten, um Suleiman zu überreden, daß er noch einmal zurückging und sie hinausbrachte, damit man sie vielleicht verführen könnte.

Sie dachte: Heute lasse ich mich verführen! Sie folgte Suleiman auf die Veranda, wo er stand – ein dünner, zerbrechlicher Mann mit gebeugten Schultern und einem von Motten zerfressenen Fez auf dem Kopf. Er trug eine weite weiße Hose und, als Schutz gegen die Kühle des frühen Septembermorgens, Henrys alte, viel zu große Jacke aus Harris-Tweed, unter der ein Hemdzipfel herausragte, ein leuchtendes Stück Blau auf der weiten weißen Hose. Er hielt das Kästchen vor der Brust wie ein Reliquiar. Er sagte nichts, aber er behielt das Ufer im Auge und wachte über die aufgetürmten Gepäckstücke. Als er bemerkte, daß sie gekommen war, sprach er mit dem Khansamar und wies ihn an, das Gepäck zu verstauen. Der Khansamar winkte den Männern unten, die sofort heraufkletterten. Die Händler sahen, daß die Abfahrt bevorstand, und erhoben erneut ihr Geschrei. Diesmal wendeten sie sich direkt an die Memsahib. Sie streckten ihr das entgegen, von dem sie sich am meisten erhofften, es würde sie verführen. Sie winkte dem Mann, der ihr vor drei Jahren ein Umhängetuch verkauft und seitdem die Hoffnung auf ein neues Geschäft nie aufgegeben hatte. Aus diesem Grund winkte sie ihm und nicht, weil seine Schikara am nächsten lag (obwohl es der Fall war, da er sie rechtzeitig in eine günstige Position gerudert hatte). Er kletterte beladen über ihre eigene leere Schikara und über die Gepäckschikara, schob mit den Ellbogen die Männer beiseite, die sich um das Gepäck kümmerten, und erreichte die Veranda des Hausboots. Hier legte er sein Bündel ab, begrüßte sie mit einer tiefen Verbeugung, löste den Knoten, öffnete das Bündel, und eine Flut fein gewebter Wollstoffe mit goldenen, silbernen und bunten Stickereien ergoß sich auf den Boden. Der Khansamar hatte einen Stuhl herausgebracht. Sie setzte sich und betrachtete den Mann – sein Käppchen und seine rührenden unehrlichen Augen, wenn er aufblickte, um die Wahrheit der Lügen zu beteuern, die er ihr erzählte.

Suleiman (dachte sie) läßt diese Torheit gleichgültig. Es gab eine Zeit, als er mich vor Gaunern beschützte, denn *er* war unser Gauner, unser geliebter Gauner, der uns nie betrog, aber die Gauner kannte, da er mit ihnen aufgewachsen war und ihre Tricks beherrschte. Er jagte kleinere Gauner, ebenbürtige Gauner und größere Gauner davon. Er hat mir alles beigebracht, was ich über das Feilschen weiß, und überhaupt alles, was er weiß. Er steht da, hält das Reliquiar und läßt mich machen, als sei ich eine Schülerin, die alt genug ist, um es besser zu wissen, die zu alt ist, um zurechtgewiesen zu werden. Er dreht sich nicht um, lauscht aber trotzdem auf das Weinen des Kindes.

Ich wähle dieses Tuch, um meine Schultern an einem kalten Abend zu wärmen, denn ich bin in einem Alter, in dem man sich mit einem Anflug von Vulgarität schmücken kann . . . oder nicht? Soviel Silberfäden und zuviel scharlachrote Seide! Werde ich es jemals tragen? . . . Dieses hier ist vielleicht etwas dubios. Vielleicht sogar dieses? Nach einem so frühen Frühstück ist das Grün vermutlich ein wenig zu giftig. Soll ich überhaupt eins von diesen Tüchern wählen? Bin ich also zu alt für solche Gesten der Eitelkeit? Für wen mache ich sie? Für mich? Henry? Suleiman? Daphne? Oder für Kaschmir, weil ich nach all diesen Jahren des Kommens und Gehens in meinem Innersten spüre, daß ich nicht mehr zurückkommen werde? Oder ist es eine Versicherung? Kaufen, weil ich glaube, es sei das letzte Mal, um mir die Sicherheit zu verschaffen, daß es nicht so ist? Vielleicht kaufe ich das Tuch für das Kind, für Parvati, auf deren Weinen Suleiman lauscht, und über die er nicht sprechen will. Hat Suleiman das Kind überhaupt schon einmal angesehen?

Sie wählte ein Tuch, an dem niemand hätte Anstoß nehmen können. Aber als sie bezahlt hatte und hineingegangen war, nachdem sie das Wort und die Geste *Khatam* wiederholt hatte, bedauerte sie, etwas gekauft zu haben, das ihr weder Vergnügen noch Qualen bereiten würde. Sie staunte über das Erstaunliche, daß sie sich die Gelegenheit zu einer Geste hatte entgehen lassen, die andere und sie selbst später als untypisch bezeichnen würden. Am Ende, so erkannte sie, wurde die Gewohnheit zum Laster und guter Geschmack zum Selbstzweck: Nichts konnte je daraus entstehen.

Fünfzehn Minuten später klopfte der Khansamar an die Tür ihres Zimmers, in dem sie allein saß und durch das kleine Fenster auf den See blickte. Sie trug bereits den altmodischen Tropenhelm mit Schleier und Handschuhe. Sie sprach, ohne daß man es ihr angesehen hätte, wie vor jeder Reise ein kurzes Gebet. Der Khansamar meldete, alles sei bereit. Sie erhob sich, dankte ihm für seine Dienste und ging hinaus. Trinkgelder hatte sie am Abend zuvor verteilt. Das Personal des Hausbootes und des Hauses, in dem sie von November 1942 den ganzen strengen Winter hindurch bis zum Juni gewohnt hatte, bevor sie auf den See gezogen war, stand auf der vorderen Veranda und dem Sonnendeck versammelt. Insgesamt waren es fünfzehn Leute, zwölf vom Boot und drei vom Haus. Sie blieb einen Augenblick stehen. Die Dienstboten betrachteten die Memsahib schweigend. Dann sagte sie: »Dankeschön«, und ließ sich von dem Khansamar die Stufen hinunter in die Schikara mit dem gestickten Baldachin und einem Ruhebett helfen . . . Henry hatte einmal gesagt, mit ihr zusammen in einer solchen Schikara komme er sich vor wie Antonius auf einer Vergnügungsfahrt mit Kleopatra. Am Fuß des gepolsterten Ruhebetts saß bereits die junge Aja und stillte das Kind. Sie hatte sich verschleiert für die Reise aus dem Tal, das sie zum ersten Mal verließ. Nachdem die Memsahib Platz genommen hatte, kam Suleiman an Bord und setzte sich an den schmalen Bug, ohne das Reliquiar aus der Hand zu legen. Die drei Bootsleute hinter ihr hoben die langen, herzförmigen, spitz zulaufenden Paddel und manövrierten die Schikara durch das Gewimmel der Händlerboote. Sie drehte sich um und winkte; aber die Umrisse des Hausboots verschwammen zu ihrem Verdruß bereits vor ihren Augen. Ihr fiel ein, daß sie vergessen hatte, nach den Blumen an ihrem Bett zu sehen, um sich zu vergewissern, daß sie wirklich verwelkt waren. Beim Gedanken an diese Blumen erinnerte sie sich auch wieder an Daphnes rhetorische Frage, die sie in ihr Tagebuch geschrieben hatte, als noch Schnee lag und der Sommer, den es irgendwie nie gegeben hatte, noch bevorstand:

»Sollen wir dann auch zum See hinuntergehen, Tante, auf einem Hausboot leben, es mit Blumen schmücken und uns die Zukunft weissagen lassen?«

In zwei Tagen reise ich ab (hatte sie ihrer alten Freundin Lili Chatterjee in Majapur geschrieben), und so endet, wie man sagt, ein Kapitel; du kennst seine Bürde und hast sie mir erleichtert, nicht nur durch deinen allzu kurzen Besuch in diesem Sommer, sondern auch durch deinen klugen Rat und durch die Meinung, die du dir bilden konntest, nachdem du das Kind gesehen hattest. Würdest du vielleicht heraufkommen und mich besuchen, wenn ich mich in Pindi wieder eingerichtet habe, Weihnachten zum Beispiel? Ich erwarte nicht, oft eingeladen zu werden. Meine Landsleute können kaum noch etwas mit mir anfangen. Das Kind unter meinem Dach ist in ihren Augen zweifellos eine Art Skandal. Es ist eine so lebendige, lautstarke Erinnerung an Ereignisse, die man nach Ansicht meiner Landsleute am besten vergißt – oder, wenn nicht vergißt, so doch zumindest klugerweise als etwas Geschehenes und ordnungsgemäß Erledigtes betrachtet. Ich richte meine Bitte oder Einladung nicht aus irgendeinem Gefühl der Isolation (das mir die letzten Monate vielleicht gebracht haben) an dich, sondern aus dem anderen, wichtigeren Gefühl der Zusammengehörigkeit mit einer Freundin, die meine Sprache spricht, und mit der ich an Weihnachten wirklich gern Geschenke in Form von Gesprächen, Plänen und Erinnerungen austauschen möchte.

Heute bringen wir das Hausboot von seinem einsamen Ankerplatz im See, den du so hübsch fandest, in sein Winterquartier, damit die Schikaras mit dem Gepäck übermorgen nicht so weit fahren müssen. Nach deinem Besuch bekam ich Nachbarn. Sie sind inzwischen wieder zurück in Pankot, wo sie stationiert sind. Ihr Boot ist bereits nicht mehr da, und in den letzten paar Tagen war ich wieder allein, was ich im großen und ganzen auch vorziehe. Diese Leute, die hier in der Nähe ankerten, versäumten es nicht, sofort nach der Ankunft ihre Karten herüberzuschicken. Ich ließ die Höflichkeiten durch Aziz erwidern. Das Ergebnis: Von ihrem Boot ging spürbar ein Gefühl peinlicher Verlegenheit und Neugier aus. Wenn unsere Schikaras sich zufällig begegneten, gab es zurückhaltendes Kopfnicken, aber ein Besuch kam erst gegen Ende ihres Aufenthalts. Und auch dann erschien nur eine der beiden Töchter, als alle anderen eines Nachmittags eine Vergnügungsfahrt unternahmen. Das Mädchen fuhr allein in seiner Schikara vorbei und sah mich auf dem Sonnendeck, wo ich saß. Sie winkte, ließ sich dann heranrudern und fragte, ob sie einen Augenblick an Bord kommen dürfe. Das konnte ich ihr schlecht abschlagen, obwohl ich es etwas salopp fand nach all den Tagen, in denen wir kein Wort miteinander gewechselt hatten. Sie kam sofort zur Sache und erklärte, Verlegenheit habe sie alle ferngehalten, da sie nicht wüßten, was sie zu mir sagen könnten, das nicht deutlich verraten würde, daß sie alle vermieden, die arme Daphne zu erwähnen (»die schreckliche Sache mit Ihrer Nichte« nannte sie es). Doch sie kehrten bald zu ihrem Standort zurück, und sie sagte, die Vorstellung, abzureisen, ohne mit mir gesprochen zu haben, sei ihr unangenehm. Ich empfand das als eine eher dürftige Entschuldigung, aber trotzdem sprach daraus ein gewisser Mut. Sie sagte, sie höre das Baby oft weinen und würde es sehr gerne sehen. Also führte ich sie hinunter in die Kabine, in der das Bettchen der kleinen Parvati steht. Das Mädchen – sie heißt Sarah Layton – sah sie lange an, ohne ein Wort zu sagen. Parvati schlief, und die Aja nahm ihre besitzergreifende, wachsame Haltung ein, was möglicherweise Miss Laytons Unsicherheit vergrößerte. Vermutlich erwartete sie, das Baby habe diese Art blasse Haut, die es schwer macht, das Mischblut zu entdekken, wenn man nicht bewußt darauf achtet. Schließlich sagte sie: »Sie ist so winzig«, als habe sie noch nie zuvor ein vier Monate altes Baby gesehen. Dann bedankte sie sich dafür, daß ich ihr Parvati gezeigt hatte. Ich lud sie ein, zu bleiben und unter dem Sonnensegel an Deck Tee mit mir zu trinken. Sie zögerte nur kurz, ehe sie annahm. Auf dem Weg nach draußen fiel ihr Blick auf die Koffer mit Daphnes

Namensschild. Sie zögerte wieder. Sie war mir ein Rätsel. Nette junge Engländerinnen in Indien machen üblicherweise nicht den Eindruck, als ob sie sich viel den Kopf zerbrechen, außer wenn es darum geht herauszufinden, welche Männer in der unmittelbaren Umgebung sich am meisten für sie interessieren. Natürlich werden sie hin und wieder nachdenklich, aber Miss Laytons Nachdenklichkeit wirkte auf mich eigenartig und kompliziert, keineswegs das Ergebnis einfacher Selbstbeschäftigung.

Als wir die Visitenkarten austauschten, kam mir der Name Layton irgendwie bekannt vor. Und als Miss Layton Ranpur und Pankot erwähnte, fiel mir wieder ein, daß der Name dort sehr bekannt ist. Aber ich konnte mich nicht daran erinnern, jemanden von der Familie kennengelernt zu haben. Henry und ich wohnten während seiner Amtszeit als Gouverneur fünf Jahre dort, doch unser gesellschaftliches Leben brachte uns mit zahllosen Menschen zusammen. Beim Tee erzählte Miss Layton, daß sie, ihre Schwester und ihre Mutter das Hausboot mit einer Tante und einem Onkel teilen. Ihr Vater, Oberst Layton, ist in deutscher Kriegsgefangenschaft. Er befehligte in Nordafrika die 1. Pankot Rifles. Er war einige Zeit in einem Gefangenenlager in Italien, aber als wir von Süden her vorrückten, wurden viele der Gefangenen zurückverlegt. So haben unsere Erfolge in letzter Zeit Oberst Layton der Freilassung und der Rückkehr zu seiner Familie nicht näher gebracht. Die Aussage, daß ihr Vater ein Kriegsgefangener war, erklärte teilweise ihren überraschenden Besuch und das Bemühen, sich zu entschuldigen. In Abwesenheit ihres Vaters versuchte sie vermutlich das zu tun, was sich schickte. Sie hoffte, ihr Besuch bei mir mache die Unhöflichkeit der übrigen Familie wieder gut. Vielleicht glaubten die Laytons selbst an die Geschichte, die sie sich einredeten, daß sie nicht in meine Privatsphäre eindringen wollten. Aber natürlich lag unter dieser scheinbar zartfühlenden Rücksichtnahme die entschiedene Mißbilligung, die mir jetzt überall begegnet und die ich inzwischen gewohnt bin. Vielleicht ist Entsetzen das bessere Wort dafür – Entsetzen darüber, daß ich nichts unternommen und zugesehen habe, daß Daphne ein Kind zur Welt brachte, dessen Vater einer aus einem halben Dutzend Rohlingen sein könnte; und Entsetzen darüber, daß ich das Kind nach Daphnes Tod nicht einfach in ein Waisenhaus abgeschoben habe, sondern für es sorge und ihm diesen Namen gegeben habe: Parvati Manners.

Ich fragte Miss Layton, ob ihr der Urlaub gefalle. Sie erklärte, es sei der erste wirkliche Urlaub seit Kriegsbeginn. Sowohl sie als auch ihre Schwester haben sich zum freiwilligen Hilfsdienst gemeldet und arbeiten im Hauptquartier in Pankot. Sie hatten beschlossen, in diesem Jahr nach Srinagar zu kommen, weil die Schwester, die jüngere der beiden, bald heiraten wird. Ich hatte die üblichen Scharen junger Männer gesehen, die zu Besuch auf das Hausboot kamen, und erkundigte mich natürlich, ob der Verlobte der Schwester auch in Srinagar sei. Offenbar nicht. Die Verlobung fand statt, als er in Pankot stationiert war, und ursprünglich sollte auch die Hochzeit um Weihnachten herum in diesem Jahr dort stattfinden. Aber er wurde plötzlich nach Mirat versetzt. Er hat geschrieben, die Hochzeit müsse vorverlegt werden und in Mirat stattfinden, je früher, desto besser. Die Flitterwochen könnten nicht länger als zwei oder drei Tage dauern. Das bedeutet natürlich, er erwartet, an die Front geschickt zu werden (er gehörte zu einem der Regimenter, deren Überresten es gelang, 1942 aus Burma herauszukommen). Also wird die junge Braut beinahe sofort nach der Hochzeit Strohwitwe sein. Deshalb sind die Laytons auch früher als geplant nach Pankot zurückgefahren. Sie werden sich bald nach ihrer Ankunft dort auf den Weg nach Mirat machen. Offenbar hoffen sie, im Gästehaus des Palastes wohnen zu können. Deshalb ist die jüngere Schwester schon ganz aufgeregt. Ich sagte Sarah Layton, Mirat würde ihr gefallen, besonders wenn sie als Gäste des Nawab dort wären, der Henry und mich eingeladen hatte, als wir eine Rundreise durch die Gegend machten. Möglicherweise sieht es der Nawab als einen Teil seines Kriegsbeitrags an, das Gästehaus Militärs zu überlassen, die in der Garnison keine Unterkunft finden. Er muß inzwischen auch schon älter sein, genau wie sein Wesir, dieser außergewöhnliche russische *Emigré* Graf Bronowski – oder wie er heißt, den der Nawab in den zwanziger Jahren aus Monte Carlo mit zurückgebracht hatte, als es wegen der Beziehung des Nawab zu einer Europäerin zum Skandal kam. Ich machte Miss Layton auf Bronowski aufmerksam und erzählte ihr, daß die Engländer ihn alle haßten, bis sie erkannten, welch guten Einfluß er auf den Nawab ausübte. Sie fragte, ob ich eine Idee habe, was sie dem Nawab schenken könnten, da er sie in seinem Gästehaus wohnen läßt. Anscheinend hatten sie schon seit Tagen dieses Thema diskutiert. Ich erzählte ihr, der Nawab sei entfernt mit dem ehemaligen Ministerpräsidenten M. A. Kasim verwandt, und daß der berühmte Urdudichter Gaffur aus dem achtzehnten Jahrhundert ein Vorfahre von ihnen beiden ist. Ich sagte, eine schön gebundene Ausgabe von Gaffurs Gedichten sei bestimmt das schmeichelhafteste Geschenk für den Nawab. Sie war von meinem Vorschlag sehr angetan. Sie wollte mit ihrer Mutter und ihrer Tante darüber sprechen und versuchen, ein Exemplar zu finden. Ich riet ihr, es in Srinagar zu kaufen, wo sie es in wenigen Tagen sogar binden lassen könnte. Andernfalls gäbe es auch im Basar in Ranpur einen Laden, der ausgezeichnete Ledereinbände und Goldschnitt herstellt.

Nachdem wir unser Gespräch über das Buch beendet hatten, sah sie mich ungewöhnlich neidisch an, wie ich es bei einem so jungen Mädchen noch nie erlebt habe, und sagte: »Sie wissen soviel!« Ich lachte und erwiderte, einer der wenigen Vorteile des Alters sei es, eine Quelle aller möglichen unwichtigen Informationen zu sein, die sich manchmal als nützlich erweisen. Doch sie erklärte, das meine sie eigentlich nicht. Sie denke an Wissen und nicht an Erinnern. Sie konnte es nicht richtig erklären, und so stand sie auf und sagte, sie dürfe meine Zeit nicht länger beanspruchen. Ich lud sie ein, wiederzukommen. Sie antwortete, sie würde es tun, falls sie Gelegenheit dazu habe. Ich nahm an, sie wollte sagen, vermutlich sei das nicht der Fall und, wie sich herausstellte, habe ich sie auch nicht wiedergesehen, sondern ihr nur aus der Ferne zugewinkt. Ich habe ihre Abreise nicht beobachtet, doch nachdem die Laytons weg waren, kam einer der Diener vom Küchenboot mit einem kleinen Strauß Blumen und einer Karte, auf der stand: »Mit besten Wünschen, vielen Dank, Sarah Layton.«

Ich habe darüber nachgedacht, was sie mit *Wissen* im Unterschied zu *Erinnern* meinte. Vielleicht bedeutet es nur, daß ich im Verlauf unseres Gesprächs immer wieder Informationen einfließen ließ und dadurch den Eindruck erweckte, der bei älteren Leuten nicht unüblich ist, nicht nur ein langes, volles Leben hinter mir zu haben, auf das ich für einen jungen Zuhörer nach Belieben wieder zurückgreifen kann, sondern auch von keinen Zweifeln über die Bedeutung und den Wert dieses Lebens und der Meinungen, die ich mir im Lauf der Zeit gebildet habe, geplagt zu werden. Allerdings würde das auf Wissen hinweisen, und als sie sagte: »Sie wissen soviel!« klang es, als sei das ein Zustand der Gnade, um den sie mich in dem falschen Glauben beneidete, ich befände mich darin, sie aber nicht, und sie begreife nicht, wie man den Zustand der Gnade je erreichen könne angesichts der Dinge, wie sie sich ihr darstellen. Es wäre interessant, den Rest der Familie kennenzulernen, die ich nach ihrem Auftreten und Verhalten als typische Militärs bezeichnen würde, wenn ich nicht gelernt hätte, daß Menschen niemals typisch sind. Aber ich meine damit, man könnte vermutlich ein Diagramm typischer Erfahrungen, Einstellungen, Erwartungen und Verhaltensweisen einer Offiziersfamilie in Indien erstellen, und es würde ein grobes, aber nicht ungenaues Bild vom Hintergrund und von den Lebensumständen ihres Alltags liefern. Ich war gerührt über die Blumen . . . und darüber, daß sie sich nicht gehalten haben und verwelkt sein werden, wenn ich abreise und hinunter nach Pindi zurückkehre.

---

Man stelle sie sich also vor: eine alte Dame in einem rehbraunen Tweedkostüm, einer hochgeschlossenen cremefarbenen Seidenbluse mit Perlmuttknöpfen. Sie ist nicht mehr so beweglich und schätzt deshalb den Luxus des bestickten Ruhebetts in der Schikara nicht sonderlich, denn es fällt ihr schwer, sich niederzusetzen und darauf auszustrecken; es fällt ihr schwer, aber es ist noch nicht unmöglich für jemanden, der sich dazu erzogen hat, nicht durch Zeichen von Schwäche oder Gebrechlichkeit Mitleid herauszufordern oder Belustigung hervorzurufen; und so umgibt sie jetzt, als sie sich gegen das Rückenpolster lehnt, den Kopf mit dem Tropenhelm würdevoll zum Abschied neigt, eine Hand hebt und mit der anderen bei den Fältchen und Knöpfen unter ihrem Hals die Sicherheit einer alten Frau sucht und findet, etwas von der verblaßten, edwardianischen, ja sogar viktorianischen Eleganz, denn die viktorianischen Frauen waren große Reisende, wenn sie sich die Mühe machten, überhaupt zu reisen; die Nebelschwaden des frühen Morgens in den Bergen und über dem See, das Dahingleiten des Bootes, die spitzen Paddel, die ins Wasser tauchen und die Luft schlagen, Suleimans Totemfigur, die duldsame, zusammengekauerte junge Kaschmiriefrau, die das Kind stillt . . . all das zusammengenommen vereinigt sich zur zeitlosen chinesischen Landschaft einer Porzellanmalerei und der Darstellung der vergänglichen englischen Erfahrung exotischer Kulturen.

## II

Wenn man von Engländern in Indien sagen könnte, sie lebten in einer bestimmten Stadt (im Sinne einer Dazugehörigkeit), dann lebten die Laytons in Ranpur und in Pankot. Ranpur war für Oberst Laytons Regiment, die 1. Pankot Rifles, der feste Standort in der kühlen Jahreszeit. Der Standort in der heißen Jahreszeit befand sich in den Hügeln von Pankot. Dorthin zog im Sommer auch die Provinzregierung. Aus den Hügeln und Tälern um Pankot rekrutierte das Regiment seine Männer: kräftige Bauern mit einer kriegerischen Tradition, die (wie man sagte) bis in die Zeit vor der Mogulherrschaft zurückreichte. Im Laufe des sechzehnten Jahrhunderts fielen die Bewohner der Hügel von den alten Hügelgöttern ab, traten zum Islam über und mischten sich mit den Moguln, den Eroberern ihres Landes. Für die Engländer waren sie Moslems, obwohl man sie genauer als Polytheisten hätte bezeichnen müssen. In den Dörfern fand man immer noch Statuen der alten Hindugötter, denen die Frauen Opfergaben brachten – zur Zeit der Aussaat und der Ernte, wenn sie verliebt und wenn sie schwanger waren, nach der Geburt eines Sohnes oder dem Tod des Ehemannes. Die Männer standen über diesen Dingen, es sei denn, sie machten eine Reise. Dann achteten sie darauf, daß eine Frau aus der Familie am Vortag eine Schale Quark und einen Kranz Blumen vor dem Dorfschrein am Straßenrand niederlegte.

Im ganzen Hügelgebiet gab es nur in Pankot eine Moschee. Viele der jungen Männer, die ihr Dorf verließen und nach Pankot kamen, um sich am Rekrutensammelplatz als Soldaten anwerben zu lassen, konnten die Moschee, den Kalitempel, die katholische und die protestantische Kirche voneinander nicht unterscheiden. Sie kannten die Namen Allahs und ihrer Stammesgötter; sie glaubten, daß Allah alles sah, daß er allwissend und mächtiger war als die Götter der Hügel – so mächtig, daß man besser nicht mit den Dingen des Alltags zu ihm kam. Wenn man starb, kam man zu ihm. Hier auf der Erde mußte man ehrlich, fleißig und tatkräftig sein. Wenn man ein gutes Leben führte, nicht trank oder rauchte, die Felder bestellte, Frauen nahm, Kinder zeugte, nicht betrog oder stahl, für ein dichtes Dach sorgte und die Familie ernährte, dann blickte Allah wohlgefällig auf seinen Diener herab. Ein solches Leben bedeutete jedoch auch, der weltlichen Macht zu dienen: Steuern zu bezahlen, den kleineren Beamten Geldgeschenke zu machen, den höheren treu ergeben zu sein und die Götter der Hügel versöhnlich zu stimmen, die weniger mächtig waren als Allah, die aber die Zeit und die Neigung hatten, Sterblichen das Leben schwer zu machen, indem sie den Regen zurückhielten oder zuviel schickten, die Erde unfruchtbar machten, Söhne im Leib der Frau in Töchter verwandelten, das Blut durch Krankheiten vergifteten und die Luft mit schlechten Dünsten verseuchten. Da Allah allwissend war, verstand er das wohl. Wenn man die Hügelgötter nährte und ihnen schmeichelte, so half dies ja nur, die Aufgabe zu meistern, das Leben so zu gestalten, daß Allah es mit Wohlgefallen betrachten konnte. Trotzdem überließ man diese Dinge am besten den Frauen, denn die Frauen verstanden Allah eigentlich nicht. Das mußten sie auch nicht. Bei einem Mann war das etwas anderes: Allah war ein Mann, der vollkommene Landwirt und der überragende

Krieger. Er segnete das Getreide und verlieh dem Schwertarm Stärke. Ein sicherer Weg, um in den Himmel zu kommen, war der Tod im Kampf gegen Allahs Feinde. In der Ebene, am Fuß der Hügel und sogar in Pankot lebten Menschen, die Allah auch nicht verstanden. Aber diese Unwissenheit bedeutete, daß die Männer dort nicht besser waren als Frauen. Der weiße Mann jedoch verstand Allah. In Pankot standen die Moscheen der Weißen. Es gab dort auch den *Daftar* des Sahib Rekrutierungsoffizier. Dorthin konnte ein junger Mann gehen und *Sipahi*, Soldat werden. Die Feinde des weißen Mannes waren auch Allahs Feinde. Der weiße Mann nannte Allah Gottvater. Aber es war derselbe Allah. Den Propheten nannten sie Jesus Christus und nicht Mohammed; aber wölbte sich nicht ein Himmel über die ganze Welt? Wölbte er sich nicht in Pankot über der Moschee, dem Hindutempel, den beiden Kirchen, der Sommerresidenz des Gouverneurs, Flagstaff House und dem *Daftar* des Sahib Rekrutierungsoffizier? Für die jungen Männer, die von den Hügeln nach Pankot hinunterkamen, war jeder dieser Plätze ein Sitz des Mysteriums und der Macht. Und in ihren Augen war der *Daftar* des Sahib Rekrutierungsoffizier sowohl in praktischer als auch in mystischer Hinsicht der wichtigste von allen.

Keiner machte sich auf seinem Hügel oder in seinem Tal auf den Weg nach Pankot, ohne vorher von einem älteren männlichen Verwandten vor den unberechenbaren Mysterien des *Daftar* gewarnt und darauf vorbereitet worden zu sein. Der Weg zum *Daftar* war die erste Prüfung der Männlichkeit. Abgewiesen zu werden, bedeutete für einige der jungen Männer eine Schande, von der man sich nie mehr erholen konnte. Man erzählte, im Basar von Pankot gebe es Männer, die abgewiesen worden waren und die nun bettelten und hungerten, weil sie sich fürchteten, nach Hause zurückzukehren. Wenn man sein Glück versuchte, war es unbedingt notwendig, angenommen zu werden, wollte man einem anderen Mann je wieder ins Gesicht blicken. Und so kamen sie Jahr um Jahr mit ernsten Gesichtern (die sich im nächsten Moment zu einem breiten Lachen verziehen konnten, denn die Leute von Pankot waren von Natur aus fröhlich und heiter), barfuß und mit einer Decke über den Schultern; und jeder hatte unvermeidlich den Beweis einer früheren Familienbindung an die Pankot Rifles bei sich: sorgsam ausgebesserte Khakishorts, Auszeichnungen, das Empfehlungsschreiben eines Onkels, der es zum Havildar oder Jemadar gebracht hatte und um die Gunst bat, seinen Neffen in den Dienst des Königs und Kaisers (den sie irgendwie mit dem Großmogul und Allah verwechselten) zu nehmen;

und als Referenz gaben sie den Namen eines Engländers an, der, wie sich herausstellte, meist in den Ruhestand getreten oder gestorben, aber nicht vergessen war. Die Erinnerung des *Daftar* reichte weit zurück.

Die Hauptrekrutierungszeit dauerte von Anfang April bis Ende September und fiel mit dem Umzug der Zivilverwaltung und des Militärs aus der Ebene in die Hügel zusammen. In früherer Zeit waren dann nicht nur der Gouverneur, seine Minister und deren Beamte mit ihren Akten von Ranpur nach Pankot gekommen, sondern auch Einheiten der Pankot Rifles und das Ranpur-Regiment.

Die gesellschaftliche Saison in Pankot dauerte von April bis September. Man traf dieselben Leute wie in Ranpur, jedoch in einer anderen, angenehmeren Umgebung. Die Empfänge in der Sommerresidenz des Gouverneurs (ein Gebäude im schweizerisch-neugotischen Stil, in dem Holz dominierte und nicht Stein und Stuck wie im anglo-indischen palladianischen Palast von Ranpur, wo die Veranda mit den Säulen den Akzent setzte) waren weniger prunkvoll, aber ebenso förmlich. Die wichtigen Clubs waren auch in Pankot vertreten (hier überwog ebenfalls Holz anstelle von Stein), und es gab außerdem den Pankot Club, den Subalternoffiziere und Beamte der unteren Ränge vorzogen, denn dort traf man die Mädchen, die gerade erst aus der Heimat nach Indien gekommen waren und mit denen man sich vielleicht gut amüsierte.

In Pankot konnte man Dampf ablassen. Es war durch und durch englisch. Die Luft war frisch, und hier wuchsen Nadelbäume. Indien, das wahre Indien lag unten. Im Norden bildete die ferne, eindrucksvolle gezackte Silhouette des Himalaja den Punkt, wo Himmel und Erde zusammentrafen (meist war er hinter Wolken verborgen, aber gelegentlich schien er enthüllt und offenbart zu werden wie das Wort Gottes). Der Sommer in Pankot war heißer als der Sommer in England, aber die Nächte und Morgen waren kühl, und der sanfte Regen ließ sich in nichts mit den Sturzfluten in der Ebene vergleichen. Der Winter erinnerte in den Stunden zwischen Sonnenaufgang und -untergang an den englischen Frühling.

Unter den Hügelgarnisonen rangierte Pankot an zweiter Stelle. Es lockte kaum Touristen und nur wenige Urlauber an (sie zogen Darjeeling, Naini Tal und Kaschmir vor). Es bestand eine Eisenbahnverbindung mit Ranpur, eine einspurige Linie mit schmalen Gleisen. In acht Stunden kam man hinauf nach Pankot und in sechs Stunden hinunter nach Ranpur. Es gab auch eine Straße, die von dem indischen Bus und vom Militär benutzt wurde. Die Soldaten der Pankot Rifles und des Pankot-Regiments wurden in Lastwagen hinauf und hinunter befördert. Manchmal trafen sich Straße und Schienen, führten unter- oder übereinander hinweg oder verliefen parallel. Es ging langsam bergauf. Die Straße verlief schließlich nicht mehr auf dem Damm, sondern nur noch in tiefen Einschnitten. Die Anzeichen menschlicher Besiedlung wurden seltener, der Charakter der Dörfer änderte sich. Es gab weniger Wasserbüffel, dafür mehr weiße, höckrige Rinder und sehr viel mehr Ziegen. Felsige Ausläufer der Hügel tauchten auf, dann begann sich die Straße in den Hügel hineinzuwinden, wie ein staubiges Band, das die verbrannte Ebene mit den grünen Höhen verband. Die Geräusche klangen gedämpft, wurden verstärkt oder zurückgeworfen, je nach Formation der Berghänge, der Schluchten und der Felswände. Der Geruch von Holz hing in der Luft.

Pankot lag auf drei Hügeln und in dem Tal, das sie umgaben. Die Bahn endete vor einer Felswand, um die herum sich die Straße durch einen Tunnel von Bäumen aufwärts, über den Gipfel hinweg und hinunter in den Talkessel zog. Hier boten sich dem Blick weite Grasflächen, auf denen verstreut Baracken standen, die unmißverständlich auf das Militär hinwiesen. Morgens und abends sanken die Nebel herab, und aus dem Nebel tauchte, eine Meile weiter, die indisch-tirolerische Architektur des Pankot Basars auf – ein V-förmig angelegtes Viertel mit dreistöckigen Holzhäusern und holzgitterwerkverkleideten Balkonen über den offenen Läden, in denen bestickte Tücher, gehämmerte Silberarbeiten und Holzkästchen mit Messingintarsien im Lotusmuster verkauft wurden. Es gab indische Kaffeehäuser, Wahrsager, die Zweigstelle der Imperial Bank of India, eine Autoreparaturwerkstatt, einen Fahrradhändler, das Hinduhotel und das Moslemhotel. An der Spitze des V's hielten die Busse. Dort konnte man Tongas und Pferde mieten; man fand sogar ein oder zwei Taxis. Hier hielten sich die Bettler und die herumziehenden heiligen Männer auf, die Jungen in Lumpen und mottenzerfressenen Pelzmützen, die untereinander darum wetteiferten, die Schuhe der Besucher auf Hochglanz zu polieren. Es roch nach Benzin, Pferdeäpfeln, Kuhfladen, Weihrauch, Sandelholz und nach scharfgewürzten Gerichten, die unter freiem Himmel auf Holzkohlenfeuern gekocht wurden. Die Ladenschilder trugen Inschriften in Englisch und in der Landessprache, das heißt sowohl in nagarischen als auch arabischen Schriftzeichen. Hier standen auch der Kalitempel und die Moschee. Mitten auf dem Platz, den die Spitze des V's, der Tempel und die Moschee bildeten, stand ein phallischer Monolith, ein Denkmal, das 1929 als Erinnerung an die Soldaten der Pankot Rifles errichtet wurde, die im großen Krieg gefallen waren. Im November wurde es mit Kränzen aus Mohnblüten geschmückt, und man legte Opfergaben aus Ghi, Buttermilch und Blumen davor nieder.

Die Arme des V's reckten sich ziemlich steil nach oben und reichten bis in die Hügel hinter dem Basar. Die Straße rechts vom Kriegerdenkmal war weniger steil, erreichte aber schließlich die majestätische Anhöhe, die von der Sommerresidenz des Gouverneurs beherrscht wurde. Die linke Straße führte direkter zu einer etwas niedriger gelegenen Gegend, wo reiche Inder und kleinere Fürsten chaletartige Häuser besaßen (einige trugen das »Mahal« in ihrem Namen, um darauf hinzuweisen, daß es sich um Paläste handelte). Der Großteil der Engländer kannte diese Gegend kaum. Für sie erreichte man Pankot über die rechte Straße. Hier lagen die Clubs, die Regierungsgebäude, der Golfplatz, die Bungalows und Häuser, die während der Saison bewohnt waren. Die meisten verbargen sich hinter Kiefern, und nur die Tafeln am Straßenrand neben den Auffahrten wiesen auf sie hin. Und doch entstand nie das Gefühl der Enge. An jeder Biegung der Straße boten sich neue Ausblicke. Manche Engländer behaupteten, die Gegend erinnere sie an die Hügel von Surrey in der Nähe von Caterham. Einige kamen nach ihrer Pensionierung vom Zivil- oder Militärdienst nach Pankot, aber nicht um hier zu sterben (obwohl sie starben und auf dem Friedhof der St. Johns-Kirche – anglikanisch – oder der St. Edwards-Kirche – katholisch – begraben wurden), sondern um die verbleibenden Jahre an einem Ort zu verbringen, der eigentümlich indisch war, jedoch eindeutig ihnen gehörte. Die Dienstboten waren hier billig, in den Gärten gediehen englische Blumen (manchmal wirklich prachtvoll), und das Leben konnte die Heiterkeit der Erfüllung von getanen Pflichten finden, ohne daß man sich der bedrückenden Aussicht stellen mußte, nach Hause zurückzukehren und sich zu fragen, wozu das Leben gut gewesen sei.

Sarah Laytons Kindheitserinnerungen an Indien kreisten in erster Linie um Pankot. Sie und Susan waren dort geboren (1921 beziehungsweise 1922). Ihre Taufe ist im Kirchenbuch von St. John vermerkt (Sarah im März, ein Widder, und Susan im November, ein Skorpion). Das Buch verzeichnet auch die Hochzeit ihres Vaters, John Frederick William Layton (Leutnant der 1. Pankot Rifles, Sohn des James William Layton, *ICS*) und ihrer Mutter Mildred Rose Muir, Tochter von Howard Campbell Muir, Generalleutnant (*GS*) im

Jahre 1920. Weder James William Layton noch General Muir fanden ihre letzte Ruhestätte auf dem Friedhof von St. John in Pankot, doch dort standen Grabsteine, die beide Namen verewigten, die Steine von General Muirs unverheirateter Tante und von James Laytons Großtante – erstere starb im Alter von neunzehn Jahren am Fieber, letztere mit dreiundzwanzig im Kindbett.

John Layton, Sarahs und Susans Vater, kam 1913 zum zweiten Mal in seinem Leben nach Pankot. Er war damals neunzehn Jahre alt, hatte gerade Chillingborough und Sandhurst absolviert und sich für eine militärische, nicht für eine zivile Laufbahn entschieden, doch die Wahl des Regiments wurde von einem Gefühl familiärer Verbundenheit diktiert. Pankot lag im ersten Distrikt seines Vaters als Kommissar. Layton konnte sich an den Ort nicht mehr erinnern. Als Dreijähriger hatte er mit seinen Eltern einen Sommer dort verbracht, als sein Vater im Ministerium in Ranpur arbeitete und mit der Provinzregierung zur jährlichen Atempause nach Pankot in die Hügel hinaufzog. Danach gingen die Laytons hinunter nach Majapur, wohin James Layton als Zweiter Kommisar und Zweiter Richter versetzt worden war; eine spätere Beförderung zum Distriktkommissar führte die Laytons nach Dibrapur. Am Ende dieser Zeit war der kleine John Layton acht und mußte nach Hause, das heißt nach England, um dort zur Schule zu gehen. Seine Eltern nahmen ihren Heimaturlaub und begleiteten ihn. In den Schulferien lebte er bei seinem Großvater väterlicherseits in Surrey. Die Eltern kehrten nach Indien zurück. Bald nach der Rückkehr wurde James Layton zum Kommissar für den Distrikt Pankot ernannt. Während seiner Amtszeit machte er sich unter den Indern in den Hügeln einen Namen. Er hatte gewisse exzentrische Züge, die sie an ihm schätzten. Er verschwand oft aus seinem Büro, ohne seinen Stab und ohne seine Frau zu unterrichten, und ritt von Sonnenaufgang bis Sonnenuntergang durch die Hügel, um sich mit den Dorfbewohnern zu unterhalten.

Der kleine John Layton kränkelte als Kind in Indien. Er hatte die Konstitution seiner Mutter geerbt. Auch in England gab sein Gesundheitszustand einigen Anlaß zu Besorgnis. Es war geplant, ja sogar versprochen, daß er 1907, als Dreizehnjähriger, einen Monat der langen Sommerferien bei seinen Eltern in Indien verbringen sollte. Sein in England lebender Großvater riet davon ab und schlug vor, die Eltern sollten statt dessen auf Heimaturlaub nach England kommen. Doch nur Mrs. Layton konnte die Reise machen.

Sie war schon krank, ehe sie sich auf den Weg machte (die Spuren eines Lebens an so ungesunden Orten wie Majapur und Dibrapur waren so tief, daß das gesündere Klima von Pankot nicht mehr viel helfen konnte), und sie war krank, als sie in England ankam. An diese Mutter erinnerte sich der junge John Layton nicht. Später fiel es ihm schwer, sich die widerstreitenden Gefühle ins Gedächtnis zu rufen, die ihr Anblick in ihm hervorrief. Einmal erzählte er seiner Tochter Sarah (in einem seltenen Augenblick der Vertrautheit – selten, aber vielleicht nicht unerwartet, denn Sarah war die Tochter ihres Vaters, Susan dagegen die Tochter ihrer Mutter): »Ich glaube, ich war enttäuscht. Meine Mutter wirkte auf die falsche Weise alt. Ich meine, wie jemand, der für die Bühne alt geschminkt ist. Als sie starb, war es, als sei das Sterben Teil einer Rolle. Ich hatte das Gefühl, meine wirkliche Mutter sei immer noch Tausende von Meilen entfernt in Pankot, und die Frau vor mir sei eine schlechte Schauspielerin . . . Als mein Vater wieder heiratete und mit seiner zweiten Frau Mabel 1909 nach England kam, war sie für mich realer, als meine Mutter es je gewesen war. Aber warum erzähle ich dir das?«

Sarahs Großmutter väterlicherseits, die erste Mrs. Layton, starb 1907 in England an doppelseitiger Lungenentzündung nach einem Malariaanfall, und zwar sechs Wochen, nachdem sie zurückgekommen war, um ihren Sohn zu besuchen. John Layton war schon wieder in der Schule, zu seinem ersten Semester in Chillingborough. Zum Begräbnis kam er nach Surrey zurück und schrieb seinem Vater in Indien einen Brief, in dem er ihm sagte, wie traurig er sei. Mit Unterstützung seines Großvaters beschrieb er ihm außerdem den Stein, der auf dem Grab seiner Mutter errichtet werden sollte.

Die zweite Frau seines Vaters war die Witwe eines Majors der 1. Pankot Rifles, der heldenhaft an der Nordwestfront gefallen war. Der junge John Layton lernte sie im Sommer 1909 kennen, als sie seinen Vater auf dem Heimaturlaub begleitete. John mochte sie. Auf eine eigenartige Weise erinnerte sie ihn an seine wirkliche Mutter – an die Mutter seiner Vorstellung. Sie behandelte ihn, als sei er schon ein Mann, und als Fünfzehnjähriger war er das in gewisser Hinsicht auch schon – der vielversprechende Schüler einer humanistischen Schule; er sah nicht schlecht aus und überwand allmählich seine frühere Kränklichkeit. Er war immer noch sehr mager, aber er hatte starke Knochen und war im Stimmbruch. Daß er seinem Vater so ähnlich sah, verblüffte ihn, und er fühlte sich geschmeichelt, als seine Stiefmutter es erwähnte. Er habe die Augen seines Vaters, sagte sie. Sie war rundlich, schwerer als er, aber sie bat ihn öfter, ihr den Arm zu reichen, und wenn er das tat, stützte sie sich darauf. Sie gab ihm das Gefühl, ritterlich zu sein, und forderte ihn auf, sie Mabel zu nennen – diesen Namen hatte er nie gemocht, doch nun gefiel er ihm.

Auf die Frage seines Vaters: »Was hältst du von ihr, John?« konnte er aus vollem Herzen mit »oh, sie ist Spitze«, antworten. Er staunte, als der Vater seine Hand nahm, wie es eine Frau vielleicht getan hätte, und sie drückte. Bei diesem Gespräch lagen sie im Obstgarten seines Großvaters unter einem Apfelbaum, an dessen Zweigen viele Äpfel hingen – noch sommerlich grün und sauer, aber auch schon mit einem Anflug rosiger Herbstreife.

»Was hast du vor, John?« fragte sein Vater, »gehst du in die Verwaltung oder zum Militär?«

»Oh, zum Militär«, sagte er und dachte dabei an den gefallenen Helden, den ersten Mann seiner Stiefmutter. »Zu den Pankot Rifles.« Er richtete sich halb auf, wie um sich zu entschuldigen. Sein Vater lag mit geschlossenen Augen auf dem Rücken und lächelte. »Ich meine«, fügte der junge Layton hinzu, »wenn du einverstanden bist. Weißt du, ich möchte kein Kapital aus deiner Position in der Verwaltung schlagen, sondern auf eigene Faust etwas anderes versuchen. Hast du etwas dagegen?«

Sein Vater erwiderte: »Aber nein«, lächelte noch breiter und wiederholte: »Aber nein, mein Junge.«

---

Als der junge John Layton 1913 nach Indien zurückkehrte, war sein Vater Staatssekretär für Finanzen im Ministerrat des Gouverneurs der Provinz. Sein Vater und Mabel wohnten in einem riesigen alten Bungalow in Ranpur. John blieb eine Woche lang bei ihnen, und Mabel gab ihm zu Ehren ein Essen, bei dem er den Kommandanten der 1. Pankot Rifles, den Adjutanten und ihre Frauen kennenlernte. Vor Eintreffen der Gäste überzeugte sich Mabel davon, daß der Schneider in London ihm eine korrekte Uniform gemacht hatte, und daß er sie richtig trug. Sie bestand aus einer engen dunkelblauen Hose, die zwischen Sohle und Absatz der Wellington-Stiefel festgebunden war, einem weißen Hemd mit einem gestärkten schmalen, an den Ecken umgebogenen Stehkragen, einer schmalen schwarzen Seidenfliege, einem schwarzen seidenen Kummerbund, einer bis zur Taille reichenden Jacke aus dunkelgrünem feinen Wolltuch, die mit schwarzen Bändern geschnürt und am Hals mit einer kleinen Silberkette geschlossen wurde. Die Uniform war warm, aber nicht ausgesprochen unbequem. Er trug sie voll Stolz, und er nahm es Mabel nicht übel, als sie ihm mit dem Fächer leicht gegen die Brust schlug und sagte: »Laß dich von ihr tragen, dann wächst du schon hinein.« Sie gab ihm einen Kuß und hob den Arm, wie eine Dame es damals tat, um den Schutz eines Mannes zu erbitten, der ihr gefiel.

Eine Woche später meldete er sich bei seinem Regiment in Ranpur (es war Oktober), und in der darauffolgenden Woche fuhr er in die Hügel von Pankot hinauf zum Depot, wo man ihn mit der Aufgabe des Rekrutierens vertraut machte, mit der Grundausbildung und dem Transport der Männer nach Ranpur, die sich vom Urlaub aus ihren Dörfern zurückmeldeten. Im Oktober und November kamen immer noch junge Männer aus den Hügeln nach Pankot hinunter, um sich im *Daftar* als Rekruten zu bewerben. Oft begleitete sie dabei ein älterer Bruder, der im April mit seinem Bataillon aus Ranpur heraufgekommen war und später seinen Urlaub genommen hatte. Die Zeit der Rekrutierung war auch die allgemeine Urlaubszeit. Der 2. Leutnant John Layton saß manchmal mit seinem Vorgesetzten, dem Subalternoffizier, im *Daftar* und erlernte die Technik, geeignete Männer auszuwählen und die anderen abzuweisen. Oder er beobachtete die jungen Rekruten beim Exerzieren unter dem Subahdar-Major und befehligte die Morgen- und Abendparade. Außer dem Subalternoffizier, der als Rekrutierungsoffizier-Sahib fungierte, gab es noch zwei andere permanente englische Offiziere in Ranpur – der Depotkommandant und sein Adjutant. John Layton wohnte zusammen mit dem Subalternoffizier in einem Bungalow in der Nähe des Golfplatzes. Seine militärischen Pflichten nahmen nur wenig Zeit in Anspruch, aber daneben hatte er gesellschaftliche Verpflichtungen. Zu den gesellschaftlichen Pflichten gehörte es, europäische Beamte und Zivilisten (meist im Ruhestand) in der Reihenfolge ihrer Rangordnung zu besuchen (das heißt, seine Visitenkarte abzugeben). Pankot war nie ganz verlassen, aber im Winter herrschte dort eine Atmosphäre beinahe wohliger Ruhe. In Pankot war er überall als James Laytons Sohn und Mabels Stiefsohn bekannt und hatte nichts dagegen, keine eigene Identität zu besitzen. Das Leben war im wahrsten Sinne des Wortes Dienst. Er hatte die Vorstellung, daß seine Mutter wegen ihres schlechten Gesundheitszustandes das nie richtig begriffen hatte. In Pankot erinnerte man sich auch an sie, jedoch als eine Frau, die den Anforderungen nie ganz gewachsen gewesen war, die das Land an Weiße stellt (ganz bestimmt nicht so gut wie ihre Nachfolgerin Mabel Layton).

John Layton achtete darauf, sich ausreichend körperliche Bewegung zu verschaffen. Er ritt, spielte Tennis und unternahm an den

Wochenenden ganz allein lange Wanderungen. Doch die Einsamkeit reizte Layton nur in der Theorie, denn die einsamen Hügelpfade beunruhigten ihn.

Das Haus, das sein Vater und Mabel im Sommer bewohnten, war verschlossen. Er freute sich auf 1914 und hoffte, nicht das Pech zu haben, in Ranpur zurückbleiben zu müssen. Er hätte doch zu gern einen Sommer in Pankot verbracht, in dem sein Vater und Mabel ebenfalls dort waren. 1915 würde er vermutlich an der Nordwestfront sein, denn seit 1907, dem Jahr, in dem Mabels Mann gefallen und seine Mutter in England gestorben war, hatte man die 1. Pankots dort nicht mehr eingesetzt. Er freute sich auch auf die Zeit – die in fernerer Zukunft lag, denn Beförderungen im Frieden dauerten noch länger –, wenn er als Subalternoffizier ein ganzes Jahr in Pankot verbringen und für die Rekrutierung verantwortlich sein würde. Vielleicht war sein Vater dann bereits im Ruhestand und lebte ständig in Pankot. Manche Leute behaupteten, Indien sei für den Zusammenhalt einer Familie schädlich, weil die Kinder für lange Zeit von ihren Eltern getrennt seien. Einige Engländer hatten sogar versucht, ihre Kinder in dazu eigens eingerichteten Schulen im Land ausbilden zu lassen, aber dieses Experiment stellte sich als nicht sehr erfolgreich heraus. Die Kinder waren ihr Leben lang abgestempelt. Was den jungen Layton betraf, so hatten die Jahre in England die Liebe zu seinem Vater, der Stiefmutter und dem Land, dem er diente, nur verstärkt.

---

Im November kehrte John Layton nach Ranpur zurück. Pankot sollte er erst im Sommer 1919 wiedersehen. Wie er befürchtet hatte, mußte er die heiße Jahreszeit 1914 in Ranpur verbringen. Als seine Eltern wieder nach Ranpur kamen, hatte England Deutschland den Krieg erklärt. 1915 wurden die 1. Pankots nach Dehra Dun verlegt und dann nach Poona. Es bestand eine gewisse Unsicherheit über die Rolle, die sie übernehmen sollten, aber schließlich wurden sie einer Brigade zugeteilt und nach Suez eingeschifft. Sie kamen an die Front in Mesopotamien. Subahdar Muzzafir Khan Bahadur wurde posthum das Viktoriakreuz verliehen. Der Oberst erhielt einen Orden für besondere Verdienste, DSO, und zwei Offiziere, einer davon war Layton, erhielten ein MC, ein Militärkreuz. Mit gelichteten Reihen kamen die 1. Pankots nach Palästina und kehrten 1919 nach Indien zurück, wo die Heimreise vorübergehend verzögert wurde, weil ihre Ankunft mit den Unruhen im Pandschab zusammenfiel. Der Aufstand war (nach Ansicht der Inder) eine Folge der Rowlatt-Akte, die der indischen Regierung ermöglichen sollte (trotz der Deklaration von 1917, die als politisches Fernziel Indien den Status eines Dominion verhieß), mit Hilfe der Notstandsgesetze zum Schutz vor subversiven Kräften in Friedenszeiten gewisse Kriegsrechte anzuwenden. Zu diesen Maßnahmen gehörten Gefängnisstrafen ohne Gerichtsverfahren für Inder. Nach Ansicht der Engländer waren die Unruhen einfach ein unerfreuliches Zeichen der Zeit, ein Beweis dafür, daß der Krieg den Sinn der Menschen für die Werte zerstört hatte, was dazu führte, daß Rote und Radikale – Weiße ebenso wie Schwarze – übermütig wurden.

Aber das Vorgehen von General Dyer im April im Amritsar, der im Jallianwallah Bagh persönlich eine Abteilung Gurkhas anführte und das Feuer auf unbewaffnete Zivilisten eröffnen ließ, die seinem Befehl ignorierten, sich zu zerstreuen, wobei mehrere hundert Menschen getötet und über tausend verletzt wurden, erstickte die erwartete Revolution im Keim, und so verließen die 1. Pankots im Mai das Etappenlager, wo sie für den Fall in Reserve lagen, daß weitere Truppen zur Unterstützung der Zivilmacht benötigt würden, und setzten ihre Heimreise fort.

Pankot bereitete dem Regiment ein offizielles Willkommen – eine große Militärparade in Anwesenheit des Gouverneurs, der Mitglieder seines Ministerrates und des kommandierenden Generals in Ranpur, Generalleutnant Muir. Subahdar Muzzafir Khan Bahadurs siebenjähriger Sohn und seine Witwe (eine unidentifizierbare, von Kopf bis Fuß in eine schwarze *burkha* gehüllte Gestalt, die wie ein Denkmal wirkte) wurden dem Gouverneur und dem General vorgestellt (die Witwe nur indirekt, nämlich den Gattinnen der anwesenden Offiziere), und der Sohn nahm aus den Händen des Gouverneurs den Orden seines Vaters entgegen. Die Offiziere, die eine Auszeichnung erhalten hatten, standen zusammen mit dem Gouverneur und dem General auf der Ehrentribüne, während das Bataillon mit Pfeifen und Trommeln vorbeimarschierte. Ihm folgten die 1. Ranpurs (stellvertretender Kommandeur Major A. V. Reid, DSO, MC), die ebenfalls im Mittleren Osten gekämpft hatten, aber früher nach Hause zurückgekehrt waren, und die zusammengewürfelten Kriegszeitbataillone von Pankot, die bald aufgelöst werden sollten. Den Schluß bildeten die stolzen 4/5 Pankot Rifles, die weiterbestehen und nach Majapur verlegt werden sollten, um es zu ihrem permanenten Standort in der kühlen Jahreszeit zu machen.

Der junge John Layton stand, wie es ihm zukam, zusammen mit den anderen dekorierten Offizieren auf der Ehrentribüne.

»Ich weiß noch, daß ich dachte«, erzählte er Sarah, »irgend etwas ist falsch, und das bedeutet, wir wollten das nicht, und es ist etwas unwiderbringlich verlorengegangen, die Unschuld, nehme ich an. Vielleicht lag es nur daran, daß Vater tot, daß der Krieg ein Chaos gewesen war und ich meinen Orden nicht verdient hatte, oder daran, daß Mabel weinte. Nun ja, ich nehme an, es war alles sehr prächtig.«

---

John Laytons Vater war 1917 unerwartet nach kurzer Krankheit an einem Leberabszeß gestorben, der Folge einer langwährenden Amöbeninfektion, die nie richtig diagnostiziert oder behandelt worden war.

Er starb im Minto-Krankenhaus in Ranpur und wurde auf dem Friedhof von St. Luke begraben. Mabel sagte, wenn er noch ein Jahr gelebt hätte, wäre ihm der KCIE (Knight Commander of the Indian Empire) verliehen worden. Seit dem Tod des Vaters hatte sich Mabel verändert, dachte ihr Stiefsohn. Sie hatte schon immer einen harten Zug gehabt, ohne den ihre Fröhlichkeit oberflächlich gewirkt hätte. Jetzt war die Fröhlichkeit verschwunden, und die Härte zeigte sich dort, wo man sie am wenigsten erwartet hätte: nicht in der Öffentlichkeit, sondern im privaten Bereich. Sie weinte bei der Parade. Aber als sie mit ihrem Stiefsohn auf den Friedhof ging, um ihm das Grab seines Vaters zu zeigen, tat sie das eher beiläufig. Sie schien das Geschick oder den Willen verloren zu haben, daß die Leute sich in ihrer Gesellschaft wohl fühlten.

Ein Jahr später – ihr Stiefsohn hatte inzwischen Mildred Muir geheiratet, ein Untersuchungsausschuß hatte sich mit dem Massaker im Jallianwallah Bagh beschäftigt, der Indische Nationalkongreß hatte einen Bericht dazu vorgelegt, im Unterhaus hatte eine Debatte über die Ergebnisse des Militärrats stattgefunden, und General Dyer war bei halbem Sold in den Ruhestand versetzt worden (entehrt, obwohl man ihn zwölf Monate zuvor als den Retter Indiens gefeiert hatte und alle richtig denkenden Menschen ihn immer noch dafür hielten) – überraschte Mabel Layton jedermann, als sie sich weigerte, die Partei der Damen von Pankot und Ranpur zu ergreifen, die für den General-Dyer-Fonds Geld sammelten. Die Damen hatten die Tränen bei der Parade, das versteinerte Gesicht bei Tee und Kaffee fälschlich für vorbildlichsten Patriotismus gehalten und waren deshalb schockiert, als Mabel sich weigerte, etwas zu spenden oder Geld zu sammeln, um den alten General vor bitterer Armut zu bewahren. Plötzlich erschien sie ihnen in einem anderen Licht: Sie, die Witwe eines Soldaten, der für das Empire gestorben war, Witwe – zum zweiten Mal – eines Zivilisten, dessen Einsatz für das Empire ihn das Leben gekostet hatte, Stiefmutter eines jungen Offiziers, der tapfer für sein Land gekämpft hatte, Schwiegermutter der zweitältesten Tochter von General Muir . . . und trotzdem schien sie unempfänglich für das wahre Wesen dessen zu sein, was die Männer in ihrem Leben (dazu zählte auch ihr Vater, ein General) verkörpert hatten oder immer noch verkörperten.

Als bekannt wurde, daß für General Dyer insgesamt die beachtliche Summe von 26 000 Pfund gespendet worden war, fühlten die Damen sich gerächt und gerechtfertigt. Doch Mabel Layton bemerkte nur: »Sechsundzwanzigtausend? Wie viele unbewaffnete Inder sind im Jallianwallah Bagh gestorben? Zweihundert? Dreihundert? Es scheint eine gewisse Unklarheit darüber zu herrschen. Sagen wir zweihundertsechzig. Das sind einhundert Pfund pro Kopf. Also kennen wir nun den Tageswert eines toten Braunen.« Und sie stellte einen Scheck über einhundert Pfund für den Fonds der Inder aus, die Geld für die Familien der Opfer vom Jallianwallah Bagh sammelten. Aber davon wußten nur John Layton und der Inder, dem sie das Geld anvertraute.

»Dir zuliebe behalte ich es für mich«, sagte Mabel zu ihm, aber es klang, als habe sie das Gefühl, er selbst habe sie zu dieser Geheimhaltung getrieben. »Die Leute würden es falsch verstehen. Das tun sie im allgemeinen. Du mußt an deine Laufbahn denken. Du kannst keine Stiefmutter brauchen, die scheinbar zu einer Eingeborenen wird, obwohl mir das ganz bestimmt nie in den Sinn käme. Ich hasse dieses verdammte Land jetzt ohnehin. Es hat mir zwei Männer genommen. Für mich geht es nicht darum, zwischen dem armen alten Dyer und den verdammten Braunen zu wählen. Die Entscheidung wurde mir abgenommen, als wir dieses Land übernommen und uns dann eingeredet haben, wir hätten es ihretwegen und nicht unseretwegen getan. Dyer kann für sich selbst sorgen. Aber die Regeln besagen, daß die Braunen das nicht können, denn wir werden dafür bezahlt, daß wir es für sie tun. Und wenn es *wirklich* notwendig ist, immer wieder ein paar von ihnen zu ihrem eigenen Besten abzuknallen, dann sollten wir wenigstens dazu stehen und zu dem Mann, der zu viele abgeschossen hat, einfach sagen ›Pech gehabt‹. Dann sollten wir auch dafür sorgen, daß die Frauen und Kinder, die ihre Männer und Väter verloren haben, nicht verhungern. Sie haben in Amritsar auch Kinder erschossen, nicht wahr? Was haben die Kinder uns getan?«

Sie gab die hundert Pfund einem gewissen Sir Achmed Akbar Ali

Kasim, einem reichen Moslem aus Ranpur. Er war im Ministerrat des Gouverneurs ein Kollege ihres verstorbenen Mannes gewesen; sein Sohn Mohammed Ali hatte in seinem Beruf als Anwalt große Fähigkeiten bewiesen, und im Jahr des Massakers im Jallianwallah Bagh sah er sich veranlaßt, der Kongreßpartei beizutreten, deren Ziel im selben Jahr und aus denselben blutigen Gründen unter M. K. Gandhis Führung sich dahingehend änderte, daß sie die Unabhängigkeit nicht länger durch Zusammenarbeit, sondern sobald als möglich durch Nichtzusammenarbeit erreichen wollte.

»Du bist jung«, sagte Sir Achmed Akbar zu seinem Sohn. »Dein Herz ist stärker als dein Verstand. Wenn du so alt bist wie ich, werden dich solche emotionalen Dinge nicht so verwirren. Du glaubst, Jallianwallah Bagh war etwas Neues? Du irrst dich. Du glaubst, der indische Kongreß kann sicherstellen, daß es die letzte Episode dieser Art war? Da irrst du dich wieder. Du glaubst, Jallianwallah Bagh beweist, daß die Engländer lügen, von Freiheit reden, aber tyrannisch handeln und zerstören? Auch darin irrst du dich. Es hätte nie zu Jallianwallah kommen können, wenn die englischen Worte von Freiheit nicht aufrichtig wären. Es ist dazu gekommen, weil sie aufrichtig sind. Sie haben ihre Gegner durch ihre Aufrichtigkeit in Angst und Schrecken versetzt. Damit meine ich nicht uns. Wir sind nicht ihre Gegner. Ihre Gegner, die jetzt zählen, die jedoch immer weniger zählen werden, sind ebenfalls Engländer. Es sind Männer wie General Dyer. Weshalb bezeichnest du diesen Mann als ein Ungeheuer? Er glaubte, Gott habe ihn mit der Aufgabe betraut, das Empire zu retten. Er glaubte das allen Ernstes, so wie er allen Ernstes glaubte, einer heimtückischen Bedrohung des Empire gegenüberzustehen. Warum wiederholst du wie ein Papagei die Parole, die Engländer seien alle scheinheilig? Das kannst du ihnen nie vorwerfen. Du kannst ihnen vorwerfen, daß sie aufrichtig sind, und daß sie sich darüber streiten, worüber man aufrichtig sein muß. Nur unaufrichtige Menschen kann man der Scheinheiligkeit beschuldigen. Manchmal glaube ich, wir sind die Heuchler, denn wir haben zu lange als ein unterworfenes Volk gelebt, um uns noch daran erinnern zu können, was Aufrichtigkeit bedeutet, oder um nicht von einem zum anderen Tag zu vergessen, woran wir glauben.

Sieh her (der alte Mann zeigte Mohammed Ali ein Stück Papier), weißt du, was das ist? Es ist der Scheck einer Engländerin über Rupien im Gegenwert von hundert Pfund auf meinen Namen. Ich habe mich verpflichtet, den Betrag dem Fonds für die Waisen und Witwen von Jallianwallah zu übergeben, ohne den Namen der Spenderin zu verraten. Vielleicht denkst du, das riecht ein bißchen nach Scheinheiligkeit? Ich halte es eher für Ehrlichkeit. Es ist der Grashalm im Wind, der mir beweist, daß ich schon seit langem richtig vorausgesehen habe, woher der Wind wehen wird.

Du siehst nur die Engländer, denen du begegnest. Einige magst du, andere haßt du. Viele sind dir gleichgültig. Aber selbst jene, die du magst, zählen nicht. Die Engländer, die zählen, wirst du nie zu Gesicht bekommen, sie sitzen unerreichbar in England, und als Individuen sind wir ihnen gleichgültig. Du glaubst, die Beamten hier beherrschen uns? Diese Vizekönige, diese Gouverneure, diese Kommissare, Kommandanten und Generäle? Du irrst dich. Uns beherrschen Leute, die nicht einmal wissen, wo Ranpur liegt. Aber nun wissen sie, wo der Jallianwallah Bagh liegt, und vielen gefällt das nicht, was sie darüber wissen. Du hörst nur von denen und über diejenigen, denen gefällt, was sie wissen. Wie der General in Amritsar sind es verängstigte Menschen, und verängstigte Menschen schreien am lautesten und schießen wahllos um sich.

O ja, in Amritsar sind tatsächlich Inder gestorben. Aber der Jallianwallah Bagh war auch der Schauplatz eines Selbstmordes. Es wird noch mehr solche Szenen geben. Es dauert lange, bis eine neue Nation geboren ist, und es dauert lange, ehe eine alte Nation von eigener Hand stirbt. Du wirst nichts dadurch beschleunigen, daß du nicht zwischen den Engländern unterscheidest, die uns wirklich beherrschen, und den anderen, die diese Herrschaft interpretieren und ausüben. Hast du noch nicht begriffen, daß wir ein wesentlicher Bestandteil der englischen sozialen und politischen Entwicklung sind? Wenn wir die Früchte dieser Entwicklung mit ihnen teilen wollen, müssen wir uns auch an der Arbeit beteiligen und die Regeln befolgen, die sie befolgen.«

»Willst du damit sagen, daß wir uns damit abfinden müssen, zusammengeschossen zu werden, weil wir die Freiheit fordern, unsere Meinung zu äußern?« fragte Mohammed Ali.

»Aus demselben Grund haben sie ihre eigenen Leute erschossen, und zwar vor noch nicht allzu langer Zeit. Wir hier in Indien werden immer einen Schritt hinter dem Fortschritt herhinken, den die Engländer zu Hause machen.«

Mohammed Ali lächelte. »Nein«, widersprach er, »wir werden mehrere Schritte voraus sein.«

Der alte Mann schwieg eine Weile, aber nicht, weil sein Sohn ihn aus der Fassung gebracht hatte. Er dachte nur über die Landschaft der Gewalt nach, die er so beiläufig umrissen hatte.

»Vielleicht bin ich zu alt«, sagte er schließlich. »Ohne meine Brille kann ich das Kleingedruckte nicht mehr sehen, und selbst dann bekomme ich dabei Kopfschmerzen. Ich glaube, der Dame, die dieses Geld gespendet hat, fällt es ebenfalls schwer, das Kleingedruckte zu lesen. Außerdem beschäftigt sie sich nur mit den Großbuchstaben eines alten Vertrages. In *deinem* Vertrag ist *alles* großgeschrieben. Oder besitzt du ein übernatürlich gutes Sehvermögen?«

John Layton war sechsundzwanzig Jahre alt, als er 1919 nach Indien zurückkehrte. Im letzten Jahr des Einsatzes im Mittleren Osten war er der diensttuende Adjutant des Bataillons. In Ranpur, nach der Rückkehr, löste ihn ein ranghöherer Offizier in dieser Position ab. Vorübergehend hatte er keine Funktion im Regiment. Er war der natürliche Kandidat für den Posten des Rekrutierungsoffiziers-Sahib. Im Mai fuhr er mit Mabel nach Pankot hinauf. Sie wohnten in dem Bungalow am Golfplatz, den er im Oktober und November 1913 mit dem Subalternoffizier geteilt hatte.

Sowohl Mabel als auch sein Vater hatten davon gesprochen, sich einmal in Pankot zur Ruhe zu setzen. Sie dachten dabei an Rose Cottage, ein Haus, das etwas ungünstig auf der anderen Seite des großen Hügels stand, der von der Sommerresidenz des Gouverneurs beherrscht wurde. Aber für sie war es das attraktivste der wenigen Häuser und Bungalows im Privatbesitz: attraktiv wegen seines Gartens, des Blicks und der Tatsache, daß es einem älteren Witwer gehörte, der in Assam im Teegeschäft gewesen war und vermutlich nicht mehr sehr lange leben würde.

John Laytons Vater war kein reicher Mann gewesen. Mabel erbte das wenige, was er besaß, doch sie hatte selbst Geld und das Geld ihres ersten Mannes, der zwar einen aufwendigen Lebensstil gehabt, aber trotzdem nicht wenig zurückgelassen hatte. Da Mabel kinderlos war, würde John einmal alles erben. Und er konnte es gebrauchen. In Friedenszeiten konnte ein Offizier von seinem Sold praktisch nicht leben – das erwartete auch niemand –, und nur wenige versuchten es. Wie bescheiden er auch war, es gelang ihm nicht, etwas zu sparen. Er brauchte eigenes Geld, um der Krone dienen zu können. Im Augenblick mußte Layton sich in diesem Punkt keine Sorgen machen. Bis zu seinem Tod hatte sein Vater ihm Geld überwiesen, wann immer er es sich leisten konnte. Und Layton vermutete, daß ihm Mabel ebenfalls regelmäßig aus ihrem Vermögen etwas zukommen ließ, denn er stellte jetzt überrascht fest, wie hoch sein Guthaben war. Außerdem setzte sie ihn davon in Kenntnis, daß sie beabsichtige, ihm sofort nach seiner Heirat das ganze Kapital, einschließlich der angesammelten Zinsen, zu überschreiben, das sie von seinem Vater geerbt hatte. Zusammen mit dem, was er während seiner aktiven Dienstzeit hatte beiseite legen können, schufen diese Reserven die Art grundlegende Sicherheit, ohne die ein Mann wie er sich benachteiligt fühlen würde, wenn er in Hinblick auf Vaterschaft und eine angemessene Erziehung seiner Kinder an die Zukunft dachte.

Wenn sein Großvater in Surrey starb – und der alte Knabe konnte mit Sicherheit nicht mehr allzu lange leben –, würde er vermutlich auch den Besitz in Surrey erben. Seine Kinder konnten dort zusammen mit ihrer Mutter (wer immer es auch sein mochte), ihrer Großmutter Mabel oder einer Verwandten ihrer Mutter einen Teil ihrer Kindheit verbringen. Dieser Langzeitplan erschien ihm solide. Mit seinen sechsundzwanzig Jahren fand John Layton, es sei Zeit, ans Heiraten zu denken.

## III

Der GOC Ranpur, Generalleutnant Muir, hatte drei Töchter: Lydia, Mildred und Fenella. Man nannte sie Lyddy, Milli und Fenny. 1919 begann ihr gesellschaftliches Leben in Indien; der Krieg hatte ihre erste Saison hinausgezögert. Layton fühlte sich am meisten zu Mildred hingezogen. Fenny fand er zu temperamentvoll und albern. Lydia war zu Hause mit einem Marineoffizier verlobt gewesen, der auf dem Atlantik verschollen war. Sie litt sehr unter dem Verlust, und Layton mißtraute dem Mitgefühl, das am Beginn einer jeden Beziehung stehen würde, die ein Mann mit ihr eingehen konnte. In Millies Gesellschaft fühlte er sich wohl, selbst wenn sie allein waren und ihnen der Gesprächsstoff ausging.

Mrs. Muir war eine erfahrene Anstandsdame. Es gab nie zu wenig oder zu viel Gelegenheit, mit einer ihrer Töchter allein zu sein. Man erzählte sich, sie führe eine Liste geeigneter Männer, und ein Zeichen dafür, daß man darauf stand, sei die plötzliche Kurzsichtigkeit, die das hohe Auge befiel, wenn man mit einer ihrer Töchter aus dem Ballsaal hinaus auf die Terrasse von Flagstaff House tanzte und sich mit ihr an eine Stelle setzte, wo das Licht der Kristallüster die Steinplatten und die Balustrade gerade nicht mehr erhellte, jedoch (im Idealfall) ihre Augen leuchten ließ und in den geschliffenen Facetten ihres Schmucks funkelte.

Nach mehreren solchen Begegnungen kam John Layton zu der

Überzeugung, er sei in Mildred Muir verliebt, und – was wichtiger war – sie fühle sich zu ihm hingezogen. Schließlich gestand er ihr seine Liebe, machte ihr einen Heiratsantrag, und nachdem er ihr Jawort erhalten hatte, bat er den General um eine Unterredung. Er präsentierte sich dem Älteren mit perfekter altmodischer Förmlichkeit, die den General (wie Mildred später ihrer Tochter Sarah erzählte) überwältigte.

Im September wurde die Verlobung bekanntgegeben. Man entschied, der Mai 1920 sei der ideale Zeitpunkt für die Hochzeit. Bis dahin würde Layton seinen zwölfmonatigen Dienst als Rekrutierungsoffizier absolviert haben, und ihm stand ein langer Urlaub zu. Er und Mildred würden die Flitterwochen in Kaschmir verbringen und dann nach England, nach Hause, reisen und seinen Großvater in Surrey besuchen.

Seine Stiefmutter Mabel schien diese Pläne zu billigen, obwohl er sie lange nicht dazu bringen konnte, sich zu äußern. Im November brachte er sie wieder nach Ranpur. Bei seiner Rückkehr aus dem Krieg lebte sie in Smith's Hotel, und dorthin ging sie jetzt wieder. Sie lehnte die Einladung von General und Mrs. Muir ab, im Flagstaff House zu wohnen. Nach einem Wochenende bei den Muirs fuhr John Layton allein nach Pankot zurück und stellte fest, daß er diesmal die Einsamkeit leichter ertrug. Er ritt und machte an den Wochenenden lange Wanderungen durch die Hügel. Die Nachricht von seinem Kommen verbreitete sich bei solchen Gelegenheiten von Dorf zu Dorf; und wohin er auch kam, wurde er gedrängt, die Gastfreundschaft der Dorfbewohner anzunehmen. Er wußte, er konnte sie unmöglich ablehnen. Er war der einzige Sohn von Layton Sahib und außerdem auch der Sahib, der am besten die Geschichte von dem tapferen Subahdar Muzzafir Khan Bahadur erzählen konnte. Abends versammelten sich beim Schein der flackernden Öllampen die alten und jungen Männer um ihn, und im Dunkel dahinter ahnte er oft die Anwesenheit verschleierter Zuhörerinnen. Hinterher schlief er dann den tiefen Schlaf, der dem gestilltem Wunsch nach Essen und Trinken und menschlicher Verbundenheit folgt. In ihm entstand auf diesen Wanderungen ein bleibender Eindruck von der ernsten Schlichtheit und fröhlichen Würde des Hügelvolks, und er dachte: »Ja, das Zuhause ist hier.« Er wußte jetzt, daß es für Engländer in Indien kein Zuhause im Sinn von Ziegeln und Mörtel, Obstgärten und Weiden gab, sondern daß das Zuhause mysteriöserweise im Herzen lag.

Als er Ende August 1920 mit seiner jungen Frau aus England zurückkehrte, lebte Mabel immer noch in Smith's Hotel. Sie verbrachten eine Woche bei ihr, ehe sie nach Pankot zu General und Mrs. Muir und Fenny weiterfuhren. Nach den Flitterwochen in Kaschmir war Lydia zusammen mit ihnen nach England zurückgekehrt und dort geblieben. Sie hatte erklärt, sie würde nie mehr nach Indien gehen. Das tat sie auch nicht. Sie nahm eine Stelle als Sekretärin bei einem Arzt in Bayswater an und heiratete ihn später.

Im Oktober kehrte Mildred mit ihrem Mann in die Ebene zurück. Sie erwartete ihr erstes Kind in der zweiten Märzhälfte. Dann würde es heiß sein, und sie äußerte den Wunsch, das Kind in Pankot zur Welt zu bringen. Dort gab es eine Privatklinik, die zum Krankenhaus und dem Genesungsheim gehörte; es handelte sich um eine Außenstelle des Allgemeinen Krankenhauses von Ranpur. Layton hatte immer noch keinen festen Posten im Regiment und fungierte abwechselnd als Adjutant seines Schwiegervaters und (als Urlaubsvertretung) als Adjutant bei den 1. Pankots. Er saß in Untersuchungsausschüssen und nahm an Lehrgängen teil. Im Februar 1921 brachte er Mildred nach Pankot. Mrs. Muir und Fenny begleiteten sie. Sie wohnten in der Sommerresidenz des Kommandanten. Man hatte einen Flügel für diese Bewohner außerhalb der Saison hergerichtet. Fünf Wochen später, am 27. März, wurde Sarah geboren.

Laytons Enttäuschung darüber, daß sein erstes Kind ein Mädchen war, verflog sofort. Es war ein zartes, rosiges Ebenbild von ihm und Mildred und hatte nichts von dem alten und faltigen Aussehen eines Neugeborenen an sich. Um sein Glück vollkommen zu machen, fehlte ihm nur noch ein eigenes Heim, in das er Mutter und Tochter nach ihrer Entlassung aus der Klinik zurückbringen konnte. Sie wohnten den ganzen Sommer über im Flagstaff House. Er schrieb Mabel und lud sie ein zu kommen. Aber sie schien zur Zeit keine Sehnsucht nach den Hügeln zu haben und blieb in Ranpur. Sie sah das erste Kind ihres Stiefsohns nicht vor Ende Oktober, als die Laytons nach Ranpur zurückkehrten. Sie bezogen zum ersten Mal ein Haus, das man als permantes Heim bezeichnen konnte – permanent im unsteten militärischen Sinn. Der Adjutant der 1. Pankots besuchte inzwischen die Stabshochschule in Quetta, und Layton erhielt den Posten. Er zog mit seiner Familie in den Bungalow, der für die nächsten Jahre ihr Zuhause sein sollte: Kabul Road Nr. 3, Ranpur. Es war ein verputztes Haus mit Säulen auf einem großen Gelände mit hohen Bäumen, den nötigen Ställen und Dienstbotenwohnungen und einem Rasen, auf dem Sarah und Susan (die 1922 in Pankot geboren wurde) meist unter Aufsicht von Dost Mohammed, dem *Obermali*, spielten. Er kannte sich mit Schlangen und Skorpionen so gut aus, daß die Kinder nie eine lebende Schlange und nur einmal einen lebenden Skorpion zu Gesicht bekamen – und auch das erst in dem Augenblick, als er in einem Flammenring, in den Dost Mohammed ihn geworfen hatte, seinen langgestreckten Hinterleib über den Körper krümmte und (wie Dost Mohammed erklärte) sich selbst den Todesstich versetzte.

Sarah erinnerte sich an den Skorpion (sie beobachtete seinen Selbstmord, wie Dost Mohammed es nannte, mit der unvoreingenommenen Neugier eines Kindes) und an den Garten in der Kabul Road Nr. 3. Sie erinnerte sich auch an die schattige Veranda, die ein dunkler Zufluchtsort vor dem gleißenden Sonnenlicht war, an das hohe Zimmer, das sie mit Susan teilte, an die beiden gleichen Kinderbetten unter zwei gleichen Moskitonetzen, an die Jalousientüren, die Mumtez, ihre alte Aja, abends schloß und bewachte – sie schlug ihr Bett dort auf und schlief auf der Schwelle. Sarah erinnerte sich, am frühen Morgen vom heiseren Krächzen der Krähen geweckt worden zu sein. In ihrer Vorstellung mischten sich in diese Erinnerungen an den alten Bungalow in Ranpur andere, deutlichere Eindrücke von Pankot; doch bei ihrer Rückkehr als junge Frau kam es ihr vor, als hätte weder Ranpur noch Pankot die Jahre ihrer Kindheit und Jugend in England so unversehrt überdauert wie sie. In den Augen der achtzehnjährigen Sarah entsprachen beide Orte im Sommer 1939 nur andeutungsweise dem Bild, das sie in der Vorstellung von ihnen besaß. Es lag viel zuviel Leerraum zwischen den Plätzen, an die sie sich erinnerte – Plätze, die Stützpunkte ihrer Kindheitserinnerungen waren. Und diese Stützpunkte besaßen jetzt das Prosaische von Steinen und Mörtel, das nicht zu den verzauberten, nebelhaften, aber lebendigeren Eindrücken paßte, die sie auf das kleine Kind gemacht hatten. Deshalb erschienen ihr Pankot und Ranpur – Ranpur ganz besonders – bei der Rückkehr viel zu substanzlos, aber für ihren Geschmack trotzdem viel zu massiv.

Sie empfand Unsicherheit; eine Unsicherheit, die Tag für Tag und in jedem Augenblick des Tages durch die Vorstellung von einer persönlich erlebten Vergangenheit und einer Familientradition überdeckt werden konnte. Indien erschien ihr gleichzeitig fremd und vertraut. Die Sprache stellte sich langsam und sprunghaft wieder ein. Es überraschte Sarah, was sie noch wußte, und es verwirrte sie, was sie vergessen zu haben schien. Doch dann wurde ihr klar, daß sie früher nur die Kürzel kindlicher Befehle gelernt hatte, aber nie die Sprache der Erwachsenen.

Und doch (dachte Sarah) *sind* wir hier auf eine merkwürdige und eigenartige Weise Kinder. Ich komme zurück, und mir wird bewußt, daß ich mich in einer Welt beinahe kindlicher Vorstellungen befinde, als sei unsere ganze Umgebung der Hintergrund für ein Spiel. Aber Susan und ich sind irgendwie von diesem Spiel ausgeschlossen, als seien wir selbst jetzt noch nicht alt genug, und man könne sich nicht darauf verlassen, daß wir die Regeln beherrschen und uns entsprechend verhalten. Ehe wir mitspielen dürfen, müssen wir die Regeln kennen. Ohne sie kann man sehen, daß es nur ein Spiel ist, und wenn es als Spiel erkennbar ist, wird irgend jemand kommen und uns auffordern, das Spielzeug wegzuräumen. Natürlich wird genau das geschehen. Das ist mein Gefühl beim Zurückkommen. Sobald es geschieht, wird sich der Zauber des Spiels verflüchtigen. Es wird sichtbar, daß die Festung aus Pappe ist, die Soldaten aus Blei und Zinn sind und ich aus Wachs, Porzellan oder Ton bin. Mumtez wird nicht auf der Schwelle liegen und uns in den langen Nächten vor Ungeheuern schützen. Mumtez ist ohnehin schon lange nicht mehr da. Wohin ist sie gegangen? Mutter erinnert sich kaum noch an sie, und das bedeutet möglicherweise, daß sie nicht länger als ein Jahr bei uns war. Mutter erinnert sich an Dost Mohammed, aber nicht an den Skorpion. Statt dessen erinnert sie sich noch an die Schlange, an die weder Susan noch ich uns erinnern – vermutlich, weil Mutter und Dost Mohammed die Sache mit der Schlange vor uns verheimlicht haben.

Größere Kinder vergessen das Spielzeug, das im Speicher liegt. Nur die jüngeren erinnern sich daran, und dann vergessen auch sie es und beschäftigen sich mit Spielen, als seien es keine Spiele, sondern Bestandteile ihres Lebens. Aber es ist alles eine Sache von Spinnweben, alten Truhen und langen Tagen im Haus, die uns auf unsere eigenen schwachen Talente verweisen, weil wir uns fürchten, hinauszugehen, uns nasse Füße und eine Erkältung zu holen. Pankot ist ein solcher Platz. Pankot ist ein Zufluchtsort. Ranpur auch ... nicht das wirkliche Pankot, nicht das wirkliche Ranpur, sondern *unser* Pankot und *unser* Ranpur. Wir sehen sie anders, als sie wirklich sind. Deshalb wird uns beim Zurückkommen die große Entfernung bewußt, die den einen Ort lebendiger Erinnerungen von dem anderen trennen. In Ranpur wird uns die ungeheure Weite der Ebene bewußt, und in Pankot, welchen schwachen Eindruck wir auf Hügeln hinterlassen haben, die uns sicher, geschützt und freundlich erscheinen, solange wir uns nicht dort befinden, die aber in Wirklichkeit unfreundlich, riesig und gefährlich sind. Das ist bei der Rückkehr unser erster Schock. Wir sehen es nicht gerne, und wir denken nicht gerne darüber nach. Deshalb sehen wir es nach einiger Zeit nicht mehr und denken nicht mehr darüber nach.

---

An das Haus in Pankot und den Bungalow in Ranpur, die ihre Eltern im Sommer beziehungsweise im Winter 1939 bewohnten, als Sarah und Susan nach Indien zurückkamen, konnten sich die beiden Mädchen nicht erinnern. Erstens waren diese Häuser größer als ihre Vorläufer, denn John Layton befehligte inzwischen die 1. Pankots. Davor hatte ihn und seine Frau seine zunächst wenig bemerkenswerte, aber durchaus erfolgreiche Laufbahn in Abwesenheit der Töchter von Ranpur nach Lahore, Delhi, Peschawar und Quetta geführt. Da jedoch Häuser und Bungalows alle im wesentlichen nach demselben Muster gebaut waren, wurde keinem der beiden Mädchen deutlich bewußt, was die jetzigen von jenen unterschied, in denen sie als Kinder gelebt hatten.

Sarah und Susan kamen, begleitet von Tante Fenny und Onkel Arthur – Major und Mrs. Grace, die 1939 Heimaturlaub genommen hatten – nach Indien zurück. Susan war in diesem Jahr aus der Schule gekommen. Sarah war ein Semester früher fertig gewesen und hatte gerade den kurzen Sekretärinnenkurs beendet, auf dem sie bestand, weil sie unbedingt in der Lage sein wollte, irgend jemandem irgendwo nützlich zu sein.

Tante Fenny, die jüngste der Muir-Töchter, hatte Arthur Grace 1924 geheiratet. Ihre Hochzeit fiel mit der Pensionierung ihres Vaters zusammen. Es hatte die Leute damals überrascht, daß Fenny so lange brauchte, sich für einen der Offiziere zu entscheiden, die sich von Zeit zu Zeit um ihre Gunst bewarben. Als sie ihre Wahl schließlich traf, im letzten Jahr ihrer Chancen in Indien (General Muir und Gattin hatten beschlossen, den Ruhestand in England zu verleben), und Arthur Grace heiratete, entstand bei den Leuten der Eindruck, sie sei sich sehr wohl darüber im klaren, daß sie zu lange gewartet hatte. Arthur Grace war vielleicht der unauffälligste aller Subalternoffiziere, die sie umwarben. Man tuschelte, daß Fenny in diesem letzten Moment in Panik geriet und seinen Heiratsantrag annahm, weil er ihn zufällig an einem Tag und zu einer Stunde machte, als die Sorgen um die Zukunft sie bedrängten.

Onkel Arthurs Karriere verlief nicht sehr erfolgreich, und in Tante Fenny sah man von Jahr zu Jahr weniger das hübsche, aber oberflächliche Mädchen, das sich 1919 und 1920 in Pankot glänzend amüsiert hatte. Als Brautjungfer hatte sie das Bouquet ihrer Schwester Mildred aufgefangen, als Mildred und John Layton an einem frühen Morgen im Mai in der Kirche von St. John in Pankot heirateten; und später an diesem Tag, auf dem Bahnhof von Pankot, umringten die jungen Verehrer Fenny so sehr, daß sie kaum Zeit fand, ihrer neuverheirateten Schwester, die in die Flitterwochen fuhr, zum Abschied zu winken.

Jüngste Tochter, Brautjungfer, Patentante von Susan und Sarah – dies waren Fennys glückliche Stationen, ehe sie als Frau von Arthur Grace in die Reihen ehrenwerter Matronen überwechselte. Und dann wurde Sarah – damals erst drei Jahre alt – Brautjungfer von Tante Fenny; sie konnte sich daran wirklich nicht mehr erinnern, doch das Familienalbum bewies es: In Tante Lydias Haus in London hing ein Photo; und diese Aufnahme befand sich auch im Album ihrer Mutter in Indien.

Man sah auf dem Bild die Laytons und die Muirs, die sich leicht befangen, aber hübsch, gut gekleidet und geordnet um eine jüngere Tante Fenny und einen schlankeren Onkel Arthur gruppieren. Sarah steht etwas seitlich vor Tante Fenny und hält ein Blumensträußchen in der Hand. Sie glaubte, den Duft beinahe wieder riechen zu können (völlig losgelöst von dem vergessenen Ereignis, das dazu führte, diesen Strauß in der Hand zu halten). Neben ihr, in einem Pagenanzug aus Satin, steht ein fünfjähriger Junge, an den sie sich überhaupt nicht mehr erinnern konnte. Offenbar hieß er Giles und war der Sohn des Kommandeurs ihres Vaters.

Das bemerkenswerteste an diesem Gruppenbild ist vielleicht, daß Mabel Layton ebenfalls zu sehen ist. Sie steht neben einem alten Waffenkameraden ihres ersten Ehemanns, der zu diesem Zeitpunkt der Kommandeur der 1. Pankots und der Vater von Giles war. Auf ihrer anderen Seite erkennt man einen älteren Inder, einen Zivilisten, der wegen seiner guten Beziehung zum Gouverneur zur Hochzeit eingeladen worden war; er steht mit seiner Frau Schulter an Schulter neben General Muir und seiner Gattin. Das Photo wurde im Garten von Flagstaff House in Pankot aufgenommen. Im Hintergrund sieht man die Holzbalustraden und die heitere, anmutige Glyzinie. Mabel Lyton trägt einen Hut mit breitem Rand, unter dem ihr Gesicht beinahe ganz verschwindet. Man erkennt nur den Mund, der sich zu dem Anflug eines Lächelns verzieht.

Als Kind in Indien fürchtete sich Sarah vor Tante Mabel (sie bestand darauf, so genannt zu werden). Das hing vielleicht damit zusammen, daß Tante Mabel nicht ihre richtige Großmutter war, sondern die Stiefmutter ihres Vaters. Und in den Märchenbüchern waren Stiefmütter nie freundliche Menschen. In England mochte sie Tante Mabel mehr als in Indien – vielleicht weil sie inzwischen selbst etwas älter war. Mabel kam im Sommer 1933 mit Major und Mrs. Layton nach England, als Sarah bereits zwölf war. In diesem Jahr starb Urgroßvater Layton in Surrey schließlich im Alter von vierundneunzig Jahren.

Während der langen Zeit des Exils in England lebten Sarah und Susan bei Tante Lydia in London. Üblicherweise verbrachten sie in den Sommerferien ein paar Wochen bei ihrem Urgroßvater. Ein Außenstehender hätte glauben können, Susan sei der Liebling des alten Mannes. Susan saß auf seinen Knien, wenn er Gruselgeschichten oder Geschichten aus der Kindheit ihres Vaters und ihres Großvaters in Surrey erzählte. Sarah nahm ihm diese scheinbare Bevorzugung nicht weiter übel. Zwischen ihr und dem alten Mann herrschte das stillschweigende Einverständnis, daß man sich um Susan kümmern mußte, weil sie das Baby der Familie war. Susan verstand seine Geschichten entweder nicht und langweilte sich, oder sie machten ihr Angst. In der letzten Zeit seines Lebens fand Susan, sie sei zu alt, um auf seinen Knien zu sitzen, obwohl sie die Begünstigung genoß, die seine Aufforderung – der sie immer zögernder nachkam – erneut unter Beweis stellte.

Susan weinte nicht, als der Urgroßvater starb; Sarah auch nicht. Aber Sarah hatte das Gefühl, daß sie aus unterschiedlichen Gründen nicht weinten. Er starb am Ende des Sommers 1933, kurz bevor die Eltern der Mädchen mit Tante Mabel nach Indien zurückkehren wollten. Wie Sarah glaubte, weinte Susan nicht, weil für Susan der Urgroßvater nie ein Mensch, sondern ein altes, nicht sonderlich gut riechendes Möbelstück gewesen war, mit dem sie sich im Sommer abfinden mußte, und das manchmal auf eine Weise zum Leben erwachte, die ihr persönlich unangenehm war, ihr Selbstbewußtsein jedoch stärkte und ihr versicherte, daß alles im Haus zu ihrer Verfügung stand. In diesem letzten Sommer hatte sich Susan andere Sicherheiten erobert: das Knie ihres Vaters statt dem des Urgroßvaters und die Arme ihrer Mutter. Es war die erste Wiederbegegnung seit 1930, dem Jahr der Trennung, als ihre Mutter, begleitet von Tante Fenny, mit den Mädchen nach England gekommen war und sie bei Tante Lydia und in der Schule untergebracht hatte, ehe sie wieder zu dem Vater nach Indien zurückreiste; in den wenigen Wochen vor dem Tod des Urgroßvaters ergriff Susan die Gelegenheit, ihrer Mutter unter Tränen zu erzählen, sie hasse England. Das verblüffte Sarah. Sarah hatte ihr eigenes Gefühl, in England unglücklich zu sein, unterdrückt, denn sie wollte nicht, daß es auf ihre Schwester abfärbte, die die Entwurzelung und das Fußfassen in England (von dem ihre Eltern immer als ihrer Heimat sprachen – dieses England, das für sie anfangs ebenso exotisch war wie etwa Island für einen Pygmäen aus dem Kongo) scheinbar so selbstverständlich hingenommen hatte, als sei kaum etwas geschehen. Die Tränen, die Susan jetzt vergoß, schienen im Vergleich zu denen, die Sarah zurückgehalten hatte, geheuchelt zu sein; und deshalb machte Sarah sich über dieses unfaire Verhalten Gedanken. Susan wurde plötzlich und unerklärlich zu einem kleinen Mädchen mit einem völlig neuen Wesenszug. Sie hatte Sarah die Fürsorge nicht damit gedankt, daß sie ihr soviel Vertrauen entgegenbrachte zu sagen, was wirklich in ihr vorging; nein, sie hatte alles zurückgehalten, um es ihrer Mutter anzuvertrauen. Diese Verwirrung führte dazu, daß Sarah sich selbst mißtraute. Susans Klagen über das verhaßte Leben in England, über das Leben bei Tante Lydia, in der Schule und beim Urgroßvater war eindeutig eine Pose, eine plumpe Taktik, um sich zu einer Zeit die Aufmerksamkeit aller zu sichern, in der eigentlich der sterbende Urgroßvater hätte im Mittelpunkt stehen sollen. Es entging Sarah nicht, daß sie selbst beschuldigt wurde, obwohl sie nicht genau wußte, weshalb. Sarah fühlte sich ins Abseits gedrängt; sie fühlte sich durch Susans emotionale Forderungen und ihre indirekt geäußerte Kritik daran, wie sie, Sarah, versucht hatte, die Familie im Exil zu vertreten, indem sie sich, so gut sie konnte, wie eine Erwachsene um ihre Schwester gekümmert hatte, von ihrer Familie getrennt. Deshalb weinte Sarah nicht, als der Urgroßvater starb, denn sie spürte – ohne es notwendigerweise zu verstehen –, daß es im Grunde sinnlos war, sich einem Gefühl zu überlassen: Ein erfülltes Leben war zu Ende. Der Tod stand jedem bevor. Er stand ihrer Mutter, ihrem Vater und auch Tante Mabel bevor – Tante Mabel sicher früher als allen anderen, wenn kein Unfall geschah, kein Krieg ausbrach oder irgendein typisch indisches Unglück sie traf – etwa Cholera oder eine unvorhergesehene Krankheit. Susans Augen blieben trocken – wie Sarah glaubte, weil der Tod eines Menschen, der so alt war wie der Urgroßvater, sie nicht berührte . . . oder nur in dem Maß, wie er die Aufmerksamkeit anderer Leute von Dingen abzog, die Susan für eigentlich wichtig erachtete.

Susan wollte nicht an der Beerdigung teilnehmen. In diesem Punkt gab es keine Probleme. Schwierig wurde es erst, als Sarah sich dem Vorschlag widersetzte, sie solle ebenfalls zu Hause bleiben, um sich um Susan zu kümmern.

»Nein, ich möchte dabeisein«, sagte sie zu ihrer Mutter (im Umgang mit ihr hatte sie nach den Jahren der Trennung noch immer gewisse Schwierigkeiten). »Urgroßvater war sehr gut zu uns. Mrs. Bailey kann sich um Susan kümmern.« Mrs. Bailey war die alte Haushälterin; der Urgroßvater hatte ihr dreihundert Pfund hinterlassen. »Susan kann ihr bei den Vorbereitungen für den Leichenschmaus helfen.« Leichenschmaus war ein Audruck, den Sarah am Vortag von Mrs. Bailey zum ersten Mal gehört hatte. Wenn man dabei an Essen dachte, klang es unappetitlich, infolgedessen mußten die Vorbereitungen alles andere als angenehm sein. Es würde Susan deshalb vielleicht gut tun, sich dabei (gezwungenermaßen) nützlich zu machen. Außerdem hoffte Sarah, das Kochen würde den süßlichen Geruch im Haus vertreiben, der sie an Blumen erinnerte, die in der Vase verwelkten.

Sie fuhr mit Tante Mabel und zwei älteren Verwandten der Laytons zur Kirche – die beiden Frauen waren erst an diesem Tag gekommen, und man hatte sie vom Bahnhof abholen müssen. Auf dem Weg zur Kirche unterhielten sie sich mit Mabel über Leute, die Sarah nicht kannte, wenn die drei nicht gerade von Mildred oder John sprachen, was bedeutete, es ging dabei um ihre Eltern. Beim Trauergottesdienst weinte Sarah nicht (niemand weinte), auch nicht später auf dem Friedhof an dem dilettantisch wirkenden Grab, in das der Sarg mit dem Urgroßvater nach längeren (unvermeidlichen) Reden hinabgelassen wurde; sie weinte auch nicht auf der Rückfahrt. Sie weinte später an diesem Abend im Dunkeln, als Susan – die nicht mit ihr redete – schon schlief. Sie mußte weinen, weil sie daran dachte, daß ihr Urgroßvater mit dem Sterben gewartet hatte, bis ihre Eltern und Tante Mabel aus Indien kommen konnten; das Sterben aber dann nicht hinauszögerte, um ihnen die Unannehmlichkeit zu ersparen, entweder die Abreise verschieben oder England in Ungewißheit wieder verlassen müssen. Sarah hielt es für sehr rücksichtsvoll, so zu »gehen« – wie der Arzt das genannt hatte. Niemand mußte seine Pläne ändern. Ihr kam der Gedanke, daß der Urgroßvater bewußt noch lange genug gelebt hatte, um ihnen den befriedigenden Glauben zu verschaffen, sie hätten ihm die letzten Wochen seines Lebens, in denen er bereits bettlägerig war, so angenehm wie möglich gemacht; aber er war früh genug »gegangen«, um ihnen Zeit zu lassen, alles zu tun, was getan werden mußte; dann konnten sie ihre Koffer packen, in die Bahn steigen und das Schiff nehmen, auf dem sie schon vor Monaten die Rückreise gebucht hatten.

Sarah weinte über diesen Beweis der Rücksichtnahme auf andere und dann bei dem Gedanken, daß sie auf irgendeine Weise als Susans ältere Schwester versagt hatte, denn Susan war offensichtlich nicht so sorglos gewesen, wie ihr Verhalten das anzudeuten schien; Susan war demnach nicht der Ansicht gewesen, man habe genug Rücksicht auf *sie* genommen. Sarah weinte auch, weil sie sich in diesem Augenblick nichts sehnlicher wünschte, als zusammen mit ihren Eltern, Tante Mabel und Susan nach Indien zurückzukehren. Ohne den Urgroßvater und den Sommer in Surrey kam ihr England wieder wie ein fremdes Land vor; man hatte sie und ihre Schwester dazu verurteilt, in diesem Land eine Reihe von Jahren zu verbringen, weil das zum Erwachsenwerden gehörte. Jetzt fühlte sie sich erwachsen genug! Sie war als Zwölfjährige bereit, die Aufgabe zu übernehmen, ihrer Mutter zu helfen, sich um Vater zu kümmern, bereit, Susan – und sei es auch allein – in den alten Bungalow in Ranpur zurückzubringen, wo Mumtez sie in den geheimnisvollen und dunklen Nächten beschützte (denn so kamen sie ihr jetzt vor). Das Wissen, daß ihre Eltern nicht mehr in der Kabul Road Nr. 3 lebten, daß Mumtez seit langem nicht mehr bei ihnen arbeitete, ja, daß sie sogar vergessen war, daß Mutter und Vater in eine Stadt namens Lahore zurückkehrten, die sie nicht kannte, all das nahm der Vorstellung, wie es bei der Rückkehr nach Indien sein würde, nichts von ihrer Lebendigkeit. Es machte Sarah auch nichts aus, daß es nach Tante Lydias Worten »für eine weiße Frau unnatürlich ist, in Indien zu leben«. Sie glaubte ihr das ohnehin nicht. An ihrer Mutter war nichts Unnatürliches und an Tante Mabel auch nicht, wenn man es genau nahm und ihr nicht verübelte, daß sie das Gesicht abwendete, wenn man ihr einen Kuß gab (so daß die Lippen lediglich die weiche Stelle auf ihrer Wange in der Nähe des Ohrläppchens berührten). Tante Mabel ließ niemanden wirklich an sich herankommen. Aber manchmal stellte man fest, daß sie einen ansah; und dann spürte man ihr herausforderndes Interesse an dem, was man tat oder dachte, und warum man es tat und dachte.

---

Mabel erzählte Sarah die Wahrheit über den Skorpion; zwei Tage nach Urgroßvaters Beerdigung (Susan redete immer noch nicht mit ihr, so daß sie allein im Obstgarten saß, bis Mabel ebenfalls allein zu ihr kam und sagte: »Wenn du nichts anderes vorhast, kannst du ja mit mir spazierengehen«).

Sie gingen durch den Obstgarten und durch das Tor im schmiedeeisernen Zaun auf die Wiese. Sie lag am Hang und reichte bis zu einem Bach und einem Wäldchen hinunter, wohin ein ausgetretener Pfad führte. Die Wiese war an einen Mann verpachtet, der seine Kühe dort weiden ließ. Susan ging nur zu dem Wäldchen hinunter, wenn die Kühe alle am anderen Ende der Wiese beisammen standen, denn sie fürchtete sich vor ihnen. Sarah mochte Kühe. In Indien waren sie heilig, in England nicht. Doch sie waren sanft und rochen gut. Es gefiel ihr, wie sie ihre dicken Zungen um das harte Gras legten und daran zogen. Sie fragte sich, wie es ihnen gelang, die Grasbüschel nicht mit den Wurzeln herauszureißen, und was sie wohl dachten, wenn sie beim Rupfen und Fressen den Kopf hoben, mit den Ohren zuckten und mit den Quastenschwänzen nach den Fliegen an ihren Flanken schlugen, während sie den Menschen, der sie betrachtete, mit großen feuchten Augen ansahen. Manchmal beachteten sie einen überhaupt nicht, sondern grasten, ihrem verkümmerten Herdeninstinkt folgend, unverdrossen von einem Ende der Wiese bis zum anderen, ohne auch nur aufzublicken, wenn man vorüberging. Dann wieder hoben sie alle die Köpfe oder drehten sie und beobachteten die Menschen, die hinter ihren massigen Leibern über die Wiese gingen. Jetzt, als Sarah mit Tante Mabel den Pfad entlang spazierte, grasten sie auf beiden Seiten. Sarah roch ihren Atem und glaubte zu sehen, wie Tante Mabel zögerte, zwischen ihnen hindurchzugehen. »Sie sind ganz zahm«, versicherte ihr Sarah und griff nach Tante Mabels Hand, teils um sie zu beruhigen, teils auch, weil der Pfad gerade an dieser Stelle sehr holprig und für eine ältere Dame nicht gerade einfach zu begehen war. »Es sind nicht Urgroßvaters Kühe«, sagte sie und vergaß in diesem Augenblick, daß dem Urgroßvater nichts mehr gehörte. »Sie gehören Mr. Birtwhistle. Er läßt uns manchmal beim Melken zusehen.«

»Gefällt dir das?«

Sarah dachte nach: »Nein . . . aber es interessiert mich. Ich meine, gefallen würde ich sagen, wenn ich etwas Künstliches wie ein Buch oder ein Spiel mag. Aber Melken hat etwas mit dem wirklichen Leben zu tun, nicht wahr? Deshalb mag ich es, aber es gefällt mir nicht. Klingt das vernünftig?«

»Irgendwie schon.«

Sie erreichten den Bach, und Sarah zeigte Tante Mabel die Steine, über die man an das gegenüberliegende Ufer und in den Wald dahinter gelangen konnte. »Das war unser privater Wald«, erklärte sie und meinte damit sich und Susan und »privat« im Sinn von sozusagen. »Auf der anderen Seite des Wäldchens ist ein Zaun. Das Land dahinter gehört Mr. Birtwhistle. Aber wenn man sich am Rand hält, hat er nichts dagegen, wenn man über die Felder geht. Ich meine, ich und Susan, wir dürfen es oder durften es. Ich vermute, es wird sich jetzt alles ändern. Vielleicht ist es unser letzter Sommer hier. Daddy wird das Haus vermieten – vielleicht sogar verkaufen.« Sie schwieg, weil ihr klar wurde, daß sie mit Tante Mabel sprach, als sei sie eine Fremde und nicht ein Mitglied der Familie. Vermutlich wußte Tante Mabel weit mehr über die Pläne ihres Vaters als sie. Sie vergaß immer wieder, daß Tante Mabel mit Großvater Layton den Urgroßvater schon vor Jahren besucht hatte (lange vor dem ersten Weltkrieg, um ihren Stiefsohn, Sarahs Vater, kennenzulernen) und deshalb den Bach, die Steine, das Wäldchen und die Felder des Nachbarn dahinter kennen mußte und daß dies vielleicht überhaupt der letzte Sommer war, in dem jemand von den Laytons hierher kam.

»Wirst du es vermissen?« fragte Tante Mabel.

»Ich nehme an, obwohl wir immer nur im Juli und August hier sind. Wahrscheinlich würde es mir nichts ausmachen, nicht hierher zu kommen, wenn ich wüßte, ich könnte es und würde einfach nur zur Abwechslung woanders hinfahren. Das Wissen, daß ich nicht mehr hierher kommen kann, ist das Traurige. Es ist, als wäre ein Abschnitt meines Lebens für immer zu Ende.«

Sie blickten in den Bach. Sarah setzte sich nicht ans Ufer, denn Tante Mabel war für so etwas viel zu alt. Nahe beim Wasser war es immer feucht. Es war ein heißer Tag, aber hier war es schattig. Trotzdem trug Tante Mabel einen Mantel. Sie fror in England. Vor drei Jahren hatte Sarah die Kälte auch empfunden. Inzwischen hatte sie sich aber daran gewöhnt. Manchmal träumte sie, farbig wie in einem Film, sie sei bei Sonnenschein in Pankot. Der Bach plätscherte über die Steine und erinnerte sie an ein Pankot in Miniaturausgabe. Aber schließlich war in England alles wie in Miniatur. Sie glaubte, dies habe Auswirkungen auf die Menschen, die immer hier lebten. Im Vergleich zu ihrer Mutter, zu Tante Fenny und Tante Mabel schien Tante Lydia zum Beispiel – obwohl sie die Größte von den dreien war – eine Dimension zu fehlen, die ihre Schwestern besaßen. Sarah vermutete, das Fehlen dieser Dimension beruhe darauf, daß die Menschen auf einer kleinen Insel lebten. Sarah spürte das, aber sie spürte auch, daß ihr Verstand noch nicht die Fähigkeit entwickelt hatte, diesen Gedanken so auszudrücken, daß andere Leute verstanden, was sie empfand. Deshalb sprach sie nicht darüber. Ihr war bewußt, daß Tante Mabel ebenfalls über etwas nicht sprach. In Gedanken vermerkte sie das als eines der Dinge, die ihr früher nicht aufgefallen waren und die ihre indische Familie von der englischen Familie unterschieden – und das wiederum unterschied Vater, Mutter, Tante Fenny und Tante Mabel von Tante Lydia, Onkel Frank (Tante Lydias Ehemann, dem Arzt) und dem armen alten Urgroßvater. Ihre englische Familie behielt nichts für sich. Sie sprachen über alles, was sie dachten. Tante Lydia maßte sich sogar manchmal an, das auszusprechen, was andere dachten. Und ganz plötzlich sah Sarah die Übereinstimmung zwischen Tante Mabel (ihr ganz besonders), die überhaupt nie viel redete, und ihrer Schwester Susan, die viel redete, jedoch wichtige Dinge für sich behielt, bis jemand kam (die Eltern zum Beispiel), den sie für würdig erachtete, mit ihm darüber zu reden.

Sarah verstand diese unerwartet zutage getretene Verbindung zwischen ihrer Schwester und Tante Mabel nicht. Sie wußte aber, daß es eine indische Verbindung war. Die Engländer, die nach Indien gingen, unterschieden sich von denen, die zu Hause blieben. Wenn sie zurückkamen, fühlten sie sich wie Besucher. Die Leute, zu denen sie zurückkamen, spürten, daß die Verbindung zwischen ihnen zu flach geworden war, um noch angenehm zu sein (flach war Sarahs neuestes Lieblingswort). Es gab Zonen der Empfindlichkeit, in die keine Seite zu tief vorzudringen wagte.

Sarah sagte: »Ich glaube, wir gehen besser zurück, sonst kommen wir zu spät zum Tee, und das macht die Sache für Mrs. Bailey schwierig.«

»Wenn du meinst«, sagte Tante Mabel.

Auf dem Weg zum Haus hatte Sarah einen, wie sie es insgeheim nannte, ihrer komischen Momente. In einem komischen Moment (niemand merkte je etwas davon, denn es gab dabei nichts zu sehen) rückte alles, einschließlich der Geräusche, weit, weit weg. Es war ungefähr so, als wenn man durch das falsche Ende von Urgroßvaters Feldstecher blickte und gleichzeitig einen Sender im Radio ungenau eingestellt hatte. Sarah hatte entschieden, daß ihre komischen Momente etwas mit dem Erwachsenwerden zu tun hatten. Jedesmal (so stellte sie sich vor) dehnten sich ihre Knochen und das Fleisch eine Spur weiter aus, dann war das Blut plötzlich nicht mehr in der Lage, in alle Höhlungen hineinzufließen, durch die es hindurchströmen sollte, und ihr Gehirn blieb einen Augenblick lang ohne Nahrung. Infolgedessen waren ihre Augen und Ohren kurze Zeit nicht in der Lage, präzise aufzunehmen, was wirklich geschah. Sie hatte festgestellt, daß diese Momente keinen bestimmten Auslöser hatten. Es hing nicht davon ab, wie kalt oder wie warm es war, wie sehr oder wie wenig sie sich angestrengt hatte, wie hungrig oder satt sie war oder wie sie sich gerade fühlte. Sarah fand diese Momente sehr interessant. Doch wenn sie einen hatte, während sie sich mit jemandem unterhielt, machte sie sich Sorgen, sie könnte etwas Unvernünftiges sagen. Als es jetzt geschah, erreichten sie gerade den Obstgarten (Sarah schloß sorgfältig das Tor). Sie machte sich auch Sorgen, Tante Mabel könnte über einen Maulwurfshügel im hohen Gras stolpern, und achtete darauf, daß es nicht geschah. In einem komischen Moment wußte Sarah nie, ob sie nicht das Gleichgewicht verlor, denn das Gleichgewicht hing von dem richtigen Gefühl für Perspektive und Entfernung ab.

Sarah nahm sich Zeit, als sie das Tor schloß, und hoffte, sie würde sich nach ein paar Sekunden nicht mehr wie eine Riesin in einer winzigen Landschaft vorkommen, Tante Mabel würde wieder ihre richtigen Proportionen annehmen und mit ihr auch der Obstgarten. Sie sagte (mit einer Stimme, die in ihrem Kopf dröhnte, aber nicht den Eindruck vermittelte, sie sei laut genug, daß Tante Mabel sie hören konnte): »Ich glaube, ich habe einen Stein in der Sandale.« Manchmal half es, wenn sie sich bückte, denn dadurch floß das Blut in den Kopf, wo es gebraucht wurde. Sie bückte sich. Neben ihrem Fuß lag ein heruntergefallener Apfel. Ihre Füße und der Apfel waren winzig und sehr weit weg. Zu den komischen Momenten gehörte auch, daß man sich zwar in Beziehung zu allem anderen riesig vorkam, doch alles, was man von sich selbst sah, war ebenfalls winzig und weit entfernt. Sie betastete ihre Sandale, berührte dann den Apfel und betrachtete fasziniert die weit entfernte Hand. Sie hob den Apfel auf und wurde von einer Wespe gestochen, die auf der geplatzten weichen Unterseite saß. Sie spürte den heftigen Schmerz. Das Gehirn nahm die Botschaft genau auf, doch immer noch trennte ein Schleier der Unempfindlichkeit das Wissen um den Schmerz von der Erkenntnis, daß der Schmerz mit ihr zusammenhing. Sie hörte sich schreien und richtete sich auf.

»Was ist los?« fragte Tante Mabel.

»Ich bin gestochen worden.«

Es war alles wieder in Ordnung. Der komische Moment war vorbei. Ihr kleiner Finger tat weh. Tante Mabel nahm ihre Hand und betrachtete den winzigen roten Einstich, den Punkt, von dem die Schwellung und die Rötung ausgingen, die bereits einsetzten.

»War es eine Wespe oder eine Biene?«

»Ach, eine Wespe. Sie interessierte sich für den Apfel.«

»Bist du schon einmal von einer Wespe gestochen worden?«

»Ja, zweimal.«

»Dann ist es gut. Wir gehen ins Haus und tun etwas dagegen.«

»Mrs. Bailey empfiehlt Zitronensaft.«

»Das ist nicht schlecht.«

»Warum ist es gut, daß ich schon einmal gestochen worden bin?«

»Weil manche Leute allergisch sind.«

»Heißt das, sie können daran sterben?«

»Ja, aber das kommt sehr selten vor.«

»Ich dachte immer, nur Schlangenbisse und Skorpionstiche seien tödlich.«

»Nein, und sie auch nicht immer.«

Sie gingen nebeneinander durch den Obstgarten auf den Rasen und das Haus zu. An einem Tag wie diesem hätten sie normalerweise den Tee unter der Zeder im Garten getrunken. Zu den Zugeständnissen an die offizielle Trauer gehörte es, den Tee nicht im Garten einzunehmen; zumindest war es ein Zeichen ihrer Achtung für die Gefühle von Leuten wie Mrs. Bailey. Sarah war froh, daß niemand in ihrer Familie an Gott zu glauben schien. Sie selbst glaubte auch nicht wirklich an Gott. Sie mochte religiöse Menschen nicht, genauer gesagt, sie mochte sie nicht, sobald sie aufhörten, normale Menschen zu sein, und anfingen, religiös zu werden. Wirklich religiöse Menschen wie Nonnen, Mönche und Heilige waren etwas ganz anderes. Solche Menschen hielt Sarah für wirklich religiös, denn sie weihten ihr Leben dem Glauben. Das Leben dem Glauben zu weihen, schien ihr das einzig Richtige zu sein, wenn man an Gott glaubte. Wenn man nicht an Gott glaubte, konnte man höchstens versuchen, wohltätig und nicht egoistisch zu sein.

Sie machte sich Sorgen, weil Susan noch nie von einer Wespe oder einer Biene gestochen worden war. Susan schien wie durch einen Zauber vor allem geschützt zu sein. Tante Lydia sagte, Susan würde immer wieder auf die Füße fallen. Sarah konnte sich nicht daran erinnern, daß Susan sich einmal ernsthaft verletzt hätte, jedenfalls nicht so ernsthaft, daß eine Narbe zurückgeblieben wäre. Susan erinnerte sich auch nicht an den Skorpion, obwohl sie damals neben Sarah gekniet und beobachtet hatte, wie Dost Mohammed den Feuerring um den Skorpion legte.

»Stimmt es«, fragte Sarah Tante Mabel, während sie über den verlassenen, sonnenbeschienenen Rasen gingen, »daß Skorpione sich selbst töten, wenn man einen Feuerring um sie legt, weil sie wissen, daß sie nicht fliehen können?«

»Nein.«

Diese Antwort überraschte Sarah nicht, obwohl sie einmal mit eigenen Augen den scheinbaren Beweis dafür, daß sie sich umbrachten, gesehen hatte.

Tante Mabel sagte: »Der Skorpion verträgt keine Hitze. Deshalb lebt er unter Steinen und Löchern und kommt nur heraus, wenn es feucht ist. Wenn man ein Feuer um ihn herum anzündet, stirbt er infolge der Hitze. Es sieht so aus, als ob er sich selbst den Todesstich versetzt, weil er den Hinterleib hebt und krümmt. Aber das ist nur ein Reflex. Er greift das Feuer an, wird versengt und stirbt.«

Sarah schwieg und sagte dann: »Ich verstehe.« Sie bedauerte, daß Skorpione nicht Selbstmord begingen, obwohl sie schon seit einiger Zeit nicht mehr an die Geschichte des alten Dost Mohammed glaubte und an die Demonstration, durch die er sie hatte bekräftigen wollen. Sarah bewunderte Intelligenz und Mut, weil sie oft glaubte, ihr fehle beides. Sie war immer der Meinung gewesen, daß der kleine schwarze Skorpion, den man in den Dienstbotenwohnungen in der Kabul Road Nr. 3 in Ranpur entdeckt hatte, Intelligenz und großen Mut bewiesen habe. Genug Intelligenz, um zu begreifen, daß jeder Fluchtversuch zu einem qualvollen Tod in den Flammen führen würde, und Mut genug, um seinem Leben durch einen lähmenden Stich mit dem tödlichen Stachel selbst ein Ende zu setzen. Sarah bewunderte die Soldaten und Krieger früherer Zeiten, die sich nach einer verlorenen Schlacht in ihr Schwert stürzten. Es war einer ihrer kindlichen Alpträume, daß ihr Vater eines Tages eine Schlacht verlieren und beschließen könnte, sich in sein Schwert zu stürzen oder sich zu erschießen, um der Gefangenschaft zu entgehen.

Nun hatte Tante Mabel ihre Vermutung über den wahren Tod des Skorpions bestätigt, und sie konnte eine Wahrheit mit der anderen verbinden: Sie wollte unter keinen Umständen, daß ihr Vater sich das Leben nahm, wenn er eine Schlacht verlor. Es war so schrecklich unpraktisch. Und auch für den Skorpion wäre es schrecklich unpraktisch, sich selbst zu töten. Das Feuer konnte vielleicht ausgehen oder vom Regen gelöscht werden. Es war sehr viel praktischer, wenn der Skorpion versuchte zu überleben und seinen gefährlichen Stachel auf die tödliche Gefahr richtete. Außerdem war das auch sehr mutig, vielleicht sogar noch mutiger. Denn schließlich sagt das Sprichwort: Gib niemals auf!

Mrs. Bailey belegte in der Küche gerade die Brotscheiben mit Gurken und hatte Wasser für den Tee auf dem Herd stehen. Sie kümmerte sich um Sarahs Hand. Die Familie trank den Tee bei offenen Fenstern im Wohnzimmer, vor dem die Terrasse mit den Steinplatten lag; dort hatte man den Blick in den Garten. Hinterher setzte Susan sich in eine Fensternische und blätterte in den Zeitschriften ihrer Mutter. Sarah ging nach oben in ihr Zimmer. Sie setzte sich ebenfalls in eine Fensternische, von der sie Mr. Birtwhistles Wiese sah. Sie hatte ein Heft und einen Bleistift in der Hand und zeichnete einen Stammbaum, den sie mit dem Urgroßvater beginnen ließ.

Eigentlich wußte sie nicht, warum sie den Stammbaum zeichnete, aber es tat ihr gut. Es gab ihr ein Gefühl der Zugehörigkeit und machte ihr die außerordentliche Fähigkeit von Familien bewußt, zu überleben, sich fortzupflanzen und Dinge weiterzugeben. Sie erweiterte den Stammbaum durch den Muir-Zweig, wie sie es bei sich nannte. Sie gab ihrer Mutter die beiden Schwestern, auf die Mrs. Layton ein Anrecht hatte (Tante Fenny und Tante Lydia mit ihren Ehemännern, Onkel Arthur und Onkel Frank) und die Eltern, die ihnen zustanden: General Muir und seine Gattin. Diese beiden standen ihr und Susan ebenfalls zu. In ihren Adern floß Muirblut und Laytonblut. Zu Weihnachten fuhren Tante Lydia und Onkel Frank immer mit ihnen nach Schottland, wo General Muir und seine Gattin im Ruhestand lebten. Sarah mochte Schottland nicht. Es war kalt und rauh. Vor ihrer Rückreise wollten Mutter und Vater ebenfalls nach Schottland fahren, aber sie und Susan mußten sie nicht begleiten. Sie fuhren zu Tante Lydia nach Bayswater zurück. Tante Lydia und Onkel Frank waren nicht zum Begräbnis gekommen, doch sie hatten Blumen geschickt. Im Grunde ihres Herzens (wie sie es bei sich nannte) hatte sie sich nie richtig mit Tante Lydia anfreunden können, aber alles getan, um es nicht zu zeigen, denn Susan mochte Tante Lydia auch nicht; und Sarah glaubte, sie hätten sich das Leben sehr schwer machen können, wenn sie sich in das hineingesteigert hätten, was sie beide nicht an Tante Lydia mochten, und das, was sie mochten (was zumindest Sarah mochte), nicht hätten wahrhaben wollen.

Als Sarah das Pro und Kontra von Tante Lydia abwog, erkannte sie, daß Tante Lydias Abneigung gegen Indien verhinderte, daß Sarah Zuneigung für sie empfand. Sarah griff nach einem roten und einem blauen Stift und zog einen roten Ring um ihre indischen und einen blauen Ring um ihre englischen Verwandten. Urgroßvater bekam ebenso einen blauen Ring wie Onkel Frank und Tante Lydia (obwohl Tante Lydia nach dem Krieg achtzehn Monate in Indien verbracht hatte). Auf dem Stammbaum gab es ein erfreuliches Übergewicht an roten Kreisen.

»Das ist mein Erbe«, sagte Sarah. Dann stellte sie fest, daß sie bis jetzt noch keinen Ring um Tante Mabel gezogen hatte. Sie legte den roten Stift weg, um nach dem blauen zu greifen, hielt aber dann inne.

»Wieso um alles in der Welt bin ich denn auf *die* Idee gekommen?« fragte sie sich, nahm den roten Stift wieder in die Hand und zog in dieser feurigen Farbe, die die Verbindung mit Indien bedeutete, energisch einen Ring um Tante Mabel.

---

Sechs Jahre später, im Juli 1939, fiel Sarah das Heft wieder in die Hand. Es lag zusammen mit anderen Relikten ihrer Kindheit in einem Lederkoffer, der in Tante Lydias Rumpelkammer stand. Sie sortierte den Inhalt des Koffers, um sich zu vergewissern, daß sich nichts darin befand, was sie vor den Flammen – dem Verbrennungsofen am hinteren Ende des ungepflegten, von Unkraut überwucherten ummauerten Geländes, das Tante Lydia ihren Garten nannte – bewahren wollte; sie wollte es vor dem Feuer bewahren, dem ihre Jahre in England geopfert werden sollten, was in ihr einen unerwartet heftigen Trennungsschmerz hervorrief.

Sie sortierte den Inhalt des Koffers an einem Tag, an dem Tante Lydia mit Susan und Tante Fenny einkaufen gegangen war. Onkel Arthur und Tante Fenny waren wieder aus Indien zurückgekehrt. Susan wollte sich geeignete Kleider für die Tropen kaufen. Sarah hielt es für Zeitverschwendung, sich in Kensington für die Tropen einzukleiden, aber Susan hatte sich in den Kopf gesetzt, einen Tropenhelm mit einem Schleier zu kaufen, der als Sonnenschutz über den Nacken fiel. Außerdem wünschte sie sich weiße Hemdblusen und eine Reithose zur Vervollständigung ihrer Garderobe. In diesem Aufzug würde sie wie die Heldin in ›Der Garten Allahs‹ aussehen. Außerdem wollte sie ein paar Kleider aus Seide und Georgette (in denen sie schwitzen würde), ein Stöckchen und all das, was ihr ins Auge fallen würde und ihr half, das Bild weiter zu vervollständigen, das sie von sich als jungem Mädchen hatte. Das herausgeputzte junge Mädchen, das bereit war für ein romantisches Abenteuer in einem Vorposten des Empire, ein junges Mädchen, dessen Vater Oberstleutnant war, dem man vor kurzem das Kommando über das erste Bataillon seines alten Regiments, der Pankot Rifles, übertragen hatte, und der zweifellos, wenn es Krieg gab – und auch das schien sehr wahrscheinlich zu sein – dazu ausersehen war, Brigadier und dann Generalmajor zu werden.

»Möglicherweise«, dachte Sarah, »besteht der Unterschied zwischen mir und Susan darin, daß Susan in der Lage ist, ihrer Welt

Dinge einzuverleiben, ohne recht zu überlegen, ob sie akzeptierbar sind oder nicht, während ich nichts übernehme, ohne es vorher genau zu prüfen. Vielleicht ist das falsch. Vielleicht bemühe ich mich zu sehr darum, die Dinge zu ergründen. Ich entspanne mich nie. Ich habe nicht das Talent, mich einfach zu amüsieren; und das ist schade, denn mir entgeht vieles, was für Susan selbstverständlich ist.«

Sarah fand nichts, was aufzubewahren sich gelohnt hätte, und trug den Kofferinhalt in den Garten. Sie mußte mehrmals mit einem Arm voller Sachen die beiden Treppen und die paar Stufen hinunter zur Küche im Souterrain gehen, deren Tür in den Garten führte.

Dort verbrannte sie an einem warmen Juliabend – der Geruch von warmen Steinen, zertretenem Gras, von Menschen und dem Verkehr auf der Bayswater Road und im Park hing in der Luft – die Relikte einer Jugend, die sie nicht verstand, die ihr aber, wie sie glaubte, ein bestimmtes Äußeres, eine dicke Haut geschenkt und dazu geführt hatte, daß sie als ein selbständiger Mensch hier stand (sie hielt die Hände vor die Wangen, um sie vor der Hitze des Feuers zu schützen) und die Verbrennung beobachtete. Als selbständiger Mensch übernahm sie jetzt die sich widersprechenden Haltungen der Laytons und der Muirs, Tante Mabels Einstellungen ebenso wie die des Urgroßvaters, der an einem Augustmorgen zum Duft von Zedern und welken Blumen in der Vase »gegangen« war. Plötzlich sah sie in dem, was verbrannte, sich und ihre Familie; und sie sah darin das Selbst, das ein Dokument des Widerstands und gleichzeitig der Bejahung zu sein schien. Sie spürte die Hitze auf ihren Knochen und die Hitze auf ihrer Haut. Darunter lag der harte Kern (dieses Selbst), an den die Flammen nicht herankamen und auf den ihr Licht nicht fiel.

»Wo ich bin, ist es also wirklich dunkel«, sagte sie, »und darin besteht der eigentliche Unterschied zwischen mir und Susan. Sie lebt erkennbar in einem immerwährenden Licht. Dieses Licht, das auf Susan fällt, fällt auch auf Tante Fenny und auf Onkel Arthur. Es fällt auch auf Tante Lydia und Onkel Frank, aber so, daß es andere Schatten wirft. Ich weiß nicht, ob und wie es auf Mutter und Vater fällt – ich habe sie lange nicht mehr gesehen –, und ich weiß nicht, wer außer mir sich in dieser Dunkelheit befindet.«

Zwei Wochen später fuhr Sarah Layton, begleitet von ihrer Schwester Susan, Tante Fenny und Onkel Arthur auf einem Schiff der P & O-Linie nach Indien zurück.

# EINE HOCHZEIT
# 1943

## I

Graf Bronowski reichte dem jungen Kasim ein Glas des verbotenen Whiskys und bemerkte: »Mrs. Layton trinkt also, sagen Sie. Meinen Sie damit, Mrs. Layton trinkt heimlich?«

Achmed nahm das Glas und hielt es in einiger Entfernung von seiner Nase. Er mochte den Alkoholgeruch nicht. Im Palast konnte man keinen Tropfen bekommen, abgesehen von dem, was sein Diener oder er selbst in sein Zimmer schmuggelten. Er tat es aus Prinzip und hatte sich angewöhnt, täglich eine bestimmte Menge zu trinken. Es enttäuschte ihn, daß er trotz dieser Gewohnheit noch keinen rechten Geschmack daran gefunden hatte und schon gar nicht zum Sklaven des Alkohols geworden war. Manchmal glaubte er, ein echter Trinker und schließlich Alkoholiker zu werden, sei das Einzige, wozu er auf eigene Faust in der Lage sei.

»Heimlich? Das weiß ich nicht«, erwiderte er, »aber sie trinkt als erste, hört als letzte auf und nimmt zwei Drinks, während andere einen nehmen. Außerdem habe ich bemerkt, daß sie sehr launenhaft ist.«

Bronowski hinkte vom Getränkewagen zu dem größeren der beiden Korbsessel, die so auf der Veranda standen, daß man in den dunklen Garten blickte. Er setzte sich, legte das lahme linke Bein auf die Fußbank, hob das Glas und sah Achmed mit dem rechten Auge an. Das linke Bein und das blinde linke Auge – hinter einer schwarzen Augenklappe, deren schräg sitzendes Gummiband im Lauf der Zeit einen Abdruck hinterlassen hatte, der seinen schmalen Kopf wie einen Ring umgab – stammten, wie man erzählte, noch aus dem vorrevolutionären St. Petersburg, wo ihn ein Anarchist auf dem Newski-Prospekt beinahe in die Luft gesprengt hätte, als er in den Winterpalast fahren wollte.

»In welcher Hinsicht launisch?«

Achmed saß in dem anderen Sessel und beobachtete, wie der Graf eine der regenbogenfarbenen Zigaretten mit den goldenen Mundstücken wählte, die aus einem Geschäft in Bombay stammten.

»In einem Moment ist sie reizbar und im anderen beinahe freundlich. Beinahe freundlich wird sie, wenn sie ein Glas in der Hand hält.«

»Ihr Mann ist in deutscher Kriegsgefangenschaft, haben Sie gesagt?«

»Ja.«

»Würden Sie sagen, sie ist immer noch attraktiv?«

»Sie hat noch keine grauen Haare und pudert sich regelmäßig die Nase.«

»Aha . . . Ihre Schwester, diese Mrs. Grace . . . ist sie auch launenhaft?«

»Nein, sie ist völlig berechenbar. Man kann sich darauf verlassen, daß sie jederzeit taktlos ist. Und sie macht sich nicht die Mühe, die Stimme zu senken.«

»Was hat Mrs. Grace über Sie gesagt, mein lieber Junge, was Sie zufällig gehört haben?

Achmed lächelte. »Scheinbar bin ich für einen Inder sehr tüchtig.«

»Aber das war ein Kompliment.«

»Außerdem wäre ich ein guter *Maître d'hôtel,* wenn ich nicht so abscheulich nach Knoblauch stinken würde.«

»Ich bezweifle, daß Mrs. Grace einen guten *Maître* von einem schlechten unterscheiden kann. Engländer sind dazu nur selten in der Lage. Aber sie hat es gut gemeint. Und es *stimmt.*«

»Knoblauch ist gut für die Gesundheit. Mein Vater trug als Schutz gegen Erkältungen immer eine Zwiebel in der Tasche. Aber das war nur Aberglaube. Das mit dem Knoblauch ist wissenschaftlich bewiesen. Knoblauch überdeckt außerdem den Geruch von Whisky. Wie Sie sehen, hat Knoblauch einen religiösen und einen gesellschaftlichen Nutzen.«

Etwa eine Viertelmeile entfernt setzte das Trommeln wieder ein. Eine Hinduhochzeit. Mit den Fingern der freien Hand schlug Achmed den Takt auf der Sessellehne. Während des Ramadan konnte eine solche, unüberhörbar fröhliche Hindufeier zu öffentlichen Unruhen führen. Diese Aussicht fand er beinahe erfreulich.

Bronowski drehte sich und veränderte die Lage des steifen, lahmen Beins. »Erzählen Sie mir etwas über die beiden Miss Laytons. Sind sie mehr nach Ihrem Geschmack? Beginnen Sie mit der, die heiraten soll!«

Wie neugierig dieser Mann ist! dachte Achmed. Er war nicht neugierig. Menschen waren ihm gleichgültig – Menschen, Dinge und die Ideen, für die Menschen sich begeisterten. Aber ihm gefielen diese regelmäßigen Gespräche mit Bronowski, und das lag teilweise daran, daß der alte Wesir sich seiner angenommen hatte, als sei er es wert, daß man ihm Zeit widmete, aber hauptsächlich daran, daß Bronowskis unstillbare Neugier ihm half, sich eigene Ansichten über Menschen zu bilden, sie mit größerer Objektivität und stärkerem Interesse zu betrachten, als er aufbrachte, wenn er mit ihnen zu tun hatte. Er stellte fest, daß es ihm durch diese Übung gelang, ein oder zwei Schichten seiner eigenen Gleichgültigkeit abzustreifen. Nach solchen Gesprächen spürte er zwar meist, wie diese Schichten sich wieder bildeten, und sagte sich vielleicht, Bronowski ermuntere ihn hauptsächlich deshalb zu diesen Besuchen und Plaudereien, weil er die Gesellschaft junger Männer allem anderen vorzog (zumindest verdächtigte man ihn, daß es so sei). Wie auch immer, jedes dieser Gespräche hinterließ eine Spur von Engagement.

»Oh, Miss Layton«, sagte er und erinnerte sich an das Bild von Susan Layton, die sich einen weißen Kleiderstoff unter die hektisch geröteten Wangen hielt. »Die anderen tun alles für sie. Miss Layton muß sie daran gewöhnt haben zu glauben, sie selbst sei dazu nicht in der Lage. Wenn sie auch nur einen Finger krümmt, um etwas zu tun, bringt sie es fertig, daß es aussieht, als versuche sie etwas Unmögliches, und sofort springen alle. Ich glaube, es ist nicht nur die Hochzeit. Vermutlich stand sie schon immer im Mittelpunkt der Aufmerksamkeit.«

»Liebt sie diesen Hauptmann Bingham?«

Achmed dachte nach. Wie konnte er das beurteilen? Er wußte eigentlich nicht, was Bronowski mit Lieben meinte. Sein Vater liebte seine Mutter. Sein Bruder hatte das Militär geliebt. Er liebte es, Knoblauchzehen zu kauen. Bronowski liebte Klatsch. Lieben schien eine Mischung aus Neigung, Drang und Befriedigung zu sein. Aber selbst das traf es nicht ganz. Er hatte zum Beispiel die Neigung, mit Frauen zu schlafen. Er ging zu Prostituierten. Er hatte Geschmack am Sex gefunden und verschaffte sich nicht selten Befriedigung. Deshalb, so nahm er an, liebte er den Geschlechtsverkehr und den Knoblauch, aber die Welt verstand darunter etwas anderes. Auch Graf Bronowski dachte wohl an etwas anderes, wenn er ihn fragte, ob die jüngere Miss Layton Hauptmann Bingham liebe. Diese Art Liebe wies auf eine Fähigkeit zur Selbstverleugnung hin, wenn Selbstverleugnung zum Wohl dessen war, was man liebte. Er glaubte nicht, daß Miss Layton diese Fähigkeit besaß.

Er erwiderte: »Nein, ich glaube nicht, daß sie Hauptmann Bingham liebt.«

»Sie meinen, es ist lediglich der Reiz des Körperlichen?«

»Bei ihm ja. Sie ist für ihn attraktiver als er für sie.«

»Woher wissen Sie das?«

»Ich glaube, wenn er sie berührt, erregt sie das nicht, sondern sie reagiert eher gereizt. Besonders, wenn sie sich gerade mit einem neuen Kleid beschäftigt.«

»Das ist Verlegenheit«, sagte Bronowski, »Sie haben sicher ihre Reaktion auf eine zärtliche Geste vor den Augen anderer beobachtet. In sexuellen Dingen sind die Engländer sehr befangen. Sie wären überrascht, vielleicht sogar schockiert, wenn Sie als Fliege an der Wand Miss Layton und Hauptmann Bingham allein erleben könnten.«

Achmed schwieg. Er war eine Fliege an der Wand gewesen oder vielmehr eine Gestalt, die unbemerkt auf der Veranda des Gästehauses um die Ecke kam, während Miss Layton den weißen Kleiderstoff hochhielt und ziemlich heftig auf Hauptmann Binghams Hände reagierte, die sie um die Taille faßten, und dabei rief: »Oh, Teddie, was soll das?« Es war interessant und widersprach Bronowskis Annahme, denn Miss Susan Layton ließ sich in der Öffentlichkeit Hauptmann Binghams fürsorgliche und besitzergreifende Berührung gleichmütig gefallen, billigte sie, ja schien sie sogar immer wieder zu fordern, als stehe sie ihr in regelmäßigen Abständen zu. Unter solchen Umständen war sie ebenso darauf bedacht, eine Liebkosung zu erwidern wie entgegenzunehmen. Zärtlichkeiten wurden ihr erst unangenehm, wenn sie allein waren. Zu Achmeds Glück hatte ihn niemand bemerkt, als Miss Layton sich von Hauptmann Bingham losriß.

»Woran denken Sie?« fragte Bronowski.

Achmed lächelte, trank einen Schluck Whisky und antwortete: »An eine Fliege an der Wand.«

»Gefällt Ihnen die Vorstellung?«

»Fliegen an der Wand werden manchmal zerquetscht.«

»Jeder Beruf hat seine Gefahren. Erzählen Sie mir etwas über die jüngere Schwester, also über die Miss Layton, die nicht heiraten soll.«

»Sie ist nicht die jüngere.«

»Ah, so etwas ist immer interessant. Ich nehme an, sie ist nicht so hübsch. Vielleicht aber ernsthafter?«

»Sie stellt eine Menge Fragen.«

»Fragen? Worüber?«

»Über die Regierung von Mirat, über einheimische Bräuche und die Geschichte.«

»Ist sie so häßlich?«

»Für mich sind alle weißen Mädchen reizlos. Sie sehen irgendwie halbfertig aus. Mit blonden Haaren wirken sie noch unnatürlicher.«

»Also ist sie blond.«

»Ja. Und für einen Engländer vermutlich ebenso attraktiv wie ihre Schwester. Außerdem ist sie freundlicher. Ist das gefährlich?«

»Warum?«

»Soviel ich weiß, kann es so sein. Diese Art Engländer verleiten einen dazu, ihnen zu vertrauen. Sie stellen Fragen, zuerst allgemeine, dann persönlichere. Man denkt, aha, er interessiert sich für mich. Sie sucht meine Freundschaft. Aber es ist eine Falle. Eine falsche Bewegung, eine Spur Vertraulichkeit, und die Falle schnappt zu.«

»Zweifellos sagt das Professor Nair.«

»Stimmen Sie dem nicht zu? Ich frage Sie. Ich habe keine Erfahrung. Das hat man mir gesagt, und zwar nicht nur Professor Nair. Schnapp!«

»Was wollen Sie mich wirklich fragen? Wollen Sie mich fragen, ob Sie vorsichtig sein sollen bei der Beantwortung dieser faszinierend persönlichen Fragen, die Miss Layton, wie Sie erwarten, Ihnen stellen wird?«

»Nein, ich bin immer vorsichtig. Ich habe Sie nur nach Ihrer Meinung zu der allgemein vertretenen Ansicht gefragt.«

»Welche Ansicht?«

»Daß die freundlichen Engländer gefährlicher sind als die unhöflichen.«

»Sind Sie sicher, daß Sie Engländer meinen und nicht Weiße? Bin ich gefährlich?«

»Oh, Sie sind der gefährlichste Mann in Mirat. Das sagt jeder. Das muß ich nicht betonen. Man setzt alles aufs Spiel, wenn man sich auch nur mit Ihnen unterhält. Aber Sie sind in jeder Hinsicht eine Ausnahme, und ich meine Engländer, nicht Weiße. Wenn wir von den Russen unterworfen worden wären, hätte ich Russen gesagt. Die weiße Hautfarbe ist nicht wichtig. Die Position der Engländer als Herren macht ihre Freundschaft gefährlich, und zwar in zweifacher Hinsicht. Sie schwächt unsere Entschlossenheit, ihnen Widerstand zu leisten, und sie verletzt ihren Gruppeninstinkt. Bewußt oder unbewußt ist ihnen klar, daß sie durch Freundlichkeit ihre Position schwächen, und deshalb darf es diese Freundlichkeit immer nur nach ihren streng überwachten Regeln geben. Wenn wir ahnungslos glauben, sie beruhe auf Gegenseitigkeit, dann sind sie doppelt empört, einmal als Individuen, die glauben, ausgenutzt worden zu sein, wie sie das nennen, und als Angehörige einer Klasse, die sie, wie sie fürchten, durch ihre Gedankenlosigkeit und Dummheit verraten haben könnten. Und dann: Schnapp! Die Auswirkungen einer solchen Situation auf uns sind ihnen natürlich gleichgültig.«

»Das glauben Sie?«

»Das wird mir gesagt. Man warnt uns immer wieder. Das ist allgemein bekannt. Im Gegensatz zu meinem Vater hatte ich glücklicherweise nie den Drang, mich mit einem Engländer oder einer Engländerin anzufreunden. Aber es ist interessant, sie zu beobachten. Es ist interessant, einem von der freundlicheren Sorte zu begegnen – etwa der ältern Miss Layton. Man fühlt sich wie ein Chemiker, der eine Formel kennt und darauf wartet, daß sie durch einen Labortest bestätigt wird.«

»Ihr Glas ist leer. Gießen Sie sich bitte selbst nach.«

Achmed stand auf. Bronowski streckte ihm sein Glas entgegen, als er an ihm vorbeiging. Achmed griff danach, doch der ältere Mann ließ es nicht gleich los.

»Haben Sie Ihr Versprechen gehalten und Ihrem Vater geschrieben?«

»Nein.«

»Warum nicht?«

»Aus dem gleichen Grund wie immer. Ich fange an zu schreiben und höre wieder auf. Ich habe nichts zu sagen, und selbst wenn ich etwas zu sagen hätte, würde jedes Wort von einem anderen gelesen, ehe der Brief ihn erreicht. Das ist sehr entmutigend. Ich schreibe meiner Mutter. Sie sagt ihm, was ich tue.«

»Das ist nicht dasselbe.«

Achmed ging mit Bronowskis Glas zum Servierwagen mit den Flaschen und goß großzügig White Horse in die Gläser: zwei Finger breit für sich, drei für Bronowski. Er füllte beide Gläser beinahe bis zum Rand mit Sodawasser auf und kehrte zum Sessel zurück, in dem Bronowski saß und das gute Auge halb geschlossen hatte, als schätze er eine Wirkung ab. Achmed hielt ihm das Glas hin, doch Bronowski nahm es ihm nicht sofort ab.

»Es ist nicht dasselbe«, wiederholte er, »oder?«

»Nein, aber er ist es gewöhnt, daß ich ihn als Sohn enttäusche.«

Bronowski faßte das Glas am Boden, und als Achmed bemerkte, daß er es sicher in der Hand hielt, ließ er los.

»Sie sind mehr daran gewöhnt als er«, sagte Bronowski, »ich glaube, die Vorstellung, daß Sie ihn enttäuschen, ist inzwischen Ihre elementare Sicherheit geworden. Ohne sie fühlen Sie sich verloren. Wissen Sie, mein lieber Junge, mich hat in Ihrem Alter am meisten beunruhigt, daß mein Vater einmal einen bestimmten Schritt billigte, den ich tun wollte.«

»Welcher Schritt war das?«

»Eine Heirat. Das Mädchen war meine Cousine, und wir liebten uns nicht. Aber vermutlich wäre sie mir eine gute Frau geworden. Wir sind immer bestens miteinander ausgekommen. Ich beschloß zu heiraten, weil ich glaubte, mein Vater lehne sie ganz besonders ab. Ich rechnete mit heftigstem Widerstand. Statt dessen umarmte er mich. Er weinte beinahe. Es war wirklich sehr alarmierend. Ich ließ die Idee sofort fallen. Natürlich bedauerte ich es. Vielleicht habe ich sie doch geliebt. Aber sobald ich ihm sagte, daß ich es mir anders überlegt hätte, ging es mir besser. Er drehte sich wortlos um ... wortlos, doch mit dem alten tröstlichen Ausdruck abgrundtiefer Verachtung. Ich fühlte mich wieder sicher und fühlte mich nie mehr unsicher, bis er starb. Dann mußte ich mir seine posthume Mißbilligung auf unterschiedlichste Weise verdienen und Dinge tun, für die er mich, wie ich glaubte, verachtet hätte ... indem ich zum Beispiel liberale Gesten machte, wie sie unter intellektuellen Landbesitzern gerade beliebt waren. Diese Gesten kamen mir nicht aus dem Herzen, aber wenn man etwas Gutes tut, muß man es nicht aus vollem Herzen tun. Ich tat das Richtige aus dem falschen Grund. Genau das tun Sie auch, indem Sie die Aufgabe erfüllen, für die Sie bezahlt werden, und damit ernten Sie sogar das Lob einer ungnädigen Mrs. Grace. Aber Sie tun Ihre Arbeit zu gut, weil Sie glauben, Ihr Vater mißbillige es, daß Sie diese Aufgabe angenommen haben, und er würde sich schämen, wenn er wüßte, daß eine Frau wie Mrs. Grace Sie als einen potentiell erstklassigen Hoteldirektor bezeichnet. Sie möchten, daß er sich schämt, denn daß er sich Ihrer schämt, das verstehen Sie. Für Sie ist es das gleiche wie für einen anderen jungen Mann, dessen Vater stolz auf ihn ist. Sie sind entschlossen, alles zu tun, daß es so bleibt. Aber Sie sollten sich fragen, ob er sich tatsächlich schämt. Hat er sich je geschämt? Wäre es nicht richtiger zu sagen, Sie sind in einem Haus aufgewachsen, in dem es zu einer Reihe von Fragen, die Indien betreffen, klare Standpunkte gab? Sie erwarteten, diese Klarheit zu erben, wie Sie vielleicht einen Teil des Haushalts und der Möbel erben. Zu Ihrer Überraschung stellten Sie fest, daß dies nicht der Fall war. Überraschung ist das falsche Wort. Anscheinend war es ein viel langsamerer Vorgang. Aber das alles führte zu einer Kompensation Ihrer Unzulänglichkeit und einer Projektion

Ihrer Enttäuschung. Sie glaubten, Ihr Vater sei enttäuscht. Aber vielleicht beobachtete er in Wahrheit Ihre Mühen, sich für etwas zu engagieren, mit Zuneigung und Mitgefühl, ohne jedoch zu wissen, wie er Ihnen helfen konnte. Sie machten die Dinge nicht einfacher, indem Sie sich von ihm zurückzogen, obwohl Sie sich in Wirklichkeit von sich selbst zurückzogen. Sie schreiben ihm nicht ins Gefängnis, weil Sie ihn lieben.«

Achmed lächelte.

»Sie sollten keine Angst vor Ihren Gefühlen haben«, fuhr Bronowski fort, »und überhaupt, es ist unindisch, sich vor Gefühlen zu fürchten. Wenn Sie so wollen, besteht jetzt eine Gefahr für Sie. Ihr jungen Männer solltet sie gut im Auge behalten – die Gefahr, euer indisches Wesen zu verlieren. Schließlich ist Indien ein Land der Extreme, und es braucht Männer von extremem Naturell. Dieser ganze westliche Intellektualismus und der unwestliche Kult der Gewaltlosigkeit sind höchst unnatürlich. Das eine ohne das andere wäre vielleicht noch zu ertragen, aber die Kombination von beidem ist in meinen Augen katastrophal. Schließlich ist der Intellektualismus des Westens nur Tünche. Darunter sind wir gewalttätige Menschen. Aber ihr Inder seht nur unsere Oberfläche. Man füge den Kult der Gewaltlosigkeit hinzu, und das Ergebnis ist Entmannung.«

Achmed grinste, und Bronowski sagte: »Hurerei kann ebenso eine Zuflucht wie ein Vergnügen sein. Ihre Besuche im Chandi Chowk sind kein Beweis Ihrer Männlichkeit, mein Junge.«

»Was soll ich denn tun? Eine Armee aufstellen und die Gefangenen in der Festung Premanagar befreien?«

»Das wäre nicht das Schlechteste. Ja, ich könnte mir nichts Eindrucksvolleres vorstellen, und ich finde es interessant, daß Ihnen das als erstes einfällt. Welch eine leidenschaftliche Tat! Wie könnte die Welt *nicht* darauf reagieren? Söhne sind dazu da, Heere anzuführen, um ihre Väter aus Festungen zu befreien. Die Engländer würden Sie für den Rest Ihres Lebens einsperren. Natürlich würden sie lachen, denn Projekte, die zum Fehlschlag verurteilt sind, haben auch ihre komische Seite. Aber sie würden nicht boshaft lachen. Die Engländer würden Sie achten. Würden Sie jedoch Ihre Absicht verkünden, in den unbegrenzten Hungerstreik zu treten, wenn die Engländer Ihren Vater nicht freilassen, sähe die Sache ganz anders aus. Man würde Sie zwangsweise ernähren. Die Engländer wären empört darüber, daß Sie versuchen, sie moralisch zu erpressen, und ich muß gestehen, ich wäre auf ihrer Seite. Gewaltlosigkeit ist lächerlich. Ich halte nichts davon. Können Sie zum Abendessen bleiben?«

»Nein, Professor Nair hat mich unerwartet eingeladen.«

»Was hat er vor?«

»Das hat er mir nicht gesagt.«

»Vielleicht hören Sie nicht gut genug zu. Er hat immer etwas vor. Nawab Sahib erwartet, auf dem laufenden gehalten zu werden. Übrigens wird er am Freitag wieder zurück sein.«

»Hat es Ihnen in Gopalakand gefallen?«

»Es war amüsant. Ich habe Nawab Sahib noch ein paar Tage dort gelassen, damit er sich vergnügen kann. Über die Gedichte von Gaffur wird er sich freuen. Wer von den Leuten hatte die Idee?«

»Ich weiß es nicht.«

»Sind Sie schon im Palast gewesen?«

»Ich habe ihnen heute morgen die Repräsentationsräume gezeigt. Wird Nawab Sahib zu dem Empfang gehen?«

»Wenn ich es ihm sage, ja. Ich denke, ich werde es ihm sagen. Was ist für morgen geplant?«

»Sie gehen wieder einkaufen. Aber Miss Layton möchte vor dem Frühstück ausreiten.«

»Welche Miss Layton?«

»Die Neugierige, Miss Sarah.«

»Allein?«

»Ich glaube, Sie erwartet, daß ich sie begleite.« Achmed trank einen Schluck Whisky. »Ich werde mich natürlich respektvoll etwas hinter ihr halten.«

»Glauben Sie, Miss Layton hat die Erlaubnis ihrer Mutter oder dieses Hauptmann Bingham?«

»Danach habe ich nicht gefragt. Ich bin dazu da, Befehle auszuführen.«

»Seien Sie nicht ärgerlich, wenn Sie morgen früh aufstehen und die Pferde umsonst satteln lassen. Ihre Mutter oder Hauptmann Bingham könnten ihr das kleine Vergnügen vielleicht verbieten, wenn es ohne Absprache geplant wurde, und sie plötzlich davon erfahren.«

»Oh, ich werde mich deshalb nicht ärgern.«

»Wer gehört sonst noch zur Hochzeitsgesellschaft?«

»Am Freitag soll ein Major Grace hier eintreffen. Er ist der Onkel der Braut. Hauptmann Binghams Freund kommt manchmal zu Besuch, ein Hauptmann Merrick. Er wird Trauzeuge sein.«

»Merrick?«

»Ja. Kennen Sie ihn?«

»Ich glaube nicht. Merrick . . . der Name kommt mir irgendwie bekannt vor. Aber in einem anderen Zusammenhang. Nun gut, Sie machen sich jetzt besser auf den Weg, wenn Sie bei Professor Nair zu Abend essen.«

Achmed trank aus und stellte das Glas auf den Servierwagen. »Vielen Dank für den Drink«, sagte er und blickte einen Augenblick auf Bronowski hinunter, der Leuten, die er als seine Vertrauten betrachtete, niemals die Hand gab und sie nie förmlich begrüßte oder verabschiedete. Für einen beinahe Siebzigjährigen, dachte Achmed, hat er sich sehr gut gehalten. Er hatte ein glattes, rosa Gesicht. In den ersten Jahren seiner Amtszeit als Ministerpräsident von Mirat war es der Anti-Bronowskipartei unter Führung der verstorbenen Begum (wie man erzählte) beinahe gelungen, ihn zu vergiften. Seine Auseinandersetzungen mit dem Nawab waren inzwischen beinahe legendär. Hin und wieder kam es immer noch zu Reibereien. Aber inzwischen galt Bronowskis Einfluß auf den Nawab als gesichert. Achmed verdankte seine Stellung am Hof Bronowski, obwohl ihm das erst nach einiger Zeit klargeworden war. Ursprünglich hatte er geglaubt, der Nawab habe die Idee gehabt, den mißratenen jüngeren Sohn eines entfernten, aber angesehenen Verwandten unter die Fittiche zu nehmen. Der junge Mann hatte auf dem College schmählich versagt, und er zeigte keinerlei Eignung für einen Beruf, der einem Kasim des Ranpurzweigs offenstand: Justiz, Politik, Verwaltung. Es stimmte, die Briefe waren von Bronowski geschrieben, und er war sogar persönlich nach Ranpur gekommen, aber er schien das alles in seiner Eigenschaft als Vermittler und nicht als die treibende Kraft zu tun. Er hatte den Eindruck erweckt, als sei es ihm völlig gleichgültig, wie das Angebot des Nawab aufgenommen würde, das Achmed eher wie eine mildtätige Geste erschien und nicht wie der Ausdruck echten Interesses an ihm. Er glaubte, sein Vater, mit dem er nur ein kurzes Gespräch darüber führte, beurteilte es genauso. Sein Vater stand damals noch an der Spitze der Provinzregierung und war ein vielbeschäftigter, mit Problemen überhäufter Mann, der beinahe völlig davon in Anspruch genommen zu sein schien, gegen die Kriegserklärung des Vizekönigs ohne vorherige Konsultation der indischen Führer zu protestieren. Als Achmed in Mirat eintraf, hatte sein Vater auf Anweisung der Kongreßpartei seinen Rücktritt eingereicht.

Als 1942 die Nachricht von MAK's Verhaftung in Mirat bekannt wurde, hatte der Nawab zu Achmed gesagt: »Sie sind in Sicherheit. Sie stehen unter unserem Schutz. Dafür müssen Sie sich bei Graf Bronowski bedanken.« »Weshalb bei Bronowski?« fragte Achmed und erfuhr bei dieser Gelegenheit, daß der Wesir und nicht der

Nawab den Gedanken gehabt hatte, Achmed nach Mirat zu holen, damit er etwas über die Regierungsgeschäfte eines indischen Staates lernte. »Seit Sie hier sind«, fuhr der Nawab fort, »haben Sie sicher viel Kritik an Bronowski Sahib gehört. Es ist bekannt, daß ich selbst Kritik an ihm äußere. Sie sollten jedoch wissen, daß seine Loyalität für das Haus Kasim selbst unter den Kasims nicht ihresgleichen hat, und daß er immer nur an die Zukunft des Hauses Kasim denkt.«

Achmed konnte diese Loyalität nicht richtig einschätzen, und er sah auch nicht, wo Bronowski ihm einen Platz in diesem Plan zugewiesen hatte, mit dem er die Interessen des Hauses Kasim vertreten wollte. Im vergangenen Jahr war Achmed allmählich klargeworden, daß Bronowski ihn schätzte; zuvor hatte er ihn kaum zur Kenntnis genommen. Achmed erledigte wie ein Laufbursche niedere Büroarbeiten für einen Staatssekretär nach dem anderen. Die Vorgesetzten dieser Sekretäre hatten bombastische Titel. Achmed hatte für den Staatssekretär des Finanzministers gearbeitet, für den Sekretär des Erziehungsministers, für den Sekretär des Ministers für öffentliche Arbeiten, für den Sekretär des Gesundheitsministers und für den obersten Beamten in der Generalstaatsanwaltschaft. Die meisten dieser Minister waren Verwandte des Nawab, und zwei trugen den Namen Kasim. Sie wurden alle vom Nawab ernannt, und sie saßen in seinem Ministerrat.

Der Ministerrat war Bronowskis geistiges Kind. In den zwanzig Jahren seiner Amtszeit hatte er aus dem feudalen, autokratischen Mirat, wo Herrscher und Untertanen sich nur bei den regelmäßigen Audienzen begegneten, einen halbdemokratischen Miniaturstaat gemacht. Audienzen fanden immer noch statt, doch die Regierungsmaschinerie war aus dem Dunkel der Zimmer und Flure des Palastes mehr oder weniger ans Tageslicht gebracht worden.

Bronowski hatte die Rechtsprechung von der Exekutive getrennt, Zivilrecht und Strafrecht reformiert, das Amt eines Oberrichters geschaffen, und in seiner Amtszeit als Ministerpräsident war es ihm bisher immer gelungen, einen Mann auf diesen Posten zu berufen, mit dessen Unparteilichkeit man rechnen konnte – einmal war es sogar ein Engländer gewesen, der gerade als Richter am Obersten Gerichtshof einer Provinz in den Ruhestand getreten war. Bronowski hatte diese Dinge alle mit einem Minimum an offener Opposition getan, denn genau zu diesem Zweck hatte der Nawab ihn 1921 aus Monte Carlo mitgebracht. Man erzählte sich, der Nawab habe zu ihm gesagt: »Ich muß einen modernen Staat haben. Machen Sie mich modern!« Mit dem, was Bronowski tat, um den Nawab von Mirat zu einem modernen Staatsoberhaupt zu machen, entzog er den englischen Regierungsbeamten, die sich der Ernennung eines russischen Emigranten zum Ministerpräsidenten eines Staates widersetzten, mit dem sie, so klein er auch war, ihrer Ansicht nach immer besondere Beziehungen gehabt hatten, den Boden unter den Füßen. Für sie war Bronowski ein Roter, ein Spion, jemand, der Schwierigkeiten machen und gleichzeitig sein Schäfchen ins Trockene bringen würde.

Der Resident in Gopalakand, der sowohl den Nawab von Mirat als auch den Maharadscha von Gopalakand beriet, hatte Einspruch gegen Bronowskis Ernennung und die Absetzung des Bruders des Nawab erhoben, der Bronowski weichen mußte. Ehe der derzeitige Nawab sein Erbe als Staatsoberhaupt antrat, hatten die Engländer nicht viel von ihm gehalten und den Bruder begünstigt, den sie insgesamt für liebenswürdiger, formbarer und gemäßigter hielten, und der im Gegensatz zu dem Thronfolger nicht zu ungezügeltem, extravagantem Verhalten in punkto Frauen und Geld neigte. Der damalige Herrscher, der Vater des jetzigen Nawab, wollte unter allen Umständen mit den Vertretern der Großmacht England in Frieden leben. Er hörte ihnen aufmerksam zu, als sie ihn sehr ernst warnten, mit seinem Sohn gehe eine ungute Saat auf, und er reagierte wie beabsichtigt auf ihre Andeutungen, falls sein Sohn nicht zur Vernunft käme, könne man ihn nicht als geeigneten Herrscher für Mirat betrachten – wohingegen der jüngere Sohn des Nawab ein geradezu vorbildlicher junger Prinz sei. Wenn ein so vorbildlicher Sohn den Thron bestieg, würden die Vertreter des Königs und Kaisers ihn mit Sicherheit in seinem Amt bestätigen. Dann bestand nicht die Gefahr eines Interregnums und auch nicht die Gefahr, daß Mirats Belange direkt von der britischen Verwaltung wahrgenommen würden. Der alte Nawab steuerte daraufhin einen Kurs, der ihm erlaubte, den älteren Sohn zugunsten des jüngeren zu enterben. Der ältere bekam Wind von diesem Plan, und das Glück kam ihm zu Hilfe – das Glück in Form einer vorgeschlagenen Heirat mit der Tochter des Herrschers eines weniger alten, aber weitaus mächtigeren Staates, zu dem die Engländer eine noch engere Beziehung pflegten. Der alte Nawab fühlte sich geschmeichelt. Er versuchte, die Verbindung herzustellen, aber durch eine Ehe seines jüngeren Sohnes. Die Braut wollte nichts davon wissen. Sie hatte den jungen Mann bei einer Hochzeit durch das Gitter der Zenana gesehen, und die Hochzeit fand nach ihren Wünschen statt. Der alte Nawab und die Engländer hofften, den ältesten Sohn zur Vernunft zu bringen. Das gelang nicht. Er hatte nur geheiratet, um sein Erbe zu sichern. Er wußte, die Engländer würden es nun nicht mehr wagen, ihn abzusetzen, denn das hätte bedeutet, den mächtigen Schwiegervater, den er glücklicherweise bekommen hatte, zu beleidigen und zu erzürnen. Als sein Vater starb, wurde er als Nachfolger bestätigt. Seine Begum war als unverheiratetes Mädchen schon hartnäckig gewesen, aber als Ehefrau wurde sie unerträglich. Er haßte sie. Er haßte den Bruder, der versucht hatte, ihm das Erbe streitig zu machen, und der jetzt, der Tradition entsprechend, sein Ministerpräsident und ein Speichellecker der Engländer geworden war. Der Nawab nahm sich Mätressen, schließlich sogar eine Weiße. Der Skandal war da. Und durch den Skandal tauchte Bronowski auf.

»Gute Nacht«, sagte Achmed. Bronowski sagte nichts, bis Achmed die Stufen der Veranda hinuntergegangen war, und die Hosenklammern befestigte, ehe er auf sein Fahrrad stieg.

»Meine Empfehlungen an Professor Nair«, rief Bronowski, »und vergessen Sie nicht zu erwähnen, daß Sie morgen mit einer der beiden Miss Layton allein ausreiten.«

»Warum?«

»Er wird Ihnen besser als ich raten können, wie Sie sich verhalten sollen, wie Sie ihre vielen kleinen Gesten und den Tonfall ihrer Stimme richtig und sicher interpretieren, damit Sie nicht in Gefahr geraten, sie falsch zu verstehen. Er wird darüber sprechen wie über alles . . . aus dem großen Schatz seiner Erfahrungen.«

Achmed lächelte. Er zog das Fahrrad vom Ständer und wollte aufsteigen.

»Oh, und noch etwas«, rief Bronowski, senkte seine Stimme und sagte immer noch klar und deutlich hörbar: »Finden Sie soviel wie möglich über seine Besucher heraus.«

»Er hat Besuch?«

»Ja. Zwei Gäste. Eine unbekannte Frau und einen älteren Lehrer namens Pandit Baba Sahib. Er kommt aus Majapur. Es fragt sich nur, in welcher Absicht.«

»Muß er eine besondere Absicht haben?«

»Professor Nairs Gäste haben im allgemeinen eine Absicht, beziehungsweise, bei ihrer Ankunft haben sie keine, aber sie haben eine, wenn sie gehen.«

»Wenn man bedenkt, daß Sie erst heute aus Gopalakand zurückgekommen sind, dann sind Sie erstaunlich gut informiert.«

»Ich bezahle dafür. Und Pandit Baba ist für uns in Mirat kein Fremder. Haben Sie genug Whisky getrunken, um einen Abend mit Obstsäften zu überstehen?«

»Ich glaube, ich werde es schon schaffen.«

»Also dann viel Vergnügen, mein Junge. Und geraten Sie nicht in Versuchung, über den Chandi Chowk nach Hause zu fahren.«

Achmed winkte, stieg auf das Fahrrad und fuhr die kiesbestreute Auffahrt von Bronowkis Bungalow hinunter zum Tor, das der Wächter, der bereits einen Schal um den Hals trug und einen Stock in der Hand hielt, für ihn öffnete. Draußen bog er nach rechts ab und radelte über die asphaltierte Straße in Richtung Stadt. Zu seiner Linken lag das offene Gelände, das den Palast von der Stadt trennte. Ein sanfter warmer Wind wehte ihm entgegen. Der Mond, der den Ramadan eingeleitet hatte, war beinahe voll. Er hing in Form und Farbe einer Orange über der Stadt, ohne viel Licht zu spenden. Er würde noch weiter zunehmen, abnehmen und unsichtbar werden. Und das Auftauchen seiner schmalen Sichel würde das *Id* verkünden. Nach der Überlieferung hatte Allah vor eintausenddreihundert Jahren in diesem Monat seinem Propheten den Koran offenbart. Ein guter Moslem sollte von Sonnenaufgang bis Sonnenuntergang fasten. Achmed erinnerte sich an den Whisky, hielt an, stieg ab und suchte in seiner Tasche nach einer Knoblauchzehe. Er steckte sie sich in den Mund und fuhr kauend weiter. Die Straße war unbeleuchtet, und seine Lampe am Fahrrad funktionierte nicht. Es war eine helle Nacht, und Achmed radelte gern durch die Dunkelheit. Das war nicht ganz ungefährlich, aber ihm gefiel alles, womit eine gewisse Gefahr verbunden war, solange es sich dabei um etwas Alltägliches handelte, das nur durch die besonderen Umstände gefährlich wurde. Im Dunkeln Fahrrad zu fahren oder in unebenem Gelände zu reiten, war etwas anderes, als die Gefahr bewußt herauszufordern. Nur eine unerwartete, plötzlich auftauchende Gefahr verlieh (für seinen Geschmack) einer Situation etwas Prickelndes; nur so konnte sie für ihn das bewahren, was er für unumgänglich hielt: Spontaneität und etwas Geheimnisvolles oder beides. Er hatte Professor Nair einmal sein Verhältnis zur Gefahr erklärt und gesagt, er unterscheide zwischen der Gefahr, in die sich ein Mann begibt, der sich an einem Aufruhr beteiligt, und der Gefahr, in der ein Mann sich befindet, der plötzlich in einen Aufruhr verwickelt wird, während er friedlich auf dem Weg von A nach B ist. Als Student hatte Achmed beide Arten der Gefahr kennengelernt. Er fand Gefallen an den unerwarteten Unruhen. »Man hatte nicht das Gefühl«, so erzählte er Nair, »Partei ergreifen zu müssen. Ich schlug lediglich in Selbstverteidigung zu und mußte mich weder vorher noch nachher mit einem moralischen Problem auseinandersetzen. Die eine Partei riß mich vom Fahrrad, und die andere eilte mir zu Hilfe. Ich schlug wahllos Nasen blutig und fühlte mich großartig dabei. Niemand überlegte oder bemerkte, auf welcher Seite ich stand, und nachdem ich meinen Spaß gehabt hatte, stieg ich aufs Fahrrad, fuhr davon und überließ alles Weitere den anderen.«

Nahe der Stadt hingen die Äste der Bäume, die auf dem Gelände des Hinduknaben-College standen, über die Straße. Diese Institution verdankte wie der Ministerrat ihre Existenz dem Grafen Bronowski. Zahlenmäßig waren die Moslems in Mirat eine Minderheit; sie stellten lediglich zwanzig Prozent der Bevölkerung. Aber seit den Tagen der Mogulherrschaft lagen Regierung und Verwaltung in ihren Händen. Vor Bronowskis Zeit hatten nur wenige Hindus wichtige öffentliche Ämter bekleidet. Es gab mehr Moscheen als Tempel. Das lag jedoch nicht daran, daß die reichen Hindus nicht bereit gewesen wären, Tempel zu bauen, sondern nur daran, daß man ihnen die Baugenehmigungen öfter verweigerte als gewährte. Die gleichen Restriktionen hatten auch für den Bau und die Finanzierung von Schulen für Hindukinder gegolten, die man im allgemeinen für viel zu intelligent hielt. Im späten neunzehnten Jahrhundert hatte man eine höhere Lehranstalt für Moslemkinder gegründet, doch die Ergebnisse waren mager geblieben. Man sagte, ein Junge verlasse diese Akademie, ohne mehr zu können, als Korantexte zu rezitieren; aber das allein reiche aus, um ihn für den Staatsdienst zu qualifizieren, besonders in der Stellung eines Steuereinnehmers. Bis zur Gründung des Hinduknaben-College 1924 mußten Hindus, die sich nicht mit dem Mittelschulabschluß ihrer Kinder zufriedengaben, versuchen für ihre Kinder Studienplätze an Colleges außerhalb von Mirat zu bekommen. Jugendliche, die Mirat verlassen hatten, kehrten im allgemeinen nicht zurück, sondern bemühten sich um eine Anstellung in der indischen Verwaltung. Die Moslems wachten eifersüchtig über ihre angestammte Rolle in der Verwaltung und sahen diesen Aderlaß an potentiell talentierten Hindus, deren Aufgaben ihrer Meinung nach in Handel und Geldverleih lagen, nicht ungern. Doch Bronowski sah ihn ungern und brachte den Nawab dazu, ihn ebenfalls ungern zu sehen und eine bescheidene jährliche Summe aus dem Staatshaushalt für ein College zur Verfügung zu stellen, das den Söhnen reicher und armer Hindus offenstehen sollte. Die fehlenden Mittel kamen von reichen Geschäftsleuten unter den Hindus. Schließlich wurde ein Gebäude errichtet, das Bürgerstolz und den Wunsch der kommunalen und privaten Geldgeber nach Prunk widerspiegelte: Roter Backstein mit weißen Einfassungen, gotische Fenster und gotische Bögen. Im Hof wurden Kokospalmen gepflanzt. Das College war von Anfang an ein Erfolg.

---

»Sind Sie es, Achmed?« rief Professor Nair, als Achmed – nachdem er an dem Wächter am Tor des Colleges vorbeigefahren war und das Rad die Auffahrt des Hauptgebäudes hinauf und einen schmalen Weg entlang geschoben hatte – vor dem Bungalow des Rektors auftauchte. Nair stand im Lichtschein, der durch die offene Tür fiel, am oberen Ende der Treppe. Er trug die übliche weite weiße Hose und darüber das lange, weiße, kragenlose Hemd.

»Ja, Professor«, rief Achmed zurück. »Komme ich zu spät?«

»Aber nein. Oder höchstens ein paar Minuten.«

»Graf Sahib ist aus Gopalakand zurück. Ich mußte ihn noch aufsuchen. Übrigens soll ich Sie von ihm grüßen.«

Achmed stellte das Fahrrad in den Fahrradständer und stieg die Stufen hinauf. Nair ergriff seine beiden Hände. Der Professor war etwa einen Kopf kleiner als Achmed.

»Ich habe einen wichtigen Besucher«, flüsterte er. »Würde es Ihnen etwas ausmachen, Schuhe und Strümpfe auszuziehen? Er ist schrecklich orthodox. Ich fürchte, er wird nicht mit uns essen.«

»Wer ist es?« fragte Achmed und bückte sich, um die Schnürsenkel zu lösen.

»Pandit Baba Sahib aus Majapur. Er schreibt einen Kommentar zur Bhagavad Gita. Das heißt, er tut es nicht gerade jetzt, aber es ist seine Hauptbeschäftigung. Also strecken Sie ihm bei der Begrüßung nicht die Hand entgegen und setzen Sie sich nicht so, daß Ihr Schatten auf ihn fällt. Es ist alles ziemlich aufreibend. Offen gestanden, wollte ich mich hier draußen ein bißchen entspannen. Ich sehne mich nach einer Zigarette, aber ich wage nicht zu rauchen, weil ich fürchte, daß er es riecht. Bei solchen Gelegenheiten muß man seine schlechten Gewohnheiten eine Weile vergessen. Hatte Graf Sahib irgendwelche interessanten Neuigkeiten zu berichten?«

»Er hat mir keine erzählt. Darf ich meine Socken anbehalten?«

»Selbstverständlich. Die Fußböden sind immer so schmutzig. Kommen Sie. Ich werde Sie mit Pandit-ji bekannt machen. Er ist wie ich ein großer Bewunderer Ihres Vaters.«

Im Haus roch es nach Weihrauch. Das war etwas Ungewöhnliches. Pandit Sahib war vermutlich in Mrs. Nairs Pujazimmer zum Gebet gewesen – einem der Räume im Haus des Professors, die Achmed nie betreten hatte. Eigentlich kannte er überhaupt nur zwei

Zimmer: Das Zimmer, in dem sie saßen und sich unterhielten, rechts von dem quadratischen Flur, und das Zimmer auf der linken Seite, in dem sie aßen. Eine offene Tür am Ende des Flurs führte in den Hof, wo Mrs. Nair eine Ziege hielt. Achmed vermutete, daß man die anderen Räume wie Schlafzimmer, Badezimmer und Pujazimmer vom Hof aus betrat.

Als er ins Wohnzimmer kam – Nair trat höflich beiseite und ließ ihn vorgehen –, stellte er fest, daß Stühle und Sessel entfernt worden waren, und daß an ihrer Stelle Teppiche und Kissen auf dem Boden lagen. Pandit Baba Sahib saß mit gekreuzten Beinen auf einem Kissen und stützte den linken Ellbogen auf drei oder vier übereinander gelegte Kissen. Auch er trug eine weite weiße Hose. Er hatte einen grauen Bart und auf dem Kopf einen grauen Turban. Mitten auf seiner eher dicken Nase saß eine Nickelbrille mit runden Gläsern.

»Hier ist unser junger Gast«, sagte Nair, »der Sohn unseres berühmten MAK. Er ist ein vielseitig begabter junger Mann, zur Zeit jedoch Sekretär des Nawab Sahib.«

Pandit-ji starrte Achmed über den Rand der Brille an. Das Weiße in seinen Augen war gelb. Er lächelte nicht und machte auch keine Anstalten, ihn zu begrüßen. Er starrte ihn einfach an. Es gab Hindus, die Achmed instinktiv einen Anflug von Widerwillen einflößten. Zweifellos waren das die Überreste rassischer und religiöser Animositäten, die seine Vorfahren gegenüber den Vorfahren von Männern wie Pandit Baba Sahib empfanden. Es fiel ihm nicht schwer, Distanz zu wahren oder dort zu stehen, wo nicht einmal sein Schatten die Gestalt auf dem Kissen erreichte. Pandit Baba reagierte überhaupt nicht auf Nairs Vorstellung, sondern starrte Achmed mit einem Ausdruck an, den er für echte Mißbilligung gehalten hätte, hätte er nicht geahnt, daß Pandit Buba diesen Ausdruck automatisch annahm, wenn ihm Fremde vorgestellt wurden – besonders, wenn es sich bei den Fremden um junge Leute handelte. Achmed sah sich nach Nair um, der immer noch etwas hinter ihm stand und seinen Ellbogen berührte.

Nun sprach Pandit Baba. Er hatte eine hohe dünne Stimme. Er redete Hindi.

»Sie sehen Ihrem Vater nicht ähnlich.«

»Oh, Sie kennen ihn«, erwiderte Achmed, aber auf englisch. »Die meisten Leute würden Ihnen beipflichten. Man sagt, ich schlage meiner Mutter nach. Ich persönlich habe noch nie eine Ähnlichkeit mit jemandem aus meiner Familie gesehen.«

Pandit Baba runzelte die Stirn.

»Weshalb reden Sie mit mir in einer fremden Sprache, und noch dazu so wortreich?«

»Weil ich nur sehr schlecht Hindi spreche.«

»Sollen wir uns in Urdu unterhalten?« fragte Pandit Baba.

»Ich würde Englisch vorziehen, Pandit Sahib. In dieser Sprache haben wir uns zu Hause unterhalten. Verstehen Sie, meine Mutter kommt aus dem Pandschab, und Englisch war die einzige Sprache, die sie und mein Vater verstanden. Selbst auf Urdu kann ich mich nur sehr schlecht ausdrücken.«

»Schämen Sie sich nicht, immer die Sprache einer fremden Macht zu sprechen? Es ist die Sprache der Kerkermeister Ihres Vaters«, sagte Pandit Baba wieder auf Hindi. Achmed erwartete, im nächsten Augenblick ein paar Worte Bengali, ein oder zwei Sätze Tamilisch und vielleicht einen kleinen Vortrag in Sanskrit zu hören. Offensichtlich war der Pandit stolz auf seine Sprachkenntnisse. Wenn er es bisher abgelehnt hatte, etwas auf englisch zu sagen, bedeutete das nicht, daß er es schlecht sprach oder nicht stolz darauf war, daß er es verstand und zu sprechen vermochte. Aber unter den Hindus von Babas Sorte galt es als schick, das Englische herabzusetzen und zu erklären, wenn die Engländer erst einmal vertrieben seien, müsse ihre Sprache mit ihnen verschwinden; obwohl es schwierig war zu entscheiden, welche Sprache ihren Platz einnehmen sollte. Selbst Pandit Baba Sahib würde Schwierigkeiten haben, wenn er in einem der Dörfer in der Umgebung von Mirat versuchen wollte, die Leute zu verstehen. Er würde einen Dolmetscher brauchen wie die meisten Beamten. Und es stand zu erwarten, daß der Dolmetscher den Dialekt der Dorfbewohner dann in korrektes Englisch übersetzen würde.

»Nein«, sagte Achmed, »ich empfinde es nicht als Schande.«

*»Baitho«,* unterbrach Professor Nair, ließ sich auf einem Kissen nieder und bedeutete Achmed, es ihm gleichzutun. Achmed folgte der Aufforderung, doch wegen seiner Hose wurde es eine schwierige Prozedur. Pandit Baba musterte ihn, diesmal durch die Brille. Achmed bemerkte jetzt, daß der Pandit auf zwei Kissen saß und damit die beherrschende Position innehatte.

»Ich kenne Ihren Vater nicht persönlich. Ich bewundere ihn nur aus der Ferne«, erklärte er plötzlich auf Englisch, »und mir sind nur Bilder von ihm bekannt. Schließlich taucht sein Gesicht oft in den Zeitungen auf.«

Achmed nickte. Nach seinen Worten musterte Pandit Baba ihn von neuem. Es ist doch erstaunlich, dachte Achmed, daß Männer, die sich auf einem Gebiet auszeichnen – und er vermutete, daß Pandit Baba Sahib zu ihnen gehörte – für sich die Weisheit in allen Bereichen menschlichen Tuns beanspruchen: die Weisheit und das Recht, Dinge zu verkünden, von denen sie erwarten, daß man sie sich anhört und aus ihnen lernt. Es gab nichts Amüsanteres, als eine Gruppe solcher Männer zu erleben, die nur sich selbst hatten, um sich gegenseitig ihre Aussagen zu machen. Dann mißtrauten sie sich wie Kinder. Im Haus seines Vaters hatte er solche Versammlungen erlebt, während – vor den Mauern auf der Straße – die Menge geduldig und voll Ehrerbietung oder schlichter Neugier wartete, um einen Blick auf die Gesichter dieser außerordentlichen, huldvollen und mächtigen Männer zu erhaschen. Er hatte auch die Veränderungen auf diesen Gesichtern beobachtet, wenn die Männer ihre Gesprächsrunde aufhoben und hinausgingen, um sich der Menschenmenge zu stellen. Achmed dachte: Wenn Pandit Baba lächelt, dann sieht er aus wie einer von ihnen, wenn sie hinaustraten auf die Veranda, ihre Spiele, ihren Mißmut und ihre Streitigkeiten vorübergehend vergaßen und ihren Argwohn beiseite schoben, um sich der Erleichterung und dem Genuß zu überlassen, in eine vertraute Welt zurückzukehren, deren Beifall ihnen die ungeheuren Fähigkeiten bestätigte, die sie individuell und kollektiv zu besitzen glaubten, und die sie in die Lage versetzten, die Probleme und Rätsel der Massen zu lösen und die vielen Ungerechtigkeiten zu beseitigen. Vielleicht (dachte Achmed und erwiderte immer noch den scheinbar starren Blick von Pandit Baba) hat mir der frühe Umgang mit solchen hervorragenden Männern das Gefühl gegeben, daß zwischen mir und anderen Menschen, ihren Ideen und Vorstellungen eine gewisse Distanz besteht. Gandhi hatte ihm einmal eine Orange geschenkt; Pandit Nehru hatte ihm den Kopf getätschelt, und er hatte auf Maulana Azads Knie sitzen dürfen. Aber selbst damals hatte er schon begriffen, daß Orangen, Kopftätscheln und auf dem Knie sitzen zu dürfen nicht Grund für diese Besuche waren. Die Besuche versprachen zwar immer eine besondere Erregung, doch diese Erregung blieb stets auf der anderen Seite der Mauer, wo die Menge wartete. »Weshalb warten sie?« hatte er einmal seinen älteren Bruder Sayed gefragt. »Weil sie wissen, daß wir Indien retten«, erwiderte er wie aus der Pistole geschossen. Als Junge war Sayed ein Langweiler gewesen. »Indien retten, wovor?« fragte Achmed. »Vor den Engländern natürlich.« Aber am nächsten Morgen auf dem Schulweg stellte er fest, daß die Engländer immer noch da waren und ganz ruhig wirkten. Als er in der Schule ankam, erfuhr er, daß der Unterricht ausfiel, weil die Lehrer und die älteren Schüler streikten, um gegen die Verhaftung von Indern zu protestieren, die sich am Abend zuvor von ihrer Begeisterung über den Mahatma hatten mitreißen lassen, der Achmeds Vater besuchte. Nachdem sie den Mahatma am Bahnhof vorabschiedet hatten, gerieten die Leute außer Rand und Band, warfen mit Steinen nach den Polizisten, die sie umzingelten, mit Stöcken auf sie einschlugen und hoch zu Roß in die Menge ritten. Zwei Tage später wurde auch sein Vater verhaftet – weil er die Rede hielt, die zu halten ihn der Mahatma gebeten hatte. Damals verbrachte sein Vater ein halbes Jahr im Gefängnis.

»Sagen Sie, was Sie denken«, befahl Pandit Baba. Was für eine Unverschämtheit, dachte Achmed. Die Gedanken in meinem Kopf lassen sich in zwei Kategorien unterteilen, hätte er eigentlich antworten sollen, und zwar in das, was Leute wie Sie mir beigebracht haben, und in meine Reaktionen darauf. Die Folge ist, das eine hebt das andere auf, und ich habe nichts im Kopf.

»Ich habe an meinen Vater im Gefängnis gedacht«, sagte Achmed. Nach einem kurzen Schweigen ereignete sich das Wunder. Die Mundwinkel des Pandit hoben sich. Er bedachte die Anteilnahme eines jungen Mannes am Schicksal seines Vaters mit einem Lächeln der Sympathie und der Billigung des Älteren. Achmed versuchte, das Lächeln einzuordnen. Es kam ihm ebensowenig gespielt vor wie die Mißbilligung. Was mochte Pandit Baba bewegen, Billigung oder Mißbilligung zu empfinden, wenn der Mensch, dem seine Gefühle galten, ein völlig Fremder für ihn war? Das stößt mich also ab (sagte sich Achmed). Mich stößt die Unbekümmertheit ab, mit der Menschen Emotionen haben oder vorgeben zu haben.

»Ich dachte dabei an das erste Mal«, fuhr er fort, »als ich noch ein kleiner Junge war und in die Schule ging.«

Das Lächeln verschwand nicht. Ein Mann wie der Pandit-ji konnte einen so hypnotisieren, daß man ihm ergeben wurde und in ihm eine Quelle geistigen Trostes sah. Zweifellos lag das nun in seiner Absicht, und wenn man die Absichten eines Menschen kannte, vergrößerte dies nur die Gefahr, ihnen zu erliegen, denn sobald man eine Absicht durchschaute, verstärkte das irgendwie ihre Wirkung. Ich werde dich vernichten, mochte ein Mann zu einem anderen sagen, und hatte auf der Stelle in dem Opfer einen Verbündeten. Vorstellungen schienen ein eigenes Leben, eine eigene Kraft zu besitzen, und die Menschen wurden ihre Sklaven. Man war nicht weniger ihr Sklave, wenn man sich einer Idee widersetzte, anstatt sie zu akzeptieren. Sich einer Idee weder zu beugen noch sich ihr zu widersetzen, war das Schwierigste von allem. Vielleicht war es sogar unmöglich. Die Idee, Pandit Baba sei eine Personifikation der Weisheit, eine Quelle des Wissens und der Selbsterkenntnis – vermutlich hatte der Pandit diese Vorstellung von sich und bemühte sich sehr darum, sie anderen zu vermitteln – wurde man nicht dadurch los, daß man öffentlich oder privat behauptete, dieser Mann sei vermutlich ein von sich selbst eingenommener, wichtigtuerischer Dummkopf, der sich auf sein Alter und sein Äußeres stützte, um die Achtung zu fordern, die er durch seine Haltung und seine Ideen nicht erzwingen konnte.

»Sie dürfen es sich nicht als Gefängnis vorstellen«, sagte Pandit Baba auf Hindi. »Die Menschen, die sich zu unseren Kerkermeistern ernennen, *die* sitzen im Gefängnis, und vielleicht auch wir, die wir außerhalb der Mauern leben. Denn was für den einen außerhalb ist, ist für den anderen innerhalb. Früher oder später müssen wir diese Mauern niederreißen. Die Pflicht, sie einzureißen, verurteilt *uns* zum Gefängnis. Wenn wir die Mauern einreißen, werden wir uns *und* unsere Kerkermeister befreien. Wir können uns nicht zurücklehnen und darauf warten, daß wir freigelassen werden. Wir müssen den Befehl zur Freilassung selbst schreiben.« Für den Fall, daß Achmed ihn nicht verstand, fügte er auf englisch hinzu: »Ich meine metaphorisch gesprochen.«

Achmed nickte. In Indien redeten so gut wie alle metaphorisch, ausgenommen die Engländer, die nichts verbrämten und die es deshalb fertigbrachten, daß ihre durchsichtigsten Lügen wie die lautere Wahrheit klangen. Falls in diesen salbungsvollen metaphorischen Phrasen auch nur ein Körnchen Wahrheit steckte, wurde es so unaufrichtig präsentiert, daß es selbst wie eine Unaufrichtigkeit wirkte.

»Hatten Sie eine angenehme Reise?« fragte Achmed, um zu sehen, wie Pandit Baba auf diesen unverblümten Versuch, das Thema zu wechseln, reagieren würde. Der Pandit reagierte darauf nach ein paar Sekunden mit einer vagen Geste seines Arms, der auf den Kissen lag, und öffnete dann den Mund, wie um in seiner Rede fortzufahren.

Achmed fragte schnell: »Ist das Ihr erster Besuch in Mirat?«

Professor Nair antwortete anstelle des Pandit-ji. »O nein, nicht der erste. Pandit-ji hat sogar einmal in Mirat gelebt.«

Achmed warf Nair einen Blick zu und bemerkte die winzigen Schweißtropfen auf dem gewölbten kahlen Kopf. Im Zimmer war es ziemlich kühl. Ein Tischventilator stand in einer Ecke auf dem Boden und bewegte seinen Drahtkäfig langsam von einer Seite zur anderen – wie ein Zuschauer den Kopf bei einem Tischtennisspiel in Zeitlupe. Achmed dachte: »Er interessiert sich mehr für das Gespräch als ich.«

»Aber in den letzten Jahren«, sagte Nair, blickte dabei aber unverwandt Pandit Baba an, als sei der Pandit plötzlich ein Museumsstück geworden und Nair sein Kustos, »lebt er in Majapur.«

»Ach so«, sagte Achmed und sah wieder den Pandit und seine Augen an, die hinter der Brille leicht vergrößert wirkten und ihn immer noch musterte. »Dann waren Sie also während der Ausschreitungen in Majapur.«

»Welche Ausschreitungen meinen Sie?«

»Die Ausschreitungen vom August des vergangenen Jahres.«

Achmed mußte erneut auf eine Antwort warten. Pandit Baba Sahibs Sympathie war verschwunden, und in seiner Mißbilligung vollzog sich ein Wandel. Jetzt sah er Achmed an, als habe man ihm, dem friedlichen Pandit, mit Gewalt gedroht.

»Sie müssen von etwas sprechen, was meiner Aufmerksamkeit entgangen ist«, erklärte er schließlich. Sein Herz widmete sich inzwischen wieder der Aufgabe, kaltes Blut zu pumpen. Einen alten Mann wie mich – verriet sein Gesichtsausdruck – sollte man nicht in Gefahr bringen, die Ruhe zu verlieren. »Ich erinnere mich nicht an Ausschreitungen in Majapur im letzten August.« Er schwieg einen Moment und fuhr dann fort: »Ausschreitungen – und da Sie etwas besser Englisch sprechen als ich, werden Sie mich vielleicht korrigieren oder mir zustimmen – sind nach dem englischen Wörterbuch gewalttätige ungesetzliche Handlungen, begangen von einer ungesetzlichen Ansammlung von Menschen. Ich kann mich in Majapur und in Indien allgemein nur an spontane Demonstrationen unschuldiger, gesetzestreuer Menschen erinnern, die gegen die ungesetzliche Inhaftierung von Männern wie Ihren Vater protestierten, und in Majapur nur an Demonstrationen gegen die ungesetzliche Verhaftung unschuldiger Männer, die man eines Verbrechens beschuldigte, das keiner von ihnen begangen hatte. Wenn Sie das fälschlicherweise als Ausschreitungen bezeichnen, dann haben Sie recht. Ja, ich befand mich zu dieser Zeit in Majapur, als viele Menschen unter den Folgen ihres Widerstands gegen ungesetzliche Handlungen jener zu leiden hatten, die eigentlich die gesetzliche Autorität verkörpern sollten.«

Achmed neigte den Kopf. In den letzten Jahren hatte er festgestellt, daß dies eine nützliche Reaktion war, denn sie suggerierte Ergebenheit, ohne daß man sie in Worte kleidete. Er hatte entdeckt, daß diese Kombination die Menschen oft zwang, vom Angriff zur

Verteidigung überzugehen. Sie fühlten sich getrieben, den Sieg zu rechtfertigen, der ihnen (wenn auch vieldeutig genug) zugestanden worden war.

»Es ist stets notwendig, die Wahrheit klar vor Augen zu haben«, erklärte Pandit Baba, »und sie in treffende Worte zu kleiden. Ungenaues Reden führt zu ungenauem Denken. Wenn Sie von Ausschreitungen sprechen, reden Sie wie die Engländer. Sie müssen wie ein Inder reden und wie ein Inder denken.« Seine Mundwinkel hoben sich wieder. »Ich weiß, das ist nicht immer leicht. Aber wenn man nur den einfachen Weg geht, führt das oft zu Schwierigkeiten.«

Achmed nickte und fragte sich, welchen Grund Nair wohl haben mochte, ihn so überraschend an einem Abend einzuladen, an dem er noch einen anderen Gast hatte. In seiner Einladung, die er ihm am Morgen hatte überbringen lassen, stand nichts von Pandit Babas Anwesenheit, die Bronowski, besser gesagt, Bronowskis Spitzeln, jeoch nicht entgangen war. Achmed überlegte auch, ob er die Frau zu Gesicht bekommen würde, die Baba begleitete. Doch daran zweifelte er. Dies war ein Herrenabend. Er würde nicht einmal Mrs. Nair sehen.

»Wie Professor Nair mir gesagt hat, schreiben Sie an einem Kommentar zur Bhaghavad Gita. Kommen Sie mit der Arbeit gut voran, Pandit-ji?«

Wieder machte Pandit Baba die Geste mit dem Arm, der auf den Kissen ruhte. Achmed betrachtete es als Aufforderung an Professor Nair, das Wort zu ergreifen, und sah zu ihrem Gastgeber hinüber. Die Schweißtropfen glänzten immer noch auf Nairs Kopf, und sein Blick hing an Pandit Baba. Sein Lächeln war starr, und er schwieg. Er lächelte, blickte den Pandit an und schwitzte. Achmed hatte das Gefühl, wenn der Pandit sich erhob und das Zimmer verließ, würde Nair mehrere Minuten brauchen, um seine normale Haltung oder den Mangel an Haltung wiederzufinden. Üblicherweise war er sehr unruhig. Ganz sicher war Pandits Anwesenheit so aufreibend, wie Nairs völlig verkrampftes Benehmen anzudeuten schien. Achmed blickte wieder Pandit-ji an und stellte fest, daß dieser ihn nicht aus den Augen ließ.

»Ich glaube, Ihr Vater befindet sich immer noch in Premanagar«, sagte Pandit Baba.

»Das behauptet man.«

»Haben Sie keine Bestätigung dafür?«

»Nein.«

»Glauben Sie, er ist vielleicht woanders?«

»Offiziell ist mir nichts bekannt, Pandit Sahib. Inoffiziell scheint man zu wissen, daß er in Premanagar ist oder war.«

»Aber Sie können doch Kontakt mit ihm aufnehmen. Sie schreiben ihm Briefe, und er antwortet ihnen.«

»Ich stehe über meine Mutter mit ihm in Kontakt.«

»Und die Briefe gehen natürlich über die Gefängnisverwaltung.«

»Natürlich.«

»Und werden zensiert.«

»Selbstverständlich.«

»Aber hin und wieder gelingt es Ihnen, auf privatere Weise miteinander zu korrespondieren.«

Achmed schwieg eine Weile und sagte schließlich: »Ich weiß nicht, ob das meiner Mutter manchmal gelingt. Ich für meinen Teil kann es nur mit nein beantworten.«

»Aber ehe er ins Gefängnis ging, wurde doch sicher ein einfacher Code vereinbart, damit selbst ein Brief, der von der Behörde und dem Zensor gelesen wird, eine persönliche oder vertrauliche Information enthalten kann.«

Achmed lachte und schüttelte den Kopf. Pandit-ji hob die Augenbrauen.

»Ein solcher Code wurde nicht abgesprochen?«

»Nein.«

»Ich bin kein *Agent provocateur*«, verkündete Pandit-ji mit gerunzelter Stirn. »Aber lassen Sie uns von etwas anderem reden. Ich hoffe, Ihrem Vater geht es gesundheitlich gut.«

»Ich glaube ja.«

»Und Ihrer Mutter?«

»Ihr geht es auch gut.«

»Vermutlich rechnet sie nicht damit, ihn besuchen zu dürfen.«

»Nein. Sie hat sich mit allem abgefunden. Es gehört zu ihrer Ehe, daß ihr Mann zeitweise im Gefängnis sitzt.«

»Stimmt sie das traurig oder bitter?«

Achmed lächelte. »Nein, es entspricht einfach der Wahrheit.«

Pandit Baba nickte und sagte: »Für Ihre Mutter ist es vielleicht als Mohammedanerin noch schwieriger als für die Frauen einiger anderer Kongreßmitglieder. Ihre Familie im Pandschab sympathisiert vermutlich eher mit der Politik von Dschinna und der Moslemliga als mit dem Kongreß.«

»Richtig«, erwiderte Achmed.

»Schon seit langem, oder erst seit 1937, ich meine seit dem politischen Kurswechsel von Sir Sikander Hyat-Khan im Pandschab?«

»Ja, vielleicht seit damals.«

»Zweifellos wird sie darunter leiden, daß ihr Mann im Gefängnis sitzt und sie sich an niemanden von ihrer Familie wenden kann, ohne das Gefühl zu haben, ihrem Mann in den Rücken zu fallen.«

»Ich glaube, meine Mutter ist eher zornig als traurig.«

»Was macht sie zornig?«

»Oh, ziemlich viel. Sie regt sich zum Beispiel darüber auf, wenn sie hört, daß manche Leute meinen Vater als Alibi-Moslem bezeichnen.«

»Alibi-Moslem? Was ist das? Ich habe diesen Ausdruck noch nie gehört.«

»Er bezieht sich auf Moslems, die der Kongreß in einflußreiche Positionen gebracht hat, um allen zu beweisen, daß er keine von Hindus beherrschte Organisation sei.«

»Aha ... ja ... ich verstehe ... Alibi-Moslem. Also sagen Moslems, die Anhänger Dschinnas und seiner Moslem-Liga sind, Mohammed Ali Kasim, ein Kongreßmitglied, sei ein Alibi-Moslem.«

»Vermutlich, aber Kongreßanhänger sagen es auch. Mitglieder, die eifersüchtig sind und glauben, diese Moslems würden wegen ihres Propagandawerts unfair bevorzugt.« Achmed zögerte. »Natürlich steckt in solchen Behauptungen eine gewisse Wahrheit.«

»Die Wahrheit ist nicht teilbar, Mr. Kasim. So etwas wie eine *gewisse* Wahrheit kann es nicht geben. Sie wollen damit sagen, daß in manchen Fällen ein Moslem im Kongreß unfairerweise einem Hindu vorgezogen wurde, weil die Parteiführung ihn in erster Linie wegen seines Propagandawerts und in zweiter Linie wegen seiner Fähigkeiten für eine bestimmte Aufgabe gewählt hat. Dies mag wahr sein oder nicht wahr sein, aber es kann nicht die Frage einer *gewissen* Wahrheit sein.«

Achmed neigte wieder den Kopf.

»Wie lange werden Sie in Mirat bleiben, Pandit-ji, ein oder zwei Wochen?«

Pandit Baba lächelte. Es war das Lächeln eines Mannes, der sich willig ablenken läßt, weil für ihn schließlich doch alle Wege in die Richtung führen, die er einschlagen will. »Nein, nicht solange. Ich glaube, ich werde sehr bald nach Majapur zurückkehren.«

»Dann ist es also nur ein kurzer Urlaub?«

»Ich mache keinen Urlaub.«

»In der Collegebibliothek gibt es Texte, die der Pandit-ji einsehen möchte«, erklärte Professor Nair. Er lächelte immer noch, hatte sich jedoch in den letzten Sekunden mit einem gefalteten Taschentuch den Schweiß von der Stirn gewischt und war aus seiner tranceartigen Starre erwacht. »Pandit-ji beehrt uns mit seinem Besuch, um sich diese Texte anzusehen«, fügte er unnötigerweise hinzu und sagte dann etwas informativer, »aber ich hoffe, ich kann ihn dazu überreden, vor seiner Abreise zu unseren Studenten zu sprechen.«

Pandit Baba schloß die Augen und neigte bescheiden den Kopf, zuerst nach rechts und dann nach links.

Achmed sagte: »Also wenn Sie in Majapur leben, kannten Sie dann vielleicht diese Engländerin, Miss Manners? Wie man erzählt, gehörten zu ihrem Freundeskreis in Majapur nicht nur Engländer.«

»Nein, ich kannte sie nicht persönlich.«

»Sie ist tot. Sie hatte ein Kind. Es stand in den Zeitungen.«

»Das ist unserer Aufmerksamkeit nicht entgangen, Mr. Kasim.« Pandit Baba machte eine Pause. »Haben Sie ein persönliches Interesse an dieser Sache?«

»Nein, aber damals wurde viel darüber gersprochen, und wenn heute jemand Majapur erwähnt, denkt man automatisch an Miss Manners – und an die Vergewaltigung im Bibighar-Park.«

»Es steht nicht fest, daß es eine Vergewaltigung gegeben hat. Es steht nur fest, daß es Festnahmen von Verdächtigen und Haftstrafen ohne Verfahren gegeben hat, und zwar nicht wegen einer Vergewaltigung, sondern wegen sogenannter politischer Aktivitäten.«

»Sogenannt?«

»Sogenannt. Wie kann man das mit Bestimmtheit sagen, wenn nichts an die Öffentlichkeit gelangt, wenn es eine solche bequeme Bestimmung wie die Ermächtigungsgesetze gibt?«

»Sie meinen, die ganze Affäre war erfunden und hat sich in Wirklichkeit nie ereignet?«

»Ich habe nur von Fakten gesprochen. Man war eindeutig der Meinung, daß eine Vergewaltigung stattgefunden hat.«

»Ich nehme an, die junge Frau glaubte das selbst«, konnte Achmed sich nicht enthalten zu sagen.

»Ich stimme Ihnen zu, über eine Vergewaltigung kann das Opfer nicht im Zweifel bleiben.«

»Sie glauben, *sie* hat das alles erfunden?«

»Ich glaube überhaupt nichts, Mr. Kasim. Ich sage nur, wenn man von der Vergewaltigung von Miss Manners im Bibighar-Park spricht, bedeutet das, von einer Sache so zu sprechen, als sei sie geschehen, obwohl das juristisch nicht erwiesen ist. Wenn Sie sagen, es hat eine Vergewaltigung stattgefunden, würde ich Ihnen nicht zustimmen und auch nicht widersprechen. Ebensowenig würde ich Ihnen zustimmen oder widersprechen, wenn Sie sagen würden, nein, es hat keine Vergewaltigung gegeben, die Frau hatte Halluzinationen, oder sie hat aus dem einen oder anderen Grund gelogen und Geschichten erfunden. Ich kann Ihnen nur zustimmen, wenn Sie einfach feststellen, daß infolge von Berichten und Gerüchten allgemein angenommen wurde, es habe eine Vergewaltigung stattgefunden. Mehrere Männer wurden als Verdächtige verhaftet, die Engländer haben sofort versucht, alles zu vertuschen, es fand nie eine Gerichtsverhandlung statt. Man sagte, die Frau habe sich geweigert, die Festgenommenen zu identifizieren, und am Ende gab es offiziell weder eine Vergewaltigung noch eine Strafe wegen Vergewaltigung.«

»Kannten Sie einen der Männer, die festgenommen wurden, Pandit-ji?«

»Ja, ich kannte sie alle. Es waren nicht ganz ungebildete junge Männer.«

»Kannten Sie den einen, der mit Miss Manners befreundet war?«

Pandit Baba erwiderte nach einem Augenblick: »Sie sprechen von Hari Kumar.«

»Ich glaube, so hieß er. Kannten Sie Kumar?«

Wieder eine kurze Pause. »Als er aus England zurückkehrte, bat seine Tante mich, ihm Hindiunterricht zu geben. Ihn kannte ich am besten von all diesen jungen Männern. Er sprach ebenfalls nur englisch. Er war keineswegs ein guter Schüler. Er hatte nicht den Wunsch, seine Muttersprache zu sprechen. Er suchte sich eine Stelle bei einer Lokalzeitung, die in englischer Sprache erschien. Er versuchte immer zu vergessen, daß er Inder war, denn er hatte seit frühester Kindheit in England gelebt. Als sein Vater ihn dort hinbrachte, war er erst zwei Jahre alt. Er besuchte eine englische *Public School* und hatte englische Freunde. Er begriff nicht, weshalb er hier solche Freunde nicht haben konnte. Wissen Sie, sein Vater starb, und er hatte außer seiner Tante in Majapur keine Angehörigen. Sie bezahlte ihm die Überfahrt, nahm ihn in ihrem Haus auf und war sehr gut zu ihm, denn sie ist eine kinderlose Witwe. Aber für ihn war sie eine Fremde. Für Hari Kumar waren wir alle Fremde. Er kannte nur Engländer und englische Sitten. Ihn interessierten nur diese Menschen und die englischen Sitten. In Majapur war das unmöglich. Er war ein sehr unglücklicher junger Mann. Man sollte sich seinen Fall zu Herzen nehmen.«

»Aber schließlich fand er eine englische Freundin, nicht wahr? Ich meine, Miss Manners.«

»Sie trafen sich manchmal. Ich weiß nicht, ob sie seine Freundin war.«

»Die Leute sagten, sie seien befreundet gewesen und noch mehr.«

»Davon weiß ich nichts. Ich finde, es lohnt sich nicht, auf Klatsch zu hören. Sie trafen sich manchmal. Das kann ich bestätigen. Man sagt, sie sei anders als die übrigen Engländer gewesen. Ich weiß nicht, was man damit meint, wenn man so etwas sagt. Engländer sind keine Massenware. Sie kommen nicht von einem Fließband. Sie sehen nicht alle gleich aus, sprechen, denken und handeln nicht alle gleich. Wir ebensowenig. Aber wir sind Inder, und sie sind Engländer. Eine wahre Freundschaft ist nicht möglich. Sie ist nicht einmal wünschenswert. Wünschenswert ist nur, daß Friede zwischen uns herrscht. Und das ist nicht möglich, solange die Engländer besitzen, was uns gehört, denn um es zurückzubekommen, müssen wir gegen sie kämpfen. Gegen sie kämpfen, heißt nicht, daß wir sie hassen müssen. Aber selbst wenn wir zurückbekommen, was sie uns genommen haben, und in Frieden mit ihnen leben, heißt das nicht, daß wir sie lieben sollten. Die Engländer können ebensowenig unsere Freunde sein wie wir die ihren. Wir müssen nicht Freunde sein. Menschen sind von Geburt an nicht gleich und werden auch nicht als Brüder geboren. Der Löwe legt sich nicht zum Tiger, und die Krähe baut ihr Nest nicht mit der Schwalbe. Auf dieser Welt gibt es seit der Schöpfung eine Vielfalt von Phänomenen, und jedes Phänomen hat seine eigene Vielfalt. Für die Menschheit kann es allgemeine Wahrheiten, allgemeine Gerechtigkeit und allgemeine Weisheit geben, die zu Eintracht führen. Doch zwischen Menschen herrschen Unterschiede, und wahre Liebe kann es nur von gleich zu gleich geben. Zwischen gleich und ungleich kann es nur Toleranz und Verzicht auf Feindseligkeit geben – und das ist keineswegs das gleiche wie Freundschaft. Vielleicht ist einem Hindu diese Wahrheit am deutlichsten sichtbar, der von Geburt an diese Idee der Vielfalt versteht und akzeptiert.«

Achmed wartete einen Augenblick, um sicher zu sein, daß Pandit Baba geendet hatte, dann fragte er: »Sie haben vorhin gesagt, die Leute hätten gegen die Festnahme Kumars und der anderen Verdächtigen wegen eines Verbrechens, das diese jungen Männer nicht begangen hatten, demonstriert. Aber woher wußten die Leute, daß sie es nicht begangen hatten?«

Pandit Baba lächelte wieder.

»Sie sind in einem Punkt wie Ihr Vater. Vielleicht haben Sie etwas von seiner forensischen Begabung geerbt. Als nächstes werden Sie die Frage des Aufstands wieder aufgreifen. Sie werden sagen, es sei richtig, die Demonstration als Aufstand zu bezeichnen, weil die Demonstranten zu diesem Zeitpunkt unmöglich wissen konnten, ob diese jungen Männer schuldig oder unschuldig waren. Sie hätten also nur instinktiv und daher ungesetzlich gehandelt und seien deshalb Aufrührer gewesen.«

»Kann man sich über diesen Punkt nicht streiten?«

»Man kann sich über jeden Punkt streiten. Aber zwei Dinge muß man in Betracht ziehen. Erstens unterschieden sich die Demonstrationen in Majapur und die Übergriffe gegen staatliche Einrichtungen im wesentlichen nicht von ähnlichen Demonstrationen und Übergriffen in anderen Teilen des Landes, den Demonstrationen gegen die Festnahme von Kongreßführern, von Männern wie Ihrem Vater. In Majapur verlieh ihnen jedoch die Verhaftung dieser jungen Männer ein zusätzliches Gewicht und größere Leidenschaftlichkeit. Sie müssen wissen, nicht die Verhaftungen lösten die Demonstrationen aus, sondern das, was sehr bald bekannt wurde, nämlich, daß einige dieser jungen Männer von der Polizei in der Nacht ihrer Verhaftung gefoltert und gedemütigt worden waren, um sie zu Geständnissen zu zwingen. Dieses Wissen stammte direkt aus dem Polizeipräsidium und ebenso das Wissen, daß trotz der Folter keiner der jungen Männer ein Geständnis ablegte. Einige dieser jungen Männer wurden ausgepeitscht und gezwungen, Rindfleisch zu essen. Es waren nicht ganz ungebildete junge Hindus, darunter Kumar. Wir hielten es für unmöglich, daß solche Inder eine Engländerin überfallen und vergewaltigt hatten. Man glaubte, sie hätten nur in einer Hütte auf der anderen Seite des Flusses in der Nähe des Bibighar-Parks schwarz gebrannten Alkohl getrunken. In dieser Hütte wurden sie festgenommen. Kumar war nicht bei ihnen, doch die Polizei wußte, daß es sich um Bekannte von Kumar handelte. Die Polizei kam auf der Suche nach Kumar zu der Hütte. Die Polizei suchte Kumar wegen seiner Bekanntschaft mit der jungen Frau, nachdem die Vergewaltigung gemeldet worden war. Der englische Polizeichef von Majapur kannte die junge Frau auch. Der Polizeichef führte die Verhöre persönlich durch, und er ordnete an, daß die jungen Männer geschlagen und gezwungen wurden, Rindfleisch zu essen. Er verbrachte die ganze Nacht im Polizeipräsidium und verhörte sie. Wenn es eine Vergewaltigung gegeben hatte, dann konnten die wahren Schuldigen, zweifellos Rowdys, in aller Ruhe fliehen. Doch den Polizeichef interessierten sie nicht. Er wollte nur diese jungen Männer bestrafen, ganz besonders Kumar wegen seiner Bekanntschaft mit der jungen weißen

Frau. Der Polizeichef war ein böser Mann, Mr. Kasim. Seine Männer kannten seine Grausamkeiten und Perversionen, und daher informierten sie auch uns. Ein Wachtmeister, ein Moslem, flüsterte am nächsten Morgen unseren Leuten die Wahrheit zu, denn er schämte sich über das Vorgefallene. Er sprach auch von einem Fahrrad, das die Polizei gefunden hatte, als sie nachts den Bibighar-Park durchkämmte. Er erzählte, der Polizeichef habe angeordnet, das Fahrrad auf den Polizeiwagen zu laden. Später, nach der Festnahme der jungen Männer in der Hütte, fuhren sie zu dem Haus, in dem Kumar wohnte. Der Polizeichef befahl, das Fahrrad vom Wagen zu nehmen und in den Graben vor dem Haus zu werfen. Dann gingen sie in das Haus und verhafteten Kumar. Danach gaben sie vor, die Umgebung abzusuchen. Sie ›fanden‹ dabei das Fahrrad und behaupteten, Kumar habe es nach der Vergewaltigung der Engländerin gestohlen. Manche Polizisten hielten das für sehr lustig. Doch der Mann, der das alles berichtete, hielt das nicht für lustig. Die Leute erzählten später, er habe es mit der Angst zu tun bekommen und geleugnet, was er vorher verraten hatte. Wenn es zu einer Gerichtsverhandlung wegen Vergewaltigung gekommen wäre, hätte man ihn vielleicht überreden können, die Wahrheit zu sagen. Aber es gab keine Verhandlung. Der Polizeichef war zu geschickt. Selbst Leute wie Richter Menen und der Distriktskommissar bezweifelten, daß man die wahren Schuldigen verhaftet hatte. Richter Menen hörte die Gerüchte von Foltern und Demütigungen. Er verhörte die jungen Männer, aber wie wir erfahren haben, sagten sie aus Angst nichts. Kumar sagte überhaupt nichts ... zu niemandem. Er schien nicht einmal daran interessiert, sich selbst zu retten. Aber es fand hauptsächlich deshalb keine Verhandlung statt, weil Miss Manners sagte, die Verhafteten könnten unmöglich etwas mit der Sache zu tun haben. Also produzierte der Polizeichef Beweise, daß diese jungen Männer sich subversiver Tätigkeiten schuldig gemacht hätten, und die Engländer hielten es zweifellos so oder so für unmöglich, sie freizulassen. Deshalb sitzen sie ohne Verfahren nach den Ermächtigungsgesetzen im Gefängnis – wie Ihr Vater und viele andere auch.«

»Es wäre doch sicher schwierig, Beweise für subversive Tätigkeiten zu finden, wenn sie nicht tatsächlich vorliegen, Pandit-ji?«

»Nein, das ist gar nicht so schwierig, Mr. Kasim. Aber ohne Zweifel hatten diese jungen Männer mit einer Ausnahme Dinge getan und gesagt, die patriotische junge Inder, das heißt nicht ganz ungebildete, temperamentvolle junge Männer, sagen und tun. Bei der Polizei gab es Akten über sie wie über viele junge Inder. In Kumars Fall gab es auch eine Akte, weil man ihn einmal in Gewahrsam genommen hatte, als er sich weigerte, Fragen zu beantworten, und seinen richtigen Namen nicht nennen wollte. Bedauerlicherweise verhörte ihn wieder derselbe englische Beamte, der Polizeichef, dem er damals die Fragen nicht beantwortet hatte. Hätte Kumar dem Polizeichef ordnungsgemäß geantwortet, hätte er ›Sir‹ gesagt, ihn ängstlich angesehen und wäre vor ihm gekrochen, dann wäre er dem Polizeichef nicht weiter aufgefallen. Doch das war nicht Hari Kumars Art. Er haßte Indien und wollte wie ein Engländer behandelt werden. Er sprach englisch, nur englisch, und zwar mit einem *Public School*-Akzent, wie man das, so glaube ich, nennt. Deshalb ärgerte er sich, daß der Polizeichef ihm Fragen stellte, denn der Polizeichef hatte keine so gute Bildung genossen, erwartete aber wegen seiner weißen Hautfarbe trotzdem immer wie ein Sahib behandelt zu werden. Aber für uns, die wir Hari Kumar kennen, ist die Vorstellung lachhaft, er hätte sich mit anderen jungen Indern subversiver Aktivitäten schuldig gemacht. Er mochte Indien nicht, Mr. Kasim. Er mochte die Inder nicht. Er liebte nur England, seine Erinnerungen an England, und hätte gerne englische Freunde gehabt. Er hätte sich nicht mit Indern verschworen, um die Engländer zu vertreiben.«

»Sitzt er immer noch im Gefängnis?«

»Sie sitzen alle immer noch im Gefängnis, aber ich glaube nicht zusammen. Er ist in Ranpur, im Kandipatgefängnis, also weit weg von Majapur. Seine Tante wußte viele Monate nicht, wohin man ihn gebracht hatte. Inzwischen erlaubt man ihr wenigstens, ihm zu schreiben, ihm etwas zu essen und Bücher zu schicken. Er bedankt sich bei ihr dafür, doch sie kann nicht sicher sein, daß man ihm erlaubt, die Bücher zu lesen, oder daß man ihm die Lebensmittel gibt. Ich weiß das alles, weil sie mich ins Vertrauen zieht. Die arme Frau! Es ist sehr traurig mitanzusehen, wie sie leidet. Sie liebt ihren englischen Neffen, wie sie ihn nennt, sehr.«

Plötzlich richtete sich Pandit Babas Blick auf Professor Nair.

»Sie sagen ja nichts, mein Freund.«

»Oh, aber ich höre mit großem Interesse zu. Ich wußte nicht, daß Sie an diesem interessanten Fall so großen Anteil nehmen.«

»Jawohl«, sagte Pandit Baba, »er ist interessant. Das finden Sie also auch? Es ist ein Fall – ich spreche von der Festnahme und Bestrafung von sechs jungen Männern – ein Fall, den der Vater unseres jungen Freundes hier gerne übernommen hätte, als er noch so glanzvoll als Anwalt fungierte und seine Landsleute verteidigte, die man ungerechterweise angeklagt hatte.« Pandit Baba sah wieder Achmed an. »Bedauerlicherweise ist es ein Fall, der nie vor das prüfende Auge des Gesetzes gelangen wird. Das heißt jedoch nicht, daß man ihn vergessen sollte. Gerechtigkeit wird nicht nur im Gerichtssaal geübt. Sie sehen hungrig aus, Mr. Kasim, ich möchte Sie und Professor Nair nicht länger vom Abendessen abhalten. Ich werde mich zurückgezogen haben, ehe Sie damit fertig sind, denn ich muß noch arbeiten. Darf ich mich deshalb jetzt schon von Ihnen verabschieden und Ihnen eine gute Nacht wünschen?«

Nair stand auf, Achmed folgte – etwas steif – seinem Beispiel, verbeugte sich vor dem Pandit-ji und verließ das Zimmer hinter Professor Nair, der über den Flur in das Eßzimmer ging. In der Tür zum Hof saß ein Diener, der bei ihrem Anblick aufstand, hinausging und dem Koch etwas zurief. Nair schaltete den Ventilator ein, und bald darauf saßen sie sich an den Stirnseiten des Tischs gegenüber, der europäisch gedeckt war.

»Ich hoffe, es macht Ihnen nichts aus, vegetarisch zu essen«, flüsterte Professor Nair, »verstehen Sie, die Kochgerüche . . . man muß an alles denken.«

## II

Die Pferde hatten sich schlecht benommen. Sarah überlegte, ob der junge Mr. Kasim sie bewußt wegen ihrer eisenharten Mäuler und aus Bosheit ausgewählt hatte, oder ob er lediglich die besten von schlechten aus den Ställen des Palastes wählen konnte. Ihr Pferd zum Beispiel hatte zweimal beim Anblick seines morgendlichen Schattens gescheut, auf steinigem Boden den Halt verloren, und als sie das vielversprechende offene Gelände und den vergleichsweise flachen Rasen in der Mitte des unbewohnten Gebiets zwischen dem Palast und der Stadt erreichten, blieb es entschlossen stehen, senkte den Kopf und begann zu grasen. Mr. Kasim schien Schwierigkeiten zu haben, sein Tier davon abzuhalten, im Galopp auf das Stadttor zuzustürmen. Er parierte beinahe in gleicher Höhe mit ihr, blieb jedoch ein paar Fuß entfernt und bändigte das Pferd, wie es schien, mit roher Gewalt. Sarah bemerkte die hervortretenden Muskeln auf den nackten Unterarmen. Der Rand seines Tropenhelms warf einen Schatten über sein Gesicht und verbarg den Ausdruck, der darauf lag.

»Sind Sie ein Sunnit oder Schiit, Mr. Kasim?« Wegen des Abstands zwischen ihnen hatte sie die Stimme gehoben. Sie hatte das Gefühl, sie hörte sich an wie die Stimme einer Sportlehrerin.

»Schiit«, erwiderte Achmed und riß den Kopf seines Pferdes nach links, um zu verhindern, daß es Sarahs Pferd rammte.

»Besteht da eigentlich ein großer Unterschied?«

»Wie bitte?«

»Ein großer Unterschied?«

Er lockerte die Zügel, um seinem Pferd das Gefühl zu geben, es habe seinen Willen durchgesetzt; er ritt einen engen Kreis und brachte es beinahe genau an der alten Stelle wieder zum Stehen.

»Eigentlich nicht. Die Schiiten bestreiten das Recht der drei Kalifen, die Mohammeds Nachfolge antraten. Man könnte sagen, es ist eine politische Spaltung.«

»Für wen sind die Schiiten?«

»Wie bitte?«

»Wer hätte ihrer Meinung nach Mohammeds Nachfolger sein sollen?«

»Oh, ein Mann namens Ali. Er war Mohammeds Schwiegersohn. Wir betrauern seinen Tod am Anfang des Muharram, damit beginnt das neue Jahr der Mohammedaner. Aber die Sunniten trauern oft ebenfalls.«

»Ist der Nawab Schiit?«

»Ja.«

»Leben in Mirat Sunniten?«

»Ja, ein paar.«

»Ich glaube, wenn Sie ein bißchen weiter reiten, würde dieses verdammte Biest aufhören zu grasen und zumindest vorgeben zu tun, was ich möchte.«

Anstelle einer Antwort ritt Achmed auf sie zu, und als er nahe genug heran war, nahm er ihr die Zügel aus der Hand und riß daran. Das Pferd hob den Kopf.

»Machen Sie es so«, riet ihr Achmed und hielt die Zügel so kurz, daß der Pferdehals sich übertrieben wölbte. Ihre linke Hand glitt an dem Zügel entlang, bis sie Achmeds Faust berührte. Sein Atem roch nach Knoblauch. Vielleicht wollte er, daß sie es roch, weil er Tante Fennys Bemerkung gehört hatte.

»Danke.«

Sie ritt das Pferd im Schritt. Es warf immer wieder den Kopf, um sie zu zwingen, die Zügel zu lockern. Achmed nahm wieder seinen alten Platz etwas hinter ihr ein. Offensichtlich wollte er sich nicht unterhalten – aus Scheu, Ablehnung oder Gleichgültigkeit? Zumindest, so glaubte sie, konnte man sich auf ihn verlassen. Er hatte ohne viel Federlesens ihr Pferd in Bewegung gesetzt. Jetzt trug er nicht mehr den legeren Anzug, sondern Reithose und ein kurzärmliges Hemd und sah wie ein Mann aus, den ihr zukünftiger Schwager Teddie Bingham als »brauchbar bei einer Schlägerei« bezeichnen würde, etwa das höchste Lob, mit dem Teddie einen Mann bedenken konnte. Moslems besaßen diese Eigenschaft. Sarah korrigierte sich: nicht Moslems, sondern Inder wie Mr. Kasim, deren Vorfahren aus dem Mittleren Osten gekommen waren – Araber, Perser und Türken. In ihnen hatte sich die Robustheit von Rassen erhalten, die von extremer Hitze und Kälte (sie dachte dabei an Wüsten) gestählt worden waren.

Auch das englische Klima hatte ihr Volk gestählt. Vor Jahren hatte Sarah einen Aufsatz mit dem eher hochtrabenden Titel geschrieben: »Der Einfluß von Klima und Topographie auf den menschlichen Charakter.« Die Idee dazu, so erinnerte sie sich, war ihr in den Sommerferien gekommen, als sie nach dem Tod des Urgroßvaters über Mr. Birtwhistles Weide ging und Tante Mabel ermutigte, sich von den Kühen nicht einschüchtern zu lassen, und danach am Bach stand und dachte, wie sehr doch ihre Umgebung einer Miniaturausgabe von Pankot glich. Damals wurde ihr auch der Unterschied zwischen ihrer indischen und der englischen Familie bewußt. »England«, hatte sie ein paar Jahre später geschrieben, »liegt klimatisch gesehen in einer gemäßigten Zone; doch auf einem sehr begrenzten geographischen Raum findet man hier unterschiedlichste Witterungsverhältnisse und Landschaften. Solche Bedingungen haben Auswirkungen auf die Bewohner. Sie machen sie stark, energisch, tatkräftig und eigenständig. Diese Eigenschaften bringen die Engländer in die tropischen und subtropischen Kolonien mit, in Länder, deren einheimische Bevölkerung infolge von Gegebenheiten wie Hitze und Luftfeuchtigkeit dazu neigt, weniger stark, weniger energisch, weniger tatkräftig zu sein, und eher bereit ist, sich führen zu lassen. Dieser Umstand hat den europäischen Völkern im allgemeinen, dem englischen jedoch im besonderen ermöglicht, solche Territorien zu gewinnen und unter Kontrolle zu behalten. Bei der Rückkehr unserer Kolonialisten in das Land ihrer Geburt fällt ihnen auf, wie klein hier alles ist; und sie erkennen, daß die Eigenständigkeit ihrer Rasse, der sie wieder begegnen, in Wirklichkeit das Ergebnis der Selbstzufriedenheit eines Volkes ist, das im Kampf der Menschen gegen die Natur einen vergleichsweise harmlosen Gegner zu bezwingen hat.«

Sarah erinnerte sich an die Einleitung beinahe Wort für Wort; sie erinnerte sich auch an den Kommentar der Lehrerin (in roter Tinte):

»Ein interessanter Aufsatz. Die Gedanken zur Frage der klimatischen Einflüsse sind gut dargelegt. Ich verstehe jedoch den Hinweis auf die Topographie als beeinflussenden Faktor nicht, und möglicherweise verstehst du ihn selbst nicht, wie dein Unvermögen beweist, diesen Aspekt darzulegen.«

»Aber ich verstehe ihn«, hatte Sarah sich selbst versichert, »und es steht alles in dem Aufsatz. Sie hat es nur nicht gelesen.« Beim Wiederlesen dachte sie jedoch, eine gewisse Klärung könne nicht schaden. Dann fand sie, eine klärende Verbesserung sei vielleicht notwendig; und schließlich war sie überzeugt, daß die Lehrerin recht habe; ja, eine Klärung sei unbedingt nötig, aber diese Klärung müßte sie zuerst gedanklich und dann auf dem Papier durchführen. Aber eine gedankliche Klärung wollte sich einfach nicht einstellen. Sarah blieb immer wieder an der einen Idee hängen, die ihr aus blauem Himmel gekommen war: Die Umgebung des Bachs in dem Wäldchen hinter Mr. Birtwhistles Feldern wirkte wie eine Miniaturausgabe von Pankot; und das wiederum erklärte irgendwie, warum ihre indische Familie anders war als ihre englische.

Auf der rechten Seite des freien Geländes gab es ein paar Bäume, eine Straße, und neben der Straße stand hinter grauen verputzten Mauern ein großer Bungalow. »Wer lebt dort?« fragte sie Achmed, hielt mit der einen Hand die Zügel und wies mit der anderen in diese Richtung.

»Es ist das Haus von Graf Bronowski.«

»Ist er wirklich ein Graf?«

»Ich glaube schon.«

»Riskieren wir einen Galopp?«

»Wenn Sie möchten.«

»Wohin? Zum Stadttor?«

»Dort ist ein *nullah.* Wir müssen uns links halten und dann die Straße zum Stadttor erreichen.«

»Ich habe keine Angst vor einem *nullah.*«

»Er ist zu breit zum Springen.«

»Also los.«

Sarah gab dem Pferd die Sporen. Diesen Moment liebte sie; Zuerst ein leichtes Zögern und dann ein spürbares Sichanpassen an die vorwärtsdrängende Kraft des Tieres, auf dem sie saß; der erste Sprung vorwärts schien ihr immer wie der Sprung in eine Welt unerforschter Freuden zu sein, die sie nur auf einem schmalen Pfad durchqueren konnte und deren Ende sie viel zu schnell erreichen würde, aber nicht, ohne auf dem Weg etwas von der Leichtigkeit und dem geheimnisvollen Genuß zu erleben, der den Wesen vorbehalten war, denen es gelang, sich aus ihrer Umgebung zu befreien.

Vor sich sah sie hin und wieder den Wasserlauf, und als das Pferd nicht sofort auf ihre Befehle mit Handgelenk und Ferse reagierte, überfiel sie kurz die Furcht, es sei ihr vielleicht durchgegangen und in eine merkwürdige Region der Stille und der Erregung gelangt. Dann wendete sich das Pferd nach links; sie warf einen schnellen Blick über die Schulter und sah Achmed. Der Galopp, ihr gemeinsames Unterfangen, erfüllte sie plötzlich mit dem großartigen, begeisternden Gefühl der Vollkommenheit. Sie galoppierten zusammen am Flußlauf entlang und dann durch die Senke in der Nähe der Straße, wo der *nullah* auslief. Von hier konnte sie das Stadttor sehen – ein vereinzeltes Relikt der Stadtmauer. Sie sah, wie die Straße darauf zuführte, und wie sie das freie Gelände vor dem Palast diagonal durchschnitt. Sie ritten durch den gesprenkelten Schatten der Bäume, die am Straßenrand wuchsen, erreichten die Straße, galoppierten an einer Reihe schwerfälliger Karren vorüber, die von weißen, höckrigen Ochsen gezogen wurden, und dann an Frauen, die im Gänsemarsch gingen und Körbe auf den Köpfen trugen. Der schwache Geruch der Kuhfladenfeuer, die seit vielen Jahrhunderten brannten, erfüllte die Luft. Die Stadt war nicht mehr fern. Sie wirkt bedrohlich, dachte Sarah. Das will ich nicht. Sie preßte dem Pferd den rechten Absatz in die Flanken und zog am rechten Zügel, um in einem weiten Bogen nach rechts zu galoppieren. Sie spürte den hartnäckigen Widerstand des Tieres. Es schien, als würde es weder abbiegen noch die Geschwindigkeit verlangsamen, sondern unbekümmert weiter galoppieren und sich und sie an den Stadtmauern von Mirat zerschmettern. Aber dann spürte sie die leichte Veränderung im Rhythmus und die geschickte, fast unmerkliche Verlagerung des Schwerpunkts, und Mirat glitt an ihre linke Schulter. Durch Druck mit den Schenkeln verlangsamte sie das Pferd in einen Kanter und schließlich in einen leichten Trab. An diesem Ende des freien Geländes standen drei Banyanbäume; mächtige, lange Luftwurzeln bohrten sich an zweien dieser Bäume in den Boden. Unter dem jüngsten Baum parierte Sarah das Pferd und drehte sich um. Mr. Kasim hatte sein Pferd ebenfalls gezügelt und wartete genau wie zuvor etwas links hinter ihr. Welch eine Präzision. Sie lächelte ihn an und freute sich für sie beide. Doch er bedachte sie mit einem ebenso kühlen Lächeln wie immer. Offenbar hatte er ihr Vergnügen nicht geteilt, sondern vermutlich nur die Momente der Angst. Vielleicht hatte er sich überlegt, welche Schuld man ihm geben würde, wenn sie stürzte und sich verletzte. Teddie hätte sich in seiner Lage verpflichtet gefühlt zu fragen: »Ist alles in Ordnung?« oder: »Vorsicht mit diesem Pferd!« Er würde sich bei der Rückkehr in den Palast bei dem Stallmeister beschwert haben; Sarah wußte, das alles hätte ihr den Morgen verdorben, weil es nur die allzu vertraute Kritik heraufbeschwor, die tagaus, tagein als Teil eines allgemeinen Bewußtseins in ihnen allen wirkte: Man muß die Verantwortung tragen. Man muß ständig bereit sein, sich voll einzusetzen, und konnte deshalb nichts einfach nur genießen: Man darf sich nie gehenlassen und sich nie einer Sache völlig hingeben.

Sarah blickte zur Stadt hinüber und sagte: »Es ist merkwürdig, Mr. Kasim, aber seit ich hier bin, habe ich nicht einen einzigen Muezzin gehört, obwohl ich überall Minarette sehe.«

»Vermutlich hat bis jetzt der Wind immer in die falsche Richtung geweht.«

»Sie rufen also wirklich zum Gebet?«

»O ja.«

»Fünfmal am Tag?«

»Ja.«

»Wird man die *Id-al-fitr*-Gebete in der Moschee oder hier draußen sprechen?«

»Draußen. Weshalb fragen Sie?«

»Ich habe irgendwo gelesen, daß die Gebete wenn möglich unter freiem Himmel gesprochen werden.«

»Ganz bestimmt haben Sie die Gläubigen im Freien schon gesehen.«

»Nein, ich glaube nicht. Vermutlich, weil ich nur an Orten war, wo sie in der Moschee bleiben müssen, damit es keine Schwierigkeiten gibt. Vielleicht habe ich sie aber auch gesehen, ohne zu wissen, was dort geschah.«

»Im letzten Jahr fiel der *Id* in die Regenzeit, und die Gebete wurden in der Moschee gesprochen.«

»Weshalb sollen sie im Freien gesprochen werden?«

Kasim schwieg, als überlege er, aber vielleicht beantwortete er nur ungern so viele Fragen über seine Religion. Schließlich war sie eine Ungläubige. In seiner Antwort lag Spott. Verspottete er sie und seine eigene Religion?

»Wegen der vielen Menschen vermutlich. Das ist doch sehr praktisch.«

»Sie meinen, man muß all den Leuten etwas bieten, die normalerweise nicht in eine Moschee gehen?«

»Ja«, sagte Achmed und fügte hinzu, »aber ich bin keine Autorität auf diesem Gebiet. Der Imam der *Abu Q'rim*-Moschee hätte vermutlich eine andere Erklärung dafür.«

»Wann genau wird der *Id* sein?«

»Wenn man den neuen Mond sieht.«

»Angenommen, es ist wolkig?«

»Dann errechnet man den Zeitpunkt, und um sicher zu gehen, rechnet man mit dreißig Tagen anstatt mit neunundzwanzig oder dreißig nach Beginn des Ramadan. Aber in diesem Jahr wird es nicht wolkig sein, und natürlich hat man die Berechnungen bereits angestellt. Der *Id* wird etwa eine Woche nach der Hochzeit Ihrer Schwester sein.«

»Ach ja? Wie schön, das bedeutet, alle werden glücklich sein.«

Sie drehte sich um. Es war unbequem, so schief im Sattel zu sitzen, um sich mit ihm zu unterhalten. Sie ritt im Schritt und dann im Trab weiter. *Alle werden glücklich sein. Alle werden glücklich sein.* In der Ferne sah sie die Dächer des Palastes. Die Sonne brannte bereits heiß, und die kurzlebige Frische des frühen Morgens wurde bereits schal. Die erste Phase des eigenartigen Phänomens des indischen Flachlands setzte ein – das allmähliche Verschwinden des Horizontes; das Land schien sich auszudehnen, sich zu strecken und die Illusion zu zerstören, daß Geist, Hand und Auge einen Anspruch auf irgend einen Teil erheben konnten, der wirklich in einer Beziehung zum Ganzen stand. Der Horizont weicht immer weiter zurück, sagte sich Sarah, er geht auf und davon, entfernt sich weiter und weiter . . . die Menschen, mit allem, was sie gebaut haben, bleiben gestrandet zurück. Sie wußte, hinter ihr ritt Mr. Kasim wachsam in einem gleichbleibenden Abstand, doch während das Land sich ausdehnte, kamen sie sich in Relation zum Horizont näher und näher. Ein Gott, der auf die Erde herabblickte, würde die Verringerung des Abstands bemerken und sich fragen, was seine kleinen Geschöpfe dazu bewog, sich zusammenzudrängen, obwohl sie es doch eigentlich den Riesen hätten gleichtun und zu riesigen Reitern auf riesigen Pferden hätten werden können. Oh, und genauso kam ich mir vor – rief Sarah innerlich aus – so kam ich mir an dem Tag vor, als die Wespe mich stach! Sie versuchte, das Gefühl wieder lebendig werden zu lassen. Aber es mißlang. Nun ja, ich bin erwachsen, dachte sie, und das waren die Schmerzen des Wachstums. Er-wachsen, er-wachsen. Sie trieb das Pferd in einen Kanter und dachte an die Männer, die sie hätte heiraten und an die Kinder, die sie hätte haben können, seit sie erwachsen geworden war. Sie fragte sich, ob es tatsächlich so etwas wie Liebe gab, und wenn ja, welche subtilen Einflüsse sie auf die rein animalischen Reaktionen haben mochte, die manche Männer – nicht aber Teddie – in ihr wachriefen. Sarah überlegte, ob Teddie Susan auf diese Weise geweckt hatte, und Susan Teddie. Sie beneidete Susan, aber nicht darum, erwacht zu sein, sondern weil sie ein Naturell besaß, das ihr erlaubte, alles übrige auf gut Glück in Kauf zu nehmen. Meine Schwierigkeit ist, dachte sie, daß ich alles, jede Behauptung in Frage stelle. Ich gebe mich nicht mit den Dingen zufrieden, wie sie sind. Ich lasse die Dinge nicht einfach geschehen. Wenn ich mich nicht ändere, werde ich nie glücklich sein.

Sie ritten wieder nach links, um dem *nullah* auszuweichen, der auf dieser Seite nicht endete, sondern unter der Straße hindurchführte. Es ging jedoch nicht steil nach unten. Das Ufer war flach. Sarah trieb ihr Pferd hinunter. Das lehmige Flußbett war rissig, denn die Sonne hatte nach der Regenzeit sehr schnell alles angesammelte Wasser verdunsten lassen. Aber im Schatten, den der Durchlaß warf, war der Boden noch schlammig. Im Lehm sah man die Spuren von Rindern, Ziegen und Pferden.

»Kommen Sie hierher, Mr. Kasim – ich meine, wenn Sie alleine ausreiten?« rief Sarah.

Sie hörte seine Antwort nur undeutlich. Es klang wie: »Manchmal.« Sarah ritt das andere Ufer hinauf. Sie befanden sich jetzt in der Nähe des Hauses, das, wie Mr. Kasim erklärt hatte, Graf Bronowski gehörte. Es war ein neueres Gebäude im anglo-indischen palladianischen Stil, wie sie feststellte, und stand völlig allein in einem weitläufigen, ummauerten Garten. Vermutlich war es für ihn und von ihm gebaut worden. Ein Mann wie er verstand es, sein Schäfchen ins Trockene zu bringen: ein Ausländer, ein Europäer im Dienste eines einheimischen Fürsten; das war ein Rückfall in die Zeit der Nabobs, der alten Handelsgesellschaften, der französischen, englischen und portugiesischen. Sarah glaubte nicht, daß der alte Graf Bronowski ihr gefallen würde, obwohl man sagte, er habe viel geleistet – nach dem Haus zu urteilen, auch viel für sich, dachte sie. Sarah konnte sich nicht vorstellen, daß ihr Vater nach seiner Pensionierung in einem solchen Haus leben würde, sondern eher in einer spitzgiebligen Villa in Purley oder in einem gezimmerten Cottage in Pankot, wenn er sich entschloß, den Rest seiner Tage in Indien zu verbringen. Leute wie Teddie und Susan verschlossen die Augen davor, daß die Generation ihres Vaters die letzte Generation Engländer sein mußte, denen eine solche Wahl offenstand. Mit oder ohne Krieg – das Ende war abzusehen, und das Ende würde nicht einfach sein. Es würde

Menschen geben, die Opfer der Tatsache werden mußten, daß es nicht so sein konnte. Sie gehörte ganz sicher zu den Opfern und Mr. Kasim vielleicht auch.

Plötzlich wendete sie das Pferd in einem ähnlich engen Kreis wie Mr. Kasim vor dem Galopp. Ihm blieb keine Zeit, es ihr nachzutun, und sie befand sich direkt vor ihm, während er parierte. Aber Sarah konnte weder für sich noch für ihn eine annehmbare Erklärung für dieses spontane Manöver finden. Merkwürdigerweise dachte sie jedoch einen Augenblick lang, ehe ihr Verhalten ihr peinlich wurde, weil sie keine Worte dafür fand, die Welt könnte vielleicht ein interessanterer und sinnvollerer Ort zum Leben sein, wenn es mehr solcher leeren Gesten gäbe wie die, die sie scheinbar gemacht hatte. Sie waren nur in dem Sinn leer, daß sie Raum boten, um sie mit Bedeutung zu füllen. Diese Art von Bedeutung fand sich nicht so leicht. Also gut, dann war es besser, die Geste ohne Erklärung zu lassen. Es wäre unpassend gewesen, sich irgend etwas auszudenken, nur um ein paar belanglose Worte zu sagen. Sie schloß den Mund, lächelte, wendete das Pferd, ritt im Schritt weiter und lauschte den Lauten, die zwischen Sonnenaufgang und Sonnenuntergang nie zu verstummen schienen, die man als selbstverständlich voraussetzte und nur selten bewußt hörte: dem heiseren Krächzen der Krähen.

Als sie zum Gästehaus zurückkehrten, sah sie ihren zukünftigen Schwager und den Trauzeugen auf der Terrasse.

»Hallo!« rief sie, »welch eine Überraschung. Seid ihr zum Frühstück gekommen?«

---

Mrs. Layton hätte es vorgezogen, wenn ihr Mann dagewesen wäre, um der Wahl von Teddie Bingham – so hieß der Offizier, den Susan heiraten wollte – zuzustimmen. Sarah gegenüber hatte sie geklagt, es sei schlimm genug, Oberst Layton schreiben und ihm berichten zu müssen, daß seine jüngste Tochter einen Mann heiraten würde, von dem er nie etwas gehört hatte, den er nicht kennenlernen konnte und vielleicht nicht mögen würde, von dem zusätzlichen Problem ganz zu schweigen, die richtigen Worte zu finden, um ihm die Vorstellung zu vermitteln, daß sie in seiner Abwesenheit alles Nötige unternommen hatte, um sich über Hauptmann Binghams Herkunft zu informieren, und ihm versichern konnte, daß dabei nichts Nachteiliges zutage gekommen sei. Sie beteuerte, ihrem Mann unter keinen Umständen Sorgen machen zu wollen. »Er hat weiß Gott genug Sorgen. Briefe an einen Kriegsgefangenen müssen heiter und tröstlich klingen«, sagte sie zu Sarah.

»Du mußt ihm nicht mehr schreiben«, riet ihr Sarah, »als den Namen seines Regiments, und daß er und Susan sich lieben. Mehr muß man nicht sagen. Schließlich ist doch alles in Ordnung.«

»Da ist die Sache mit seinen Eltern. Es ist leichter, wenn ein Mann noch Eltern hat. Es scheint nur noch einen Onkel in Shropshire zu geben; sein Vater war bei den Muzzafirabad Guides und hat sich auf der Jagd den Hals gebrochen, und die Mutter hatte mit ihrer zweiten Ehe kein Glück und ist in Mandalay gestorben. Deine Tante Mabel sagt, sie hätte ein paar Leute von den Muzzy Guides gekannt, aber an einen Bingham erinnert sie sich nicht, und das ist weder etwas Halbes noch etwas Ganzes, weil sie sich immer nur an die Dinge erinnert, an die sie sich erinnern will. Aber das heißt in unserem Fall, wir können uns nur auf Dick Rankins Wort verlassen und Teddie glauben.«

General Rankin war der Gebietskommandant. Man hatte Teddie direkt von der Stabsschule in Quetta zum Gebietshauptquartier in Pankot geschickt. Es war kein guter Posten für einen Offizier, der in Burma eine Kompanie der Muzzafirabad Guides befehligt und beim Rückzug als Unterbefehlshaber des zersprengten Bataillons fungiert hatte. Nach Quetta hätte er eigentlich einen Posten als zweiter Stabsoffizier oder zumindest die Versetzung zu einer stehenden Division erwarten können. Das gab er selbst zu. Er hoffte und glaubte, der Einsatz in Pankot sei nur vorübergehend. Wie er hinzufügte, sei das einzig Gute daran, daß er dadurch Susan kennengelernt hatte.

Vor Susan hatte er Sarah kennengelernt. Sie und Susan hatten sich beide zum Frauen-Hilfskorps gemeldet und arbeiteten im Büro der Gebietskommandantur, die jetzt permanent in Pankot stationiert war, um das Durcheinander und den Druck der alljährlichen Verlegung von Ranpur in die Hügel und zurück zu vermeiden. Die Obergefreite Sarah Layton fiel Teddie Bingham als erste der beiden Laytons auf; und eine Zeitlang schien er sich als Ausnahme von der Regel zu erweisen, nach der es – wie die interessierten Beobachter in Pankot behaupteten – beinahe unvermeidlich war, daß jeder Mann, der Interesse für Sarah Layton zeigte, sich bald von ihr ab- und ihrer Schwester Susan zuwandte, die eingestandenermaßen hübscher und lebhafter war, und bei der man sicher sein konnte, daß sie für Leben sorgte, wie die Leute in Pankot das nannten. Infolgedessen wußte man nie ganz genau, in welcher Gruppe Männer Susan als nächstes der strahlende Mittelpunkt sein würde. Man wußte nur das eine, daß von Zeit zu Zeit in diesen Gruppen ein Mann auftauchte, der kurze Zeit als Begleiter ihrer ruhigeren älteren Schwester aufgefallen war.

Sobald er sich von Susans augenfälligerer Anziehungskraft hatte betören lassen, wurde er einer von vielen; man nahm kaum noch von ihm Notiz, und deshalb fiel es auch nicht weiter auf, wenn er wieder von der Bildfläche verschwand. Man vermutete, daß Susan keinen ihrer Verehrer ganz ernst nahm. Sie stellten sich direkt oder über Sarah ein, tanzten um sie herum und wurden von anderen ersetzt.

Als gewisse Zeichen darauf hindeuteten, daß Teddie Bingham gegen Susan immun war, lenkte er die Aufmerksamkeit eher auf Sarah als auf sich. Die Damen von Pankot erörterten diese interessante Situation beim Bridge, bei den Komitee-Tees, hinter der Theke der Kantine im Regimentsinstitut für englische Soldaten im Unteroffiziersrang und hinter der Bühne bei den Proben für ihre Laienspielaufführungen. Man war allgemein der Ansicht, es sei Zeit, daß Sarah Layton mit ihren zweiundzwanzig Jahren unter die Haube kam. Sie war präsentabel, durchaus hübsch und besaß gute Manieren. Sie kam aus einer guten, nach britisch-indischen Maßstäben im allgemeinen und denen von Pankot im besonderen, sogar aus einer ausgezeichneten Familie. Sie war praktisch im Flagstaff House geboren (die älteren Damen versorgten die mit weniger Kenntnissen gesegneten jüngeren Damen mit Einzelheiten aus der Geschichte Pankots), ihre Mutter war eine Muir, ihr Großvater mütterlicherseits war Standortkommandant von Pankot gewesen; der Großvater väterlicherseits hatte ein hohes Amt in der Zivilverwaltung bekleidet, und durch seine zweite Ehe war sie mit der alten Mabel Layton verwandt. Außerdem hatte ihr Vater, der sich zur Zeit in deutscher Kriegsgefangenschaft befand, die 1. Pankot Rifles in Nordafrika befehligt.

Sarah Layton war aufrecht, ehrlich und, wie man annahm, eine große Stütze für ihre Mutter. Man mußte zugeben, Mrs. Layton ertrug die Belastungen der Trennung von ihrem Mann nicht mit der Selbstverständlichkeit und Heiterkeit, die man rechtens von der Frau eines hohen Offiziers erwarten durfte. Es fiel einem schwer, mit ihrer Neigung zu Absencen und ihrer Zerstreutheit fertig zu werden. Während es früher zum Beispiel ein reines Vergnügen gewesen war, mit ihr Bridge zu spielen, empfand man es heute als eine unangenehme Pflicht. Außerdem zahlte sie auch ihre Spielschulden nicht immer pünktlich. Glücklicherweise wußte man, daß sich die Sache durch eine Bemerkung zu Sarah Layton bereinigen ließ. Man erzählte sich auch, daß indische Geschäftsleute wie der Schneider Mohammed Hossain und der Gemischtwarenhändler Jalal-ud-din dazu übergegangen waren, fällige Rechnungen an Sarah zu schicken, um zu verhindern, daß unerfreulich hohe Beträge offenstanden. Die ehrenamtlichen Schriftführerinnen der Damenkomitees, denen Mrs. Layton angehörte, erwähnten inzwischen die Daten von Sitzungen beiläufig Sarah gegenüber, weil dies die Wahrscheinlichkeit von Mrs. Laytons Erscheinen erhöhte. Zu all dem kam noch – wie sollte man es ausdrücken? – die Neigung von Oberst Laytons Gattin, etwas oft zur Flasche zu greifen.

Eindeutig war Sarah Layton vorübergehend der Felsen, auf dem der Haushalt der Laytons ruhte. Und deshalb schien es unfair zu sein, daß die Mutter der jüngeren Tochter demonstrativ mehr Aufmerksamkeit schenkte. Man konnte Mrs. Laytons Haltung Susan gegenüber nicht gerade als übertrieben liebevoll beschreiben – man stellte anerkennend fest, daß sie in der Öffentlichkeit die angemessene emotionale Distanziertheit gegenüber dem gesellschaftlichen Leben ihrer Kinder aufrecht erhielt; doch wenn man voraussetzte, daß sich dahinter liebevolle Anteilnahme verbarg, dann war Susan eindeutig ihre Lieblingstochter – und Susan schien das zu wissen. Daß sie es wußte, war vielleicht der eine größere Makel an dem strahlenden kleinen Kristall. Die kleineren Makel – Eitelkeit und Vorwitz – waren vermutlich Randerscheinungen, die auf das Vorhandensein des größeren Makels hinwiesen. Aber man vergab ihr natürlich. Was konnte sie dafür, wenn die Leute sich zu ihr hingezogen fühlten? Es wäre unnatürlich von ihr gewesen vorzugeben, das sei nicht der Fall; und nur ein Mädchen mit einer bemerkenswerten Fähigkeit zur Selbstverleugnung hätte daraus keinen Nutzen gezogen.

Trotzdem bedauerte man die vergleichsweise – wirklich nur vergleichsweise – weniger attraktive Schwester. Niemand hätte je daran gezweifelt, daß sie schließlich einem Mann begegnen würde, der mehr als nur einen oberflächlichen Flirt suchte und die Eigenschaften schätze, die sie besaß. Das Verhältnis von Teddie Bingham mit Sarah Layton interessierte die Damen von Pankot deshalb so sehr, weil Teddie nach Ansicht der Mehrheit wirklich gut aussah; das heißt, wenn rötlichblonde Haare und weißliche Wimpern nicht gerade auf der Liste von Dingen standen, die man bei einem Mann als unangenehm empfand. Diese Einschränkung wurde gemacht und gebilligt, weil eine Dame, eine gewisse Mrs. Fosdick, erklärte, sie sei gegen Männer mit roten Haaren allergisch, und weißliche Wimpern seien für sie schon immer ein Zeichen von Schwäche und Unzuverlässigkeit gewesen. Eine andere Dame, eine Mrs. Paynton, widersprach ihr energisch und behauptete, blasse Wimpern verrieten ungewöhnlich heftige amouröse Neigungen, und wenn Mrs. Fosdick dies mit Schwäche und Unzuverlässigkeit meine, habe sie nichts dagegen einzuwenden. Die Damen lächelten. Nachdem Teddie Bingham ihr Interesse in diesem einen Punkt erregt hatte, wandten sie sich wieder Sarah Layton zu. Sie waren sich darin einig, daß einen die stillen und unauffälligen Menschen am Ende am meisten überraschten. Man durfte auch nicht vergessen, daß die beiden Töchter der Laytons als taufrische junge Mädchen nach Indien zurückgekommen waren. Eltern, die ihre Töchter in Indien wieder in die Arme schlossen, waren sich der bevorstehenden Gefahren sehr wohl bewußt. In keiner Garnison gab es genug junge Mädchen. Selbst das reizloseste arme Wesen durfte erwarten, daß junge Männer, angefeuert vom Klima und mangelnder Auswahl, ihnen ihre Aufmerksamkeit schenkten. Auch die jungen Mädchen spürten die Wirkung des Klimas, und das Erlebnis, Macht über ganze Scharen entflammter junger Männer zu besitzen, konnte ihnen leicht zu Kopf steigen. Im ersten Jahr mußte man besonders aufpassen. In dieser Zeit brauchte ein Mädchen die Eltern. Kluge Eltern hielten sich zurück und ließen der Tochter in den ersten sechs Monaten den Glauben, ihren Willen durchzusetzen. Man konnte damit rechnen, daß sie bis zu sechs Mal verkündete, sie habe den Mann ihres Lebens kennengelernt. In den folgenden sechs Monaten mußte man die Zügel straffen, denn nachdem sie sechs Märchenprinzen gefunden und fallengelassen hatte, durfte man erwarten, daß sie sich jetzt einen siebten Mann erkor, der nicht das geringste Interesse an ihr gezeigt hatte – vermutlich, weil er bereits gebunden und aus dem romantischen Spiel ›Bäumchen wechsle dich‹ ausgeschieden war.

Nach dem ersten Jahr – ein Mädchen hatte dann den ganzen Reigen der gesellschaftlichen Ereignisse erlebt – kam für ihre Eltern die Zeit, energisch einzugreifen. Es war bemerkenswert, wie fügsam die Mädchen wurden, wie leicht man sie jetzt zur richtigen Verbindung bewegen konnte. Das zweite Jahr stand im Zeichen von Verlobungen und Hochzeiten; das dritte im Zeichen der Mutterschaft. Nach der Ankunft des ersten Enkelkindes konnte man sich mit einem Seufzer der Erleichterung im Sessel zurücklehnen, weil man seine Pflicht ordentlich erfüllt hatte.

Der Krieg hatte dieses ideale Strickmuster durcheinandergebracht. Die Laytonschwestern zum Beispiel gehörten zu den letzten Mädchen, die mit der Fischflotte (wie böse Zungen unter den Engländern es nannten) herübergekommen waren. Heutzutage gab es nur noch Krankenschwestern. Andererseits war der Nachschub an Männern zu einem Sturzbach der unterschiedlichsten Arten angeschwollen, während es früher einen gleichmäßigen verläßlichen Zufluß gegeben hatte – und zwar hauptsächlich von Männern einer Art: der richtigen. (In Pankot zum Beispiel wimmelte es geradezu von den erstaunlichsten Leuten.) Man hatte das Gefühl einer Belagerung und versuchte, trotz Durcheinander und Undurchsichtigkeiten in Kontakt miteinander zu bleiben. Man brauchte die Sicherheit, daß es den alten Kern im Zentrum immer noch gab. Es tat gut zu wissen, daß die ältere Laytontochter sich offenbar für einen Mann entschieden hatte, den man als *pukka* bezeichnen konnte. Er war ein Muzzy Guide, und auch sein Vater war ein Muzzy Guide gewesen. Wenn die Beziehung mit Sarah Layton sich so entwickelte, wie man hoffte, konnte man sagen, daß Oberst Laytons Abwesenheit von seiner Familie in diesem traditionell schwierigen Jahr, in dem ein Mädchen die sichere Hand des Vaters ebenso brauchte wie die führende Hand der Mutter, keine schlechten Auswirkungen hatte. Man durfte Sarah Layton zu ihrem gesunden Menschenverstand gratulieren.

In diesem Sinn erörterten die Damen von Pankot beim Bridge, beim Tee, hinter der Theke des Regimentsinstituts und in den Pausen der Proben zu ihrer Aufführung von *Der Herr im Haus* die unterschiedlichen Aspekte von Sarahs Freundschaft mit Teddie Bingham. Die Damen schienen ihr Herz an eine Verlobung gehängt zu haben. Eine wirklich schöne Hochzeit, so sagten sie, kam nie ungelegen; bei einer Layton als Braut durfte man mit einem Empfang im Flagstaff House rechnen und mit dem General als Brautführer. Mit jedem Kriegsjahr war das Leben eine Spur eintöniger geworden. Man konnte von Glück sagen, wenn der Gouverneur und seine Gattin wenigstens den Mai und den Juni in der Sommerresidenz verbrachten. Im Vorjahr, 1942, als diese Unruhen in der Ebene ausgebrochen waren, hatte es kaum so etwas wie eine Saison gegeben. Und auch die Bequemlichkeiten eines Heims wurden zunehmend eine Sache der Vergangenheit. Der Zustrom von Truppen, die Errichtung von Ausbildungslagern und der Abmarsch der eigenen Männer hatte einen aus den Bungalows, die einem rechtmäßig zustanden, vertrieben, und man mußte sich in Smith's Hotel oder im Nebengebäude des Clubs zusammendrängen oder, falls man glücklicher war als andere Strohwitwen, sich mit den Dienstbungalows (im Sprachgebrauch von Pankot auch »Gnadenbungalows« genannt) begnügen, wie Mrs. Layton mit ihren beiden Töchtern einen in der Nähe des alten Rekrutierungsdepots der Pankot Rifles bewohnte. Aber das bedeutete andererseits, ein Vermögen für Tongafahrten auszugeben, selbst wenn man morgens im Club nur einen Kaffee trinken wollte. Nach Ansicht der Garnison hätten Mrs. Layton und ihre Töchter eigentlich in Rose

Cottage wohnen sollen. Aber dort gab es nicht genug Platz, denn die alte Mabel Layton, die Rose Cottage irgendwann in den dreißiger Jahren gekauft hatte, teilte Haus und Unkosten mit Miss Batchelor, einer pensionierten Missionarin (die geborene alte Jungfer, wie sie im Buche stand). Den beiden alten Frauen schien das ewige Leben bestimmt zu sein. Im allgemeinen beneidete man die Pensionäre jedoch um ihre eigenen Häuser, obwohl einige sich gezwungenermaßen mit Untermietern abfinden mußten. Wenn die Eigentümer dann starben, requirierte das Militär solche Häuser als Unterkünfte für Krankenschwestern und alleinstehende Offiziere.

Trotz allem kam man zurecht und machte das beste aus jeder Gelegenheit, die flüchtige Erinnerungen an das Leben in Indien vor dem Krieg zurückbringen mochte. In brennender Erwartung der Hochzeit empfand man für die Laytons als Familie und als Symbol eine besondere Wärme. Man vergab Mrs. Layton ihre Zerstreutheit, ihre Vergeßlichkeit und die verständliche kleine Schwäche ... schließlich war sie immer noch eine attraktive Frau! Besser ein paar Gläschen als die mögliche Alternative.

Die Nachricht, daß man Teddie Bingham und Sarah Layton nicht mehr zusammen sah, löste große Enttäuschung unter den Damen aus. Die Hoffnung, es handle sich lediglich um eine kleine Unstimmigkeit, und die Versöhnung werde zur gegenseitigen Erklärung ihrer Zuneigung führen, zerschlug sich, als Teddie bei einer Tanzveranstaltung im Club als einer von drei Offizieren auftauchte, die Susan begleiteten. Man rechnete nach und kam zu dem Schluß, daß er öfter als üblich und sogar den letzten Walzer mit Susan getanzt hatte. Es fiel auf, daß Sarah an diesem Abend überhaupt nicht erschienen war. Mrs. Paynton berichtete, sie habe Sarah am Morgen danach zufällig in Jalal-ud-dins Laden getroffen und als Antwort auf ihre freundliche Frage nach dem Befinden von Hauptmann Bingham eine ausweichende Antwort erhalten, die kaum noch höflich gewesen war. Mrs. Paynton erklärte, Sarah habe eigentlich immer die Regeln der Höflichkeit strengstens befolgt – obwohl (vielleicht stimmten die anderen ihr darin zu) sie dabei, genauer betrachtet, nie völlig gelöst zu sein schien. Nun ja, unter den gegenwärtigen Umständen mußte man Nachsicht üben. Andererseits sollte man auch einmal ernsthafter darüber nachdenken, was es mit einem jungen Mädchen auf sich habe, das seine Verehrer regelmäßig an die jüngere Schwester verlor. In neun von zehn Fällen konnte man leicht erklären, weshalb die jungen Männer Sarah um Susans willen verließen ... denn so waren junge Männer nun einmal! Aber Teddie Bingham war doch wohl die *eine* Ausnahme gewesen. Zehn von zehn Fällen ließen jedoch darauf schließen, daß mehr dahintersteckte, wenn Susans gutes Aussehen und ihre Fröhlichkeit sich als eine zu starke Konkurrenz erwiesen.

»Wenn Sie mich fragen«, ließ sich die junge Mrs. Smalley vernehmen. Sie zögerte, weil sie nie gefragt wurde und auch jetzt nicht gefragt worden war. Aber sie hatte schon lange auf eine solche Gelegenheit gewartet, auf diese Gruppe älterer und höherstehender Damen Eindruck zu machen. Sie errötete, fuhr aber entschlossen fort: »Das Problem mit ihr ist, sie nimmt es nicht richtig ernst . . .«

Nach einer bemerkenswerten Pause erkundigte sich Mrs. Paynton: »Was nimmt sie nicht ernst?«

»Alles«, erwiderte Mrs. Smalley. »Uns . . . Indien . . . den Grund, aus dem wir hier sind . . . ich meine . . . trotz allem . . . trotz ihrer . . . nun ja, ihrer Erziehung. Ich meine, obwohl die Männer nie darüber reden, spüren sie es doch. Ich meine, sie spüren es direkter, sogar direkter als wir. Ich meine, sie reagieren empfindlicher als Frauen auf . . . nun ja, Leute . . . Leute wie Sarah Layton. Ich glaube, nach einer Weile haben sie das schreckliche Gefühl, Sarah Layton lachte sie aus . . . uns alle . . . oh . . . es tut mir leid! Vielleicht hätte ich das nicht sagen sollen . . .«

Es entstand ein Schweigen. Die Damen blickten sich an. Die arme Mrs. Smalley wünschte, die Erde würde sich unter ihren Füßen auftun und sie verschlingen. Sie – eine Smalley (wer war sie denn schon?) hatte öffentlich eine Layton kritisiert. Und sie hatte über *es* gesprochen. Man sprach nie darüber – zumindest nicht so direkt.

Plötzlich ergriff Mrs. Paynton das Wort. Mrs. Smalley starrte sie an. Sie glaubte falsch verstanden zu haben. Aber das hatte sie nicht.

»Meine Liebe«, hatte Mrs. Paynton gesagt, »das ist äußerst interessant.« Jetzt wendete sie sich an die anderen: »Ich bin gar nicht so sicher, daß Lucy damit nicht genau ins Schwarze trifft.«

Mit zitternden Fingern nahm Lucy Smalley dankbar eine Zigarette von Mrs. Fosdick.

»Ich hatte im letzten Jahr dieses Gefühl zum ersten Mal«, erklärte sie, nachdem man sie aufgefordert hatte, ausführlicher darzulegen, was sie mit ihrer Behauptung meine, Sarah Layton nehme nichts ernst. »Ich meine, jedesmal, wenn wir über diese schrecklichen Dinge sprachen, die in Orten wie Majapur geschahen.« Als Lucy Smalley »wir« sagte, meinte sie das im übertragenen Sinn, denn sie hatte kaum je gewagt, ein Wort zu äußern. Und weil sie das nicht getan hatte, war ihr mehr Zeit geblieben zu beobachten und zuzuhören. Wenn Sarah mit Mrs. Layton erschien, hatte sich Mrs. Smalleys

Aufmerksamkeit besonders auf sie gerichtet, denn Sarah war in dieser Gruppe die einzige, der Mrs. Smalley sich überlegen fühlen konnte. »Ich dachte, sie sei vielleicht etwas schüchtern, und deshalb unterhielt ich mich jedesmal mit ihr. Sie sagte nie etwas Besonderes, aber allmählich konnte ich mich des Eindrucks nicht erwehren, daß sie viel *dachte*. Manchmal glaubte ich, sie würde im nächsten Augenblick mit etwas herausplatzen . . . nun ja, vielleicht mit einer kritischen Bemerkung über uns. Sie schien zu glauben, es sei alles unsere Schuld . . . aber auch wieder nicht, nicht so ganz. Ich meine, ich halte sie nicht für eine Radikale oder so etwas. Ich glaube, am besten kann ich es beschreiben, wenn ich sage, daß sie mich manchmal ansah, als wäre ich eigentlich kein richtiger Mensch. Also, ich meine, ich hatte diesen Eindruck. Sie gab mir das Gefühl, daß alles, was wir sagten, für sie irgendwie ein Witz war, ein Witz, den sie niemandem erzählen konnte.«

Die Damen sahen sich wieder bedeutungsvoll an. »Ich glaube, ich weiß, was Sie meinen«, sagte Mrs. Paynton. »Und ich glaube, etwas Ähnliches ist auch der Grund, daß man irgendwie bei ihr das starke Gefühl hat, es ist wirklich an der Zeit, daß sie sich entscheidet.«

Die Damen stimmten ihr zu, und Mrs. Smalley registrierte, daß die Sternstunde ihren Höhepunkt überschritten hatte. Angeführt von Mrs. Paynton, machten sich die anderen nun ihren Verdacht zu eigen, modifizierten ihn und kamen zu dem Schluß, Sarah Layton beabsichtige vermutlich nicht, den Eindruck zu vermitteln, sie habe zweifelhafte Gedanken. Wahrscheinlich würde sie schnell genug Vernunft annehmen, wenn der richtige Mann auf der Bildfläche erschien. Vielleicht war Hauptmann Bingham doch der Falsche gewesen. Vielleicht verbesserten sich ihre Chancen, wenn ihre kleine Schwester, dieser Wildfang, erst einmal verheiratet war.

Drei Wochen später überraschten Susan und Teddie die Garnison mit der Ankündigung ihrer Hochzeit, und Mrs. Fosdick erklärte, von einem Mann, der sich erst in ein Mädchen verliebte, dann seine Zuneigung ihrer Schwester schenkte und sie sogar heiratete, könne man kaum erwarten, daß er lange treu bleibe. Ihre Meinung über die Bedeutung blasser Wimpern sei damit bestätigt. Die anderen Damen dagegen erklärten, Hauptmann Bingham, wie wankelmütig er auch erscheinen mochte, habe durch seine Wahl den Beweis geliefert, daß irgend etwas an den Laytontöchtern seine innersten Empfindungen angesprochen habe, und seine endgültige Entscheidung mache noch deutlicher, daß die Ältere, obwohl sie vielleicht oberflächlich ebenfalls das besitzen mochte (was immer es auch war), was ihn anzog, innerlich auf diese andere Art unbefriedigend war, die Männer schneller erkannten als Frauen. Diese merkwürdige Art hatte man schließlich jedoch als ungesund entlarvt, auch wenn sie sich erst im Anfangsstadium befinden mochte. Als man beobachtete, daß Sarah Layton Teddie und Susan anlächelte, wurde der Gedanke, der den Damen dabei möglicherweise kommen mochte, daß sie den beiden nichts verübelte und es wie ein guter Kamerad hinnahm, von dieser anderen, leicht anrüchigen und unangenehmen Vorstellung verdrängt, sie lache *über* die beiden und nicht mit ihnen.

Trotzdem freuten sich die Damen auf die Hochzeit. Als Hauptmann Bingham plötzlich zum G 3 (Fronteinsatz) befördert und in ein neues Divisionshauptquartier abkommandiert wurde, das in Mirat stationiert war, erklärte Mrs. Fosdick, es würde sie nicht im geringsten überraschen, wenn das Ganze jetzt platzen würde und Susan bei so vielen anderen in Frage kommenden Männern plötzlich der Meinung sei, sie habe sich geirrt. Die Abreise der Laytons in späte (für Susan die letzten unbeschwerten) Ferien nach Srinagar verstärkte die allgemeine Überzeugung, Susan würde bald einen anderen Fisch an der Angel haben. Die größte Überraschung und Enttäuschung war dann die verfrühte Rückkehr der Laytons aus Kaschmir. Sie gaben bekannt, die Hochzeit würde keineswegs verschoben oder gar abgesagt, sondern im Gegenteil vorverlegt und nicht in Pankot, sondern in Mirat stattfinden. Man konnte sich des Eindrucks nicht erwehren (sagten die Damen), die Layton-Hochzeit habe inzwischen etwas Anrüchiges bekommen, selbst wenn man die Schwierigkeiten der Kriegszeit in Betracht zog, und daß Hauptmann Bingham offenbar bald wieder zum aktiven Dienst an der Front zurückkehren würde.

»Ich weiß eigentlich nicht, ob es richtig ist, daß Mrs. Layton sich zu dieser Eile drängen läßt«, verkündete Mrs. Paynton. »Ich habe den Eindruck, sie ist ziemlich empört, versucht aber ihrer Tochter zuliebe, es nicht zu zeigen. Wie ich gehört habe, kommt Susan nach der Hochzeit mit ihnen nach Pankot zurück, weil für die Flitterwochen nur drei Tage Zeit bleiben und Hauptmann Bingham danach an die Front muß. Man könnte glauben . . .«

Mrs. Paynton sagte nicht, was man glauben könnte, denn sie wußte, daß die anderen Damen das auch geglaubt, die Vermutung in Zusammenhang mit einer Laytontochter aber als zu absurd verworfen hatten, um sie auch nur ernsthaft in Erwägung zu ziehen – es sei denn, bei der fraglichen Laytontochter hätte es sich um Sarah gehandelt. Wenn Mrs. Smalley recht gehabt und mit ihrem Verdacht, warum an Sarah Layton etwas nicht in Ordnung war, ins

Schwarze getroffen hatte, dann mußte man sich eingestehen: Alles war möglich.

---

Es gab noch andere Ereignisse, die den harmonischen Verlauf der Hochzeit zu stören drohten – andere Ereignisse als Teddie Binghams Versetzung nach Mirat und die Entdeckung, die er bald nach seiner Ankunft dort machte, daß, wenn er heiraten wollte, seine Braut zu ihm nach Mirat kommen, sich mit zweiundsiebzig Stunden Flitterwochen in den Hügeln von Nanoora zufriedengeben und bereit sein mußte, ihm kurz danach Lebewohl zu sagen. Zum Erstaunen ihrer Familie nahm Susan dies alles achselzuckend in Kauf und erklärte, es sei doch schön, in Mirat zu heiraten, besonders wenn sie vorher im Gästehaus des Palastes wohnen könnten, wie Teddie es in Aussicht stellte. Sie könnten nach Ranpur fahren (sagte Susan), Tante Fenny und Onkel Arthur abholen (der Brautführer sein sollte) und gemeinsam nach Mirat reisen. Und so wurde alles auch erst einmal geplant. Aber bald nach der Rückkehr aus Kaschmir teilte Major Grace ihnen mit, er könne erst am Freitag vor der Hochzeit nach Mirat kommen. Er mußte an mehreren Konferenzen teilnehmen und konnte sich dieser leidigen Pflicht unmöglich entziehen. Mrs. Layton erklärte, sie habe keine große Lust, ohne männliche Begleitung nach Mirat zu reisen und beinahe eine Woche lang im Gästehaus zu wohnen. Susan wischte auch diesen Einwand beiseite. Das Gästehaus sei völlig sicher (erklärte sie). Nach Teddies Aussagen hatte der Nawab von Mirat es dem Garnisonskommandanten für die Dauer des Krieges überlassen, um hohen militärischen Gästen (und ihren Familien) eine angemessene Unterkunft zu bieten. Das Gästehaus stand zwar nicht im Garnisonsviertel, sondern auf dem Palastgelände, doch es wurde bewacht. »Bleibt immer noch die Bahnfahrt«, klagte Mrs. Layton. »Und du vergißt Teddies Trauzeugen«, erinnerte sie Susan. Zu Teddies Freunden in Pankot zählte ein Mann namens Tony Bishop. Er war ebenfalls ein alter Muzzy Guide, war in Burma verwundet worden und zur Zeit der Adjutant von General Rankin. Tony hatte ihm versprochen, als Trauzeuge zu fungieren. Nichts war einfacher, als General Rankin zu bitten, ihm Sonderurlaub zu geben, damit er sie nach Mirat begleiten konnte.

Also sprach Mrs. Layton mit General Rankin und erhielt die Zusage, daß Hauptmann Bishop sie begleiten dürfe. Aber eine Woche vor der Abreise erkrankte Tony Bishop an Gelbsucht. Mrs. Layton besuchte ihn auf der Militärstation des Allgemeinen Krankenhauses in Pankot.

»Es geht nicht«, verkündete sie. »Er muß mindestens drei Wochen dort bleiben, und das heißt, wir haben keinen Trauzeugen. Das ist ein schwerer Schlag, denn ich halte Tony Bishop für den vernünftigsten von Teddies Freunden.«

»Trauzeugen gibt es wie Sand am Meer«, widersprach Susan, ging ins Hauptquartier, meldete ein Gespräch nach Mirat an und unterhielt sich mit Teddie darüber. »Er sucht in Mirat einen Trauzeugen. Vermutlich entscheidet er sich für den Mann, mit dem er zusammenwohnt«, berichtete Susan nach ihrer Rückkehr. Wie Sarah registrierte, war das Außergewöhnliche an der Sache, daß Susan zum ersten Mal selbst etwas in die Hand genommen und nicht andere damit beauftragt hatte. Ihre Mutter sagte nichts mehr darüber, daß sie die Bahnfahrt ohne männlichen Schutz machen mußten, denn das war ohnedies nie ein ernsthafter Einwand gewesen. Im Zug nach Mirat würden unzählige Offiziere sitzen; Susan brauchte nur mit ihrer Mutter, Tante Fenny und Sarah auf dem Bahnsteig zu stehen, und eine ganze Schar jüngerer Offiziere würde ihnen ihre Hilfe anbieten. Und genau das geschah.

Es gab zwei Mirats: das Mirat der Paläste, Moscheen, Minarette und der bevölkerten Basare, und das Mirat der großen Plätze, Kasernen, Bäume und geometrisch angelegten Straßen, die Namen trugen wie Wellesley, Gunnery und Mess. Die beiden Mirats trennte eine Wasserfläche von unbestimmter Form. Auf der einen Seite des Wassers verliefen die Bahnlinie und die Straße, die beide Mirats miteinander verbanden. Das Gewässer und die Gärten südlich davon bildeten den Izzat Bagh. Dieser Name ging auf den ersten Nawab zurück, der erklärt hatte, die Kasims würden solange in Mirat herrschen, bis der See ausgetrocknet sei: Eine ziemlich risikolose Behauptung, denn das war seit Menschengedenken noch nie geschehen. Aber es war Prahlerei, und Prahlerei galt schon immer als gefährlich. Man sollte die Vorsehung nicht versuchen. Ein Mann konnte sein Gesicht verlieren, weil er es getan hatte. Die Bewohner der Stadt befürchteten das Schlimmste. Statt dessen, so erzählte man, dauerte die Regenzeit in den beiden folgenden Jahren besonders lange, und es kam zu besonders heftigen Regenfällen. Im zweiten Jahr trat der See über die Ufer, zerstörte die Hütten der Fischer, und mehrere Menschen ertranken. Das Volk sah darin ein Zeichen göttlicher Bestätigung für die Herrschaft der Kasims, deren Ehre – oder *izzat* – so dramatisch verteidigt worden war. Fortan galt der See als ein Symbol für die Macht der Nawabs, für ihre Fruchtbarkeit und ihre bis in ferne Zukunft gesicherte Nachfolge. Die Mullahs erklärten, auf dem See ruhe der Segen Allahs, und man verbot den Hindus – sie stellten achtzig Prozent der Bevölkerung –, ihn zu nutzen. Das galt selbst für das Divalifest. Am südlichen Ufer wurde eine Moschee errichtet, und es entstand ein neuer Palast mit Gärten, die bis zum Wasser reichten. Der Hofdichter, Gaffur Mohammed, pries den neuen Palast und die Gärten mit folgenden Versen:

Und so mußt du einsehen, Gaffur,
daß deine Worte nicht mehr sind als die Blütenblätter
  einer Rose.
Sie müssen welken, ihren Duft verlieren und
  der Vergessenheit anheimfallen.
Nur eine Weile können sie den Garten mit Duft
erfüllen, der dem gehört, den du rühmst.
Könnten sie doch ewig blühen,
  O Herr des Sees!

In diesem Garten wurde gegen Ende des neunzehnten Jahrhunderts ein Gästehaus im europäischen palladianischen Stil erbaut. Etwa um die gleiche Zeit entstand mit Zustimmung des Nawabs in dem Gebiet nördlich des Sees ein britischer Militärstützpunkt.

Es gab zwei Bahnhöfe in Mirat: Mirat-Stadt und Mirat-Garnison. Wenn man von Ranpur kam, war letzterer die erste Station. Der Postzug sollte Mirat-Garnison fahrplanmäßig um 7.50 erreichen, hatte aber gewöhnlich eine halbe bis eine ganze Stunde Verspätung. Nach dem Aussteigen der Fahrgäste in Mirat-Garnison wartete er eine halbe Stunde und schnaufte dann langsam weiter, wobei seine Geschwindigkeit zehn Meilen pro Stunde nie überschritt. Er fuhr über Weichen, vorbei an Signalen und Schranken, bis er schließlich den langen Damm erreichte, der den See von dem offenen Gelände trennte, das früher einmal – vor Errichtung des Militärstützpunktes – für das Gebiet nördlich der Stadt charakteristisch gewesen war. Der Zug kroch über diesen eintönigen Damm, auf dem die Bahngleise etwas höher lagen als die parallel laufende Straße. Er fuhr so zögernd, als rechne der Lokomotivführer mit dem plötzlichen Absinken des Damms oder erwarte zumindest, das Signal würde im letzten Moment von Grün auf Rot umspringen und ihm keine Zeit lassen, zu bremsen. In der Zone zwischen der neuen Macht und der alten

Pracht schien das Gefühl eines bevorstehenden Unheils zu herrschen.

Die Laytons und Mrs. Grace sollten zwar im Gästehaus des Palastes wohnen, doch sie verließen den Zug nach Teddies Anweisungen in Mirat-Garnison. »Vergessen Sie nicht«, hatte er Mrs. Layton geschrieben, »Sie sollten auf keinen Fall in die Stadt fahren. Selbstverständlich werde ich dort sein, um Sie abzuholen, und falls mir das nicht möglich sein sollte, werde ich jemanden beauftragen. Ich wollte Sie auf jeden Fall darauf hinweisen, falls doch irgend etwas schiefgeht und Sie glauben, sie müßten in der Stadt aussteigen, weil Sie im Gästehaus des Palastes wohnen. Niemand tut das.«

»Es geht aufwärts«, rief er bei ihrer Ankunft über den Lärm des Bahnsteigs hinweg. »Sie haben nur fünfundzwanzig Minuten Verspätung. Das Frühstück ist schon bestellt. Ich glaube, Sie können es brauchen.« Er küßte flüchtig die ihm von Mrs. Layton dargebotene Wange, schüttelte Mrs. Grace, die er bisher nur zweimal gesehen hatte, die Hand, hielt Sarahs Hand ein paar Sekunden länger, als bedürfe der Wechsel seiner Zuneigung von ihr zu der Schwester immer noch einer Erklärung, drehte sich dann um, küßte seine Braut und reichte ihr den Arm. Die hübsche kleine Susan wirkte irgendwie aufgeregt und zerzaust, obwohl kein einziges Haar aus der Reihe tanzte. Sie hatte eine halbe Stunde an der Vervollkommnung der Blässe gearbeitet, die ihrer Ansicht nach der künftigen Frau eines Offiziers, der bald in den Krieg ziehen würde, gut zu Gesicht stand. Auf Teddies Wangen konnte man die Erregung tatsächlich sehen, doch er wirkte energisch und den Problemen völlig gewachsen, die die Ankunft seiner Braut und ihrer Familie mit sich brachte. Die Erregung schien auf einer Kombination von Freude und Anstrengung zu beruhen – die Freude, seine künftige Frau wiederzusehen, und die Anstrengung, die er immer aufbrachte, um selbst die alltäglichsten Dinge richtig zu machen, ganz besonders, wenn Angehörige des anderen Geschlechts ihm ihre Sicherheit und ihr Wohlergehen anvertrauten. Ihn begleitete ein indischer Unteroffizier, dessen Khakihemd und knielange Shorts mit ihren messerscharfen Bügelfalten starr und steif von Armen und Beinen abstanden. Der Nackenschutz war eine exotische Angelegenheit aus Khaki und durchscheinendem Khakimusselin; er verlieh seinem ansonsten ernsten Kopf etwas Kokettes und der Haltung, in der er neben der offenen Tür des Waggons stand, etwas selbstbewußt Galantes. Er sollte sich um die Berge von Gepäck kümmern, um dessen Beförderung sich bereits die Kulis mit den roten Turbanen stritten.

»Machen Sie sich um Ihre Sachen keine Sorgen«, erklärte Teddie Bingham. »Noor Hussain wird das Gepäck nicht aus den Augen lassen.« Er bedankte sich bei den Offizieren im Nachbarabteil, die sich während der Fahrt von Ranpur nach Mirat um Mrs. Layton und die anderen Damen gekümmert hatten und in den Süden weiterreisten. Dann geleitete er die Damen durch die Menschenmenge zum Bahnhofsrestaurant und versicherte ihnen, Noor Hussain würde dafür sorgen, daß man das Gepäck in einen Lastwagen lud und zum Gästehaus brachte, wo sie es vorfinden würden. Nach dem Frühstück würden ein paar Taxis auf sie warten.

Sarah betrat das Restaurant hinter ihrer Mutter und Tante Fenny, jedoch vor Susan und Teddie, die es offenbar mit ihrer Pflicht als Verlobte genau nahmen und beieinander blieben. Sie konzentrierte sich auf die Gerüche, die aus der Küche drangen. Was immer der Tag auch bringen mochte, sie hielt es für klug, dem Frühstück ihre ungeteilte Aufmerksamkeit zu widmen. Wenn sie erst am Tisch saß, Cornflakes oder Porridge bestellt hatte, Eier mit Speck, Toast und Marmelade, wenn sie die erste Tasse Tee oder Kaffee getrunken und vielleicht die erste Zigarette des Tages angezündet hatte, dann (so glaubte sie) wäre sie vielleicht in der Lage, den Anblick von Susan und Teddie zu ertragen, die ihr gegenübersaßen und mit größerem Vertrauen ihrer Zukunft entgegenblickten, als sie selbst im Augenblick aufbringen konnte.

An Teddie Bingham ist etwas (dachte Sarah), das sich schnell abnutzt. Er gehört nicht zu den Menschen, die einem ans Herz wachsen. In dieser Hinsicht glich er den unzähligen anderen jungen Männern, für die sie sich anfangs mäßig interessiert hatte, die sie aber bald langweilten, wenn sie sie nicht schon vorher an Susan verlor, ohne daß man einander etwas übelnahm. Das Besondere an Teddie war nur, daß Susan eingewilligt hatte, ihn zu heiraten. Sarah konnte nicht verstehen, warum. Sie hoffte, ohne es jedoch zu glauben, daß sie sich liebten. Sie glaubte es nicht, weil er sich bis zur Verlobung in keiner Hinsicht von den anderen jungen Männern unterschieden hatte, die Susan umschwärmten.

Aber schließlich (dachte Sarah) haben wir alle mehr oder weniger dieselbe Geschichte. Wir sind in Indien geboren, unsere Eltern sind Beamte oder Offiziere, wir haben in England die Schule besucht, die Ferien bei Tanten und Onkeln verbracht und sind dann nach Indien zurückgekommen. Es war ein Ritual. Alles war völlig starr und festgefahren, aber es ging trotzdem weiter, hin und her, ein ständiger Fluß: Mädchen wie sie und Susan und junge Männer wie Teddie

Bingham. So viele junge weiße Stuten aus guter Zucht wurden zum Zweck der Paarung mit so vielen jungen weißen Hengsten aus guter Zucht zusammengeführt, um das Erbe zu sichern und es *pukka*, rein, zu halten. Zu irgendeinem Zeitpunkt in voraussehbarer Zukunft würde das alles aufhören. Zu Hause begriff man das, aber sobald man hierher zurückkam, geschah etwas Merkwürdiges: Man konnte sich nicht vorstellen, daß es jemals aufhören würde.

Sarah blickte über den Tisch auf Susan, ihre Mutter und Tante Fenny. Sie erinnerte sich an Tante Lydias Worte, es sei unnatürlich für eine weiße Frau, in Indien zu leben. Als Kind konnte sie das nicht begreifen, aber inzwischen hatte sie es begriffen und stimmte Tante Lydia zu. Die weißen Frauen ließen sich nicht gut verpflanzen. Sie waren Pflanzen der gemäßigten Zonen. Im Treibhaus blühten sie zu schnell auf und verwelkten bald. Sie führten ein künstliches Leben, wenn die Hitze sie ausgetrocknet und nur die Hülle zurückgelassen hatte. Hin und wieder entdeckte man unter ihnen eine, in der der Saft noch floß. Sarah dachte dabei an die alte Tante Mabel in Pankot und an die Tante von Daphne Manners in Srinagar, die ihr mitten im Gespräch plötzlich das alarmierende Gefühl der eigenen Unzulänglichkeit als Mensch gegeben hatte, so daß sie sich nach der Rückkehr auf das Hausboot vor den Spiegel setzte, sich anstarrte und wünschte, alles, nur nicht das zu sein, was ihr Äußeres bewies: Eine durchschnittliche junge Frau, deren Gewöhnlichkeit dem Urteil zu lebenslänglicher Gefangenschaft gleichkam.

»Ich hoffe, Sie werden jetzt nicht verkünden«, sagte Tante Fenny zu Teddie, nachdem sie Platz genommen, einen Fleck auf der Tischdecke bemäkelt, die Karte studiert, Porridge und pochierte Eier bestellt und ihre Brille in das rote Lederetui zurückgesteckt hatte, »daß die Hochzeit noch früher stattfinden muß, morgen zum Beispiel. Denn wenn das so ist, hat Susan keinen Brautführer. Arthur kann unmöglich vor Freitag hier sein.«

»Keine Angst, Mrs. Grace. Die Hochzeit findet am Samstag statt.«

»Und wer ist der Trauzeuge?« fragte Mrs. Layton.

»Es ist alles geklärt. Ich habe den Offizier, mit dem ich das Quartier teile, gebeten einzuspringen, und er hat mit Freuden zugesagt. Seitdem ist er vollauf damit beschäftigt, dafür zu sorgen, daß im Gästehaus alles in Ordnung ist. Er wird nach dem Frühstück kommen, um uns behilflich zu sein. Er heißt Merrick. Ich hoffe, Sie werden ihn mögen.«

»Merrick?« wiederholte Tante Fenny. »Fällt mir nichts dazu ein. Was ist er?«

»Ein Ge-drei-I«, antwortete Teddie, der immer alles so wörtlich nahm.

Tante Fenny wendete sich an Mrs. Layton. »Millie, hat es nicht einundreißig in Lahore einen Merrick im Stab von General Rolling gegeben? Könnte doch dieselbe Familie sein.«

»Ach, das weiß ich nicht mehr, Fenny. Es ist alles schon so lange her.«

»Natürlich weißt du es. Er hat eine dieser schrecklichen Selbytöchter geheiratet. Nein, ich irre mich . . .« Tante Fenny schwieg. In der Familie kursierte der Witz, Tante Fenny habe die Heeresrangliste auf dem Nachttisch liegen und ziehe sie immer noch zu Rat, wenn sie Gäste habe und sich über den Rang und damit den Platz am Tisch im Unklaren sei, den sie jemandem zuweisen sollte. »Er hieß nicht Merrick, sondern Mayrick. Einen Merrick kenne ich nicht. Ist er ein Reserveoffizier?«

»Soviel ich weiß, hat er sofort ein Patent bekommen«, erklärte Teddie. »Er war bei der indischen Polizei.«

»Ist das nicht ungewöhnlich?« wollte Tante Fenny wissen. »Der junge Mr. Creighton hat alle Hebel in Bewegung gesetzt, um während des Kriegs aus der Verwaltung zum Militär überwechseln zu dürfen. Aber man ließ ihn nicht gehen. Er hat mir erzählt, er habe nur von einem einzigen Fall gehört, und ich glaube, dabei handelte es sich um einen jungen Mann, der sich so sehr darüber grämte, bei der Schießerei nicht dabeizusein, daß er bei der Arbeit völlig nutzlos wurde. Vielleicht ist das Mr. Merrick. Wie heißt er mit Vornamen?«

»Ronald.«

»Ronald Merrick. Welcher Rang?«

Teddie sah sie leicht erstaunt an.

»Hauptmann.«

»Das habe ich verstanden, mein lieber Junge, als Sie mir sagten, er sei ein G3 (I). Ich meine seinen Rang bei der Polizei.«

»Ach so. Polizeichef oder etwas Ähnliches, glaube ich.«

»In welchem Distrikt?«

»Er hat es mir gesagt. Wie war das noch? Gibt es einen Ort namens Sunder – irgendwas?«

»Sundernagar«, verkündete Tante Fenny. »Eine rückständige Gegend und relativ unwichtig.« Nachdem sie Hauptmann Merrick auf diese Weise eingeordnet hatte, lächelte sie zufrieden.

»Hat Ihnen Kaschmir gefallen?« fragte Teddie.

»Ja, schon. Es war der falsche Teil der Saison, und natürlich mußten wir früher als geplant wieder abfahren.«

»Ja, ich weiß. Tut mir leid.«

»Wir hatten auch ein etwas unangenehmes Erlebnis. Millie wollte das Boot den See hinaufbringen lassen an die Stelle, wo sie und John die Flitterwochen verbracht haben. Dort lag außer uns nur ein anderes Boot, und alles schien sehr idyllisch zu sein, wenn auch etwas zu ruhig und eine Spur unbequem. Leider stellte sich unsere Nachbarin als jemand heraus, den wir unmöglich besuchen konnten. Sie dürfen dreimal raten, wer es war.«

Teddie errötete, da er erwartete, etwas zu hören, was er in Susans Anwesenheit lieber nicht gehört hätte. Sarah warf einen Blick zu ihrer Mutter hinüber, die immer noch die Speisekarte studierte und offenbar nicht zuhörte. Nur ihre Mutter wußte von dem Besuch bei Lady Manners, und nur ihrer Mutter zuliebe hatte Sarah den anderen nichts davon gesagt.

»Ich gebe auf«, erklärte Teddie.

»Die alte Lady Manners. *Und* das Kind . . .«

»Oh, ich verstehe.« Er wurde rot bis zu den Haarwurzeln.

Mrs. Layton legte die Karte auf den Tisch. »Wie ist das Gästehaus, Teddie?«

»Ich habe es bis jetzt nur von außen gesehen, aber der Standortkommandant sagt, es sei recht komfortabel. Ronald Merrick kennt es besser als ich. Er war ein paarmal dort, um alles zu überprüfen. Übrigens, Sie haben es ganz für sich allein. Es steht auf dem Palastgelände, und es wird von Palastdienern versorgt. Der Nawab hat es dem Standortkommandanten zur Verfügung gestellt. Also wird es wie Garnisonsgelände behandelt, und es sind keine besonderen Förmlichkeiten zu beachten.«

»Werden wir den Nawab zu Gesicht bekommen?« fragte Susan.

Teddie machte sein drolliges Gesicht. »Weshalb willst du den Nawab sehen?«

»Weil es einen Skandal um ihn gegeben hat. Er verliebte sich in eine Weiße und folgte ihr beinahe um die halbe Welt bis nach Südfrankreich.«

»Oh, wirklich? Wer hat dir das gesagt?«

»Ich, aber ich dachte, das sei allgemein bekannt«, erklärte Tante Fenny. »Die Affäre zwischen dem Nawab von Mirat und Madame X, oder wie man sie auch immer nannte, war Anfang der zwanziger Jahre eine *cause célèbre*. Sie war Russin oder Polin und angeblich aus gutem Haus, vermutlich aber nur eine Zofe. Ich weiß nicht, was sie eigentlich nach Indien geführt hatte, doch sie angelte sich den Nawab, holte alles aus ihm heraus, was sie konnte, und als er sie dann zu seiner zweiten Frau machen wollte, brach sie mit ihm und rauschte wieder nach Europa ab. Der Nawab stürmte ihr nach. Sie landeten irgendwo in Nizza oder Monte Carlo. Ich weiß noch, es gab da eine Geschichte über irgendwelchen Schmuck. Sie behauptete, er habe ihn ihr geschenkt – vermutlich für ihre Dienste. Er drohte mit juristischen Schritten, und man sagt, dieser Graf Bronowski habe den Unterhändler gespielt, und zwar so erfolgreich, daß der Nawab ihn hierher brachte und zu seinem Ministerpräsidenten machte.«

»Ja«, sagte Teddie, »ich habe von Bronowski gehört. Er ist immer noch hier.«

»Ich fresse einen Besen, wenn er wirklich ein russischer Graf ist. Aber er hat den Nawab seit dieser Zeit unter seiner Fuchtel. Wie Arthur sagt, hat er sogar das Staatsministerium für sich eingenommen. Natürlich mußte er das, denn sonst hätten sie den Nawab schon vor Jahren gezwungen, ihn fallenzulassen.«

»Du hast meine Frage noch nicht beantwortet«, erinnerte Susan Teddie, »natürlich ist es schwer, noch einmal zu Wort zu kommen, wenn Tante Fenny loslegt.«

Sie lächelte Mrs. Grace zu, aber Sarah entdeckte den Anflug hektischer Röte auf den gepuderten Wangen – ein untrügliches Zeichen, daß es ihrer Schwester schwerfiel, sich zu beherrschen, sobald sie sich auch nur einen Augenblick lang vernachlässigt fühlte. Zwar gab sie sich oft damit zufrieden dabeizusitzen, zuzuhören und ihren Gedanken nachzuhängen, doch ihre beiläufigsten Bemerkungen oder Gesten forderten, daß Männer und Frauen gleichermaßen darauf reagierten. Üblicherweise geschah das auch. Sarah staunte manchmal darüber, wie Susan plötzlich ein Gespräch in andere Bahnen lenkte, indem sie eine Bemerkung machte oder eine Frage stellte, sich dann aber ebenso plötzlich wieder aus der Unterhaltung zurückzog, und die anderen völlig verwirrt sich selbst überließ. Es kam Sarah vor, als teste sie damit regelmäßig und bewußt die Wirkung ihrer Persönlichkeit.

»Ich habe gefragt«, wendete sich Susan wieder an Teddie, »ob wir den Nawab zu sehen bekommen.«

»Ich weiß nicht. Er ist zur Zeit nicht hier, kommt aber am Wochenende möglicherweise zurück. Oberst und Mrs. Hobhouse – der Standortkommandant und seine Frau – meinen, wir sollten ihn zum Empfang einladen, obwohl es nicht sicher ist, daß er auch kommen wird.«

»Warum? Weil der Empfang im Club stattfindet?«

»Nein, als Gast ist er dort zugelassen. Es ist wegen Ramadan.

Ich meine, er wird zwischen Sonnenaufgang und Sonnenuntergang fasten.«

»Ich hätte gerne einen Nawab auf meiner Hochzeit«, erklärte Susan, »besonders einen, der früher einmal verrucht war. Außerdem, wenn wir ein bißchen Aufhebens um ihn machen, muß er uns ein Hochzeitsgeschenk schicken: vielleicht eine Schale mit großen Rubinen oder einen tollen Smaragd oder ein paar Perlenketten, die er übrig hat.«

Teddie lächelte und blickte liebevoll auf ihre linke Hand, an deren Ringfinger sie seinen bescheidenen Verlobungsring mit den funkelnden Diamanten trug. Sie wählte diesen Augenblick, um sich im Stuhl zurückzulehnen – ein Hinweis für alle, daß sie ihr Gespräch wieder aufnehmen konnten.

Endlich wurde das Frühstück aufgetragen.

---

Im Bahnhofsrestaurant standen zwölf Tische; Sarah zählte sie: an zehn Tischen saßen Leute. Der hohe Raum hatte einen Boden aus schwarzen und weißen Platten. An der Decke hingen drei vierflüglige Ventilatoren, die sich mit halber Geschwindigkeit drehten. Die Fenster zum Bahnsteig hatten Milchglasscheiben, um den Gästen den Anblick von Zügen, Reisenden und Kulis zu ersparen. An einer Wand hing das Porträt von George VI., an einer anderen ein Vorkriegsplakat, das den Betrachter nach Agra einlud, um das allseits bekannte Tadsch Mahal zu bewundern. Die barfüßigen Kellner waren weiß gekleidet und trugen grüne und schwarze Schärpen und weiße Handschuhe. An einem Tisch saßen zwei indische Offiziere, zwei Sikhs. Ein weiblicher Sanitätsoffizier der QAIMNS (Queen Alexandra's Imperial Military Nursing Service) frühstückte mit einem Artilleriehauptmann, eine Anglo-Inderin mit einem Unteroffizier einer Versorgungskompanie; die anderen Gäste waren britische Offiziere. Einige waren mit dem Zug um 7.50 angekommen, andere warteten auf die Abfahrt.

Vermutlich (sagte sich Sarah) repräsentieren wir mit Ausnahme der beiden Sikhs und der kleinen Anglo-Inderin alle etwas. Sie musterte ihre Familie und stellte sie sich als Fremde vor, die wie die anderen Gäste in einer flachen, fremden Landschaft ein englisches Frühstück verzehrten. Dort sitzt, dachte sie, und ihr Blick richtete sich auf Tante Fenny, eine stattliche, rundliche Frau. Wenn man sie ansieht, könnte man glauben, sie habe die Verpflanzung besser überstanden als die dünnere Frau mit dem traurigen Gesicht neben ihr.

Aber ihr Benehmen ist eine Spur zu selbstsicher, ihre Stimme eine Spur zu laut, und wenn sie aufhört zu reden, wirkt ihr Mund eine Spur zu hart; der erste Eindruck, daß sie die Verpflanzung gut überstanden hat, wird von dem anderen Eindruck verdrängt, daß auf ihrem Gesicht, wenn sie alleine ist, ein geistesabwesender Ausdruck liegt – ein Ausdruck, der sanft wirken würde, wenn der Mund nicht wäre. Gleichgültig wie ruhig oder sanft sie sich bewegt oder sitzt, der Mund bleibt unverändert hart, so daß alle ihre Gedanken und Erinnerungen sich ins Zimmer drängen und sie nicht mit Glück, sondern mit Bedauern und Vorwürfen umgeben. Das heißt, daß man sie selbst dann nicht bemitleiden könnte. Die schlankere Frau mit dem traurigen Gesicht ist ihre Schwester. Sie haben die gleiche Nase und eine Art von Vertrautheit miteinander, die weder beiläufig noch besonders liebevoll ist und eine lange, wenn auch nicht notwendigerweise tiefe Kenntnis voneinander verrät. Ihre wirkliche Vertrautheit besteht schon lange nicht mehr. Sie endete mit der Kindheit, und vermutlich war es eine Vertrautheit, die nur eine von ihnen empfand, wahrscheinlich die traurige Dünne, die ihre Hände so eigenartig unbestimmt bewegt, als seien gewisse gewohnheitsmäßige Gesten nicht mehr angebracht, weil der Mensch, dem sie galten, um Zufriedenheit und Zuneigung auszudrücken, um einen Kontakt herzustellen und Treue zu fordern und zu bieten, nicht mehr bei ihr ist.

Sarah stellte fest, daß sie mogelte. Niemand, der ihre Mutter ansah, würde das an ihren Gesten erkennen. Würde man das andere erkennen? Würde man, wenn man sie ansah, erraten können, daß die Unbestimmtheit, diese gewisse Geistesabwesenheit ein Beweis dafür war (wie Sarah sehr wohl wußte), daß Mrs. Layton um 8.30 am Morgen bereits darüber nachdachte, wie lange es noch dauern würde, ehe sie mit einigem Anstand etwas trinken konnte? Du bist immer noch attraktiv, dachte Sarah, und du bist erst fünfundvierzig. Seit drei Jahren bist du von ihm getrennt. Und in Indien gibt es viele Männer. Denke also nicht, ich hätte kein Verständnis für die Flasche im Kleiderschrank und den Flachmann in der Handtasche.

Sie wendete sich Teddie und Susan zu. Auf sie wirkte das hingeworfene, aber doch deutliche Bild der Harmonie und der vorehelichen Freude aneinander, das sie der Öffentlichkeit boten, nicht überzeugend. Sarah entging nicht, daß hinter Teddies Absichten – die an der Oberfläche geradezu rührend gut waren – nichts lag, was ihnen Tiefe oder Realität verlieh. Bei Susan fiel das eigenartige Talent auf, bewußt zu spielen: Susan spielte Susan, und Sarah konnte nicht mehr an sie herankommen. Die Distanz zwischen ihnen hatte etwas Dauerhaftes an sich, denn Susans Rolle verlangte ein hübsches, braunhaariges, blauäugiges Mädchen mit rosigen Wangen, das sich beinahe fieberhaft in das Vergnügen und die Verantwortungen eines Lebens hineinbegab, das Sarah für trostlos und unverantwortlich hielt. Es war trostlos, weil es unverantwortlich war, und unverantwortlich, weil die Auffassung von Verantwortung einer vergangenen Zeit angehörte. Das Problem liegt darin (so dachte sie), daß es für uns in Indien kein Privatleben gibt – kein Privatleben im eigentlichen Sinn, obwohl wir versuchen eines zu haben. Es gibt nur ein öffentliches Leben. Sie betrachtete wieder die Gesichter im Restaurant. Es waren gewöhnliche, private Gesichter, die sich ständig der Notwendigkeit bewußt zu sein schienen, etwas Fernes auszudrücken, das jenseits ihres Vorstellungsvermögens lag: Das Märtyrertum für die Sache einer Macht und einer Verantwortung, die sie individuell nicht gesucht, doch kollektiv geerbt hatten; hinzu kam die unbeugsame Entschlossenheit, sich nicht einschüchtern zu lassen. Der Ausdruck auf den einzelnen Gesichtern war der Ausdruck einer Gruppe. Und doch waren es die Gesichter von Menschen, deren persönliches Selbstbewußtsein die wichtigste Quelle ihrer Vitalität darstellte.

Sobald wir unsere natürliche Umgebung verlassen (dachte sie), stirbt etwas in uns. Was stirbt? Ist es der Glaube, daß wir als Menschen individuell der Welt etwas Besonderes zu geben haben? Wir lassen zurück, was wir als Gruppe geschaffen haben, nicht was wir als Individuen hätten tun können, und das bedeutet, daß es zweitrangig ist.

Sarah zündete sich eine Zigarette an und hörte Teddie und Tante Fenny zu, die sich über Lord Wavell unterhielten, der neuer Vizekönig werden sollte. Sie sprachen auch über Lord Louis Mountbatten, der Oberbefehlshaber der Streitkräfte in Südostasien werden sollte. Tante Fenny erklärte, es sei ein Fehler, dem GHQ in Indien seine traditionelle militärische Rolle zu entziehen. Nach Teddies Meinung würde Lord Wavell ein guter Vizekönig sein, weil er Soldat war und die Leute ihm vertrauen konnten. Es wehte ein neuer Wind, doch der Staub, den er aufwirbelte, schien Sarah so alt zu sein wie immer. Der heiße Kaffee wurde serviert, und der Kellner mit der Anweisung weggeschickt, die Morgenzeitungen zu bringen: die *Times of India* für Mrs. Layton, *The Civil and Military Gazette* für Tante Fenny; für Susan nichts, es sei denn, die neue Ausgabe des *Onlooker* war schon erschienen; für Sarah den *Statesman*, den Tante Fenny ablehnte. Es war zwar eine englische Zeitung, doch sie kritisierte ständig die Regierung oder das GHQ und übertrieb zur Zeit (so sagte sie) das

Ausmaß der Hungersnot in Bengalen und gab allen anderen die Schuld daran, nur nicht den indischen Händlern, die den Reis tonnenweise horteten und abwarteten, bis die Preise in noch astronomischere Höhen stiegen. »Außerdem«, erklärte sie, »essen die Bengalen einfach nichts anderes als Reis. Weizen liegt tonnenweise herum, aber sie sterben lieber, als ihre blödsinnigen Eßgewohnheiten zu ändern.«

Sarah klopfte die Asche behutsam in den gläsernen Aschenbecher und fühlte sich vom Anblick des Stummels der vorherigen Zigarette abgestoßen. Ihr Lippenstift hatte einen roten Abdruck darauf hinterlassen – ein Zeichen ihres persönlichen, privaten Lebens: Die nicht allzu hoffnungsvolle Flaschenpost, die eine gleichgültige Flut an das Ufer einer Insel zurücktrug, auf der sie manchmal das Gefühl hatte, die einzige zu sein, die immer noch gerettet werden wollte.

Sie sahen sich einer bedrohlichen Weite aus Wasser und ungefiltertem Licht gegenüber, einer Art milchiger Transparenz, die die Nerven der Augäpfel lähmte und den Eindruck vermittelte, daß man hier ständig mit leichten Kopfschmerzen leben würde.

»Dort ist der Palast«, sagte Hauptmann Merrick. Sarah hörte den leisen Ausruf ihrer Mutter, der sowohl Bewunderung als auch Enttäuschung bedeuten konnte. Sarah war in diesem Augenblick von der Weite, von Himmel und Wasser geblendet.

»Sie blicken in die falsche Richtung, Miss Layton.« Seine Stimme klang nah. Er beugte sich vor. Sie glaubte, gespürt zu haben, daß seine Finger leicht ihre Schulter berührt hatten. Die Stimme klang resonant. Es lag etwas Aufreizendes darin, das aber nicht unangenehm wirkte. »Ich blicke in überhaupt keine Richtung«, erwiderte sie und hob die linke Hand vor die Augen. »Die Helligkeit blendet mich.«

»Als Sie vorne sitzen wollten, hatte ich das befürchtet. Ich sage dem Fahrer, er soll halten, dann können wir die Plätze tauschen.«

Sarah schüttelte den Kopf. »Nein, jetzt sehe ich den Palast . . .« In der Ferne entdeckte sie ein blaßrosa Gebäude mit Türmchen und eine Moschee mit einer weißen Kuppel und einem schlanken Minarett am Seeufer, das sich im Wasser spiegelte, und am Ende der Uferstraße, die sie entlangfuhren, ein kleines graues Herrenhaus im palladianischen Stil: das Gästehaus.

Zu ihrer Linken lag der See. Fischer in langen, flachen Booten warfen die Netze aus. Die Netze klatschten auf das Wasser, kräuselten die spiegelglatte Oberfläche, als habe der See durch einen plötzlichen kalten Luftzug stellenweise Gänsehaut bekommen.

Wieder drang die Stimme an ihr Ohr.

»Sehen Sie, wo das Schilf beginnt? Dort ist die Grenze für die Fischer. Sie dürfen nicht näher am Palast ihre Netze auswerfen. Es ist ein traditioneller Beruf, und die Rechte gehen vom Vater auf den Sohn über. Die Fischer sind eine stolze Sekte. Moslems natürlich.«

Ihre Mutter sagte etwas. Als Hauptmann Merrick antwortete, befand sich die Stimme nicht mehr direkt hinter ihr. Er hatte sich zurückgelehnt. Doch die Stimme klang immer noch resonant. Er sprach gut, aber nicht mit einem *Public School*-Akzent. Tante Fenny hatte in der Damentoilette des Bahnhofsrestaurants bereits eine Bemerkung darüber gemacht. »Natürlich«, sagte sie, »findet man bei der Polizei manchmal merkwürdige Leute. Ich nehme an, Hauptmann Merricks Familie würde einer genaueren Prüfung nicht standhalten. Aber er ist ganz der kleine Gentleman und unglaublich tüchtig, wenn es um Einzelheiten geht. Auch das ist ein Zeichen, daß er aus bescheidenen Verhältnissen kommt. Hast du gehört, wie er Teddie sagte, das Gepäck sei bereits im Gästehaus? Das heißt, er ist zuerst dorthin gefahren, um sich davon zu überzeugen, ehe er hierher kam. Wie wollen wir denn fahren? Du, Susan und Teddie in einem Taxi und ich, Sarah und Hauptmann Merrick im anderen?« Aber Mrs. Layton erwiderte: »Nein, ich fahre mit Sarah und Hauptmann Merrick. Dann komme ich mir weniger wie eine Schwiegermutter vor.« Sie zog sich in eine Kabine zurück. Susan und Tante Fenny gingen hinaus. Sarah wartete. Sie betrachtete ihr durchschnittliches Gesicht im Spiegel und kämmte sich. Ihre Haare hatten dieselbe Farbe wie die ihrer Mutter, ehe sich das erste Grau zeigte und ihre Mutter dazu überging, die Haare zu bleichen. Sarah hatte dunkelblonde Haare, die sich nur widerwillig lockten und dringend eine Dauerwelle brauchten, die sie sich vor der Hochzeit noch legen lassen mußte. Sie haßte ihre Haare. Sie haßte ihr Kinn und die Wangenknochen. Sie waren zu ausgeprägt. Desinteressiert frischte sie ihr Make-up auf. Sie beneidete Susan darum, ein Gesicht zu haben, das Puder und Lippenstift verändern konnten. Ihr eigenes Gesicht kam unter dem Make-up immer wieder mit hartnäckiger Unbestechlichkeit zum Vorschein. Es war ein echtes, knochiges Laytongesicht und ganz anders als das rundere, weicher geformte Muirgesicht. Immerhin (dachte Sarah), es würde sich besser halten. In den Laytongesichtern lag eine Robustheit, die Stürmen widerstand. Ihr Urgroßvater hatte es gehabt, ihr Vater hatte es und nun auch sie.

Mrs. Layton kam mit der Handtasche über dem Arm aus der Kabine. Im Spiegel beobachtete Sarah, daß ihre Mutter ihr einen Blick zuwarf und dann wegsah. Wortlos kam sie zu einem der Waschbekken herüber, stellte die Tasche ab, wusch sich die Hände, betastete die Haare und rückte den Hut zurecht. Schweigen war zwischen ihnen nicht unüblich. Es war ein eigenartiges Schweigen, und es fiel Sarah schwer, dieses Schweigen zu brechen, wenn es sich erst einmal ausgebreitet hatte. Manchmal sah sie es als Schweigen, das ihre Mutter entstehen ließ, um eine Nähe zwischen ihnen zu schaffen, die es nie gegeben hatte und die sich jetzt nicht mehr herstellen ließ, wie Sarah glaubte – außer in diesem Austausch unausgesprochener Sätze und nicht gemachter Gesten. Es gab Situationen – und dies war eine –, in denen Sarah eine Woge beinahe hysterischer – weil aufgestauter – Zuneigung für diese zerstreute, geistesabwesende Frau empfand, die ihre Mutter war. Die alte, aufrechte Haltung mit dieser Spur Schärfe, die mehr Achtung und Treue forderte als Liebe, war verschwunden. Jetzt schien überhaupt nichts mehr gefordert und nichts gegeben zu werden, außer den unbedeutenden Dingen, die gewohnheitsmäßig gefordert und gegeben wurden – und dieses Schweigen, das ein sehr viel tiefergehendes Bedürfnis auszudrücken schien als dieses Vertrauen darauf, daß Sarah vergaß, daß sie nicht so sehr wie Susan geliebt worden war, und daß Sarah ihr die Hilfe gab, die Susan ihr nie hätte geben können.

---

Sarah folgte ihrer Mutter und Tante Fenny aus dem Restaurant – aber nun im Gefolge von Susan und Teddie und nicht als ihre Vorhut, denn Teddies Trauzeuge war wie von der natürlichen Schwerkraft gezogen in die Rolle ihres Begleiters gefallen; er achtete darauf, daß die Türen für sie aufgehalten wurden, daß sie auf jede Bemerkung, die sie machte, eine Antwort erhielt, und bemühte sich um Konversation, wenn er den Eindruck hatte, man müsse sie aufmuntern – und Sarah erinnerte sich daran, wie sie innerhalb weniger Wochen nach ihrer Ankunft in Pankot 1939 zu dem Schluß gekommen war, daß Indien die Engländer auf zwei Arten veränderte: Es ließ sie dünn und blaß werden oder feist und rot. Ihr Vater und – potentiell – ihr neuer Begleiter gehörten in die erste Kategorie, Onkel Arthur und – potentiell – Teddie Bingham zur zweiten. Die mageren, blassen Engländer waren reserviert und zu anderen Leuten – einschließlich Indern – höflich, selbst wenn sie jemanden nicht mochten. Die feisten Roten bekamen laute Stimmen und neigten dazu, ihrer schlechten Laune in aller Öffentlichkeit freien Lauf zu lassen. Zwischen diesen konträren Typen gab es scheinbar keine augenfälligen Schattierungen oder Abstufungen im Verhalten. Die jungen Männer fielen potentiell in eine dieser zwei Kategorien, sobald sie in Bombay indischen Boden betraten oder ihren ersten Standort erreichten. Man konnte an der Beschaffenheit der Haut bei jedem einzelnen erkennen, ob die rosige Farbe verblassen oder sich intensivieren würde; das Fleisch würde im Einklang mit angelegten Eigenschaften des Knochenbaus und der Muskulatur schwinden oder schwellen. Ihre Gutmütigkeit würde, je nachdem wieviel Selbstkontrolle nötig war, um sie zu erhalten, unter der Belastung des Klimas und der zunehmenden Unfähigkeit – wie in Onkel Arthurs Fall –, sich in der Gesellschaft, in der man sich bewegte, wirklich wohl zu fühlen, erstarren und gefrieren oder dramatisch explodieren.

Aber etwas teilten diese beiden deutlich unterschiedlichen Typen: ihre Haltung gegenüber englischen Frauen. Nach einiger Zeit gelang es Sarah, diese Haltung zu analysieren. Die Männer näherten sich einer Frau (zu diesem Schluß kam sie) wie dem Exemplar einer Gattung, die geschützt werden mußte – obwohl nicht ganz deutlich wurde wovor, wenn man das Aussterben ausschloß: Es genügte scheinbar, die Idee der kollektiven Verantwortung für eine Frau zu demonstrieren, ohne Rücksicht auf eine tatsächliche oder mögliche Bedrohung ihres Wohlergehens. In Fällen, in denen es keine erkennbare Bedrohung zu geben schien, erweckte das Verhalten der Männer den Verdacht, daß sie vielleicht doch vorhanden war, aber auf eine Weise, die nur ein Mann mit seinen Fähigkeiten erkennen konnte; und so wurde allen Frauen die Notwendigkeit bewußt, den Männern dankbar zu sein für die ständig gelieferten Beweise ihrer Bereitschaft, eine Frau zu schützen – und sei es auch nur vor ihr selbst.

Diese kollektive öffentliche Haltung hatte auch Auswirkungen auf das persönliche und private Verhalten. Wenn junge Männer sich mit Sarah unterhielten, mit ihr tanzten oder Tennis spielten, mit ihr ausritten oder sie zu sportlichen Ereignissen oder ins Kino einluden, wenn sie amourös wurden oder unromantisch im Dunkel einer Veranda oder eines Autos an ihr herumfummelten, hatte sie den Eindruck, daß sie dies alles mit der Vorstellung taten, repräsentativ für ihre Art zu sein: »Hier bin ich, weiß, männlich, reinrassig, englisch, und da bist du, reinrassig, englisch, weiß und weiblich. Also gut, dann sollten wir etwas tun.« Die potentiell roten, feisten Typen wollten meist enthusiastischer etwas tun als die potentiell dünnen, blassen Typen. Doch gleichgültig wie viel oder wenig Enthusiasmus sie aufbrachten, Sarah empfand ihn nie als einen Enthusiasmus, der ihr galt. Es war offenbar ein Enthusiasmus für ein Ideal, das sie eigentlich mit ihnen teilen sollte. Der jeweilige junge Mann nahm an, es sei ein vorgefertigtes Band, eine verläßliche erste Verbindung zwischen ihnen, die je nach Geschmack mehr oder weniger intim werden konnte. Es war schwierig, das Ideal zu definieren; und Sarah war der Ansicht, sie sollte es eigentlich definieren, ehe sie entschied, ob sie es verwarf oder hochhielt. Es lag keineswegs in ihrer Absicht, dieses Ideal beiläufig zu akzeptieren und sich gedankenlos damit zu identifizieren – genau das hatte Susan ihrer Meinung nach nämlich getan.

Im Gedränge auf dem Bahnhof sagte Sarah zu Hauptmann Merrick: »Mutter hätte gern, daß Sie mit uns fahren. Teddie kann Susan und Tante Fenny mitnehmen.« Dann half sie ihrer Mutter auf den Rücksitz des ersten Taxis. Sie sah Teddie näherkommen und fragte sich, ob ihre Mutter weniger etwas dagegen einzuwenden hatte, sich als Schwiegermutter zu fühlen, sondern mehr etwas gegen Teddie. Sie sagte: »Ich möchte vorne sitzen, Hauptmann Merrick. Steigen Sie ruhig hinten bei meiner Mutter ein.«

Der Taxifahrer war ein indischer Zivilist. Vermutlich würde er schlecht riechen. Hauptmann Merrick zögerte, doch beide Wagentüren standen offen, und Sarah stieg ein. Teddie trat an den Wagen. »Ist alles in Ordnung?« fragte er Mrs. Layton. Sie bestätigte das und bat ihn, sich um Susan zu kümmern. Wenige Augenblicke später saßen sie alle, und das Taxi fuhr los und verließ den Schatten. Die Hitze des Motors und die heiße Luft, die durch die offenen Fenster hereinwehte, in Verbindung mit dem gleißenden Licht und dem eingebrannten, beißenden Geruch des Taxifahrers versetzten Sarah in einen Zustand völliger Apathie, die einen hier in Indien davor schützte, daß sich die Illusion der Erschöpfung in Realität verwandelte. Sie schloß halb die Augen. Sie fuhren durch eine breite Straße mit Geschäften unter Arkaden – der Garnisonsbasar. Das Klingeln der Glöckchen am Geschirr der Pferde vor den Tongas, die Fahrradklingeln, das unvermittelte Geplärr indischer Musik aus dem Radio, als sie an einem Café vorbeifuhren – das alles waren Geräusche, die an diesem Morgen an den Nerven zerrten, die bereits durch das Gefühl zum Zerreißen gespannt waren, daß alles unerbittlich weiterging und sie zurückließ (daß sie nicht Schritt halten konnte und ihm nicht gewachsen war). Das Taxi bog vom Basar in eine breite Allee ab. Vor ihnen stand inmitten eines Kreisels die unvermeidliche Statue der großen weißen Königin Victoria (sie näherten sich ihr von der

Seite, so daß sie ihnen das Profil zuwendete), die unter dem Gewicht der schweren Krone und unbestimmtem Kummer das Haupt leicht neigte. Die Straße lag jetzt im Schatten von Bäumen und wurde von grauweißen Mauern gesäumt, hinter denen sich Gärten und alte Offiziersbungalows verbargen. Hin und wieder konnte man einen Blick auf breite, schattige Veranden, sonnenbeschienene Rasenflächen und Beete mit den allgegenwärtigen roten Cannas werfen. Die künstlich geschaffene Brise brachte den Geruch von Tau und fremden Blüten mit sich, und Sarah drehte ihr den Kopf zu wie einer Droge, die ihre Lebensgeister wecken würde.

»Gleich erreichen wir die Kirche«, sagte Hauptmann Merrick und befahl dem Taxifahrer, langsamer zu fahren, damit die Memsahibs die Kirche besser betrachten konnten. Er sprach fließend Urdu.

Ein grauer Kirchturm in viktorianischer Gotik; ein Friedhof und sich neigende Palmen, die Sarah immer an das Indien alter Stiche erinnerten. Das andere Taxi hinter ihnen (mit Susan, Teddie und Tante Fenny) fuhr ebenfalls langsamer. Mrs. Layton äußerte sich nicht zu der Kirche. Bald darauf fuhren sie wieder mit der alten Geschwindigkeit.

»Der Pfarrer heißt übrigens Fox«, sagte Hauptmann Merrick und gab ihnen dann einen Überblick über das Programm der nächsten Tage: Am Abend eine kleine Party im Club, um sie mit dem General bekannt zu machen, der am Tag der Hochzeit nicht in der Garnison sein würde, und mit dem Standortkommandanten und seiner Frau. Am folgenden Abend Dinner beim Standortkommandanten. Der Pfarrer würde mit Sicherheit auch dort sein. Den G 1, den Stabsoffizier, und seine Frau, den Standortkommandanten und seine Frau würde man zur Hochzeit einladen müssen. Teddie und Mrs. Layton konnten gemeinsam entscheiden, wer von Teddies Offizierskameraden und wer aus der Garnison sonst noch eingeladen werden sollte. Der Pächter des Clubs rechnete mit einem kleinen Empfang für ungefähr zwanzig bis dreißig Personen. Hatte Mrs. Layton die Karten in Ranpur noch drucken lassen können? Falls nicht, würde der Drukker Lal Chand, der den *Mirat Courier* verlegte und druckte, sie innerhalb von vierundzwanzig Stunden liefern. Der Schneider, den Mrs. Layton in einem Brief an Teddie erwähnt hatte, war für zwölf Uhr ins Gästehaus bestellt worden, um die ersten Anweisungen entgegenzunehmen. Der Butler im Gästehaus unterstand dem Standortstabsoffizier und würde ihnen am Ende des Aufenthaltes die Rechnung für Mahlzeiten und Getränke übergeben. Soviel Hauptmann Merrick wußte, würden sie ungefähr zu Clubpreisen berechnet werden. Das übrige Personal im Gästehaus stellte der Palast. Für Unterkunft, Dienstleistungen oder Wäsche, soweit es sich nicht um persönliche Dinge handelte, wurde nichts berechnet. Das war Teil der Gastfreundschaft des Nawab von Mirat, der das Gästehaus englischen Offizieren und deren Angehörigen zur Verfügung stellte, die bei einem Besuch nicht im Club oder in dem Schweizer Hotel unterkommen konnten. Das Gästehaus stand auf dem Palastgelände, doch es hatte eine eigene Einfahrt und einen Garten. Bewaffnete Posten bewachten sowohl den Privateingang als auch die Hauptzufahrt zum Palast, und im Gästehaus gab es außerdem einen Chaudikar. Hauptmann Merrick vermutete, man würde vom Palast einen Wagen zur Verfügung stellen, um ihnen die Einkäufe zu erleichtern. Vom Palast würde man auch alle für die Hochzeit notwendigen Fahrzeuge leihen.

»Ich glaube, das ist ungefähr alles, Mrs. Layton. Allerdings ist da noch ein junger Mann, der entfernt mit dem Nawab verwandt ist. Er hat die Aufgabe, dafür zu sorgen, daß es Ihnen an nichts fehlt. Er ist natürlich Inder, ein Moslem. Ich glaube, Sie werden ihn mögen. Er heißt Achmed Kasim und ist ein Sohn von Mohammed Ali Kasim, dem Ministerpräsidenten der Provinzregierung von siebenunddreißig bis neununddreißig.«

»MAK? Sitzt er nicht im Gefängnis?« fragte Mrs. Layton.

»Richtig, das ist es eben. Ich meine, das sollten Sie bedenken, wenn Sie es mit dem jungen Kasim zu tun haben. Er ist ein reizender, gebildeter junger Mann und spricht ein ausgezeichnetes Englisch. Er ist also keineswegs der übliche, verbitterte Typ des verwestlichten Inders, der sich für etwas Besseres hält als alle anderen. Sie können mir glauben, ich habe meine Erfahrung mit dieser Sorte.«

»Das kann ich mir denken«, sagte Mrs. Layton, »Teddie hat uns erzählt, daß Sie bei der Polizei waren. Meine Schwester stirbt beinahe vor Neugierde zu erfahren, wie Sie es geschafft haben, die Uniform zu wechseln. Sie kennt einen jungen Mann im Staatsdienst, der alles versucht, dem es aber immer noch nicht gelungen ist. Waren Sie einmal in Ranpur?«

»Ja, vor ein paar Jahren, aber noch in einer sehr untergeordneten Funktion.«

»Und vor dem Militär?«

»Ich war DP in Sundernagar.«

»Aha. Wir haben dort einmal gelebt. Ein ziemlich abgelegener Distrikt. Gab es dort im letzten Jahr viel Ärger?«

»Nein, kaum . . . glücklicherweise. Es hat mir geholfen, die entsprechenden Stellen davon zu überzeugen, daß man mich nützlicher einsetzen könnte.«

Mrs. Layton sagte: »Sie haben über Mr. Kasims Sohn gesprochen.«

»Ja«, er zögerte einen Moment, »ich weiß nicht genau, wie ich es ausdrücken soll. In Ranpur wäre er kein Problem, aber hier befinden wir uns auf souveränem indischen Territorium. Als Repräsentant des Palastes hat der junge Kasim ein Recht auf . . . na ja, eine gewisse Rücksichtnahme. Man kann ihn nicht einfach wie einen Laufburschen behandeln. Der Staat ist kaum so groß wie ein Taschentuch, aber er wird nach sehr demokratischen Regeln regiert und ist der Krone gegenüber in alter Tradition loyal. Ein Sohn des Nawab ist Offizier in der indischen Luftwaffe, und natürlich hat der Nawab sein Heer sofort bei Kriegsausbruch dem GHQ unterstellt. Es wurde als Mirat-Artillerie in die indische Armee eingegliedert und von den Japsen in Malaya gefangengenommen. In anderen Worten, die Militärs in Mirat haben offiziell eine äußerst gute Meinung vom Nawab.«

»Und von seinem ganzen Gefolge, einschließlich Mr. Kasim. Oh, keine Angst, Hauptmann Merrick, wir versprechen, uns gut zu benehmen.«

»Verzeihen Sie, Mrs. Layton, ich habe mich sehr ungeschickt ausgedrückt. Ich wollte auf etwas anderes hinaus. Kasim ist nach außen vielleicht freundlich und hilfsbereit, aber man ist ihm gegenüber besser vorsichtig und rücksichtsvoll, denn es wäre unnatürlich, wenn er uns nicht ein bißchen ablehnen würde.«

»Vermutlich werden wir keine Zeit haben, uns deshalb Sorgen zu machen, Hauptmann Merrick.«

»Nein.«

Plötzlich hatten sie die Allee hinter sich gelassen und fuhren am See entlang. Vom Licht geblendet, hörte Sarah seine Stimme: »Dort ist der Palast«, den leisen Ausruf ihrer Mutter und dann seine Stimme wieder dicht an ihrem Ohr: »Sie blicken in die falsche Richtung, Mrs. Layton.«

---

Hinter dem Schilf beschrieb der See eine Kurve, und die Straße war wieder gesprenkelt vom Schatten alter Banyanbäume. Links war eine hohe Ziegelsteinmauer mit einer Abdeckung aus eingemauerten Glassplittern aufgetaucht. Das Taxi fuhr langsamer. Ein Durchlaß in der Mauer war das einzige Zeichen der privaten Einfahr zum Gästehaus, von dem man nichts sah. Man sah überhaupt nichts außer der langen, geraden Straße, die – so sagte Hauptmann Merrick – über die große freie Fläche und in die Altstadt von Mirat führte. Inzwischen standen auf beiden Seiten der Straße Mauern. Sie fuhren durch ein offenes Tor. Ein graubärtiger Sepoy mit einem roten Turban, einer Khakijacke und einer roten Schärpe um die Hüfte stand stramm. Das Taxi fuhr einen Kiesweg entlang, der auf beiden Seiten von Bougainvilleabüschen eingefaßt wurde und in einem Bogen nach links führte. Die Büsche lichteten sich. Man sah kleinere Rasenflächen, durch die Bäume hindurch fiel der Blick auf rosafarbenen Stein.

»Weißt du«, sagte Mrs. Layton, »es erinnert mich an die Einfahrt von Großvaters altem Haus.«

»Aber dort standen Lorbeer und Rhododendron«, erwiderte Sarah und erinnerte sich wieder – aber nicht allzu deutlich – an das Haus ihres Urgroßvaters, das sie im Jahr seines Todes als Zwölfjährige zum letzten Mal gesehen hatte.

»Es ist die gleiche Wirkung.«

Sarah stimmte ihr nicht zu, sagte aber nichts, denn sie war froh, daß ihre Mutter sich vorübergehend in dieser nostalgischen Stimmung befand, die darauf hindeutete, daß es bei der Ankunft keine Probleme geben würde, obwohl später am Abend mit einem Anflug von Weinerlichkeit zu rechnen war, weil sie allein zu Bett gehen mußte – eine Blässe unter dem altmodisch aufgetragenen Rouge (nicht auf den Wangenknochen, sondern darunter) deutete auf einen inneren Zerfall hin, den die kaum wahrnehmbare Erschlaffung der Muskeln an Kiefer und Hals verriet, die unter dem tapferen Kinn ein kleines Polster aus zartem, alterndem Fleisch entstehen ließ. Obwohl ihre Mutter im Moment das Kinn hoch hielt (wie Sarah bemerkte, als sie über die Schulter zurückblickte), um es ein- oder zweimal mit der Puderquaste zu betupfen, ließ es in seiner Beschaffenheit und darin, wie es sich der Welt darbot, doch Zeichen erkennen, daß das Erreichte Mühe kostete. Sarah strich sich mit der Hand beinahe unbewußt, teils nervös, teils forschend über Kinn und Hals. Sie staunte über die Verheerungen, die ein paar Jahre an so straffem Fleisch bewirken konnten. Es kam eine Zeit, in der sich das Gesicht änderte und seine endgültige Form fand. Bei ihr war es noch nicht soweit, aber bei ihrer Mutter. Manche Gesichter wurden knochig, andere erschlafften, zerflossen zu nichtssagenden Falten und Linien. Das Gesicht ihrer Mutter würde so werden und Susans Gesicht in späteren Jahren vielleicht auch. Mein Gesicht wird sich straffen (dachte Sarah). als alte Frau werde ich vermutlich abweisend, aber raubtierhaft aussehen. Mutter wird immer weicher werden, während ich äußerlich härter und innerlich spröde werde. Versetzt man mir den richtigen Schlag, werde ich in tausend Stücke brechen. Mutter im Alter umzubringen, wäre mit mehr Blut, Fleisch und weniger Splittern verbunden. Bereits jetzt bilden sich bei ihr schützende Fettpolster (wie bei Tante Fenny, aber nicht bei Tante Lydia). Deshalb muß man es ihr hoch anrechnen, daß es ihr gelingt, trotz all dieser Weichheit den Eindruck einer gewissen stählernen Härte zu vermitteln.

Selbst in den Momenten größter Verzweiflung konnte Sarah für ihre Mutter eine Welle der Liebe und tiefer Zuneigung empfinden, die weiß Gott nicht auf einer langen, ununterbrochenen Beziehung zu ihr als Mutter beruhte – dafür war die Trennung zu lange gewesen –, sondern auf dem Gefühl, sie behandeln zu können wie jemanden, dem gegenüber sie eine kaum kindliche Pflicht hatte: Sie schien beinahe eine Fremde zu sein, der sie plötzlich begegnet war. Sarah spürte eine solche Welle jetzt in sich aufsteigen, konnte das jedoch wie üblich nicht zeigen, denn ihre Mutter sah sie nicht einmal an, sondern steckte gerade die Puderdose weg. Nun ja, so ist es (dachte Sarah), und so war es. Sonnenstrahlen und Schattenstreifen wechselten miteinander ab und bildeten einen Tunnel, durch den das Taxi langsam rollte, um dann plötzlich im kiesbestreuten Vorhof aufzutauchen. Dort stand der indische Unteroffizier mit dem transparenten Nackenschutz neben dem geparkten Lastwagen, der ihr Gepäck gebracht hatte. Sie fuhren unter die Säulen des Portals und hielten vor niedrigen Stufen. Oben an der Treppe erwarteten sie zwei Männer. Während Hauptmann Merrick sprach, kam ein dritter dazu.

»Der Mann mit dem roten Turban ist Abdur Rahman. Er ist der Oberkellner und gehört zum Personal des Nawab. Der kleinere mit dem Tropenhelm in der Hand ist der Butler und heißt Abraham – er ist ein indischer Christ. Er untersteht dem Verwaltungsoffizier. Und . . . ach ja, da ist Mr. Kasim.«

Sarah blickte auf und sah Achmed, der aus dem dunklen Haus hervortrat.

---

»War das klug?« hörte sie Tante Fenny fragen, und als ihre Mutter zurückfragte: »War was klug?« erkannte Sarah an der Stimme, daß sie sich den ersten Drink des Tages genehmigt hatte.

»Sie allein mit Mr. Kasim ausreiten zu lassen?«

»Ich habe sie nicht gelassen, wie du das nennst. Ich wußte nichts davon.«

»Du wußtest nichts davon? Willst du damit sagen, sie hat sich einfach davongeschlichen?«

»Ach, Fenny, was hast du nur? Meine Töchter schleichen sich nicht davon. Sie gehen. Sie müssen mich nicht um Erlaubnis fragen. Sie sind erwachsen. Sie tun, was sie wollen. Die eine heiratet, die andere reitet aus. Wie soll ich sie daran hindern? Warum sollte ich es versuchen?«

»Es ist einfach unmöglich, mit dir vernünftig zu reden. Du weißt sehr genau, warum es unklug von Sarah war, mit einem Inder dieser Sorte auszureiten.«

»Welcher Sorte?«

»Jeder, aber ganz besonders Mr. Kasims Sorte.«

»Was ist mit Mr. Kasims Sorte, Tante Fenny?« fragte Sarah und hob die Hand vor die Augen, um sie vor dem grellen Glanz des Wassers zu schützen, der um die Mittagszeit den Schatten der breiten Säulenveranda zu durchdringen schien, auf der ihre Mutter und ihre Tante saßen. Ihre Sessel standen dicht an der Hauswand neben einer der offenen Fenstertüren, die von dem abgedunkelten Wohnzimmer auf die Veranda führte, und durch die Sarah gerade hinausgetreten war. Sie konnte weder das Gesicht ihrer Tante noch das ihrer Mutter sehen. Sie setzte sich nicht zu ihnen. Sie blieb in der Nähe stehen, blickte auf den See hinaus und überließ sich dieser milchigen Transparenz, die ihr immer die Illusion gab, sie löse sich aus der vertrauten Verankerung in einer Welt der Schatten und treibe hinaus auf ein Meer aus einer gefährlichen, weißglühenden Substanz, die weder Luft noch Wasser war.

»Entschuldige«, sagte Tante Fenny, »ich wußte nicht, daß du zuhörst. Ich habe gesagt, ich halte es für unklug, daß du allein mit Mr. Kasim ausreitest.«

Inmitten dieser gleißenden, undurchsichtigen Substanz, die sie trug, sagte sie: »Ja, ich stimme dir zu – es war unklug.« Beim Zurückkommen hatte der Stallknecht auf sie gewartet. Er folgte ihnen zum kiesbestreuten Platz vor der Veranda, auf der sie gerade stand, und hielt das Pferd am Halfter, während sie abstieg. Auch Mr. Kasim stieg vom Pferd. »Kommen Sie doch mit herein zum Frühstück«, schlug sie vor. Er lehnte dankend ab: »Vielleicht ein andermal« und fragte, ob sie oder ihre Familie irgend etwas Besonderes zu tun oder zu sehen wünsche, vielleicht auch von ihm gebracht oder arrangiert haben möchte. »Nein, ich glaube nicht«, erwiderte sie, »vielen Dank, daß Sie mit mir ausgeritten sind.« Sie überlegte, ob sie ihm aus irgendeinem Grund die Hand geben sollte. Er saß wieder auf, berührte den Tropenhelm mit der Spitze der Reitpeitsche und wendete das Pferd – alles mit einer einzigen, gekonnten Bewegung. Als sie auf die Veranda trat, hörte sie den Hufschlag auf dem Kies.

»Wir werden nicht mehr ausreiten«, sagte sie, senkte den Kopf, drehte sich um und sah Tante Fenny an. Auf dem Gesicht der älteren Frau lag dieser erstaunliche Ausdruck, der dem Bedürfnis entsprang, etwas auszusagen, das über das persönliche, emotionale Begriffsvermögen hinausging.

Sarah haßte Tante Fenny manchmal, aber meistens ärgerte sie sich nur über sie. Im Augenblick fühlte sie sich unerklärlicherweise ihr und ihrer Mutter nah, die mit geschlossenen Augen im Sessel lag, eine Hand auf die Lehne gelegt hatte, in der anderen ein halbleeres Glas Gin mit Zitrone hielt und scheinbar darauf wartete, daß der Tag seine vertraute Form annahm, das heißt sich in nichts von allen anderen Tagen unterschied.

Sie sind meine Familie (sagte sich Sarah), ich liebe sie. Sie sind Bestandteil meiner Sicherheit, und vermutlich bin ich Bestandteil ihrer Sicherheit.

»Was ist denn passiert?« fragte Tante Fenny. Ihre normalerweise volltönende, unüberhörbare Stimme klang tonlos und trocken.

»Nichts ist passiert. Ich meine, es war unklug, denn es machte uns beide befangen. Es ist mir nie in den Sinn gekommen, daß so etwas geschehen könnte. Erst als wir losritten, wurde mir klar, daß ich zum ersten Mal allein mit einem Inder war, der kein Dienstbote ist. Es schien nichts zu geben, worüber wir uns unterhalten konnten. Er redete nur, wenn ich ihn etwas fragte. Er ritt von Anfang bis zum Ende in beinahe gleichbleibendem Abstand hinter mir.«

Die Starre war aus Tante Fennys Gesicht gewichen, aber das Weichwerden betonte nur die Linien, die jahrelanges Erstarren unauslöschlich eingegraben hatte – die persönlichen Zeichen allgemeiner Mißbilligung.

Auf dem Rückweg (dachte Sarah, die mit geteilter Aufmerksamkeit dieses Gesicht betrachtete, das Tante Fennys Gesicht war, aber auch das einer Engländerin in Indien) erinnerte ich mich an das Gepäck mit dem Namen der Frau in der kleinen Kabine. Sie war nie wirklich für mich gewesen, bis ich das Gepäck sah. Sie war ein Name in der Zeitung, jemand, über den die Leute in Pankot redeten. Sie fing an, wirklich zu werden, als ich das Gepäck auf dem Hausboot in Srinagar sah. Das Kind muß von dem Inder sein, den sie geliebt hat, wie die Leute erzählen. Denn warum sollte die alte Dame es sonst bei sich behalten? Aber es hätte ein beliebiges Mischlingskind sein können. Das Gepäck war etwas anderes. Es war leblos. Es gehörte ihr. Sie lebte nicht mehr, um es zu beanspruchen. Aber das Gepäck machte sie für mich lebendig. Als ich heute morgen, eine Pferdelänge vor Mr. Kasim, nach Hause ritt, war sie sehr lebendig für mich. Sie schlug mir aus meiner Dunkelheit wie eine Flamme entgegen. Sie war eine Weiße, die einen Inder geliebt hatte . . . Dann erlosch sie, denn – in dieser Form – gehört sie nicht zu dem, was ich verstehen kann.

»Er ist ein äußerst angenehmer junger Mann«, sagte Tante Fenny, »wie ich gehört habe, ist sein Bruder Offizier. Aber heutzutage weiß man wirklich nicht, was diese jungen Inder eigentlich wollen, ganz zu schweigen davon, was sie denken.«

»Vielleicht geht es ihnen mit uns genauso.«

»Ja, vielleicht. Aber im großen und ganzen, mein Kind, sollten wir uns darüber keine Sorgen machen. Wir haben Verantwortungen, die uns den Versuch ersparen, uns so zu sehen, wie sie uns sehen. Es wäre ohnehin Zeitverschwendung. Wenn man eine Beziehung zu Indern aufnehmen will, kann man sich nur leisten, man selbst zu sein, ob ihnen das nun gefällt oder nicht.«

»Ja«, sagte Sarah, »vermutlich hast du recht. Aber sind wir hier jemals wirklich wir selbst?«

## III

Da war zunächst die Sache mit dem Stein.

Abgesehen von der schwarzen Limousine, die etwa siebzig bis hundert Meter hinter einem schwankenden Fahrrad fuhr, auf dem ein Inder saß, der als Sonnenschutz einen Schirm über sich hielt, war kein Verkehr auf der Gunnery Road. Als der Vorfall sich ereignete, waren auch keine Fußgänger an dieser Stelle zu sehen – dem Victoriakreisel, wo ein Wagen, der auf der Gunnery Road kam und in die Church Road einbiegen wollte, die Geschwindigkeit verlangsamen und dreiviertel des Kreisels um das Monument herumfahren mußte. Der Fahrer der Limousine, ein älterer, graubärtiger Mann in der Palastlivree, fuhr an einer Gruppe von Bäuerinnen vorbei, die Körbe auf den Köpfen trugen und im Gänsemarsch in die entgegengesetzte Richtung gingen, und konzentrierte sich auf den Radfahrer und das Hindernis, das er möglicherweise darstellen würde. Er nahm den Fuß vom Gaspedal. Gunnery Road und die drei anderen Straßen, die in den Kreisel mündeten, lagen im Schatten der dicken Äste mächtiger Bäume. Der schwankende Radfahrer bog nach links ab. Für den Fahrer der Limousine schien der Weg um den Kreisel nun frei zu sein; aber das Alter und einige kleinere Unfälle hatten ihn vorsichtig gemacht. Er mißtraute einer scheinbar leeren Straße, auf der urplötzlich schnelle Fahrzeuge auftauchen konnten.

Das Geräusch registrierte er nicht sofort. Er ließ die Limousine bis an einen Punkt des Kreisels rollen, wo er in der Lage sein würde zu überblicken, was von links drohte und ob rechts alles frei wäre. Als er das Geräusch registrierte, trat er auf die Bremse, starrte auf die Kühlerhaube und die Windschutzscheibe, drehte sich dann schnell herum, um die Glasscheibe in Augenschein zu nehmen, die ihn von den Fahrgästen trennte, stellte fest, daß sie unbeschädigt war, und blickte dann erst hindurch.

Die Fahrgäste, zwei britische Offiziere, drückten sich, jeder in einer Ecke, angespannt gegen das Rückenpolster und hielten die Arme immer noch schützend hoch. Sie blickten vom Boden zum Fenster, wieder auf den Boden und dann auf die Stelle zwischen ihnen auf der Sitzbank, als suchten sie nach einem giftigen Tier – einer Schlange vielleicht. Das letzte, was der Fahrer entdeckte, war das zerbrochene Fenster auf seiner Seite – nicht das Fenster in der Wagentür, das heruntergekurbelt war, sondern das feststehende dahinter, das dem Fahrgast die unbehinderte Sicht ermöglichte. Der Fahrer brauchte einige Sekunden, um zu begreifen, daß keiner der beiden Offiziere es zerbrochen haben konnte, sondern daß etwas in den Wagen geworfen worden war. Die beiden Offiziere erwachten gerade wieder zum Leben, riefen dem Fahrer etwas zu, öffneten die Wagentüren und sprangen hinaus. Ein Wort, ein Gedanke, der nur vage etwas Gestalt annahm als ein Bild, das er einmal tatsächlich gesehen hatte, schoß ihm durch den Kopf: eine Bombe. Er hatte gehört, daß solche Dinge geschahen, aber es noch nie selbst erlebt. Er riß die Fahrertür auf, stolperte hinaus und rannte Marmorstufen hinauf. Er strauchelte, fiel, hielt sich die Hände über den Kopf und wartete bewegungslos auf die Explosion.

Nach einer Weile setzte er sich auf. Über ihm befand sich der Sokkel, auf dem hart und empfindungslos die weiße Königin saß und die immer noch völlig leere Gunnery Road entlangblickte. Die Frauen waren inzwischen etwa vierhundert Yards weiter und setzten ihren Weg ungestört fort. Der Fahrer drehte sich um und sah, daß die beiden Offiziere in der Nähe des Wagens auf der Straße standen. Sie blickten und wiesen auf die niedrige grauverputzte Mauer, die ein privates Gelände begrenzte. Der eine preßte ein Taschentuch an seine linke Wange. Jetzt sahen die Offiziere nicht mehr die Mauer, sondern ihn an.

»Sahib«, sagte er zu dem Offizier ohne Taschentuch, nachdem er sich erhoben und die Stufen hinunter zu ihnen gegangen war. »Ich dachte, Sie seien hinausgesprungen, weil man eine Bombe geworfen hat.«

Der Offizier lächelte nicht. Er hatte blaue Augen. Sahibs mit blauen Augen faszinierten den Fahrer immer. Die Augen des anderen Sahib waren nicht so blau, eigentlich kaum blau. Aber er hatte sehr blasse Wimpern. Er sah Blut auf dem Taschentuch.

Der Fahrer folgte den Sahibs zum Wagen zurück und sah tatenlos zu, während sie das zerbrochene Fenster und den Rücksitz inspizierten. Er ging schließlich zur Wagentür auf der anderen Seite und beteiligte sich an der Untersuchung, allerdings ohne zu wissen, was er suchte. Einen Gegenstand. Er fand den Gegenstand in einer Ecke unter einem der hochklappbaren Sitze. Er hob ihn auf. Ein Stein. Er sagte: »Sahib, das war es«, und gab den Stein dem Sahib mit den blauen Augen. Der Sahib nahm ihn und zeigte ihn dem anderen Sahib.

Der unverletzte Sahib blickte zu ihm hinüber und fragte: »Haben Sie gesehen, wer ihn geworfen hat?«

»Ich habe niemanden gesehen, Sahib. Ich habe nur die Frauen mit den Körben gesehen, aber wir waren schon lange an ihnen vorbei, als der Stein in den Wagen geworfen wurde. Der Täter muß sich hinter diesem Baum versteckt haben, Sahib. Vielleicht stand dort jemand. Ich weiß es nicht. Ich habe nicht an so etwas gedacht. Vor dem Wagen fuhr ein Mann auf dem Fahrrad. Er hat nicht die Hand herausgestreckt. Ich habe mich mit dem Mann auf dem Fahrrad beschäftigt. Er ist nicht mehr da. Er ist nach links abgebogen. Sonst habe ich niemanden gesehen. Es tut mir leid, Sahib. Das ist kein gutes Vorzeichen.«

»Da haben Sie verdammt recht«, sagte Teddie Bingham. »Um Gotteswillen, Ronnie, ist Blut auf meiner Uniform?«

»Das läßt sich auswaschen. Laß mal die Wunde sehen.«

Teddie nahm das Taschentuch ab. Aus einer Platzwunde unterhalb des Wangenknochens sickerte Blut. Hauptmann Merrick drückte das Taschentuch wieder auf die Wunde.

»Es muß vielleicht genäht werden, und möglicherweise sind Glassplitter darin.«

»Mein Gott, wir haben keine Zeit.«

»Du kannst bei deiner Hochzeit nicht wie ein gestochenes Schwein bluten. Also los, steig ein und paß auf, daß du dich nicht auf einen Splitter setzt, denn dann gibt es wirklich Probleme. Sobald wir an der Kirche sind, treibe ich den Pfarrer auf und telefoniere bei ihm nach einem Arzt. Vielleicht bleibt noch Zeit, im Gästehaus anzurufen und Susan und Major Grace Bescheid zu sagen. Man wird die Trauung wohl ein paar Minuten verschieben müssen.«

Ehe sie einstiegen, suchte Merrick seinen und Teddies Sitz nach Glassplittern ab. Dann befahl er dem Fahrer, so schnell wie möglich zur Kirche zu fahren.

»Dieser verdammte Hund«, schimpfte Teddie. »Wer immer es auch gewesen ist. Oh, dieser verfluchte Kerl! Verfluchter Nawab. Verfluchtes Auto.«

»Warum?«

»Das ist doch klar, oder? Ein Wappen an der Tür, so groß wie dein Hintern. Eine eindeutige Aufforderung an irgendeinen verdammten Roten, der den Nawab haßt, einen Felsbrocken in den Wagen zu werfen.«

Merrick lächelte und betrachtete schweigend den Stein, den er in der rechten Hand hielt.

Nawab Sahib ließ sich gerade die ausgefransten Ärmel seiner Jacke abschneiden, als Graf Bronowski ihm berichtete, es habe einen Zwischenfall gegeben, in den einer der Wagen verwickelt war, die man der Hochzeitsgesellschaft zur Verfügung gestellt hatte. Der Wagen, ein Daimler, Baujahr 1926, das Fahrzeug der verstorbenen Begum, sei von einem Stein getroffen worden, als er am Victoriadenkmal in die Church Road einbiegen wollte. Eine Fensterscheibe sei zerbrochen, und Hauptmann Bingham habe eine Platzwunde auf der Wange. Der andere Fahrgast, ein Hauptmann Merrick, sei unverletzt. Er habe vom Haus des Pfarrers, wo ein Arzt Hauptmann Binghams Wunde versorgte, Achmed Kasim telefonisch davon in Kenntnis gesetzt. Man habe die Trauung eine halbe Stunde verschoben, und der Empfang im Gymkhana Club werde um 11.15 und nicht um 10.45 beginnen. Deshalb bestehe kein Grund zur Eile.

Nawab Sahib stand geduldig mit ausgestrecktem linken Arm in der Mitte des Raums, während sein Kammerdiener ein paar Fransen von der Manschette abschnitt, und warf einen Blick auf Bronowski. Der Graf trug einen gestärkten cremefarbenen Leinenanzug, ein cremefarbenes Seidenhemd und eine taubengraue Seidenkrawatte. Er stützte sich auf seinen besten Ebenholzstock mit dem Goldknauf. Dann wanderte sein Blick zu dem jungen Achmed, der eine graue Leinenjacke und eine graue Leinenhose trug. Beides war sichtlich weniger teuer, aber gut geschnitten und ordentlich gebügelt.

Die schweigende Musterung war vorüber. Der Nawab richtete

seine Aufmerksamkeit wieder auf die Ausbesserungsarbeitungen an seiner Jacke und fragte:

»Hat man einen Ersatzwagen geschickt?«

»Das wurde angeboten, jedoch abgelehnt. Hauptmann Merrick betont, der beschädigte Wagen sei durchaus fahrtüchtig.«

»Hat man den Polizeichef informiert?«

»Achmed hat ihn telefonisch unterrichtet, Hoheit.«

»Wird er daran denken, Kontakt mit der Militärpolizei in der Garnison aufzunehmen? Oder wird er durch die Stadt jagen und jeden Verdächtigen festnehmen?«

Der Graf erkannte, daß es sich um rein rhetorische Fragen handelte, und ließ sie daher unbeantwortet. Über Ali Baksch, dem Polizeichef von Mirat, hing zur Zeit die dunkle Wolke des unberechenbaren, jedoch vorsichtigen Mißfallens seines Fürsten. Bronowski sagte auch deshalb nichts, weil er wußte, daß die Haltung des Nawab täuschte, und man es besser dabei beließ. Bronowski hatte den Nawab dazu erzogen, sich als einen Mann zu sehen, der sich den Luxus heftiger Kritik versagte, ja sogar darauf verzichtete, eine Meinung zu äußern, wenn es sich nicht um eindeutig persönliche Angelegenheiten handelte, denn er hatte seinen Untertanen, einer Million Menschen gegenüber die Pflicht, sich nie eine vorschnelle Meinung zu bilden oder eine unüberlegte Handlung zu begehen. Der Nawab hatte sich zwar bisher noch nicht zu dem Zwischenfall geäußert, doch Bronowski wußte, er war schockiert und empört.

Bronowski lächelte. Das Ende seiner Amtszeit war in Sicht. Der Graf gestattete sich den Genuß, sich selbst zu beglückwünschen. Nawab Sahib war mühsam Schritt für Schritt von einem schäbigen autokratischen indischen Fürsten mit extravagantem Geschmack und übersteigerten Gefühlen in einen Herrscher und Staatsmann verwandelt worden, der informierte Gelassenheit und gütige Erhabenheit ausstrahlte und dadurch in der Lage war, selbst den gerissensten Kopf zu verwirren und das kälteste Herz durch flüchtige Neugier zu erwärmen: Die Verbindung von gerissenem Kopf und kaltem Herzen hatte Bronowski bei den englischen Regierungsbeamten sehr häufig angetroffen. Nawab Sahib war Bronowskis Geschöpf, sein Lebenswerk. Er war besitzergreifend in ihn verliebt und beobachtete voll Mitgefühl die Kämpfe, die Nawab Sahib manchmal durchstehen mußte, um sich so zu zügeln, daß er denken, sprechen und handeln konnte, wie Bronowski es ihn gelehrt hatte.

Nawab Sahib entzog seinen Arm der freundlichen Stütze des Dieners mit der Schere und musterte seine Manschette. Seine persönliche Schlichtheit war die neueste bemerkenswerte Blüte, die Bronowskis Pläne für einen Fürsten hervorgebracht hatten. Sie war bemerkenswert, weil von ihm nicht vorgesehen. Für Bronowskis Pläne bedeutete die Schlichtheit, was der unerwartete, anscheinend begnadete und unerklärliche Pinselstrich auf einem Gemälde bewirken konnte: der Pinselstrich, der die Notwendigkeit seines Vorhandenseins aus den vereinten Möglichkeiten der Leinwand und des Mannes, der an ihr arbeitete, selbst geschaffen zu haben schien, der so entscheidend für den Schöpfungsprozeß wurde und das eigentliche Element des Geheimnisvollen in jedem Kunstwerk bildete.

Die ausgefransten Jackenärmel wurden nicht mit dem Pathos des reichen Geizhalses getragen, und man konnte nur schwer bestimmen, was ein Mensch genau empfand, wenn er zum ersten Mal das makellose, aber abgeschabte Tuch der knielangen Jacke, die sauberen, aber billigen und zu weiten Hosen, die sauberen nackten Füße in den alten geflickten Sandalen oder den glänzenden Schuhen mit schiefen Absätzen sah. Bronowski glaubte, im wesentlichen bestand die Reaktion aus respektvoller Vorsicht, was möglicherweise der Reaktion entsprach, die man normalerweise beim Anblick eines ins Unglück geratenen Gentlemans empfinden würde – jedoch ohne das Mitleid und die Verachtung, die eine solche Lage weckte. Der Nawab war reich genug, um sich jedes, auch das teuerste Vergnügen leisten zu können. Ihn umgaben genug Beweise seiner Sorge für das öffentliche Wohlergehen und seiner persönlichen Großzügigkeit. Schlichtheit war einzig und allein ihm vorbehalten. Diese Schlichtheit war sofort als Symbol seines Rechts auf ein persönliches privates Leben erkennbar und als Beweis, wie bescheiden ein solches Leben sein mußte, wenn soviel von seiner Kraft und seinem Interesse dem Wohl des Volkes dienten, über das zu herrschen und das zu beschützen seine ererbte Pflicht und sein Privileg war. Die doppelte Bedeutung, die sich in die Erscheinung des Nawab hineinlesen ließ, und die Tatsache, daß dieses Aussehen nicht bewußt hergestellt wurde, weckte in Bronowski die besondere Zärtlichkeit eines Künstlers für sein Werk. Die Schlichtheit hatte sich allmählich eingestellt, so daß weder Bronowski noch Nawab Sahib je darüber sprachen. Ebenso allmählich – so glaubte Bronowski – war seine eigene Geckenhaftigkeit gewachsen. Es schien, als habe die Liebe, die zwischen ihm und dem Nawab bestand, einen Einfluß darauf gehabt, daß sie zu Gegensätzen wurden. Doch ihn freute noch mehr, daß der relative Glanz seiner eigenen Aufmachung, der Glanz einer etwas gewöhnlicheren Gattung zu sein schien, wenn sie beide zusammen waren. Wer sie sah, würde von daher weniger geneigt sein zu glauben, was man behauptete: Bronowski sei die Macht hinter dem Thron. Bronowskis Stolz auf sein Werk war größer als seine Eitelkeit. Es gehörte zu seinem Stolz, daß dem Nawab Sahib die Talente und Fähigkeiten als eigenes Verdienst angerechnet wurden, die er nach Bronowskis harter Schulung erworben hatte und ausübte.

Er glaubte, Nawab Sahib war sich überhaupt nicht bewußt, daß man seiner Gewohnheit, alte und billige Kleidung zu tragen, eine besondere Bedeutung beilegen könnte. Der Nawab hatte einmal bemerkt, als sie sich auf den Weg zu einem Staatsakt machten, für den Bronowski die Uniform eines Obersten der Artillerie von Mirat angelegt hatte (er war das ehrenhalber, und die Uniform, von ihm selbst entworfen, enthielt gewisse dekorative Elemente, die an die alte Kaiserliche Garde erinnerten, der Bronowski nie angehört hatte): »Machen Sie sich klein im Wagen, Dimitri! Wie sollen die Leute sonst wissen, daß ich und nicht Sie der Nawab sind.«

»Selbst wenn ich höher säße, als ein Mann sitzen kann, Hoheit«, erwiderte Bronowski, »würden die Leute wissen, daß ich nur Bronowski bin. Ein Wesir muß sich kleiden, um dem Staat Ehre zu erweisen, Nawab Sahib ist der Staat. Sein Gewand ist Mirat.«

Der Nawab lächelte. Das langsame, ernste Lächeln war eines der Dinge gewesen, die den Russen dazu gebracht hatten, dem kleinen, hilflosen, dunkelhäutigen Mann der Leidenschaften, Kümmernisse und Absurditäten in sein merkwürdiges kleines Reich in einem fremden Land zu folgen. Und nach diesem besonders höflichen Gedankenaustausch bemerkte Bronowski jedesmal, wenn er einen Raum betrat, in dem der Nawab sich aufhielt, daß der Nawab so lange nichts sagte, bis er kürzer oder länger – je nachdem, wieviel es zu mustern gab – die Garderobe seines Wesirs genau betrachtet hatte. Der Nawab brauchte dieses Ritual zu seiner Sicherheit, wie Bronowski glaubte. Bronowski hatte Achmed einige Zeit ermuntert, sich ebenfalls für seine Kleidung zu interessieren (oder zumindest Vorschläge und Hinweise zu befolgen, denn Achmed schien es unmöglich zu sein, sich überhaupt für irgend etwas zu interessieren, es sei denn, man sah hinter seinen Besuchen im Chandi Chowk Interesse und nicht Trieb).

Zu den wichtigsten Zielen der augenblicklichen Politik Bronowskis gehörte es, daß Achmed in der Gunst des Nawab immer weiter stieg, denn er strebte die Heirat Achmeds mit Schiraz, der einzigen Tochter des Nawab an. Die verstorbene Begum hatte Schiraz aus reiner Bosheit auf die orthodoxe, traditionelle Weise erzogen. Infolgedessen gab Schiraz nach dem Tod ihrer Mutter die Abgeschiedenheit nicht auf, die, wie man ihr beigebracht hatte, obligatorisch für eine Frau war. Ihre Mutter starb, kurz ehe Schiraz in die Pubertät kam, und deshalb hatte sie offiziell nie den *purdah* genommen. Auf Bronowskis Drängen hatte der Nawab auch nie seine Einwilligung dazu gegeben; doch das Mädchen war so schüchtern, daß ihr Vater es nicht über sich brachte, Bronowskis anderen Rat zu befolgen und darauf zu bestehen, daß sie die moderne Lebensweise des Palastes übernahm. Schiraz war inzwischen sechzehn und praktisch völlig ungebildet. In Gegenwart von Fremden – es war Bronowski einige Male gelungen, den Nawab zu überreden, sie zu zwingen, die selbstgeschaffene Zenana zu verlassen und vor Gästen zu erscheinen, die Bronowski für wichtig erachtete – war sie stumm wie ein Fisch. Ihre Mutter hatte ihr beigebracht, den Wesir als ein Ungeheuer zu betrachten, einen Mann, der ihren Vater in seiner Gewalt hatte. Sein Privatleben war so verrucht, daß man darüber nicht einmal reden konnte. Bronowski war es nur mit großer Geduld allmählich gelungen, ihr die Vorstellung zu nehmen, daß schon ein Blick in sein Auge gleichbedeutend damit sei, den Teufel leibhaftig zu sehen. Da man ihr meist nicht erlaubte, sich hinter dem Schleier zu schützen, hielt sie die Augen niedergeschlagen und floh beim ersten Anzeichen, daß sie ihre Pflicht erfüllt hatte, in die Sicherheit ihrer Gemächer.

Traurig daran war nur, dachte Bronowski, daß sie bezaubernd schön war. Er vermutete – denn weder der Nawab noch seine beiden Söhne sahen gut aus –, daß diese Schönheit ebenso ein Erbe ihrer Mutter war wie der unnatürliche Wunsch, sie zu verstecken. Es war Bronowski nie erlaubt gewesen, die Begum zu sehen. Sie unterzog ihn langen und unfreundlichen Verhören, wobei sie unsichtbar hinter einem Purdah-Schirm saß; und nur der schwere Duft von teurem, importiertem Parfüm, das Schimmern von teuren Seiden- und Brokatstoffen hinter den winzigen Öffnungen und die harte, hohe Stimme, aus der Grausamkeit, Bosheit und Leidenschaft sprachen, verrieten ihre Anwesenheit. Nach solchen einseitigen Gesprächen sah sich Bronowski in seinem Frauenhaß bestätigt und lehnte sich (nutzlos) gegen diesen ungeheuren Mißbrauch der moralischen Waffen auf, die Gott den Frauen irrtümlich zum Schutz vor dem bedauernswerten, barbarischen Mann und seinen lächerlichen Vorstellungen von Ehre in die Hand gegeben hatte. Wenn Bronowski Schiraz ansah – die dunkle Röte unter der blaßbraunen Haut der Wangen, die niedergeschlagenen Augen, den Sari, der nicht vom Licht, sondern vom Zittern ihres Körpers schimmerte –, fragte er sich manchmal, wieviel vom Wesen ihrer Mutter sich in ihr verbarg, und was wohl bewirken mochte, daß es sich entfaltete und einem Mann – Achmed zum Beispiel – das Leben zur Qual machen würde. Er tröstete sich mit dem Glauben, daß die Begum, nach allem, was er wußte, eine Frau mit einem starken Willen gewesen war, und wenn man erst einmal erreichte, daß ihre Tochter alles verlernte, was die Mutter sie gelehrt hatte, würde ein Wesen zum Vorschein kommen, das ebensowenig dem der Begum entsprach wie das Wesen der beiden Söhne dem ihres Vaters.

Bronowski hielt von beiden Söhnen wenig. Sie hatten sich seinem Einfluß entzogen. Mohsin, der Ältere und künftige Nawab, war das Produkt englischer Lehrer und des College im Stil einer *Public School* (Bronowski hatte, um das Staatsministerium zu beschwichtigen, schon früh eingewilligt, daß er dorthin geschickt wurde), und er hatte die Aufgeblasenheit der Engländer übernommen, jedoch ohne die rettende Tugend ihrer Energie und diesen eigenartigen Hang zur Bilderstürmerei, die sie als Sinn für Humor bezeichneten. Mohsin lebte die meiste Zeit in Delhi, widmete sich ehrbar und geistlos seinen Geschäftsinteressen, wie er es nannte, und kam so selten wie möglich nach Mirat, das seine verwestlichte Frau als gesellschaftlich rückständig verachtete. Abdur, der Jüngere, hatte eine ähnliche Schulbildung genossen und andere englische Eigenschaften erworben. Der harmlose junge Mann hatte sich gerade so weit entwickelt, daß er nicht mehr mit ganzem Herzen am Kricket hing, das er schlecht spielte, sondern mit ganzem Herzen an Flugzeugen. Allerdings war es ihm bisher nicht gelungen, ein Flugzeug zur Zufriedenheit der Luftwaffe zu fliegen.

Bronowski gestand sich ein, er hatte unter anderem deshalb zugestimmt, die Ausbildung und Entwicklung von Moshin und Abdur anderen zu überlassen, weil keiner von beiden in Aussehen und Verhalten besonders anziehend gewesen war. Das war auch ganz gut so, fand er. Ihre Unbedarftheit und äußere Reizlosigkeit hatten es ihm ermöglicht, sich mit der ganzen Kraft seiner Gefühle der Aufgabe zu widmen, einen Nawab zu schaffen. Ein paar gutaussehende, aufgeweckte junge Männer hätten dazu führen können, daß seine Gedanken und sein Wille in die bittersüße Region abgeschweift wären, die seine Neigung vorzeichnete und seine Phantasie erkundete, die er jedoch seit vielen Jahren nicht betreten hatte. Die Disziplin und Selbstverleugnung, die es kostete, sich freiwillig die körperliche Befriedigung seiner Wünsche zu versagen, hatte er nicht nur auf sich genommen, um nie einen anderen zu verführen. Er war zu der Erkenntnis gelangt, daß ihn ein Typ Mann interessierte, der in seinem Wesen völlig maskulin und daher nur an Frauen interessiert war. Beim ersten Anzeichen dafür, daß dies nicht unbedingt so war, erloschen Bronowskis romantische Leidenschaft und die liebende Bewunderung, zu der ein junger Mann ihn entflammen konnte, und was zurückblieb, fand er nur absurd. Er konnte nur einen Mann umarmen, der nicht für ihn bestimmt war. So einfach war das gewesen. Der Verzicht auf sexuelle Betätigung war ihm nicht schwergefallen. Er hatte nur wenige Affären mit Männern gehabt: drei in den einundzwanzig Jahren zwischen seinem neunzehnten und vierzigsten Geburtstag. Mit einer Frau hatte er nie geschlafen.

Er wurde jetzt bald siebzig und bedauerte nicht, Chancen verpaßt oder Gelegenheiten nicht ergriffen zu haben. Er glaubte, wenn er als Frau geboren worden wäre, hätte er einen Mann lange und treu geliebt. Aber da er als Mann auf die Welt gekommen war, sehnte er sich nun nicht danach, mit normalen Neigungen gesegnet gewesen zu sein. Er sagte sich, er habe die Freuden und Qualen selbstloser Liebe aus der Ferne in einem Ausmaß erlebt, wie nur wenige es von sich behaupten konnten. Er überließ sich nicht der Täuschung, daß seine Zuneigung zu Achmed die sentimentale Sehnsucht eines alten Junggesellen nach einem Sohn war. Er stellte sich der Wahrheit. Achmed war die letzte Verkörperung des unerreichbaren, nie versuchten goldenen Jünglings, der kam, die Zeit durch seine Anwesenheit versüßte und unbelästigt in die Arme einer würdigen Diana eilte, so daß die ganze Welt sich freute und der Tag ordentlich von der Nacht geschieden war. Es amüsierte ihn, daß dieser goldene Jüngling braune Haut hatte, und es rührte ihn, daß das Ziel seiner gezügelten und nie erklärten Altersleidenschaft jemand war, dem er aus beruflichen Interessen nahe sein durfte. Die alten Götter schienen ihn für seine Abstinenz zu belohnen. Er behandelte das Geschenk mit beinahe übertriebener Behutsamkeit und Vorsicht, denn er war sich bewußt, daß sein emotionales Urteil mit seinem weltlichen in Einklang stehen mußte. Achmed war ein Bestandteil der Politik geworden, der er Gestalt gab. Bronowski empfand es als ein Geschenk, daß Achmed sein persönliches Bedürfnis so gut erfüllte: als ein Geschenk und eine Schlinge. Es ging nicht an, die Politik mit dem Bedürfnis oder das Bedürfnis mit der Politik zu verwechseln. Und Bronowski wußte genau, sollten aus irgendeinem Grund die Interessen der Politik je in Konflikt mit dem Bedürfnis geraten, würde er Achmed opfern, denn die Politik wurde, trotz aller Wandlungen und Änderungen, die wechselnde Umstände verlangten, von einem unwandelbaren Grundsatz geprägt: Bronowskis Treue zu seinem Fürsten.

---

»Das ist kein gutes Vorzeichen«, sagte der Nawab und setzte sich. »Ein Stein?«

»Ein Stein, Sahib.«

»Auf eine der Limousinen?«

Bronowski neigte den Kopf und bedeutete Achmed, sie allein zu lassen. Als Achmed den Raum verlassen hatte, wies der Nawab auf einen Sessel und sagte mit der leisen Stimme, die Bronowski automatisch als Zeichen angestrengter Selbstbeherrschung registrierte: »Bitte, setzen Sie sich.« Bronowski tat es. Er legte beide Hände auf den Goldknauf seines Stocks und den weißen Panamahut in den Schoß. Der Nawab faltete die Hände, kreuzte die Füße und stützte sich auf den linken Ellbogen. Kleine geschnitzte Löwenköpfe schmückten die Sessellehnen. Durch die geschlossenen Fensterläden drang kaum Licht in den Raum. Ein schräger Sonnenstrahl fiel durch den Spalt zwischen zwei Fensterläden bis dicht vor die Füße des Nawab. In dem Raum standen zu viele Möbel und bemerkenswert viele Palmen in Töpfen. Fremde, die in den Palast kamen, glaubten sich manchmal an etwas erinnert, dem sie keinen Namen geben konnten. Nur die Älteren, Weitgereisten fanden schnell die Erklärung: Die öffentlichen Räume mit ihrem Plüsch und dem Goldglanz entsprachen ganz dem Stil eines Vorkriegshotels an der Riviera. Nur die Dimensionen der Räume, die Bogenfenster, die Trennwände aus durchbrochenem Stein, einige Mosaiken und der streng gegliederte Innenhof, den der Hauptteil des Palastes umgab, blieben in Geist und Wirkung der Mogultradition treu.

»Ich fürchte, ich verstehe den Vorfall mit dem Stein nicht, Dimitri.«

»Ja«, stimmte Bronowski zu, »es ist ein Rätsel.«

»Es sind zehn Jahre vergangen, seit zum letzten Mal ein Stein geworfen wurde.«

Bronowski nickte.

Der Nawab blickte auf das Fenster.

»Er wurde auf die Begum geworfen.«

Bronowski nickte. Er erinnerte sich gut an den Vorfall. Er hatte seine Genesung nach einer schweren Magenverstimmung beschleunigt, die ihn eine Woche ans Bett fesselte. Seine Dienstboten führten die Erkrankung auf den Kaffee und den Kuchen zurück, den man ihm bei einem Gespräch in den Gemächern der Begum vorgesetzt hatte.

»Nach allem, was mir der junge Kasim berichtet«, sagte der Graf, »wurde der Stein heute morgen auf einen Wagen der verstorbenen Begum geworfen.«

»Ist das von Bedeutung?«

»Ich glaube eigentlich nicht . . . es sei denn, der Täter ist ein Verrückter.«

»Haben wir das richtig verstanden? Er wurde nicht festgenommen, und man hat keine Hinweise darauf, wer es sein könnte?«

»Das scheint korrekt zu sein, Nawab Sahib.«

»Dann ist es unwahrscheinlich, daß man ihn findet.«

»Höchst unwahrscheinlich.«

»Ein Mann ist meist nicht allein für einen solchen Vorfall verantwortlich. Solche Dinge werden von mehreren beschlossen. Mehrere beschließen, und einer handelt. Aber das ist relativ unwichtig. Wichtig ist nur zu erfahren, weshalb der Stein geworfen wurde.«

»Darf ich vorschlagen, daß wir es etwas anders ausdrücken, Sahib, und uns fragen, auf wen oder sogar auf was der Stein geworfen wurde. Wenn wir das beantworten können, wird die Antwort auf die Frage, weshalb der Stein geworfen wurde, sich vielleicht ergeben.«

»Also gut. Auf wen oder auf was wurde der Stein geworfen?«

»Wir wissen, er wurde auf die Limousine geworfen. Aber das Rätsel beginnt damit, daß wir nicht wissen, ob auf die Limousine oder die Insassen. Nehmen wir an, er wurde auf die Limousine geworfen. Sie trägt das Wappen Ihrer Hoheit. Die symbolische Bedeutung wäre dann unübersehbar. Ergo – der Stein wurde auf Eure Hoheit geworfen. Der Täter mag sogar geglaubt haben, Hoheit säßen selbst im Wagen. Doch wie Sie sagen, wurde seit zehn Jahren kein Stein mehr geworfen, und damals wurde er auf die Begum geworfen. Eure Hoheit waren nie Ziel eines symbolischen oder persönlichen Angriffs. Und es ist Ramadan. Ein Moslem würde während des Ramadan keinen Stein werfen. Und die Hindu-Untertanen Eurer Hoheit sind zufrieden. Die Gebiete im Staat Mirat, die eine schlechte Ernte hatten, werden von der Kommision zur Bekämpfung der Hungersnot wirkungsvoll unterstützt. Eure Hoheit und ich haben gemeinsam eine Woche in Gopalakand verbracht, um mit dem neuen Residenten zusammenzutreffen. Ich bin vor Eurer Hoheit zurückgekehrt, und mir wurde nichts Außergewöhnliches gemeldet. Und Hoheit wurden gestern abend mit der üblichen Loyalitätskundgebung und mit Beifall empfangen. Ergo – können wir nach all dem annehmen, der Stein wurde nicht auf den Wagen, sondern auf die Insassen geworfen.«

»Die wären . . .?«

»Hauptmann Bingham und Hauptmann Merrick. Beide, wie mir Achmed berichtet, Stabsoffiziere im kürzlich gebildeten Divisionshauptquartier, das vorübergehend in Mirat stationiert ist und Mitte der nächsten Woche zu einer Spezialausbildung vor dem Fronteinsatz verlegt werden wird. Mit anderen Worten, es handelt sich um Offiziere ohne militärische oder administrative Funktion in der Garnison. Sie haben nichts mir den örtlichen Angelegenheiten zu tun und sind für die Bevölkerung praktisch Fremde.«

»Aber trotzdem britische Offiziere, Graf Sahib.«

»Ganz recht.«

»Eine antibritische Demonstration . . .« Der Nawab runzelte die Stirn. »In diesem Fall also eine Anti-Palast-Demonstration. Die Hochzeitsgesellschaft ist bei uns zu Gast.«

»Wir können nicht voraussetzen, daß der Mann, der den Stein auf die britischen Offiziere im Wagen warf, wußte, daß sie sich auf dem Weg zu einer Trauung befanden, Sahib. Oder daß die Damen der Hochzeitsgesellschaft im Gästehaus wohnen.«

»Trotzdem ist das die Situation. Der Stein wurde auf unsere Gäste geworfen.«

»Mit Verlaub, Sahib. Hauptmann Bingham ist kein Gast. Er ist der Bräutigam.«

»Um so schlimmer. Es ist ein großes Unglück. Sie haben mir ein wunderschönes Geschenk gemacht. Wir bedanken uns mit einem Stein.«

»Es geschah im Garnisonsviertel, Sahib.«

»Gleichgültig wo es geschieht, sie sind unsere Gäste. Was soll ich ihnen sagen, wenn ich mit ihnen zusammentreffe? Sie genießen Mirats Gastfreundschaft, aber nicht Mirats Schutz? Ich verlange einen ausführlichen Bericht.«

»Er wird so ausführlich wie möglich sein. Im Augenblick können Eure Hoheit nur Ihr Bedauern ausdrücken. Hoheit könnten hinzufügen, daß Hoheit erstaunt und schmerzlich berührt sind, daß so etwas in Mirat geschehen konnte, unabhängig davon, ob innerhalb oder außerhalb des Garnisonsviertels.« Bronowski machte eine Pause. »Selbst im letzten August hat es in Mirat keine antibritischen Demonstrationen gegeben. Das Verbot politischer Demonstrationen und Versammlungen vom vergangenen Juli erwies sich als sehr wirksam. Bekannte Agitatoren wurden zur *persona non grata* erklärt. Die

Polizei hat aus Britisch-Indien geflohene Agitatoren erfolgreich ausfindig gemacht und sie dorthin geschickt, woher sie kamen. Der Vorfall von heute morgen ist deshalb ein Rätsel.« Bronowski blickte auf die Uhr. »Wenn Sie soweit sind, Sahib, sollten wir, glaube ich, gehen. Unter diesen Umständen wäre es eine angemessene Geste, eher früh als spät auf dem Empfang zu erscheinen.«

---

Ein Stein: so etwas Kleines. Aber bitte – dachte Sarah –, es hat uns verwandelt. Wir haben Würde erlangt. Zu keiner anderen Zeit bewegen wir uns mit solcher Haltung wie jetzt, da wir uns von Gewalt bedroht fühlen und von ihrer Roheit nicht berührt werden. Ein unbekannter Inder wirft einen Stein. Die Scheibe eines Wagens zerbricht; ein Splitter verletzt einen Engländer an der Wange, und sofort spüren wir, daß wir ein Geheimnis teilen, das uns erhält und erhöht. Teddie sieht nicht leicht absurd aus, wenn er bei der Trauung ein großes Pflaster auf der Wange hat, sondern wirkt blaß und gefaßt. In Teddie steckt doch mehr, als man vermutet. Es war ein Irrtum von mir zu glauben, er habe nicht mehr zu bieten, als er bereits gegeben hat. Er wird immer bereit sein, sich für die Sache unserer Solidarität aufzuopfern.

Und es handelte sich um eine besondere Art von Solidarität, wie Sarah erkannte. Sie reichte über das reine Sippenbewußtsein hinaus, denn das Ganze war größer als alle Teile zusammen. Diese Solidarität wirkte erhebend und erbauend. Sie machte dem Leben ein besonderes Geschenk, diesem Leben, das mit Belohnungen manchmal so zu geizen schien; und sie verlieh einem den Mut, die Probleme des Lebens mit der ernsten Einfachheit anzugehen, die ihrer richtigen und gerechten Lösung angemessen war. Die hitzigen Worte und übersteigerten Reaktionen, mit denen man diesen Vorfall hätte aufnehmen können, wurden von der Unterordnung unter die kollektive moralische Kraft veredelt.

Von ihrem Platz auf den Stufen des Altars hinter Susan beobachtete sie Teddie, der mit eher militärischer als religiöser Eherbietung vor Gott stramm stand. Links, ein oder zwei Schritte vor ihr, stand Onkel Arthur, der gerade mit einer Geste bestätigt hatte, daß er Susan Teddie übergab. Auch er stand stramm. Er starrte zu dem bunten Glasfenster über dem Altar hinauf, als könne von dort ein Licht auf ihn fallen und den ewigen Schatten beruflicher Hintansetzung vertreiben, unter dem er litt, wie die Familie wußte, der ihn aber nicht daran hinderte, tapfer und unverdrossen weiterzumachen. Sarahs Blick wanderte von Teddie zu Onkel Arthur und wieder zurück, und sie dachte: Was ist der Mensch doch für ein merkwürdiges Wesen. Und es überraschte sie nicht, daß Tante Fenny schluchzte und Susan zitterte, als sie die Hand ausstreckte, damit Teddie ihr den Ring über den Finger streifen konnte. Es ist alles so schnell vorbei, sagte sich Sarah, aber in dieser kurzen Zeit ändert sich unser ganzes Leben. Wir werden etwas anderes, ohne richtig begriffen zu haben, was wir zuvor gewesen sind.

Teddie küßte die Braut. Die Platzwunde war erfreulicherweise nicht so tief, daß sie hätte genäht werden müssen, und der Arzt hatte versichert, es seien keine Glassplitter darin. Vermutlich schmerzte sie nicht allzu sehr, aber er verdrehte den Kopf, um Susan nicht mit dem Pflaster oder dem Mull darunter zu kitzeln. Sarah entging es nicht, daß er Susan trotz der ungünstigen Kopfhaltung fest küßte. Er zuckte nicht, sondern löste sich lächelnd und betastete übertrieben behutsam das Pflaster, als er wolle er sich mimisch für die Unannehmlichkeiten entschuldigen, die es verursachte. Das war die unschuldige Geste eines Jungen und die bewußte eines Mannes mit einem Gespür für theatralische Wirkung, der erriet, daß die Leute darüber nachdenken würden, inwieweit ein nachträglicher Schock oder ganz einfach Schmerzen seine Leidenschaft bei der Erfüllung der bevorstehenden privaten, intimeren Pflichten beeinträchtigen könnten.

Sarah bückte sich, hob den Brautschleier auf und folgte der Familie in die Sakristei. Der Organist spielte ein Lied. Vermutlich »Wahre Liebe«, dachte sie. »Hallo, Mrs. Bingham«, sagte Sarah und küßte Susan auf eine gerötete, glückliche Wange. »Ich wollte es als erste sagen.«

»Ich habe so gezittert«, sagte Susan. »Hat man es gesehen? Ich glaubte, alle müßten es sehen.« Sie küßte ihre Mutter, Tante Fenny und Onkel Arthur. »Es klingt komisch«, sagte sie plötzlich, »Susan Bingham.«

»Du wirst dich schon noch daran gewöhnen«, sagte Teddie. »Es wäre ratsam.«

Sie trugen sich ins Eheregister ein.

---

Nach dem Vorfall mit dem Stein dauerte es kaum eine halbe Stunde, bis zwei Unteroffiziere der britischen Militärpolizei auf Motorrädern vorfuhren. Sie eskortierten nach der Trauung Braut und Bräutigam zum Empfang im Gymkhana Club. Dort sollten sie warten, bis es

Zeit war, den Wagen mit dem Brautpaar zum Bahnhof zu begleiten. Sie hatten Anweisung, darauf zu achten, ob es zu weiteren antibritischen Handlungen oder Demonstrationen kommen würde – denn als solche glaubte man im Augenblick den Vorfall mit dem Stein einschätzen zu müssen.

Das Dröhnen der Motorräder und das respekteinflößende Gebaren der Fahrer schien bei allen, die an der Trauung teilgenommen hatten und jetzt Teddies und Susans Abfahrt beobachteten, ehe sie bald darauf selbst in die wartenden Wagen und Taxen stiegen (in einem Fall sogar in ein Militärfahrzeug, das für den zivilen Einsatz zur Verfügung gestellt worden war), eine kaum wahrnehmbar veränderte Stimmung auszulösen, die sich von der Ruhe, Gelassenheit und Würde unterschied, die sie vorher empfunden hatten und die sie bewegte wie der Atem eines Gottes, der die Stirn runzelte und nach rächenden Engeln rief.

Man hatte auf die Steinwurfaffäre zuerst schockiert reagiert, sie dann als beklagenswert und bedauerlich empfunden, als eine Herausforderung, die man nur damit beantworten konnte, daß man sich um das Brautpaar scharte und ihm das Gefühl vermittelte, daß sein großer Tag doch nicht ruiniert war. Nun hielt man diese Tat für niederträchtig, gemein, verachtenswert, und feige. Typisch!

Der Schauplatz des Verbrechens, der Victoriakreisel, war jetzt eindrucksvoll durch einen Polizeiwagen und drei bewaffnete Militärpolizisten kenntlich gemacht. Das führte bei den Insassen der Wagen, die auf der Fahrt zum Club hier vorbeikamen, zu Spekulationen über die Stelle, von der aus der Stein geworfen worden war, und den vermutlichen Fluchtweg des Täters. Anscheinend hatten weder der junge Bingham noch sein Trauzeuge irgend etwas gesehen. Die beiden hatten wahrscheinlich das Denkmal betrachtet oder waren in ein Gespräch vertieft gewesen. Der Schock über den Stein, der durch die Fensterscheibe flog, die Wunde des jungen Bingham und die Tatsache, daß der Wagen nicht sofort hielt – nach Aussage des Trauzeugen, der den Gästen vor der Kirche alles erklären, der den Arzt rufen, die Polizei benachrichtigen und die Braut und ihren Onkel bitten mußte, das Gästehaus erst eine halbe Stunde später zu verlassen (was er alles mit bewundernswert klarem Kopf getan hatte) –, all das trug dazu bei, daß der Täter ungesehen entkommen konnte.

Vermutlich war es das Werk eines Menschen, der sich aus irgendeinem Grund rächen wollte; wahrscheinlich hatte man ihn entlassen, wegen Diebstahl entlassen – ein Freund, der immer noch in der Garnison arbeitete, hatte ihm von der Hochzeit erzählt, und er wollte sich einfach Genugtuung verschaffen, ganz gleich, wen der Stein treffen würde. Wenn es nicht so war, dann handelte es sich wohl um einen Büroangestellten oder Studenten mit leidenschaftlichen Parolen über die Ungerechtigkeit der Engländer im Kopf. Solchen Kerlen sollte man einen Tritt in den Hintern geben, vielleicht auch Hirohito oder Subhas Chandras Bose als Geschenk nach Tokio schicken. So ein Mann gehörte vermutlich zu einer Gruppe, die außerhalb der Garnison in Mirat arbeitete, und dort waren der Garnisonspolizei leider die Hände gebunden.

In einigen Fürstentümern wimmelte es von politischen Agitatoren, die vor einem Jahr zur Zeit der Massenverhaftungen von Kongreßmitgliedern aus den britischen Provinzen geflohen waren. Wie man wußte, konnte sich ein so kleiner Staat wie Mirat diesem Flüchtlingsstrom nicht ganz verschließen. Wahrscheinlich gab es hier immer noch einen harten Kern, der der Polizei von Mirat durchs Netz gegangen war. Die Polizei war sicher ohnehin korrupt. Die Fürsten hielten der Krone die Treue, weil die Krone ihre Rechte und Privilegien schützte. Oft hielten die Untertanen eines Fürsten ihm nur die Treue, weil sie sich vor den Folgen fürchteten, die eine offene Opposition mit sich bringen würde. Insgeheim teilten viele die Vorstellungen der indischen Nationalisten in Britisch-Indien oder waren von der Propaganda dazu gebracht worden, sie zu teilen. Vielleicht war die Sache mit dem Stein ein Warnschuß, ein Zeichen, daß im guten alten Mirat plötzlich die Rebellion ausbrach. Im großen und ganzen wäre das vielleicht gar nicht so schlecht, denn dann würde der Nawab die Kommandantur um Hilfe bitten, und die Polizei könnte endlich mit den versteckten subversiven Elementen aufräumen.

Die Gefährlichkeit solcher Elemente lag in den Kontakten, die sie möglicherweise zu den indischen Truppen hatten. Das war schon immer der Alptraum gewesen. Es waren die besten Soldaten der Welt. Man mußte nur die Armee unterwandern, und sie würde sich gegen jene wenden, die sie geschaffen hatten, und sie wie Fliegen an der Wand zerquetschen. Der Krieg hatte die Gefahr einer Unterwanderung vergrößert. Die Reihen der Armee waren durch Rekruten verstärkt worden, bei denen man sich nicht darauf verlassen konnte, daß Loyalität gegenüber dem Brotgeber der kriegerischen Tradition ihrer Sippe oder Kaste entsprach. Doch es gab keinen Grund, an der Loyalität der indischen Truppen zu zweifeln, und das wiederum schien zu beweisen, daß der Soldatenstolz Männer jeder Rasse und jeder Hautfarbe beseelen konnte, wenn man ihnen die Gelegenheit dazu gab. Solche ausgesprochenen und unausgesprochenen Gedanken führten zum dritten und letzten Stimmungswandel. Jetzt breitete sich unter der Hochzeitsgesellschaft die Ansicht aus, der Stein habe sein Ziel nicht getroffen, sondern sei an den undurchdringlichen und unzerstörbaren Schutzwällen abgeprallt, die jede heilige Wahrheit umgeben. Der Stein veränderte nichts. Jemand würde dafür bezahlen, aber im Augenblick mußte man das ganze als Witz betrachten, als einen schlechten Witz. Aber was konnte man auch anderes erwarten?

Die beiden Militärpolizisten, die das Brautpaar eskortiert hatten, begrüßten die Gäste auf dem Vorplatz des alten Gymkhana Clubs, indem sie jeden Wagen anhielten und ihm einen Parkplatz zuwiesen. Die MPs wirkten forsch, fröhlich und tüchtig. Die Gäste fügten sich ihren höflichen, aber entschiedenen Anweisungen mit dem freundlichen Nicken von Menschen, die es gewohnt sind, selbst Befehle zu geben, denen es aber gefällt, Anweisungen zu befolgen, wenn die Umstände, wie sie wissen, fordern, daß man bis ins kleinste auf Sicherheit und Disziplin achtet. Sie stiegen aus den Wagen und gingen die Stufen zum Club hinauf, die ein ungewohnter roter Teppich wohltuend zierte. Sie betraten zu zweit und zu dritt die dämmrige, von Ventilatoren gekühlte Eingangshalle mit den Büsten, Trophäen und den barfüßigen Dienern, schritten durch den Vorraum, durchquerten einen der Gesellschaftsräume und traten durch die offenen Glasflügeltüren hinaus auf die Terasse über dem smaragdgrünen Rasen, auf dem immer noch ein Rasensprenger rotierte.

Hauptmann Merrick kam mit einem neuen Glas Fruchtcocktail zu Sarah zurück; in diesem Augenblick drängte sich der Clubsekretär durch die Gruppe in ihrer Nähe und sagte: »Verzeihung, Miss Layton. Haben Sie Ihre Mutter und Ihren Onkel gesehen?«

»Mutter war noch vor ein paar Minuten hier. Wo Onkel Arthur geblieben ist, weiß ich nicht.«

»Ich glaube, man sollte sie suchen.« Er zeigte Sarah eine Karte; es war eine der Einladungen. »Ein Diener hat sie mir gerade gebracht. Einer der Militärpolizisten hat ihn geschickt. Ich fürchte, man hat den Nawab daran gehindert, den Club zu betreten.«

»Gehindert? Aber warum?«

»Vermutlich hat niemand damit gerechnet, daß ein Inder zur Hochzeit kommen würde. Ich muß hinausgehen und versuchen, das in Ordnung zu bringen, aber ich wäre doch dankbar, wenn man Ihre Mutter und Ihren Onkel finden und sie bitten könnte, ebenfalls zu kommen.«

»Was ist los?« erkundigte sich ein Gast.

»Die MPs haben den Nawab und seine Begleitung an der Tür aufgehalten.«

»Allmächtiger!« rief der Gast, lachte und gab die Neuigkeit weiter.

»Ich glaube, ich weiß, wo Major Grace zu finden ist«, sagte Merrick, » . . . wenn Sie nach Ihrer Mutter suchen wollten . . .«

»Ich werde mich bemühen, den Nawab eine Weile im Vorraum zu halten«, rief der Sekretär.

Sarah schlängelte sich durch die Gäste zum anderen Ende der Terrasse. Dort entdeckte sie ihre Mutter, die Mrs. Hobhouse zuhörte.

»Mutter, der Nawab ist eingetroffen«, sagte sie und unterbrach damit den Strom der Erinnerungen an das Erdbeben von 1935 in Quetta.

»Oh, meine Liebe«, rief Mrs. Hobhouse, »dann aber nichts wie auf die Plätze. Schnell. *Welche* Ehre! Er ist erst gestern abend aus Gopalakand zurückgekommen. Ich begleite Sie besser. Er ist reizend, aber alles andere als einfach. Über den roten Teppich können wir froh sein. Vermutlich denkt er, wir haben ihn seinetwegen ausgerollt.«

»Ich fürchte, das denkt er nicht«, sagte Sarah, nahm ihrer Mutter das Glas ab, die nicht zu realisieren schien, daß sie es in der Hand hielt, und stellte es auf einen Tisch in der Nähe. »Sie haben ihn nicht hereingelassen!«

»Nicht hereingelassen?« wiederholte Mrs. Layton, »ich verstehe nicht.«

Mrs. Hobhouse umklammerte Sarahs Ellbogen. »Meine Liebe, was wollen Sie damit sagen?«

»Die MPs haben ihm den Zutritt verwehrt. Hauptmann Merrick sucht Onkel Arthur, und der Sekretär möchte, daß wir in den Vorraum kommen.«

Sie führte ihre Mutter über die Terrasse zurück. Mrs. Hobhouse folgte ihnen. »Aber das kann doch nicht wahr sein«, sagte sie, »ich meine, man hat sie doch sicher informiert.« Plötzlich legte sie Mrs. Layton die Hand auf den anderen Arm. »Einen Augenblick, das ist unsere Aufgabe. Sie bleiben hier bei Sarah, und mein Mann und ich bringen ihn hierher. Es ist nicht richtig, Sie und Ihren Schwager in eine Lage zu bringen, in der Sie sich entschuldigen müssen. Wenn es wirklich stimmt, ist es eine Sache des Clubs oder der Garnison und hat nichts mit der Hochzeit zu tun. Bleiben Sie hier in der Nähe der Tür stehen. Oder noch besser, Sie gehen einfach hinunter auf den

Rasen. Wie ich sehe, sind Teddie und Susan auch dort. Wir führen den Nawab geradewegs dorthin. Es wird ihm dort unten sicher angenehmer sein, als hier im Gedränge zu stehen.«

»Ich glaube, Mrs. Hobhouse hat recht, Mutter. Komm mit!«

Sie führte ihre Mutter die Steinstufen hinunter in die blendende Helligkeit. Die Hitze war erträglich. Eine leichte Brise war aufgekommen und spielte mit Susans Schleier, die lachend inmitten einer Gruppe von Teddies Offizierskameraden stand. Sarah entdeckte Hauptmann Merrick, der mit Onkel Arthur über die Terrasse ging. Sie rief und bedeutete ihnen, herunterzukommen.

»Ich muß schon sagen«, erklärte Onkel Arthur, als er sie erreichte, »das wird allmählich die unglückseligste Sache, mit der ich je zu tun hatte, und das will etwas heißen. Wo ist Fenny?«

»Soll ich sie suchen?« fragte Hauptmann Merrick.

»Das ist leichter gesagt als getan bei diesem Gedränge. Ich habe das Gefühl, hier trinken mehr Leute und holen sich Appetit auf unser Essen, als wir eingeladen haben. Weshalb konnte man nicht einen Pavillon aufstellen, um die schwarzen Schafe von den weißen zu trennen? Ich habe mir den Pächter vorgeknöpft und ihm gesagt, daß wir keinen Penny mehr bezahlen als abgesprochen war. Er haut uns sowieso übers Ohr. Kopf hoch, Mildred!«

»Wie bitte?«

»Du schläfst ja halb.«

Mrs. Layton starrte erst ihn an und dann Sarah. »Ich erkläre jetzt Susan und Teddie besser, was passiert ist.«

»Gehen wir nicht in den Vorraum?« fragte Hauptmann Merrick Sarah, als ihre Mutter zu der Gruppe von Offizieren ging, die sich um die Braut drängten.

»Mrs. Hobhouse fand es besser, daß wir hier bleiben und sie und Oberst Hobhouse den Nawab hierher bringen.«

»Eine gute Idee«, sagte Major Grace, »dann können wir so tun, als wüßten wir nichts von dieser Panne. Ist er das? Muß er wohl sein. Erstaunlich. Er sieht aus wie irgendein armseliger Sekretär.«

Die Unterhaltung und das Lachen auf der Terrasse gingen unvermindert weiter, doch Sarah hatte das Gefühl, der Ton habe sich plötzlich verändert. Der Standortkommandant schritt mit einem kleinen, schmächtigen Inder quer über die Terrasse. Die Oberkante seiner Kopfbedeckung, die an einen abgeschnittenen Kegel erinnerte, befand sich auf gleicher Höhe mit der linken Epaulette von Oberst Hobhouse – die ohnedies schon niedriger war als die rechte, weil der Oberst leicht gebeugt ging. Die Neigung zur Seite und nach vorne ließ eher an Taubheit als an Ehrerbietung denken. Mrs. Hobhouse folgte den beiden. Sie wirkte neben einem großen hageren Mann mit einer Augenklappe ähnlich zwergenhaft.

»Das muß Graf Bronowski sein«, sagte Hauptmann Merrick leise zu Sarah. »Angeblich hat es ihn bei einem Bombenattentat in Petersburg erwischt, aber böse Zungen behaupten, das komme vom Spionieren durch Schlüssellöcher. Ich habe gehört, er ist beinahe siebzig. Er sieht jünger aus.«

Hinter Bronowski und Mrs. Hobhouse folgten der Sekretär und der junge Kasim.

An der obersten Treppenstufe blieb der Nawab stehen, drehte den Oberkörper leicht nach links und machte mit der linken Hand eine halb befehlende, halb auffordernde Geste; Achmed verließ seinen Platz im Hintergrund, trat neben den Nawab und bot ihm den Ellbogen, auf den der Nawab die Hand legte. Dann kamen sie langsam die Treppe herunter. Sarah bemerkte ein leichtes Zucken im hageren Gesicht des alten Mannes mit der Augenklappe, als freue und amüsiere er sich über etwas.

Unten angekommen, zog der Nawab seine Hand zurück, und Achmed trat beiseite, um Mrs. Hobhouse und dem Grafen den Vortritt zu lassen.

»Mrs. Layton«, sagte Oberst Hobhouse, »Seine Hoheit Nawab Sir Achmed Ali Guffur Kasim Bahadur.«

Mrs. Layton neigte leicht den Kopf und murmelte: »Sehr erfreut, wie schön, daß Sie kommen konnten.«

Der Nawab nickte ebenfalls und wartete.

»Nawab Sahib«, sagte Oberst Hobhouse, »Mrs. Layton bittet mich, Ihnen in ihrem und im Namen ihrer Familie zu sagen, wie sehr Sie die vielen Freundlichkeiten während des Aufenthalts im Gästehaus zu schätzen weiß.«

»Ja, wirklich«, murmelte Mrs. Layton.

Der Nawab hob die Hand mit der Handfläche nach außen. Die Augen schlossen sich, der Kopf bewegte sich schnell eine Spur zur Seite.

Der Standortkommandant zögerte, als habe man ihm sein Stichwort nicht gegeben. Man hatte den Eindruck, wenn er sagte, was er einstudiert hatte, würde es keinen Sinn ergeben. Sarah spürte seine Verlegenheit. Er hatte erwartet, der Nawab oder er selbst würde eine Bemerkung zu dem Vorfall mit dem Stein machen, um sein Bedauern auszudrücken oder ihn als harmlos abzutun. Doch der Stein und die Beleidigung vor der Tür hoben sich gegenseitig auf. Man hatte ihm für die Gastfreundschaft gedankt, der Dank war hoheitsvoll als unnötig abgewehrt worden, und ohne eine förmliche Erklärung des Bedauerns und der Beteuerung, die im Zusammenhang mit dem Stein hätten geäußert werden können, war ein kurzes, allerdings bedeutungsvolles Schweigen entstanden. Sarah kniff die Augen zusammen, weil die Helligkeit sie blendete, und spürte plötzlich sehr intensiv den Stoff ihres Kleides auf der Haut. Der Wind drückte das knöchellange Brautjungfernkleid gegen die Beine. Sarah hatte die flüchtige Vorstellung, sie seien alle als Puppen gekleidet und spielten in einem Stück, das mechanisch, aber nicht berechenbar immer und immer wieder einem Höhepunkt zustrebte, jedoch unvermittelt die Richtung wechselte und einer direkten Konfrontation auswich. Jeden Richtungswechsel kennzeichnete eine solche Pause, und das Wunder bestand vielleicht darin, daß das Spiel weiterging. Der Wind wehte, stieß sie vorsichtig durch den seidigen dünnen, glatten pfirsichfarbenen Satin an, und sie und die anderen wurden wieder lebendig, wurden zum Sprechen und in neue Positionen gebracht. Graf Bronowski, Ministerpräsident von Mirat, meine Tochter Sarah. Mein Schwager Major Grace, Hauptmann Merrick. Und dies ist meine jüngere Tochter Susan, jetzt Mrs. Bingham.

Beinahe unmerklich hatten sie sich der Gruppe genähert, die Susan umgab, die sich aber jetzt vor ihnen teilte und sie dem Blick preisgab: Verletzlich, zierlich und zart im ätherischen Weiß des steifen, bauschigen Tülls und des weißen Brokats wartete sie mehrere Schritte von dem Punkt entfernt, an dem der langsam näherkommende Nawab schließlich stehengeblieben war. Sarah dachte flüchtig, ihre Mutter würde die Vorstellung beenden – als habe sie die Pflicht, dem Nawab nur ein Bild der Braut vorzuführen – eine Puppe, die Bedeutung und Zweck eines fremden Rituals veranschaulichen sollte. Ihre Mutter machte eine vage, nichtssagende Geste, aber sie – oder Susans Instinkt – setzte die Braut in Bewegung. Es war eine völlig unerwartete, charmante, ja, unerhörte Bewegung: Susan machte einen tiefen Knicks, sank in das sich bauschende Weiß, belebte die Puppe und ließ die Zuschauer auf der Terrasse verstummen. Eine Engländerin machte vor einem indischen Fürsten keinen Knicks. Staunen und Mißbilligung hielten nur so lange an, bis die Beobachter spürten, was alle, die in Susans Nähe standen, beinahe sofort empfanden: eine kleine Schockwelle der Bezauberung. Als man sah, daß der Nawab zuerst einen zögernden und dann einen entschlossenen Schritt vorwärts machte, die Hand ausstreckte und wartete, bis Susan, sich erhebend, ihre Hand in die seine legte, wurde dieses hübsche Bild durch die Erkenntnis noch schöner, daß ihre spontane, bezaubernde Geste erreicht hatte, was Worte und förmliche Gesten nicht erreichen konnten: die Wiederherstellung des unentbehrlichen *Status quo*, ohne daß jemand das Gesicht verlor.

»Vielen Dank, daß Sie zu meiner Hochzeit gekommen sind«, sagte Susan. Sarah hörte nicht genau, was der Nawab erwiderte – sicher herzliche, aber höfliche gute Wünsche für die Gesundheit und das Glück von Braut und Bräutigam –, weil sie immer noch darüber nachdachte, was Susan gerade gesagt hatte. Sie spürte, daß irgend etwas daran nicht stimmte, wendete den Kopf und ließ ihren Blick auf Graf Bronowski ruhen. Neben ihm stand Mrs. Hobhouse und beobachtete schweigend mit einem zufriedenen Lächeln den Austausch von Höflichkeiten zwischen dem Nawab und Susan und Teddie, der inzwischen ebenfalls vorgestellt worden war. Bronowski hielt einen Panamahut in der Hand, die nicht auf dem Ebenholzstock mit dem Goldknauf ruhte. Sarah war neugierig, wie er wohl mit dem Hut auf dem Kopf aussehen würde, und überlegte, ob er ihn in der Limousine getragen hatte. Unter dem Hutrand würde die blasse rosa Haut vielleicht wie die eines Hindu der oberen Kaste wirken. Mit einer Kopfbedeckung, wie der Nawab sie trug, würde er vielleicht wie ein reicher Moslem aus dem Norden aussehen – ja, so fein waren manchmal die Unterschiede zwischen solchen Indern und schlanken, hageren Europäern, die jahrelang im Osten gelebt hatten. Es konnte gut sein, daß die MPs angenommen hatten, es befinde sich kein Weißer in der kleinen Gesellschaft, die vorfuhr und eingelassen werden wollte, weil der Hut das Gesicht beschattete und der Graf mit zwei Indern im Wagen saß.

Sarah versuchte einzuschätzen, welches Maß an Demütigung er fähig war zu empfinden. Wenn er wirklich ein Graf war, der weißrussische Emigrant, auf den der Nawab in Monte Carlo gestoßen war und dessen Vermittlerdienste er bei seiner Affäre in Anspruch nahm, die er mit einer Europäerin hatte (oder gehabt hatte) und versuchte, wiederaufzunehmen, und wenn man in Betracht zog, daß Bronowski seit zwanzig Jahren ein Amt bekleidete, das sehr viel problematischer war als das eines (englischen) politischen Beraters an einem indischen Fürstenhof, dann hatte der Graf vermutlich ein gewisses Maß an Immunität gegen Angriffe auf sein Prestige und seine Selbstachtung erworben.

Andererseits (sagte sich Sarah), konnte man in solchen Dingen höchstens Vermutungen anstellen. Oft verletzten gedankenloses

Handeln, unbeabsichtigte Beleidigungen, der beiläufige Angriff, mit dem man nicht gerechnet hatte, am meisten. Sie erinnerte sich daran, wie es in Bronowskis Gesicht gezuckt hatte, als der Nawab mit gebieterischer, zarter und einnehmender Geste Hilfe beim Hinuntergehen der Stufen gefordert hatte, und ihr kam die Idee, Bronowski habe sich über den Nawab amüsiert. Vielleicht war das flüchtige, schiefe Lächeln ein unfreiwilliges Zeichen des verborgenen Unmuts darüber, daß er, Bronowski, dieselbe Demütigung hatte hinnehmen müssen wie sein Herr, der Nawab, jedoch die Gelegenheit nicht nutzte, sich so schnell zu rächen. »Man weiß nie«, hatte Mr. Hobhouse erst vor kurzem gesagt, »woran man mit dem Grafen ist. Aber natürlich darf man vermutlich nie vergessen, er ist ein heimatvertriebener Russe, und der Nawab ist schließlich kein kleiner aus dem Keller in Jekaterinburg geretteter Zarewitsch.«

Sarah wünschte, sie hätte Bronowskis Reaktion auf Susans Knicks vor dem Mann beobachtet, der kein kleiner Zarewitsch war, oder den Gesichtsausdruck jetzt sehen können, während der Graf darauf wartete, vorgestellt zu werden. Er stand leicht vorgebeugt und neigte den Kopf, um zu hören, was Mrs. Hobhouse neben ihm sagte (was immer es auch sein mochte). Bronowski hatte den Blick jedoch nach rechts gewendet, so daß Sarah nur das Profil und die Augenklappe sah. Konnte eine schwarze Augenklappe, für sich genommen, etwas aussagen? Sarah fand, das konnte sie. Für sich genommen, sah sie wie das runde, gewölbte Auge eines Nachttiers im hellen Sonnenlicht aus, das kurzsichtig in eine bestimmte Richtung starrte, weil es, aufgeschreckt von einem unerwarteten, aber vertrauten Laut, auf dessen Wiederholung wartete, um sicher zu sein, daß es die Quelle richtig erkannt hatte. Sarah blickte in die von der starren Konzentration der (in ihrer Vorstellung leuchtenden) Augenklappe gewiesene Richtung und stellte fest, daß die Quelle Hauptmann Merrick war. Merrick stand im Augenblick allein, verschränkte die Hände auf dem Rücken, ohne zu ahnen, daß er beobachtet wurde, und gönnte sich eine Atempause nach den sehr anstrengenden Pflichten eines Trauzeugen. Ohne Mütze und im wenig schmeichelhaften Sonnenlicht sah man die Jahre, die er Teddie voraus hatte. (Sarah fiel auf, daß sie Hauptmann Merrick zum ersten Mal so bewußt wahrnahm.) Vermutlich war er bald dreißig. In Gesellschaft Teddies und der jungen Offiziere, die Susan umringten, wirkte er hart, von Erfahrungen gezeichnet, die sich sehr von denen seiner Kameraden unterschieden und ihn auch jetzt auf Distanz hielten. Er war eigentlich nicht Teddies Typ. Nur der Zufall – das gemeinsame Quartier mit

Teddie und Hauptmann Bishops Gelbsucht – hatten zu seiner Anwesenheit auf der Hochzeit geführt.

Aber das ließ sich auch von allen anderen Gästen sagen. Als Sarah das klar wurde, begriff sie, was an Susans Worten so eigenartig gewesen war. Es lag an dieser ichbezogenen Formulierung *»meine* Hochzeit«. Sie hätte sagen sollen *unserer* Hochzeit, wenn die Hochzeit überhaupt erwähnt werden mußte. Sie hätte nicht sagen sollen »meine Hochzeit«. Sie hätte keinen Knicks machen sollen. Sie hätte auch nicht so unbewegt sein sollen, als sie pünktlich zum verschobenen Termin an der Kirche vorfuhr und keine Bemerkung über den Grund der Verspätung machte, sondern ungerührt an Onkel Arthurs Arm langsam den Mittelgang entlangschritt und die Wunde an Teddies Wange nicht wahrzunehmen schien. Selbst hinterher hatte sie kein Wort über den Stein verloren. Sie hatte überhaupt wenig gesagt, sondern nur besorgt geäußert, ihr Zittern am Altar sei möglicherweise zu auffällig gewesen, und dann hatte sie sich Gedanken darüber gemacht, ob der neue Name, gegen den sie den alten eingetauscht hatte, zu ihr paßte.

Aber sie trug die Schuld an all diesen Ereignissen und Unterlassungen. Die Formulierung »meine Hochzeit« wurde für Sarah plötzlich rührend und bedeutsam, denn sie enthüllte, in welchem Maß Susan sich der Tatsache bewußt war, daß außer Teddie sich niemand sonderlich für die Hochzeit zu interessieren schien. Susan hatte es sich in den Kopf gesetzt, Teddie zu heiraten, weil sie vermutlich auf ihre mysteriös selbständige Art bereit war, ihn zu lieben und von ihm geliebt zu werden. Welchen Grund sie für die Ehe auch gehabt haben mochte, die Hochzeit war der eine entscheidende Schritt, den sie tun mußte, um öffentlich die Bedeutung dessen zu demonstrieren, was mit ihr geschah. Auf einer Ebene ließ es sich mit der unvermittelten Geste oder Bemerkung vergleichen, mit denen sie die Gedankengänge anderer unterbrach, um die Aufmerksamkeit auf sich zu lenken. Aber die Hochzeit inmitten von Fremden und in einer unvertrauten Umgebung war bereits durch den Vorfall mit dem Stein und die Beleidigung des Nawab gestört und drohte, sie zu überrollen. Sie kämpfte gegen diese Gefahr mit einer zielstrebigen Entschlossenheit, einem verbissenen, fieberhaften Beharren auf dem Recht, sich ihre Illusion zu bewahren. Nachdem Sarah dies verstanden hatte, bewunderte sie Susan dafür, liebte sie dafür, denn Sarah begriff, welchen Mut es kostete, die Augen vor dem zerstörerischen Element der Wirklichkeit zu verschließen, das jedes gewollte Glück in sich trug.

Sarah dachte: Nicht nur ihre Attraktivität unterscheidet Susan von mir, sondern auch dieser Mut, und deshalb haben Männer wie Teddie sie mir immer schließlich vorgezogen. Sie schafft eine Illusion von sich als dem Zentrum einer Welt ohne Traurigkeit und erlaubt ihnen, diese Welt zu betreten. Es ist wie früher, als wir noch Kinder waren. Sie ist das kleine Mädchen mit der Fähigkeit, das »Als-ob-Spiel« scheinbar Wirklichkeit werden zu lassen. Obwohl ich das am allerwenigsten von ihr erwartet hätte, als sie noch ein Kind war. Wenn sie dieses Talent damals schon besaß, hielt sie es geheim und hütete es. Jetzt hatte es sich entfaltet. Man spürt es in ihr. Es ist etwas Hartnäckiges und Ausdauerndes. Aber es ist immer in Gefahr und bedarf ständiger behutsamer Anpassung, damit es umfassen oder umfaßt werden, geteilt und vorenthalten werden kann, jedoch nie durch Bloßstellung der Lächerlichkeit preisgegeben und herabgesetzt wird.

Der alte Beschützerinstinkt, von dem Sarah glaubte, er sei verkümmert, weil er solange brachgelegen hatte, regte sich und verstummte wieder. Alle Durchlässe waren überwachsen, und der Instinkt begriff, daß es zwecklos gewesen war zu erwachen. Er mußte wieder einschlafen und seinen erwachten Hunger vergessen. Sarah verließ abrupt ihren Platz – sie nutzte die Gelegenheit der allgemeinen Bewegung, als der Graf zum Brautpaar trat, um vorgestellt zu werden – und stand unvermittelt vor Achmed. Es war in anderer Kleidung und unter anderen Umständen die Wiederholung des Augenblicks, als sie auf dem freien Glände stumm und lächelnd auf ihn zugeritten war, und er sie, ohne zu lächeln, aber ebenfalls schweigend angesehen hatte. Damals war es eine Situation ohne besondere Bedeutung gewesen, und jetzt war es wieder so. Sie hätten ebensogut von verschiedenen Planeten stammen können. Eine Gemeinsamkeit ließ sich einfach nicht finden. Weder Pflichtgefühl noch persönlicher Drang würden je die Distanz überbrücken oder das Glas zerbrechen, hinter dem sie lächelten und sich nichtssagend anstarrten wie Exemplare unterschiedlicher Kulturen in den Schaukästen eines Museums, die aus Unachtsamkeit oder zufällig nebeneinander standen.

»Er freut sich sehr über das Buch«, verkündete Achmed plötzlich.

»Ach ja, Gaffur. Wie schön!« Sarah wendete den Kopf etwas zur Seite: der Knoblauch. Es war wirklich ein unangenehmer Geruch. Die Gedichte von Gaffur und der Gestank nach Knoblauch. Verschwommene Bilder einer alten Dame unter einer Markise auf dem Sonnendeck eines Hausboots und von verstaubten, herrenlosen Koffern, die enthielten, was von dieser jungen Frau geblieben war, zogen flüchtig aber unverwechselbar durch Sarahs Bewußtsein . . . das

Bewußtsein, im Sonnenlicht zu stehen . . . wie Phantome, die Schatten werfen.

»Es war reines Glück«, sagte sie. Die alte Dame wußte soviel, und zwar mehr als Tatsachen: die Form, die Substanz und die Bedeutung einer Anhäufung von Details, die in Gedanken so oft als eine Folge von Belanglosigkeiten durch den Kopf zogen.

»Was war reines Glück?«

Das war nicht Achmeds, sondern Hauptmann Merricks Stimme, der plötzlich neben ihr stand.

»Gaffurs Gedichte«, erwiderte sie und blickte zu Merrick auf, »ach, nur etwas, das wir für den Nawab mitgebracht haben. In Kaschmir haben wir jemanden getroffen, der uns erzählte, daß auch Gaffur ein Kasim ist, und deshalb haben wir ein Exemplar binden lassen. Wir hätten das sonst nicht gewußt.«

»Ich habe noch nie etwas von Gaffur gehört. Ist er berühmt?«

»Er ist nicht, er war.« Sarah wendete sich wieder Achmed zu. »Ich meine ›war‹ im Sinn von ›ist‹, denn er lebt nicht mehr. Aber er ist immer noch ein berühmter Klassiker, nicht wahr?«

Achmed legte den Kopf schief und schloß die Augen. Er machte nur selten eine typisch indische Geste. Er gab sich und bewegte sich steif wie ein Engländer. Sie hatte das unbewußt wahrgenommen und wurde sich dieser Tatsache erst bewußt, als er mit dieser Kopfbewegung reagierte, um wie jeder andere Inder ein Kompliment, das ihm oder seinem Land gemacht wurde, bescheiden abzuwehren.

»Aber etwas sagt mir«, fuhr sie fort, »daß Sie sich für Lyrik nicht so sehr interessieren. Worüber hat Gaffur geschrieben? Über Wüsten und Rosen, über Gärten im Mondschein? Über Krüge mit Wein?«

Merrick lachte. »Das ist Omar Chajjam.«

»O nein, das ist persisch«, erwiderte sie, »ich meine, sie haben doch alle über so etwas geschrieben . . . persische Dichter, indische Dichter. War Gaffur eine Ausnahme?«

»Nein, ich glaube nicht«, sagte Achmed, »soweit ich mich erinnere, geht es um Rosen, Wüsten und Gärten im Mondschein.«

»Mußten Sie seine Gedichte in der Schule auswendig lernen?«

»Lesen ist das richtigere Wort.« Achmed zögerte und fügte dann hinzu: »Ich habe nie etwas gelernt, was meine Lehrer für wichtig hielten. Am Ende haben sie es aufgegeben.«

»Ich weiß, was Sie meinen«, sagte Sarah. »Ich habe mehr oder weniger das gleiche Gefühl. Ich würde allerdings vielleicht sagen, daß ich nie die Wichtigkeit dessen gesehen habe, was ich lernen mußte. Ich hatte immer das Gefühl, ich wollte ganz andere Dinge lernen –

Dinge, die mir aber niemand beibrachte. Wenn man mir als Kind sagte, zweimal zwei ist vier, fragte ich automatisch warum. Meine Lehrerinnen mahnten mich immer, meine Neigung zu unterdrücken, das Selbstverständliche zu hinterfragen.«

»Vom Standpunkt Ihrer Lehrerinnen gesehen, sind Sie dann am richtigen Ort, Miss Layton. In Indien ist nichts selbstverständlich.«

Sie sah ihn verblüfft an. Man stellte ihm eine Frage, und üblicherweise antwortete er so knapp, daß es einem höchst peinlich war, auch nur noch eine weitere zu stellen. Sie konnte sich nicht daran erinnern, daß er schon einmal Bemerkungen gemacht hätte – Bemerkungen, die ein Gespräch von der Ebene einer Befragung auf die Ebene einer Unterhaltung verlagerten. Doch in den letzten Minuten hatte er bereits zwei Bemerkungen gemacht, obwohl die zweite charakteristisch für seine üblichen Antworten war, die ein Thema endgültig abschlossen. Sie, Sarah, schwebte dann in der Luft (so empfand sie es zumindest) wie ein Geier über einem Gerippe, an dem kein Fleisch mehr ist. Sarah lächelte. Sie wußte nichts mehr zu sagen, hoffte jedoch, ihr Schweigen würde ihm Höflichkeit und Interesse suggerieren und ihn ermutigen – falls er zur Abwechslung wirklich einmal in der Stimmung für eine Unterhaltung war – weiterzusprechen. Aber das tat er nicht. Er sah sie nicht einmal an, sondern Hauptmann Merrick; dabei hielt er seinen Kopf leicht schief, und Sarah entdeckte einen aggressiven Zug um Kinn und Unterkiefer. Er wirkte nicht wütend, aber sie überlegte, ob er es vielleicht war. Auch ihn hatte man am Betreten des Clubs gehindert, und er hatte noch weniger Möglichkeiten als Graf Bronowski, sich für diese Beleidigung Genugtuung zu verschaffen.

»In diesem Punkt kann ich Ihnen, glaube ich, nicht zustimmen«, erklärte Hauptmann Merrick. »Meiner Meinung nach gibt es in jedem Land Dinge, die selbstverständlich sind.« Er lächelte. Auch Mr. Kasim lächelte nun. Aber als Sarah von einem zum anderen blickte, dachte sie: Nein, sie dürfen sich nicht in die Haare kriegen. Sie fühlte sich machtlos, die beiden Männer daran zu hindern. In diesem Augenblick entdeckte sie Tante Fenny, die eilig die Stufen herunterkam, und wollte zu ihr. Aber das war nicht nötig, denn Tante Fenny steuerte geradewegs auf sie zu.

»Was war denn los?« fragte Tante Fenny, noch ehe sie Sarah ganz erreicht hatte.

»Nichts war los, Tante Fenny. Der Nawab ist gekommen.«

»Das weiß ich. Die Leute dort oben sagen, man wollte ihn nicht hereinlassen.« Sie gab sich keine Mühe, leise zu sprechen. Tante

Fenny tat das nie. Sie schien nicht zu sehen, daß Mr. Kasim beinahe direkt neben ihr stand. Doch plötzlich wendete sie sich ihm zu, verriet dadurch, daß sie ihn bemerkt hatte, und sagte: »Was für eine Kette von Unglücken!« sah wieder Sarah an, und ihre Bemerkung blieb in der Luft hängen und ihrem Schicksal überlassen. »Ich habe Susans Reisekleider herausgelegt und kann die Hutschachtel nicht finden.«

Im Nebengebäude hatte man der Braut ein Zimmer zur Verfügung gestellt. Sarah und Tante Fenny hatten Susans Gepäck mitgebracht. »Sie wird wohl noch im Wagen liegen«, sagte Sarah, »ich gehe nachsehen.«

»Ach, Hauptmann Merrick wird doch sicher so freundlich sein . . .«

Merrick entging nicht, daß man etwas von ihm wollte, und trat zu ihnen.

»Eine Hutschachtel. Wir vermuten, sie liegt immer noch im Wagen, in dem Sarah und ich gefahren sind.«

»Ich weiß, wo er steht. Ich werde mich darum kümmern. Was soll ich mit der Hutschachtel machen, sie hierher oder ins Nebengebäude bringen?«

»Wenn Sie die Hutschachtel vielleicht mir bringen könnten? Aber wie Sie meinen. Solange sie nur wieder auftaucht. Ich weiß nicht, was wir tun sollen, wenn sie nicht im Wagen liegt und womöglich sogar gestohlen worden ist. Im Nebengebäude war kein einziger Dienstbote. Jeder hätte dort ungestört hineingehen können. Ich habe mir einen Diener geschnappt und ihn dazu verdonnert, sich nicht von der Stelle zu rühren und aufzupassen.«

Hauptmann Merrick nickte und ging. »Komm«, sagte Tante Fenny. »Ich muß den Nawab kennenlernen.«

Sarah folgte Mrs. Grace, und der Eindruck, daß Achmed allein und unbeteiligt auf dem Rasen stand, ließ sie nicht los: Er war gefangen im Mittelpunkt einer Welt, die sie nie betreten würde, die sie nicht kannte und nicht vermißte. Wie glücklich wir doch sind, dachte sie. Wie glücklich, wie unglaublich glücklich!

---

»Niemand hat uns etwas davon gesagt, daß Sie einen indischen Gentleman erwarten, Sir«, erklärte der Militärpolizist, während er Hauptmann Merrick zu den Wagen der Hochzeitsgesellschaft begleitete.

»Ich weiß. Es war wirklich unser Fehler.«

»Wir hätten nicht geglaubt, daß Sie Inder in den Club lassen. Deshalb, Sir, waren der Hauptgefreite und ich der Meinung, die drei Herren wollten sich einen Spaß erlauben. Ich meine, jeder hätte sich so eine Einladung verschaffen und einen großartigen Namen daraufschreiben können, Sir.«

»Sie haben nach bestem Wissen Ihre Pflicht getan, Unteroffizier, und niemand macht Ihnen einen Vorwurf.«

»Aber trotzdem sind wir richtig ins Fettnäpfchen getreten, nicht wahr, Sir? Noch dazu, weil einer schließlich auch noch ein weißer Gentleman ist und der andere sein Sekretär.« Der Unteroffizier grinste. »Hauptmann Bates macht mich deswegen bestimmt zur Schnecke.«

»Ist das Ihr Vorgesetzter?«

»Ja, Sir. Aber ich habe keine Angst. Wir leben, um zu lernen. Das nächste Mal kenne ich den Nawab.«

Sie blieben vor den geparkten Limousinen stehen. Einer der Fahrer löste sich aus der Gruppe von Männern, die unter einem Baum im Schatten saßen. Doch der Unteroffizier öffnete den Wagenschlag, ohne ihn zu beachten, und entdeckte die Hutschachtel sofort auf dem Boden unter einem der Klappsitze. »Da ist sie ja, Sir. Eine Hutschachtel . . . für Bräute.«

»Danke, Unteroffizier. Bleiben Sie hier, oder werden Sie abgelöst?«

»Wir haben Anweisung, hier zu warten und den Wagen zum Bahnhof zu eskortieren, Sir.«

»In diesem Fall wird für Sie und den Obergefreiten etwas bereitstehen, damit Sie auf das Wohl des Brautpaares trinken können. Ich kümmere mich darum und schicke einen Kellner heraus. Er wird Sie an die richtige Stelle bringen. Aber vielleicht gehen Sie nacheinander.«

»Danke, Sir. Das wäre sehr freundlich.«

»Auch Polizisten müssen essen.«

Der Unteroffizier grinste, stand stramm und salutierte. Merrick reagierte darauf mit der vagen Andeutung eines Saluts und machte sich, ohne Mütze auf dem Kopf und mit der Hutschachtel unter dem Arm, auf den Rückweg. Vor den Stufen blieb er stehen, warf einen Blick auf die Hutschachtel und ging dann nicht in den Club, sondern an der Vorderseite entlang bis zur Ecke des Gebäudes, wo ein Pfad, gekennzeichnet durch eine weiße Tafel mit einem schwarzen Pfeil und der Aufschrift ›Nebengebäude‹, durch die Büsche führte. Wenige Minuten später kam er ohne Hutschachtel zurück und ging zwischen Rabatten und Tennisplatz an der Seite des Hauptgebäudes entlang. Ein alter Inder mit Hemd und *Dhoti* und ein junger Mann in ausgefransten Khakishorts erneuerten die weißen Linien auf den Plätzen. Merrick blieb stehen, zog das Zigarettenetui aus der Hosentasche, öffnete es, nahm eine Zigarette heraus, zündete sie an und begann, genußvoll zu rauchen. Er beobachtete die beiden Männer, als wolle er kontrollieren, daß die Linien, die grellweiß über den verblaßten alten leuchteten, auch wirklich gerade verliefen. Der junge Mann tat die ganze Arbeit. Sie war nicht sehr anstrengend, aber die Sonne brannte heiß, und seine glänzenden Schultern verrieten, daß er schwitzte. Er entdeckte den Zuschauer und machte einen Fehler. Der alte Mann wies ihn scharf zurecht. Merrick rührte sich nicht von der Stelle. Er machte langsam tiefe Lungenzüge und sah weiter zu, bis ihn die Szene schließlich langweilte. Dann warf er die halbgerauchte Zigarette in das Blumenbeet und ging weiter.

Der Rasen lag verlassen. Von der beinahe ebenso verlassenen Terrasse drang das Lachen einer Frau herüber. Die Hochzeitsgesellschaft hatte sich zum kalten Buffet und dem zeremoniellen Anschneiden der Hochzeitstorte nach drinnen begeben. Merrick warf einen Blick auf die Uhr. Es war zehn Minuten vor zwölf. Er ging über den Rasen auf die Treppe zu, blieb vor den Stufen stehen, bückte sich, hob ein paar rosa und weiße Papierschnipsel auf, die sich jemand vom Kleid oder der Uniform abgestreift hatte. Als er sich wieder aufrichtete, entdeckte er, daß Graf Bronowski allein am oberen Ende der Treppe aufgetaucht war und ihn beobachtete.

Als Merrick hinaufkam, sagte Bronowski: »Da sind Sie ja, Hauptmann Merrick. Ich nehme an, Sie haben gerade eine Ihrer beschwerlichen Pflichten als Trauzeuge erledigt.«

»Ich habe nur eine vergessene Hutschachtel geholt.«

»Ja, Sie sind ein Mann, der aufs Detail achtet. Ich sehe schon, Sie teilen meinen manischen Drang nach Sauberkeit und Ordnung. Ist das Konfetti?«

Merrick öffnete die Hand.

»Man sagt, das sei bezeichnend«, erklärte Bronowski, nahm die Papierschnipsel aus Merricks Hand und ließ sie in ein leeres Glas fallen, das ein Gast auf der Balustrade abgestellt hatte. Dann nahm er auch das Glas und stellte es zur Sicherheit auf einen Tisch in der Nähe. Währenddessen sprach er weiter. »Ich meine, psychologisch gesehen bezeichnend. Man sagt, zwanghaft ordentliche Menschen machen immer reinen Tisch und versuchen, sich das zu verschaffen, was das Leben uns allen verweigert: einen neuen Anfang.« Nachdem er Konfetti und Glas weggeräumt hatte, blickte er Merrick an, legte ihm die Hand auf die Schulter und führte ihn über die Terrasse auf das Stimmengewirr im Haus zu, wo Brautpaar und Gäste sich versammelt hatten. »Sind Sie verheiratet?« fragte er beiläufig.

»Nein . . .«

»Ich auch nicht. Das ist auch besser so, denn wir würden unsere armen Frauen zum Wahnsinn treiben, nicht wahr? Abgesehen von dieser anderen Sache, die wir gemeinsam haben – ich meine, unsere Ordentlichkeit. Man sagt, sie sei charakteristisch für jemanden, der sein Leben selbst in die Hand nehmen will und der nicht die Gabe hat, zu teilen.«

Bronowski blieb stehen, ließ Merricks Schulter jedoch nicht los. Die beiden Männer waren etwa gleich groß.

»Ich bedaure«, fuhr Bronowski fort, »ich bedaure den Vorfall von heute morgen. Sie sind nicht getroffen worden?« Er nahm die Hand von Merricks Schulter, blieb aber beharrlich stehen und zwang Merrick zu warten.

»Nein. Abgesehen von Hauptmann Binghams Kratzer hat nur der Wagen Schaden genommen.«

Der Ministerpräsident rührte sich nicht von der Stelle und sagte nichts. Auch Merrick schwieg. Dann fragte er: »Wollen Sie etwas von mir, Graf Bronowski?«

»Ja. Die Antwort auf eine Frage. Aber es ist eine ungehörige Frage, und natürlich zögere ich . . .«

»Fragen Sie.«

»Nun ja. Ich überlege, ob Sie vielleicht schon daran gedacht haben, daß der Stein möglicherweise Ihnen galt.«

»Oh, weshalb sollten Sie sich das überlegen?«

»Wie Mrs. Grace sagt, waren Sie bei der indischen Polizei.«

»Richtig.« Merrick zog sein Zigarettenetui hervor, klappte es auf und bot Bronowski eine Zigarette an.

»Nein danke, tagsüber rauche ich nicht.«

Er beobachtete, wie Merrick sich eine Zigarette anzündete, und sagte dann: »Im Augenblick wird man uns nicht vermissen, und deshalb will ich Ihnen eine kurze Geschichte erzählen. Als ich vor Jahren den Verwaltungsapparat hier in Mirat reformierte, konnte ich einen Mann gewinnen, der später, als er es verdient zu haben glaubte, Richter am obersten Gericht in Ranpur geworden war. Ich ernannte ihn zum Oberrichter. Das ist ein großartiger Titel, aber das Gehalt entspricht ihm. Der Mann zog sich schließlich sehr viel besser gestellt in den Ruhestand zurück, als wenn er im indischen Staatsdienst geblieben wäre. Er starb friedlich in seinem Bett, war aber doch einmal das Opfer eines mörderischen Angriffs, wie die Zeitungen es in meiner Jugend genannt hätten. Ein paar Kerle lauerten ihm auf, als er im Dunkeln zu Fuß von mir nach Hause ging. Ich hatte ihn oft vor den Gefahren gewarnt, in die ein Mann in seiner Position sich begab, wenn er abends auf einer verlassenen Straße allein nach Hause ging. Einige Zeit veranlaßte ich sogar, daß ein paar meiner kräftigen Burschen ihm unbemerkt folgten. Aber als er es herausfand, erklärte er, er würde mich nicht mehr besuchen, wenn ich ihn weiterhin so bevormundete. Also zog ich meine Männer zurück, und dann geschah es. Zwei Burschen, die er nicht richtig zu Gesicht bekam, überfielen ihn. Er wurde übel zugerichtet.«

Merrick blies Rauch in die Luft und nickte.

»Eine Zeitlang«, fuhr Bronowski fort, »tappte unsere Polizei im Dunkeln, denn man konnte keinen der bekannten Ganoven verdächtigen. Natürlich wurde vorsorglich jeder, der für eine solche Tat in Frage kam, verhaftet. Doch alle Verhafteten beteuerten nachdrücklich ihre Unschuld – und dazu gehörte einiger Mut, denn damals war es mir noch nicht gelungen, die Polizei von gewissen altmodischen Methoden beim Verhör abzubringen. Jedenfalls sah es eine Weile so aus, als würde der Überfall auf meinen hochgelobten Oberrichter ein ungelöstes Geheimnis bleiben. Dann kam uns das Glück zu Hilfe. Ich besprach den Fall mit dem bedauernswerten Opfer – der Mann lag immer noch im Bett und befand sich erst langsam auf dem Weg der Besserung. Er sagte zu mir: ›Wissen Sie, Bronowski, ich glaube, ich habe es irgendwie geahnt.‹ Ich fragte wann und wie, er dachte eine Weile nach und erwiderte, er habe die Vorahnung etwa eine Woche früher im Gericht gehabt. Es war ein heißer Nachmittag gewesen, und er verhandelte einen äußerst komplizierten Fall. Die Leute auf den Zuschauerbänken waren unruhig. Sie fächelten sich mit Zeitungen Luft zu, flüsterten uid so weiter und machten ihn etwas nervös. Der Richter sagte sich immer wieder: Ich muß den Gerichtssaal räumen lassen, konnte sich aber nicht dazu aufraffen. Er sagte: ›Ich hatte das merkwürdige Gefühl, daß zuerst etwas anderes‹ – und damit meinte er nicht den Fall, den er gerade verhandelte – ›geschehen mußte. Ich hatte das Gefühl, ich sollte mir irgend etwas ansehen oder mich irgendeiner Sache widmen. Ich glaubte, nicht gerade beobachtet zu werden, aber es war, als warte jemand auf mich. Nach einer Weile betrachtete ich nicht mehr die Gesichter des Verteidigers, der Zeugen und des Angeklagten, sondern blickte auf die Zuschauer.‹«

Bronowski hatte den Ebenholzstock und den Panamahut in einer

Hand gehalten. Jetzt nahm er den Hut in die freie Hand, zögerte, hob dann leicht die Arme und machte mit Hut und Stock eine Geste, als beschwöre er den Gerichtssaal und die Verwirrung des Richters herauf.

»Es gab nichts Außergewöhnliches zu sehen. Aber nach einiger Zeit fiel ihm ein junger Mann auf, der sich nicht fächelte, nicht mit seinem Nachbarn flüsterte, sondern scheinbar ganz in Gedanken versunken, vorgebeugt dasaß. Der Richter stellte fest, daß sich ihre Blicke immer wieder trafen. Ich fragte, ob ihm das Gesicht des jungen Mannes bekannt vorgekommen sei. War es vielleicht ein Mann, den er einmal ins Gefängnis geschickt hatte? Er erwiderte, nein, das Gesicht sei ihm nicht bekannt vorgekommen, nicht wirklich bekannt. Er vergaß niemals ein Gesicht, und schon gar nicht das Gesicht eines Mannes, den er verurteilt hatte. Ich bat ihn, in den nächsten Tagen noch einmal eingehend nachzudenken, besonders über die größeren Fälle seiner Amtszeit in Mirat. Der junge Mann konnte möglicherweise der Verwandte eines zu lebenslänglich oder zum Tode Verurteilten sein. Als wir uns das nächste Mal sahen, sagte der Richter: ›Ich habe nachgedacht, wie Sie mir geraten haben. Aber nicht über die großen Fälle, über Fälle, die ich hier in Mirat verhandelt habe. Ich habe mich an die zwei Fälle erinnert, die ich für mich nie als zufriedenstellend erledigt betrachten konnte, weil sie mit gewissen Zweifeln verbunden waren. Beide Fälle *schienen* eindeutig zu sein, hinterließen in mir jedoch ein gewisses ungutes Gefühl. Sie liegen beide lange zurück. Im ersten Fall war ich noch Distriktsrichter, im zweiten war ich gerade Richter am obersten Gericht in Ranpur geworden. Im Ranpur-Fall mußte ich einen Mann zum Galgen verurteilen. Der junge Mann, der mich vor zwei Wochen im Gericht so intensiv gemustert hat, könnte ohne weiteres sein Sohn sein. Wenn man einen Mann zum Tode verurteilt, vergißt man nie seinen Gesichtsausdruck bei der Verkündung des Urteils. Und genau mit diesem Ausdruck hat der junge Mann mich angesehen.‹ Ich bat den Richter, mir den Namen des Hingerichteten zu nennen, und schlug vor, in Zusammenarbeit mit der Polizeibehörde von Ranpur herauszufinden, ob der Sohn oder ein naher Verwandter dieses Mannes in Mirat gewesen sei.«

Bronowski schwieg und hob die Arme wieder mit derselben Geste.

Merrick sagte: »Und so haben Sie den Burschen gefaßt.«

»O nein, der Oberrichter wollte nichts davon wissen, weil ihn die ganzen Jahre hindurch ein gewisser Zweifel nicht losgelassen hatte.

Trotzdem zog ich Erkundigungen ein und stellte zu meiner Zufriedenheit fest, daß der Sohn des Hingerichteten zur Zeit des Überfalls in Mirat gewesen war. Aber mich interessierte der Komplize, verstehen Sie, und das Ergebnis meiner Recherchen lenkte den Verdacht auf einen jungen Mann aus Mirat, dem man bislang nichts vorwerfen konnte, auf den die Polizei jedoch nun ein Auge haben konnte. Diese Maßnahme trug dann später ihre Früchte. Sie werden die Notwendigkeit dieser Vorsichtsmaßnahme verstehen. Berufsverbrecher und offen organisierte politische Agitatoren sind eine Sache. Mit ihnen wird man fertig. Aber die anderen stellen eine größere Gefahr dar. Mit den anderen meine ich die unauffälligen jungen Männer mit einem besonderen Schicksal und persönlichen Leidenschaften. Der Stein heute morgen, zum Beispiel, der ostentativ auf Nawab Sahibs Limousine geworfen wurde, hätte Unruhen zur Folge haben können, hätte sich der Vorfall in der Stadt ereignet. Die Moslems hätten möglicherweise die Hindus dafür verantwortlich gemacht und den Laden eines Hindu in Brand gesetzt. Die Hindus hätten sich wahrscheinlich gerächt und vor der Abu Q'rim-Moschee ein Schwein geschlachtet. Die Polizei hätte eingreifen und die Menge gewaltsam auseinandertreiben müssen, und dann hätte Gesindel die Polizeiwache angegriffen. Und all das wegen eines Steins, den einer dieser unauffälligen jungen Männer vielleicht auf Sie geworfen hat, weil Sie in der Vergangenheit Ihre Pflicht mit einer Härte erfüllt haben, die er für ungerecht hält.«

Merrick lachte. »Ich nehme die Verantwortung gerne auf mich, wenn es dazu beiträgt, den Schaden an der Limousine des Nawab zur Zufriedenheit aller zu erklären. Als ich bei der Polizei war, wurden während der Aufstände und Demonstrationen jede Menge Steine auf mich geworfen, und ich habe gelernt, daß man nicht allen entgehen kann.«

»Mein lieber Hauptmann Merrick. Sie verstehen völlig falsch, weshalb ich Ihnen hier gewissermaßen aufgelauert habe . . .«

»Mir entgeht nicht, daß dies keine zufällige Begegnung ist.«

»Richtig. Ich habe Sie gesucht, aber nicht, um Sie aufzufordern, daß Sie die Verantwortung übernehmen. Ich suche Ihre Hilfe, um die Sache einzuordnen.«

»Was wollen Sie damit sagen?«

»Ich will damit sagen, als Mrs. Grace mir erzählte, daß Sie bei der indischen Polizei gewesen sind, bekamen eine Reihe scheinbar unzusammenhängender Dinge plötzlich einen Zusammenhang und wiesen mir sogar eine Richtung, in der man vermutlich Nachforschungen anstellen sollte. Mein Interesse gilt nicht Ihnen, auch nicht dem Stein oder dem Schaden an Nawab Sahibs Limousine. Mein Interesse gilt Mirat.«

Merrick zuckte mit den Schultern und lächelte. »Keine Sorge. Wenn ich das Ziel gewesen bin, kann ich Ihnen versichern, daß in einer Woche das Ziel ganz woanders, und zwar sehr weit weg von Mirat sein wird.«

»Aber können Sie mir auch versichern, daß der Mann, der den Stein geworfen hat, oder die Leute, die ihn dazu veranlaßten, und die Leute, mit denen er darüber gesprochen hat, mit deren Hilfe er Zeit, Ort und Tag bestimmte, ebenfalls nicht mehr in Mirat sind? Ich muß Ihnen wohl kaum sagen, daß ein solcher Vorfall geplant, und zwar von mehreren Leuten geplant wird.«

»Vielleicht. Aber der Aufwand erscheint mir ziemlich groß, nur um einem unwichtigen, relativ unbedeutenden Polizeibeamten, der nicht einmal mehr bei der Polizei ist, eins auszuwischen.«

Bronowski schwieg eine Weile. Er nahm den Hut wieder in die Hand, die auf dem Ebenholzstock ruhte, und blickte auf.

»Sie sind nicht unwichtig. Sie sind doch sicher der Merrick, der im vergangenen Jahr Polizeichef von Majapur war, als im August die Unruhen ausbrachen und die Engländerin Daphne Manners im Bibighar-Park vergewaltigt wurde.«

Merrick war im Begriff gewesen, die Zigarette zum Mund zu führen, und seine Hand war mitten in der Bewegung erstarrt. Erst jetzt schob er die Zigarette zwischen die Lippen, sog daran, stieß den Rauch aus und schien sie dann ausdrücken zu wollen. Bronowski schob den Aschenbecher über den Tisch, vor dem sie standen, und wartete, während Merrick auf die Geste damit reagierte, daß er die Zigarette sorgfältig ausdrückte, den Stummel losließ und Daumen und Zeigefinger aneinanderrieb, um mögliche Tabakfasern zu entfernen.

»Wie kommen Sie zu diesem Schluß?« fragte er.

»Ich denke es mir. Ich irre mich doch nicht, oder? Sie sind der Polizeichef?«

»Ich habe keinen Grund, es zu leugnen.«

»Aber auch keinen Grund, es herauszuposaunen. Mrs. Grace hat erzählt, sie seien Polizeichef von Sundernagar gewesen. Ich nehme an, man hat Sie nach der Affäre in Majapur in diesen Distrikt versetzt, und wennn Sie jemand fragt, wo Sie gewesen sind, ehe Sie Offizier wurden, antworten Sie Sundernagar. Ich kann mir denken, Sie sprechen bereitwillig über Sundernagar und andere Orte, ziehen es aber aus persönlichen Gründen vor, Majapur nicht zu erwähnen.

Wenn es so ist, habe ich vermutlich unabsichtlich die Katze aus dem Sack gelassen. Ich erzählte Mrs. Grace, wie dankbar wir für Ihre Umsicht waren, Achmed telefonisch von der Lage zu informieren, und sie sagte, Ihre Erfahrungen bei der Polizei hätten Sie vermutlich zu einem Mann gemacht, der auf Einzelheiten achtet. Sobald sie das erwähnte, leuchteten bei mir hell und klar gewisse Lämpchen auf, und die Gründe dafür will ich Ihnen gerne gleich nennen. Ich fürchte nur, ich habe Mrs. Grace sofort die Frage gestellt: ›Merrick? Polizei? Dann ist er doch der Mann, der zur Zeit der Bibighar-Affäre Polizeichef in Majapur war.‹ Ich war meiner Sache so sicher, daß es mich irritierte, als sie mich überrascht ansah und erklärte, sie wisse nur etwas von einer Stadt namens Sundernagar. Ich fürchte, ich beharrte darauf, daß ich recht hatte. Die Vorstellung schien sie so zu beeindrucken, daß ich es nur für fair hielt, mich mit Ihnen zu unterhalten, ehe Sie sich wieder unter die Leute mischen.«

»Nun ja, es ist etwas unangenehm, läßt sich aber nicht ändern. Nennen Sie mir lieber die Gründe für Ihre Lämpchen.«

»Da war einmal der Name Merrick. Er kam mir schon irgendwie bekannt vor, als Mr. Kasim ihn am Mittwochabend zum ersten Mal erwähnte. Mit einem jungen Offizier namens Merrick konnte ich aber nichts anfangen. Ich bezweifle sogar, ob ich mit diesem jungen Offizier etwas hätte anfangen können, von dem Mrs. Grace berichtete, er sei bei der indischen Polizei gewesen, wenn ich nicht auf der Fahrt hierhier über zwei andere Dinge nachgedacht und überlegt hätte, ob sie in Zusammenhang stehen könnten: der Stein und ein Bericht von Mr. Kasim am Donnerstagmorgen. Hauptmann Merrick, sagt Ihnen der Name Pandit Baba etwas?«

Merrick antwortete nicht sofort, aber sein Gesicht verriet, daß ihm eine Reihe von Dingen durch den Kopf ging, die mit dem Namen zusammenhingen, und daß er nicht erst in unbestimmten Erinnerungen danach suchen mußte.

»Ja, der Name sagt mir etwas.«

»Würden Sie mir bitte sagen, was?«

»Er ist einer dieser sogenannten ehrwürdigen Hindugelehrten, den man nie dabei ertappt, daß er seine eifrigen jungen Studenten zu Gewalttaten gegen Moslems, gegen Engländer, gegen alles aufstachelt, was augenblicklich das Mißfallen des Pandit erregt.«

»Doch er tut es?«

»Ich bin sicher. Aber in Majapur konnte ich ihm trotz allem nichts nachweisen. In der Öffentlichkeit und in den Reden vor seinen Studenten war er ganz Vernunft und reine Ehrbarkeit. Er ging sogar soweit, die Kongreßpartei zu kritisieren. Ich glaube, er argumentierte, sie vergifte den Hinduismus mit Politik. Aber im allgemeinen mied er die Öffentlichkeit und wehrte sich gegen jeden Versuch, ihn zu einer Lokalgröße zu machen. Er bot das Bild des echten Gelehrten. Meiner Meinung nach viel zu gut, um glaubhaft zu sein. Ich hielt ihn für eine Schlange. Viele gebildete junge Inder in Majapur, die mit der Polizei in Schwierigkeiten gerieten, standen irgendwann einmal unter seinem Einfluß. Einmal verhafteten wir einen jungen Burschen, der aufrührerische Flugblätter unter den Arbeitern der Britisch-Indischen Elektrowerke verteilte. Er behauptete, das Flugblatt gebe nur Dinge wieder, die Pandit Baba vor ungefähr zehn Tagen mit einer Gruppe junger Männer besprochen habe. Damals glaubte ich, ihn endlich festnageln zu können. Wir verhafteten ein paar der anderen Burschen und knöpften uns dann Pandit Baba vor. Es dauerte noch keine zehn Minuten, bis sie ihn alle jammernd und weinend um Vergebung baten, weil sie seine Worte falsch ausgelegt hätten. Der eine, den wir verhaftet hatten, behauptete sogar, er sei ein unwürdiger Schüler des Pandit und verdiene, wegen seiner Dummheit ins Gefängnis zu kommen. Der Pandit erklärte mit großer Geste, er sei bereit, an seiner Stelle zu gehen. Er verdiene die Strafe, weil er ein so schlechter Guru sei, dessen unschuldige Worte die jungen Männer in Schwierigkeiten mit der Polizei gebracht hätten. Natürlich wußte der Pandit, daß man ihm nichts anhaben konnte. Aber danach wurde er noch vorsichtiger.«

»Gut. Vielen Dank, Hauptmann Merrick. Dann wird es Sie sicher interessieren zu erfahren, daß Pandit Baba sich im Augenblick in Mirat aufhält. Neulich abends wurde Mr. Kasim eingeladen, weil Pandit Baba angeblich einen Sohn von M. A. Kasim kennenlernen wollte, den er, wie er behauptete, bewundert, was ich bezweifle. Wie Mr. Kasim berichtete, sprach der Pandit beinahe über nichts anderes als über die Affäre im Bibighar-Park, wobei er das Vorgehen des Polizeichefs besonders hervorhob, dessen Namen er nicht erwähnt haben kann, denn Achmed hätte den Zusammenhang sofort erkannt. Zweifellos war die Unterlassung beabsichtigt. Der Pandit wußte, daß Achmed Sie bereits kennengelernt hatte. Wegen Achmeds Objektivität kommen mir seine Augen und Ohren oft zustatten. Er erzählt mir genau, was geschieht, und ich ziehe daraus die entsprechenden Schlüsse. In diesem Fall war ich mir nicht ganz sicher. Sollte Achmed in etwas hineinverwickelt werden? Wollte man durch ihn etwas erfahren – etwas, das mit seinem Vater zu tun hatte? Vielleicht, vielleicht. Aber es ergab alles keinen rechten Sinn. Der Vorfall mit dem Stein ebenfalls nicht. Es ergibt jedoch sehr wohl Sinn, wenn der Polizeibeamte, dessen Ruf der Pandit an jenem Abend gründlich zunichte machte, sich als einer der beiden Offiziere herausstellt, die in einem Wagen sitzen, auf den ein Stein geworfen wird. Der ehrwürdige alte Herr lebte übrigens zufälligerweise früher einmal in Mirat. Wir hatten ungefähr den gleichen Eindruck wie Sie während Ihrer Amtszeit in Majapur. Mit ›wir‹ meine ich den damaligen Polizeichef und mich. Der Pandit wurde hier nie direkt zur *persona non grata* erklärt, aber es lief alles in diese Richtung. Ich war froh, als er uns die Entscheidung abnahm und nach Majapur zog.«

»Und Sie glauben, daß er hinter dem Vorfall von heute morgen steckt?«

»Aber ja. Sie nicht?«

Merrick drehte sich um, stützte sich auf die Terrassenbrüstung und blickte in das gleißende Licht. Bronowski trat neben ihn, stützte sich aber weiterhin auf seinen Stock.

»Wir werden nicht in die Lage kommen, es zu beweisen«, fuhr Bronowski fort. »Wir werden es auch gar nicht versuchen. Ich glaube, der Pandit spielt ein Spielchen mit mir. Achmeds Einladung war sein Eröffnungszug. Er wußte, daß Achmed mir jedes Wort berichten würde. Er wußte, daß meine Spione ihn überwachen würden, sobald ich erfuhr, daß er wieder in Mirat ist. Meine Spione berichten, daß er nicht allein hierher gekommen ist, sondern mit einer Frau, die völlig zurückgezogen in Mrs. Nairs Privatgemächern wohnt. Mrs. Nair ist die Frau des Rektors am hiesigen Hindu-College, und bei ihm ist Pandit Baba zu Gast. Meine Spione haben mir auch berichtet, daß Pandit Sahib zwischen neun Uhr fünfundvierzig und zehn Uhr fünfundvierzig heute morgen vor den Studenten über seinen Kommentar zur Bahgavad Gita sprechen sollte. Zweifellos hat er das auch in Anwesenheit von mehreren hundert Studenten getan. Er stand sicher auf einem Podium und hatte überhaupt nichts mit etwas so Vulgärem und Gewalttätigen wie einem Steinwurf zu tun. Bedauerlicherweise ist es meinen Spionen nicht gelungen, die Namen der jungen Männer herauszufinden, mit denen er eine private Unterredung geführt hat. Vielleicht haben solche Gespräche überhaupt nicht stattgefunden; vielleicht war bei seiner Ankunft in Mirat schon alles vorbereitet. Ich bin sicher, er steht mit vielen Menschen in ganz Indien in Verbindung.«

»Übertreiben Sie nicht ein bißchen?«

»Meinen Sie? War der Stein heute morgen also der erste Hinweis, daß man Ihre Spur verfolgt, seit Sie Majapur verlassen haben?«

Bronowski wartete. Merrick schien zu zögern und sagte schließlich: »Sprechen Sie weiter.«

»Gab es vielleicht einen Zwischenfall in Sundernagar? Einen anonymen Brief über das Schicksal der unschuldigen Opfer vom Bibighar-Park, wie man sie nannte, wenn ich mich recht erinnere? Und an ihrem ersten Standort einen weiteren Brief, vielleicht sogar etwas Deutlicheres, was Sie darauf hinwies, daß sich jemand in der Nähe befand, der Ihnen nicht gerade wohlgesonnen war? Zum Beispiel ein rätselhaftes Kreidezeichen auf der Schwelle Ihres Quartiers? Und das, wo immer Sie sich auch befanden? Begann es nicht vielleicht schon in Majapur und ist seitdem weitergegangen, in Abständen, die berechnet waren, Sie erst in dem Glauben zu wiegen, mit der letzten Versetzung hätten Sie endlich alle abgeschüttelt, die Ihre Niederlage wollen?«

Merrick ließ mehrere Sekunden verstreichen, ehe er antwortete. »Es war im wesentlichen so, wie Sie es beschreiben. Aber es hat mich nicht gestört, und die Gelegenheit in Mirat wird die letzte sein. Man kann mich wohl kaum dorthin verfolgen, wohin ich jetzt gehe, es sei denn, man hätte einen Sepoy bestochen, damit er mir eine Kugel durch den Kopf jagt, wenn niemand es sieht.«

Bronowski lächelte. »Ich glaube nicht, daß es darum geht, Sie umzubringen, obwohl es mich überrascht, daß man sich nicht etwas Dramatischeres als einen Stein ausgedacht hat, um Sie in Verlegenheit zu bringen. Wie Sie richtig sagen, ist Mirat für einige Zeit die letzte Gelegenheit. Die Hochzeit wäre ein idealer Hintergrund für etwas Aufsehenerregendes. Zufällig habe ich gehört, daß Sie mit dem Bräutigam nicht eng befreundet sind. Haben Sie vielleicht daran gedacht, daß Ihre Teilnahme an der Hochzeit die Verfolger aus ihrem Versteck locken würde?«

Merrick erwiderte: »Nein, es war genau umgekehrt. Ich erklärte mich bereit, Trauzeuge zu sein, und dann erst wurde mir bewußt, daß Hauptmann Bingham kaum eine schlechtere Wahl hätte treffen können. Doch für einen Rückzieher war es zu spät, und ich hätte auch nicht gewußt, wie. Ich ziehe es vor, die ganze Angelegenheit zu vergessen, und ich bedaure, daß Sie mich erkannt haben.«

»Weshalb, mein Lieber? Wenn ich die Reaktion von Mrs. Grace richtig beurteile, kann ich nur sagen, daß meine unbeabsichtigte Enthüllung Sie nicht nur in den Mittelpunkt des Interesses, sondern auch neugieriger Bewunderung gerückt hat. Jeder wird sich daran erinnern, wie der Polizeichef von Majapur in der englischen Presse gelobt und beglückwünscht wurde. Man kann sich noch gut an alles erinnern, an die Zeitungsberichte und an die vielen Gerüchte, die hier im Club, auf dieser Terrasse kursierten. Nun ja, Sie können es sich selbst vorstellen. Eine Engländerin wurde von Indern vergewaltigt. Aber nicht einfach eine Engländerin – falls es so etwas in Indien überhaupt gibt –, sondern die Verwandte eines ehemaligen Gouverneurs von Ranpur, der in den dreißiger Jahren einmal hier im Palast zu Gast war. Und innerhalb von – wie war es doch noch? – ein oder zwei Stunden hatte die Polizei von Majapur unter dem Kommando des Polizeichefs die Übeltäter verhaftet. Genaugenommen waren es nur Verdächtige, keine überführten Täter, aber das dämpfte kaum die Glut der Genugtuung beim Gedanken an die Rache, die auf dem Fuß folgen würde. Das, und nur das war mehrere Tage lang *das* Gesprächsthema hier. Die Offiziere in der Garnison wechseln häufig, und es kamen Leute aus Majapur, die natürlich ihren Ruf als ›Experten‹ in Sachen Vergewaltigung und Unruhen genossen, selbst wenn sie mit der ganzen Sache überhaupt nichts zu tun hatten. Die Vergewaltigung war eine lokale Affäre, und Unruhen gab es damals im ganzen Land. Da Majapur eine Garnison und keine Behördenstadt ist, konzentrierte sich das Interesse auf den Brigadier von Majapur, der die Sache in die Hand nahm, als die Zivilbehörde ihn um Hilfe bat.«

»Brigadier Reid.«

»Reid. Richtig. Die meisten Gespräche kreisten um Reid. Und die Mehrheit war der Ansicht, daß Militär und Polizei in Majapur mit vorbildlicher Entschlossenheit eingegriffen hatten, während die Behörde unentschlossen taktierte. Nun ja, Sie wissen, wie die Leute inzwischen darüber denken – sie sagen, die Behörde sei so von Indern durchsetzt, daß der alte, verläßliche englische Beamte mehr oder weniger ausgestorben sei, und nur das englische Militär und die Polizei könnten mit einer wirklich explosiven Situation fertig werden. Ich erinnere mich an einen Offizier, er saß irgendwo dort« – Bronowski deutete zum anderen Ende der Terrasse –, »es war an einem Abend, als ich mit dem Standortkommandanten, nicht mit Hobhouse, sondern seinem Vorgänger, einen Drink nahm. Im *Courier* war eine Meldung über die Abschiedsfeier für Brigadier Reid in der Artilleriemesse von Majapur erschienen, und zwischen den Zeilen las man natürlich, daß man den Brigadier abgeschoben hatte. Der Offizier beugte sich vor und sagte: ›Da haben wir es. Reid rettet die Situation, und dann versetzt man ihm einen Tritt, weil er die Situation auf seine Weise gerettet hat, was vermutlich bedeutet, daß zwölf Inder umgekommen sind, und die Regierung ist der Ansicht, zehn wären genug gewesen. Aber der Distriktskommissar, der auf seinem dicken Hintern saß, fällt die Treppe hinauf ins Ministerium und bekommt noch einen Orden dazu.‹«

Merrick sagte: »Der Distriktskommissar war in Ordnung, und Reid wurde nicht abgeschoben. Man hat ihm eine andere Brigade gegeben, und eigentlich war es eine Beförderung. Denn die Brigade, die ihm in Majapur unterstand, war erst halb ausgebildet, während er die neue an die Front führen sollte. Wie ich gehört habe, sitzt er allerdings inzwischen wieder am Schreibtisch. Vielleicht hat er es doch nicht ganz geschafft. Vielleicht war er zu alt dafür. Seine Frau ist während dieser Ereignisse gestorben. Wir wußten nichts davon, sondern haben es erst später erfahren.«

»Nun ja, die Wahrheit ist immer eine Sache, aber in gewisser Weise zählt nur das andere, der Klatsch. Er zeigt, was die Leute wirklich denken. Reid rettet die Situation und wird abgeschoben. Das wollten die Leute glauben. So wie sie glauben wollten, daß der Polizeichef von Majapur in der Vergewaltigungs-Affäre die richtigen Männer verhaftet hatte. Sie machten die Behörde für jede exzessive Anwendung von Gewalt verantwortlich, die auf das Konto des Brigadiers ging, und sie machten die Behörde verantwortlich, als man allmählich dahinterkam, daß es keine Anklage wegen Vergewaltigung und keine Gerichtsverhandlung geben würde. Niemand kam auf den Gedanken, dem Polizeichef vorzuwerfen, er habe die Falschen verhaftet, denn alle waren davon überzeugt, daß es die Richtigen gewesen sein müßten. Jeder, der in den folgenden Wochen aus Majapur hierherkam, vertrat die Ansicht, die Verdächtigen hätten es nicht besser verdient, wenn die Gerüchte, die über sie in Umlauf waren, auf Wahrheit beruhten.«

»Welche Gerüchte?«

»Gerüchte, daß man die sechs ausgepeitscht und gezwungen hatte, Rindfleisch zu essen, um sie zu einem Geständnis zu bewegen.«

»Ach, die Geschichte ist also bis nach Mirat gedrungen?«

»O ja.« Bronowski schwieg und fragte dann: »Ist etwas Wahres daran?«

»Die Geschichte mit dem Rindfleisch war, wie ich glaube, auf einen Irrtum zurückzuführen.«

»Irrtum?«

»Die Gefängniswärter waren Moslems, und irgendeiner von den Leuten dachte, das für sie bestimmte Essen sei für die Gefangenen bestellt worden, die alle Hindus waren.«

»Aha. Eine sehr plausible Erklärung. Und die Auspeitschung?«

»Richter Menen hat sich selbst davon überzeugt, daß es nur ein Gerücht war.«

»Hat er sie untersucht oder nur mit ihnen gesprochen?«

»Soviel ich weiß, mußte er nur mit ihnen sprechen. Sie beteuerten alle, nicht mißhandelt worden zu sein.«

»Haben Sie die Männer selbst daraufhin untersucht?«

Merrick hatte die meisten Fragen beantwortet, ohne Bronowski dabei anzusehen, was er jetzt tat. »Weshalb hätte ich das tun sollen? Man hat schließlich mich beschuldigt, die Gefangenen mißhandelt und geschlagen zu haben.«

»Doch wohl nicht wirklich beschuldigt? Sicher war es doch nicht mehr als ein Gerücht, das ausreichte, um bei dem Distriktrichter gewisse Bedenken aufkommen zu lassen.«

»Ja.«

»Aber nicht bei Ihnen.«

»Nein.«

»Sie schlossen die Möglichkeit aus, daß Ihre Untergebenen die Verdächtigen geschlagen haben könnten?«

»Ich habe die Verhöre selbst durchgeführt und war über alles auf dem laufenden, was geschah.«

»Abgesehen von der Sache mit dem Rindfleisch. Sie sagten, es habe vielleicht einen Irrtum wegen des Rindfleischs gegeben, aber Sie waren nicht anwesend, als sich dieser Irrtum ereignete?«

»Ich bin hier nicht im Zeugenstand.«

»Entschuldigen Sie, Hauptmann Merrick. Ich will Sie nicht ins Kreuzverhör nehmen, aber ich bin nun einmal ein neugieriger Mensch. Könnten Sie meine Neugier vielleicht in einem Punkt befriedigen? Haben die von Ihnen verhafteten Männer die Engländerin vergewaltigt?«

Merrick blickte wieder in den Garten und richtete die Augen, wie es schien, auf ein klares, wenn auch fernes Bild unumstößlicher Wahrheit.

»Ich denke«, sagte er schließlich, »solange ich lebe, werde ich glauben, daß sie es getan haben.«

Nach einer Weile sagte Bronowski: »Unser ehrwürdiger Pandit hat Mr. Kasim erzählt, er sei mit der Tante eines Ihrer Hauptverdächtigen bekannt, und er habe einmal versucht, ihm Hindi beizubringen, denn der fragliche junge Mann habe die meiste Zeit seines Lebens in England zugebracht.«

»Hari Kumar. Ganz richtig. Die Tante ist eine gewisse Mrs. Gupta

Sen.« Er sah Bronowski an. »Kumar war nicht einer der Hauptverdächtigen, er war *der* Hauptverdächtige. Ich glaubte damals und glaube heute noch, daß er das alles geplant hat. Er traf sich wochenlang in aller Öffentlichkeit mit Miss Manners. Man redete bereits darüber, und schließlich warnte ich sie vor dieser Art Umgang.«

»Oh, Sie kannten Miss Manners persönlich?«

Merrick errötete. Er umklammerte wieder die Brüstung. »Ja, ich kannte sie sehr gut.« Er zögerte, ehe er weiter sprach. »Manchmal gebe ich mir selbst die Schuld an dem, was geschah, weil ich glaube, sie hat meine Warnung teilweise beherzigt. Sie schien sich nicht mehr mit ihm zu treffen. Sie kam öfter in den Club. Miss Manners arbeitete als Freiwillige im Krankenhaus und wohnte bei einer Inderin. Aber das war gewissermaßen in Ordnung, denn Lady Chatterjee war eine alte Freundin von Lady Manners, der Tante von Miss Manners. Wie auch immer, da sie bei einer Inderin wohnte, hatte sie gesellschaftlichen Umgang mit Indern. Das war Teil des Problems. Aber Kumar verkehrte in diesen Kreisen nicht. Er war nichts als ein schäbiger Reporter der Lokalzeitung und spielte sich auf, weil er in England eine erstklassige Erziehung genossen hatte. Ich weiß nicht genau, wie sie ihn kennengelernt hatte, aber ich beobachtete, daß sie bei einer der Paraden während der Kriegswoche, die letztes Jahr so in Mode waren, auf ihn zuging. Und es bestand kein Zweifel, daß sie sich kannten. Ich glaube, er war einmal im MacGregor-Haus eingeladen, wo sie wohnte. Ich kannte ihn, weil ich ihn einmal verhören mußte. Wir machten eine Razzia in einem sogenannten Asyl, wo eine verrückte alte Weiße sich um Sterbende und Verhungernde kümmerte. Wir suchten einen Burschen, der aus dem Gefängnis ausgebrochen war. Er hieß Moti Lal und gehörte zu denen, die subversive Aktivitäten unter gebildeten jungen Indern organisierten. Ich muß nicht betonten, daß er wie Kumar zum Bekanntenkreis unseres ehrwürdigen Pandit gehörte. Kumar befand sich im Asyl, weil die Verrückte, die verrückte Weiße ihn am Abend zuvor völlig betrunken aufgelesen hatte. An dem Morgen, an dem wir auf ihn stießen, hätte er überhaupt keine Probleme gehabt, aber er hielt es für angebracht, aus seinem Namen ein Geheimnis zu machen. In England hatte man ihn Harry Coomer genannt. Er hielt sich für zu gut, die Fragen eines einfachen Distriktspolizeichefs zu beantworten. Ich ließ ihn laufen, denn man konnte ihm nichts vorwerfen. Aber natürlich stand er von da an auf meiner Liste, und es dauerte nicht lange, bis ich ihn mit den meisten unserer anderen verdächtigen Unruhestifter in Verbindung brachte. Dazu gehörte natürlich auch unser ehrwürdiger Pandit. Mir gefiel die Vorstellung ganz und gar nicht, daß Miss Manners – nun ja, ich vermute, bei jeder anderen anständigen jungen Engländerin wäre es mir genauso ergangen – mit unserem Freund Kumar Umgang hatte, und deshalb warnte ich sie. Sie gab mir zwar zur Antwort, es sei wirklich nicht meine Aufgabe, mich darum zu kümmern, welche Freunde sie habe. Aber ich glaube, sie begriff, daß sie sich selbst nichts Gutes mit einer Freundschaft zu Hari Kumar tat. Ich glaube, sie versuchte danach, das Ganze zu beenden. Kumar konnte das natürlich nicht hinnehmen. Und sie muß immer noch in ihn vernarrt gewesen sein. Wie ich es sehe, hat er eine Weile gewartet, ihr dann eine Nachricht geschickt und sie gebeten, ihn an dem Platz zu treffen, wo sie sich offenbar öfter trafen, nämlich im Bibighar-Park. Dort hat er dann mit seinen Freunden auf sie gewartet. Sie sagte, sie sei nicht um Kumar zu treffen in den Park gegangen, und erzählte irgendeine Lügengeschichte. Sie sei an diesem Abend am Park vorbeigekommen und aus Neugier hineingegangen, um nachzusehen, ob es wirklich Geister dort gab, wie die Inder behaupteten. Sie und Kumar beteuerten, sich seit Wochen nicht mehr getroffen zu haben. Sie behauptete, keinen der Männer gesehen zu haben, die sie überfallen hatten. Vielleicht stimmt das sogar. Sie erklärte, die Männer hätten sie im Dunkeln von hinten angegriffen und ihr etwas über den Kopf geworfen. Vielleicht wollte sie einfach nicht glauben, daß Kumar so etwas planen oder sich überhaupt daran beteiligen konnte. Schließlich führte ihre Vernarrtheit in Kumar dazu, daß die ganze Sache nicht ordentlich bestraft wurde. Als sie erfuhr, daß wir Kumar festgenommen hatten, verweigerte sie selbst den Versuch, die anderen zu identifizieren, und begann, ihre Aussage zu untermauern, vielmehr drohte, sie zu untermauern, und wenn es zu einer Verhandlung gekommen wäre, hätte sie das Ganze zu einer Farce gemacht. Ich hätte es darauf ankommen lassen, aber die anderen wollten nicht. Miss Manners änderte ihre Geschichte, zwar nur wenig, aber genug, um die Gewichte zu verschieben. Sie behauptete, sie habe die Männer wegen der Dunkelheit und ihres plötzlichen Auftauchens nicht gesehen, jedoch eine klare Vorstellung von ihnen als schmutzige stinkende Kerle gewonnen, wie sie aus den Dörfern in die Stadt zogen, angelockt von den Neuigkeiten über Unruhen, die gerade zu dieser Zeit überall in der Provinz ausbrachen. Sie wußte genau, daß wir Inder verhaftet hatten, die man unmöglich als schmutzig und stinkend bezeichnen konnte. Sie können sich sicher vorstellen, welchen Eindruck es im Gerichtssaal gemacht hätte, wenn diese sechs westlich gekleideten jungen Inder – die meisten waren ehemalige Studenten –

als Angeklagte erschienen wären, während Miss Manners im Zeugenstand die Täter als eine Bande stinkender, johlender Wüstlinge beschrieben hätte. Vielleicht hätte sie es sich überlegt, wenn sie wie ich an dem Abend die Bürschchen in dem Zustand gesehen hätte, in dem ich sie verhaftete: Fünf von ihnen saßen halb betrunken in einer zerfallenen Hütte, wohin sie sich zurückgezogen hatten, um mit selbstgebranntem Schnaps zu feiern. Kumar fand ich zu Hause, wo er sich das Gesicht wusch und versuchte, die Spuren zu beseitigen, die sie ihrem ersten Angreifer beigebracht hatte.«

»Wie erklärte Kumar die Spuren?«

»Erklären? Oh, Freund Kumar erklärte nie etwas. Er war sich viel zu gut für Erklärungen. Seine Spezailität war stumme Unverschämtheit. Er weigerte sich, die Spuren zu erklären. Er weigerte sich, eine Frage zu beantworten, bis man ihm auf dem Polizeipräsidium sagte, was man ihm vorwarf. Und darauf erwiderte er, er habe Miss Manners seit zwei oder drei Wochen nicht mehr gesehen, als sie eines Abends mit ihm zusammen den Tempel besucht habe. Ich fand es sehr bemerkenswert, daß sie genau dasselbe sagte wie er. Sie waren beide sehr bestimmt in ihrer Aussage über die letzte Begegnung, ich meine über den Tempelbesuch, als hätten sie es einstudiert, vielmehr, als habe er sie in Angst und Schrecken versetzt oder hypnotisiert, damit sie genau dieselben Worte benutzte: ›Seit dem Abend, als wir den Tempel besuchten, habe ich Hari Kumar nicht mehr gesehen.‹ Und er sagte: ›Ich habe Miss Manners seit dem Abend, an dem wir den Tempel besuchten, nicht mehr gesehen.‹ Ich hielt es für eine Lüge, aber alle anderen glaubten, vor Gericht klinge diese Aussage ziemlich überzeugend. Ich hoffte immer, es würde zu einer Verhandlung kommen, denn in dieser Umgebung und bei einer Aussage unter Eid hätte sie vielleicht die Angst und die Scham überwunden, unter der sie meiner Meinung nach litt. Ich bin sicher, sie stand unter seinem Bann. Ich werde es nie verstehen. Ich kann es auch nicht vergessen. Ich kann das Bild nicht vergessen, wie sie ganz allein durch die schlechtbeleuchteten Straßen rannte. Vermutlich wissen Sie, daß sie neun Monate später im Kindbett gestorben ist?«

»Ja, ich erinnere mich, daß ihre Tante Anzeigen in die Zeitungen gesetzt hat.«

»Das ist auch so etwas Unverständliches, nicht wahr? Anzeigen, die ihren Tod mitteilen, ja – aber die Geburt eines unehelichen Halbbluts, dessen Vater unbekannt ist?« Merrick hob die Hände und ließ sie auf die Brüstung zurückfallen.

»Das schockiert Sie?«

»Ja.« Merrick machte eine Pause, wie um über die Art und Stärke seiner Reaktion nachzudenken. »Es ist wie eine offene Herausforderung an alles Vernünftige und Anständige, was wir hier tun.«

»Ein Menschenleben endete, und ein Menschenleben begann. Weshalb sollte man das Ereignis nicht dokumentieren?«

»Tut mir leid, so kann ich es nicht sehen.«

»Die meisten Ihrer Landsleute würden Ihnen zustimmen«, sagte Bronowski, »ich finde es traurig, daß Miss Manners mehr Verachtung als Mitgefühl erweckt, aber ich verstehe, daß es so sein muß. Ihr Engländer hattet alle das Gefühl, sie wollte euch nicht. Sie wollte niemanden von euch, und unter Exilanten ist das ein schwerwiegender Treuebruch. Es grenzt schon an Verrat. Das arme Mädchen. Die Inder wollten sie auch nicht, denn da kam es zu diesen Dingen, die man ihretwegen jungen Indern antat – oder nicht antat, jedenfalls saßen sie im Gefängnis, und niemand glaubte im Ernst daran, daß ihre politischen Verbrechen, politischen Verbindungen, oder was immer man zum Vorwand nahm, schwerwiegend genug gewesen seien, um sie hinter Schloß und Riegel zu bringen. Selbst die Engländer sahen darin einen ziemlich fragwürdigen Trick, die bequeme Alternative zur Bestrafung der wahren Schuldigen. Es war ein Trick, der in ruhigeren Zeiten nicht möglich gewesen wäre. Man vergißt, wie spannungsgeladen die emotionale und politische Atmosphäre damals war. Hier in Mirat gab es Engländer, die redeten, als sei ein neuer Sepoyaufstand ausgebrochen. Ich weiß, später bekamen einige Ihrer liberaleren Landleute Gewissensbisse. Im *Statesman* erschien ein Artikel. Vermutlich haben Sie ihn gesehen. Er interessierte mich, aber ich wartete vergebens auf irgendwelche weiteren Entwicklungen in dieser Sache. Ich dachte, dieser Polizeibeamte hat sich sehr weit vorgewagt, aber niemand fordert deshalb seinen Kopf. Er hat den Sturm ungeschoren überstanden. Ich bedaure, einsehen zu müssen, daß es nicht so ist. Sundernagar war alles andere als ein Schritt vorwärts. Sagen Sie, wären Sie interessiert gewesen, in der Polizei eines indischen Staates wie Mirat zu arbeiten, wenn man Ihnen das Angebot gemacht hätte? Oder hätte das Militär doch die größere Anziehungskraft gehabt? Ich weiß, wie viele junge Engländer in den Behörden und bei der Polizei sich an der Politik stoßen, die beide Bereiche so strikt voneinander trennt.«

»Hätten *Sie* mir eine solche Möglichkeit geboten?«

»Ich weiß es nicht. Vielleicht nicht. Aber mich hat der Gedanke an die möglichen Folgen noch nie daran gehindert, kontroverse Entscheidungen zu treffen und unpopuläre Berufungen durchzusetzen, wenn die Berufung oder Entscheidung mich stark genug reizt. Schließlich war meine eigene Ernennung heiß umstritten. Ich will es lieber so ausdrücken: Wären Sie im Augenblick nicht in einer völlig anderen Richtung gebunden, wäre ich daran interessiert, über eine solche Möglichkeit mit Ihnen zu sprechen.«

»Darf ich fragen, warum?«

Bronowski lächelte. »Weil mein Instinkt mir sagt, daß Sie in dieser modernen Welt von Akten, Politik aus zweiter Hand und erzieherischen Tugenden so etwas wie ein Anachronismus sind. Auch die indischen Staaten sind ein Anachronismus. Der Stempelbeamte oder Bürokrat ist für *uns* ein zu hoch entwickeltes Tier. Obwohl man im Idealfall die Ähnlichkeit in der äußeren Erscheinung sucht. Unparteilichkeit. Objektivität. Absolute Korrektheit – ich meine nicht in bezug auf Korruption oder ihr Gegenteil. Aber ein Mann kann von seinen Gefühlen beeinflußt werden. Und für mich hat Korrektheit immer etwas von mangelndem Engagement an sich. Die Vorstellung von der Gerechtigkeit als Frau mit einer Augenbinde und einer Waage, deren Ausschlag jemand mit dem kleinen Finger entscheidend beeinflussen kann, ohne daß sie es merkt, kam mir schon oft fragwürdig vor. Sie setzt bei allen, denen sie ihre Gaben gewährt, die Bereitschaft voraus, die Hände bei sich zu behalten. Sie müssen zugeben, das wäre eine vollkommene Welt, und in einer solchen Welt wäre sie, die Gerechtigkeit, überflüssig. Aber wir haben es mit einer unvollkommenen Welt zu tun. Die Gestalt sollte man auf jeden Fall als Symbol dessen beibehalten, was vielleicht erreicht werden kann. Man sollte die Illusion der Unparteilichkeit beibehalten und ihr Gebaren kultivieren. Aber man muß zugeben, sie kann keine Kontrollinstanz sein, ohne sich zu kompromittieren. Was bedeutet Unparteilichkeit ohne die Macht, sie durchzusetzen? Ja, das ist der gemeinsame Nenner – Macht! Um in Mirat Macht auszuüben, braucht man nicht nur zwei Augen ohne Scheuklappen, sondern auch noch ein zusätzliches Paar im Hinterkopf. Und man braucht Männer um sich, denen es nicht an Engagement fehlt, die so engagiert sind, daß sie in Gefahr geraten, sich von ihrem Engagement zu Fehlern hinreißen zu lassen. Gott bewahre uns vor einer Welt, in der es keinen Platz für Fehler aus Leidenschaft gibt!«

»Sie glauben, daß ich einen solchen Fehler begangen habe?«

»Ich halte es für möglich. Sie haben zum Beispiel nicht gesagt, was Sie zu der Hütte führte, in der die jungen Männer feierten, oder zum Haus von Kumar, wo Sie ihn dabei überraschten, wie er seine Wunden wusch. Das scheint mir eine bedeutsame Unterlassung zu sein. Es deutet darauf hin, daß der einzige Grund für Ihr Erscheinen bei Kumar, kurz nachdem Sie erfahren hatten, daß Miss Manners von einer Bande unbekannter Inder vergewaltigt worden war, darin bestand, daß Kumar mit ihr befreundet gewesen war.«

»Für Sie ist dieser Grund nicht ausreichend?«

Bronowski schüttelte den Kopf, blickte auf seine Schuhe und überlegte. »Die Hütte«, sagte er, »wo Sie die anderen fünf jungen Inder halb betrunken gefunden haben – stand sie in der Nähe des Bibighar-Parks?«

»Nicht weit entfernt, auf der anderen Seite des Flusses auf einem freien Gelände.«

»Und Kumars Haus?«

»Befand sich ebenfalls auf der anderen Seite des Flusses.«

»Ungefähr in derselben Gegend wie die Hütte?«

»Nein, aber nicht weit davon entfernt.«

»Wie lange hat es Ihrer Ansicht nach ungefähr gedauert, bis Sie nach der Vergewaltigung die jungen Männer in der Hütte entdeckten?«

»Damals schätzte ich, ungefähr eine dreiviertel Stunde.«

»Die fünf hatten also Zeit genug, um über den Fluß zur Hütte zu gehen und eine Flasche zu öffnen?«

»Natürlich.«

»Und sich halb zu betrinken.«

Merrick schwieg. »Ich habe das nur so gesagt.«

»Aber Sie hatten diesen Eindruck, daß die jungen Männer angetrunken waren.«

»Ja.«

»Und ich nehme an, etwa zehn Minuten später erschienen Sie vor Kumars Haus.«

»Ja.«

»Also hatte er zumindest eine dreiviertel Stunde Zeit gehabt, um vom Bibighar-Park nach Hause zu gehen?«

»Ja?«

»Und er wusch sich immer noch seine Wunden?«

»Ja.«

»Vielleicht ist er nicht geradewegs nach Hause gegangen.«

»Vielleicht.«

»Vielleicht ist er mit den anderen in die Hütte gegangen und hat mit ihnen getrunken. Dann bemerkte einer im Schein der Lampe, die sie angezündet hatten, die verräterischen Spuren, und Kumar hielt es für klüger, nach Hause zu gehen und sich zu säubern.«

»Sehr wahrscheinlich.«

»Also gab es in der Hütte eine Lampe?«

»Ja.«

»Sagten die jungen Männer, sie hätten Kumar an diesem Abend gesehen?«

»Sie behaupteten, ihn nicht gesehen zu haben. Soweit ich wußte, waren nur zwei oder drei mit ihm befreundet. Sie beharrten darauf, den ganzen Abend allein in der Hütte gewesen zu sein.«

»Wo hätte Kumar gewesen sein können, wenn er nicht sofort nach Hause gegangen war?«

»Überall. Vielleicht hat er im Garten vor dem Haus gewartet, bis er glaubte, unbemerkt sein Zimmer erreichen zu können.«

»Sie meinen, ohne von seiner Tante gesehen zu werden?«

»Von seiner Tante oder einem Dienstboten.«

»Wenn er direkt nach Hause gegangen wäre, wie lange hätte er gebraucht?«

»Etwa fünfzehn Minuten, höchstens zwanzig.«

»Zu Fuß?«

»Ja, zu Fuß.«

»Sagen wir zehn oder weniger mit einem Fahrrad?«

Merrick zögerte wieder.

»Natürlich.«

»Ich mache mir über das Auswaschen der Wunden Gedanken«, sagte Bronowski, »vom frühesten Zeitpunkt an gerechnet, zu dem er zu Hause in seinem Zimmer gewesen sein konnte und anfing, die Spuren zu beseitigen, hätte er dann vor Ihrer Ankunft eine gute halbe Stunde Zeit gehabt.«

»Wenn er direkt nach Hause gegangen ist, dann reichte eine halbe Stunde nicht. Er behandelte immer noch sein Gesicht. Glauben Sie wirklich, ich hätte nicht Grund genug gehabt, zu ihm zu fahren? Zuerst die jungen Männer in der Hütte – junge Männer von Kumars Sorte. Zwei oder drei von ihnen Kumars Freunde, die sich betrinken, lachen und Witze reißen. Was war natürlicher, als geradewegs zu Kumar zu gehen, nachdem wir die Gegend durchkämmt und sie entdeckt hatten?«

»Verzeihen Sie mir, die Reihenfolge und Umstände der Festnahmen waren mir nicht klar. Das ist alles sehr ungehörig, ich weiß, aber vielleicht ist es auch für Sie nicht ganz uninteressant, mit einem Fremden darüber zu sprechen. Ich versuche, mir ein Bild zu machen. Vermutlich sind Sie sofort zum Schauplatz des Verbrechens, dem Bibighar-Park gefahren, denn es hätte ja sein können, daß sich ein paar von diesen Burschen dort noch aufhielten. Auf alle Fälle wollten Sie sich den Tatort ansehen. Wenn Sie nun im Park standen und sagten: ›Ja, das ist Kumars Werk‹, hätte Sie dann der Weg zu Kumars Haus – vermutlich in einem Lastwagen oder Jeep zusammen mit ein paar Beamten – über die Brücke und an dem freien Gelände vorbeigeführt?«

»Ja.«

»Also haben Sie die Hütte gesehen. Ich glaube, Sie haben vorhin das Wort ›zerfallen‹ benutzt. Vielleicht sind wir uns einig, wenn ich sage, daß *in* der Hütte Licht brannte.«

»Ja.«

»Können wir uns das so vorstellen? Sie haben das Licht gesehen, angehalten, sind schnell zur Hütte gelaufen und haben die jungen Männer entdeckt?«

»Ja.«

»War daran nicht etwas Merkwürdiges? Ist Ihnen das nicht seltsam vorgekommen? Sie finden eine Gruppe lachender, trinkender junger Männer, die vermutlich das schlimmste aller Verbrechen begangen hatten, nämlich eine Engländerin zu vergewaltigen, ungefähr eine Stunde später, aber nur wenige Minuten vom Schauplatz des Verbrechens entfernt an einem, wie es aussieht, ziemlich auffälligen Ort, nämlich in einer zerfallenen Hütte auf freiem Gelände, aus der Licht nach außen dringt.«

»Sie sehen darin einen Widerspruch?«

»Ja. Mir klingt das mehr nach dem Verhalten von jungen Männern, die das getan haben, was sie behaupteten, getan zu haben: Sie saßen den ganzen Abend in der Hütte, tranken illegal gebrannten Schnaps und zündeten eine Lampe an, als es dunkel wurde. Sie waren gerade so betrunken, daß sie sich keine Sorgen darum machten, wem das auffallen könnte. Das Brennen und Trinken von illegalem Alkohol ist kein sehr schweres Vergehen.«

Merrick lächelte. »Sie haben das Bild aus dem Kontext herausgelöst. Sie vergessen, welcher Tag es war, und was im Laufe des Tages sich alles ereignet hatte. Es war der neunte August. Am achten hatte der Kongreß die *Quit-India*-Resolution verabschiedet. Am Morgen des neunten wurden nicht nur Kongreßführer, sondern auch Mitglieder von Kongreß-Unterausschüssen in ganz Indien verhaftet. Alles brodelte. An einem Ort namens Tanpur wurden nachmittags Polizeibeamte entführt, und eine englische Missionslehrerin – eine Miss Crane – von Gesindel überfallen. Ihr Begleiter, ein Inder, wurde ermordet. Gegen fünf Uhr nachmittags brachten wir Miss Crane in Majapur ins Krankenhaus. Kein Mensch wußte, was als nächstes geschehen würde. Die Geschäftsleute verriegelten ihre Läden, und die Leute blieben zu Hause. Ich weiß, der Kongreß leugnet, daß es insgeheim Pläne für einen Aufstand gegeben hat. Aber ich würde sagen, die Entwicklung der Lage lieferte genügend Beweise für einen organisierten Aufstand. Wenn das vom Kongreß bestritten wird, klingt es albern. Junge Inder von der Sorte, wie wir sie wegen der Vergewaltigung festnahmen, hatten vielleicht nicht direkt etwas mit diesen Plänen zu tun, doch die Ereignisse waren ganz nach ihrem Geschmack. Das gefiel ihnen! Sie lachen alle über Gandhi, wissen Sie. Dieser Unsinn von passivem Widerstand und Gewaltlosigkeit ist in ihren Augen ein Witz. Auch der militante Hinduflügel im Kongreß und Organisationen wie der Mahasabha und der RSSS lachen darüber. Wenn man sich auf die Ebene des Studenten begibt, der glaubt, die Welt schulde ihm eine Stellung als Gegenleistung für die Immatrikulation oder seine nicht bestandenen Examen, befindet man sich auf der Ebene, auf der nur noch Anarchie herrscht, denn solche Inder hassen die Engländer, die ihnen eine Möglichkeit gegeben haben, aus der Gosse des Basars aufzusteigen. Sie imitieren gleichzeitig unbekümmert englische Manieren und englische Kleidung. Wenn es zu Unruhen kommt, dann schließen die anständigen Leute in den Städten ihre Geschäfte und verriegeln die Türen. In den Dörfern treiben sie das Vieh zusammen und verteidigen ihr Eigentum und ihr Leben. Auf dem Land und in der Stadt kommt das Gesindel zum Vorschein. Aber in der Stadt gibt es unter dem Gesindel viele, die Shakespeare zitieren können. Als ich an diesem Abend über den Fluß fuhr, war ich nicht auf der Suche nach Leuten, die sich zu Hause versteckten, sondern auf der Suche nach solchen Typen wie die fünf in der Hütte. Sehen Sie, meine Interpretation Ihres Bildes von den jungen Männern in der Hütte ist doch eine ganz andere. Der Rausch, der sie sorglos genug machte, um ein Licht anzuzünden und nur wenige Minuten vom Bibighar-Park entfernt zu feiern, hatte wenig mit dem Alkohol zu tun. Das war reiner Übermut. Sie hatten eine Weiße gehabt. Sie glaubten, im Land würde es einen Aufstand geben. Ihr Tag brach an. Sie sahen es deutlich vor sich: Die Engländer waren auf der Flucht. Die Messer waren gezückt. In ein oder zwei Tagen würden die Weißen vor ihnen auf dem Bauch kriechen, ihnen die Füße küssen, und es würde so viele weiße Frauen geben, die man vergewaltigen oder ermorden könnte, wie man nur wollte.«

»Und Kumar?«

»Oh, Kumar. Er war der Schlimmste. Haben Sie schon einmal von Chillingborough gehört?«

»Chillingborough . . . ja. Das ist doch eine Ihrer besten *Public Schools* zu Hause?«

»Richtig. Und von dort kam Kumar. Wenn man ihn sprechen hörte, ich meine, wenn man nicht hinsah, wenn er sprach, glaubte man einen Engländer dieser Sorte zu hören. Seine Mutter war sehr früh gestorben, und sein Vater brachte ihn als etwa Zweijährigen mit dem festen Vorsatz nach England, ihn so zu erziehen, daß er nicht nur wie ein Engländer sprechen und sich benehmen, sondern ein Engländer sein sollte. Der Vater war reich, geriet aber irgendwie in finanzielle Schwierigkeiten, verlor sein Vermögen und hinterließ Kumar bei seinem Tod keinen Penny. Seine Tante in Majapur war eine anständige Frau. Sie bezahlte ihm die Überfahrt nach Indien und versuchte, sich um ihn zu kümmern. Aber ihm war nichts gut genug. Er konnte es nicht ertragen, in einer Stadt wie Majapur einfach nur einer von vielen verwestlichten jungen Indern zu sein.«

»Der arme Mr. Kumar. Es kann keine sehr schöne Erfahrung gewesen sein.«

»Mein Gott, man sollte glauben, wer so viele Vorteile hatte, wäre Manns genug, einen solchen Schlag zu verkraften. Ich kann Ihr Mitgefühl für ihn nicht teilen. Aber ich habe ihn schließlich persönlich kennengelernt. Für mich war Kumar nicht nur Theorie. Ich kenne diesen Typ nur allzu gut, und Kumar war dieser Typ in Potenz. Ich wußte genau, was er wollte. Er wollte sich rächen. Er wollte es uns heimzahlen, weil er hier in Indien nicht länger den Engländer spielen konnte. Einer der Geschäftsleiter der Britisch-Indischen Elektrowerke erzählte mir, Kumar hätte dort eine anständige Stelle als eine Art Lehrling haben können. Aber Mr. Kumar weigerte sich, den Direktor mit Sir anzusprechen, und gab dem Mann, unter dem er arbeiten sollte, freche Antworten. Der Schwager seiner Tante ist ein Händler und Heereslieferant. Kumar übernahm einige Zeit irgendwelche Büroarbeiten. Das gefiel ihm nicht. Aber dort ist er wohl zum ersten Mal mit diesem Burschen in Kontakt gekommen, von dem ich Ihnen erzählt habe, mit Moti Lal, der aus dem Gefängnis ausgebrochen war. Moti Lal war Büroangestellter bei Kumars Onkel.« Merrick schlug plötzlich mit der Hand auf die Brüstung. »Es ist alles sonnenklar: Moti Lal. Pandit Baba. Das Herumhängen mit den jungen Männern, die in der Hütte Schnaps tranken. Seine Arbeit als Reporter. Als wir sein Zimmer durchsuchten, haben wir einen Brief gefunden. Der Brief stammte von einem jungen Engländer, der Kumar bat, keine kommunistischen Äußerungen zu schreiben, da sein Vater ein paar von Kumars Briefen geöffnet hatte und nicht wollte, daß sein Sohn solche Briefe bekam, während er nach seinem Einsatz in Dünkirchen noch im Lazarett lag. Außerdem hatte Kumar ein Photo in seinem Zimmer – ein Photo von Miss Manners. Von seinem Standpunkt aus betrachtet war eine Weiße, die ihm nachlief, das Tüpfelchen auf dem I.«

Plötzlich wendete Merrick den Kopf und sah Bronowski an. »Ich mußte nicht im Bibighar-Park stehen und mir sagen: Ja, das ist Kumars Werk! Ich wußte, daß es Kumars Werk war, sobald ich ins MacGregor-Haus kam und Lady Chatterjee mir berichtete, daß Miss Manners in diesem Zustand zurückgekommen sei. Ich war schon vorher dort gewesen. Es war kein Abend, an dem man einfach darüber hinweggehen konnte, daß eine junge Engländerin vermißt wurde. Und genau danach sah es aus, als sei sie vermißt. Manchmal hatte ich sie im Wagen vom Krankenhaus nach Hause gebracht. Ich war an diesem Abend wegen Miss Crane im Krankenhaus gewesen und suchte Miss Manners beim Wegggehen, man sagte, sie sei in den Club gegangen. Später ging ich selbst in den Club, erkundigte mich nach ihr und erfuhr, daß sie nicht dort gewesen war. Das ist es also, dachte ich, sie trifft sich wieder mit Kumar. Ich hatte nicht das Gefühl, etwas tun zu können. Ich hatte an diesem Tag sowieso alle Hände voll zu tun. Aber später fuhr ich noch einmal zu dem ziemlich abgelegenen MacGregor-Haus. Ich wollte mir Sicherheit verschaffen, daß alles in Ordnung war. Ich traf Lady Chatterjee allein an, und sie machte sich Sorgen, denn Miss Manners war noch nicht zurückgekommen. Zumindest machte sie sich Sorgen, als ich ihr sagte, daß Miss Manners nicht im Club gewesen war. Ich mußte dann ins Polizeipräsidium zurück. Mittlerweile ging es schon auf neun zu. Auf dem Rückweg ins Polizeipräsidium fiel mir ein, daß Miss Manners manchmal in das sogenannte Asyl auf der anderen Seite des Flusses ging. Sie half Schwester Ludmilla bei der Sprechstunde. Also fuhr ich zum Asyl und hörte, daß sie dort gewesen war, sich aber noch vor dem Dunkelwerden wieder verabschiedet hatte. Vom Asyl bis zu dem Haus, in dem Kumar lebte, war es nicht weit. Ich fand die Situation ernst genug, um nachzusehen, ob sie dort einen Besuch machte. Aber sie war nicht dort, und Kumars Tante erklärte, auch Kumar sei nicht zu Hause. Da wußte ich alles. Sie waren zusammen irgendwo hingegangen. Ich dachte: Nun ja, soll sie ihn haben, wenn sie ihn will. Ich fuhr dann zur Polizeiwache am Mandir-Gate. Hätte ich den anderen Weg über die Bibighar-Brücke genommen, wäre sie mir begegnet, als sie allein durch die dunklen Straßen nach Hause rannte. Vermutlich wären mir auch Kumar und die anderen begegnet. Aber ich fuhr zur Wache. Es war Zufall, daß ich beschloß, auf dem Weg ins Polizeipräsidium noch einmal zum MacGregor-Haus zu fahren. Als ich dort ankam, war sie ungefähr zehn oder fünfzehn Minuten früher völlig erschöpft und in diesem schrecklichen Zustand aufgetaucht. Lady Chatterjee hatte den Arzt, aber nicht die Polizei rufen lassen, weil Miss Manners sich zu ihrem Zustand nicht geäußert hatte. Lady Chatterjee vermutete etwas, und ich bat sie, hinaufzugehen und sich den Verdacht bestätigen zu lassen. Die Antwort, die sie mir zurückbrachte, war nicht klar, aber sie genügte: Ein Überfall, Vergewaltigung, fünf oder sechs Männer im Bibighar-Park. Ich mußte zuerst ins Präsidium, um mir meine Männer zu holen und anzuordnen, daß man den Park durchsuchte. Wir erreichten den Park etwa eine gute halbe Stunde, nachdem sie von dort geflohen war. Wir durchkämmten den Park vielleicht zehn Minuten und hielten uns etwa fünf Minuten am Bahnwärterhäuschen auf, um den Mann zu befragen und alles abzusuchen. Ich wußte, daß ich meine Zeit verschwendete. Ich wußte, wo ich eigentlich suchen sollte. Als ich mich schließlich auf den Weg zu Kumars Haus machte, hätte ich die Hütte beinahe nicht beachtet, obwohl das Licht verriet, daß sich jemand dort aufhielt. Ich glaube, daß ich anhielt, war zum Teil eine Routinereaktion. Mir wurde klar, daß ich nichts übersehen durfte. Zum Teil war es aber ein Anflug von schlechtem Gewissen. Ich wollte nicht unfair sein und vorschnelle Schlüsse ziehen. Aber der Anblick dieser jungen Männer, die Erkenntnis, was sie waren und wer sie waren – nun ja, ich holte sie da raus, hatte sie auf einem Wagen und auf dem Weg ins Präsidium, ehe sie wußten, wie ihnen geschah. Ich fuhr in meinem Wagen und drei oder vier Beamten zu Kumar, um ihn mir vorzuknöpfen. Die Tante wollte verhindern, daß wir nach oben gingen. Sie zitterte vor Angst. Da wußte ich, daß ich recht hatte.« Merrick lachte. »Wissen Sie, was er sagte, als wir in sein Zimmer kamen? Er stand da, bis zur Hüfte nackt, beugte sich über die Waschschüssel und preßte sich einen Waschlappen auf das Gesicht. Er blickte auf und sagte: ›Wer hat Ihnen erlaubt, einfach so in mein Zimmer zu kommen, Merrick?‹«

Bronowski lachte. Merrick lächelte säuerlich, warf einen Blick auf seine Uhr und verließ den Platz an der Brüstung.

»Ich fürchte, ich muß jetzt hineingehen.«

»Das müssen wir beide«, sagte Bronowski, »es tut mir leid, daß ich Sie so lange aufgehalten habe. Aber noch mehr tut mir leid, daß alles, was wir zu besprechen hatten, in eine kaum mehr als flüchtig zu nennende Begegnung gepreßt werden mußte. Vielleicht haben wir in einer nicht ganz unabsehbaren Zukunft Gelegenheit, das Gespräch fortzusetzen. Ich hoffe, Sie werden es mich wissen lassen, wenn Sie je wieder nach Mirat kommen oder geneigt sind, eine Rückkehr in Erwägung zu ziehen.«

Sie gingen über die Terrasse. In den letzten zehn Minuten waren das Stimmengewirr und das Gelächter, das aus dem Raum zu ihnen herausdrang, lauter geworden. »Ich nehme an, Ihnen fehlt ein Drink«, sagte Merrick, »mir jedenfalls fehlt einer.«

»Ich könnte einen gebrauchen, aber ich darf nicht. Sie werden feststellen, daß Nawab Sahib aus Höflichkeit ein Glas Orangen- oder Zitronensaft in der Hand hält. Also folge ich seinem Beispiel, um ihm Gesellschaft zu leisten. Er nimmt den Ramadan sehr ernst, und ich glaube, er genießt die Disziplin, ein Glas in der Hand zu halten, und es nicht einmal an die Lippen zu setzen. Heute abend beginnt für ihn eine besondere Zeit des Fastens und des Betens. Er ißt selbst nach Sonnenuntergang beinahe nichts mehr. Der *Id* ist in zehn Tagen. Ich bedaure, daß Sie dazu nicht mehr hier sein werden und daß dann auch die reizenden Damen Layton abgereist sind. Nawab Sahib hätte Sie mit dem größten Vergnügen zu einem Essen in den Palast eingeladen.«

»Er war schon so mehr als großzügig . . .«

Sie traten durch eine der Glastüren. In dem Raum standen mehrere Gäste, die vermutlich hierher gekommen waren, um dem Gedränge im Raum dahinter zu entgehen, durch dessen offene Tür man die Hochzeitsgesellschaft sah. Bronowski blieb stehen und brachte Merrick ebenfalls dazu, anzuhalten, indem er ihn am Arm festhielt. Ein unbeteiligter Beobachter hätte diese Geste als Beweis von Intimität, gemeinsamen Interessen und Erfahrungen deuten können.

»Sagen Sie«, der Graf senkte die Stimme, und Merrick neigte automatisch den Kopf in seine Richtung, »wer ist dieser ungewöhnlich gut aussehende Offizier mit den dunklen Haaren, der sich gerade mit der Frau im blauen Kleid unterhält?«

Merricks Blick schweifte schnell durch den Raum.

*»Oh das«,* schien er sagen zu wollen, *»das ist . . .«*

Aber er sah Bronowski plötzlich prüfend an, als sei er sich irgendeiner Sache nicht ganz sicher – sei es nun, daß er sich über den Namen eines Mannes, die Farbe eines Kleids, die Absicht des Fragenden im Unklaren war –, jedenfalls schien die Frage einen Moment lang unbeantwortet in der Luft zu hängen, und Bronowski beobachtete, wie dem ehemaligen Polizeichef die Röte in die Wagen stieg und wieder daraus wich. Er ließ den Arm seines Begleiters los und murmelte:

»Nun ja, das ist nicht so wichtig. Kommen Sie, gehen wir hinein«, und schritt voran.

---

»Er hat sie geliebt«, sagte Tante Fenny und machte sich daran, Susans Hochzeitskleid aufzuknöpfen, während Mrs. Layton den Schleier faltete und Sarah die Reisekleider auf dem Bett des kleinen Zimmers zurechtlegte. »Ich habe eine Frau getroffen, die damals in Majapur war, und sie hat es mir gesagt. Sie hat gesagt, das sei allgemein bekannt gewesen. Der DPC hatte sich Miss Manners in den Kopf gesetzt. Das überraschte alle, denn man hielt ihn für einen überzeugten Junggesellen, und die unverheirateten Mädchen, die versucht hatten, sich ihn zu angeln, fragten sich, was er an ihr fand. Ich nehme an, ihre Herkunft hatte etwas damit zu tun. Aber wenn ein solcher Mann sich zu diesem entscheidenden Schritt entschließt, nimmt er das schrecklich ernst. Es muß furchtbar gewesen sein, als sie sich in einen dieser gräßlichen Inder vernarrte. Die Frau erzählte, er habe wirklich krank ausgesehen, nachdem Miss Manners überfallen worden war, und man versuchte, diesen Burschen den Prozeß zu machen. Er muß bei dem Gedanken fast verrückt geworden sein, daß sie so einfach davonkommen sollten. Kein Wunder, daß er alles daransetzte, aus dem Polizeidienst entlassen zu werden, um zum Militär überwechseln zu können, und daß er nie erwähnt, daß er in Majapur war. Graf Bronowski muß ein unglaublich gutes Namensgedächtnis haben. Hauptmann Merrick fand es eindeutig höchst unangenehm, daß alles bekannt wurde. Habt ihr sein Gesicht gesehen, als er zurückkam, nachdem er die Hutschachtel geholt hatte?«

»Hör auf, Tante Fenny!« schrie Susan, »hör auf! Ich versuche, versuche und *versuche,* mir einzureden, daß es ein schöner Tag ist. Ich versuche, versuche und *versuche* daran zu denken, daß ich mit Teddie verheiratet bin ...« Sie zerrte an dem Kleid, das am Rücken noch nicht ganz aufgeknöpft war, riß es herunter, zog heftig die Arme aus den Ärmeln, schob sich den widerspenstigen, bauschigen Damast über die Hüften und riß dabei einen der Knöpfe ab. Sie stand jetzt nur noch in Büstenhalter, Höschen und Strumpfhalter da, drehte sich mit einem Ruck um und versetzte dem Kleid einen Tritt. »Mein liebes Kind«, sagte Tante Fenny begütigend. Aber Susan, rot im Gesicht und weiß am Körper, griff nach dem Schwammbeutel, der auf dem Bett lag, und sagte: »Wir haben fünfzehn Minuten Zeit, Mammi!« Auf dem Weg ins Bad nahm sie die ordentlich zusammengefaltete Unterwäsche mit.

»Was habe ich denn getan?« fragte Tante Fenny ihre Schwester.

»Nichts, Fenny. Es lag an dem, was du gesagt und nicht, was du getan hast. Das Thema ist im Augenblick wohl kaum passend.«

»O je, ja . . . ich verstehe. Es tut mir leid. Armes Kleines. Was suchst du denn, Sarah?«

»Den Knopf, der abgegangen ist.«

»Ich finde ihn bestimmt. Milli, du packst das Kleid ein, damit Sarah sich auch umziehen kann.«

Fenny kniete sich auf den Boden. »Ich habe ihm erzählt, daß wir in Srinagar neben dem Boot von Lady Manners vor Anker lagen. Aber er kennt sie nicht. Das hat mich etwas erleichtert, weil es mir so herausrutschte – ich meine, die Sache mit dem Hausboot. Wenn er ein Freund der alten Lady Manners gewesen wäre, hätte ich peinlicherweise zugeben müssen, daß wir sie gar nicht besucht haben. Und vielleicht hätte er nicht verstanden, wie schwierig die Lage für uns war. Ich wollte unbedingt etwas aus erster Hand erfahren, aber er reagierte sehr ausweichend, als ich ihm vorschlug, morgen oder Montag den Abend mit uns im Gästehaus zu verbringen. Er sagte, er müsse vielleicht nach Kalkutta, ich meine, noch ehe Teddie und die anderen in der nächsten Woche aufbrechen. Wie schade! Er hat sich sehr um dich bemüht, Sarah, nicht wahr, Liebes?«

»Tante Fenny, ich verstehe dich einfach nicht.«

»Ach, da ist er ja. Millie, steck ihn in die Handtasche, damit er nicht verlorengeht. Hilf mit bitte beim Aufstehen, Sarah. Was verstehst du nicht, Sarah?«

»Du redest immer noch über diese Manners-Geschichte . . .«

»Aber Susan hört doch nichts . . .«

»Das meine ich nicht. Ich meine, du bist bereit, in den Einzelheiten zu baden, du würdest am liebsten Hauptmann Merrick in einen Sessel setzen, ihm ein Glas in die Hand drücken und die ganze Geschichte bis in alle Einzelheiten aus ihm herauspressen, ohne auch nur einen Gedanken an seine Gefühle zu verschwenden. Aber als wir Gelegenheit gehabt hätten, der Tante dieser armen Frau gegenüber freundlich zu sein, hast du einen guten Grund dafür gefunden, daß wir alle auf Distanz blieben. Du hast gesagt, wir würden sie durch unseren Besuch in Verlegenheit bringen.«

»Das stimmt auch«, erwiderte Fenny, drehte sich um und half Mrs. Layton, das Kleid zusammenzulegen und in den Koffer zu pakken. »Wenn es sie nicht in Verlegenheit gebracht hätte, dann doch auf jeden Fall mich. Alle finden, daß diese Frau sich höchst merkwürdig verhalten hat.«

Sarah begann, sich auszuziehen und knöpfte unter Verrenkungen die vielen Satinknöpfe auf. Sie spürte, wie Ärger und Zorn in ihr aufstiegen.

»Man konnte sogar das widerwärtige Weinen hören«, fügte Fenny hinzu, »man hatte das Gefühl, in unmittelbarer Nähe von einem schrecklichen indischen Slum zu sein. Der Gedanke, daß eine Engländerin darin lebte, machte einen ganz krank.«

»Ich war auch in diesem Slum«, sagte Sarah und schien dabei mit den Fingerspitzen das Geheimnis zu entdecken, wie das Kleid sich öffnen ließ, und gleichzeitig den Schlüssel zu einem tieferen Geheimnis zu finden, das etwas mit dem Zugang zu ihrer kostbaren Persönlichkeit zu tun hatte. Sie ließ das Satinkleid zu Boden fallen, wo es wie eine überflüssige Haut lag. »Ich habe eine ganze Stunde in dem Slum verbracht, mich mit dieser ungewöhnlichen Frau unterhalten und das widerwärtige Baby gesehen. Natürlich war es kein Slum, und das Baby war nicht widerwärtig. Aber in Hinblick auf Lady Manners gebe ich dir recht. Sie war nicht gewöhnlich.«

»Du hast sie besucht?«

»Ja.«

»Weshalb?«

»Um mich für unser Benehmen zu entschuldigen. Der Rest war vielleicht reine Neugier wie bei dir, Tante Fenny.«

Sarah hob das Kleid auf. Sie würde es nie mehr tragen. Plötzlich hatte sie nichts mehr gegen diese Verschwendung einzuwenden. Sie war froh – froh, daß Susan auf pfirsichfarbenem Satin bestanden und sich Sarahs puritanischer Neigung widersetzt hatte, sich ein Kleid aus einem anderen Stoff nähen zu lassen, das mit einigen Änderungen noch länger und für andere Zwecke hätte dienen können.

»Hast du das gewußt, Millie?« fragte Tante Fenny.

»Ja.«

»Und du hast es gebilligt?«

»Es fällt mir schwer, Dinge, die ich nicht verstehe, zu billigen oder zu mißbilligen. Sagen wir einfach, ich wußte, du und Arthur, ihr würdet es noch weniger verstehen. Ich habe Sarah gebeten, nicht darüber zu sprechen. Aber das ist jetzt unwichtig. Können wir es bitte vergessen? Können wir uns einfach darauf konzentrieren, Susan rechtzeitig zum Zug zu bringen?«

»Du hast völlig recht, ich verstehe es nicht. Für *uns* entschuldigt?

Mein liebes Kind, manchmal machst du mir Sorgen. Du machst uns allen Sorgen. Du machst uns sehr viele Sorgen.«

»Ich weiß«, erwiderte Sarah und verpackte das Brautjungfernkleid und die Satinschuhe in dem bereitliegenden Seidenpapier. »Ich mache mir selbst auch Sorgen. Soll ich Susans Schleier in meinen Koffer packen? Da ist noch etwas mehr Platz.«

Tante Fenny reichte ihr wortlos den zusammengelegten Schleier. So zart und duftig er auch war, man mußte ihn doch mit zwei Händen tragen. Sarah legte ihn vorsichtig als letztes in den Koffer. Der Schleier, das wichtigste Requisit für Susans Illusion, die sie entschlossen verteidigte, hatte jetzt ausgedient und wurde weggepackt. Sarah erinnerte sich an den Tag in Tante Lydias Rumpelkammer, als sie immer wieder mit einem Arm voll Sachen in den Garten in Bayswater hinuntergegangen war und alles in den Verbrennungsofen geworfen hatte, vor dessen Hitze sie zurückwich, die staubige Hand schützend vor das Gesicht hielt und dabei an das immerwährende Licht dachte, das auf die Mitglieder ihrer Familie zu fallen schien.

Vielleicht, dachte sie, bin ich nicht länger im Dunklen. Vielleicht ist da ein Licht, und ich bin im Licht. Aber Sarah wußte nicht genau, welches Licht und auch nicht, welche Verpflichtungen sie damit auf sich genommen haben könnte, daß sie ins Licht getreten war. Aber wenn es ein Licht war, wollte sie es mit anderen teilen. Sie blickte zu Tante Fenny und ihrer Mutter hinüber und drückte die Schlösser des Koffers zu, als vollende sie mit einem fröhlichen Tusch ein besonders schwieriges Zauberkunststück.

»Aber jetzt wollen wir uns keine Sorgen machen«, sagte sie, »es ist nicht nur Susans großer Tag, sondern auch unser großer Tag.«

---

Und schließlich, als drittes Glied in der Kette, die mit dem Steinwurf und dem peinlichen Zwischenfall vor dem Club – wo man den Nawab nicht einlassen wollte – ihren Anfang nahm, kam es zu der eigenartigen Szene mit der Frau im weißen Sari, die auf dem Bahnsteig, wo der Zug nach Nanoora wartete, plötzlich aus der Menge auftauchte. Sie schien entschlossen, sich der Gruppe anzuschließen, die Teddie und Susan verabschiedete, obwohl sie ein paar Schritte zurückblieb.

Zuerst fiel sie nur den Offizieren am Rand der Gruppe auf, und die beachteten sie nicht weiter. Dann ertönte von weiter unten am Bahnsteig warnend die Trillerpfeife. Als Hauptmann Merrick aus dem Abteil stieg und Mrs. Layton, Sarah, Major und Mrs. Grace

Gelegenheit gab, sich von dem Brautpaar ungestört zu verabschieden, teilte sich die Gruppe und machte ihm Platz. Als Merrick sich umdrehte, bemerkte er die Frau, nur wenige Schritte von ihm entfernt. Sie kam auf ihn zu.

Ihr Sari war nur aus Baumwolle, und das Weiß deutete auf Witwenschaft und Trauer hin. Das billige Material war jedoch kein Zeichen von Armut. Keinem der Offiziere in der Nähe kam in den Sinn, daß sie eine Bettlerin sein könnte. Ihre Haut war nicht sehr dunkel, sie wirkte sauber und ehrbar. Alle, auch Mrs. Grace, die gerade mit ihrem Mann und Sarah das Abteil verließ, hatten sofort den Eindruck, es würde zu einer unangenehmen Szene kommen, weil die Inderin vielleicht einen Platz in der ersten Klasse beanspruchen könnte.

Aber sie schien doch nur eine Bettlerin zu sein. Sie sagte jetzt etwas auf Hindi, was der Offizier, der ihr am nächsten stand, hörte. Die anderen stellten fest, daß auch Hauptmann Merrick es verstand, denn er antwortete ihr ebenfalls auf Hindi. »Helft mir, Euer Ehren«, sagte sie, »Ihr allein könnt jetzt noch helfen. Ich flehe Euch an, habt Erbarmen!« Und Merrick erwiderte: »Bitte gehen Sie, ich kann nichts für Sie tun.«

Sie schrie auf und fiel auf die Knie – ein alarmierendes Schauspiel, das die Zuschauer in einem Theater sicherlich gerührt hätte, die ungläubig und gespannt der Handlung auf der Bühne folgen. Aber auf einem Bahnsteig konnte es nur Peinlichkeit hervorrufen. Der Aufschrei, die Erniedrigung war noch nicht alles. Sie riß sich den Sari vom Kopf. Ergrauende Haare kamen zum Vorschein. Sie umklammerte die Füße des armen Hauptmann Merrick und berührte jammernd und klagend mit der Stirn den schmutzigen Boden. Man konnte sie unmöglich wegreißen. Einer der Offiziere rief: »Jao! Jao!« und wollte Merrick helfen, indem er versuchte, sie mit dem Schienbein wegzudrücken. Sie ließ los, wich aber nicht von der Stelle, fuhr mit den Händen durch Staub und Schmutz und bestreute sich symbolisch den Kopf mit Asche. Dabei wiegte sie sich weinend hin und her und stieß unverständliche Worte hervor.

Die ungewöhnliche Szene fand abrupt ein Ende. Aus einem Abteil in der Nähe tauchte ein indischer Bahnbeamter auf – der Mann, der die Platzreservierungen überprüfte. Er sah, was vor sich ging, und rannte herbei. Er packte die Frau grob bei den Schultern, zog sie auf die Füße und stieß sie vor sich her – einmal, zweimal – so oft es nötig war, um sie in die Menge der Inder zurückzudrängen. Er schrie sie dabei wütend an und drohte ihr mit der Polizei. Inmitten der Inder fiel sie wieder auf die Knie, begann zu jammern und zu gestikulieren. Sie war außer sich und von einem Leid getroffen, das die Umstehenden nicht verstehen oder teilen konnten, und das ihnen deshalb absurd erschien. Sie beobachteten die Frau neugierig und wichen dann zurück, um einen älteren Inder mit einem grauen Bart und einer Nickelbrille durchzulassen, der sich vordrängte, zu ihr ging und mit ihr sprach. Dann hob er sie auf und führte sie den Bahnsteig hinunter, wo die beiden den Blicken entschwanden.

»Eine Verrückte», erklärte der Bahnbeamte, »ich hoffe, niemand fühlt sich allzu sehr belästigt.«

Es schien außer Zweifel zu sein, daß sie eine Verrückte war. Aber es schien einer offiziellen Bestätigung gleichzukommen, als dieser Mann sie so bezeichnete. Man durfte annehmen, daß die Frau bekannt war: ein bedauernswertes, verrücktes, harmloses Wesen, das auf Bahnsteigen vor Sahibs auf die Knie fiel.

Teddie streckte den Kopf aus einem offenen Abteilfenster. Ein sauberes Heftpflaster schmückte seine Wange. »Was war denn los?« fragte er fröhlich. Aber er erwartete offenbar keine Antwort. Die Trillerpfeife ertönte zum zweiten Mal. Sein Kopf verschwand wieder im Abteil.

»Du gehst jetzt besser, Mammi«, sagte Susan. Mrs. Layton ließ ihre Tochter los, drückte Teddie einen flüchtigen Kuß auf die unversehrte Wange und ließ sich von ihm durch den Gang zur Tür begleiten, wo Major Grace ihr auf den Bahnsteig hinunterhalf. Teddie schloß die Tür, und Susan trat neben ihn ans offene Fenster.

»Auffangen«, rief sie und warf das welke kleine Sträußchen, das sie den ganzen Morgen getragen hatte, in die Luft – jedoch in Sarahs Richtung. Sarah fing es auf und hob es instinktiv an die Nase, um an den immer noch duftenden Blüten zu riechen. Sie blickte hoch und stellte fest, daß Susan sie beobachtete. Vielleicht wartete sie auf ein Wort oder eine Geste. Aber Sarah fand kein Wort und keine Geste, außer einem lautlosen »Danke«, das ihre Lippen formten. Ich kann nicht mehr tun, sagte Sarah stumm, als dir Glück wünschen.

Und das schien genug zu sein.

## IV

Hauptmann Merrick kam bei Einbruch der kurzen Dämmerung zum Gästehaus. Sarah saß allein auf der Terrasse und erklärte, sie warte auf die Dunkelheit und auf das Auftauchen der Leuchtkäfer. Der Rest der Familie befinde sich noch in den Zimmern.

»Haben Sie heute nachmittag nicht geschlafen?« fragte Merrick. Sie trug immer noch das Kleid, in dem sie das Brautpaar am Bahnhof verabschiedet hatte.

»Eigentlich wollte ich es, aber es war einfach zu ruhig. Die ganze Woche ging es hier zu wie in einem Bienenhaus. Deshalb habe ich Briefe geschrieben – das heißt, einen Brief an Vater, über die Hochzeit.« Sie warf einen Blick auf ihre Uhr. »Sie werden bald in Nanoora sein. Lassen Sie sich doch etwas zu trinken bringen.«

»Wenn Sie auch etwas trinken.«

»Warum eigentlich nicht.«

Merrick ging zu dem Klingelzug an der Wand neben der Glastür. Er trug nicht mehr seine Ausgehuniform, sondern Baumwollbuschhemd und Hose. Nachdem er geklingelt hatte, blieb er an der Terrassenbrüstung stehen.

»Auf dem See schwindet das Licht zuletzt«, sagte Sarah. »Doch wenn es wirklich dunkel ist, ist der See sehr viel dunkler als alles andere.«

»Das Wasser reflektiert den Himmel«, erwiderte Merrick prosaisch. Er zog sein Zigarettenetui aus der Tasche und kam auf sie zu.

»Nein danke. Im Augenblick nicht. Aber rauchen Sie nur. Es gehört zu den Genüssen dieser Tageszeit, den Rauch eines anderen zu riechen.«

»Sie sind sehr empfänglich für Atmosphäre.«

»Schon möglich.« Sie dachte nach. »Aber nicht mehr als andere auch. Vielleicht mache ich mir mehr Gedanken darüber.«

Abdur Rahman kam auf die Terrasse.

»Was möchten Sie, Ronald?« fragte sie und sprach ihn zum ersten Mal beim Vornamen an, denn es erschien ihr zum ersten Mal natürlich.

»Whisky, wenn es geht.«

»Whisky Soda, Sahib *ke waste*. Abdur. *Burra peg hona chahie. Aur* Tom Collins *meri lie.*«

»Memsahib!«

Nachdem Abdur Raman wieder gegangen war, sagte Merrick: »Sie glauben, ich brauche einen *burra pega*?«

»Ob Sie einen brauchen, weiß ich nicht. Aber Sie verdienen einen.«

»Ich habe früher praktisch nichts getrunken.«

Er setzte sich ihr gegenüber, zündete die Zigarette an und erklärte: »Ich fahre morgen früh nach Kalkutta. Eigentlich bin ich gekommen, um mich von allen zu verabschieden.«

»Oh, das tut mir leid.«

»Der Befehl war da, als wir vom Bahnhof zurückkamen. Drei von uns müssen morgen weg. Aber es kam nicht unerwartet. Der General hatte uns vor seiner Abreise darauf vorbereitet. Ich glaube, es bedeutet eine Verlegung des Ausbildungslagers und des Formierungsgebiets. Vielleicht sind die Dinge in Bewegung geraten.«

Sarah schwieg eine Weile. Das Licht schwand schnell, deutlich wahrnehmbar, und hatte mit seiner letzten Aufgabe des Tages begonnen: Menschen, mit denen man zusammensaß – in diesem Fall Ronald Merrick –, eine eigenartige Dichte zu verleihen, eine Undurchdringlichkeit und Festigkeit, die einen Ausgleich schuf für das Dunklerwerden und Verblassen von Gesichtszügen, Händen und Kleidung, so daß der Mensch, auf den die Dunkelheit fiel, nicht ab-, sondern zunahm. Sarah überlegte, was Merrick damit gemeint haben könnte, als er sagte, die Dinge seien in Bewegung geraten. Diese Dinge schienen so fern zu sein, daß man sie sich beinahe nicht vorstellen konnte, und doch konnte er in ein oder zwei Tagen in ihrer Nähe sein. Und sie konnte jetzt die Hand ausstrecken, ihn berühren, und er würde den Eindruck ihrer Berührung in die Zonen der Gefahr mitnehmen.

»Kommt Ihnen auch manchmal der Gedanke, wie merkwürdig das mit dem Krieg ist?« fragte sie, »ich meine, daß er sich auf bestimmte Orte konzentriert, und zwischen diesen Orten liegen Länder, ganze Kontinente, in denen das Leben einfach weitergeht?«

»Wie hier.«

Sarah nickte. »Wie hier.«

Nach längerem Schweigen sagte er: »Ich glaube, genauso merkwürdig ist es, dorthin zu wollen. Mich hat nichts dazu gezwungen.« Er sah sie an. »Werden Sie mir manchmal schreiben?«

Sarah erwiderte den Blick, war bereit zu lächeln, es als eine unbeschwerte, leicht sentimentale Frage zu betrachten, die sie ihm vergeben konnte, weil er nun einmal Soldat war. Doch als ihre Blicke sich trafen, wurde Sarah bewußt, daß seine Frage vielleicht ebenso ernst wie unerwartet war.

»Ja, natürlich.«

»Danke.«

Vielleicht wollte er noch etwas hinzufügen, aber Abdur Rahman brachte gerade ein Tablett mit den Drinks. Sarah nahm das hohe kalte Glas in die Hand, wartete, bis Merrick beim Zugießen des Sodawassers *bus* gesagt hatte, und rief dann »Prost». Das Eis brannte auf ihren Lippen und machte sie gefühllos. Der erste Moment beim

Trinken einer eiskalten Flüssigkeit erinnerte sie immer an das taube Gefühl in den Lippen beim Nachlassen der Wirkung einer Injektion im Mund. Sie schluckte, schloß die Augen, legte den Kopf zurück und stieß einen leisen Ausruf der Zufriedenheit aus, die sie nur halb empfand.

Merrick sagte: »Ich habe mich gefreut, Sie alle kennenzulernen. Es ist schon lange her, seit ich . . . in einer Familie war.« Er trank einen Schluck Whisky. »Ich bin gekommen, um mich zu verabschieden, aber auch in der Hoffnung, mich entschuldigen zu können. Ich glaube, bei Ihnen kann ich es. Wenn Sie nicht allein wären, hielte ich es vermutlich nicht für passend. So etwas kann man nicht mehreren Leuten sagen.«

Sarah öffnete die Augen, wendete den Kopf, aber Merrick blickte hartnäckig auf den See.

»Der Stein heute morgen galt eigentlich mir. Ich weiß, es klingt kindisch und melodramatisch, aber seit ich Majapur verlassen habe, werde ich auf diese Weise verfolgt. Es hat mir nie etwas ausgemacht, aber heute waren Sie alle da hineingezogen. Deshalb wollte ich mich entschuldigen, für zwei Dinge, die Teddie und Susan und Ihnen allen den Tag verdorben haben. Ich meine den Stein und die unangenehme Szene auf dem Bahnsteig. Ich weiß nicht, ob ich mich auch für die peinliche Sache mit dem Nawab entschuldigen sollte. Ich hätte dafür sorgen müssen, daß die Militärpolizisten wußten, es würden indische Gäste kommen. Ohne den Zwischenfall mit dem Stein wären sie natürlich überhaupt nicht dagewesen. Es tut mir leid. Einen schlechteren Trauzeugen hätte Teddie sich gar nicht wählen können.«

»O nein!«

»Es hatte alles mit dieser Sache in Majapur zu tun.« Jetzt sah er sie an. »Sie wissen, welche Rolle ich dabei gespielt habe?«

»Ja, ich weiß.«

»Es tut mir leid – ich meine, daß ich nicht gesagt habe, wer ich wirklich bin, und dann, als ich damit konfrontiert wurde, es entweder leugnen und eine Lüge hätte erzählen müssen, oder es zugeben und in Kauf nehmen, daß es so aussah, als hätte ich gelogen. Es gab mir das Gefühl, mich lächerlich zu machen, als hätte ich etwas zu verbergen, oder als müsse ich mich einer Sache schämen. Aber ich wollte es nur vergessen und nicht an jedem neuen Ort Fragen beantworten müssen. Ich hoffe besonders, Ihre Mutter versteht es. Ich war unter ihrem Dach. Ich bin mir der Verpflichtung durchaus bewußt, die das mit sich bringt.«

Sarah blickte wieder auf den See hinaus. Irgendwie fühlte sie sich unbehaglich, denn ihr entging an Ronald Merrick nicht, was Tante Fenny als Zeichen einfacher Herkunft abgestempelt hatte. Formulierungen wie »unter ihrem Dach« und »der Verpflichtung bewußt« klangen steif und wichtigtuerisch, und so etwas lag Sarah überhaupt nicht. Es erschreckte sie, daß sie ebenso automatisch wie Tante Fenny auf die subtileren Signale des Klasseninstinkts reagierte. Weshalb sollte ich seine Aufrichtigkeit bezweifeln? fragte sie sich und begriff, daß sie genau das tat.

»Wir haben alle Verständnis dafür«, erklärte sie. »Ich würde sagen, Ihr Verhalten war ganz natürlich.«

»Vielen Dank.«

»Aber ich verstehe den Stein und die Frau auf dem Bahnhof eigentlich nicht. War sie die Mutter eines der verdächtigten jungen Inder?«

Merrick lächelte und trank einen Schluck.

»Also, es ist alles ganz leicht zu verstehen, wenn man erst weiß, wer ich bin. Es war nicht die Mutter, sondern die Tante eines der Inder, obwohl sie beinahe so etwas wie eine Mutter für ihn ist. Es war alles andere als angenehm, sie heute morgen zu sehen. Ich habe sie als ehrbare und würdige Frau in Erinnerung.« Er trank wieder.

»Ich werde das so schnell nicht vergessen. Aber das soll ich auch nicht. Es soll so lange an meinem Gewissen nagen, bis ich wie sie überzeugt bin, daß ich einen schrecklichen Fehler begangen habe. Einen Fehler, mit dem man nicht leben kann, weil er nicht wieder gutzumachen ist. Das ist jetzt nämlich unmöglich, und sie müssen es wissen. Man hat diese arme Frau benutzt. Vermutlich dachte sie, ich könnte vielleicht ein Wunder für ihren Neffen bewirken.«

So verschwommen das von Merrick gezeichnete Bild auch war, Sarah begriff ziemlich schnell, worum es dabei im wesentlichen ging, wenn man es in aller Klarheit sehen würde. Sie begriff, daß Merrick lange und weit eine Last mit sich herumgetragen und jetzt abgesetzt hatte, um sie ihr – und sich selbst – vor Augen zu führen, ehe er sie wieder schulterte und dorthin mitnahm, wohin er ging. Vielleicht hoffte er, sie würde leichter werden, wenn er sie Sarah zeigte, obwohl er – in der schnell hereinbrechenden Dunkelheit, in der er sich inzwischen undeutlich abzuzeichnen begann – durchaus so wirkte, als könne er jeden Anspruch zurückweisen, den ein Mitwisser daraus ableiten mochte, daß er ihm diese Last gezeigt hatte.

»Haben Sie den Mann gesehen, der sie wegführte?« fragte Merrick. »Er steckt dahinter. Ich hatte erfahren, daß er mit einer Frau nach Mirat gekommen war. Er hat sie dazu veranlaßt, hat sie von Majapur bis hierher gebracht und in ihr die Hoffnung geweckt, daß mich eine solche Bitte rühren und ich deshalb etwas für ihren Neffen tun könnte. Es ist ziemlich grausam. Vermutlich liegt ihm nicht das Geringste an der Frau, an dem jungen Inder, an einem von ihnen. Es ist reine Vorspiegelung falscher Tatsachen. Der Fall ist für ihn nützlich, er dient seinen Zwecken. Aber das ist Indien. Die Inder sind genaugenommen dem Leid anderer gegenüber völlig gleichgültig. Und wir sind inzwischen so stolz und erhaben, wir haben solche romantischen Vorstellungen von unserer Zivilisiertheit und unserer alles beherrschenden Vernunft, daß auch unsere Politik distanziert geworden ist. Wir regieren dieses Land nicht mehr. Wir verwalten es nach einem Buch mit Regeln, die Leute zu Hause in England aufgestellt haben.«

»Ja«, sagte Sarah, »ja, ich glaube, das stimmt.«

Merrick trank aus.

»Als junger Mann fragte ich den Distriktpolizeichef, dem ich als Anfänger unterstellt war, einmal, wie lange wir seiner Meinung nach noch in Indien sein würden. Ich dachte dabei an meine Zukunft; als ich mich für die indische Polizei entschieden hatte, wäre mir der Gedanke nie gekommen, doch als ich hierherkam, erschien mir alles so unwirklich . . . so unwirklich wie ein Theaterstück. Plötzlich konnte ich mir nicht mehr vorstellen, daß es mein ganzes Leben lang noch so sein würde, und deshalb stellte ich ihm diese ungewöhnliche Frage. Ich meine ungewöhnlich, weil es absurd war, mir über mehr Gedanken zu machen als über den Beruf, für den ich mich entschieden hatte. Außerdem hatte ich hart gearbeitet, um ihn überhaupt zu bekommen. Er empfand dicse Frage jedoch nicht als ungewöhnlich, und ich erinnere mich noch genau an seine Antwort. Er sagte: ›Zerbrechen Sie sich darüber nicht den Kopf, Merrick, denn darauf haben Sie nicht den geringsten Einfluß. Indien wird uns gehören, bis das englische Volk durch seine gewählten Vertreter im Unterhaus eines Tages zwischen der Fragestunde und anderen Punkten der Tagesordnung die Entscheidung fällt, sich Indiens zu entledigen. Die Mehrheit wird nicht die geringste Vorstellung haben, wofür sie da stimmt. Sich Indiens zu entledigen, wird nur ein Punkt der Reformpolitik sein, die Intellektuelle ausgedacht haben, und die dank der Stimmen von Fabrikarbeitern und Briefträgern verwirklicht werden kann. Und wenn Sie glauben, daß es irgendeine Verbindung zwischen *ihrem* Indien und dem Indien gibt, in dessen Polizei Sie mitarbeiten wollen, können Sie ruhig gleich nach Hause gehen.‹«

Merrick stellte das leere Glas auf den Tisch.

»Ich habe mich nie damit abgefunden«, sagte er, »mit der Tatsache ja. Aber nicht mit der Mentalität, die so oft damit einhergeht. Nun ja, Sie wissen, was ich meine, obwohl man ihr beim Militär eigentlich nicht begegnet, denn das Militär ist traditionell eine in sich geschlossene Gesellschaft, die eine Arbeit zu tun hat, die draußen jeder für sinnlos hält, bis das Schießen anfängt. Solange nicht geschossen wird, akzeptiert man, daß die anderen die Nase über einen rümpfen. Man nimmt es philosophisch hin. Aber in der Verwaltung und Polizei, beim täglichen Regieren eines Landes reibt man sich ständig daran, daß man in der Zwangsjacke einer Politik von oben steckt. Oben versucht die indische Regierung, gegen das Ministerium in Whitehall zu kämpfen, und unten versucht der Distriktsbeamte, gegen die Regierung zu kämpfen. Aber es ist ein aussichtsloser Kampf. Man stellt fest, daß man automatisch eine Politik durchführt, die man leidenschaftlich ablehnt, weil sie falsch ist. Und wenn man nicht aus dem Dienst ausscheiden will, kann man nichts anderes tun, als sich von der Realität des Problems zu distanzieren, von den menschlichen Aspekten, wenn Sie so wollen. Man wird – ein Stempel. Von dieser Mentalität spreche ich. Und mein erster Vorgesetzter hat mich darin bestärkt, ihr zu widerstehen. Vielleicht irrte er sich. Er war ein Beamter der alten Schule. Er hatte bessere Zeiten erlebt – wie er es nannte –, Zeiten, in denen man noch Herr in seinem Bezirk war. Vermutlich hätte ich erkennen sollen, daß dies nicht meine Zeit war, daß ich in einer Zeit der Stempel lebe. Aber sehen Sie das nicht falsch, Miss Layton. Man hat mich nicht aus der Polizei hinausgeworfen. Ich habe bei Kriegsausbruch ein Gesuch eingereicht, zum Militär überwechseln zu dürfen. Ich habe wie der Bekannte von Mrs. Grace alle meine Beziehungen spielen lassen. Ich mußte durch die Sache in Majapur erst zu einer umstrittenen Figur werden, ehe man sich bereit fand, mich für die Dauer des Kriegs freizustellen. Und selbst dann mußte ich mich noch sehr darum bemühen. Manchmal glaube ich, der Stempel hätte es auch gebilligt, wenn ich etwas wirklich Falsches getan hätte, und darin liegt die Gefahr. Der Stempel ist eine Kontrollinstanz ohne die Fähigkeit, etwas zu beurteilen. Wenn man erst selbst Teil der Stempelmaschinerie ist, kann man sich sogar beinahe einen Mord leisten, und das ist falsch. Es muß falsch sein, denn man sollte für sein Tun zur Verantwortung gezogen werden, aber man sollte auch etwas tun können. Man sollte sich engagieren. Als Individuum, als Person, als ein fehlbarer Mensch.«

Sarah sagte: »Manchmal glaube ich nicht zu wissen, was ein

Mensch ist.« Es sind Momente (sagte sie sich), in denen ich aufblicke und sehe, daß der Himmel leer ist. Und ich sehe, daß dies eine Zeit ist, in der wir alle das Wissen teilen, daß er leer ist, und daß es nie einen Gott gegeben hat oder einen Menschen, der nach seinem Bild geschaffen ist. Es ist eine furchtbar trostlose Entdeckung, denn es bedeutet, daß wir ständig bluffen müssen. »Aber ich weiß, was Sie meinen«, fuhr sie fort. »Für Männer ist es leichter, sich zu engagieren. Nein, das wäre eine zu oberflächliche Behauptung. Es fällt niemandem von uns leicht.« Sie blickte ihn an. »Was für eine Frau war *sie* denn? Die Frau in dieser Majapur-Affäre?«

»Sie war Ihnen ziemlich ähnlich«, erwiderte er ohne Zögern, als habe er diese Frage erwartet und im voraus gewußt, wie er darauf antworten würde. »Nicht äußerlich. Sie war größer.« Er betastete das leere Glas und schob es auf dem Tisch hin und her. »Ich glaube, sie war ein bißchen unbeholfen. Sie warf alles mögliche um. Sie machte sich selbst lustig darüber. Aber sie war sehr sensibel. Sie sagte, als Kind sei sie sehr ungeschickt gewesen. Sie glaubte, immer noch unkoordiniert zu sein. Auf mich wirkte sie auf eigenartige Weise anmutig. Sie bewegte sich ernst, langsam, und deshalb beinahe schön. Sie gehörte zu den Frauen, mit denen man sich unterhalten kann. Wirklich unterhalten, meine ich. Oder mit denen man einfach nur zusammensitzen kann. Wir hatten so ziemlich denselben Geschmack, in Musik, bei Bildern und solchen Sachen. Unsere Herkunft war sehr verschieden, denn ich komme aus sehr einfachen Verhältnissen. Aber Daphne kümmerte es nicht im geringsten, was man für Eltern hatte und auf welcher Schule man gewesen war.«

Sarah konnte die Frage nicht unterdrücken.

»Haben Sie diese Frau geliebt?«

Er spielte immer noch mit dem Glas, hörte dann auf, drückte die Zigarette aus, betrachtete die Hand, die mit dem Glas gespielt hatte, spreizte die Finger und rieb sich mit Daumen und Zeigefinger der anderen Hand Handrücken und Handteller.

»Ich weiß nicht. Eine Zeitlang glaubte ich es. Aber wenn, dann war es nicht Liebe auf den ersten Blick. Ich bin ihr einige Male begegnet und hatte dabei nie das Gefühl, sie zu lieben. Mein erster Eindruck von ihr war sogar eher ungünstig. Ich dachte: Aha! Wieder eine von diesen Engländerinnen, die mit ihren verrückten Ideen hierherkommen und sich darüber aufregen, wie wir die Inder behandeln. Sie wird schon selbst dahinterkommen, daß die Inder sie nur ausnutzen. Dann wird sie sich schon ändern und genau das Gegenteil denken und schlimmer sein als wir alle zusammen. In einem Jahr hat sie für die Inder kein gutes Wort mehr übrig. Sie wohnte bei einer Inderin, das mußte man berücksichtigen. Lady Chatterjee war eine von diesen verwestlichten aristokratischen Radschputen, eine alte Freundin von Daphnes Tante. Daphne war mit ihr aus Pindi heruntergekommen, um etwas vom richtigen Indien zu sehen, wie sie es nannte. Ich kann nicht behaupten, daß ich mich besonders mit Lady Chatterjee hätte anfreunden können. Sie gehörte zur indischen Oberschicht, die mit unserer Oberschicht verkehrt, aber das hat nichts mit echter Freundschaft zu tun, sondern ist eher die notwendige gegenseitige Anerkennung von Macht und Privilegien: ein Bankett beim Gouverneur, eine Gartenparty in der Sommerresidenz des Vizekönigs. Dort trifft man jede Menge Lady Chatterjees. Diese eine trifft man in Majapur auch beim Bridge mit der Frau des Kommissars. Natürlich geht sie nicht in den Majapur Club, wo normale Engländer und Engländerinnen nach Dienstschluß zu finden sind. Sie geben vor, ihnen läge nichts daran – die Lili Chatterjees, meine ich. Sie tun so, als hätten sie es nicht nötig, mit der englischen Mittelklasse in ihren gemütlichen Mittelklasse-Clubs und ihren Häusern zu verkehren. Aber sie ärgern sich darüber. Daphne ärgerte sich auch darüber. Sie machte keinen Unterschied. Sie begriff nicht, warum es einen Unterschied gab, gegeben hat und gibt. Aber es ist unbedingt nötig, nicht wahr? Man muß einen Unterschied machen. Nun ja, es ist etwas Willkürliches. Und in neun von zehn Fällen macht man ihn am falschen Platz. Aber man braucht ihn, man muß sagen können: Hier ist die Grenze. Diese Seite ist die richtige. Die andere ist die falsche. Dann hat man einen moralischen Anhaltspunkt. Dann kann man handeln. Man kann sich verpflichtet fühlen; man kann sich engagieren. Das Leben nimmt so etwas wie eine Form an. Es hat eine Form und vielleicht auch einen Sinn. Wenn man morgens aufwacht, weiß man, wer man ist. Nun ja, manchmal kann man die Grenze verwischen und sie an einer anderen Stelle ziehen. Ich meine, man kann sie näher oder weiter weg rücken. Aber man braucht sie, wie ein Blinder mit dem weißen Stock die Bordsteinkante. Die arme Daphne versuchte, ohne sie auszukommen. Ich wollte sie daran hindern – nun ja, die Straße zu überqueren. Sie schien nicht zu wissen, daß sie es tat. Ich glaube, damals habe ich sie zum ersten Mal richtig angesehen, über sie nachgedacht. Ich entdeckte, daß sie nicht nur eine von diesen Engländern mit verrückten Ideen war. Sie war *die* Frau. Und es ging nicht um eine verrückte Idee. Ich weiß nicht, worum es ging. Es überstieg meinen Horizont. Aber was es auch gewesen sein mag, es hat sie vernichtet.«

Er legte den Kopf schief und betrachtete Sarah.

»Es tut mir leid, daß ich gesagt habe, sie sei Ihnen ähnlich gewesen, denn ich habe bis jetzt fast nur Dinge aufgezählt, in denen sie sich von Ihnen unterschied. Ich bin nicht sicher, ob ich den Finger darauflegen kann, was Sie an sich haben, das mich an Daphne erinnert hat.«

»Heißt das, ich erinnere Sie jetzt nicht mehr an Daphne Manners?« Seine Musterung machte sie befangen, und sie wehrte sich dagegen mit dem Gedanken: Er ist abstoßend, und ich traue ihm nicht. Er besitzt eine wache Intelligenz, vielleicht weniger wach, als ihre Aktivität innerhalb der Grenzen seiner Engstirnigkeit glauben läßt. Aber sie mußte das Vergnügen, einem Mann zuzuhören – einem Engländer in Indien –, der ernsthaft mit ihr sprach, schließlich nicht damit bezahlen, daß sie ihn mochte. Es interessierte sie herauszufinden, wieso sie ihn an Miss Manners erinnerte, doch es war ihr gleichgültig, ob der Grund schmeichelhaft oder das Gegenteil war.

»Was ich sagen werde, klingt vielleicht unverschämt.«

»Nein – ganz sicher nicht.«

»Also – an diesem ersten Morgen. Als ich Sie im Bahnhofsrestaurant traf und Sie später dann im Taxi neben dem Fahrer saßen . . . Also, ich merkte an Ihrem Verhalten, daß Sie dieselben Urteile über uns fällten wie Daphne. Und ich dachte – bitte vergeben Sie mir, Miss Layton –, schon wieder eine, die nicht einsieht, weshalb eine Grenze gezogen werden muß. Aber das geht mich nichts an. Und außerdem habe ich mich geirrt.«

»Weshalb sagen Sie das?«

»Weil ich sehen kann, daß für Sie die Grenze gezogen ist. Und Sie akzeptieren diese Grenze. Erinnern Sie sich, daß ich im Taxi lang und breit über die Position des jungen Kasim sprach und Ihre Mutter verständlicherweise das Gefühl bekam, ich messe dieser Sache zuviel Bedeutung bei?«

»Ja, ich erinnere mich.«

»Meine Äußerungen über Kasim waren eine Art Pawlowsche Reaktion. Ich hatte ihn kennengelernt, und ich glaube, unbewußt wirkte er auf mich wie jemand von Hari Kumars Typ.«

»Wer ist Hari Kumar?«

»Der Hauptverdächtige im Fall Bibighar-Park. Sie war mit ihm befreundet.«

»Ach, ich verstehe.«

»Und doch ist er auch wieder nicht Kumars Typ. Äußerlich ja, aber insgesamt hat Kasim nicht mehr Ähnlichkeit mit Kumar als Sie mit Miss Manners. Aber im Taxi hatte ich so eine Art Phantasievorstellung, daß Hari und Daphne sich wieder begegnen würden. Es tut mir leid – es klingt schrecklich, aber so war es. Sie saßen auf dem Vordersitz und hielten die Hand über die Augen – wie sie. Sie hatte so eine Art, dazustehen und Dinge in der Ferne mit der gleichen Geste zu betrachten. Und am Ende der Fahrt, am Gästehaus, stand Achmed und – wartete. Auf der anderen Seite der Grenze.«

Einen Augenblick lang sah Sarah vor sich, wie Achmed plötzlich im Eingang des Gästehauses auftauchte. Er trat aus dem dämmrigen Haus, während sie immer noch geblendet vom See war, dessen gleißender Glanz nicht aus ihrem Kopf wich und ihr Kopfschmerzen verursachte. Und dann legte sich über dieses Bild ein anderes: Sie und Achmed ritten über das offene Gelände, in gleichbleibendem Abstand bis auf die zwei Ausnahmen: als Achmed ihr in die Zügel griff, und als sie plötzlich das Pferd wendete und direkt auf ihn zuritt.

»An diesem Morgen, als Sie mit ihm ausgeritten waren«, sagte Ronald Merrick, »und Teddie und ich unerwartet zum Frühstück erschienen . . . Als wir Sie zurückkommen sahen, dachte ich: Aha, da haben wir es, ich hatte recht. Es wiederholt sich alles. Als Sie dann beide absaßen, erkannte ich, daß sich nicht alles wiederholte. Sie waren sehr freundlich, aber die Schranken waren geschlossen. An der Art, wie Sie vor ihm standen, sah ich, daß Sie nicht wußten, wie Sie sich verabschieden sollten. Ich sah, wie Ihnen der Gedanke durch den Kopf ging: Wie werde ich ihn auf höfliche Weise los? Sie haben ihn zum Frühstück eingeladen, nicht wahr? Kumar hätte angenommen. Aber Mr. Kasim weiß, wo die Grenze gezogen werden muß. Sie waren beide erleichert, als er wieder aufsaß und davonritt. Habe ich recht?«

Sarah dachte: Er hat recht, aber aus den falschen Gründen. Sie gab ihm nicht sofort eine Antwort. Er löste in ihr eine heftige Ungeduld aus, die sie zügeln mußte.

»Ich kann nicht für Mr. Kasim sprechen«, begann sie.

»Dann sprechen Sie für sich«, drängte er. »Es war eine Erleichterung.«

»Ich stand unter keinem Druck.«

»Wir stehen ständig unter Druck. Sich dagegen zu wehren oder so zu tun, als sei das nicht der Fall, erhöht ihn nur.«

»Worüber reden wir eigentlich, Ronald?« Sie benutzte wieder seinen Vornamen – bewußt, als kleine Strafe dafür, daß er sie weiterhin Miss Layton nannte, nachdem sie von sich aus auf diese Formalität verzichtet hatte. »Über den sozialen Druck, der den Beherrschten auf Armeslänge vom Herrschenden entfernt hält, oder den biologischen Druck, der einer Weißen das Gefühl gibt, sie würde sich vielleicht nicht gern von einem Inder berühren lassen?«

Wurde er rot? Sarah war sich nicht ganz sicher. Das Licht war fast erloschen, vom See geschluckt, darin versunken. Er hob die Hand und rieb sich die Stirn: eine sanfte Bewegung – wie es schien, ein Reflex der Erkenntnis, daß es jetzt galt, entschlossen aber vorsichtig sich auf ein Gelände vorzuwagen, wo Fallen auf den Unvorsichtigen warteten.

»Es besteht da ein Zusammenhang«, sagte er. »Wenn Sie sich eine solche Verbindung vorstellen, oder ihre Umkehrung, wird der Zusammenhang ziemlich deutlich. Ein Weißer, nehmen wir an, ich oder Teddie – ich meine, wenn man Neigungen in dieser Richtung hätte –, der eine Inderin heiraten oder mit ihr zusammenleben möchte, würde dadurch nicht – wie ist das richtige Wort? – herabgewürdigt? Er würde das nicht so empfinden und die Leute auch nicht. Er hat die dominante Rolle, unabhängig von der Hautfarbe seiner Partnerin. Die Inder haben selbst dieses Vorurteil im Hinblick auf Hellhäutigkeit. Für sie weist helle Haut auf die Abstammung von den zivilisierten arischen Eroberern aus dem Norden hin, schwarze Haut auf die Abstammung von den primitiven Ureinwohnern, die in den Dschungel oder die Berge oder in den Süden flüchten mußten. Blässe hat diesen Beigeschmack von etwas Zarterem, besser Angepaßtem. Nun ja, von höherstehend, der Fähigkeit zu führen, geistig und körperlich in der Lage zu sein zu herrschen. Ein dunkelhäutiger Mann, der eine weiße Frau berührt, wird sich stets der Tatsache bewußt sein, daß er sie – herabwürdigt. Auch sie ist sich dessen bewußt.«

Er versank in Schweigen und sagte schließlich: »Ich habe das alles sehr schlecht ausgedrückt. Und ich habe gegen eine der heiligen Regeln verstoßen, nicht wahr? Man darf über solche Dinge nicht sprechen. Man soll überhaupt über nichts viel reden.«

»Ich weiß«, sagte sie. »So verbergen wir unsere Vorurteile und leben mit ihnen weiter. Möchten Sie noch einen Whisky?«

»Nein, vielen Dank. Ich sollte gehen. Ich habe noch nicht alles gepackt. Würden Sie bitte meine Abreise Ihrer Familie erklären und mich entschuldigen?«

Sarah drehte den Kopf nach links. Aus dem Zimmer von Tante Fenny und Onkel Arthur fiel Licht auf die Terrasse. Das Zimmer ihrer Mutter war noch dunkel.

»Ich nehme an, Tante Fenny wird bald herauskommen.«

»Ich kann nicht länger bleiben.«

Er blieb noch etwa eine halbe Minute sitzen und erhob sich dann.

»Hier ist einer«, sagte er. »Ein Leuchtkäfer. Ihre Wache ist zu Ende.«

Aber Sarah sah den Leuchtkäfer nicht. Sie stand auf und dachte an Teddie und Susan, die bereits im Nanoora Hills Hotel angekommen waren und die Aussicht vom Balkon ihres Hochzeitszimmers bewunderten.

»Ihre Wache ist zu Ende«, wiederholte Merrick. »Und das ist für mich das Signal zum Aufbruch.«

Sarah lächelte, ging zum Lichtschalter an der Wand neben dem Klingelzug und schaltete das Licht ein. Merrick verlor im gelben Licht diese fahle Festigkeit. Die Ärmel seines Buschhemdes waren immer noch bis zu den Ellbogen hochgerollt. Feine blonde Haare bedeckten seine Arme. Nach unten weisende Schatten betonten die Knochen unter der Haut seiner Wangen. Seine Augen, seine ganze Erscheinung verrieten den Mann, den das unstillbare Verlangen, daß man auf ihn zuging, daß man ihn akzeptierte, hatte erstarren lassen. Sie zögerte, die Hand zu ergreifen, die er langsam, nachdenklich ausstreckte, als sei er nicht sicher, daß sich jemand über die Berührung freuen könnte.

»Also dann, auf Wiedersehen«, sagte Sarah, und ihre Hände umfaßten sich. Seine Hand fühlte sich warm und feucht an. Das Licht hatte bereits Insekten angelockt. Sie kreisten um den Lampenschirm und lenkten sie ab. Aus Höflichkeit wollte sie ihn hinunterbegleiten, doch er sagte: »Nein danke. Bitte machen Sie sich keine Umstände. Außerdem verpassen Sie sonst den nächsten Leuchtkäfer.«

Sie sah ihm nach. Es verwirrte sie, daß sein Gehen sie einsam machte. Er drehte sich nicht um. Sarah wendete ihre Aufmerksamkeit wieder dem Garten zu. Nach einer Weile hörte sie Motorengeräusch.

---

Sie blieb auf ihrem Spaziergang vor der Terrasse stehen. Die Nachtluft war Indiens einzige Zärtlichkeit. Die Leuchtkäfer umschwirrten sie jetzt. Einer flog blinkend dicht an ihr vorbei. Nachdem Ronald Merrick gegangen war, hatte sie gebadet und sich umgezogen. Trotzdem erschien sie als erste zum Ritual eines Abends zu Hause – zu Hause war irgendwo, wo es zum Beispiel eine Terrasse gab, einen Blick und das Geräusch der nackten Füße eines herbeieilenden Dieners. Zu Hause war das Verrinnen der Stunden, und nur im Schlaf mochte man in die gefährlichen Regionen des eigenen Exils vordringen (und vielleicht in Gedanken, zwischen einer Bemerkung und der nächsten, zwischen einer Geste und der nächsten). Im Kopf und in den abgeschiedenen Regionen des Herzens trug man die Schutz- und Hausgeister, die Familienikonographie. Wir sind wie Leuchtkäfer, sagte sie sich; auch wir sind mit unserem eigenen Licht unterwegs; Myriaden tragbarer Kerzen erleuchten Fenster, damit ein verirrter Wanderer den Weg nach Hause findet.

Sarah lachte und rannte hinter einem der leuchtenden pulsierenden Käfer her. Dann blieb sie stehen, weil sie an ihren Vater denken mußte. »Ich hoffe, du fühlst dich nicht einsam«, sagte sie laut. »Ich hoffe, es geht dir gut. Ich hoffe, du bist glücklich. Ich hoffe, du wirst bald nach Hause zurückkommen.« Sie drehte sich zur Terrasse um und sah, wie Tante Fenny und Onkel Arthur gerade heraustraten und einen Augenblick lang stehenblieben, als habe sie ein überraschender Gedanke, eine Überlegung, eine Erinnerung innehalten lassen. Aus dieser Entfernung wirkte es wie eine Pantomime, und zwar keine besonders gute. Es war nicht sonderlich interessant, zwei oder mehr Engländer zusammen zu beobachten. Fenny verließ Onkel Arthur und ging zum Zimmer ihrer Schwester, durch dessen geschlossene Läden Licht drang. Fenny mußte geklopft haben. Ein senkrechter Lichtstrahl erschien, wurde breiter, und Tante Fenny verschwand ins Zimmer.

Onkel Arthur war nun allein auf der Terrasse und setzte sich in einen Korbsessel. Allein entspannte er sich. Allein wurde er beinahe gesprächig. Er rief nach dem Diener, schlug die Beine übereinander, wippte mit dem einen Fuß rhythmisch, strich sich über den kahlwerdenden Kopf, rieb sich mit dem vorderen Gelenk des linken Zeigefingers den Schnurrbart, verlagerte das Gewicht im Sessel, trommelte mit der rechten Hand auf dem Tisch, gähnte, lockerte den Knoten der Krawatte, kratzte sich zwischen den Beinen, und als er Abdur Rahman kommen hörte, legte er den Kopf zurück, um mit ihm zu sprechen. Vielleicht erkundigte er sich nach ihr, denn Abdur schien ihn aufzufordern, den Blick auf den Garten zu richten, zu versuchen, die Dunkelheit hinter dem geometrischen Lichtmuster zu durchdringen, das auf Kies und Gras fiel.

In diesem Augenblick erschien der senkrechte Lichtstreifen wieder, wurde breiter, und Tante Fenny kam mit Mrs. Layton, die ihr Glas in der Hand hielt, auf die Terrasse heraus; sofort schien das Spiel anderen Regeln zu folgen, und Onkel Arthur stand wieder aufrecht und mit sparsamen Bewegungen auf der Bühne. Die beiden Frauen brachten ein Element der Anmut mit. Sie setzten sich rechts und links von Onkel Arthur, der wieder in seinen Sessel zurücksank, die Beine kreuzte, den unruhigen Fuß aber nicht mehr bewegte. Tante Fenny redete. Die monotonen Laute, der gleichmäßige Fluß ihrer Stimme erreichte Sarah, aber die Worte verstand sie nicht,

Sarah näherte sich ihnen. Sie wußte, daß sie aus weiter einsamer Ferne auf sie zuging. Sie fröstelte, und ihr kam der Gedanke, es sei leichtsinnig, allein durch die Nacht zu gehen. Sie wollte nicht allein sein. Sie erinnerte sich an das Gefühl, zurückgelassen worden zu sein, als sie gesehen hatte, daß in ihrem und Susans Zimmer nur ein Bett für die Nacht hergerichtet, ein Moskitonetz entrollt und drapiert worden war, dessen Gegenstück starr und aufgewickelt über einer glatten jungfräulichen Bettdecke hing.

»Meine Familie«, sagte sie sich, als sie das geometrische Muster von Licht und Schatten betrat und sich in den Kreis der Sicherheit begab. »Meine Familie. Meine Familie. Meine Familie.«

# TEIL ZWEI
# ENTLASSUNGS-
# BEFEHLE

## DIE LAGE

I

*Mai 1944*

Der Wagen verließ die Residenz des Gouverneurs durch das Wirtschaftstor, wie sie und ihr Mann es genannt hatten. War es schon vor der Amtszeit ihres Mannes das Wirtschaftstor gewesen? Sie wußte es nicht mehr. Ihre Hand suchte das beruhigende Gefühl der plissierten Bluse und der Perlmuttknöpfe.

Der Wagen fuhr in Richtung Stadt; doch an der großen Kreuzung am Eliphinstone Brunnen bog der Fahrer rechts in die verkehrsreiche Straße ein, die durch das laute Geschäftsviertel nach Norden führte. Hinter den prächtigen Steingebäuden der Banken und Büros lag das Labyrinth des Koti-Basars. Sie hatte damals Henrys Adjutanten zur Verzweiflung gebracht, weil sie immer wieder, nur von Suleiman begleitet, dort einkaufen gegangen war. Sie warf einen Blick auf den Adjutanten, der sie jetzt begleitete, und ihr wurde bewußt, daß sie seinen Namen schon wieder vergessen hatte.

»Haben Sie eine Frage, Lady Manners?«

Wie aufmerksam er war. Sie nickte. »Ich fürchte, ich kann mich plötzlich nicht mehr an Ihren Namen erinnern.«

»Rowan«, sagte er ohne Umschweife.

»Rowan. Wissen Sie, das Gedächtnis ist etwas Eigenartiges. Mein Mann hatte eine erstaunliches Gedächtnis, ich dagegen nie ein besonders gutes. Ich versuchte immer, mich durch Bluff aus den peinlichen Situationen zu retten, in die es mich zu bringen schien. Schließlich erkannte ich, daß nicht die Situation peinlich war, sondern das Bluffen. Heißt das Tor, durch das wir eben gefahren sind, immer noch das Wirtschaftstor?«

»Ich habe nie gehört, daß jemand es so genannt hätte. S. E. nennt es den Seiteneingang. Ich glaube, offiziell heißt es Curzon-Tor, wegen des Denkmals auf der anderen Straßenseite.«

»Aber die Residenz steht schon länger als Curzon.«

»Das stimmt. Wie gefällt Ihnen ›Kleines Westtor‹?«

»Das geht, Seiteneingang aber auch. Der nächste Gouverneur wird es wieder anders nennen. Auf diese Weise verschaffen wir uns das Gefühl, in einer Institution zu Hause zu sein. Werden Sie in den aktiven Dienst zurückkehren, Hauptmann Rowan?« Er trug Zivil, aber sie erinnerte sich, am Vortag, bei ihrem kurzem Zusammentreffen im Privatbüro des Gouverneurs, das Militärkreuz an ihm gesehen zu haben.

»Nein, wie man mir gesagt hat, nicht. Das ist vielleicht auch gut so, denn ich bin nicht aus dem Holz geschnitzt, aus dem gute Regimentsoffiziere gemacht werden.«

»Waren Sie verwundet?«

»Ich fürchte, der Grund war kaum ein so ehrenhafter. Es gelang mir einfach, nacheinander eine Reihe von Tropenkrankheiten zu bekommen.«

»Was haben Sie vor? Eine reguläre Stellung im Stab?«

»Nein, ich habe die Versetzung zurück ins Staatsministerium beantragt. Eigentlich wollte ich schon immer dorthin. Vor dem Krieg wurde ich abgestellt und absolvierte eine Probezeit, aber dann mußte ich natürlich wieder zum Militär zurück.«

»Und Sie waren in Burma?«

»Ja.«

Das Geschäftsviertel lag hinter ihnen. Sie fuhren durch einen Abschnitt der Kandipat Road, wo auf beiden Seiten Bäume standen. Das Gitter des Sir Achmed Kasim Memorial-Parks befand sich zu ihrer Rechten; zu ihrer Linken standen inmitten weitläufiger Gärten die Häuser reicher Inder. An den meisten Eisentoren hingen Vorhängeschlösser; die Bewohner verbrachten diese Jahreszeit in den Hügeln. Das Haus Nummer acht bildete eine Ausnahme. Sie wußte nicht mehr genau, welches der Häuser in dieser Gegend M. A. K. gehörte. Noch ein Name beschäftigte sie – der Name des jungen Mädchens, das sie so neidvoll betrachtet und ihr zum Abschied Blumen geschickt hatte –, ein Name aus Pankot.

Sie drehte den Kopf und fragte: »Haben Sie das Photo, Hauptmann Rowan?«

»S. E. hat mir einen Umschlag gegeben und mir gesagt, Sie würden möglicherweise danach fragen.«

»Ich hätte ihn jetzt gerne, wenn es geht.«

Er zog den Reißverschluß der ledernen Aktenmappe auf, die auf seinen Knien lag, griff hinein und holte einen länglichen braungelben Umschlag heraus.

»Würden Sie ihn bitte für mich öffnen?«

Sie beobachtete, wie er eine ungummierte Stelle der Lasche suchte, sie verbreiterte und den Umschlag sauber mit dem Finger aufriß. Dann reichte er ihn ihr. Sie hatte bereits die Lesebrille aus der Handtasche genommen und setzte sie jetzt auf. Sie zog aus dem

Umschlag einen rechteckigen Mattabzug, auf dem sich nebeneinander zwei Bilder befanden: ein Profil und eine Frontalaufnahme.

Eine Weile mied sie den ausdruckslosen Blick der Frontalaufnahme und betrachtete das Profil: die Windungen des hübschen männlichen Ohrs, das schwarze, anscheinend fettige, ordentlich geschnittene Haar. Beim Entwickeln hatte die Haut die doppelte Dichte eines dunklen Gesichts in künstlicher Beleuchtung behalten, wodurch der Eindruck entstand, Negativ und Positiv lägen deckungsgleich übereinander. So sah er also aus, dachte sie und blickte auf das ihr zugewandte Gesicht mit den seltsam ausdruckslosen Augen, deren Weiß vage die Vorstellung hervorrief, sie seien blutunterlaufen. Sie schloß die Augen, um sich unbeeinflußt ein anderes, vertrautes Bild ins Gedächtnis zu rufen. Nachdem es deutlich vor ihr stand, öffnete sie die Augen wieder, und die Ähnlichkeit, an der sie jedoch im nächsten Moment bereits wieder zweifelte, versetzte ihr einen Stich. Sie schob das Photo in den Umschlag zurück und nahm die Brille ab. Inzwischen fuhren sie durch eine halb ländliche Gegend mit ärmlichen Hütten. In der Luft hing der Geruch von menschlichen und tierischen Exkrementen. Ein nackter, mit Asche beschmierter Sadhu lehnte mit gefalteten Armen an einem Geländer und beobachtete mit geneigtem Kopf, wie sie vorüberfuhren. Sie sah, wie er den Mund öffnete, und seine Halsmuskeln anschwollen. Doch seinen Schrei konnte sie wegen der kleinen Jungen nicht verstehen, die lärmend neben dem Wagen herrannten und um ein *Bakschisch* bettelten; sie fielen nicht zurück, weil ein Bauernkarren vor ihnen und eine entgegenkommende Gruppe Radfahrer den Wagen zwangen, langsam zu fahren. Es war dunstig – auf ein Partikel Luft kam ein Partikel Staub – und unerträglich heiß.

Sie legte das Brillenetui wieder in die Handtasche. Der Umschlag war zu groß und paßte nicht hinein. Sie gab ihn Hauptmann Rowan zurück.

»Ich werde ihn nicht mehr brauchen.«

Rowan schob den Umschlag in die Aktenmappe. Er warf einen Blick auf seine Armbanduhr und sah sie an. Ihre Blicke trafen sich. »Wir haben etwa zehn Minuten Zeit, Lady Manners. Möchten Sie, daß ich Ihnen noch einmal den Ablauf erkläre, damit Sie wissen, was Sie erwartet?«

Wieder suchte sie die beruhigende Berührung der Fältchen und Knöpfe. Durch die doppelten Scheiben blickte sie auf die Nacken des Fahrers und seines Begleiters.

»Zweifellos hat Seine Exzellenz alles bestens arrangiert.«

»Trotzdem ist eine gewisse Unannehmlichkeit damit verbunden – für Sie.«

»Ich kann nichts anderes erwarten.«

»Ehe wir das Kandipatgefängnis erreichen, werde ich die Jalousien ganz schließen. Der Mann neben dem Fahrer hat die erforderlichen Papiere bei sich, damit wir die Tore passieren können. Der Wagen hält zweimal. Beim zweiten Mal sind wir im Gefängnis. Wir müßten dann direkt an der Tür eines Flurs stehen, der zu den Privaträumen des Gefängnisdirektors führt. Wir werden in einen Raum mit der Ziffer Null am Ende des Flurs gehen. Dort werde ich Sie allein lassen. Es gibt einiges zu diesem Raum zu sagen, aber ich werde das an Ort und Stelle tun. Er hat nur die eine Tür. Der Mann neben dem Fahrer wird sich im Gang aufhalten.«

»Ich werde also allein in diesem Raum sein – die ganze Zeit?«

»Ja.«

»Ich verstehe. Ich werde sehen und hören, ohne von jemandem gesehen oder gehört zu werden.«

»Ja. Hinterher wird es etwa fünf Minuten dauern, bis ich wieder bei Ihnen bin.«

»Und ich warte in dem Raum, bis Sie mich abholen?«

»Wenn Sie so freundlich wären, Lady Manners.«

»Wird es erforderlich sein, daß ich mit jemandem zusammentreffe?«

»Mit niemandem.«

»Danke.«

»Inzwischen hat der Wagen im Hof gewendet und wird fahrbereit parken. Wir werden dann geradewegs hinaus und zur Residenz zurückfahren.«

Rowan warf wieder einen Blick auf die Uhr. Er lehnte sich weit zurück und neigte den Kopf, um die Umgebung besser zu sehen. »Ich glaube, wir sollten die Jalousien jetzt schließen. Wir erreichen Kandipat.«

Er griff nach vorne, zog einen der Klappsitze herunter, setzte sich darauf, beugte sich dann zu den Jalousien auf ihrer Seite und ließ sie herunter. Im Wageninnern breitete sich allmählich ein gedämpftes Unterwasserlicht aus. Sie verlor das Gefühl, vorwärts zu fahren. Nachdem Rowan alle Jalousien geschlossen hatte, setzte er sich wieder auf den Platz neben sie und nahm die Aktenmappe auf den Schoß. Sie hob die Hände und tastete suchend um den starren Rand des Schleiers, bis sie den glatten runden Knopf der Hutnadel spürte. Sie zog die Hutnadel heraus, steckte sie vorsichtig in das braungelbe

Sitzpolster, lockerte den Schleier und zog ihn behutsam über den Hutrand, bis er lose über Gesicht und Nacken hing. Dann griff sie nach der Hutnadel und steckte sie wieder hinten in den Hut.

»Für den Fall, daß ich es hinterher vergessen sollte, Hauptmann Rowan: vielen Dank für alles, was Sie getan haben, was Sie tun und noch tun werden. Kann ich mich voll und ganz auf Ihre Diskretion verlassen?«

»Selbstverständlich.«

»Von S. E. habe ich gehört, daß seine Wahl aus einem Grund auf Sie gefallen ist, der mir noch klarwerden würde. Sollte er dabei Ihre Höflichkeit und Ihre Effizienz im Sinn gehabt haben, so ist er mir bereits klargeworden. Um welchen Grund es sich jedoch auch handeln mag, ich bin Ihnen dankbar. Vergeben Sie mir, daß ich Ihre Diskretion in Frage gestellt habe.« Sie lächelte und überlegte dabei, ob er es in diesem dämmrigen museumsartigen Licht durch den Schleier hindurch sehen würde. Er lächelte nicht. Aber das Kompliment hatte ihn nicht verlegen gemacht. Du bist ein Mann, der seinen Wert kennt, der die Verpflichtungen ernst nimmt, die das mit sich bringt, und die Belohnung mit Würde akzeptiert. Heute danke ich Gott ganz besonders für deine Anwesenheit.

---

Sie dankte Gott auch dafür, daß Hauptmann Rowan nicht redete, daß er nicht versuchte, sie in ihren Gedanken über die Unmenschlichkeit des Menschen gegen den Menschen zu stören, deren Wahrzeichen ein Gefängnis ist. Man betrat es bewußt, selbst wenn man nichts davon sehen konnte: Anhalten und warten, anfahren, fahren und endgültig halten. Von einem gewissen Punkt an herrschte plötzlich völlige Dunkelheit, und die Grenze zwischen dem Nachdenken über das Rätsel und dem tatsächlichen Erleben war überschritten. Der kalte Geruch von Mauerwerk rief das Gefühl hervor, zwischen Mauern eingeschlossen zu sein, die unter einem niedrigen, aber hartnäckigen Fieber schwitzten – dem Fieber der Niederlage und der Gefangenschaft. Die Wagentür auf Hauptmann Rowans Seite wurde geöffnet. Der kalte, feuchte Geruch von Stein verstärkte sich, drang mit der ganzen Macht einer Berührung, die man unmöglich ignorieren konnte, mit dem Luftzug herein, und Hauptmann Rowans Hand, die er ihr reichte, traf sie momentan wie ein Schock, denn es war die körperliche Berührung eines Menschen, der sie in eine Region des Leids begleitet hatte. Von beiden Seiten drang gefiltertes Licht nach unten; vor ihr befanden sich Treppenstufen und eine schmale, geöffnete Tür. Dankbar für Hauptmann Rowans stützende Hand unter ihrem Ellbogen, stieg sie die Stufen hinauf. Wände und Boden des Gangs waren aus Stein. Er wurde von einer nackten Glühbirne erleuchtet. Am Ende konnte sie bereits die weiße Null auf einer geschlossenen braunen Tür erkennen. Sie erreichte die Tür und sah, daß der Gang im rechten Winkel auf eine Holztreppe zulief, die nach oben und unten führte. Nachdem Hauptmann Rowan sie im Raum Null alleingelassen hatte, würde er die Treppe entweder hinauf- oder hinuntergehen . . . wahrscheinlich hinunter.

Er öffnete die Tür zu Raum 0. Ein kalter trockener Luftzug, ein schwaches Summen in der Dunkelheit und ein kaum wahrnehmbarer toter Geruch, wie nach gekühlter Milch in eiskalten Zinkbehältern (dieser Geruch stieg ihr stets hoch in die Nase und machte ihr den Abstand zwischen den Augen bewußt), verrieten ihr sofort, daß der Raum an eine Klimaanlage angeschlossen war. Ich werde mich erkälten, dachte sie. Hauptmann Rowan betrat den Raum vor ihr und schaltete das Licht ein – sie hatte dabei den Eindruck, er sei nicht mit dem Raum vertraut, habe aber jede Bewegung eigens vorher geübt.

Es war ein rechteckiger Raum mit kahlen, weißgetünchten Wänden, einem Tisch und einem Sessel. Der Tisch war mit grünem Filz bespannt. Darauf befanden sich eine Wasserkaraffe mit einem umgedrehten Trinkglas über dem Hals, ein Aschenbecher, ein Schreibblock, zwei Bleistifte, eine Tischlampe und ein Telefon. Der Sessel stand, mit der Rückenlehne zur Tür, dicht vor der gegenüberliegenden Wand. In diesem Abschnitt der Wand befanden sich für jemanden, der im Sessel saß, in Augenhöhe eine vergitterte Öffnung und darüber eine kleinere Öffnung mit einer Abdeckung aus feinmaschigem Draht. Der Tisch stand rechts vom Sessel an der Wand.

Hauptmann Rowan ging zum Tisch und schaltete die Lampe ein. Sie warf einen kleinen Lichtkreis auf den weißen Schreibblock.

»Wenn Sie sich bitte sitzen würden, Lady Manners. Ich schalte dann die Deckenlampe aus.«

Sie setzte sich und schlug den Schleier zurück. Durch das Gitter konnte sie nichts sehen. Doch als die Deckenlampe ausgeschaltet wurde, verwandelte es sich in ein schwach leuchtendes Rechteck. Sie spürte, wie Hauptmann Rowan neben sie trat. Er griff an ihr vorbei, schob einen Riegel zurück und öffnete das Gitter. Dahinter befand sich eine Glasscheibe, und dahinter entdeckte sie weit auseinanderstehende, nach unten gerichtete Lamellen aus Holz oder Metall. Durch diese Lamellen blickte man in einen etwas tieferliegenden Raum, in dem ein Tisch und mehrere Stühle standen. In jeder der drei Wände, die sie sehen konnte, befand sich eine Tür. Der Tisch war mit grünem Filz bespannt. Darauf befanden sich Schreibblocks, Bleistifte, zwei Wasserkaraffen und in der Mitte ein Telefon. Über dem Tisch hing eine Lampe. Sie brannte und schien ein grelles Licht zu verbreiten. Im Raum befand sich niemand.

»Eigentlich gibt es nicht viel zu erklären«, sagte Hauptmann Rowan. »Sie können die Tischlampe eingeschaltet lassen, ohne daß jemand von unten auf das Licht hinter der Glasscheibe aufmerksam wird. Die Lampe über dem Tisch dort unten brennt sehr hell, und der Schirm ist so gedreht, daß der Mann leicht geblendet wird, der mit dem Gesicht zu Ihnen auf dem Stuhl sitzt. Ich habe mich selbst davon überzeugt. Ich kann Ihnen versichern, man sieht die Öffnung nicht, wenn man nach oben blickt, und einen Beobachter dahinter erst recht nicht. Falls die Tischlampe Sie jedoch stört, schalten Sie sie einfach aus.«

»Ich glaube, es wäre mir lieber, Sie würden die Lampe ausschalten.«

Er drückte auf den Knopf im Lampenfuß.

»Ja«, sagte sie, »jetzt fühle ich mich etwas sicherer.«

»Gut. Im Telefon dort unten ist ein Mikrofon eingebaut.« Er schaltete die Lampe wieder ein. »Über der Öffnung befindet sich der Lautsprecher. Sobald ich dort bin, werde ich Sie fragen, ob Sie mich hören können. Wenn ja, drücken Sie bitte auf den Knopf unter der Armlehne.«

Sie tastete danach.

»Ja, ich habe ihn gefunden.«

»Würden Sie jetzt bitte drücken und auf das Telefon unten achten.«

Sie tat es. An dem Apparat im anderen Raum leuchtete ein grünes Licht auf.

»Das ist auch Ihre Sprechverbindung. Sollte das Relaissystem versagen, brauchen Sie nur auf den Knopf zu drücken. Dann werde ich abnehmen und mich mit ›Hallo‹ melden. Sobald der Hörer abgenommen ist, besteht eine direkte Verbindung zwischen diesem und dem anderen Raum. Sie müssen dann nur ebenfalls abnehmen und mir sagen, was Sie wünschen. Natürlich wird meine Antwort Ihnen möglicherweise irrelevant erscheinen. Aber melden Sie sich bitte ungeniert, falls Sie es für notwendig erachten. Wir können jederzeit unterbrechen, wenn Sie mit mir über einen bestimmten Punkt sprechen möchten.«

»Vielen Dank, Hauptmann Rowan.«

»Sitzen Sie nahe genug an der Öffnung?«

»Ja, und ich werde außerdem meine Fernbrille aufsetzen.«

»Soll ich das Licht wieder ausschalten?«

»Ja, bitte.«

Wieder wurde es dunkel, und der tieferliegende Raum wirkte deutlicher und klarer. Sie beugte sich vor.

»Wenn alles zu Ihrer Zufriedenheit ist, Lady Manners, werde ich Sie alleinlassen.«

Sie nickte und sagte: »Ja, bitte, lassen Sie sich nicht länger von Ihren Aufgaben abhalten.«

Kurz darauf hörte sie, wie die Tür geöffnet wurde. Vom Gang draußen fiel Licht herein und auf die Wand, vor der sie saß. Sie tastete nach dem Verschluß ihrer Handtasche, fand ihn, öffnete sie und suchte mit der Hand in dem vertrauten, unschönen Durcheinander. Ohne das Brillenetui herauszuholen, klappte sie es auf, nahm ihre Fernbrille heraus und setzte sie auf. Erst jetzt konnte sie den weichen Filz richtig wahrnehmen und die unterschiedlichen Oberflächenstrukturen von Filz und Holz, von Tisch und Stuhl. Dorthin würde sie nun ihre Aufmerksamkeit lenken. An der Wand über der Tür hinter dem Stuhl hing eine Uhr. Sie zeigte zwanzig Minuten nach zehn.

Kurz bevor der Zeiger auf fünfundzwanzig Minuten nach zehn sprang, öffnete sich die Tür darunter, und Hauptmann Rowan trat ein. Er legte die Aktentasche auf den Tisch, setzte sich auf den Stuhl, auf dem der Gefangene sitzen würde, und blickte geradeaus. Dicht über ihrem Kopf hörte sie seine Stimme. Sie klang metallisch.

»Der Tisch steht auf einem niedrigen Podest, und wer am Tisch sitzt, befindet sich etwas höher als die Person auf diesem Stuhl. Deshalb muß die Person auf dem Stuhl den Kopf heben, wenn sie die anderen Personen ansieht. So!« Hauptmann Rowan hob andeutungsweise den Kopf. »Jetzt müßten Sie das Gesicht deutlicher sehen – mehr Kinn und weniger Stirn. Bitte drücken Sie zweimal auf den Knopf, wenn Sie mich gehört und verstanden haben.«

Sie tat es. Das grüne Lämpchen am Telefon blinkte auf, erlosch, blinkte auf und erlosch wieder.

»Gut. Vielleicht sollten wir die Telefonverbindung überprüfen.« Er stand auf, beugte sich über den Tisch und nahm den Hörer von der Gabel. Sie drehte sich nach rechts, tastete nach ihrem Apparat, fand ihn, nahm ab und hielt den Hörer ans Ohr. Seine Stimme kam jetzt aus der Muschel.

»Können Sie mich hören?«

»Ja, vielen Dank. Es funktioniert sehr gut.«

»Sollen wir anfangen?«

»Ja, bitte.«

»Ich warte, bis Sie aufgelegt haben.«

Sie legte auf.

Er sah hoch, kniff die Augen vor dem grellen Licht zusammen, legte ebenfalls auf und sagte (jetzt kam seine Stimme wieder aus dem Lautsprecher): »Ich versichere Ihnen, man kann das kleine Fenster nicht sehen. Ich gehe kurz nach draußen. Zuerst wird ein Sekretär das Zimmer betreten. Ich werde in Begleitung eines Beamten des Innen- und Justizministeriums zurückkommen. Der Beamte und der Sekretär sind Inder. Der Sekretär wird ein Protokoll der Sitzung in Kurzschrift anfertigen. Der Beamte aus dem Innen- und Justizministerium ist anwesend, weil eine solche Sache nach Ansicht von S. E. nicht völlig in den Händen seines persönlichen Stabs liegen sollte.«

Während Rowan sprach, war er auf die andere Seite des Tischs getreten und stand jetzt mit dem Rücken zu ihr. Er nahm Papiere aus der Aktentasche. Sie sah, wie er zögerte, als er den Umschlag in der Hand hielt, den sie ihm wieder anvertraut hatte.

Er sagte: »S. E. hat mir diesen Umschlag gegeben, ohne etwas über den Inhalt zu sagen. Ich vermute, es handelt sich um ein Foto des Mannes. Ich glaube, ich sollte Sie warnen. Falls es ein Foto ist, wurde es vermutlich vor zwei Jahren, irgendwann im August 1942 aufgenommen. Mit Veränderungen ist zu rechnen.« Er schob den Umschlag in die Aktentasche zurück, warf noch einen Blick auf den Tisch, schritt zur Tür unter der Uhr, öffnete sie und ging hinaus.

Sie sah auf die Uhr. Noch fünfzehn Sekunden bis halb elf. Die linke Tür öffnete sich. Der Sekretär kam herein – ein Inder im mittleren Alter mit schütteren Haaren und einer goldgefaßten Brille. Er trug ein handgewebtes Baumwollhemd und ein *Dhoti*. Die nackten Füße steckten in schwarzen Lederschuhen. Er ging zu einem Stuhl, der mehrere Fuß vom linken hinteren Tischende entfernt, beinahe außerhalb ihres Blickfeldes stand, und setzte sich. Die Geräusche, die er machte, wurden deutlich übertragen. Sie konnte gerade noch seine gekreuzten Beine und den Notizblock sehen, den er auf den Knien hielt. Er zog mit dem Füllhalter ein paar Striche darauf, um Feder und Tintenfluß zu überprüfen. Zufrieden steckte er die Kappe wieder auf und begann, die Falten seines *Dhoti* zu richten. Es wirkte eitel wie bei einer Frau im langen Rock, die sich davon überzeugt, daß er auch anmutig fällt. Diese Geste fiel ihr besonders auf. Der Mann ahnte nichts von der unsichtbaren Zuschauerin. Er hustete, räusperte sich und klopfte mit dem Füllhalter auf den Block . . . poch . . . poch . . . poch . . . poch. Plötzlich öffnete sich die Tür unter der Uhr wieder; das Klopfen verstummte, und der Mann stand schnell auf. Hauptmann Rowan betrat den Raum, gefolgt von dem Beamten aus dem Ministerium: ein hagerer, älterer Inder im grauen Nadelstreifenanzug und mit einer rosa Krawatte. Er trug eine schwarze Aktentasche bei sich. Er warf einen Blick nach oben in Richtung Fenster, trat an den Tisch und setzte sich zu Hauptmann Rowan. Die beiden Männer wendeten ihr den Rücken zu. Die Stühle waren weit auseinandergerückt. Genau dazwischen stand auf der anderen Seite des Tischs der leere Stuhl; sie hatte einen ungehinderten Blick darauf. Das Rascheln der Papiere, in denen beide Männer blätterten, war das einzige Geräusch.

»Wollen wir anfangen?« fragte Hauptmann Rowan plötzlich.

Die Stimme des hageren Inders klang tief und leise.

»O ja, ich bin bereit, wenn Sie es sind.«

»Sagen Sie ihnen, wir sind bereit, Babuji.«

Der Sekretär ging zur Tür in der rechten Wand, öffnete sie, sagte etwas auf Hindi, schloß die Tür und kehrte zu seinem Stuhl zurück.

Sie schloß einen Augenblick lang die Augen und öffnete sie wieder. Immer noch befanden sich nur die drei Männer in dem Raum. Ihre Hand nestelte an den Fältchen, den Perlmutterknöpfen und blieb dann regunglos liegen. Sie atmete langsam ein und aus und versuchte so, das klopfende Herz zu beruhigen. Die Tür ging wieder auf. Sie konnte nicht sehen, wer sie öffnete, denn sie schlug nach ihrer Seite auf und verbarg den Eintretenden so lange, bis er im Raum und außerhalb des Türbereichs stand. Einen Augenblick stand die Tür in einem Winkel von neunzig Grad zur Wand, ohne daß jemand dahinter zum Vorschein gekommen wäre.

Als er kam, trat er nur zögernd ein – ein dunkelhäutiger Mann in einer weiten grauen Hose und einer weiten kragenlosen, durchgeknöpften grauen Jacke. Er trug Sandalen, aber keine Socken. Nachdem er den Türbereich verlassen hatte, blieb er stehen, blickte auf die Gruppe am Tisch und dann auf den Mann, der ihn am rechten Arm hielt, um ihn zu führen, zurückzuhalten – oder auch beides; das ließ sich nicht ohne weiteres sagen. Der andere Mann trug Uniform: Khakihemd, Shorts und auf dem Kopf einen Helm mit Nackenschutz. Seitlich am Gürtel hing ein Polizeiknüppel. Die Hand am Arm wies auf Autorität hin, aber auch auf Trost oder Hilfe, wie man sie in einer unvertrauten Situation vielleicht einem Mann gewährt, der im allgemeinen keine Schwierigkeiten macht, dessen Geist und

Körper durch eine Routine jedoch so diszipliniert sind, daß sie nur langsam auf ungewohnte Anforderungen reagieren.

Die Hand blieb nicht länger als ein paar Sekunden am Arm. Der Wärter ließ los, stand stramm, wurde entlassen und schloß die Tür hinter sich. Der Mann in der weiten kragenlosen Jacke und der grauen Hose stand allein.

»Bitte setzen Sie sich«, sagte Hauptmann Rowan. Er wies auf den Stuhl.

Es war dasselbe Profil wie auf dem Foto: dasselbe hübsche männliche Ohr, aber doch nicht dasselbe. Der Mann auf dem Foto hielt den Kopf aufrecht, hatte ein glattes, dunkles hübsches Gesicht und Haare, die sich auf der Stirn etwas eigenwillig lockten. Die Haare dieses Mannes sahen aus, als seien sie vor ein paar Monaten geschoren worden und noch nicht wieder richtig nachgewachsen. Das Gesicht war blaß unter der braunen Haut. Die Wangen wirkten eingefallen, der Kopf schwer, als habe der Mann lange gesessen, dabei die Hände zwischen den Beinen gefaltet, die Augen gesenkt, und den Fußboden und die Struktur des Steins betrachtet. Er näherte sich dem Tisch und stand neben dem Stuhl, aber nach wie vor im Profil.

*»Baitho«*, forderte ihn der Beamte aus dem Ministerium auf.

Der Mann streckte die rechte Hand aus, umklammerte die Stuhllehne, drehte sich unbeholfen um und setzte sich. Er hielt sich solange an der Rückenlehne fest, bis das Gewicht und die Stellung seines Körpers ihn zwangen, loszulassen. Er blickte auf die Tischplatte und saß mit hängenden Schultern da. Es wirkte, als habe er die Hände zwischen den Knien gefaltet.

*»Kya, ham Hindi yah Angrezi men bolna karenge?«* fragte Hauptmann Rowan.

Der Blick, den der Mann Rowan zuwarf, gab ihr einen flüchtigen Eindruck von bestürzend wachen Augen – in Augenhöhlen, die groß und dunkel waren im Vergleich zu denen, an die sie sich vom Foto erinnerte. Der Mann senkte den Kopf wieder.

*»Angrezi«,* sagte er. Die Stimme klang bemerkenswert klar.

»Sehr gut, also englisch.«

Rowan öffnete eine Akte.

»Ihr Name ist Kumar, Ihr Vorname – Hari.«

*»Han.«*

»Sie sind der Sohn des verstorbenen Duleep Kumar aus Didbury in der Grafschaft Berkshire, England.«

*»Han.«*

»Zum Zeitpunkt Ihrer Festnahme lebten Sie im Chillianwallah Bagh Nummer zwölf in Majapur, einem Distrikt dieser Provinz.«

*»Han.«*

»Besitzerin des Hauses im Chillianwallah Bagh ist Ihre Tante, Shalini Gupta Sen, geborene Kumar, Witwe des Prakasch Gupta Sen.«

*»Han.«*

»Sie wurden am neunten August 1942 auf Anweisung des Polizeichefs von Majapur festgenommen und verhört. Am vierundzwanzigsten August wurde als Ergebnis dieser und folgender Vernehmungen Ihre dauernde Inhaftierung nach Verordnung 26 des indischen Ermächtigungsgesetzes verfügt. Sie wurden daraufhin in das Kandipatgefängnis, Kandipat, Ranpur verlegt, wo Sie sich entsprechend der Verfügung seither befinden.«

*»Han.«*

»Ich nahm an, Sie hätten sich dafür entschieden, englisch zu sprechen. Bisher haben Sie in Hindi geantwortet. Wünschen Sie also, daß diese Sitzung in Hindi und nicht in Englisch geführt wird?«

Wieder hob Kumar den Kopf, aber diesmal war es kein flüchtiger Blick, und erst jetzt glaubte sie wirklich daran, daß der Mann in dem Raum dort drüben der Mann auf dem Foto war. Diese Überzeugung entstand nicht dadurch, daß sein Name ausgesprochen worden war und er ihn bestätigt hatte, sondern durch die Ähnlichkeit mit dem Foto, die plötzlich über seinem knochigen Gefängnisgesicht lag. Die Ähnlichkeit, dachte sie, muß im Ausdruck liegen. Er blickte Hauptmann Rowan an, wie er auf Anweisung in die Linse einer Kamera geblickt hatte – als sei er ein Präzisionsinstrument, das nicht mehr tun konnte, als die Aufgabe zu erfüllen, für die es geschaffen worden war, und das nicht über die Linie vorzudringen vermochte, die er gezogen hatte, hinter der er stand: die Demarkationslinie zwischen der öffentlichen Hinnahme der Demütigung und der Verteidigung seines Gefühls persönlicher Würde – worin sie auch bestehen mochte.

»Ich bitte um Verzeihung«, sagte er, und sie schloß die Augen, um nur die Stimme zu hören, »es war ein Versehen. Ich habe selten Gelegenheit, mit einem anderen als mir selbst englisch zu sprechen.«

Eine Pause.

»Ich verstehe«, sagte eine andere Stimme über ihrem Kopf. Sie hielt die Augen geschlossen. Es waren die Stimmen von zwei Engländern, die miteinander sprachen. »Diese Sitzung«, fuhr die zweite der beiden Stimmen fort, »ist durch eine Verfügung des amtierenden Gouverneurs vom fünfzehnten Mai 1944 autorisiert. Ziel dieser Sitzung ist es, alle Fakten zu untersuchen, die für Ihre dauernde Inhaftierung nach dem indischen Ermächtigungsgesetz relevant sind. Sie können es ablehnen, sich dieser Untersuchung zu unterziehen, falls Sie das wollen. In diesem Fall endet die Sitzung sofort. Ich habe auch Anweisung, Sie darauf aufmerksam zu machen, daß es Ziel dieser Sitzung ist, zu untersuchen, und nicht, eine Empfehlung in Hinblick auf Ihre Haft auszusprechen. Sie sollten nicht annehmen, daß Ihre Ablehnung oder Einwilligung oder die Untersuchung selbst irgendwelche Auswirkungen auf die Anordnung Ihrer Haft oder deren Dauer hat. Ich frage Sie, ob Sie unter diesen Voraussetzungen in die Untersuchung einwilligen oder sie ablehnen.«

Eine Pause.

»Ich erkläre mich unter diesen Voraussetzungen einverstanden.«

»Ihre Einwilligung ist protokolliert. Im Fall Kumar, Hari, Sohn des verstorbenen Duleep Kumar, zur Zeit im Kandipatgefängnis, Kandipat, Ranpur inhaftiert auf Grund des Haftbefehls vom vierundzwanzigsten August neunzehnhundertzweiundvierzig nach Verordnung 26 des indischen Ermächtigungsgesetzes, führen Hauptmann Nigel Roger Alexander Rowan und Mr. Vallabhai Ramaswamy Gopal in Übereinstimmung mit der Verfügung des amtierenden Gouverneurs, Amtssitz Ranpur, vom fünfzehnten Mai neunzehnhundertvierundvierzig die Untersuchung durch. Der Befragte steht nicht unter Eid. Das Protokoll der Sitzung ist für die Geheimakte Seiner Exzellenz des Gouverneurs bestimmt, eine Durchschrift geht in die Geheimakte des Ministers für Inneres und Justiz im Ministerrat.«

Wieder eine Pause. Sie öffnete die Augen. Kumar saß immer noch mit hängenden Schultern auf dem Stuhl und studierte wieder den Tisch, als lasse er eine förmliche Litanei über sich ergehen, mit der er eigentlich nichts zu tun hatte. Doch als das Schweigen anhielt und man nichts anderes hörte als das Rascheln der Papiere, die Hauptmann Rowan zurechtschob und überflog, hob Kumar schließlich den Kopf und blickte seinen Vernehmer an; wieder fiel ihr die Wachheit auf, die seine Augen – ebenso wie seine klare Stimme – verrieten. Präziser konnte sie es nicht deuten. Es war unmöglich zu sagen, ob er Gefahr spürte oder in dieser Untersuchung einen Anlaß zur Hoffnung sah. Es konnte das eine oder das andere, es konnte auch beides sein. Doch was immer es sein mochte, die Wachheit und Klarheit verrieten den Mann in der gebeugten und unterwürfigen Gestalt des Gefangenen.

»Da ein Inhaftierungsbefehl nach dem Ermächtigungsgesetz ohne den Weg über ein Gerichtsverfahren ausgestellt wird«, begann

Hauptmann Rowan, »liegt dem Untersuchungsausschuß Beweismaterial in Form der Zusammenfassung von Aussagen, Indizien und Sachvorlagen der Zivilbehörde des Distrikts vor, in dem Sie wohnhaft waren. In diesem Fall, in den außer Ihnen noch fünf weitere Männer verwickelt waren, wurden die Dokumente dem Kommissar vorgelegt, ehe der Inhaftierungsbefehl für Sie und diese fünf Männer ausgestellt wurde. Uns beschäftigen diese Dokumente jedoch nur insoweit, wie sie sich auf Sie beziehen. Der Ausschuß ist nicht befugt, Sie über Einzelheiten der Dokumente zu informieren, unsere Fragen werden jedoch darauf beruhen. Ich werde zu Beginn eine Liste von Namen verlesen. Die Frage, die ich in jedem Fall stelle, ist: Waren Sie zum Zeitpunkt Ihrer Festnahme mit dem Mann, dessen Namen ich verlese, persönlich bekannt? Ich bitte Sie, nach jedem Namen entsprechend mit Ja oder Nein zu antworten. Um das Risiko einer Verwechslung möglichst zu verringern, werde ich bei jedem Namen eine kurze Angabe zur Person machen, zum Beispiel den Beruf nennen. Haben Sie das verstanden?«

«Ja.«

»Der erste Name ist S. V. Vidyasagar, Redakteur beim *Majapur Hindu*, davor Reporter bei der *Majapur Gazette*. Kannten Sie diesen Mann persönlich?«

»Ja.«

»Narayan Lal, Angestellter in der Majapur-Buchhandlung.«

»Ja.«

»Nirmal Bannerjee, arbeitslos, Elektroingenieur, Absolvent der Technischen Hochschule Majapur, Sohn des B. N. Bannerjee, Angestellter im Büro von Dewas Chand Lal, Lieferant.«

»Ja.«

»Bapu Ram, Lehrling in den Britisch-Indischen Elektrowerken, Majapur.«

»Ja.«

»Moti Lal, letzte Beschäftigung Büroangestellter im Lagerhaus von Romesh Chand Gupta Sen, Lieferant in Majapur. Neunzehnhunderteinundvierzig nach Paragraph einhundertachtundachtzig des Strafgesetzbuches zu sechs Monaten Gefängnis verurteilt. Im Februar neunzehnhundertzweiundvierzig aus dem Gefängnis entflohen und entsprechend den Angaben bei Ausfertigung dieses Dokuments noch nicht wieder festgenommen.«

»Ja.«

»Puranmal Mehta, Stenograph, Büroangestellter bei der Imperial Bank of India, Majapur.«

»Ja.«

»Gopi Lal, arbeitslos, Sohn von Shankar Lal, nach vorliegenden Unterlagen Hotelbesitzer.«

»Ja.«

»Pandit B. N. V. Baba, wohnhaft Chillianwallah Bazaar Road, B 1, Majapur, nach vorliegenden Unterlagen ein Lehrer.«

»Ja.«

»Ich werde diese Namen jetzt in zwei Gruppen unterteilen. Die erste Gruppe umfaßt zwei Namen: S. V. Vidyasagar und Pandit Baba. Meine Fragen beziehen sich auf die Art Ihrer Bekanntschaft mit diesen Männern. Im Fall von Pandit Baba geht aus den mir zur Verfügung stehenden Unterlagen – nämlich denen in Ihrer Akte – nicht hervor, weshalb man Sie bei Ihrer Festnahme gefragt hat, was Sie über ihn wußten. Vielleicht würde dies nach Einsicht in die Akten der anderen Männer, die zur gleichen Zeit wie Sie verhaftet wurden, deutlich. Doch diese Akten sind dem Untersuchungsausschuß nicht zugänglich, da sie nicht im Zusammenhang mit der heutigen Untersuchung stehen. Den letzten Punkt möchte ich Ihnen erläutern. Dieser Ausschuß stützt sich bei seiner Arbeit ausschließlich auf die Akte, die sich auf Ihre eigene Festnahme und die anschließende Inhaftierung bezieht. In anderen Worten, Sie stehen vor einem Untersuchungsausschuß, der unbeeinflußt durch Angaben in den Akten der anderen Festgenommenen ist. Meine erste Frage zu Pandit Baba lautet deshalb: Würden Sie dem Untersuchungsausschuß sagen, weshalb Sie – Ihrer Ansicht nach – gefragt wurden, in welcher Beziehung Sie zu ihm stehen? Ich mache Sie darauf aufmerksam, daß Ihre in der Akte festgehaltene Antwort auf diese Frage war: ›Ich habe nichts zu sagen.‹ In der Tat antworteten Sie, wie hier ersichtlich, auf neunundneunzig Prozent der Fragen mit derselben Formulierung. Ich hoffe, heute morgen wird nicht die gleiche Situation entstehen. Würden Sie also bitte die Frage beantworten? Weshalb hat man Sie wohl danach gefragt, ob Sie diesen Pandit Baba kennen? Haben Sie irgendeine Vorstellung?«

Es entstand eine längere Pause. Aber als Kumar sprach, verriet seine Stimme nichts von dem anfänglichen Zögern, das ihn bewogen haben mochte, nicht sofort zu antworten.

»Ich vermute, man glaubte, er habe großen Einfluß auf gebildete junge Inder.«

»Wer glaubte das?«

»Die Behörden in Majapur.«

»Einschließlich der Polizei?«

»Ja. Er wurde einmal im Polizeipräsidium vernommen, weil einer seiner Schüler in Schwierigkeiten geraten war.«

»Schüler?«

»Junge Männer, die sich um ihn versammelten, um ihn reden zu hören.«

»In welche Art Schwierigkeiten war dieser Schüler geraten?«

»Ich glaube, er hatte ein politisches Flugblatt veröffentlicht oder verteilt oder eine Rede gehalten. Ich habe vergessen, was es war.«

»Gehörten Sie zu den Anhängern von Pandit Baba?«

»Nein.«

»Kannten Sie den Mann, der in Schwierigkeiten geriet?«

»Nein.«

»Wer hat Ihnen von dieser Sache erzählt?«

»Es war ganz selbstverständlich, daß ich es erfuhr. Ich arbeitete bei der *Majapur Gazette*. In einer Zeitungsredaktion hört man vieles, was in der Öffentlichkeit nicht bekannt wird.«

»Was geschah mit dem Mann, der dieses Flugblatt veröffentlicht oder die Rede gehalten hat?«

»Er kam ins Gefängnis.«

»Wie hieß er?«

»Das habe ich vergessen.«

»Was geschah mit dem Pandit?«

»Nichts.«

»Wie gut kannten Sie Pandit Baba?«

»Ich kannte ihn als Lehrer, denn meine Tante hatte ihn engagiert: er sollte mir eine indische Sprache beibringen.« Pause. »Er roch stark nach Knoblauch.« Pause. »Er war sehr unpünktlich.« Pause. »Der Unterricht war kein Erfolg.«

»Wann war das?«

»1938.«

»Er versuchte, Ihnen Hindustani beizubringen?«

»Ja.«

»Bis dahin beherrschten Sie überhaupt keine indische Sprache?«

»Nein.«

Das Rascheln von Papier. Dann Gopals Stimme: »Ich habe mehrere Fragen zum Lebenslauf des Gefangenen, und ich würde sie gerne in diesem Zusammenhang stellen.«

Rowan nickte. Gopal richtete das Wort direkt an Kumar.

»Aus diesem Schriftstück geht hervor, daß Ihr Vater sich in England niederließ, als Sie zwei Jahre alt waren. Sie sind in den Vereinigten Provinzen geboren. Ihr Vater war dort Landbesitzer. Haben Sie in den Vereinigten Provinzen ein Erbe?«

»Nein. Mein Vater hat alles an seine Brüder verkauft, ehe er nach England ging.«

»Ihr Vater hat Sie nie Ihre Muttersprache gelehrt?«

Es entstand eine Pause.

»Er gab sich größte Mühe, mich nichts zu lehren.«

»Weshalb?«

»Nach seinem Willen sollte ich in einer völlig englischen Umgebung aufwachsen, soweit das möglich war. Ich hatte eine Gouvernante und später einen Privatlehrer. Danach besuchte ich eine Privatschule und ging später nach Chillingborough. Ich habe ihn nur selten gesehen.«

»Weshalb wollte er das – hat er mit Ihnen darüber gesprochen?«

»Ich sollte als Inder, aber mit allen Vorteilen eines Engländers, in den indischen Staatsdienst eintreten.«

»Hat er Ihnen erklärt, worin diese Vorteile bestehen?«

»Ich glaube, er hielt sie für Vorzüge des Charakters, des Benehmens, der Haltung und der Sprache.«

»Weil er glaubte, ein englischer Charakter, englisches Verhalten und die englische Sprache seien indischen überlegen?«

»Nein. Brauchbarer im Hinblick auf den Staatsdienst.«

»Diese Antwort verstehe ich nicht ganz.«

»Es handelt sich um eine englische Bürokratie, die auf den englischen Vorstellungen von einem Staat basiert. Mein Vater glaubte, ein Inder sei darin benachteiligt, wenn er nicht dazu erzogen worden sei, sich völlig mit diesen Vorstellungen zu identifizieren. Er bewunderte diese Bürokratie und glaubte, sie würde in Zukunft am besten von völlig anglisierten Indern weitergeführt werden.«

»Teilten Sie seine Ansichten?«

»Ja.«

»Weshalb?«

»Ich kannte keine anderen.«

»Sie wollten in den indischen Staatsdienst eintreten und Beamter werden?«

»Wollen ist das falsche Wort, denn es weist auf eine Alternative hin und auf eine Wertung. Mir war nie eine Alternative bewußt.«

»Diesem Schriftstück entnehme ich«, fuhr Gopal fort, »daß Ihre Mutter bald nach Ihrer Geburt starb. Trug der Verlust Ihrer Mutter zu der Entscheidung Ihres Vaters bei, Indien den Rücken zu kehren und sich als Geschäftsmann in England niederzulassen?«

»Er erleichterte es ihm, seinen Plan zu verwirklichen.«

»Ihr Vater ging etwa zwei Jahre nach dem Tod Ihrer Mutter mit Ihnen nach England. Vermutlich dauerte es einige Zeit, bis er die notwendigen Vorbereitungen getroffen hatte.«

»Er mußte warten, bis seine Mutter gestorben war.«

»War sie krank?«

»Nein. Er hatte seinem Vater versprochen, sich um sie zu kümmern.«

»Ihr Großvater lebte nicht mehr?«

»Er war von zu Hause weggegangen.« Kumar schwieg. »Er trennte sich von seinem weltlichen Besitz und verließ das Haus mit einem Lendentuch und einer Bettelschale. Er wollte *Sannyassi* werden, wie man das nennt.« Er schwieg wieder. »Die Familie hat ihn nie mehr gesehen. Aber mein Vater hielt sein Versprechen und blieb bei seiner Mutter, bis sie starb.«

»Ich verstehe. Er hatte also schon immer gehofft, Indien verlassen und nach England gehen zu können?«

»Wenn er einen Sohn bekäme.«

»War er schon früher in England gewesen?«

»Vor dem Ersten Weltkrieg hatte er dort Jura studiert, die Examen jedoch nicht bestanden. Er hatte Sinn für Geschäfte, nicht für eine akademische Laufbahn.«

»Er war also anglophil, wie wir das nennen? Er bewunderte die englische Lebensart?«

»Er glaubte, eine gute Kenntnis und Vertrautheit damit sei eine wesentliche Voraussetzung für jeden guten Beamten.«

»Welche politischen Ansichten vertrat er im Hinblick auf Indien?«

»Wir haben eigentlich nie über Politik gesprochen.«

»Befürwortete er eine konstitutionelle Entwicklung, die schließlich zu einer Form der Unabhängigkeit führen würde, oder eine schnellere Loslösung?«

»Ich glaube, ersteres. Er sagte, Indien würde über seine Lebenszeit hinaus unter englischer Herrschaft bleiben, und vermutlich würde sich auch nicht viel daran ändern, solange ich lebe.«

»Würden Sie also sagen, daß er sich darum bemühte, einen der Inder aus Ihnen zu machen, denen die Engländer einmal bereitwillig die Verwaltung übergeben würden?«

»Ja. Als ich älter war, sprach er immer in diesem Sinne, wenn ich ihn sah.«

»Und was war Ihr Ziel? Wollten Sie ein solcher Inder werden?«

»Ich hatte nicht die geringste Erinnerung an Indien. Ich wußte nicht, welche Arten von Indern es geben mochte. Ich wurde völlig englisch erzogen. Meine Einstellung im Hinblick auf ein mögliches Leben in Indien unterschied sich vermutlich kaum von der eines jungen Engländers, der nach Ansicht seiner Familie eine Laufbahn hier einschlagen sollte.«

»Sie hatten also nicht das Gefühl, nach Hause zu kommen, als Sie schließlich wieder indischen Boden betraten?«

»Genau das Gegenteil war der Fall.«

»Verwirrte Sie das, was Sie hier vorfanden?«

»Ja.«

»Verwirrte Sie die Lage der Menschen hier?«

»Mich verwirrte meine eigene Lage.«

»Sie blickten sich nicht um und dachten: Dies ist mein Volk, dies ist mein Land, und ich muß daran arbeiten, es von dem fremden Joch zu befreien, das auf ihm liegt?«

»Ich wollte so schnell wie möglich nach Hause zurück.«

»Nach Hause – nach England?«

»Ja.«

»Aber später schämten Sie sich vielleicht dieser egoistischen Haltung, begannen, auf gleichaltrige junge Männer ihrer Art zu hören und wurden von ihren hitzköpfigen, aber verständlichen Reden und Zielen beeinflußt?«

»Vielleicht waren sie so alt wie ich, aber sie hatten nichts mit mir gemein. Ich war ein Unikum.«

»Ein Unikum, nur weil Sie in England erzogen worden sind?«

»Nein. Weil ich zu einer Familie zurückkehrte, von der mein Vater sich losgesagt hatte – einer bürgerlichen, orthodoxen Hindufamilie.« Er schwieg. »Mein Onkel versuchte, mich zu einer rituellen Reinigung zu bewegen, damit ich von dem Makel frei würde, im Ausland gelebt zu haben. Teil dieses Rituals war es, Kuh-Urin zu trinken. Diese Familie hielt nichts von Bildung, und schon gar nichts von westlicher Bildung. Kein Mitglied der Familie Kumar oder der Familie Gupta Sen, in die meine Tante eingeheiratet hatte, war je im Staatsdienst gewesen. Es waren mittelständische Hindus – Kaufleute und kleine Landbesitzer. Vor diesem Hintergrund war ich – ja, ein Unikum.«

Gopal sagte: »Vielen Dank, Mr. Kumar. Zu diesem Punkt habe ich keine weiteren Fragen.«

Rowan nickte, warf einen Blick in die Akte und sah dann Kumar an, der seine Aufmerksamkeit langsam von Gopal auf ihn richtete.

Die beiden Männer, deren Stimmen so ähnlich klangen, blickten sich eine Weile an.

»In England, sagen Sie, hat es kaum einen Unterschied zwischen Ihnen und einem durchschnittlichen jungen Mann gegeben, der sich auf eine Laufbahn in Indien vorbereitet. Weshalb waren Sie dann so schockiert über das, was Sie hier vorfanden? Ein durchschnittlicher junger Engländer, der nach Indien kommt, ist keineswegs schokkiert. Er findet es eher aufregend. Wie erklären Sie sich diesen Unterschied?«

Sie bemerkte, wie Gopal Rowan ansah, als wundere er sich über eine solche Frage. Sie wunderte sich ebenfalls. Wäre Kumars Gesicht überhaupt fähig, einen anderen Ausdruck anzunehmen, dachte sie, würde sich darin jetzt sicher ebenso großes Staunen spiegeln wie in Gopals Gesicht. Vielleicht war die Zeit, die er brauchte, um zu antworten, ein Hinweis auf sein Staunen. Schließlich sagte er:

»Ich kam in ein anderes Indien als ein Engländer. Unsere Wege begannen sich etwa am Suezkanal zu trennen. Im Roten Meer wurde meine Haut braun, und in Bombay bemerkten es meine weißen Freunde. In Majapur hatte ich keine weißen Freunde mehr, denn ich war für sie unsichtbar geworden.«

»Unsichtbar?«

»Unsichtbar.«

Rowan blickte in die Akte.

»Wie ich sehe, starb Ihr Vater Anfang 1938 in Schottland. Sie kamen im Mai desselben Jahres nach Indien und wohnten bei Mrs. Shalini Gupta Sen, der Schwester Ihres Vaters, in Majapur. Hatten Sie keine anderen Verwandten mehr?«

»Mein Vater hatte nur zu ihr Kontakt gehalten.«

»Weshalb?«

»Er hatte ihre Erziehung übernommen, als sie noch ein kleines Kind war. Die Frauen in der Familie Kumar waren alle Analphabeten. Er brachte ihr bei, Englisch zu lesen, zu schreiben und zu sprechen. Sie liebten sich sehr. Als Fünfzehnjährige wurde meine Tante mit einem über dreißig Jahre alten Mann verheiratet, mit Prakasch Gupta Sen aus Majapur. Er starb, und die Ehe war kinderlos geblieben. Sie nahm immer großen Anteil an ihrem englischen Neffen, wie sie mich in den Briefen an meinen Vater nannte.«

»Die Anwälte Ihres Vaters setzten sich mit ihr in Verbindung, und sie erklärte sich bereit, Sie in ihr Haus aufzunehmen?«

»Ja. Sie lieh sich das Geld für meine Überfahrt bei ihrem Schwager.«

»Damit meinen Sie den Lieferanten Romesh Chand Gupta Sen aus Majapur, in dessen Büro Sie einige Zeit gearbeitet haben?«

»Einige Zeit.«

»Waren keine Mittel vorhanden, um Ihnen zu ermöglichen, in England zu bleiben, die *Public School* zu absolvieren und sich dann auf die Prüfungen für den indischen Staatsdienst vorzubereiten, wie Ihr Vater gewünscht hatte?«

»Die Mittel vielleicht schon, aber sie wurden nicht angeboten. Mein Vater beging Selbstmord. Er war in finanzielle Schwierigkeiten geraten. Als er versuchte, die Verluste wiedergutzumachen, verlor er alles. Deshalb nahm er sich das Leben. Seinen ›englischen‹ Sohn gab es nur, solange Geld vorhanden war. Vermutlich brachte er es nicht über sich, mir zu sagen, daß mein englisches Leben enden und mein indisches Leben ein paar Jahre zu früh beginnen müsse.«

»Haben Sie Ihre Verwandten in Majapur gebeten, Ihnen den Aufenthalt in England zu ermöglichen, bis Sie Ihre Examen bestanden hätten?«

»Der Anwalt schrieb meiner Tante Shalini in diesem Sinn.«

»Vermutlich gab es Freunde in England, bei denen Sie hätten leben können?«

»Eine Zeitlang sah es so aus.«

»Vielleicht in der Familie eines Ihrer Schulfreunde?«

»Ja.«

Wieder hörte sie das Rascheln von Papieren.

»In einem der Berichte hier wird ein Brief erwähnt, den die Polizei in Ihrem Zimmer fand und an sich nahm. Der Brief war mit Colin unterschrieben und kam aus Berkshire. War es Colins Familie, die Sie möglicherweise hätte aufnehmen können?«

»Ja.«

»Aber es gelang Ihrer Tante nicht, das Geld aufzubringen, damit Sie bis zum Examen hätten in England bleiben können?«

»Sie hatte kein eigenes Geld. Sie ist eine kinderlose Witwe. Als ihr Mann starb, hatte er Schulden bei seinem Bruder. Von diesem Bruder war sie finanziell völlig abhängig.«

»Ich nehme an, wir sprechen von Romesh Chand Gupta Sen?«

»Ja. Er bot das Geld für die Überfahrt an und gab meiner Tante eine gewisse Summe für meinen Unterhalt. Der Anwalt erklärte, es sei sehr großzügig von ihm. Seiner Meinung nach würde ich vermutlich nur mein letztes Semester in der Schule verlieren. Er sagte, ich könnte mich in Indien auf das Examen vorbereiten.«

»Sie beabsichtigten also nach wie vor, die Examen abzulegen? Sie sind mit diesem Ziel nach Indien gekommen?«

»Ja.«

»Sie haben das mit Ihrer Tante und dem Onkel besprochen?«

»Ja. Aber Mr. Gupta Sen machte klar, daß für eine weitere Ausbildung kein Geld da sei. Man erwartete von mir, daß ich meinen Lebensunterhalt selbst verdiente.«

»Daraufhin nahmen Sie die Arbeit im Büro des Onkels an?«

»Ja. Im Lagerhaus im Chillianwallah Basar. Ich erinnere mich an den Leprakranken.«

»An den Leprakranken?«

»Er stand am Eingang des Basars.«

»Weshalb erinnern Sie sich an ihn?«

»Als ich den Leprakranken sah, mußte ich an meinen Großvater denken. Ich fragte mich, ob er auch Lepra bekommen hatte.«

»Und in dieser Zeit nahmen Sie Hindustani-Unterricht bei Pandit Baba?«

»Ja.«

»Es muß Ihnen alles sehr merkwürdig vorgekommen sein.«

»Sehr merkwürdig, ja.«

»Der nächste Eintrag in Ihrer Akte besagt, daß Sie sich im Sommer 1939 um eine Ausbildung bei den Britisch-Indischen Elektrowerken bemüht haben. Eine Ausbildung als was?«

»Es gab dort ein Ausbildungsprogramm für junge Inder, die ins mittlere Management übernommen werden sollten.«

»Wie ich sehe, hat man Sie nicht angenommen. Hier heißt es sogar: ›Der Bewerber wurde hauptsächlich auf Grund seines unfreundlichen und widerwilligen Benehmens nicht eingestellt.‹ Ist das eine angemessene Wiedergabe Ihrer Haltung?«

»Es hängt davon ab, wer diese Feststellung getroffen hat.«

»Ich entnehme dem Bericht, daß der Leiter der Technischen Ausbildung Sie als unfreundlich und widerwillig beschrieben hat. Er war Engländer. Was ist vorgefallen?«

»Ich hatte bereits zwei Vorstellungsgespräche mit dem Geschäftsführer und einem der Direktoren geführt. Das Gespräch mit dem Ausbildungsleiter sollte eigentlich nur eine Formsache sein. Aber der Mann ließ sich nicht davon abhalten, mir technische Fragen zu stellen, obwohl ich ihn gleich zu Beginn darauf hingewiesen hatte, daß ich solche Fragen nicht beantworten könnte. Am Ende beschimpfte er mich.«

»Wie?«

»Er stellte mich als dummen Wilden hin.«

»Hat er diese Formulierung gebraucht?«

»Nein. Er sagte: Woher kommen Sie denn, Bürschchen? Frisch vom Baum, wie?«

»Was haben Sie darauf erwidert?«

»Nichts.«

»Und so endete das Gespräch . . .«

»Noch nicht. Er hat noch etwas gesagt.«

»Und das wäre?«

»Er sagte, er wolle keine kleinen schwarzen Bolschies auf seiner Seite des Schreibtischs.«

»Wie haben Sie darauf reagiert?«

»Ich bin aufgestanden und gegangen.«

»Ich verstehe.« Rowan wendete ein Blatt um. »Dem nächsten Eintrag entnehme ich, daß Sie eine Anstellung als Redakteur und Reporter einer indischen Zeitung, die in Majapur in englischer Sprache erschien, angenommen haben. Es handelte sich um die *Majapur Gazette*. Ich gehe davon aus, dort gab es keine Probleme, denn drei Jahre später, am Tag Ihrer Festnahme, waren Sie immer noch bei dieser Zeitung beschäftigt. Was veranlaßte Sie, sich dem Journalismus zuzuwenden?«

»Für mich war das nicht Journalismus, und ich betrachtete mich auch nicht als Journalisten. Nach ein paar Monaten in Majapur wußte ich, daß ich nur eine Qualifikation besaß, die sich praktisch nutzen ließ: Englisch, meine Muttersprache. Die *Gazette* gehörte Indern, sie wurde ausschließlich von Indern geschrieben und herausgegeben. Das Englisch darin war oft sehr komisch. Was mich anging, so arbeitete ich als Korrektor bei der *Gazette*. Hin und wieder bekam ich den Auftrag für eine Reportage. Mit allem, was ich schrieb, konnte ich vier Annas pro Zeile zusätzlich zu meinem Monatsgehalt von sechzig Rupien verdienen.«

»Waren Ihre Tante und der Onkel mit dieser Arbeit einverstanden?«

»Meine Tante ja. Sie hatte die *Gazette* für mich gekauft, damit ich mich über das lokale Geschehen informieren konnte. Sie las die Zeitung ebenfalls und freute sich, wieder Englisch sprechen zu können. Sie war immer sehr gut zu mir. Sie tat alles, um mir das Leben so angenehm wie möglich und mich glücklich zu machen. Es lag nicht an ihr, daß ich unglücklich war.«

»Ihre Tante billigte diese Arbeit, aber Ihr Onkel hatte etwas dagegen?«

»Als ich die Stelle bei der *Gazette* bekam, kürzte er den Beitrag zu meinen Unterhaltskosten.«

»Weshalb?«

»Er sagte, ich könnte mit dem Verdienst zu meinem Lebensunterhalt beitragen. Solange ich in seinem Büro arbeitete, verdiente ich überhaupt nichts.«

»Ich gehe nun zur ersten Gruppe von Namen zurück«, sagte Rowan, »zu Pandit Baba und S. V. Vidyasagar. Sie lernten den zweiten Mann, Vidyasagar, in der Redaktion der *Majapur Gazette* kennen?«

»Ja. Vidyasagar zeigte mir alles.«

»Was?«

»Das Zivilistenviertel, das Distriktsgericht, den Amtssitz des Distriktskommissars und seinen Bungalow, das Polizeipräsidium und auch die Stelle, wo man die Erlaubnis einholte, an einem gesellschaftlichen Ereignis auf dem *Maidan* teilnehmen und darüber berichten zu dürfen. Vor meiner Arbeit bei der *Gazette* hatte ich nie einen Grund gehabt, über den Fluß zu kommen und mich im Zivilisten- und Garnisonsviertel aufzuhalten.«

»Die Arbeit für die *Gazette* führte Sie also in eine von Ihrem Standpunkt aus angenehmere Umgebung und in eine erfreulicheres Leben?«

»Es war interessant, dieses Leben zu beobachten.«

»Sie hielten sich nur für einen Beobachter?«

»Ich war nur ein Beobachter, vielleicht sogar weniger als das. Aber es war interessant zu beobachten, was die Engländer alles taten, um sich zu beweisen, daß sie immer noch Engländer waren. Es war interessant und aufschlußreich, und ich lernte dadurch die lächerliche Seite am Ehrgeiz meines Vaters zu sehen. Ich erkannte, daß er bei seinen Plänen für meine Zukunft einen wichtigen Faktor unberücksichtigt gelassen hatte.«

»Der wäre?«

»In Indien hören die Engländer auf, unbewußt Engländer zu sein, und werden bewußt Engländer. Ich war auch unbewußt Engländer gewesen, doch ich konnte in Indien nicht bewußt Engländer, sondern nur bewußt Inder werden. Ich mußte bewußt etwas sein, ohne zu wissen, wie.«

Rowan vertiefte sich wieder in die Akte.

»Vidyasagar, so heißt es hier, war auch Redakteur einer anderen Zeitung, dem *Majapur Hindu*. Wie lange haben Sie zusammen bei der *Gazette* gearbeitet?«

»Ungefähr drei Wochen.«

»Dann wechselte Vidyasagar zum *Majapur Hindu*?«

»Man hatte ihm gekündigt.«

»Wissen Sie weshalb?«

»Als der Chefredakteur der *Gazette* mich einstellte, tat er das in der Absicht, Vidyasagar zu kündigen.«

»Wußten Sie das?«

»Nein. Aber Vidyasagar wußte es.«

Rowan zögerte. »Also bestand ein Grund für Spannungen zwischen Ihnen und Vidyasagar? Trug er Ihnen etwas nach?«

»Wenn ja, hat er es niemals gezeigt. Als man ihm kündigte, sagte er, ich möge mir deshalb keine Sorgen machen, er habe es erwartet und könne leicht eine Stelle beim *Majapur Hindu* bekommen. Er verhielt sich mir gegenüber immer freundlich.«

»Weshalb zog der Chefredakteur Sie Vidyasagar vor?«

»Ich schrieb korrektes Englisch. Vidyasagar hatte nur die staatliche höhere Schule besucht.«

»Die Haltung der *Gazette* war immer proenglisch. Stimmen Sie mir darin zu? Ich meine, im Vergleich zum *Majapur Hindu*, wo Vidyasagar danach arbeitete. Hier heißt es, der *Majapur Hindu* sei wiederholt verboten worden, auch während der Unruhen im August 1942. Die *Majapur Gazette* dagegen hatte nie Schwierigkeiten mit den Behörden.«

»Die *Gazette* veröffentlichte grundsätzlich nichts, was bei den Behörden hätte Anstoß erregen können. Ich weiß nicht, ob das bereits auf eine proenglische Haltung schließen läßt.«

»Ich stelle diese Frage, um herauszufinden, ob man sagen kann, daß Sie als junger Reporter oder Redakteur in der Beurteilung der Ereignisse im allgemeinen eher mit der politischen Richtung der Zeitung übereinstimmten als beispielsweise Vidyasagar.«

»Ich besaß keine vergleichbare Einstellung. Vidyasagar war leidenschaftlich nationalistisch wie neunundneunzig Prozent der jungen Inder seines Alters, seiner Klasse und seiner Bildung.«

»Genau das meine ich. Der Chefredakteur der *Gazette* empfand einen solchen jungen Mann möglicherweise als eine Belastung. Bei Ihnen mußte er nichts befürchten.«

»Der Chefredakteur hat mich nie nach meinen politischen Ansichten oder Verbindungen gefragt. Er stellte mich ein, weil ich Englisch korrekt beherrschte.«

»Hatten Sie irgendwelche politischen Ansichten oder Verbindungen, als Sie in die Redaktion eintraten?«

»Nein.«

»Ich glaube, ein Großteil der *Gazette* war Berichten über gesellschaftliche und sportliche Ereignisse vorbehalten, die die Engländer in Majapur veranstalteten.«

»Ja.«

»Nahmen Sie manchmal in Ihrer Eigenschaft als Reporter an solchen Ereignissen teil?«

»In dieser Eigenschaft ja.«

»Waren Sie bei solchen Anlässen ein geeigneterer Vertreter der *Gazette* als Vidyasagar? Ich meine, vom Standpunkt des Chefredakteurs.«

»Vielleicht.«

»Und vom Standpunkt der Leute, die an diesen Ereignissen teilnahmen?«

»Von ihrem Standpunkt unterschied ich mich in nichts von Vidyasagar.«

»Weshalb nicht?«

»Wir hatten beide schwarze Gesichter.«

Es entstand eine Pause.

»Aber mit der Zeit gelang es Ihnen besser als Vidyasagar, diese künstliche Barriere zu überwinden. Sie lernten einige Engländer kennen.«

»Ich lernte eine Engländerin kennen.«

»Sie sprechen von Miss Manners?«

»Ja.«

»Während der Vernehmung haben Sie auf die Frage, unter welchen Umständen Sie Miss Manners kennengelernt hatten, immer nur geantwortet: Ich habe nichts zu sagen. Die Frage war doch wohl einfach genug, oder?«

»Sie war auch unnötig. Derjenige, der mir die Frage stellte, kannte die Umstände ebensogut wie ich.«

»Dieser Ausschuß aber nicht. Deshalb stelle ich die Frage noch einmal: Unter welchen Umständen haben Sie Miss Manners kennengelernt?«

»Ich wurde in das Haus eingeladen, in dem sie wohnte.«

»Können Sie sich an das Datum erinnern?«

»Entweder Ende Februar oder Anfang März neunzehnhundertzweiundvierzig.«

»Aha. Also bald nachdem man Sie im Februar 1942 zur Polizeiwache an der Mandir-Gate-Brücke gebracht und Sie dort nach Ihrer Identität und Ihrer Beschäftigung gefragt hatte.«

»Dieser Vorfall führte zu der Einladung.«

»Sie wollen damit sagen, Sie wurden in das Haus eingeladen, in dem Miss Manners wohnte, weil Sie polizeilich vernommen worden waren?«

»Ja. Das Verhör machte gewisse Leute in Majapur auf mich aufmerksam.«

»Bitte erläutern Sie das.«

»Ich wurde an einem Ort verhaftet, der als das ›Asyl‹ bekannt war . . .«

»Verhaftet?«

»Man schleppte mich in einen Polizeiwagen, brachte mich auf die Wache, hielt mich dort fest, verhörte mich und ließ mich dann wieder frei. Mir schien das eine Verhaftung zu sein.«

»Also gut. Fahren Sie fort.«

»Das Asyl war die private karitative Einrichtung einer als Schwester Ludmila bekannten Frau für Kranke und Sterbende. Nach meiner Verhaftung benachrichtigte sie Romesh Chand Gupta Sen. Er beauftragte einen Anwalt, einen Mann namens Srinivasan, sich der Sache anzunehmen. Srinivasan war ein Freund von Lady Chatterjee, die im MacGregor-Haus lebte. Miss Manners wohnte bei ihr. Schwester Ludmila benachrichtigte auch eine Deutsche, Frau Doktor Klaus, eine Ärztin im Purdah-Krankenhaus. Frau Doktor Klaus war ebenfalls mit Lady Chatterjee befreundet. Als Mr. Srinivasan auf der Polizeiwache erschien, um herauszufinden, weshalb man mich dorthin gebracht hatte, war ich bereits entlassen worden. Lady Chatterjee erfuhr durch Doktor Klaus von dem Vorfall und erkundigte sich bei Mr. Srinivasan nach mir. So wurde sie auf meinen Fall aufmerksam.«

»Auf Ihren Fall?«

»Auf meine Geschichte.«

»Sie meinen, nach Lady Chatterjees Ansicht klang das alles nach einem jungen Mann, der Hilfe brauchte?«

»Ich weiß es nicht. Ich nehme an, sie interessierte sich für mich nach dem, was Srinivasan ihr erzählt hatte. Sonst hätte sie mich nicht zu einer ihrer Parties mit englischen und indischen Gästen in das MacGregor-Haus eingeladen.«

»Besitzt Lady Chatterjee Einfluß in Majapur?«

»Sie ist die Witwe des Mannes, der die Technische Hochschule von Majapur gestiftet und gegründet hat. Dafür wurde er geadelt. Sie ist eine Freundin von Lady Manners, Miss Manners' Tante, die Witwe eines ehemaligen Gouverneurs dieser Provinz. Die Engländer in Majapur behandelten sie stets mit Achtung.«

»Würden Sie sagen, es war ein Vorteil, ihr Interesse geweckt zu haben?«

»Es wäre denkbar, daß dies der Fall sein könnte.«

»Dachten Sie daran, daß Lady Chatterjee Ihnen vielleicht helfen könnte, als Sie die Einladung annahmen?«

»Ich weiß es nicht.«

»Es war doch sicher eine Gelegenheit, einflußreiche Inder und Engländer auf gesellschaftlicher Ebene kennenzulernen.«

»Ich hatte Zweifel, ob ich die Gelegenheit nutzen sollte oder nicht.«

»Weshalb?«

»Ich lebte inzwischen beinahe vier Jahre in Majapur, und ich fand es bezeichnend, daß ich erst verhaftet werden mußte, ehe man mir eine solche Gelegenheit bot.«

»Bezeichnend wofür?«

»Ich war mir nicht ganz sicher. Vielleicht nahm ich die Einladung an, um es herauszufinden.«

»Haben Sie es herausgefunden?«

»Einflußreiche Leute sind immer bestrebt, ihren Einfluß geltend zu machen. Sie lieben es, armen Hunden von der richtigen Sorte zu helfen. Aber sie sind auch immer sehr beschäftigt. Im wesentlichen nehmen sie nur arme Hunde zur Kenntnis, die gestolpert sind. Vom Standpunkt des armen Hundes ist es dann jedoch meist zu spät. Lady Chatterjee kam mit ihrer Einladung ungefähr drei Jahre zu spät. Das ist keine Kritik. Es war einfach so. Und ich war auf der Party kein Erfolg.«

»Aus einem bestimmten Grund?«

»Einflußreiche Leute haben es gern, wenn man sich bei ihnen bedankt. Ich habe mich bei Lady Chatterjee nicht bedankt, und es beunruhigte sie, daß Miss Manners mich so freundlich behandelte.«

»Zwei Punkte: Wofür schuldeten Sie Lady Chatterjee Dank?«

»Für nichts.«

»Das heißt, Ihrer Meinung nach für nichts. Und Lady Chatterjees Meinung nach?«

»Sie bat Richter Menen, sich zu erkundigen, weshalb ein junger Mann namens Hari Kumar in einen Polizeiwagen gesteckt und abtransportiert worden war, um alberne Fragen zu beantworten. Ich vermute, das brachte mir bei Merrick keine Pluspunkte ein.«

»Polizeichef Merrick von der indischen Polizei?«

»Ja. Dieser Merrick.«

»Und Miss Manners freundliches Verhalten Ihnen gegenüber. Sie glauben, es beunruhigte Lady Chatterjee. Weshalb?«

»Miss Manners stand unter ihrer Obhut. Sie fühlte sich Lady Manners gegenüber verantwortlich.«

»Das verstehe ich. Ich verstehe aber nicht, weshalb Miss Manners' Freundlichkeit sie beunruhigen sollte. Lady Chatterjee hat Sie doch sicher zu der Party eingeladen, um Ihnen das Gefühl zu geben, daß Sie Freunde hatten.«

»Miss Manners war eine Weiße. Sie zeigte mir ihre Freundlichkeit auf eine Art, die den Leuten unangenehm war.«

Rowan zögerte. Sie glaubte, von ihrem klimatisierten Beobachtungsplatz zu bemerken, wie Rowans Nacken und Schultern sich verspannten. Es ging ihr selbst so.

»Ich bin nicht sicher, daß ich Sie richtig verstehe«, sagte Rowan. Nach einem leichten Zögern fragte er abrupt und kalt: »Wollen Sie sagen, daß Miss Manners sich Ihnen an den Hals geworfen hat?«

Kumar starrte Rowan an. Ein Muskel in seiner Wange zuckte.

»Ich will damit sagen, auch jemand wie Lady Chatterjee konnte nicht sofort akzeptieren, daß eine Weiße einen Inder als Mann behandelte. Es fiel mir selbst schwer. Eine Zeitlang glaubte ich, sie mache sich über mich lustig. Sie unterhielt sich völlig ungezwungen und ohne jede Künstlichkeit mit mir – so wirkte es jedenfalls. Ganz als seien wir zu Hause in England. Natürlich behandelte Lady Chatterjee mich danach mit größter Vorsicht.«

»Weshalb ›natürlich‹?«

»Vermutlich glaubte sie, ich würde Miss Manners ausnutzen. Das ist doch die allgemein verbreitete Ansicht, nicht wahr? Ein Inder wird einen Weißen, der freundlich zu ihm ist, immer ausnutzen.«

»Es mag bei einem bestimmten Typ von Engländern, die mit einem bestimmten Typ von Indern in Kontakt kommen, eine allgemein verbreitete Ansicht sein. Ich kann mir nicht denken, weshalb Lady Chatterjee glauben sollte, Sie wollten Miss Manners ausnutzen. Es sei denn, Sie gaben ihr Anlaß dazu.«

Kumar schien seinen Gedanken nachzuhängen. Dann sagte er: »Vielleicht habe ich das damals auch getan. Mein Verhalten ließ viel zu wünschen übrig.«

»In welcher Hinsicht?«

»Ich hatte vergessen, wie man sich in dieser Gesellschaft benimmt. Oder wenn ich es nicht vergessen hatte und versuchte, mich so zu verhalten, wie ich mich meiner Erinnerung nach verhalten sollte, dann wirkte das unnatürlich. Ich sprach sehr wenig. Ich fühlte mich nicht wohl. Miss Manners erzählte mir später, daß ich dastand und sie anstarrte. Ich wollte etwas sagen, aber mir fielen die richtigen Worte nicht ein. Ich war argwöhnisch. Ich war nicht schüchtern. Es machte mich argwöhnisch und verblüffte mich dann – von einer Weißen als ein ebenbürtiger Mensch behandelt zu werden. Im Vergleich zu dem, was ich gerade erlebt hatte, war dieses Verhalten sehr ungewöhnlich.«

Eine Weile sprach keiner der drei Männer am Tisch. Plötzlich öffnete Gopal seine Akte und sagte: »Zu diesem Erlebnis habe ich eine Frage . . .«

»Meinen Sie damit, was er seine Verhaftung nennt?« fragte Rowan.

»Ja . . .«

»Ich würde gern etwas weiter ausholen und dann darauf zurückkommen.«

»Aber bitte.«

Gopal lehnte sich wieder zurück.

»Sie haben das Asyl erwähnt«, begann Rowan. »Sie nannten es eine private karitative Einrichtung für Kranke und Sterbende. Ich habe hier einen Bericht über den Vorgang, als man Sie aufforderte, mit auf die Wache zu kommen, da Sie sich weigerten, Fragen von Polizeibeamten zu beantworten, die Sie im Asyl vorgefunden hatten. In dem Bericht heißt es, daß Sie nach Aussage der Leiterin des Asyls – hier Mrs. Ludmila Smith und nicht Schwester Ludmila genannt – von dieser in der Nacht davor, bei ihrem Rundgang mit den Bahrenträgern, bewußtlos in einer unbewohnten Gegend nahe am Fluß gefunden worden waren. Man glaubte, Sie seien krank oder verletzt und brachte Sie in das Asyl – wie üblich, wenn man einen Verletzten, Kranken oder Sterbenden auf der Straße fand. Es stellte sich jedoch heraus, daß Sie lediglich betrunken waren. Ist das richtig?«

»Ja.«

»Entspricht es Ihrer Gewohnheit, übermäßig zu trinken?«

»Ich hatte mich noch nie betrunken, und ich war danach auch nie mehr betrunken.«

»Als Sie auf der Polizeiwache vernommen wurden, waren Sie nicht sehr mitteilsam. Aber Sie gaben zu, am Abend davor betrunken gewesen zu sein, hauptsächlich mit Vidyasagar getrunken zu haben. Die Namen der anderen waren Narayan Lal, Nirmal Bannerjee und Bapu Ram. Sie wußten nicht genau, ob Puranmal Mehta auch dabeigewesen war, doch Sie sagten, in der Runde sei ein Fünfter gewesen, der möglicherweise so hieß. Deshalb befinden sich drei, vielleicht sogar vier Männer, mit denen Sie in dieser Nacht im Februar getrunken hatten, unter den fünf Männern, die unter dem Verdacht verhaftet wurden, an der Vergewaltigung von Miss Manners beteiligt gewesen zu sein. Ich muß Sie fragen: Zu welchem Zweck haben Sie und die anderen Männer, einschließlich Vidyasagar, sich an jenem Abend getroffen, an dem Sie sich betranken?«

»Hinter dem Zusammensein stand keine Absicht.«

»Es entsprach einfach Ihrer Gewohnheit, sich hin und wieder mit diesen Männern zu treffen?«

»Nein, es war das erste und das letzte Mal.«

»Vorhin haben Sie gesagt, Sie standen mit Vidyasagar auf gutem Fuß.«

»Ich habe gesagt, er war freundlich zu mir.«

»Sie haben sich oft getroffen.«

»Unser Beruf brachte uns immer wieder zusammen.«

»Sie trafen sich – in Ihrer Eigenschaft als Reporter – bei gesellschaftlichen Veranstaltungen oder sagen wir, im Gericht. Als Bekannte gingen Sie vielleicht nach getaner Arbeit zusammen irgendwohin.«

»Nein. Wir begegneten uns als Reporter. Ein- oder zweimal lud er mich zu einem Kaffee ein, aber ich lehnte ab.«

»Weshalb?«

»Ich wollte mit ihm nichts zu tun haben.«

»Mit ihm nichts zu tun haben? Aus politischen Gründen?«

»Nein, aus gesellschaftlichen Gründen.« Er schwieg. »Damals gab ich mir größte Mühe, alles zu bewahren, was englisch an mir war.« Er schwieg wieder. »Ich führte eigentlich ein lächerliches Leben. Aber das sah ich nicht. Ich hielt ihr Leben für lächerlich.«

»Das Leben von Vidyasagar und seinen Freunden?«

»Ja.«

»Sie verachteten diese Männer? Weil sie nicht die Vorteile genossen hatten wie Sie?«

»Nein, ich habe sie nicht verachtet. Aber ich fand sie lächerlich, obwohl das nicht ihre Schuld war.«

Gopal schaltete sich ein. »In welcher Hinsicht lächerlich?«

»Sie machten sich über die Engländer lustig. Sie redeten sich ein, die Engländer zu hassen. Aber ihr ganzer Lebensstil war eine Kopie des englischen Lebens – wie sie sich anzogen, wie sie sprachen, die Dinge, die sie gelernt hatten.« Er schwieg. »›Hallo, Kumar, alter Knabe, springen wir doch schnell zu einem Kaffee da rüber‹. Vielleicht haben sie es meinetwegen etwas übertrieben. Ich war für sie so etwas wie eine Witzfigur. Aber es wirkte einfach lächerlich.«

»Sie sagen ›sie‹. Waren Sie, wenn auch nur in einem sehr engen Rahmen, mit den anderen Männern ebenfalls bekannt?«

»Ich kam 1938 nach Majapur. Vidyasagar lernte ich 1939 kennen. Natürlich sah ich sie bis zum August 1942 hin und wieder. Ich kannte sie vom Sehen, ob sie nun mit Vidyasagar zusammen waren oder nicht. Nach dem Abend, an dem ich mich betrunken hatte, kannte ich die meisten mit Namen.«

»Der Abend, an dem Sie sich betranken, war also der Anfang einer engeren Beziehung?«

»Man betrinkt sich nicht mit Männern, ohne sie dadurch näher kennenzulernen. Aber mein Verhältnis zu ihnen war immer noch sehr distanziert. Und kurz darauf änderte sich mein Leben natürlich völlig.«

»Wie das?«

»Meine Freundschaft mit Miss Manners begann.«

»Es ist noch nicht geklärt, aus welchem Grund sich ihre Einstellung zu Vidyasagar und seinen Freunden so plötzlich änderte. Sie sagen, bis zu einem Abend im Februar 1942 fanden Sie diese Männer lächerlich – so lächerlich, daß Sie sogar die Einladung zu einer Tasse Kaffee ablehnten, wenn Sie einem von ihnen auf der Straße oder bei einer Veranstaltung begegneten. Doch an diesem Abend trafen Sie sich mit Vidyasagar und seinen Freunden nicht nur zu einer Tasse Kaffee, sondern zu einem Besäufnis – das in Ihrem Fall mit einem Vollrausch in einer unbewohnten Gegend am Fluß endete. Was führte zu diesem plötzlichen Umschwung in Ihrer Einstellung zu Männern wie Vidyasagar?«

»Die Erkenntnis, daß ich eigentlich lächerlich war.«

»Bitte erläutern Sie das.«

»Das ist eine persönliche Angelegenheit.«

»Sie könnten sagen, alles, worüber wir sprechen, ist eine persönliche Angelegenheit. Ich nehme an, dieser Punkt ist nicht mehr und nicht weniger persönlich. Wenn es Ihnen schwerfällt, darüber zu sprechen, wenn Sie zum Beispiel nicht wissen, wie Sie beginnen sollen, schlage ich vor, wir beginnen damit, daß wir über die Ereignisse dieses Abends sprechen. Wie zum Beispiel begegneten Sie Vidyasagar?«

»Wir waren beide auf dem *Maidan*.«

»Als Reporter?«

»Ja.«

»Aus welchem Anlaß?«

»Zu einem Kricketturnier.«

»Mit welchen Mannschaften?«

»Mannschaften von in der Garnison stationierten Regimentern.«

»Sie haben dem Spiel mit Vidyasagar zugesehen?«

»Nein, wir trafen uns beim Weggehen.«

»Er lud Sie zu einer Tasse Kaffee ein?«

»Er lud mich zu sich nach Hause ein.«

»Und Sie haben angenommen?«

»Ja, ich habe angenommen.«

»Weshalb?«

»Es schien sinnlos zu sein, noch länger abzulehnen.«

Rowan schwieg eine Weile. »Weil Ihr Widerstand schließlich zusammengebrochen, oder weil etwas geschehen war, was Sie aus der Fassung gebracht hatte?«

»Vermutlich eine Kombination von beidem.«

»Was genau hatte Sie aus der Fassung gebracht?«

Kumar starrte auf den Tisch.

»Er war da.«

»Wer war da?«

»Jemand, den ich einmal gekannt hatte.«

»Jemand, den Sie in England gekannt hatten?«

Kumar nickte.

»Colin?«

Kumar nickte.

»Ihr Schulfreund? Der Junge, dessen Eltern Ihnen nach dem Tod Ihres Vaters vielleicht ein Zuhause geboten hätten?«

»Ja.«

»Weshalb hat Sie das aus der Fassung gebracht?«

Keine Antwort.

»Sie begegneten sich, sprachen miteinander, und Sie fanden, er sei nicht mehr so freundlich wie früher? Oder haben Sie ihn nur aus der Ferne gesehen?«

»Er stand so dicht vor mir wie ich vor Ihnen.«

»Wollen Sie damit sagen, er stand vor Ihnen, ohne mit Ihnen zu sprechen?«

»Wir sagten beide nichts.«

»Sind Sie sicher, daß es Colin war?«

»Ja.«

»Wußten Sie, daß er in Indien war?«

»Er schrieb mir, als er 1941 nach Indien kam. Er schrieb mir mehrmals, von verschiedenen Orten. Er sprach davon, nach Majapur zu kommen. Später deutete er an, es sei unwahrscheinlich, daß er eine so weite Reise machen könne. Dann schrieb er überhaupt nicht mehr.«

Gopal fragte: »Und welche Schlußfolgerung haben Sie daraus gezogen?«

»Ich glaubte, er sei an der Front, mitten im Kriegsgeschehen. Erst Dünkirchen und nun vielleicht auch noch der Mittlere Osten. Aber er kam nach Majapur. Ich ahnte, daß er in Majapur war, als ich im Garnisonsviertel Soldaten mit dem Divisionsabzeichen sah.«

»Dem Abzeichen der Division, in der Colin diente, wie Sie wußten?«

»Ja. Als ich die ersten Soldaten mit diesem Abzeichen sah, erwartete ich ihn jeden Tag. Ich meine, ich erwartete, er würde bei mir zu Hause auftauchen. Dann wurde mir klar, daß ihm das wahrscheinlich nicht möglich sein würde, weil die andere Flußseite für die Soldaten der Garnison Sperrgebiet war. Also wartete ich auf einen Brief, in dem er fragte, wo wir uns treffen könnten. Ein solcher Brief kam nie, und ich dachte, Colin sei nicht mit seinem Regiment nach Majapur gekommen.«

»Sind Sie wirklich sicher, daß er in Majapur war?«

»Er stand dort, auf dem *Maidan*, als Zuschauer bei dem Kricketspiel. Ich ging hin, um mich zu vergewissern. Es war Colin. Man vergißt das Gesicht eines Menschen nicht, mit dem man aufgewachsen ist.«

»Warum haben Sie ihn nicht angesprochen?«

»Er drehte sich um und sah mich an.«

»Und?«

»Er schien mich nicht zu erkennen. Verstehen Sie, für Engländer in Indien sehen alle Inder gleich aus. Das war die freundlichste Interpretation seines Verhaltens, die ich finden konnte. Entweder war es das, oder er lebte inzwischen lange genug in Indien, um zu begreifen, daß es für einen englischen Offizier aussichtslos war, einen indischen Freund zu haben, der auf der falschen Flußseite wohnte und keine offizielle Stellung hatte. Was es auch sein mochte, die Wirkung war dieselbe. Für Colin war ich unsichtbar.«

»Ich verstehe. Und deshalb nahmen Sie Vidyasagars Einladung an, mit ihm nach Hause zu gehen.«

»Ja. Trotz all seiner Fehler – die ich für Fehler hielt – erkannte ich, daß er eine Gabe besaß.«

»Was für eine Gabe?«

»Die Gabe, zu verzeihen.« Kumar blickte zu Rowan auf. »Sie machten sich immer noch über mein lächerliches englisches Benehmen lustig – weil es für sie absurd war, daß ein geborener Inder, der immer noch ein Inder war und in Indien nie etwas anderes sein konnte, sich so benahm. Doch sie lachten nicht aus Boshaftigkeit über mich. Deshalb habe ich mich betrunken. Sie beschafften sich hin und wieder schwarzgebrannten Schnaps. Einer brannte dieses Zeug selbst. Und das tranken wir. Sie waren es gewöhnt, ich jedoch nicht. Ich kann mich nur noch an wenig von dem erinnern, was geschah, nachdem sie mir geholfen hatten, meinen Tropenhelm zu verbrennen . . .«

»Ihren Tropenhelm zu verbrennen?«

»Der Tropenhelm war für sie auch ein Witz. Sie sagten, nur Anglo-Inder, Speichellecker der Engländer und altmodische Sahibs würden einen Tropenhelm tragen. Also haben wir meinen verbrannt. Mehr weiß ich nicht mehr. Als ich Vidyasagar später traf, erzählte er mir, sie hätten mich nach Hause in den Chillianwallah Bagh gebracht, damit ich nicht der Polizei in die Arme lief. Aber nachdem sie mich im Hof abgesetzt hatten, muß ich wieder herumgeirrt und bis zu der Stelle am Fluß gewandert sein, wo Schwester Ludmila mich fand.«

Rowan nickte. Er wendete sich an Gopal.

»Sie haben ein oder zwei Fragen zu Kumars Vernehmung durch die Polizei, nachdem die Beamten ihn im Asyl endeckt hattem.«

»Ich glaube, das hat sich erledigt. Ich wollte von Mr. Kumar hören, weshalb er offenbar zögerte, die Fragen zu beantworten, die man ihm auf der Wache stellte. Der Grund dafür scheint inzwischen klar zu sein. Bitte führen Sie die Untersuchung so fort, wie Sie es für richtig halten.«

»Beschäftigen wir uns trotzdem mit diesem Zögern. Nach dem Bericht in dieser Akte verhielten Sie sich bei dem Verhör auf der Wache keineswegs kooperativ. Sie gaben jedoch zu, daß Sie am Abend zuvor hauptsächlich mit Vidyasagar getrunken hatten. Ist das richtig?«

»Zugeben ist das falsche Wort. Es läßt darauf schließen, daß ich etwas zu verbergen hatte, und es mir dann anders überlegte.«

»Wie würden Sie Ihre Haltung auf der Wache bezeichnen?«

»Als die Haltung eines Menschen, der ganz natürlich auf eine Situation reagierte, die ihm Unannehmlichkeiten brachte, ohne daß er erfuhr, weshalb.«

»Ihnen war nicht klar, weshalb man Sie aufforderte, mit auf die Wache zu gehen?«

»Es war mir nicht klar, weshalb mich der Polizeichef gewaltsam aus dem Asyl schleppen und in einen Polizeiwagen werfen ließ, mit dem man mich zur Wache fuhr, wo man mich in ein Zimmer schob.«

»Wußte der Polizeichef, daß Gewalt angewendet wurde?«

»Er hat zugesehen.«

»Entspricht es nicht eher der Wahrheit zu sagen, daß Sie sich das selbst zuzuschreiben hatten, weil Sie sich im Asyl hartnäckig weigerten, sich zu identifizieren?«

»Vielleicht. An diesem Morgen fiel es mir nicht leicht, mich zu identifizieren.«

»Was taten Sie, als die Polizeibeamten im Asyl auf Sie zukamen?«

»Ich habe mich gewaschen.«

»Wo?«

»An einem Wasserhahn im Hof.«

»Um wieder einen klaren Kopf zu bekommen?«

»Ja.«

»Lassen Sie mich den Bericht verlesen. ›Auf die in Urdu gestellte Frage nach seinem Namen tat Kumar so, als verstehe er keine indische Sprache.‹ Dann sagte Mrs. Ludmila Smith: ›Mr. Kumar, die Herren sind von der Polizei. Sie suchen jemanden. Es ist ihre Pflicht, jeden zu verhören, den sie hier finden und für den ich nicht bürgen kann. Für Sie kann ich nicht bürgen, denn ich weiß von Ihnen nur, daß wir Sie gestern abend bewußtlos und völlig betrunken gefunden haben.‹ Kumar machte eine herausfordernde Geste. Der Distriktspolizeichef richtete dann selbst das Wort an ihn: ›Ist das Ihr Name, Kumar?‹ Darauf erwiderte Kumar: ›Nein, aber wir können es dabei belassen.‹ Der OPC wies dann seinen Unterinspektor an, Kumar zum Polizeiwagen zu bringen. Da im Asyl keinerlei Hinweise auf den entflohenen Gefangenen Moti Lal gefunden wurden, fuhr der OPC zur Wache an der Mandir-Gate-Brücke und unterzog den Verdächtigen dort einem förmlichen Verhör.‹ Ist dies eine genaue Wiedergabe der Ereignisse, so wie Sie sich daran erinnern?«

»Im wesentlichen ja. Ich erinnere mich nicht an eine herausfordernde Geste, es sei denn ich habe mit den Schultern gezuckt. In dem Bericht ist nicht erwähnt, daß der Unterinspektor die Hand hob, um mich zu schlagen, und es auch getan hätte, wenn Schwester Ludmila nicht sehr energisch dagegen protestiert hätte, daß in ihrer Gegenwart und auf ihrem Grund und Boden jemand gewalttätig wurde.«

»Weshalb sagten Sie: ›Nein, aber wir können es dabei belassen‹, als der Polizeichef Sie fragte, ob Ihr Name Kumar sei?«

»Er sprach den Namen falsch aus. Er betonte die letzte Silbe zu stark, und ich betrachtete mich aus alter Gewohnheit immer noch als Coomer. So schrieben wir den Namen nämlich zu Hause – ich meine, so schrieben wir ihn in England.«

»Verhielten Sie sich nicht unnötig begriffsstutzig?«

»Nicht unbedingt. Merrick behandelte mich wie Dreck. Ich war nicht in der Stimmung für so etwas. Ich hatte unter anderem einen Kater.«

»Sie geben also zu, im Asyl nicht in der Stimmung gewesen zu sein, wie Sie es ausdrücken, Fragen, die Ihnen Polizeibeamte in Erfüllung Ihrer Pflicht stellten, offen und ehrlich zu beantworten?«

»Die Erfüllung ihrer Pflicht gab ihnen nicht automatisch das Recht, mich wie Dreck zu behandeln – meiner Ansicht nach.«

»Sie waren auf der Wache jedoch eher dazu bereit?«

»Ich beantwortete die Fragen, sobald Merrick erklärte, weshalb er mich mitgenommen hatte.«

»Sprechen Sie vom Distriktspolizeichef?«

»Für mich war er immer Merrick. Zwischen uns entwickelte sich eine ganz besondere persönliche Beziehung.«

»Wie meinen Sie das?«

»Das wird deutlich werden, wenn Sie genügend Fragen zu meinen Vernehmungen stellen.«

»Auf der Wache erklärte man Ihnen, daß die Polizei einen ausgebrochenen Gefangenen suchte, einen gewissen Moti Lal, der in Majapur gelebt hatte. Man hielt es für möglich, daß er dorthin zurückgekommen war und sich irgendwo versteckte. Es stellte sich heraus, daß Sie diesen Moti Lal kannten, ihn sogar persönlich kannten. Sie mußten das auf Befragen zugeben, obwohl der OPC nichts davon wußte, als er Sie zum Verhör mit auf die Wache nahm.«

»Zugeben scheint mir wieder das falsche Wort zu sein. Ich kannte Moti Lal, weil er einige Zeit im Büro von Romesh Chand Gupta Sen in der Lagerhalle am Güterbahnhof gearbeitet hatte.Ich wußte auch, daß Moti Lal entlassen worden war. Romesh Chand mißbilligte es, wenn seine Angestellten sich politisch betätigten. Seiner Ansicht nach sollten sie ihre Kräfte voll und ganz auf die Arbeit konzentrieren. Ich wußte, daß Moti Lal einige Zeit nach der Kündigung wegen subversiver Aktivitäten zu Gefängnis verurteilt worden war. Ich war bei der Berufungsverhandlung anwesend. Ich wußte nicht, daß er ausgebrochen war, und ich hatte mit dem Mann nie etwas zu tun – abgesehen von dem, was ich Ihnen gesagt habe.«

»Wußten Sie nicht, daß Moti Lal unter jungen Männern wie Vidyasagar bekannt und sehr beliebt war?«

»Das konnte einem nicht entgehen. Man kannte Moti Lal, wie man Pandit Baba kannte.«

»Wir wollen uns jetzt näher mit den Namen der zweiten Gruppe beschäftigen. Zu Gruppe eins gehörten Pandit Baba und Vidyasagar. In Gruppe zwei sind es sechs Namen. Der erste ist Moti Lal, der zur Zeit Ihrer Festnahme unter dem Verdacht der Vergewaltigung aus dem Gefängnis entflohen und noch nicht wieder gefaßt worden war. Die fünf anderen Männer sind Naryan La, Nirmal Bannerjee, Bapu Ram, Puranmal Mehta und Gopi Lal. Die Polizeiakten weisen sie alle als Freunde von Vidyasagar aus. Nach Ihrer Aussage gehörten drei von ihnen zu den Männern, mit denen Sie und Vidyasagar im Februar nach dem Kricketspiel auf dem *Maidan* getrunken haben. Würden Sie bejahen, daß Sie mit allen Männern beider Gruppen in einer Art von Beziehung standen – wie flüchtig diese Beziehung Ihrer Ansicht nach auch gewesen sein mag?«

»Ja.«

»Mit Ausnahme von Pandit Baba handelte es sich um junge Männer, die Sie mehr oder weniger als glühende Nationalisten bezeichnen würden, die ein frühzeitiges Ende der Verwaltung unter britischer Kontrolle herbeisehnten?«

»Es waren alles junge Männer – Inder – und deshalb war es beinahe unvermeidlich, daß sie das taten.«

»Würden Sie sagen, daß Sie nach dem Abend, an dem Sie mit einigen von ihnen getrunken hatten, ihre politischen Absichten und Verbindungen deutlicher erkannten?«

»Nein.«

»Wurden Sie nicht sogar in ihre politischen Aktivitäten eingeweiht?«

»Ich habe nie angenommen, daß sie mehr taten, als über Politik zu reden.«

»Aus welchem Grund trafen sie sich dann? Was glauben Sie?«

»Um billigen Alkohol zu trinken und sich für eine Weile in einen euphorischen Zustand zu versetzen.«

»Ist Ihnen bekannt, daß Vidyasagar ein paar Tage nach Ihrer Festnahme im August neunzehnhundertzweiundvierzig wegen Verteilung aufrührerischer Flugblätter verhaftet wurde?«

»Ja, Merrick sagte es mir. Er sagte, Vidyasagar habe staatsfeindliche Handlungen gestanden und mich als Initiator eines Planes zur Vergewaltigung von Miss Manners genannt.«

»Wie haben Sie darauf reagiert?«

»Ich glaubte nicht, daß Vidyasagar mich belastet hatte.«

»Aber Sie glaubten, daß er staatsfeindliche Handlungen gestanden hatte?«

»Das überraschte mich nicht. Ganz Majapur beging inzwischen solche Handlungen – zumindest hatte man den Eindruck.«

»Sie behaupten, weder vor noch nach jenem Abend, an dem Sie mit Vidyasagar und seinen Freunden selbstgebrannten Alkohol tranken, in irgendeiner Weise in ihre politischen Aktivitäten verwickelt gewesen zu sein?«

»Ja, das behaupte ich.«

»Aber Sie haben diese Männer öfter gesehen – ich meine nach diesem Abend?«

»Wenn überhaupt, dann seltener.«

»Wieso das?«

»Ich habe bereits gesagt, daß ich mich mit Miss Manners befreundet hatte.«

»In der Zeit zwischen Ende Februar oder Anfang März und August 1942 beschränkte sich Ihr gesellschaftliches Leben mehr oder weniger ausschließlich auf Ihre Freundschaft mit Miss Manners?«

»Zum ersten Mal hatte ich überhaupt ein gesellschaftliches Leben, also *beschränkte* es sich nicht ausschließlich auf die Freundschaft.« Er machte eine Pause. »Und die Zeitangabe ist falsch. Es war von Februar oder März bis gegen Ende Juli. Zum Zeitpunkt meiner Verhaftung am 9. August hatte ich Miss Manners seit dem Abend nicht mehr gesehen, an dem wir zusammen im Tempel waren – also seit etwa drei Wochen.«

»Das haben Sie immer behauptet. Aber konzentrieren wir uns auf die Männer, abgesehen von Moti Lal und Vidyasagar, und natürlich auch abgesehen von Pandit Baba. Damit bleiben Narayan La, Nirmal Bannerjee, Bapu Ram, Puranmal Mehta und Gopi Lal. Sie sagen, Sie kannten sie als Freunde von Vidyasagar, aber Sie sahen sie nach dem Abend, an dem Sie sich betranken, seltener und nicht häufiger. Bitte sagen Sie mir, wann Sie diese Männer zum letzten Mal gesehen haben. Wann war das?«

»Ich habe sie zum letzten Mal am Abend gesehen, als ich unter dem Verdacht, Miss Manners vergewaltigt zu haben, verhaftet wurde.«

»Unter welchen Umständen?«

»Sie waren ebenfalls festgenommen worden. Man führte mich durch den Raum, in dem sie sich befanden.«

»Durch einen Raum im Polizeipräsidium?«

»Ja.«

»Sie wurden durch einen Raum geführt, das heißt, Sie waren dort nicht untergebracht?«

»Ich war etwa eine halbe Minute in dem Raum.«

»Haben Sie mit ihnen gesprochen?«

»Nein.«

»Haben die anderen mit Ihnen gesprochen?«

»Einer von ihnen sagte: ›Hallo, Hari!‹«

»Sie haben darauf nicht geantwortet?«

»Nein.«

»Weshalb?«

»Sie saßen hinter Gittern.«

»Wie verhielten sie sich?«

»Sie lachten und machten Witze.«

»Sie nicht?«

»Nein.«

»Was geschah dann?«

»Die beiden Polizisten, die mich festhielten, übergaben mich zwei anderen Polizisten, und die brachten mich in einen Raum im Keller.«

»Also haben Sie die fünf Männer am Abend des neunten August in einer Zelle gesehen und alle wiedererkannt?«

»Ich erkannte etwa drei von ihnen, in dem Sinn, daß ich das Gesicht mit einem Namen in Verbindung bringen konnte.«

»Diese Gesichter waren Ihnen alle bekannt, aber die dazugehörigen Namen fielen Ihnen nicht sofort ein?«

»So ist es.«

»Erinnerten Sie sich später an alle Namen?«

»Nein.«

»Bitte erläutern Sie das.«

»Man sagte mir die Namen.«

»Wer?«

»Distriktspolizeichef Merrick.«

»Ihre Erinnerung in diesem Punkt ist klar: Distriktspolizeichef Merrick sagte Ihnen die Namen der Männer in der Zelle?«

»Ja.«

»Er las eine Namensliste vor . . .«

»Ja.«

». . . und fragte, ob Sie diese Männer kannten?«

»Nein.«

»Nein? Sondern?«

»Er verlas die Namen und gab dann eine Erklärung ab.«

»Was für eine Erklärung?«

»Er sagte: ›Diese Männer sind alle Ihre Freunde, und wie Sie sehen, haben wir sie hinter Schloß und Riegel.‹«

»Was haben Sie darauf gesagt?«

»Nichts.«

»Weshalb nicht?«

»Es war keine Frage.«

»Wenn Sie jetzt darüber nachdenken, würden Sie der Feststellung zustimmen, daß ›der Gefangene sich weigerte zu antworten, als er gefragt wurde, ob er die fünf anderen Männer im Polizeigewahrsam kenne, die man ihm gegenübergestellt hatte‹?«

»Nein.«

»Würden Sie folgender Feststellung zustimmen? ›Nachdem man dem Gefangenen Kumar Daten, Zeitpunkt und Umstände mitgeteilt hatte, an denen man ihn in Gesellschaft eines oder mehrerer der anderen Gefangenen beobachtet hatte, verweigerte er jede Aussage mit der Erklärung: Ich habe nichts zu sagen.‹«

»Ja, dem würde ich zustimmen.«

»Weshalb hatten Sie nichts zu sagen?«

»Ich lehnte es ab, mich zu irgendwelchen Feststellungen zu äußern, weil ich nicht wußte, was man mir zur Last legte.«

»Wann erkundigten Sie sich danach, was man Ihnen zur Last legte?«

»Bei meiner Festnahme.«

»Im Haus Chillianwallah Bagh, Nummer zwölf?«

»Ja.«

»Nicht im Polizeipräsidium?«

»Zum ersten Mal fragte ich danach in meinem Zimmer im Haus Chillianwallah Bagh, Nummer zwölf. Im Polizeipräsidium fragte ich wieder. Ich fragte mehrmals.«

»Wann sagte man es Ihnen?«

»Nachdem ich etwa eine Stunde in Polizeigewahrsam war.«

Plötzlich mischte sich Gopal ein: »Bitte denken Sie genau nach. Wäre es nicht richtiger, etwa folgendes zu sagen?« Er warf einen Blick in seine Akte und las vor: »›Um zweiundzwanzig Uhr fünfundvierzig fragte der Gefangene Kumar, nachdem er sich bis dahin beharrlich geweigert hatte, Fragen über sein Tun und Lassen an diesem Abend zu beantworten, aus welchem Grund man ihn in polizeilichen Gewahrsam genommen hatte. Nachdem man ihn davon in Kenntnis setzte, daß man glaube, er könne der Polizei bei ihren Nachforschungen im Fall der Vergewaltigung einer Engländerin im Bibighar-Park an diesem Abend behilflich sein, erklärte er: Ich habe

Miss Manners seit dem Abend, an dem wir den Tempel besuchten, nicht gesehen. Auf die Frage, weshalb er Miss Manners erwähne, verweigerte er die Antwort, und er zeigte Anzeichen von Beklommenheit.‹«

»Nein«, antwortete Kumar, »es wäre nicht richtiger.«

»In welcher Hinsicht ist diese Erklärung Ihrer Ansicht nach ungenau?« fragte Gopal.

»Möglicherweise fragte ich um zweiundzwanzig Uhr fünfundvierzig, weshalb man mich festgenommen hatte, aber es war nicht zum ersten Mal. Ich stellte die Frage mehrmals. Vermutlich war es zweiundzwanzig Uhr fünfundvierzig, als der Distriktspolizeichef es mir schließlich sagte. Aber es spielte sich nicht so ab, wie es hier steht. Er sagte, er stelle Nachforschungen über eine vermißte Engländerin an. Er brauchte folgende Worte: ›Eine Engländerin, Sie wissen welche.‹ Danach machte er eine obszöne Bemerkung.«

»Lassen Sie uns das klarstellen«, fuhr Gopal fort. »Wie Sie erklären, sagte der vernehmende Beamte nicht: ›Wir glauben, Sie können uns bei den Nachforschungen über die Vergewaltigung einer Engländerin im Bibighar-Park helfen‹ – worauf Sie erwiderten: ›Ich habe Miss Manners seit dem Abend, an dem wir den Tempel besuchten, nicht gesehen.‹«

»Nein, so war es nicht. Er machte die obszöne Bemerkung und dann noch eine.«

»Wollen Sie damit sagen, Sie errieten aus diesen Bemerkungen, um wen es sich bei der Engländerin handelte, und was geschehen war?«

»Ich will nicht sagen, was ich erriet, sondern nur, was man zu mir sagte.«

»Wollen Sie damit sagen, was man zu Ihnen sagte, war der Grund für das, was hier als ›Anzeichen von Beklommenheit‹ bezeichnet wird?«

»Ich weiß nicht, was er mit Beklommenheit meint.«

Gopal fragte: »Wie würden *Sie* dann Ihr Verhalten an diesem Punkt der Befragung im Polizeipräsidium beschreiben?«

Kumar blickte auf den Tisch. Dann erklärte er: »Ich zitterte. Das muß unübersehbar gewesen sein.«

»Sie zitterten?«

»Die Befragung fand in einem separaten Raum im Keller statt. Er war klimatisiert.«

»Dieser Raum hier ist auch klimatisiert. Sie zittern jetzt nicht, oder?«

»Nein.«

»Warum haben Sie damals gezittert?«

»Ich hatte keine Kleider an. Ich hatte seit beinahe einer Stunde keine Kleider an.«

»Keine Kleider?« fragte Gopal, »Sie wurden von einem Polizeibeamten in unbekleidetem Zustand befragt?«

Sie beobachtete aufmerksam das Gesicht mit den hohlen Wangen. Es zuckte leicht darin. Möglicherweise war es ein Lächeln.

»Der Polizeibeamte, der die Fragen stellte, war bekleidet«, sagte Kumar, »ich war nackt.«

»Genau das habe ich gesagt«, brauste Gopal auf. »Warum waren Sie nackt?«

»Man hatte mich ausgezogen. Meine Kleider lagen auf dem Tisch.«

»Ich meine, zu welchem Zweck hatte man Sie ausgezogen?«

»Anfänglich um mich zu inspizieren, nehme ich an.«

»Eine Untersuchung?«

»Inspizieren trifft es genauer. Es war kein Arzt anwesend.«

Gopal fragte: »Kein Arzt? Wer untersuchte Sie dann?«

»Der Polizeichef.«

Nach kurzem Zögern fragte Gopal: »Um was für eine Art Untersuchung handelte es sich?«

»Um eine Inspektion meiner Genitalien. Steht das nicht in den Berichten? Er suchte an meinen Genitalien Blutspuren.«

»Hat er Ihnen das gesagt?«

»Nein, aber es wurde deutlich.«

»Wie?«

»Als er fertig war, sagte er: ›Sie waren also intelligent genug, sich zu waschen. Beinahe hätten wir Sie dabei ertappt, nicht wahr?‹ Später sagte er: ›Sie war also keine Jungfrau, und Sie waren der erste, der sie gestoßen hat?‹ Dadurch wurde klar, daß es um eine Frau ging, die vergewaltigt worden war.«

Hauptmann Rowan schaltete sich ein. »Das alles ist in gewisser Hinsicht irrelevant für die Untersuchung. Ich würde gern zum eigentlichen Themenkreis der Befragung zurückkehren.« Aber Gopal schüttelte den Kopf und erwiderte:

»Das alles ist von größter Bedeutung. Es steht in direktem Zusammenhang zu der Aussage des Gefangenen, daß man ihn nicht sofort über den Grund seiner Festnahme informierte, und es steht in direktem Zusammenhang zu der Frage seiner Beklommenheit, die in den Akten festgehalten ist. Ich habe den Eindruck, daß die körperliche Untersuchung und die erwähnten Fragen nach anderen körperlichen Dingen sich vor 22 Uhr 45 ereigneten. Die offizielle Version suggeriert, daß die Fragen bis zu diesem Punkt sich im Rahmen einer üblichen Vernehmung hielten und nicht beantwortet wurden, daß man dann, um 22 Uhr 45, dem Gefangenen die Gründe für das Verhör nannte und er sich scheinbar selbst belastete, indem er den Namen der Frau erwähnte und dann Anzeichen von Beklommenheit erkennen ließ.«

»Vielleicht«, begann Hauptmann Rowan, aber sie hatte den Knopf unter der Armlehne gedrückt. Das grüne Lämpchen leuchtete auf. Hauptmann Rowan nahm den Hörer zur selben Zeit ab wie sie.

»Hallo? Hier spricht Rowan . . .«

»Ich möchte eine Frage stellen – und etwas sagen . . .«

»Ja, natürlich.«

»Weiß Mr. Gopal, daß ich zuhöre? Beim Hereinkommen hat er einen Blick zum Fenster hinaufgeworfen.«

Rowan wartete, ehe er antwortete, als habe der Anrufer eine längere Frage gestellt.

»Die Antwort darauf – die offizielle Antwort – lautet nein. Aber in diesem besonderen Fall bin ich nicht sicher. Ich befinde mich gerade mitten in einer Untersuchung. Ist es dringend?«

»Ich wollte sagen, vergessen Sie, daß ich hier bin. Sie müssen Ihre Aufgabe erfüllen. Ich möchte nicht, daß Sie sich verpflichtet fühlen, mir unangenehme Dinge möglichst zu ersparen.«

»Sehr gut. Ich werde mich darum kümmern.«

»Noch etwas . . .«

»Ja?«

»Weiß Mr. Kumar, daß meine Nichte tot ist?«

»Ich bin nicht sicher.«

»Ich wäre gern sicher.«

»Sehr gut. Vielen Dank. Auf Wiederhören.«

Nachdem er den Hörer auf die Gabel gelegt hatte, drang eine Weile kein anderes Geräusch aus dem Lautsprecher als das Rascheln von Papier. Dann sagte er:

»Da wir schon unterbrochen worden sind, halte ich es für den geeigneten Augenblick, fünf Minuten Pause zu machen.« Er klappte die Akte zu. »Babuji, sagen Sie dem Wärter, er soll mit dem Gefangenen vor der Tür warten.«

Der Sekretär erhob sich und ging zur Tür, durch die Kumar hereingekommen war, öffnete sie und sprach mit dem Wärter. Kumar drehte sich um. Seine Reaktion verriet, daß er Rowan nicht richtig verstanden hatte.

»Wir werden Sie wieder rufen«, sagte Rowan zu ihm. Kumar stand auf.

»Wir werden die Untersuchung in etwa fünf Minuten fortführen.«

Wie erstaunlich, dachte sie. Stehend wirkt er wie ein unsicherer Mann, von dem man nicht erwartet, daß er klar denken und deutlich sprechen würde. Er zog den Kopf ein und drehte sich um. Der Wärter war inzwischen hereingekommen und führte ihn hinaus. Auch der Sekretär ging. Er schloß die Tür hinter sich und ließ Rowan und Gopal allein.

Rowan sagte: »Wir wollen diese wenigen Minuten nutzen, um uns unsere Richtlinien noch einmal vor Augen zu führen. Mit Ihrer Erlaubnis möchte ich sagen, daß die Fragen zu seinem Verhör durch Distriktspolizeichef Merrick im Zusammenhang mit der Vergewaltigung uns von dem wichtigsten Punkt wegführen, nämlich seiner Verbindung mit einer Gruppe von Männern, die eindeutig politisch engagiert und politisch aktiv waren . . .«

»Es tut mir leid, Ihnen widersprechen zu müssen, Hauptmann Rowan. Vielleicht hatte ich weniger Zeit als Sie, die Akten dieses eigenartigen Falls zu studieren. Es ist höchst ungewöhnlich, daß ein Verhafteter untersucht wird. Ich habe das noch nie erlebt, und mein Vorgesetzter auch nicht. Da Seine Exzellenz die heutige Untersuchung persönlich angeordnet hat, war ich der Annahme, es seien ernsthafte Zweifel an der Richtigkeit der Anordnung zur Inhaftierung aufgetaucht. Nach Lektüre der Unterlagen – in Verbindung mit meiner Erinnerung an die Umstände – habe ich den Eindruck, daß diese Anordnung ausschließlich auf dem ursprünglichen Verdacht basierte, der junge Mann habe sich der Vergewaltigung schuldig gemacht. Aus diesem Grund glaube ich, unsere Fragen sollten sich jetzt auf den Aspekt der Vergewaltigung konzentrieren. Es wäre hilfreich gewesen, wenn Sie sich zu einer Vorbesprechung bereitgefunden hätten. Doch wie mir mein Sekretär sagte, konnten Sie es zeitlich nicht einrichten.«

»Darf ich Sie darauf hinweisen, daß der Mann nie der Vergewaltigung angeklagt wurde, obwohl ich einräume, daß die Vergewaltigung ursprünglich der Grund für seine Festnahme war. Andererseits scheint er der Polizei als jemand aufgefallen zu sein, den man wegen regierungsfeindlicher, aufrührerischer Aktivitäten im Auge behalten mußte . . .«

»Meiner Meinung nach auf Grund kaum haltbarer Beweise . . .«

»Genau das sollen wir untersuchen. Ich glaube folgendes: Zur Zeit seiner Festnahme waren die Indizien für seine Beteiligung an der Vergewaltigung so schwerwiegend, daß weder der Distriktskommissar noch der Kommissar es für richtig hielten, ihn freizulassen ...«

»... und die lächerlichen Beweise für eine Verbindung mit subversiven Elementen als Vorwand benutzten, ihn ohne Verfahren ins Gefängnis zu schicken.«

»Man muß diesen Fall im Kontext der Zeit und der Umstände betrachten. Falls die Anordnung der Inhaftierung ungerechtfertigt war, haben wir die Möglichkeit, das jetzt in einem klareren Licht zu sehen. Es kann jedoch nicht um eine Schuldzuweisung an die verschiedenen Instanzen gehen, die damals die schwierige Aufgabe hatten, die Untersuchung durchzuführen. Ich wende mich entschieden gegen eine Art der Fragestellung, die dem Mann helfen könnte, Anschuldigungen gegen bestimmte Beamte vorzubringen. Vom Standpunkt Seiner Exzellenz wird das nur Verwirrung stiften. Kumar steht nicht unter Eid, und die Beamten sind nicht hier, um Rede und Antwort zu stehen. Der Mann hat nie ein Gesuch gestellt, die Anordnung der Inhaftierung zu überprüfen. Es besteht Grund zu der Annahme, daß er sich vielleicht für äußerst glücklich hielt, mit einfacher politischer Haft davonzukommen.«

»Wer hat dann ein Gesuch eingereicht?«

»Niemand. Außer dem Betroffenen kann es niemand.«

»Warum hat S. E. plötzlich eine Untersuchung angeordnet?«

»Ich glaube, in erster Linie auf Grund persönlicher Bitten – seiner Tante Shalini Gupta Sen, zum Beispiel.«

»Vielleicht auch auf Grund der Bitte von Miss Manners' Tante, Lady Manners? Sie muß doch sicher irgendwann die Wahrheit erfahren haben?«

»Das weiß ich nicht«, erwiderte Rowan.

»Ich dachte, möglicherweise sei neues Beweismaterial aufgetaucht, und die Untersuchung sei ein Vorspiel für andere Schritte.«

»Das entzieht sich meiner Kenntnis.«

»Werden die anderen fünf Männer ebenfalls befragt?«

»Ich habe keine entsprechenden Anweisungen. Ihre Fälle liegen anders. Sie leugneten die Vergewaltigung, jedoch nie subversive politische Aktivitäten, obwohl sie leugneten, sich an dem fraglichen Abend solcher Aktivitäten schuldig gemacht zu haben. Nach ihrer Aussage saßen sie die ganze Zeit über trinkend in einer Hütte in einer unbewohnten Gegend in der Nähe des Bibighar-Parks.«

»Aber Kumar leugnete subversive Aktivitäten . . .«

»Wie aus der Akte hervorgeht, beantwortete er jede Frage mit: ›Ich habe nichts zu sagen.‹«

»Das ist heute morgen anders, nicht wahr?«

»Heute morgen steht er nicht unter dem Verdacht der Vergewaltigung. Und das bringt mich wieder zu meinem Hauptpunkt zurück. Ich bin der Ansicht, die Fragen sollten sich so eng wie möglich an Fakten halten, die mit den angeblichen Gründen der *Inhaftierung* zu tun haben – Inhaftierung im Gegensatz zur Festnahme. Die Vergewaltigung ist eine geschlossene Akte. Die Frau ist tot. Falls sie ihn unbedingt schützen wollte – aus emotionalen Gründen, wie man damals glaubte –, werden wir es nie erfahren. Meiner Ansicht nach sind Fragen, die sich auf Fakten im Zusammenhang mit der Vergewaltigung und auf Einzelheiten seiner Festnahme unter dem Verdacht der Vergewaltigung konzentrieren, fehl am Platz.«

»Ich kann dem nicht zustimmen. Hätte es keine Vergewaltigung gegeben, wäre er nie festgenommen worden. Eindeutig wurde er nur deshalb festgenommen, weil man wußte, daß er mit ihr befreundet war. Hauptmann Rowan, verzeihen Sie, wenn ich das sage, aber es war schon immer klar, daß Kumar wegen seiner Verbindung mit einer Weißen das Opfer der britischen Behörden in Majapur wurde. Es ist allgemein bekannt.«

»Das ist kein Beweis. Grundlage dieser Untersuchung muß das Beweismaterial in unseren Akten sein.«

»Das Beweismaterial ist zum großen Teil wertlos, Hauptmann Rowan. Man muß es nur lesen, um zu sehen, daß alles zu – wie sagen Sie dazu?«

»Glatt?«

»Nur allzu glatt ist. Frisiert. Die junge Frau wußte, was geschehen würde. Das Protokoll ihrer inoffiziellen Vernehmung durch den Richter und den Stellvertretenden Kommissar zeigt deutlich, daß der Fall mit den sechs Verhafteten nie hätte zur Verhandlung kommen können, denn im Zeugenstand hätte sie ihn für die Anklage innerhalb einer Minute absolut unhaltbar gemacht. Sie beschrieb die Täter als Gesindel – Männer, die möglicherweise von den Gerüchten über Aufstände und die Aussichten auf Beute aus den Dörfern in die Stadt gelockt worden waren.«

»Möglicherweise, aber ich glaube, die Anklage hätte sich sehr auf ihre *erste* Aussage gegenüber dem Stellvertretenden Kommissar gestützt, es sei zu dunkel gewesen, um die Männer zu erkennen. Für mich ist klar, daß es in diesem Fall aus zwei Gründen nie zu einer Verhandlung kam: Erstens beruhte das Beweismaterial gegen die verhafteten Männer ausschließlich auf Indizien, und zweitens war die junge Frau – offenbar aus emotionalen Gründen – bereit, selbst auf das Risiko eines Meineids hin, den Fall platzen zu lassen, falls jemand versuchen würde, ihn vor Gericht zu bringen. Wie Sie in der Akte gelesen haben werden, drohte sie sogar zu behaupten, es habe sich bei den Tätern möglicherweise um englische Soldaten mit geschwärzten Gesichtern gehandelt. Das war nie ernst gemeint, aber Sie können sich vorstellen, welche Wirkung es selbst als Witz auf ein Gericht gehabt hätte. Es wäre ihr nie gelungen, die Anklage soweit zu bringen, das Ganze fallenzulassen. Doch mit einer Hauptzeugin, die sich gegen den Kronanwalt stellt, wäre es höchst unwahrscheinlich gewesen, daß man den Angeklagten die Tat hätte nachweisen können.«

»Und die Männer wären frei gewesen, Hauptmann Rowan. Die Inhaftierungsbefehle sollten sicherstellen, daß es nicht geschah. Das Ganze stinkt, Hauptmann Rowan. Sie wissen es. Ich weiß es. S. E. weiß es. Dieser junge Mann stellte eine ebenso große Bedrohung für Indien dar wie ich. Sein einziges Verbrechen bestand darin, mit einer Weißen befreundet zu sein, die von Gesindel oder einer Bande Plünderer überfallen wurde. Was können wir überhaupt herausfinden, was ein neues Licht auf seine politischen Ideen und Aktivitäten werfen würde? Das Beweismaterial in dieser Akte, mit dem politische Verbindungen konstruiert werden sollen, ist lachhaft. Ich sehe nicht, wie man auch nur versuchen kann, vernünftige Fragen daraus abzuleiten. Ich sage Ihnen ganz offen, Hauptmann Rowan, wenn wir den armen Burschen dieser Untersuchung unterziehen, dann müssen wir ihm jede Chance geben, uns genau zu sagen, was geschehen ist, und dürfen uns nicht den Kopf darüber zerbrechen, wie es auf dem Papier aussehen und welcher Staub dadurch aufgewirbelt werden könnte. Ich habe mich nicht nach dieser Aufgabe gedrängt, doch da ich dem Ausschuß angehöre, beabsichtige ich, die Sache zu untersuchen und mir nicht durch eine enge Interpretation der Richtlinien Scheuklappen anlegen zu lassen, was dazu führen würde, daß das Protokoll nicht einmal das Papier wert ist, auf dem es steht. Offengestanden macht es mir gar nichts aus, S. E. mit Einzelheiten über die Vergewaltigung zu behelligen. Sobald diese Untersuchung abgeschlossen ist, sind wir beide persönlich machtlos, irgendwelche Schritte zu unternehmen oder auf Schritte zu drängen, die wir für gerechtfertigt halten. Es würde mich nicht überraschen, wenn das Protokoll einfach in den Akten verschwindet und bequemerweise vergessen wird und die Hoffnungen dieses armen Burschen, die vielleicht geweckt wurden, sich wieder zerschlagen. Wir sind jedoch nicht machtlos, wenn es darum geht, einem gerechtfertigten Schritt den Weg zu ebnen. Verzeihen Sie mir, ich bin vielleicht etwas erregt.«

Wie als Reaktion auf diese Feststellung nahm Gopal das Glas von einer Karaffe und goß sich Wasser ein. Er trank es mit kleinen Schlucken und betupfte sich anschließend die Lippen mit einem gefalteten Taschentuch aus der Brusttasche.

»Schön und gut, aber falls S. E. die Absicht hat, den Inhaftierungsbefehl neu zu überprüfen, kann eine Untersuchung, die sich auf Fragen im Zusammenhang mit der Vergewaltigung konzentriert, eine negative Wirkung haben. Möglicherweise wird Seine Exzellenz in einem solchen Fall den Bericht als irrelevant beiseite schieben. Natürlich ist Ihnen auch klar, daß die Untersuchung erneut Anlaß für den Verdacht liefern könnte, die Vergewaltigung sei ein Aspekt subversiver Aktivitäten, die Kumar und andere möglicherweise geplant und durchgeführt haben. Sie tun, als gebe es keine Beweise, die Kumar in Zusammenhang mit der Vergewaltigung belasten. Er war zur Tatzeit nicht zu Hause. Er hat nie Rechenschaft über sein Tun an diesem Abend gegeben. Er säuberte gerade Wunden und Abschürfungen, als die Polizei ihn festnahm.«

»Das steht in den Akten der Polizei. Der Polizeibericht, den ein Unterinspektor abgezeichnet hat, erwähnte auch, daß das Fahrrad der jungen Frau vor Kumars Haus gefunden worden war. Der zweite Bericht, ein oder zwei Tage später vom Distriktspolizeichef abgezeichnet, stellt fest, dies sei ein Irrtum gewesen. Man habe das Fahrrad am Tatort im Bibighar-Park gefunden und vor der Fahrt zu Kumars Haus in einen Polizeiwagen geladen. Für mich riecht das sehr nach dem mißlungenen Versuch, einen Beweis zu konstruieren, der nicht haltbar war, wie der DPC später einsah. Ich habe persönlich kein Vertrauen in die Aussagen, Kumar habe sich das Gesicht gewaschen, als er festgenommen wurde. Falls Kumar im Gesicht Schürf- und Platzwunden hatte, lassen sie sich mit ebenso großer Wahrscheinlichkeit auf Schläge der Polizeibeamten zurückführen.«

»Weshalb hat er das dann nicht gesagt? Außer dem Distriktspolizeichef haben ihn der Stellvertretende Kommissar und ein vom Richter Menen beauftragter Richter befragt.«

»Wer hätte ihm geglaubt? Als Reporter der *Majapur Gazette* hatte er an zahllosen Gerichtsverhandlungen teilgenommen und wußte, mit wem er es zu tun hatte. Er ist ein intelligenter Mann. Ein Produkt Ihrer englischen *Public Schools*.«

»Ich weiß. Ich habe dieselbe Schule besucht wie er.«

Gopal starrte Rowan an, als sei er plötzlich argwöhnisch geworden.

»Oh? Also kennt er Sie?«

»Nein. Ich war im letzten Semester, als sein erstes begann. Aber ich erinnere mich an ihn. Er war der erste Inder, der je in Chillingborough aufgenommen wurde, und von daher so etwas wie ein Ausstellungsstück. Ein paar Jahre später sah ich ihn gegen die Mannschaft der Ehemaligen Kricket spielen. Er war sehr beliebt. Vage erinnere ich mich auch an seinen Freund Colin.« Rowan goß sich ebenfalls ein Glas Wasser ein. »S. E. hat mich unter anderem deshalb mit dieser Untersuchung betraut. Bis vor kurzem hatte ich keine Ahnung, daß der Hauptverdächtige im Fall Bibighar jemand war, den ich als Harry Coomer kannte. Ich wünschte, ich hätte vor Jahren gewußt, wie schwer er es in Indien hatte. Es muß mehrere ehemalige Chillingboroughianer hier gegeben haben, die bereit gewesen wären, ihm zu helfen.«

Nach einer Weile sagte Gopal: »Glauben Sie, Hauptmann Rowan? *Bereit* vielleicht, *in der Lage* – nein. Er ist ein junger Engländer mit dunkelbrauner Haut. Eine aussichtslose Kombination.«

»Ja«, sagte Rowan nach einer Weile, »vielleicht haben Sie recht.«

II

»Die letzte Aussage des Befragten, bitte.«

Der Sekretär blätterte eine Seite zurück.

»›Dadurch wurde klar, daß es um eine Frau ging, die vergewaltigt worden war.‹«

»Nein, das Ganze.«

Der Sekretär räusperte sich und las mit monotoner Stimme vor: »Als er fertig war, sagte er: ›Sie waren also intelligent genug, sich zu waschen. Beinahe hätten wir Sie dabei ertappt, nicht wahr?‹ Später sagte er: ›Sie war also keine Jungfrau, und Sie waren der erste, der sie gestoßen hat?‹ Dadurch wurde klar, daß es um eine Frau ging, die vergewaltigt woren war.«

»Vielen Dank. Mr. Gopal – Sie wollten gerade etwas sagen.«

»Ja. Es ist tatsächlich eine Frage der Reihenfolge und der Zeit, in der nach den Worten des Gefangenen gewisse Dinge getan und gewisse Dinge gesagt wurden.« Gopal wendete sich jetzt direkt an Kumar: »Ich würde gern zu dem Moment zurückkehren, als die Polizei in Ihr Haus kam und Sie verhaftete. Nach den Angaben im Polizeibericht geschah das gegen 21 Uhr 40. Ist das richtig?«

»Ich denke schon.«

»Ich entnehme dem Bericht ebenfalls, daß der Distriktspolizeichef sich eine dreiviertel Stunde zuvor bei Ihnen zu Hause nach Miss Manners erkundigt hatte. Er sprach dabei mit Ihrer Tante. Sie sagte, sie habe Miss Manners seit einigen Wochen nicht mehr gesehen, und Sie seien noch nicht aus der Redaktion zurück. Ist das richtig?«

»Ja.«

»Berichtete sie Ihnen beim Nachhausekommen von dem Besuch des DPC und seinen Fragen?«

»Ja.«

»Um welche Uhrzeit kamen Sie nach Hause?«

»Ich habe nicht auf die Uhr gesehen.«

»Sagte Ihre Tante nicht in etwa: Der DPC war hier und wollte sich nach Miss Manners erkundigen, denn Lady Chatterjee hat sie bei der Polizei als vermißt gemeldet?«

»Sie sagte, der DPC sei dagewesen und habe Miss Manners sprechen wollen.«

»Fragten Sie, wie lange das her war?«

»Ja. Aber sie gab darauf keine Antwort.«

»Ach? Weshalb nicht?«

»Sie wurde abgelenkt.«

»Wodurch abgelenkt?«

»Sie hatte meinen Zustand bemerkt.«

Sie spürte Gopals leichten Schock. Rowan schaltete sich ein. »Nach dem Polizeibericht sah der so aus: ›Eine Schürfwunde an der rechten Wange und eine Quetschung an der linken Wange; Flecken an Hemd und Hose, die auf Kontakt mit feuchter Erde oder einem schmutzigen Fußboden hinwiesen.‹ Ist das eine korrekte Wiedergabe?«

»Ja.«

»Ist es ebenfalls richtig«, fuhr Rowan fort, »daß Hemd und Hose, in denen Sie nach Hause gekommen waren, in einer Ecke auf dem Boden lagen, daß Sie außer einer sauberen Hose nichts anhatten und sich das Gesicht über einer Schüssel Wasser wuschen, als die Polizei, angeführt von Distriktspolizeichef Merrick, das Zimmer im ersten Stock des Hauses Nr. 12 im Chillianwallah Bagh betrat?«

»Ja.«

»Sie kamen also nach Hause und sprachen kurz mit Ihrer Tante, die Ihnen vom Besuch des DPC erzählte. Danach sind Sie nach oben gegangen, zogen sich um und begannen, sich zu waschen.«

»Ja.«

»Sie wuschen sich immer noch, als die Polizei eintraf. Also können Sie nicht länger als zehn Minuten zu Hause gewesen sein.«

»Ja, ungefähr.«

»Wenn die Polizei gegen 21 Uhr 40 eintraf, sind Sie also gegen 21 Uhr 30 nach Hause gekommen?«

»Ja.«

»Nach Aussage von Mr. Laxminarayan, dem Chefredakteur der *Majapur Gazette,* haben Sie die Redaktion in der Victoria Road im Zivilistenviertel an diesem Abend gegen 18 Uhr 15 verlassen.«

»Ja.«

»Beim Verhör lautete Ihre Antwort auf die Aufforderung, Angaben über Ihren Aufenthaltsort zwischen 18 Uhr 15 und 21 Uhr 40 zu machen, jedesmal: ›Ich habe nichts zu sagen.‹ Haben Sie jetzt etwas zu sagen?«

Kumar blickte auf die Tischplatte. Plötzlich mischte sich Gopal ein. »Ich habe eine Frage . . .«, sagte er, und Rowan nickte, ». . . zur Prellung auf der linken Wange des Gefangenen. In der Akte befindet sich eine Kopie des ärztlichen Gutachtens vom Tag der Einlieferung in dieses Gefängnis. Es stammt vom fünfundzwanzigsten August. Danach waren im Gesicht Spuren der Prellung zu sehen. Das heißt, sie waren nach sechzehn Tagen immer noch sichtbar. Wenn es also nicht zu weiteren Verletzungen gekommen ist, kann man daraus schließen, daß der ursprüngliche Schlag oder die Schläge mit großer Gewalt geführt worden sein mußten. Natürlich wurde nie festgestellt, was die Prellung verursachte. Aber da der Gefangene keine Erklärungen dazu abgab, wurde der Eindruck, den der Polizeibericht erweckte, nie hinterfragt – der Eindruck, die Prellung sei auf die Schläge einer Frau zurückzuführen gewesen, die sich gegen einen Angriff verteidigte.« Gopal zog wieder das Taschentuch hervor und betupfte sich die Lippen. »Ein Gericht hätte sich möglicherweise mit diesem Punkt näher beschäftigt, und zwar dahingehend, ob eine solche Prellung überhaupt von einer Frau herrühren konnte. Ich weise auf diesen Punkt hin, um den Gefangenen möglicherweise zu ermutigen, uns zu sagen, was er vor der Rückkehr nach Hause getan hatte und was zu dem beschriebenen Zustand führte.«

»Sie haben Mr. Gopal gehört. Sind Sie bereit, sich dazu zu äußern?«

»Ich bin bereit, mich dazu zu äußern.«

Gopal nickte. »Bitte.«

»Es ist eine gute Frage, und ich bin froh, daß sie zur Sprache gekommen ist. Ich glaube nicht, daß sie mir bei einer Gerichtsverhandlung geholfen hätte, wenn es dazu gekommen wäre.«

»Warum?« erkundigte sich Gopal.

»Medizinische Sachverständige hätten vermutlich darauf hingewiesen, daß eine Frau in Todesangst ebenso hart zuschlagen kann wie ein Mann. Doch selbst wenn ein Gutachter das ausgeschlossen hätte, wäre es der Anklage möglich gewesen, den Punkt zu meinen Ungunsten auszulegen.«

»Wie das?«

»Durch die Vermutung, die Männer, die Miss Manners überfielen, hätten sich untereinander gestritten.«

»War es so?« fragte Rowan eher beiläufig.

Kumar starrte ihn an: »Ich habe keine Ahnung.«

»Sind Sie bereit, uns zu sagen, wo Sie sich an dem fraglichen Abend zwischen 18 Uhr 15 und 21 Uhr 30 aufgehalten haben?«

Kumar blickte auf die Tischplatte und dann auf Rowan.

»Nein, bedaure, dazu bin ich nicht bereit.«

Rowan lehnte sich zurück. Während sie ihn beobachtete, wurde ihr, ganz als säße sie selbst dort, deutlich die breite Tischplatte bewußt, die den Gefangenen von den Untersuchungsbeamten trennte. Es war eine Zone des Argwohns, die offensichtlich keiner verkleinern konnte – obwohl Rowan es versuchte.

»Es fällt mir sehr schwer, das zu verstehen«, hatte er gerade gesagt. »Den ganzen Morgen über waren Sie durchaus bereit, unsere Fragen zu beantworten. Sie wirkten offen und ehrlich. Nun ziehen Sie sich plötzlich auf die wenig hilfreiche Haltung des ›ich habe nichts zu sagen‹ zurück, die damals jeden Versuch vereitelte, Ihnen zu ermöglichen, den Tatbestand klarzustellen. Ich sage bewußt, wenig hilfreich, denn diese Haltung hilft weder Ihnen noch uns. Es ist Zweck dieser Untersuchung, Beweismaterial zu überprüfen, das damals belastend genug zu sein schien, um Ihre Dauerhaft zu rechtfertigen. Vielleicht haben damals andere Überlegungen – nun ja, sagen wir Verdachtsmomente – die Ansichten der Verantwortlichen beeinflußt, die in einer durch öffentliche Unruhen hervorgerufenen akuten Krisensituation dieses Material daraufhin zu beurteilen hatten, ob es eine Dauerhaft rechtfertigte. Solche Verdachtsmomente sind bei den Überlegungen heute morgen nicht im Spiel, und ich hoffe, das ist im Laufe der Untersuchung deutlich geworden. Solche Verdachtsmomente kommen bei der Frage, die uns beschäftigt, nicht ins Spiel.

Doch Sie müssen sich darüber im klaren sein, daß erneut ein Verdacht auftauchen und bei der Bewertung all der verschiedenen Überlegungen ins Gewicht fallen würde, wenn im Protokoll plötzlich eine mangelnde Offenheit erkennbar werden sollte, die man heute nur als uncharakteristisch bezeichnen könnte.«

»Ja«, sagte Kumar, »darüber bin ich mir im klaren. Aber der Verdacht läßt sich nicht vermeiden. Wie sehr Sie sich auch bemühen, mir keine Fragen zu der Vergewaltigung zu stellen, so werden Sie doch bemerken, daß alles darauf hinführt. Und jedesmal, wenn sich die Frage nach dem Überfall auf Miss Manners stellt, taucht auch der Verdacht wieder auf.«

»Nun ja, muß das so sein? Sicher, der Verdacht ist jetzt aufgetaucht. Aber vielleicht könnten Sie ihn dadurch entkräften, daß Sie die Frage beantworten. Ich weiß nicht, ob Sie sich darüber im klaren sind, wie töricht es damals war, die Antwort zu verweigern. Ich weiß nicht, ob Sie sich darüber im klaren sind, wie nahe Sie daran waren, angeklagt zu werden. Oder ob Sie sich darüber im klaren sind, daß die Anklage, ich sollte besser sagen, die Unterlassung der Anklage beinahe ausschließlich von Miss Manners' energischem Widerspruch gegen jede Andeutung abhing, Sie wären in irgendeiner Weise in diese Sache verwickelt. Hätte sie auch nur die geringste Unsicherheit erkennen lassen, hätte sie – und sei es auch nur widerstrebend – zugegeben, sie könne nicht beschwören, daß Sie sich nicht unter den Männern befunden hatten, die sie plötzlich im Dunkeln überfielen, so hätte man Sie angeklagt und vor Gericht gebracht. Wären Sie unter solchen Umständen, das heißt vor Gericht und unter Eid immer noch entschlossen gewesen, die Frage nicht zu beantworten?«

»Ich hätte mich geweigert.«

»Die Weigerung vor Gericht hätte fatale Folgen haben können.«

»Ich weiß.«

»Haben Sie wirklich eingehend darüber nachgedacht, ob eine solche Haltung vernünftig ist?«

»Ich habe über diese Haltung wirklich eingehend nachgedacht. Ich habe seit dem Abend des neunten August neunzehnhundertzweiundvierzig täglich darüber nachgedacht – seit einem Jahr, neun Monaten und zwölf Tagen.«

»Und Sie halten sie immer noch für vernünftig?»

»Ich habe nie behauptet, sie sei vernünftig. Es war nie eine Frage der Vernunft. Und das ist auch jetzt nicht der Fall.«

»Ist es vielleicht eine Frage der Loyalität?«

»Dieses Wort bedeutet mir nicht viel.«

»Vielleicht bringt es uns trotzdem etwas weiter, selbst wenn es Ihnen nicht viel bedeutet. Können wir vielleicht noch ein Stück weitergehen und klarstellen, wem oder was gegenüber Sie glaubten, sich loyal zu verhalten, wenn Sie an diesem Schweigen festhielten, das auf alle anderen unvernünftig wirkte?«

»Ich fürchte, wir können nicht weitergehen – zumindest nicht in dieser Richtung.«

Rowan beugte sich vor und studierte wieder die Akte. Schließlich sagte er: »Die Polizei scheint nur zwei relevante Dinge in Ihrem Zimmer gefunden zu haben: ein Photo von Miss Manners und den Brief von Colin. Das Photo sprach für sich. Sie hatte es Ihnen geschenkt. Der Brief von Colin ist jedoch interessant, denn nach Ihrer heutigen Aussage hatten Sie noch andere Briefe von ihm bekommen. Ich könnte mir denken, daß Sie sehr oft von ihm gehört haben – zumindest, bis er nach Indien kam.«

»Ja.«

»Ich frage mich, weshalb Sie von allen Briefen gerade diesen aufbewahrt haben. Es war keine gute Entscheidung, denn Colin berichtete Ihnen darin, sein Vater habe zwei Ihrer Briefe geöffnet und nicht an ihn weitergeleitet, weil er den Inhalt ungeeignet für einen jungen Offizier im aktiven Dienst fand. Er sagte, sein Vater habe den Ausdruck ›hitzköpfiges politisches Gerede‹ dafür gebraucht. Weshalb haben Sie gerade diesen Brief von Colin aufbewahrt?«

»Es war der einzige Brief von ihm, der authentisch klang. Nach der Schule durchlief Colin verschiedene Phasen. Aber dieser Brief stammte von dem Mann, an den ich mich erinnerte.«

»Was für ein Mann war das?«

»Ein Mann, der die liberale Atmosphäre von Chillingborough als die richtige empfand.«

»Sie würden Chillingborough als eine liberale Schule bezeichnen?«

»Es war keine hurrapatriotische Schule. Aus ihr gingen mehr Beamte als Offiziere hervor.«

Sie lächelte und fragte sich, ob Rowan ebenfalls darüber lächelte, weil er so unerwartet an seine eigenen Worte erinnert wurde: ›Ich bin nicht aus dem Holz geschnitzt, aus dem gute Regimentsoffiziere gemacht werden.‹

»Aber nach der Schule wurde Ihr Freund Colin«, sagte Rowan, »vorübergehend das, was Sie einen Hurrapatrioten nennen?«

»Ich glaube, er wurde von der 1939 herrschenden Atmosphäre angesteckt. Er meldete sich zur Territorialarmee und schrieb von nichts anderem.«

»Ich vermute, der Brief, den Sie aufbewahrt haben, stammte aus der Zeit nach seiner Verwundung bei Dünkirchen.«

»Ja.«

»Hielten Sie die Wirkung seiner Feuertaufe für positiv?«

»Was er schrieb, klang danach wieder wie von dem Freund, den ich kannte.«

»Und worum ging es bei dem hitzköpfigen politischen Gerede in Ihren Briefen, das sein Vater kritisierte?«

»Er nahm wohl hauptsächlich an dem Anstoß, was ich über das Für und Wider der Ablehnung der Kriegserklärung durch die Kongreßpartei schrieb und den Rücktritt ihrer Mitglieder aus den Provinzregierungen.«

»Und wie war Ihre Haltung dazu?«

»Ich glaube, ich schrieb Colin über das Für und Wider, um herauszufinden, ob ich überhaupt eine Haltung dazu hatte.«

»An Colin schrieben Sie solche Dinge. Haben Sie mit Vidyasagar darüber diskutiert?«

»Nein.«

»Trotz der Entfernung blieb Colin Ihr bester Freund, Ihr Vertrauter?«

»In meiner Vorstellung ja.«

»Also war das eine Methode, um Ihr – nennen wir es so – Gefühl, Engländer zu sein, aufrechtzuerhalten?«

»Ja.«

Rowan schwieg eine Weile. Dann fragte er unvermittelt: »Haben wir in irgendeiner Form über die Frage gesprochen, die wir, wie Sie sagten, nicht in dieselbe Richtung weiter verfolgen können?«

»Wir haben darüber gesprochen.«

»Sie aber nicht weiter verfolgt?«

»Sie aber nicht verfolgt.«

»Also sind wir wieder an dem Punkt, an dem die Polizei Sie beim Waschen Ihres Gesichts antraf?«

»Ja.«

»Und der entscheidende Zeitraum von 18 Uhr 15 bis 21 Uhr 30 bleibt nach wie vor unerklärt?«

»Ja.«

»Wenn Sie an diesem Abend mit Miss Manners zusammen gewessen wären, wo hätten Sie sich dann wahrscheinlich getroffen?«

»Sehr wahrscheinlich im Asyl.«

»Weshalb?«

»Schwester Ludmilla pflegte nicht nur die Kranken und Sterbenden, sondern hielt abends auch kostenlos Sprechstunden für Kranke ab. Miss Manners half in ihrer Freizeit ziemlich regelmäßig dort.«

»Sie hielten beide das Asyl für einen geeigneten Platz, um sich zu treffen?«

»Wir interessierten uns beide für Schwester Ludmilas Arbeit.«

»Ist das wirklich alles, was Sie dazu sagen können?«

»Nein, sagen wir, das Asyl gehörte zu den wenigen Plätzen in ganz Majapur, wo wir uns treffen und unterhalten konnten, ohne unangenehm aufzufallen und beleidigt zu werden.«

»Unangenehm auffallen?«

»Ich meine die Reaktion von Europäern auf den Anblick einer Weißen in Begleitung eines Inders.«

»Besuchten Sie sich neben den Zusammenkünften im Asyl auch gegenseitig zu Hause?«

»Hin und wieder.«

»Wo sind Sie sonst noch zusammen hingegangen?«

Es entstand eine Pause.

»Manchmal, sonntags zum Beispiel, gingen wir in den Bibighar-Park.«

»Ich entnehme der Beschreibung in den Akten, daß es sich bei diesem Park um ein relativ kleines, verwildertes, ungepflegtes Gelände handelt – die alten Gärten, in denen früher ein Gebäude stand, das als Bibighar bekannt war. Dieses Gebäude existiert nicht mehr, aber auf einem Teil der alten Fundamente hat man einen offenen Pavillon errichtet.«

»Ja. Es war ein ruhiger und angenehmer Platz, um sich zu unterhalten.«

»Tagsüber . . .«

»Bei Tag.«

»Sie sind immer nur bei Tag dorthin gegangen?«

»Ja.«

»Wegen der alten Geschichten über die Gespenster?«

»Es war kaum ein passender Ort, um abends dorthin zu gehen.«

»Wer wußte, daß Sie manchmal in den Bibighar-Park gingen?«

»Niemand, soweit mir bekannt ist.«

»Sie waren dort immer allein?«

»Einmal erschreckten wir spielende Kinder. Indische Kinder.«

»Wie?«

»Ich nehme an, sie hielten uns für Gespenster.«

»Taggespenster?«

»Ja.«

»Der Park war also üblicherweise selbst bei Tag ziemlich verlassen?«

»Nur Inder gingen dorthin – obwohl er auf der englischen Seite des Flusses liegt. Ich glaube, die Inder veranstalteten dort bei trockenem, kühlen Wetter Picknicks.«

»Wie viele Leute außer Schwester Ludmila und ihren Helfern wußten, daß Sie und Miss Manners sich im Asyl trafen?«

»Ich glaube nicht viele.«

»Miss Manners erwähnte das Asyl und ihr Interesse daran jedoch gegenüber Polizeichef Merrick.«

»So muß es gewesen sein.«

»Weshalb muß es so gewesen sein?«

»An dem Abend, als sie vermißt wurde, suchte er sie dort.«

»Woher wissen Sie das?«

»Er hat es mir selbst gesagt – beim Verhör. Er sagte, er sei zum Asyl gefahren, weil er sich daran erinnerte, daß Miss Manners davon gesprochen hatte. Ich nehme an, es war ihm besonders aufgefallen, weil er mich im Februar dort gefunden hatte.«

»Sagte er Ihnen etwas über das Ergebnis seiner Suche im Asyl?«

»Schwester Ludmila hatte nach seinen Worten bestätigt, daß Miss Manners dort gewesen war. Sie sei jedoch bei Einbruch der Dunkelheit wieder gegangen. Deshalb fuhr er zu mir nach Hause und sprach mit meiner Tante.«

»Weil Schwester Ludmila ihm berichtet hatte, daß Sie sich oft mit Miss Manners im Asyl trafen?«

»Vielleicht. Er wäre auf jeden Fall zu mir nach Hause gefahren.«

»Er wußte also von Ihrer Freundschaft mit Miss Manners?«

»Natürlich.«

»Sie haben gesagt, daß Sie Miss Manners hin und wieder im MacGregor-Haus besuchten. Begegneten Sie dort jemals Mr. Merrick?«

»Nein, sie hielt uns voneinander fern.«

»Hielt Sie voneinander fern? Wegen des Vorfalls im Asyl, als Mr. Merrick Sie auf die Wache mitgenommen und verhört hatte?«

»Sie erfuhr erst sehr viel später, daß Merrick damit persönlich zu tun hatte. Sie hielt uns voneinander fern, weil sie vermutete, daß Mr. Merrick unsere Freundschaft auf keinen Fall billigen würde.«

»Mir ist nicht ganz klar, weshalb Sie den Ausdruck ›voneinander fernhalten‹ benutzten.«

»Er wurde auch ein Freund von Miss Manners.«

»Ich verstehe. Sie sagen ›wurde‹. Das heißt, er befreundete sich mit ihr, nachdem Sie und Miss Manners bereits eine freundschaftliche Beziehung hatten.«

»Ja. Er beobachtete während der Kriegswoche auf dem *Maidan,* wie sie ihre englischen Freunde warten ließ und zu mir ging, um sich mit mir zu unterhalten. Soweit ich weiß, hatte er sie bis dahin überhaupt nicht beachtet. Danach lud er sie öfter ein, mit ihm auszugehen.«

»Falls Ihre Vernehmung nach dem Abend in der Hütte bei ihm den starken Eindruck hinterließ, die Polizei sollte ein Auge auf Sie haben – und das scheint der Fall zu sein –, dann folgt meiner Meinung nach daraus, daß er es als Pflicht empfand, Miss Manners vor einer in seinen Augen nicht wünschenswerten Beziehung zu schützen, sobald er wußte, daß Miss Manners und Sie sich kannten.«

»Ja, das könnte daraus folgen. Es ist eine einleuchtende Erklärung.«

»Hat er mit Miss Manners je über die Beziehung zu Ihnen gesprochen?«

»Ja.«

»Hat sie Ihnen das gesagt?«

»Ja, es kam zur Sprache, als ich sie nach dem Besuch im Tirupatitempel nach Hause brachte.«

»Sie erzählte Ihnen, Mr. Merrick warne sie davor, mit Ihnen auszugehen.«

»Sie erzählte, nach Merricks Ansicht sei ich ein schlechter Tip.«

»Wie war Ihre Reaktion darauf?«

»Ich erwiderte, Merrick müsse es ja wissen.«

»Haben Sie sich gestritten?«

»Ja.«

»Weshalb? War im Tempel etwas vorgefallen?«

»Weshalb streiten sich Leute, die sich mögen? Ich war überempfindlich. Das waren wir beide. Ich begriff, welch eine lächerliche Figur ich abgab, und wieviel Zeit sie mit mir verschwendete. Sie warf mir vor, ich wolle sie durch mein Benehmen bewußt vor den Kopf stoßen. Das stimmte auch. Dann sagte sie mir, Merrick halte mich für einen schlechten Tip, und ich erwiderte, er müsse es ja wissen. Ich dachte, sie sei sich die ganze Zeit im klaren darüber gewesen, daß Merrick etwas mit den Schwierigkeiten zu tun gehabt hatte, in die ich geraten war. Es stellte sich heraus, daß sie nichts davon wußte. Es gab ihr ein Gefühl, zum Narren gehalten worden zu sein –

weil sie, ohne etwas zu ahnen, mit Merrick ebenso wie mit mir ausgegangen war. Wir trennten uns verstimmt.«

»Aber später söhnten Sie sich wieder aus?«

Schweigen.

»Sie vergessen, wir waren gerade aus dem Tempel gekommen. Ich habe Miss Manners seit diesem Abend nicht mehr gesehen.«

»Was für ein Tag war das?«

»Ein Samstag – drei Wochen vor dem Abend, an dem ich unter dem Verdacht verhaftet wurde, sie zusammen mit fünf anderen Männern überfallen zu haben.«

Rowan lehnte sich zurück und wendete sich an Gopal. »Ich glaube, wir sind jetzt wieder bei der Frage der Reihenfolge und der Zeit, zu der nach seiner Aussage gewisse Dinge getan und gewisse Dinge gesagt wurden. Sie wollten das unbedingt klären. Vielleicht sollten deshalb Sie die Fragen stellen.«

»Danke.«

Gopal trank von dem Wasser, während er in der Akte las. Dann stellte er das Glas ab und betupfte sich wieder die Lippen mit dem gefalteten Taschentuch. »Sie wurden gegen 21 Uhr 45 in einem Polizeiwagen vom Chillianwallah Bagh Nummer zwölf zum Polizeipräsidium im Zivilistenviertel gebracht. Man führte Sie für etwa eine Minute oder weniger in einen Raum, wo Sie fünf Männer sahen, deren Gesichter Sie erkannten, obwohl Sie sich nicht sofort an die Namen aller Männer erinnerten. Dann brachte man Sie in einen Raum im Untergeschoß. Sie behaupten, man habe Ihnen bis zu diesem Zeitpunkt den Grund für die Mitnahme ins Polizeipräsidium nicht genannt.«

»Man hatte ihn mir nicht genannt.«

»Im Haus Chillianwallah Bagh Nummer zwölf betraten die Polizeibeamten Ihr Zimmer und nahmen Sie fest, ohne etwas zu sagen?«

»Es wurde etwas gesagt, aber nichts über den Grund der Festnahme.«

»Was wurde gesagt? Können Sie sich zum Beispiel an die ersten Worte des Polizeibeamten erinnern?«

»Er schwieg eine ganze Weile.«

»Was tat er?«

»Er stand da und lächelte mich an.«

»Lächelte?«

»Mir fiel ein nervöses Zucken an der rechten Wange auf.«

»Ein Lächeln und ein nervöses Zucken.«

»Dann deutete er auf meine Kleider am Boden und fragte, ob ich sie gerade ausgezogen hätte. Ich bejahte es. Er forderte mich auf, sie wieder anzuziehen. Ich wollte wissen weshalb. Er sagte: ›Weil Sie mich begleiten. Wir wollen uns wieder ein bißchen unterhalten.‹«

»Folgten Sie dieser Aufforderung sofort?«

»Nicht sofort. Ich fragte ihn, worüber wir uns unterhalten würden. Er antwortete, das würde ich schon herausfinden. Dann fragte er, ob ich mich selbst anziehen oder gewaltsam angezogen werden wolle. Da ihn mehrere Beamte begleiteten, zog ich die Kleider wieder an, die ich gerade ausgezogen hatte. Dann ging ich mit ihm hinunter. Zwei Polizisten hielten mir die Hände auf dem Rücken fest. Meine Tante durfte das Wohnzimmer nicht verlassen. Ich hörte, wie sie nach mir rief. Man erlaubte ihr nicht, mich zu sehen oder mit mir zu sprechen. Man schob mich in einen Polizeiwagen und brachte mich zum Präsidium.«

»Wo Sie die fünf anderen Festgenommenen sahen, von denen einer sagte: ›Hallo, Hari . . .‹ Sie erwiderten den Gruß nicht, weil Ihnen im Gegensatz zu den anderen fünf nicht zum Lachen zumute war. Zu welchem Schluß kamen Sie, als Sie die fünf sahen – hinter Gittern?«

»Schluß?«

»Sie sahen, daß diese Männer wie Sie selbst verhaftet worden waren. Weshalb hatte man sie Ihrer Meinung nach festgenommen?«

»Ich nahm an, man habe sie dabei erwischt, wie sie selbstgebrannten Alkohol tranken.«

»Ihr Verhalten entsprach dem von Männern, die sich eines kleineren Vergehens schuldig gemacht hatten und immer noch unter Alkoholeinfluß standen?«

»Ja.«

»Und was, glaubten Sie, sei der mögliche Grund, aus dem man Sie selbst verhaftet hatte?«

»Ich hatte das Gefühl, es könne nur etwas mit Miss Manners zu tun haben.«

»Weshalb?«

»Weil Merrick sich bei mir zu Hause nach ihr erkundigt hatte. Die Leute waren an diesem Abend sehr nervös. In einem Ort namens Tanpur hatte man eine Engländerin angegriffen, die versuchte, einen indischen Lehrer ihrer Mission zu schützen. Der Mann war ermordet und sie war zusammengeschlagen worden. Auf dem Land hatte der herumziehende Pöbel Polizeibeamte in ihre Wachen eingeschlossen. Telegrafendrähte waren heruntergerissen worden, und man sprach von einem neuen Sepoy-Aufstand. Wie Sie wissen, waren an diesem

Morgen eine ganze Menge Leute festgenommen worden – angefangen bei Gandhi. Zum Beispiel auch Mr. Srinivasan als führendes Mitglied im Ortsausschuß der Kongreßpartei. Ich wußte, aus politischen Gründen konnte man mich nicht verhaften. Doch es erschien mir wahrscheinlich, daß die Polizei mich als ersten verhaften würde, wenn man glaubte, Miss Manners sei etwas geschehen.«

»Also war Ihre Festnahme für Sie doch kein solches Rätsel?«

»Ich sage Ihnen lediglich, was mir damals durch den Kopf ging. Ich beantworte Ihre Frage. Ich sage Ihnen das und stelle noch einmal fest, daß ich mich schon lange in Haft befand, als der Polizeichef mich schließlich der Vergewaltigung beschuldigte. Danach wurde mir auf Grund von anderen Dingen, die er gesagt und nach denen er mich gefragt hatte, klar, daß man annahm, die fünf Männer im Erdgeschoß seien bei dieser Vergewaltigung meine Komplizen gewesen.«

»Gut. Kehren wir also zu dem Augenblick zurück, als man Sie in das Untergeschoß brachte. Was geschah als nächstes?«

»Man befahl mir, mich auszuziehen.«

»Wer gab den Befehl?«

»Der Distriktspolizeichef.«

»In dem Raum befanden sich außer Ihnen der DPC und zwei Beamte?«

»Zu diesem Zeitpunkt, ja.«

»Nachdem Sie sich ausgezogen hatten, inspizierte der DPC Sie, wie bereits dargelegt.«

»Als ich ausgezogen war, hielten mir die beiden Beamten die Arme fest, und ich stand vor Merricks Schreibtisch. Merrick saß auf dem Schreibtisch und goß sich ein Glas Whisky ein. Er saß einfach da und lächelte mich an, bis er ausgetrunken hatte. Es dauerte etwa fünf Minuten. Danach stand er auf, inspizierte mich und sagte: ›Sie waren also intelligent genug, sich zu waschen! Beinahe hätten wir Sie dabei erwischt.‹ Ich fragte ihn, warum ich hierher gebracht worden war. Er erwiderte, das würde ich schon noch herausfinden. Er sagte, wir hätten viel Zeit. Er sagte, ich sollte ganz ruhig sein, denn wir hätten über vieles zu reden. Dann befahl er den Polizisten, mir die Hände auf den Rücken zu fesseln. Als sie das getan hatten, schickte er sie hinaus.« Kumar machte eine Pause. »Dann begann er zu reden.«

»Sie meinen, Sie zu verhören?«

»Nein, er redete hauptsächlich und stellte dazwischen hin und wieder eine Frage.«

»Was bezeichnen Sie mit hauptsächlich reden«, fragte Gopal, »worüber redete er?«

»Er redete über die Geschichte der Engländer in Indien, von seiner eigenen Geschichte und über seine Ideen, über Indiens Zukunft, über Englands Zukunft – und über seine Zukunft und meine.«

Gopal schien fassungslos zu sein. Erst nach einigem Zögern fragte er: »Warum redete er über solche Dinge? Sind Sie sicher? Man hatte den Eindruck gewonnen, der Distriktspolizeichef habe sich sehr darum bemüht, Miss Manners zu finden und danach die Übeltäter dingfest zu machen. Jetzt sagen Sie, er saß auf dem Schreibtisch und redete über solche irrelevanten Dinge.«

»Für ihn waren sie nicht irrelevant.«

»Sie behaupten, der Polizeichef hielt es in diesem Moment für ebenso wichtig, Ihnen einen Vortrag über die Geschichte der Engländer in Indien zu halten, wie Sie nach Ihrem Tun und Lassen an diesem Abend zu fragen?«

»Weder Reden noch das Verhör war für ihn das Wichtigste.«

»Nicht das Wichtigste? Was wollen Sie damit sagen?«

»Das Wichtigste für ihn war die Situation.«

Gopal sah Rowan an und fragte: »Wovon redet er? Ich verstehe ihn nicht.«

Noch ehe Rowan die Möglichkeit fand, etwas zu sagen, erwiderte Kumar:

»Es ging ihm darum, die Situation so gut wie möglich zu nutzen, solange sie dauerte.«

»Die Situation?«

»Ja.«

»*Welche* Situation?«

»Die Situation unserer Konfrontation, bei der endlich alles zu seinen Gunsten stand.«

»Endlich? Sie wollen damit sagen, er habe diese Konfrontation erwartet?«

»Ja, das ist doch beinahe selbstverständlich.«

»Behaupten Sie – behaupten Sie, er sei in Hinblick auf Miss Manners' Gefühle Ihr Rivale gewesen und habe deshalb auf eine Situation gewartet, bei der Sie ihm gegenüber im – Nachteil sein würden? Wollen Sie das wirklich andeuten? Sie behaupten, man müsse das Moment der Eifersucht in Betracht ziehen?«

Kumar zögerte. »Das wäre eine unzulässige Vereinfachung. Außerdem stellt sich dann die Frage: Was für eine Eifersucht und eifersüchtig auf wen?«

»Ich kann diesen Argumenten nicht folgen. Aber lassen wir beiseite, worüber er Ihrer Behauptung nach gesprochen hat, und wenden wir uns den Fragen zu, die er, wie Sie sagen, hin und wieder stellte. Vielleicht sind sie leichter verständlich. Können Sie sich an eine dieser Fragen erinnern?«

»Ungefähr.«

»Dann sagen Sie uns bitte, woran Sie sich erinnern.«

»Es waren Fragen wie: ›Die Burschen dort oben bewundern Sie sehr, nicht wahr? Sie würden alles tun, was Sie ihnen sagen. Wer hat Ihnen das Gesicht zerkratzt? Warum waren Sie heute abend nicht im Asyl? Wer ist Colin? Sie war keine Jungfrau, und Sie haben sie als erster gestoßen, nicht wahr?‹«

»Haben Sie diese Fragen beantwortet?«

»Ich erklärte, wenn er wolle, daß ich Fragen beantworte, müsse er mir zuerst sagen, warum man mich ins Polizeipräsidium gebracht habe.«

»Sie sagen, er ließ diese Fragen hin und wieder in seine Äußerungen über andere Dinge einfließen?«

»Ja.«

»Er redete zum Beispiel über die Zukunft der Engländer in Indien und fragte plötzlich: ›Wer ist Colin?‹«

»Ja.«

»Und Sie haben immer, wie bereits dargelegt, darauf geantwortet?«

»Nicht immer. Manche Fragen hielt ich für rhetorisch.«

»Aber Sie haben mehr als einmal gesagt, Sie würden nur Fragen beantworten, wenn er Ihnen den Grund Ihrer Festnahme nenne?«

»Ja.«

»Sie sprechen jedoch auch davon, daß Sie allmählich den deutlichen Eindruck gewannen, daß man Sie und die anderen fünf verdächtigte, eine Frau vergewaltigt zu haben?«

»Ja.«

»Und Sie vermuteten, bei dieser Frau handle es sich um Miss Manners?«

»Ja.«

»Haben Sie nicht gefragt?«

»Nein.«

»Sie waren ein enger Freund von Miss Manners. Sie wußten, die Polizei hatte sie gesucht. Sie wußten von den Unruhen im Distrikt. Sie errieten, daß eine Frau vergewaltigt worden war und vermuteten, daß es sich bei dieser Frau möglicherweise um Ihre Freundin

Miss Manners handelte. Aber Sie fragten nicht: Ist Miss Manners etwas geschehen?«

»Nein.«

»Weshalb nicht?«

»Ich erkannte, daß er nur darauf wartete. Ich glaube, es war ein Grundaspekt der Situation.«

»Vergessen wir, was Sie die Situation nennen!«

»Es ist mir unmöglich, die Situation zu vergessen. Sie war von ganz besonderer Intensität.«

Rowan nutzte Gopals Zögern und sagte:

»Ich glaube, wir sollten jeden tieferen Sinn ausklammern, den die Situation möglicherweise für den DPC und den Gefangenen hatte, und uns auf Form und Verlauf des Verhörs konzentrieren. Wenn es einen tieferen Sinn gab, wird er möglicherweise sogar deutlich, wenn wir uns strikt an diese äußere Form halten.«

»Das habe ich versucht zu tun«, sagte Gopal. Er raschelte mit seinen Papieren und richtete nach einer Weile wieder das Wort an Kumar.

»Es kam ein Punkt, an dem der DPC gemäß Ihrer früheren Aussage erklärte, er stelle Nachforschungen nach einer vermißten Engländerin an und dann hinzufügte: ›Sie wissen wer.‹ Darauf folgte eine obszöne Bemerkung, wie Sie es nennen. Was für eine Bemerkung war das?«

»Ich ziehe es vor, sie nicht zu wiederholen.«

»Was haben Sie daraus entnommen?«

»Daß er eindeutig von Miss Manners sprach und daß mehrere Männer – alles Inder – sie vergewaltigt hatten.«

»Und an diesem Punkt sagten Sie, daß Sie Miss Manners seit dem Tempelbesuch nicht mehr gesehen hätten.«

»Ja.«

»Ich fürchte, in diesem Fall muß ich darauf dringen, daß Sie die obszöne Bemerkung wiederholen, denn sonst ist Ihre Widerlegung der offiziellen Version, Sie hätten als erster Miss Manners erwähnt, unvollständig.«

»Es tut mir leid, aber ich ziehe es trotzdem vor, die Bemerkung nicht zu wiederholen.«

»Warum?«

»Sie war nicht nur obszön, sondern auch verleumderisch.«

Rowan sagte: »Ich glaube, wir müssen nicht darauf bestehen . . .«

»Doch, ich glaube, wir müssen«, widersprach Gopal, »ich verstehe nicht, worauf der Gefangene hinaus will, wenn er von einer Situation spricht. Aber wir haben es mit einer Situation zu tun, von der wir uns ein Bild machen wollen, und es ist wichtig, daß das Bild in allen Einzelheiten möglichst vollständig ist. Ich spreche von einer Situation, in der der Gefangene unter dem Verdacht einer Vergewaltigung vom höchsten Polizeibeamten des Distrikts gezwungen wird, lange Zeit nackt vor ihm zu stehen, während der Polizeichef Whisky trinkend auf seinem Schreibtisch sitzt und ein Verhör durchführt, das, wenn man dem Gefangenen glauben darf, eine völlige Mißachtung für die Menschenwürde des Gefangenen verrät, wobei er dem Gefangenen Fragen auf eine Weise stellt, die darauf abzielt, ihn zu beleidigen, und ihn dazu provozieren soll, Dinge zu sagen, die als belastende Beweise protokolliert werden und so den Eindruck erwekken sollen, der Gefangene besitze Kenntnis von Ereignissen, von denen er nichts wissen kann, wenn er unschuldig ist. Das entstandene Bild dieser Situation ist schwer zu glauben. Es ist notwendig, den Gefangenen eingehend danach zu befragen, weil dieses Bild nur auf seinen Aussagen beruht. Er kann nicht plötzlich schweigen, nur weil es ihm paßt.«

Sie suchte wieder die tröstliche Sicherheit der Fältchen und Knöpfe ihrer Bluse. Gopal sagte Dinge, die im Protokoll den Eindruck erwecken würden, er mißtraue Kumar, er glaube nicht, daß ein Polizeibeamter so handeln würde, wie Kumar gesagt hatte. Und doch wollte Gopal Kumar nicht mißtrauen oder an seinen Aussagen zweifeln. Unter diesem apolitischen, verbindlichen Äußeren des Beamten lebten die alten antibritischen Ängste, Vorurteile und Märchen. Sie spürte, daß Gopal Kumar nicht mochte, weil er einen Typ des Inders verkörperte, der, von Gopals Standpunkt aus betrachtet, in jedem wichtigen Aspekt ganz und gar nicht indisch war. Er nahm nicht ohne Genuß diesen belehrenden Ton an; plötzlich und beinahe unerwartet schien ihn ein heftiges Gefühl zu beherrschen. Im Protokoll würde es als sachliches Gerechtigkeitsgefühl in Erscheinung treten, das genaue Gegenteil seiner wahren Motivation: eine subtile Abneigung gegen den weißen Eroberer, dessen Mitläufer er war. Dort unten entstand jedoch noch eine andere Situation. Das plötzlich zu begreifen, faszinierte und beunruhigte sie. »Deshalb muß ich darauf bestehen, daß der Gefangene . . .« sagte Gopal gerade. Er genoß es, den Weißen in Kumar anzugreifen. Aber das Ziel war die Enthüllung der ganzen Schmach und des ungerechten Drucks, unter dem Kumar, der Inder, hatte leiden müssen.

»Es tut mir leid«, sagte Kumar.

Gopal machte eine ungeduldige Handbewegung. Wie dünn seine

Finger waren, wie tadelnd und tolerant sie wirkten! Sie erweckten in ihr Abneigung und Mitleid: die Doppelreaktion auf die seltsame Mischung von Triumph und Niederlage, die aus dieser Geste sprach.

Rowan griff ein.

»Als Sie, wie Sie sagen, dem, was der DPC Ihnen mitteilte – was immer es gewesen sein mag –, entnommen hatten, daß Miss Manners vergewaltigt worden war und daß man Sie und die anderen Männer dieser Tat verdächtigte, machten Sie vermutlich die Aussage, die im Bericht des DPC wiedergegeben ist: ›Ich habe Miss Manners seit dem Abend, an dem wir den Tempel besuchten, nicht gesehen.‹«

»Ja.«

»Der Bericht ist in diesem Punkt also richtig?«

»In diesem Punkt ja.«

»Und Sie stellen nicht in Abrede, daß es 22 Uhr 45 war?«

»Nein.«

»Also ist ein zweiter Punkt des Berichts richtig.«

»Ja.«

»Und Sie haben zu dieser Zeit Zeichen von Beklommenheit erkennen lassen, das heißt, Sie zitterten. Das macht den Bericht in drei Punkten richtig. Ich könnte mir vorstellen, daß Sie auch die Feststellung im Bericht nicht in Abrede stellen, daß Sie von diesem Augenblick an wieder unbeirrbar jede Frage mit der Äußerung: ›Ich habe nichts zu sagen‹ beantworteten.«

»Ich stelle das nicht in Abrede.«

»Wie lange wurde das Verhör fortgesetzt? Wie lange gaben Sie die Erklärung ab: ›Ich habe nichts zu sagen.‹?«

»Ich weiß nicht.«

»Weshalb nicht?«

»Ich verlor das Gefühl für Dinge wie die Zeit.«

»Eine Stunde, zwei Stunden?«

»Vielleicht.«

»Länger?«

»Möglicherweise.«

»Sie waren mit dem Untersuchungsbeamten zwei Stunden oder länger allein?«

»Nein, nach einer Weile kamen andere Leute.«

»Die beiden Polizeibeamten?«

»Ja.«

»Sonst noch jemand?«

»Einer bestimmt – möglicherweise noch andere.«

»Sie können sich nicht daran erinnern?«

»Ich glaubte es. Es kam mir so vor.«

»Heißt das, Sie waren verwirrt? Vielleicht etwas benommen? Froren Sie, weil Sie lange Zeit nackt in einem klimatisierten Raum standen?«

»Ich stand nicht die ganze Zeit.«

»Man erlaubte Ihnen, sich zu setzen?«

»Nein.«

Gopal ergriff wieder das Wort: »Ich verstehe nicht«, sagte er, »Sie standen nicht die ganze Zeit, aber Sie saßen auch nicht. Was taten Sie sonst? Lagen Sie?«

»Ich stand über ein Gestell gebeugt.«

»Über ein Gestell gebeugt?«

»Ich war daran festgebunden.« Nach kurzem Zögern fügte er hinzu: »Für die Überredungsphase des Verhörs.«

Es entstand eine Pause.

Gopal fragte: »Erklären Sie, körperlich mißhandelt worden zu sein?«

»Man benutzte einen Rohrstock.«

Das Rascheln von Papier. Dann hörte sie Hauptmann Rowans Stimme:

»In den Unterlagen befindet sich die Kopie eines Berichts von Richter Iyenagar, der Sie auf Anweisung der Zivilbehörde am 16. August im Polizeipräsidium befragte. Erinnern Sie sich daran?«

»Es gab viele Vernehmungen.«

»Die Vernehmung am 16. August im Auftrag der Zivilbehörde befaßte sich mit Gerüchten, die im Basar kursierten, daß die der Vergewaltigung Verdächtigten ausgepeitscht und zu einem Sakrileg gezwungen worden waren. Erinnern Sie sich jetzt daran?«

»Ja, ich erinnere mich.«

»In dem Bericht heißt es: *Iyenagar:* ›Haben Sie Beschwerden über Ihre Behandlung in der Untersuchungshaft vorzubringen?‹ *Kumar:* ›Nein.‹ *Iyenagar:* ›Kann die Behauptung, man habe körperliche Gewalt angewendet, auf Wahrheit beruhen?‹ *Kumar:* ›Ich habe meiner ersten Antwort nichts hinzuzufügen.‹ *Iyenagar:* ›Beruht die Behauptung auf Wahrheit, man habe Sie gezwungen, etwas zu essen, was Ihre Religion Ihnen verbietet?‹ *Kumar:* ›Ich habe keine religiösen Vorurteile gegen Nahrung.‹ *Iyenagar:* ›Ist Ihnen klar, daß Sie die Möglichkeit haben, berechtigte Beschwerden vorzubringen, ohne etwas befürchten zu müssen?‹ *Kumar:* ›Mehr habe ich dazu nicht zu sagen.‹ *Iyenagar:* ›Sie haben keine Beschwerde wegen Ihrer Behand-

lung vom Zeitpunkt Ihrer Festnahme bis heute vorzubringen?‹
*Kumar:* ›Ich habe keine Beschwerden vorzubringen.‹«

Rowan hob den Kopf.

»Ist das eine korrekte Wiedergabe der Vernehmung durch den Richter?«

»Ja.«

»Der Bericht ist korrekt, aber Sie haben nicht die Wahrheit gesagt?«

»Ich habe die Wahrheit gesagt.«

»Gerade haben Sie behauptet, daß man Sie auf ein Gestell gebunden und mit einem Stock geschlagen hat.«

»Ja, so war es.«

»Weshalb haben Sie es dann geleugnet, als der Richter Sie danach fragte?«

»Er hat mich gefragt, ob ich Beschwerden vorzubringen hätte. Ich sagte nein. Es war die Wahrheit.«

»Sie wollten sich nicht darüber beschweren, daß man Sie geschlagen hatte?«

»Nein.«

»Weshalb nicht?«

Keine Antwort.

Gopal fragte: »Wollen Sie damit andeuten, Sie fürchteten die Folgen einer Beschwerde?«

»Nein.«

»Was war dann der Grund?«

»Das läßt sich heute nur schwer erklären.«

»Sie haben sich aus Gründen nicht beschwert, die Ihnen heute fragwürdig erscheinen?« fragte Rowan.

»Nicht fragwürdig.«

»Was war dann der Grund?«

Keine Antwort.

»Sie stehen nicht unter Eid. Die Personen, über die Sie sich heute beschweren, sind nicht hier, um zu Ihren Anschuldigungen Stellung zu nehmen. Machen Sie sich diese Situation zunutze?«

»Nein, und ich beschwere mich auch nicht.«

Rowans Stimme klang leicht gereizt. »Ich verstehe. Sie sprechen lediglich von Tatsachen. Ist das nicht ein bißchen spät?«

»Ich weiß nicht, was Sie mit *spät* meinen . . .«

»Über diese Tatsachen haben Sie damals aus einem Grund nicht gesprochen, den zu nennen Ihnen heute schwerfällt?«

Keine Antwort.

»Sie sagen, man hat Sie mit einem Stock geschlagen. Wie oft wurden Sie mit diesem Stock geschlagen?«

»Ich weiß es nicht.«

»Sechsmal, zwölfmal?«

Keine Antwort.

»Mehr als zwölfmal?«

»Ich habe die Schläge nicht gezählt.«

»Auf welchen Körperteil wurden Sie geschlagen?«

»Auf die übliche Stelle, wenn man sich vorbeugt.«

»Auf das Gesäß.«

»Ja.«

Das Rascheln von Papieren.

»Bei Ihrer Einlieferung in das Kandipatgefängnis wurde die übliche körperliche Untersuchung durchgeführt. Die Unterlagen darüber liegen vor. Der untersuchende Arzt bescheinigte Ihren ausgezeichneten körperlichen Zustand. Nach diesem Bericht entdeckte man keine Spuren, die darauf hingewiesen hätten, daß Sie Schläge mit dem Stock auf das Gesäß erhalten hatten. Es ist hier von Spuren einer Prellung im Gesicht die Rede. Die ärztliche Untersuchung fand sechzehn Tage nach Ihrer Festnahme und dem ersten Verhör statt. Waren die Schläge vielleicht nicht heftig genug, um die Haut zu verletzen? Sechzehn Tage sind keine lange Zeit. Sind Sie nicht auch der Ansicht, daß die Spuren bei aufgeplatzter Haut immer noch sichtbar gewesen wären?«

»Sie waren sichtbar.«

»Hat der Arzt sie gesehen?«

»Ich weiß es nicht.«

»Sie müssen die Frage ausführlicher beantworten.«

»Wenn er sie gesehen hat, dann äußerte er sich nicht dazu.«

»Und machte in seinem Bericht auch keinen entsprechenden Vermerk. Es ist doch üblich, daß ein Gefangener vor der ärztlichen Untersuchung badet. Haben Sie gebadet?«

»Ja.«

»Soweit ich weiß, findet ein solches Bad unter Aufsicht eines Gefängniswärters statt. War dies der Fall?«

»Ja.«

»Hat der Gefängniswärter sich zu den Spuren auf Ihrem Gesäß geäußert?«

»Nein.«

»Hat er diese Spuren auch nicht gesehen?«

»Inder der niederen Klasse behalten beim Baden die Unterhose an. Ich vermute, es hängt damit zusammen, daß sie gewöhnlich in der Öffentlichkeit baden. Als man mich an jenem Tag aufforderte zu baden, erklärte man mir, ich müsse die Unterhose anbehalten.«

Gopal sagte: »Ich wollte diesen Punkt gerade erwähnen, Hauptmann Rowan. Und es ist zweifelhaft, daß der Arzt – dem Bericht entnehme ich, daß es ein indischer Arzt war – bei einer Untersuchung den Betreffenden auffordert, die Hose länger herunterzulassen, als er braucht, um die Geschlechtsteile zu untersuchen. War das der Fall, Kumar?«

»Er hat auch den After untersucht.«

Pause.

Rowan sagte: »Sie wollen also andeuten, daß der Arzt entweder inkompetent war oder einfach nicht sah, was vor seinen Augen lag, oder, daß er die Spuren gesehen, sie in seinem Bericht aber nicht erwähnt hat.«

»Ich will nichts andeuten.«

»Sind die Spuren immer noch sichtbar?«

»Nein.«

»Sie wurden also nicht so heftig geschlagen, daß dauerhafte Spuren zurückblieben.«

»Ich wurde heftig geschlagen.«

»Bluteten Sie?«

»Ich glaube, als ich anfing zu bluten, legten sie mir ein nasses Tuch auf das Gesäß, ehe sie mich weiter schlugen.«

Pause.

Gopal fragte: »Wer waren ›sie‹?«

»Das konnte ich nicht sehen. Es müssen die Polizisten gewesen sein, denn sie hatten mich auch auf das Gestell gebunden. Sie schlugen mich, wenn Merrick es ihnen befahl, und hörten auf, wenn er es ihnen sagte. Wenn sie aufhörten, sprach Merrick. Wenn er aufhörte, gab er den Befehl, und sie schlugen mich wieder. In dieser Art ging es weiter.«

Gopal fragte: »Bis Sie das Bewußtsein verloren?«

»Ich habe das Bewußtsein nicht verloren.«

Rowan fragte: »Aber Sie wissen nicht, wie oft Sie geschlagen wurden?«

»In dieser Stellung kann man nur schwer atmen, und schließlich denkt man an nichts anderes mehr.«

Rowan sagte: »Wenn der Untersuchungsbeamte den Polizisten befahl aufzuhören, redete er mit Ihnen, wie Sie behaupten. Heißt das, er verhörte Sie?«

»Es handelte sich mehr um Reden.«

»Worüber redete er?« fragte Gopal scharf. »Doch sicher nicht über die Geschichte der Engländer in Indien.«

»Er wollte mich ermuntern.«

»Ermuntern zu gestehen?«

»Auch. Aber das war vielleicht nicht das Wichtigste.«

»Für uns vielleicht jedoch wichtig genug, um uns damit zu beschäftigen«, erklärte Gopal. »Was sagte er, um Sie zu einem Geständnis zu ermutigen?«

»Er sagte, Miss Manners habe mich als einen der Täter genannt. Sie habe angegeben, ich hätte sie vor dem Bibighar-Park angehalten und in ein Gespräch verwickelt. Dabei sei sie angegriffen, in den Park geschleppt und vergewaltigt worden. Zuerst von mir und dann von meinen Freunden. Merrick sagte, er glaube ihre Geschichte nicht. Er forderte mich auf, ihm die Wahrheit zu sagen. Er erklärte, er kenne die Wahrheit, wolle sie aber aus meinem Mund hören.« Schweigen. »Entschuldigung, ich habe etwas durcheinandergebracht. Er sagte das, bevor er mich auf das Gestell binden ließ. Nachdem sie mich auf das Gestell gebunden hatten, wiederholte er es, allerdings ohne die Bemerkung, er wolle es aus meinem Mund hören. Er erklärte, er würde mir die Wahrheit sagen, ich brauchte es nur zu bestätigen, und man würde aufhören, mich zu schlagen.«

»Und was hat er Ihnen gesagt?«

»Er sagte, Miss Manners habe uns offenbar um ein Treffen gebeten, uns provoziert, und wir hätten ihr dann mehr gegeben, als sie eigentlich wollte. Jetzt versuche sie zu erreichen, daß wir für etwas bestraft würden, dessen wir uns nur im technischen Sinn schuldig gemacht hätten.« Schweigen. »Er stellte das alles sehr plausibel dar. Danach ließ er mich allein, damit ich darüber nachdenken konnte. Er schien ziemlich lange wegzubleiben und kam dann mit einem der anderen Männer zurück. Er erklärte, einer meiner Freunde sei heruntergekommen, um mein Geständnis zu hören. Ich weiß nicht, um wen es sich dabei handelte. Ich hörte, daß der Mann mir zu sagen versuchte, er wisse nichts und habe nichts gesagt. Sie begannen wieder, mich zu schlagen.« Schweigen. »Ich glaube, danach schickte Merrick alle hinaus. Ich glaube, dann waren wir allein. Er redete und benahm sich noch obszöner.«

Rowan sagte: »Das Wort obszön läßt mehrere Deutungen zu. Zum zweiten Mal sprechen Sie von Obszönität. Diese Behauptung richtet sich gegen einen Beamten der indischen Polizei und schädigt den Ruf dieses Beamten. Sie müssen Beispiele für die Obszönität geben, damit jeder, der diesen Untersuchungsbericht liest, sich selbst ein Urteil darüber bilden kann, ob das Wort im Kontext Ihrer Anschuldigung gerechtfertigt ist.«

Kumars Blick wanderte langsam von Gopal zu Rowan. Dann sagte er: »Er fragte mich, ob es mir gefalle.«

»Gefalle?«

»Er sagte: ›Gefällt es dir nicht? Ein geiler Kerl wie du hat doch wohl mehr zu bieten als das.‹«

»War das alles?«

»Er sagte: ›Gefällt es dir nicht? Ein geiler Kerl wie du hat doch wohl mehr zu bieten als das. Ein gesunder Kerl wie du kann doch öfter als einmal.‹« Schweigen. »Dabei befand sich seine Hand zwischen meinen Beinen.«

Gopal schien zusammenzuzucken. Rowan wies den Sekretär scharf an: »Streichen Sie das. Streichen Sie alles nach der Aussage ›Ich glaube, dann waren wir allein.‹ Wenn Sie das getan haben, lassen Sie den Schreibblock bitte auf dem Tisch liegen und warten Sie draußen, bis ich Sie wieder rufe.«

Nachdem der Sekretär die Aufforderung befolgt und die Tür hinter sich geschlossen hatte, schien Gopal Einspruch erheben zu wollen, doch Rowan fragte Kumar:

»Weshalb erheben Sie solche Anschuldigungen?«

»Ich beantworte Ihre Fragen.«

»Wirklich? Oder lügen Sie?«

»Ich lüge nicht.«

»Ich sage Ihnen auf den Kopf zu, daß Sie lügen. Sie erzählen eine Lügengeschichte, die Sie im Lauf des vergangenen Jahres für eine solche Gelegenheit eingeübt haben, oder mit der Sie nach Ihrer Entlassung den Beamten in Schwierigkeiten bringen wollen. Wenn Ihnen solche ungeheuerlichen Dinge widerfahren wären – wirklich widerfahren wären –, hätten Sie es gesagt, als der Richter, den man eigens mit dieser Aufgabe betraut hatte, Sie speziell nach solchen Dingen befragte. Ich sage Ihnen auf den Kopf zu, Sie haben es nicht gesagt, weil es nicht geschehen ist. Ich sage Ihnen auf den Kopf zu, Sie erfinden eine Geschichte, die auf Märchen und Gerüchten beruht, die Sie nach Ihrer Gefangennahme gehört haben. Diesen Gerüchten wurde damals nachgegangen, und sie entbehren jeder Wahrheit. Ich sage Ihnen auf den Kopf zu, Sie haben diese Dinge im Glauben erfunden, Sie könnten sich dadurch vor der Gefahr schützen, in der Sie sich befinden würden, selbst wenn zu diesem späten Zeitpunkt noch Anklage wegen Vergewaltigung erhoben werden sollte.

Ich sage Ihnen auf den Kopf zu, daß Ihre gesamte Aussage heute morgen auf Übertreibungen, Auslassungen und eindeutigen Unwahrheiten beruht und daß Sie Ihre Inhaftierung mehr als verdienen. Sie haben jetzt die Möglichkeit zum Widerruf. Ich rate Ihnen, sich sehr gut zu überlegen, ob Sie von dieser Gelegenheit Gebrauch machen wollen oder nicht.«

»Ich habe nichts zu widerrufen. Es tut mir leid. Ich scheine etwas falsch verstanden zu haben.«

»Was meinen Sie mit ›falsch verstanden‹? Haben Sie die Fragen falsch verstanden?«

»Nein, nicht die Fragen, sondern den Grund, aus dem sie gestellt werden.«

»Der Grund wurde zu Beginn der Sitzung deutlich genannt.«

»Nein, es wurde klargestellt, in welcher Richtung mir Fragen gestellt werden würden. Der Grund, aus dem sie gestellt werden, blieb meiner Vermutung überlassen. Ich habe mich in meiner Vermutung getäuscht. Ihr ist irgend etwas zugestoßen, nicht wahr?«

»Sie meinen Miss Manners?«

»Ja.«

»Weshalb fragen Sie danach?«

»Weil ich vermutete, es sei ihr schließlich gelungen, jemanden davon zu überzeugen, daß ich nichts getan habe, was rechtfertigen würde, daß ich im Gefängnis sitze. Aber diese Untersuchung riecht zunehmend nach schlechtem Gewissen. Ihr ist etwas zugestoßen. Ich bin der Schlußstrich, und jemand glaubt, es sei gut, diesen Schlußstrich ordentlich zu ziehen. Es tut mir leid. Als wir begannen, waren Sie so fair, daß es geschmerzt hätte, wenn mir noch etwas Schmerzen bereiten könnte. Es wäre schön gewesen, ich hätte Ihre Fragen aufrichtig beantworten können, ohne erkennen zu müssen, daß man mit mir einen Schlußstrich ziehen möchte, damit niemand ein schlechtes Gewissen haben muß. Ich habe Ihre Fragen wahrheitsgemäß beantwortet, so wahrheitsgemäß wie ich kann. Ich begreife langsam, daß ich der unwichtigste Faktor bin und daß Sie eigentlich unabsichtlich Fragen zur Situation stellen, wie ich es nenne. Deshalb sind Sie verärgert und beschuldigen mich zu lügen, denn die Situation ist so bedrohlich, daß kein Gewissen es ertragen kann. Was ist passiert? Ist sie tot?« Er schwieg. »Manchmal habe ich es gespürt, mir aber verboten, daran zu denken. Wenn sie tot ist, hätten Sie das sagen müssen. Sie hätten sagen müssen . . .«

»Wir haben angenommen, Sie wüßten es. Sie sind nicht völlig von der Außenwelt abgeschnitten. Ihre Tante schreibt Ihnen Briefe. Sie dürfen sicher Zeitungen lesen. Sie sprechen doch mit Mitgefangenen – Neuankömmlingen, zum Beispiel.«

»Die Briefe meiner Tante werden streng zensiert, und sie würde ohnehin nie etwas über Miss Manners schreiben. Sie kann ihr nicht verzeihen. Ich glaube, es fällt ihr leichter, Miss Manners für alles die Schuld zu geben, was mir widerfahren ist, als irgend jemandem sonst. Und ich sitze in der Abteilung mit besonders strengen Sicherheitsbestimmungen. Wir dürfen Bücher, aber keine Zeitungen lesen. Einmal in der Woche wird ein lächerliches Blatt mit Kriegsnachrichten, Siegesmeldungen und frommen Sprüchen verteilt. Wie und wann ist sie gestorben?«

»Sie starb ungefähr vor einem Jahr an Peritonitis.«

»Vor einem Jahr? Peritonitis?« Schweigen. ». . . das heißt Blutvergiftung, nicht wahr? Ein aufgebrochener Blinddarm oder etwas Ähnliches?«

»Ich vermute, die Peritonitis war die Folge eines Kaiserschnitts unter keineswegs idealen Bedingungen.«

»Ein Kaiserschnitt? Ich verstehe.« Er schwieg. »Hatte sie geheiratet?«

»Nein, sie war nicht verheiratet.«

»Ich verstehe.«

»Sie wollen immer noch nichts widerrufen?«

»Nichts.« Er schwieg. »Nichts.«

Er starrte Rowan wortlos an. Zuerst bemerkte sie es nicht. Es entstand kein Geräusch, es gab keine Anzeichen dafür außer (und jetzt sah sie es) diesen eigenartig emotionslos aus seinen tiefliegenden Augen hervorquellenden Rinnsalen, die ihm über die Wangen liefen – sie reflektierten das grelle Licht und wirkten wie phosphoreszierende Spuren –, eine Substanz, die sich vom Körper löste, ohne seine anderen Funktionen zu beeinträchtigen. Sie schloß die Augen, und plötzlich hatte sie den merkwürdigen, starken Drang, ihn zu berühren. Niemand außer ihr hatte um Daphne geweint – niemand außer ihr und ihm, den sie nicht erreichen konnte. Zwischen ihnen standen eine dicke Glasscheibe und nach unten gerichtete Lamellen aus Holz oder Metall. Die trennende Barriere war unüberwindbar. Hari Kumar schien lebendig begraben zu sein, und sie konnte in sein Grab hinuntersehen, ihn jedoch nicht berühren, nicht einmal mit ihm sprechen oder eine andere Art Verbindung mit ihm aufnehmen.

Sie öffnete die Augen. Die beiden Rinnsale glänzten auf seinen eingefallenen Wangen. Das Bild verschwamm, und sie spürte die gleiche Feuchtigkeit auf den eigenen Wangen – Tränen um Daphne, und auch Tränen um ihn; Tränen um Liebende, von denen man nicht behaupten konnte, sie hätten unter einem unglücklichen Stern gestanden, denn für sie hatte es keine Sterne gegeben. Für sie hatte der Himmel ein undurchdringliches Band aus Dunkelheit über die Sterne gelegt; und in diesem Dunkel leuchtete nichts außer dem gegenseitigen Vertrauen darauf, daß der andere nicht die Wahrheit sagen würde, denn es schien zu gefährlich gewesen zu sein, die Wahrheit zu sagen.

Sie sah wieder Suleiman vor sich, der mit dem Kästchen vor der Brust vor ihr stand, als halte er ein Reliquiar. Die Wahrheit befand sich in diesem Reliquienkästchen und in dem Kopf, der dieses Bild von Suleiman nicht vergaß – und im Kopf des Mannes in dem Raum hinter der Glasscheibe: Die Wahrheit, und die Erinnerung daran, in jener Nacht als Liebende im Bibighar-Park gewesen zu sein und sich im Einklang mit der Freude der Vereinigung bewegt zu haben; die Erinnerung an das Entsetzen des Auseinandergerissenwerdens und daran, wie sie hinterher auf Händen und Knien über den Boden des Pavillons gekrochen war, um die Stoffstreifen zu entknoten, die die Räuber von ihren zerlumpten Kleidern abgerissen hatten, um ihn zu fesseln. Eine Weile klammerten sie sich aneinander wie Kinder, die sich vor der Dunkelheit fürchten; dann nahm er sie auf die Arme und trug sie aus dem Pavillon.

Ich suche nach Vergleichen (hatte sie heimlich in der letzten Zeit ihrer Schwangerschaft geschrieben, um einem permanenten Schweigen vorzubeugen), um meine Gedanken besser zu erklären, aber ich finde nichts. Es ist an sich ein Gleichnis: Ein Inder trägt eine Engländerin – mit der er geschlafen hat und die danach vor seinen Augen vergewaltigt wurde – dorthin zurück, wo sie in Sicherheit ist. Es ist ein Gleichnis an sich. Es sagt alles aus, was gesagt werden muß, nicht wahr? Wenn man es weiterführt, wenn man sich vorstellt, daß er mich den ganzen Weg ins MacGregor-Haus trägt und mich in Tante Lilis Obhut gibt, daß er den Arzt anruft, die Polizei anruft, die Fragen beantwortet und als mein Retter behandelt wird – die Absurdität, die Unglaubwürdigkeit ist beinahe unerträglich! Man kommt an den Punkt, an dem Hari von Ronald beiseite genommen wird und zugeben muß: »Ja, wir haben miteinander geschlafen!« und das verständnisvolle Nicken, das von Ronald kommen *muß,* unterbleibt, es sei denn, man bleicht Haris Haut, bleicht sie, bis sie zwar nicht ganz wie die Haut eines Weißen aussieht, aber weiß genug, damit ein Weißer, den das Schicksal eines Weißen erschüttert, ihn bedauern kann, selbst wenn er ihm vielleicht Vorwürfe macht.

Das Bild wurde deutlicher. Sie begriff es in seiner ganzen Tiefe und Tragweite, als sei sie Daphne, und der Mann, der dort unten auf dem Stuhl saß, stehe tatsächlich neben ihr und wolle sie nach einer kurzen Atempause weitertragen. Er versuchte, nach meinem Arm zu greifen. Ich wich zurück. Ich sagte: »Nein, laß mich! Du bist nicht in meiner Nähe gewesen. Du weißt von nichts. Du weißt überhaupt nichts. Du darfst nichts sagen.« Er wollte nicht auf mich hören. Er hielt mich fest, versuchte, mich fest an sich zu drücken, doch ich wehrte mich. Ich geriet in Panik, wenn ich daran dachte, was sie mit ihm machen würden. Niemand würde mir glauben. Er sagte: »Ich muß bei dir bleiben. Ich liebe dich. Bitte, laß mich bei dir bleiben.« Ich schlug nach ihm, nicht weil ich fliehen wollte, sondern um *ihn* zur Flucht zu bewegen. Ich versuchte, ihn mit meinen Schlägen zu Vernunft, Verstand und Umsicht zu bringen. Ich wiederholte dabei immer wieder: »Wir haben uns nicht gesehen. Du bist zu Hause gewesen. Du sagst nichts, du weißt nichts. Versprich es mir.« Ich hatte mich losgerissen und rannte davon, ohne sein Versprechen abzuwarten. Am Tor holte er mich ein und versuchte, mich zurückzuhalten. Ich bat ihn noch einmal, mich loszulassen. »Bitte, laß mich gehen, sag nichts. Du weißt nichts, um meinetwillen, wenn das die einzige Möglichkeit ist, daß du um deinetwillen nichts sagst.« Einen Augenblick lang drückte ich ihn an mich. Es war das letzte Mal, daß ich ihn berührt habe. Dann riß ich mich los, stürzte durch das Tor und rannte. Ich rannte in und durch den Lichtkreis der Straßenlampe auf der anderen Seite; ich rannte in die Dunkelheit und war dankbar für die Dunkelheit; ich lief, ohne zu wissen wohin. Ich blieb stehen und lehnte mich an eine Mauer. Ich wollte umkehren, eingestehen, daß ich es allein nicht schaffen würde. Und er sollte wissen, daß ich glaubte, alles falsch gemacht zu haben. Er konnte nicht wissen, was ich empfand, was ich beabsichtigte. Ich hatte Schmerzen. Ich war erschöpft und fürchtete mich. Ich fürchtete mich zu sehr, um zurückzugehen. Ich sagte: »Ich kann nichts tun, nichts, nichts«, und überlegte, wo ich diese Worte schon einmal gehört hatte. Ich begann wieder zu rennen; ich rannte durch die schrecklichen, schlecht beleuchteten verlassenen Straßen, die mich nach Hause führen sollten, die aber nirgendwohin führten, wo ich mich auskannte, die in eine Sicherheit führten, die keine Sicherheit war, denn dahinter lag die Ebene und die offene Weite, die den Anschein erweckte, als müsse ich nur lange genug rennen, um über den Rand der Welt hinauszuspringen.

Nun – das hatte sie getan. Ja, sie war schließlich über den Rand der Welt gesprungen – damals oder später; sie hatte sich an ein Versprechen gehalten, das auch ein Gefängnis bedeutete. Für ihn mußte sie damals über den Rand gesprungen sein; er mußte sie beobachtet haben, war ihr vielleicht beinahe den ganzen Weg nach Hause gefolgt und hatte dann etwas von dem Entsetzen empfunden, von der Angst, die sie um ihn hatte, so daß auch er nach Hause rannte, sich in sein Zimmer flüchtete und sich das Gesicht wusch, denn die Männer, die sich aus dem Dunkel auf sie stürzten, hatten ihn übel zugerichtet – die Männer, diese unbekannten Zuschauer, die unbekannten Räuber, die Männer, für die ein Tabu gebrochen worden war, als sie sahen, wie Hari mit ihr schlief. Er hatte nichts gesagt, er hatte nichts erklärt. »Sag nichts«, hatte sie ihn angefleht. Er hatte sich daran gehalten. Sie hatten sich beide daran gehalten. Sie überlegte, ob in seinen Augen ihr Tod ihn von einem Versprechen entband, das er gegeben und an das er sich absurderweise so gut wie möglich gehalten hatte. Das Versprechen hatte sie beide verraten und zu Gefangenen gemacht. Als sie daran dachte, fühlte sie sich schuldig, als sei sie in ein Gebiet vorgedrungen, das zu betreten sie kein Recht hatte.

»Möchten Sie ein paar Minuten, um sich zu beruhigen?« fragte Rowan.

»Ich bin ruhig. Aber Sie hätten es mir sagen sollen. Sie hätten mich nicht im Unklaren darüber lassen sollen.«

»Wollen Sie damit sagen, Sie hätten einige unserer Fragen anders beantwortet, wenn Sie gewußt hätten, daß Miss Manners nicht mehr lebt?«

»Ich habe die Fragen beantwortet, weil ich glaubte, die Untersuchung sei durch ihre Bemühungen zustande gekommen. Ich habe die Fragen beantwortet, weil ich glaubte, Miss Manners wünsche, daß Sie diese Fragen stellen. Hätte ich gewußt, daß sie nichts damit zu tun hat und daß es nur um das schlechte Gewissen irgendwelcher Leute geht, hätte ich die Fragen nicht beantwortet.«

»Eine wichtige Frage haben Sie nicht beantwortet.«

»Ich werde sie nie beantworten.«

»Haben Sie damals bedacht, daß Ihre Weigerung, Fragen zu beantworten, nicht nur Sie, sondern auch die fünf anderen Männer belastete, die man ebenfalls der Tat verdächtigte?«

»Ja, ich mußte es bedenken. Es gehörte zur Situation.«

»Wissen Sie, was mit den anderen geschah?«

»Man sagte mir, sie säßen im Gefängnis.«

»Hielten Sie das für gerecht?«

»Nein.«

»Sie waren Ihrer Ansicht nach unschuldig, abgesehen vielleicht davon, daß sie illegal Alkohol gebrannt und getrunken hatten?«

»Ich war mir sicher, daß sie an diesem Abend nichts anderes getan hatten. Ich weiß nicht, wie oder warum man sie verhaftet hat, aber ich weiß, keiner von uns wäre ohne diese Vergewaltigung verhaftet worden. Man hat uns alle für die Vergewaltigung bestraft, und dagegen konnte ich nichts tun. Ich kann nicht entscheiden, ob sie wegen politischer Vergehen eine Gefängnisstrafe mehr oder weniger verdienen als ich. Ich konnte diesen Gesichtpunkt nicht in meine Überlegungen einbeziehen.«

»Steht es in Ihrer Macht, den letzten Zweifel daran zu beseitigen, daß diese Männer nichts mit der Vergewaltigung zu tun hatten? Dieser Untersuchungsausschuß ist sich bewußt, daß der Verdacht unvermeidlich Teil der Atmosphäre war, in der ihre Fälle untersucht wurden, um die Frage einer dauernden Inhaftierung nach dem Ermächtigungsgesetz entscheiden zu können. Wenn Sie uns gegenüber völlig offen wären – zum Beispiel im Hinblick auf Ihre Aktivitäten und Ihren Verbleib am Abend der Vergewaltigung –, würde Ihre Offenheit den fünf Männern helfen?«

»Sind sie immer noch im Gefängnis?«

»Ja.«

»Werden ihre Fälle ebenfalls überprüft?«

»Das hängt möglicherweise weitgehend vom Ergebnis dieser Untersuchung ab.«

»Nein, Sie können sich der Verantwortung nicht so leicht entziehen. Ich glaube, auch das ist Teil der Situation.«

Gopal schien der Aspekt zu interessieren, daß Kumar fünf Männern helfen konnte, die nie seine Vorteile genossen hatten.

»Sie versuchen, alles mit diesem geschickten Verweis auf eine Situation abzudecken. Aber Sie sagen nichts über die Situation. Immer wieder geben Sie eine scheinbar ausreichende Antwort, die aber infolge dieser sogenannten Situation keineswegs ausreichend ist. Damit scheinen Sie uns verwirren zu wollen. Was für eine Situation war das?«

Die Rinnsale waren immer noch sichtbar. Er schien sie nicht zu bemerken, und sie wirkten jetzt so statisch, daß sie den Eindruck hatte, sie seien erstarrt und Rowan könne sich über den Tisch beugen und sie mit den Fingernägeln von Kumars Wange entfernen – Stück für Stück, und jedes Stück würde wie etwas Zerbrechliches, Zartes, wie ein Insektenflügel kreisend zu Boden schweben.

»Es war eine Situation, in der etwas stattfand.«

Gopal bemerkte ungeduldig: »Das ist in den meisten Situationen der Fall.«

»Nach Merrick sind die meisten Situationen Folge eines Handlungsgefüges und das Vorspiel zum nächsten Handlungsgefüge, in sich selbst jedoch negativ.«

»Die Gedanken über das, was Sie als die Situation bezeichnen, stammen also vom DPC und nicht von Ihnen.«

»Ja. Er wollte sie mir klarmachen. Von seinem Standpunkt aus mußten sie mir unbedingt völlig klar werden. Sonst wäre der Vollzug des Geschehens unvollständig geblieben.«

»Hat er sie Ihnen klargemacht?«

»Ja.«

»Vielleicht«, schlug Gopal vor, »sind Sie so freundlich, sie auch dem Untersuchungsausschuß zu erklären.«

»In gewisser Weise ist das unmöglich, denn ohne das Geschehen verlieren sie ihre Bedeutung. Er sagte, wenn Menschen eine Situation ausagieren, würden sie ihre Bedeutung verstehen. Die Geschichte sei eine Summe von Situationen, deren Bedeutung erst sehr viel später erkannt wurde, weil Menschen sich fürchteten, sie auszuagieren. Sie könnten sich ihrer Verantwortung gegenüber der Situation nicht stellen. Sie zögen es vor, sich die Situation, in der sie sich befinden, als Teil einer allgemeinen Strömung von Ereignissen vorzustellen, über die sie keine Kontrolle haben, was heißt, daß sie die Situation nie richtig verstehen, und so würde diese Situation auf merkwürdige Weise Teil einer allgemeinen Strömung von Ereignissen. Merrick ging nicht soweit zu behaupten, man könne den Verlauf der Ereignisse beeinflussen, indem man die Situationen ausagiere, in denen man sich befindet. Doch er glaubte, daß man sie dadurch zumindest besser verstehe und erkenne, was man tun müsse, um zu verhindern, daß die Dinge in eine falsche oder abwegige Richtung treiben.«

»Eine interessante Theorie«, sagte Rowan. »Aber ist sie für die Dinge relevant, die sich nach Ihrer Aussage ereigneten?«

»Sie stellen die Frage falsch. Sie sollten fragen, wie relevant die Ereignisse für die Theorie waren. Das Ausagieren der Situation erläuterte die Theorie. Die Vergewaltigung, das Verhör zur Vergewaltigung waren nur Randthemen. Das eigentliche Thema war die Beziehung zwischen uns.«

»Was heißt das genau?« fragte Rowan.

»Merrick sagte, bis zu diesem Zeitpunkt habe es sich nur um eine symbolische Beziehung gehandelt. Nun müsse sie real werden.«

»Was meinte er mit symbolisch?«

»Er hat es so beschrieben: Im Augenblick seien wir lediglich Symbole. Wir würden uns nie verstehen, wenn wir es dabei beließen. Es genüge nicht zu sagen, er sei Engländer, und ich sei Inder, er ein Herrschender und ich einer der Beherrschten. Wir müßten herausfinden, was das bedeute. Er sagte, die Leute sprächen von einer idealen Beziehung zwischen seiner Art Menschen und meiner Art und bezeichneten sie als Kameradschaft. Doch sie sprächen nie von der fundamentalen Verachtung seiner Art Menschen und der Angst auf meiner Seite, die vor jedem kameradschaftlichen Gefühl stehe. Er sagte, auch das müßten wir herausfinden; wir müßten die Situation ausagieren, wie sie wirklich sei, und zwar so, daß keiner von uns es vergessen oder in Versuchung geraten könne, so zu tun, als gebe es sie nicht, oder sie sei ganz anders.« Er schwieg. »Über all das sprach er unter anderem, ehe er mich der zweiten Phase meiner Entwürdigung unterzog, wie er es nannte. Also, ehe er mich auf das Gestell binden ließ. Während der ersten Phase mußte ich unbekleidet vor ihm stehen. In der dritten Phase bot er mir sein Mitleid an. Er gab mir Wasser zu trinken. Er wusch meine Wunden. Ich konnte das Wasser nicht ablehnen. Ich war ihm dankbar, als er mir das Wasser gab. Ich weiß noch, daß ich dachte: Wie schön, daß er mich jetzt freundlich behandelt! Es wäre schön, ich könnte mir seine Anerkennung verdienen. Es wäre schön, zu gestehen. Beinahe hätte ich es getan, denn das Geständnis, das er von mir wünschte, war das Geständnis meiner Abhängigkeit von ihm, meiner Unterlegenheit. Er erklärte, die wahre Pervertiertheit der Engländer bestehe darin vorzugeben, uns nicht zu verachten. Und unsere wahre Entwürdigung sei ihr Gerede von der angeblichen Gleichheit. Er sagte, wenn wir der Wahrheit ins Auge sehen könnten, hätten wir vielleicht eine Chance. Dann sei es vielleicht sinnvoll, über die Verpflichtungen seiner Art gegenüber meiner Art zu sprechen. Die letzte Phase solle die Möglichkeiten aufzeigen. Ich könne die Frau vergessen, sagte er. Was ihr widerfahren war, sei unwichtig, wenn ich nur begriff, wieweit ich dafür verantwortlich war. Du mußt zugeben, wiederholte er immer wieder, du trägst die Verantwortung dafür, daß sie immer wieder gestoßen worden ist. Selbst wenn du hundert Meilen weit weggewesen wärst, würde sich daran nichts ändern. Das Geschehen im Bibighar-Park hatte für ihn auch eine symbolische Bedeutung. Es war symptomatisch für die liberale Verderbnis, wie er es nannte, und zwar seiner Art wie auch meiner Art. Er erklärte sich bereit, ebenfalls einen Teil der Verantwortung für das Geschehene zu übernehmen, obwohl es zwischen ihm und der Art Engländer, die eigentlich die Verantwortung trügen, nichts Gemeinsames gebe. Der eigentlich verantwortliche Typ Engländer sitze zu Hause und rede sich ein, es gebe so etwas wie Brüderlichkeit unter Menschen, oder er komme nach Indien und tue so, als sei das wirklich der Fall. Die Pervertiertheit der Engländer in Indien nehme zahllose Formen an, sagte er, zum Beispiel die Form einer Begeisterung für Dienstboten, für Bauern, für Soldaten, das angebliche Verständnis für die indischen Intellektuellen oder das Sympathisieren mit nationalistischen Zielen. Aber all diese Liebe und das Verständnis seien eine Verfälschung der stillen Reinheit ihrer Verachtung, wie er es nannte. Ein guter Ausdruck, nicht wahr? Er erklärte sich bereit, einen Teil der Verantwortung für das Geschehen im Bibighar-Park zu übernehmen, weil sogar die Engländer, die sich eingestanden, daß sie diese Verachtung empfinden, untereinander täten, als sei es nicht so. Sie fänden immer eine kleine Nische, in die sie sich stellen könnten, um zu beweisen, daß sie Bestandteil der großen liberalen christlichen Schau seien, selbst wenn sie nichts anderes täten, als sich gegenseitig bis zum Erbrechen vorzusagen, es gebe keinen besseren Menschen auf der Welt als die blauäugigen Afghanen, den Bauern aus dem Pandschab oder den Burschen, der ihnen die Stiefel putze. Er bezeichnete die englische Bewunderung für die kriegerische und treue Dienerklasse als eine Mischung aus pervertierter Sexualität und feudaler Arroganz. Die Engländer ließen sich von einer für sie schmeichelhaften Idee bewegen, und das sei die Idee von der Tapferkeit oder Treue, die ihnen zuliebe geübt würden. Der Mensch, der Tapferkeit und Treue übte, sei ein niederes Wesen, und selbst wenn man ihn preise, empfinde man Verachtung für ihn. Wenn man an die Engländer am anderen Ende der Skala denke, die vorgaben, die indischen Intellektuellen zu bewundern, vorgaben, mit ihren nationalistischen Zielen zu sympathisieren, müsse man ehrlicherweise zugeben, daß sie nichts anderes bewundern und mit nichts anderem sympathisieren als mit dem schwarzen Spiegelbild ihrer weißen Ideale. Unter der Bewunderung und Sympathie liegt die Verachtung, die ein Volk für ein anderes Volk empfindet, das etwas von ihm gelernt hat. Er behauptete, der liberale intellektuelle Engländer verachte den verwestlichten, gebildeten Inder ebenso wie der arrogante, reaktionäre Engländer der Oberklasse den Burschen verachte, der ihm die Stiefel putzt und dafür von ihm gelobt wird.«

Kumar schwieg.

»Merrick sagte, er sei persönlich in der guten Lage, diese Vorspiegelungen alle zu durchschauen, denn er komme aus bescheidenen

Verhältnissen. Wenn er nicht so viel Grips gehabt hätte, wäre er in einem Büro gelandet und hätte von morgens neun bis abends sechs gearbeitet. Aber er besaß nun einmal Grips. Er war vorangekommen. Er kam in Indien sogar noch weiter voran als zu Hause. In Indien wurde er automatisch zum Sahib. Er verkehrte gesellschaftlich mit Leuten, die ihm zu Hause die kalte Schulter gezeigt hätten und das auch wußten. Wenn er über die Dinge nachdachte, die ihn zu einem von ihnen gemacht hatten – Kolonialistensolidarität, Gleichrangigkeit im Amt, die Uniform, der Dienst für König und Vaterland –, dann wußte er, es war alles nur Schein. Er, Merrick, lasse sich nicht davon täuschen, ebensowenig wie die Leute der Mittel- und Oberklasse, mit denen er verkehrte. Die Verachtung für das Volk, das sie beherrschten, verband sie alle. Er konnte mit einem hohen englischen und einem hohen indischen Beamten in einem Zimmer stehen. Und wenn er mit dem englischen Beamten, der ihn zu Hause überhaupt nicht beachtet hätte, auch nur einen Blick tauschte, entstand zwischen ihnen sofort und zwangsläufig das Einverständnis, daß der Inder ihnen als Mensch unterlegen war. Wenn der Inder dann das Zimmer verließ, vollzog sich eine subtile Veränderung, denn dann war er, Merrick, der Unterlegene. Merrick sagte, man könne nicht daran vorbei, daß Beziehungen zwischen den Menschen auf Verachtung und nicht auf Liebe beruhen. Verachtung sei die elementare menschliche Regung, denn kein Mensch glaube je daran, daß alle Menschen gleich geboren werden. Neid sei vielleicht ein beinahe ebenso starkes Gefühl wie Verachtung. Er sagte, die Persönlichkeit eines Menschen entstehe durch das Gleichgewicht zwischen dem Neid und der Verachtung, die er anderen gegenüber empfinde. Er fragte, was geschehen würde, wenn er vorgäbe, die Situation bestehe einfach darin, daß ein englischer Polizeibeamter ein Verbrechen untersuche, und ich vorgäbe, keine Verantwortung für dieses Verbrechen zu tragen. Wenn es tatsächlich so etwas wie wahre Gerechtigkeit gebe, die mich schützte, und wenn wir beide den Anspruch des anderen auf Gleichheit als Menschen anerkannten, würde nichts geschehen, sagte er. Wir würden beide nichts über unser wahres Ich erfahren. Er sagte, bereits das Vorhandensein von Gesetzen sei ein Beweis für die Verachtung, die die Menschen füreinander empfinden.«

Kumar schwieg.

»An diesem Punkt fuhr er mir mit der Hand über das Gesäß und zeigte mir das Blut auf seiner Handfläche. Er sagte: ›Siehst du, es hat dieselbe Farbe wie mein Blut. Laß dich davon nicht wie viele andere täuschen. Man braucht einen Schwachsinnigen nur zu ritzen, und schon fließt rotes Blut. Aber bei einem Hund fließt es auch.‹ Dann fuhr er mir mit der Hand über die Genitalien. Ich hing immer noch über dem Gestell. Danach ließ er mich losbinden und in eine kleine Zelle im Nebenraum bringen. Dort gab es eine Pritsche mit einer Strohmatratze. Ich hörte, wie sie einen der anderen Männer mit dem Stock schlugen. Dann kam Merrick mit einer Schüssel Wasser und einem Handtuch herein. Man hatte mir Hand- und Fußgelenke an der Pritsche festgebunden. Damit begann die dritte Phase. Ich war immer noch nackt. Er wusch meine Wunden. Dann goß er Wasser in einen Blechbecher, zog mir den Kopf an den Haaren hoch und hielt mir den Becher an den Mund.« Schweigen. »Ich trank.« Schweigen. »Nachdem ich getrunken hatte, sagte er, ich müsse mich bedanken, denn er wisse, wenn ich jetzt ehrlich sei, würde ich zugeben, daß ich ihm für das Wasser dankbar war. Er wisse, es würde mir schwerfallen, meinen Stolz zu überwinden. Aber ich müsse es tun, und danach würde er mir noch einen Schluck Wasser geben. Er würde mir unter der Voraussetzung Wasser geben, daß ich dankbar war und es auch zugab. Er zog mir wieder den Kopf hoch und preßte den Becher an meine Lippen. Obwohl ich mir vorsagte, ich würde keinen Schluck trinken und mich niemals bei ihm bedanken, spürte ich das Wasser in meinem Mund. Ich hörte mich schlucken. Er stellte den Becher ab, nahm mein Gesicht zwischen beide Hände und drehte es so, daß ich ihn ansehen mußte. Sein Gesicht befand sich ganz dicht vor meinem, und wir starrten uns an.« Schweigen. »Nach einer Weile hörte ich, wie ich es sagte.«

Schweigen.

»Das war einer der Gründe, weshalb ich sagte, ich hätte mich über nichts zu beschweren, als man mich danach fragte. Damit machte ich vor mir selbst gewissermaßen wieder gut, daß ich mich für das Wasser bedankt hatte. Ich bedankte mich bei ihm, und er ließ meinen Kopf los. Er strich mir über die Haare und klopfte mir auf den Rücken. Er sagte: ›Nun wissen wir beide, wie die Dinge stehen. Du kannst jetzt schlafen. Im Augenblick gibt es keine weiteren Fragen. Du mußt heute nicht gestehen. Die Frau hat dich zwar beschuldigt, aber das ist nicht weiter wichtig. Morgen gibt es weitere Fragen, du kannst morgen gestehen. Wenn du aufwachst, wirst du gestehen wollen. Dein Geständnis wird die Frau als Lügnerin entlarven. Man wird dich bestrafen, aber nicht wegen Vergewaltigung, denn du kannst bestimmt beweisen, daß sie in das Treffen eingewilligt, daß sie das Treffen gewünscht hat. Wenn du die Wahrheit gestehst, werde ich dir helfen. Wenn du aufwachst, wirst du begreifen, daß ich deine einzige Hoffnung bin. Du wirst mir dankbar sein. Du hast dich schon für das Wasser bei mir bedankt. Das genügt für heute. Du kannst jetzt schlafen.‹ Er wusch das Handtuch aus und legte es über mein Gesäß. Dann deckte er mich mit einer Decke zu. Ich weiß nicht, wie lange ich geschlafen habe. Ich weiß noch, daß ich im Dunkeln aufwachte. Meine Hand- und Fußgelenke schienen immer noch an die Pritsche gefesselt zu sein. Erschrocken stellte ich fest, daß es nicht so war. Ich hatte den Eindruck zu fallen. Ich rief um Hilfe. Ich rief nach – Merrick.«

Schweigen.

»Niemand antwortete. Das gab mir Zeit, zur Vernunft zu kommen. Als größte Demütigung empfand ich, daß es ihm tatsächlich gelungen war, mir einzureden, Miss Manners habe mich beschuldigt. Ich sage einzureden, aber ich glaubte es immer nur ein paar Minuten. Danach glaubte ich ein paar Minuten, daß er log, und dann wieder ein paar Minuten, daß er nicht log. Es kann ein Punkt kommen, nicht wahr, an dem die einzig sinnvoll erscheinende Handlung eines Menschen, der von Gegnern umzingelt ist, die ihn vernichten wollen, darin besteht, ihnen dabei zu helfen, oder es ihnen abzunehmen, ehe sie die Kraft zum vernichtenden Schlag finden – sinnvoll, weil das ihm als einziger noch offener Weg erscheint, seinen freien Willen zu bekunden. Ich beschloß, alles zu gestehen, was er wollte. Ich dachte, nun ja, was wird denn schon vernichtet? Nichts. Die Illusion eines Menschen, die lächerliche Mischung aus dem albernen Ehrgeiz meines Vaters und meinen ebenso albernen Vorurteilen und Neigungen. Ein Nichts, das sich als eine Person von verborgener Bedeutung verkleidet, die glaubt, eine Spur zu gut für die Welt zu sein, in der sie leben soll. Vielleicht wäre es gut, die Welt von diesem Menschen zu befreien, und noch besser, er täte es selbst. Wer würde das als einen Verlust betrachten, abgesehen vielleicht von Tante Shalini?«

Schweigen. Sie lehnte sich zurück und schloß die Augen, damit sie nur durch die unidentifizierbare Stimme verstehen würde.

»Sehen Sie, dann stellte sich jedoch die Frage: Was bedeutet ein Nichts? Die Antwort war deutlich. Es bedeutete nichts, denn es war nur etwas Relatives – eine Möglichkeit, einen Menschen mit einem anderen zu vergleichen. Und mich durfte man nicht vergleichen. Ich war ich, und niemand hatte irgendwelche Rechte auf mich. Ich allein besaß Rechte auf mich. Man durfte mich nicht einordnen, vergleichen, lenken und behandeln. Nur die Gesetze der Menschen hatten

Anspruch auf mich, und ich hatte kein Gesetz übertreten. Sollte ich ein Gesetz übertreten haben, mußte ich mich vor dem Gesetz verantworten und nicht vor den Menschen, die sich seiner bedienten. Außer mir gab es keinen Menschen, dem ich für das, was ich tat, sagte oder dachte, Rechenschaft schuldete. Man durfte mich nicht nach Typ, Hautfarbe, Rasse, Fähigkeiten, Intellekt, Beschaffenheit, Glauben, Instinkten, Benehmen oder Verhalten einordnen oder definieren. Wie armselig ich mir in meinen eigenen Augen auch vorkommen mochte, so war ich doch Hari Kumar – und Hari Kumars Situation war, daß er sich mit niemandem und nichts vergleichen ließ. Wer hatte also das Recht, mich zu vernichten? *Wer hatte das Recht und die Mittel?* Die Antwort war: niemand. Ich bezweifelte sogar, daß man die Mittel dazu hatte. Ich kam zu dem Schluß, daß Merrick log und sie mich keineswegs beschuldigt hatte, vermutlich nicht einmal etwas von meiner Verhaftung wußte. Und dann wollte ich nicht länger einfach passiv im Dunkeln liegen. Es gelang mir, aus dem Bett zu kriechen und mich an der Wand bis zum Lichtschalter entlangzutasten. Es war stockdunkel, und es dauerte lange, ehe ich wenigstens aufrecht stehen konnte. Als das Licht brannte, entdeckte ich den Blechbecher mit einem Rest Wasser neben der Pritsche. Ich band mir das Handtuch um die Hüfte und ging auf und ab, um nicht wieder steif zu werden. Das Wasser war warm, im Raum war es vermutlich drükkend heiß, und es gab kein Fenster, sondern nur einen Ventilator hoch oben an der Decke, doch ich zitterte. Nachdem ich das Wasser getrunken hatte, ging ich weiter mit dem Becher in der Hand auf und ab. Das erinnerte mich an etwas, aber mir fiel nicht ein, woran. Plötzlich wußte ich es. Es erinnerte mich an meinen Großvater, der davongegangen war, um sich Verdienste zu erwerben. Das Lendentuch und die Bettelschale. Es war komisch. Die Familie von Tante Shalinis Mann drängte mich immer, ein guter Inder zu werden. *Das* hatten sie dabei sicher nicht im Sinn gehabt, doch ich dachte: Nun bin ich endlich ein guter Inder. Wenn ich bis zu diesem Zeitpunkt an die Geschichte meines Vaters über seinen Vater gedacht hatte, der Haus und Hof verließ und alle weltlichen Pflichten abschüttelte, war es mir immer unmöglich erschienen, daß ich mit einer solchen Familie etwas zu tun haben sollte. Als ich jedoch jetzt mit dem Handtuch um die Hüfte und dem Becher in der Hand auf und ab ging, wurde mir der Zusammenhang zwischen seiner Idee und meiner Idee bewußt, daß niemand ein Recht auf mich besaß und daß ich niemandem außer mir selbst verantwortlich war. Und ich begriff noch etwas anderes, etwas, das Merrick übersehen hatte. Die Situation bestand nur nach Merricks Bedingungen, wenn wir beide mitspielten. Die Situation fand ein Ende, sobald ich mich ihr entzog. Er konnte seine Fragen stellen. Aber keine Macht auf der Erde zwang mich, sie zu beantworten. Er konnte versuchen, mich durch Anwendung von Gewalt zu einer Antwort zu zwingen – und vermutlich würde es ihm auch gelingen. Doch dann würde ich infolge meiner Schwäche, nicht infolge seiner Stärke sprechen. Deshalb beschloß ich, auch weiterhin nichts zu sagen. Ich würde Merricks Fragen oder die Fragen eines anderen ganz nach eigenem Ermessen beantworten. Nie wieder würde ich mich bei ihm für einen Schluck Wasser bedanken. Ich würde mich nicht darauf verlassen, daß mir jemand, irgend jemand half. Ich weiß nicht, ob mich das zu einem guten Inder machte. Doch es erschien mir als Möglichkeit, Hari Kumars Existenz zu beweisen und zu dem zu stehen, was er war.«

Sie öffnete die Augen und blickte in den Raum hinunter. Wieder fiel ihr dieses eigenartige Mißverhältnis auf: die gebeugte, unterwürfige Gestalt und die wache, verantwortungsbewußte Intelligenz des Mannes.

»Merrick traf mich an, wie ich mit dem Blechbecher in der Hand auf und ab ging. Er schien zu Hause gewesen zu sein, schien gebadet und sich umgezogen, aber nicht geschlafen zu haben. Er wirkte sehr blaß. Ich glaubte, das Zucken auf seiner Wange wieder zu bemerken, aber nur für ein oder zwei Sekunden. Ich fragte ihn nach der Uhrzeit. Er antwortete automatisch: ›Es ist sechs Uhr.‹ Diese automatische Reaktion zeigte ihm, daß unsere Beziehung sich verändert hatte. Er betrachtete mich verblüfft. Ich ging auf und ab, und jedesmal, wenn ich kehrtmachte, entdeckte ich diesen Ausdruck auf seinem Gesicht – eine Art wachsende Verwirrung. Ich dachte: Mein Gott, welche Risiken ist er eingegangen. Er muß sich seiner Sache sehr sicher und von meiner Schuld völlig überzeugt gewesen sein. Er war sich seiner Sache immer noch sicher, und er war immer noch völlig von meiner Schuld überzeugt. Doch er ahnte oder wußte, daß inzwischen alles falsch lief, ohne zu begreifen, weshalb. Einen Augenblick lange bewunderte ich ihn. Er machte sich keine Gedanken darüber, was ich sagen oder tun könnte, das ihn in Schwierigkeiten bringen würde. Er erklärte, die Polizisten würden mir etwas zu essen bringen und frische Kleider, die sie zu Hause geholt hatten. Ich bekam das Essen und die Kleider. Später führten sie mich in eine andere Zelle, die in den nächsten Wochen mein Zuhause sein sollte. In der ganzen Zeit sah ich nur die beiden Polizisten und Merrick, außer wenn man mich nach oben führte, wo Leute wie Iyenagar und der

Stellvertretende Kommissar mich vernahmen. Merricks Verhöre fanden immer in dem Raum mit dem Gestell statt, doch er wendete nie wieder Gewalt an. Er verhörte mich täglich, manchmal zwei- oder dreimal, und ich erkannte, daß er an meiner Schuld nicht zweifelte. Eines Tages erzählte er mir, Vidyasagar sei verhaftet worden. An diesem Tag versuchte er wieder, mich zu belügen. Er wollte mir einreden, Vidyasagar habe mich beschuldigt und ausgesagt, ich hätte ihn aufgefordert, sich an dem Überfall auf Miss Manners zu beteiligen. Aber ich hatte den Eindruck, daß ein Geständnis ihn überhaupt nicht mehr interessierte. Das letzte Verhör fand am Tag nach der Vernehmung durch Iyenagar statt. Merrick erklärte, er durchschaue meine Strategie. Er nannte es, so tun, als sei nichts geschehen, als geschehe nichts und werde auch nichts geschehen. Er sagte, darin irre ich mich. Es sei etwas geschehen, es geschehe etwas, und es werde auch in Zukunft etwas geschehen. Er verachte mich mehr als je zuvor. Es hätte mir nichts geholfen, mich bei Iyenagar zu beschweren, aber es enttäusche ihn, daß ich nicht einmal den Mut aufbringe, ihn zu beschuldigen, wenn sich Gelegenheit dazu biete. Dann erklärte er, er würde sich nicht mehr die Mühe machen, mich zu verhören. Er gab zu, seine Behauptung, Miss Manners habe mich belastet, sei eine Lüge gewesen. Er sagte, sie habe eine Lügengeschichte erzählt, um zu erklären, warum sie in den Bibighar-Park gegangen war. Auf dem Nachhauseweg sei ihr plötzlich die Idee gekommen, sie würde im Park vielleicht die Gespenster sehen. Deshalb sei sie zum Pavillon gegangen und habe sich dort hingesetzt. Dann hätten sie fünf oder sechs Männer überfallen, die sie nicht richtig zu Gesicht bekommen habe. Merrick sagte: ›Aber es stimmt nicht. Ihr seid beide im Park gewesen. Du hast sie gestoßen. Du weißt es, sie weiß es, ich weiß es. Sie lügt, und du lügst. Sie lügt, weil sie sich schämt, und du lügst, weil du dich fürchtest. Du hast solche Angst, daß du versuchst, dir einzureden, das Ganze sei eine Illusion, so wie ein nackter Hindufakir sich vielleicht einredet, die Welt existiere nicht. Was hast du jetzt von deinem Chillingborough?‹ Dann stand er auf, trat dicht vor mich hin und zählte nacheinander auf, was er mir alles angetan hatte. Er forderte mich auf, ihn zu schlagen. Ich glaube, er meinte es ernst.«

Kumar senkte langsam den Blick, als wolle er andeuten, er habe alles gesagt. Nach einer Weile fragte Rowan: »Ich werde den Sekretär wieder hereinrufen. Möchten Sie eine entsprechende Aussage machen?«

Kumar schüttelte den Kopf und blickte auf. Zum ersten Mal konnte man deutlich sein Lächeln sehen. »Ich habe alles gesagt. Der

Sekretär war nicht hier, um es zu protokollieren. Das gehört auch zur Situation, nicht wahr?«

Sie spürte die erste Welle (es war kaum mehr als ein leichtes, unbestimmtes Kräuseln) einer ungewöhnlichen Ruhe. Doch ihr fehlte die Kraft, das Wesen dieser Ruhe zu ergründen; sie fühlte sich nur versucht, sich dieser Ruhe zu überlassen, wie ein Läufer beim Wettrennen vielleicht der Versuchung erliegt, aufzugeben. Alles wird in einem totalen und unverzeihlichen Unglück enden, sagte sie sich, *das* ist die Situation. Sie blickte unverwandt auf das Tableau: Rowan, Gopal und Kumar hinunter – und auf den Sekretär, der gerade wieder eintrat, weil Rowan vermutlich auf den Klingelknopf gedrückt hatte, und sie spürte, daß ihr eine Vision der Zukunft gegönnt wurde, die ihnen allen bevorstand. Im Mittelpunkt stand das Grollen kriegerischer Klänge. Es handelte sich um eine Vision, denn so würde es sein. Es würde sich noch zu ihren Lebzeiten ereignen. Sie würde erleben, daß alles, wofür sie eingetreten war, in die strahlende Wirklichkeit einer Tat eingeschlossen wurde. Die Tat selbst würde eine gewisse Rechtfertigung darstellen. Doch sie würde sich nicht in ihrem Herzen ereignen, wo sie viele Jahre hindurch eingeschlossen gewesen war. Die Ruhe, die sie empfand, war die erste Ruhe des Todes. Für sie endete das Rennen in Kandipat, in diesem Zimmer mit seinem niederträchtigen, geheimen Fenster zu einem anderen Raum. Die Realität der Tat würde ein Denkmal für alles sein, was man für das Beste gehalten hatte. »Aber wir sollten uns nicht an das Beste erinnern«, sagte sie und griff bei ihren Worten erschrocken in der gewohnten Geste nach den Fältchen und Perlmuttknöpfen. »Wir müssen uns an das Schlimmste erinnern, denn das Schlimmste ist das Leben, das wir führen. Das Beste ist nur unsere Geschichte, und zwischen unserer Geschichte und unserem Leben liegt diese weite dunkle Ebene, wo die entrückten geduldigen Hirten in Erwartung von Gottes Vergebung ihre unsichtbaren Herden weiden.«

---

Der Raum war leer. Das Licht brannte noch: das schwache Licht und das grelle Licht, das auf den Stuhl fiel. Kumar war mit den anderen gegangen. Eine Hand berührte sie an der Schulter. Sie drehte sich um, bemerkte Hauptmann Rowan und hörte, daß er eine Frage wiederholte: »Geht es Ihnen nicht gut, Lady Manners?«

»Doch«, sagte sie und ließ sich von ihm beim Aufstehen helfen. Sie legte die Handtasche auf den Tisch, nahm ihre Fernbrille ab und steckte sie in das Etui. Sie dachte: Wie seltsam sind solche menschlichen Vorbereitungen für das Weggehen. Die Luft im nicht klimatisierten Gang drohte sie mit ihrer Wucht zu erdrücken. Ihre Beine zitterten vom langen Sitzen. Sie durchschritten nacheinander verschiedene Stufen von Kälte und Hitze: von dem kühlen Raum in den engen warmen Gang; dann hinaus in die glühendheiße Luft und in den Feuerofen des wartenden Wagens. Sie setzte sich, schloß die Augen und spürte das Nachgeben des Polsters, als er in seiner Ecke Platz nahm. Dann die Fahrt: der widerwärtige Schatten des Gefängnistors. Diesmal hielt der Wagen nicht. Sonnenflecken tanzten über ihre geschlossenen Lider. Sie schlug die Augen auf und wurde von einem Lichtpfeil geblendet, der durch die Jalousien drang, als der Wagen abbog und in das Sonnenlicht und durch die Gerüche von Kandipat fuhr.

»Er hat die Wahrheit gesagt«, erklärte sie so unvermittelt, daß Rowan sie überrascht ansah.

»Ich bin froh, daß Sie das empfinden«, sagte er. »Es wurde mir schmerzlich bewußt, als ich ihm so direkt gegenübersaß.«

»Sie haben nicht erwähnt, daß Sie sich von Chillingborough her an ihn erinnern.«

»Es schien nicht nötig zu sein. Außerdem hätte dadurch ein falscher Ton aufkommen können.«

Nach einem kurzen Schweigen sagte sie: »Ich nehme an, Sie wissen, *weshalb* S. E. Sie mit dieser Sache beauftragt hat.«

»Ich nehme an, er hat es auf Ihre Bitte hin getan.«

»Dann wundern Sie sich vermutlich über zwei Dinge. Sie fragen sich, weshalb ich ihn darum gebeten habe, und weshalb ich es erst ein Jahr nach dem Tod meiner Nichte getan habe. Kann man es jetzt riskieren?«

»Riskieren?«

»Die Jalousien zu öffnen. Ich habe das Gefühl, zu meinem Grab gefahren zu werden.«

Und so ist es, sagte eine Stimme in ihr. Sie kannte die Stimme von anderen Anlässen. Alte Leute führen Selbstgespräche – ab einem bestimmten Alter – nein, immer, das ganze Leben. Aber im Alter bekommt die Stimme einen distanzierten, ironischen Ton. Die Leidenschaft besitzt diese Entschlossenheit, ihr Gefängnis aus Fleisch und spröden Knochen zu überleben. Während sie sich darauf vorbereitet zu überleben, entfernt sie sich wie ein Kind von den geliebten Eltern, wartet ungeduldig auf den Augenblick der völligen Loslösung und auf die lange dunkle Reise der Selbstentdeckung. Und so ist es, sagte die Stimme. Du fährst zu deinem Grab. Unsere Wege trennen sich. Es ist eine Erleichterung für uns beide. Der eine führt in das Vergessen, der andere zum ewigen Leben, das für uns beide so unvorstellbar ist, daß es ebenfalls als Vergessen betrachtet wird. Die Aufgabe, die uns aneinander bindet, ist gelöst und beinahe zu Ende. Der Schwung wird dich noch forttragen durch das, was dir noch bleibt, um zu zeigen, daß du Situationen und Verantwortungen bewältigen kannst.

»Das Kind«, sagte sie. »Aber selbst jetzt kann ich nicht sicher sein – nur sicherer. Sie war sich so sicher. Wenn man sie gegen Ende ansah, dachte man: Wie erstaunlich! Diese Verbindung von gewöhnlicher Unförmigkeit und Anmut. Man muß sich mit Grenzwerten abfinden. Mit Lügen und Grenzwerten. Das meinen wir, wenn wir sagen, er hat die Wahrheit gesprochen. Alles wird entstellt. Wenn das Kind weint, sind seine Bedürfnisse so einfach. Als er weinte, schien er es kaum zu bemerken. Wer wird das Protokoll lesen?«

»S. E.«

»Und der Innen- und Justizminister?«

»Ein Engländer.«

»Weshalb betonen Sie das?«

»Es ist von Bedeutung. Aber man wird Kumar freilassen.«

»In welche Freiheit? Aber das möchte ich gar nicht wissen. Ich hatte mein Vergnügen.«

»Vergnügen?«

»Ist nicht alles eine Scharade? Jetzt ist sie vorbei. Jeder geht in seine Ecke zurück und versucht, das Wort zu erraten. Auch Hari Kumar wird es erraten müssen. Mr. Merrick ebenfalls. Mr. Merrick kann nichts geschehen, nicht wahr? – die Akte enthält nichts als die unbewiesenen Aussagen eines Gefangenen. Ihm wird nichts geschehen. Auch das gehört zur Scharade.«

»Jetzt können wir es riskieren«, sagte Rowan und begann, eine Jalousie nach der anderen hochzuziehen.

## DIE TAUFE

*März–Juni 1944*

I

Das Jahr hatte ruhig begonnen, doch der Tod von Gandhis Frau im Gefängnis, seine Erkrankung und Freilassung aus angeblich humanitären Gründen machten diese ersten Monate zu einer Zeit, die im Rückblick von Vorzeichen und Träumen geprägt zu sein schien.

Anfang Mai kam der junge Morland, ein Beamter aus dem Stab des Kommissars für den Distrikt Pankot, von einer Rundreise durch seinen Unterbezirk zurück und berichtete von einer seltsamen Geschichte, die in den Hügeln kursierte: Es ging das Gerücht, eine Frau, deren Mann sie verlassen hatte, habe ein Kind mit zwei Köpfen geboren. Die Mutter hatte die Geburt nicht überlebt, und das Kind, ein Junge, starb, noch ehe am ersten und einzigen Tag seines Lebens die Sonne unterging. Morland vermutete, man habe dem Tod eines so mißgestalteten Kindes möglicherweise nachgeholfen (obwohl man die Sache mit den beiden Köpfen nur mit Vorbehalten glauben durfte). Morland hatte sich zwei Wochen lang intensiv darum bemüht, dem Gerücht auf den Grund zu gehen – jedoch ohne Erfolg. Alle wußten davon, doch niemand kannte den genauen Ort. Man erwähnte ein Dorf, aber wenn Morland dorthin kam, sagte man ihm: »Hier nicht, hier nicht«, und nannte ihm einen anderen Ort – meist das Dorf, aus dem er gerade gekommen war. Je mehr er versuchte, sich dem Ort des Geschehens zu nähern, in desto größere Ferne rückte er. Doch die Wirkung auf die Leute, mit denen er sich darüber unterhielt, war eindeutig genug. Solche Dinge ereigneten sich nicht grundlos. Es war eine Warnung. Aber wovor? Die Leute schüttelten nachdenklich die Köpfe. Wer konnte das sagen? Auf dem Rückweg fiel Morland auf, daß überall an den kleinen Schreinen der alten Stammesgötter frische Blumen standen.

Morland, ein rotgesichtiger, blaßblonder junger Mann, wusch sich den Staub und die Strapazen der Reise ab und erholte sich im Club, wo er gestand – während er sich mit übertriebener Sorgfalt dem Symbol seiner reifen, nachdenklichen Männlichkeit, einer kurzen Bruyerepfeife, widmete –, selbst unter den Bann der abergläubischen Furcht der Hügelbewohner geraten zu sein und durch einen eigenartigen Traum beunruhigt zu werden, von dem er beim Erwachen nur noch wußte, daß er etwas mit dem Tod durch Ertrinken zu tun hatte. Morland machte stets eine Pause, ehe er hinzufügte: »Ich weiß nicht, ob ihr es wißt, aber eigentlich kann ich schwimmen wie ein Fisch.«

Binnen einer Woche wurde Morland in das Ministerium nach Ranpur versetzt; sein Traum vom Ertrinken und die Geschichte von dem Kind mit zwei Köpfen waren so gut wie vergessen, und Morland selbst schwand aus den Augen und dem Sinn der Leute (so wie er jetzt in das Abseits einer Randerscheinung gerät). Aber als die Bewohner von Pankot am 18. März von der Neuigkeit überrascht wurden, daß am Tag zuvor die japanische Streitmacht den Chindwin überquert hatte, erinnerten sich einige sofort an die Vorahnung eines Unheils, die Morland aus den entlegeneren Gebieten des Distrikts mit zurückgebracht hatte. Fünf Tage später überschritten die Japaner die Grenze zwischen Burma und Assam und standen bereit zum Vormarsch auf Delhi auf indischem Boden.

Am Ende des Monats waren Imphal, Kohima und die englischen Streitkräfte in Manipur abgeschnitten. Gerüchte wollten wissen, Imphal habe sich ergeben. Der Verteidigungsminister Claude Auchinleck versicherte vor der Ratsversammlung, das sei nicht der Fall, der Oberbefehlshaber Mountbatten habe ihn davon in Kenntnis gesetzt, daß Imphal gehalten werde. Ein Spaßvogel im Pankot Club sagte, Morlands Geschichte von der Mißgeburt mit den zwei Köpfen sei vermutlich von Einheimischen in die Welt gesetzt worden, die von der Neuordnung des Generalhauptquartiers in Delhi gehört hatten, durch die es seiner alten Verantwortungen enthoben worden war. Die Rationalisierung und Modernisierung sei Unsinn, und die Japaner hätten nie einen Fuß auf indischen Boden gesetzt, wenn das indische Heer nicht in eine Lage gebracht worden wäre, daß die Linke nicht wußte, was die Rechte tat. Der Witz wurde schlecht aufgenommen – nicht, weil man glaubte, der Spaßvogel habe Unsinn geredet, sondern weil alle ziemlich deutlich sahen, daß dies nicht die Zeit für Witze war. Im Gebietshauptquartier zeichnete sich auf der Karte im Büro von General Rankin immer deutlicher ab, daß die Streitkräfte in Assam völlig eingekreist waren, daß es an der Front zu Truppenbewegungen kam und daß Truppen aus den indischen Ausbildungslagern zur Verstärkung an die Front beordert wurden. Man hörte Rankin sagen: »Nun ist es soweit.«

Aber in Pankot wurde nicht nur Morlands Traum erzählt. Miss Batchelor, die pensionierte Missionsschullehrerin, die bei der alten Mabel Layton in Rose Cottage lebte, träumte beispielsweise ebenfalls. Während Morland sich sehr zurückhaltend geäußert hatte, erzählte sie allen, die es hören wollten, jede Einzelheit ihres Traums, an die sie sich erinnerte. Sie wachte im Traum auf, und Pankot war verlassen. Sie ging zu Fuß von Rose Cottage den Hügel hinunter, ohne einer Menschenseele zu begegnen. Am Club wartete eine einzige Tonga mit einem lahmen Gaul zwischen den Deichseln. Bei genauerem Hinsehen war es kein Pferd, sondern ähnelte eher einem Esel, dem Tier, auf dem der Herr in Jerusalem eingezogen war.

»Steigen Sie schnell ein«, rief der Tonga-Wallah. »Sie kommen, und die anderen sind schon alle am Bahnhof, um den Zug nicht zu verpassen.« Miss Batchelor zögerte, der Aufforderung Folge zu leisten, denn der Tonga-Wallah kam ihr unbekannt vor, und sie traute ihm nicht. »Worauf warten Sie, Barbie?« fragte er, und plötzlich erkannte sie, daß Mr. Maybrick auf dem Kutschbock saß, der ehemalige Teepflanzer, der in der protestantischen Kirche die Orgel spielte. Er hatte sich das Gesicht braun gefärbt und trug die Kleidung der Einheimischen. Also stieg sie ein und suchte sich einen Platz zwischen den Stapeln von Orgelpartituren. Sie fuhren im schnellen Trab den Hügel hinunter, vorbei am Golfplatz, wo Leute Golf spielten, die bunte Schirme trugen. »Die fünfte Kolonne«, schrie Mr. Maybrick. »Der Golfplatz ist ihr Sammelplatz.« Man wußte, daß die Japaner im Lauf der Nacht Pankot eingekreist hatten. »Wir müssen irgendwo Zuflucht suchen. Es ist zu spät, um zum Bahnhof zu fahren«, rief sie und versuchte, den Lärm und den Fahrtwind der dahinjagenden Tonga zu übertönen. Mr. Maybrick fuhr inzwischen einen Vierspänner. Seine Peitsche knallte in der Luft über den wild flatternden Mähnen der galoppierenden Rappen. »Zu St. John«, rief sie, »zu St. John!« und hielt plötzlich selbst die Zügel in der Hand. Ihre kurzgeschnittenen grauen Haare flatterten wild im Wind. »Halleluja!« rief sie, »Halleluja!« Aber die Kirche war nicht mehr da. »Sie kommen gerade noch rechtzeitig«, sagte Mr. Maybrick, inzwischen wieder in der gewohnten Kleidung, allerdings mit einem Bäffchen. Mr. Maybrick und sie standen ruhig nebeneinander. Sie wußten jedoch beide, es war die elfte Stunde. Sie befanden sich im Hof einer kleinen Missionsschule. »Das ist ja Muzzafirabad«, dachte Miss Batchelor. Ihr alter Diener Frances läutete die Glocke. Sie sahen, wie Scharen von Japanern unter dem Schutz von Papierschirmen über den Golfplatz kamen. Miss Batchelor wendete sich Mr. Maybrick zu und sagte: »Wir müssen für jeden von uns eine Kugel aufsparen.« Aber als sie wieder zum Golfplatz hinübersahen, waren die Japaner verschwunden, und die Kinder eilten, von der Glocke gerufen, zur

Schule. »Kommt, Kinder«, rief Barbie freundlich, aber energisch. Frances sagte: »Memsahib, die Gefahr ist noch nicht vorüber.« Aber sie rief allen zu: »Wir sind jetzt völlig sicher.« Dann gingen sie ins Klassenzimmer, das allerdings inzwischen wieder eine Kirche war. Mr. Maybrick spielte die Orgel, und sie saß in einer Bank und dankte Gott für ihre Rettung. »Es war wirklich sehr erstaunlich«, sagte sie, wann immer sie den Traum erzählte, »ich habe noch nie einen so tiefen Frieden empfunden. Ich glaube, eigentlich war es ein Traum von der armen Edwina Crane. Ich kam nach Muzzafirabad, als die gerade versetzt worden war. Das ist schon lange her . . . 1914. Sie waren dort alle ungeheuer stolz auf sie. Edwina hatte die Mission *tatsächlich* vor den Rebellen gerettet. Nachdem alle Kinder sicher im Klassenzimmer saßen, stellte sie sich einfach in die Tür und sagte den Männern, sie sollten weitergehen und sie in Ruhe lassen, und die Männer gehorchten ihr! Die Kinder zeigten mir die Stelle, wo sie gestanden hatte, und ich glaubte, ich würde *ihrer* Vorstellung von einer Missionslehrerin nie gerecht werden. Ich glaube, der Traum sollte mir sagen, daß Edwina Frieden gefunden hat . . . trotz dieser schrecklichen Sache, ich meine, obwohl sie sich 1942 selbst verbrannt hat.«

Und bald nachdem Teddie tot war, beunruhigte Sarah ein Traum. Im Traum verabschiedeten sie sich alle von Teddie. Und auch Teddie wußte, er würde nie mehr zurückkommen. Sein Gesichtsausdruck verriet, daß er erstaunlich genau wußte, wohin er ging, und dieser Ausdruck machte ihn schön. Sie waren alle sprachlos – deshalb, und weil seine Anwesenheit eine Art Trick sein mußte, denn eigentlich war er bereits *gegangen*. »Jetzt hängt natürlich alles an dir, Sarah«, sagte er, kurz ehe er sie verließ. Sie mußten sich durch eine Gruppe von Teddies Freunden drängen und der knienden Frau im weißen Sari ausweichen. Dann rannte Sarah allein durch eine verlassene Straße. Als sie zu Hause ankam, wartete dort ihr Vater. »Ich nehme an, du hast dein Bestes getan«, schien er immer wieder zu sagen, obwohl er eigentlich nicht einmal die Lippen bewegte. In diesem Traum schlief sie hin und wieder mit einem Mann, der nicht mit ihr sprach. »Wer ist dieser Mann?« fragten die Leute – ihre Mutter, ihr Vater oder jemand, der gerade zufällig vorbeikam. »Ich weiß nicht«, erwiderte sie. Irgend etwas höchst Geheimnisvolles umgab diesen Mann.

Sie hatte den Traum zum ersten Mal wenige Tage, nachdem die Nachricht von Teddies Tod eingetroffen war. Die Nachricht wurde von Comilla nach Kalkutta telegrafiert und von Kalkutta ins Hauptquartier nach Pankot, wo ein diensthabender Nachrichtenkorporal sie aufnahm, der Oberst Layton kannte. Er mochte Sarah, weil sie im Umgang mit Angehörigen der unteren Ränge nicht snobistisch war. Der Korporal hielt es für das beste, sich mit jemandem zu besprechen, ehe die Nachricht von einem Meldefahrer zu den Pankot Rifles gebracht wurde, wohin alle Post für die Laytons ging. Und so erfuhr Sarah von General Rankin an einem Morgen im April um 10 Uhr 45, daß er schlechte Nachrichten für sie habe und es für das beste halte, unter vier Augen mir ihr darüber zu sprechen, damit sie sich mit ihrer Mutter überlegen könne, wie man die Nachricht ihrer Schwester beibringen solle. Sarah erinnerte sich an die Uhrzeit, 10.45, denn als General Rankin sich setzte, verdeckte er nicht länger die Uhr an der Wand hinter seinem Schreibtisch. Er hatte sie beim Eintreten sofort aufgefordert, Platz zu nehmen, und setzte sich erst, als er ihr Teddies Tod mitgeteilt und sich vergewissert hatte, daß sie die Nachricht mit einiger Fassung aufnahm. Auf einer Seite der Uhr hing die Karte mit den vielen verräterischen Fähnchen um Imphal und Kohima. Sie stellte sich Teddie als einen Teil auf der Karte vor: für immer dort aufgespießt.

»Ist Ihre Mutter zu Hause oder beim Einkaufen?« erkundigte sich der General.

»Sie sind beide in Rose Cottage. Ich glaube, sie spielen Bridge.«

Die romantische Zeit von Susans Schwangerschaft war vorüber. Man sah ihr nun an, daß sie schwanger war. Es würde nicht mehr lange dauern, sagte Susan, bis man es überdeutlich sah. Der Dienstbungalow war den militärischen Blicken aus den Unterkünften der Pankot Rifles ungeschützt preisgegeben. Susan hatte seit einigen Wochen darüber geklagt, praktisch in einer Kaserne zu leben. Sie fand, die Schwangerschaft sei ihr inzwischen zu deutlich anzusehen, um die Tage noch länger sorglos im Club verbringen zu können. Deshalb hatte sie sich angewöhnt, auf der hinteren Veranda von Tante Mabels Haus zu ruhen, zu stricken, zu häkeln und über den blühenden Garten hinaus auf die Hügel von Pankot zu blicken, während ihre Mutter drinnen mit Miss Batchelor Bridge spielte und mit jedem, der sich überreden ließ, auf den Club mit seiner gutsortierten Bar und der anregenden, wechselnden männlichen Gesellschaft zu verzichten.

Der General nickte, als er hörte, daß Susan mit ihrer Mutter in Rose Cottage war. Mrs. Rankin hatte in letzter Zeit ein- oder zweimal dort Bridge gespielt, und vor kaum einer Woche hatte man Sarah dezent zu verstehen gegeben, die Spielschulden ihrer Mutter seien noch unbezahlt. Inmitten dieser neuen Katastrophe blieb die kleine

Spielschuld eine Quelle unbestimmter Irritation und Distanziertheit zwischen den Laytons und den Rankins, die man nicht vergaß, vorübergehend jedoch übersah.

»Sie fahren besser hinauf und sprechen möglichst zuerst allein mit Ihrer Mutter«, sagte Rankin. »Ich werde dafür sorgen, daß Sie einen Wagen bekommen und kläre alles andere mit Ihrem Vorgesetzten. Es würde mich nicht wundern, wenn Ihre Mutter Sie ein oder zwei Tage zu Hause braucht.« Er schwieg. »Was für eine schreckliche, schreckliche Sache!«

Er ging an ein Schränkchen und goß einen kleinen Kognak ein.

»Trinken Sie. Es ist Hennessy, drei Sterne, kein Brandy.«

Sarah leerte das Glas auf einen Zug. Sie mochte Kognak nicht. Der Geruch erinnerte sie immer an Krankenhäuser.

»Wer betreut Susan?« erkundigte sich Rankin, als habe auch er an Krankenhäuser denken müssen. »Beames oder der junge Travers?«

»Dr. Travers.«

»Vielleicht haben Sie oder Ihre Mutter das Gefühl, er sollte in der Nähe sein, wenn man es Susan sagt. Ich werde auch meine Frau anrufen. Wir werden alle tun, was wir können.«

»Vielen Dank«, erwiderte sie und stellte das Glas auf seinen Schreibtisch. »Ich mache mich jetzt wohl auf den Weg.« Sie steckte das Telegramm in die Tasche. »Ich glaube, ich nehme lieber eine Tonga. Wenn ich im Wagen vorfahre, könnte Susan Verdacht schöpfen und sich aufregen, ehe wir überhaupt etwas sagen können.«

»Soll meine Frau Sie begleiten? Sie ist sicher im Club, und Sie könnten sie auf dem Weg abholen.«

Ihre Mutter schuldete Mrs. Rankin zehn Rupien. »Sehr liebenswürdig«, sagte Sarah, »aber Mutter und Susan sind wirklich nicht allein.«

»Warten Sie noch ein paar Minuten, ehe Sie sich auf den Weg machen. Das war doch ein schlimmer Schock für Sie.«

»Nein, es ist besser so. Ich meine besser, als wenn einfach ein Telegramm überbracht worden wäre.«

Er brachte sie zur Tür. Im Vorzimmer öffnete ihr der Adjutant, der Hauptmann Bishop abgelöst hatte, die andere Tür und begleitete sie durch den langen offenen Säulengang zur Auffahrt und vorbei an den salutierenden Wachen. Dann rief er eine der Tongas, die am Straßenrand warteten. Die Sonne brannte heiß, aber die Luft war frisch; es war die berühmte Pankotluft, die immer Erfrischung verhieß, die im Winter aber abends so kalt sein konnte, daß man schon um vier Uhr nachmittags das Feuer im Kamin anzündete. Das Hauptquartier lag in der Mitte zwischen dem Basar und der Sommerresidenz des Gouverneurs; der Weg dorthin führte auch am Golfplatz und am Club vorbei. Es ging nach oben, und das Pferd mit dem Federbusch auf dem Kopf trottete mit läutenden Glöckchen nickend den Hang hinauf, wobei es manchmal Wind ließ. Sarah mußte an Barbie Batchelors Traum denken. Sie betrachtete die Straße, die unter ihr dahinrollte, während sie mit dem Rücken zu Pferd, Kutscher und Stalldunst saß – dieser Geruch gehörte zu den Gerüchen von Pankot, das sich, während die Tonga langsam hinaufrollte, allmählich unter ihr ausbreitete und schließlich verschwand, als die Straße ihre erste Kurve am Hügel beschrieb, auf dessen anderer Seite ganz oben Rose Cottage lag. Von dort hatte man einen Blick auf alle Hügel und Täler des Distrikts, die ihr Großvater durchritten und ihr Vater durchwandert hatte. Links unter ihr tauchte wieder der Golfplatz auf. Sarah sah kurz den Bungalow, in dem ihr Vater und Tante Mabel nach dem Ersten Weltkrieg gewohnt hatten. In der Ferne entdeckte sie die vertrauten Baracken und die alten Backsteingebäude des Depots der Pankot Rifles; zwischen den Bäumen sah sie sogar das Dach des Dienstbungalows. Hinter der nächsten Wegbiegung holperte die Tonga, vorübergehend auf gerader Strecke, an den Blumenrabatten und der offenen Toreinfahrt des Clubs vorbei; Sarah konnte einen flüchtigen Blick auf die weißen Säulen und den leuchtend grünen Rasen werfen. Die nächste Biegung führte sie am geschlossenen schmiedeeisernen Tor und der langen gewundenen Auffahrt der unbewohnten Sommerresidenz vorbei. Der Weg stieg allmählich wieder an, und sie fuhren an den Privathäusern mit den vertrauten Tafeln an den Einfahrten vorüber: Millfoy, Rhoda, The Larches, Burleigh House, Sandy Lodge und ganz oben: Rose Cottage.

*»Thairo«*, rief sie, aber der Kutscher hatte bereits angehalten. Sie sprang im Schutz der hohen Böschung ab. Sie überlegte, ob sie die Tonga warten lassen sollte, entschied sich aber dagegen. Sie gab dem Kutscher zwei Rupien, um sich das Feilschen zu ersparen, und ging die steile, kurze, von Steingärten flankierte Auffahrt hinauf. Tante Mabel schnitt Rosen. Sie hielt die Schere in der Hand, und an ihrem Arm hing ein Korb. Sie trug derbe Schuhe, wollene Strümpfe und einen formlosen alten Tweedrock. Die Bluse in leuchtendem Orange, die den gebräunten Hals und die braunen Arme mit den Altersflekken freigab, war eine Konzession an die Sonne. Auf dem Kopf trug sie einen breitkrempigen rosa Baumwollhut. Inzwischen durfte man nicht mehr so unvermittelt vor ihr auftauchen. Ihre Schwerhörigkeit, die Sarahs Mutter für eine Laune gehalten hatte, war inzwischen ein-

deutig mehr als das geworden. Sarah war noch ein ganzes Stück entfernt, als ihre Tante sich umdrehte. Sie legte die Schere in den Korb und stellte ihn ins Gras. Dann ging sie Sarah entgegen, faßte sie am linken Arm und neigte den Kopf, um zu hören, was sie zu dieser Tageszeit so unerwartet heraufgeführt hatte.

»Susan darf mich nicht sehen. Kannst du Mutter irgendwie herausholen?«

»Was ist los?«

»Teddie ist an der Front gefallen.«

Mabel verzog keine Miene. Nach einem Augenblick ließ sie Sarahs Arm los, berührte ihn beruhigend noch einmal, drehte sich um, nahm den Korb und ging ins Haus. Sarah folgte ihr. Die Veranda an der Vorderseite von Rose Cottage war nicht breit. Hier standen viele Töpfe mit blühenden Pflanzen. Den berühmten Blick hatte man von der Rückseite des Hauses, wo der Garten sanft bis zu einem Drahtzaun abfiel, hinter dem es steil nach unten ging. Rose Cottage gehörte zu den ältesten Bungalows in Pankot und stammte aus der Zeit, als es noch nicht Mode war, Häuser zu bauen, die mehr an die Heimat erinnerten. Mit den verputzten, weißgestrichenen Mauern, den eckigen Pfeilern auf den Veranden und den hohen Zimmern war Rose Cottage ein Stück des alten Britisch-Indien, ein Bungalow mit einer großen quadratischen Eingangshalle. Die Halle war holzgetäfelt. Mabels Messing und Kupfer glänzte auf dem polierten Holz. Die Blumen in den Vasen verströmten einen schweren, staubigen Geruch. Sarah stand mit halbgeschlossenen Augen in der Tür und glaubte, das Summen der Bienen an jenem Sommertag zu Hause in England zu hören, an dem ihr England wie eine Miniaturausgabe von Pankot erschienen war. Aber England lag fern, und Pankot wirkte selbst wie eine Miniatur. Rose Cottage war nicht groß genug, um Susans Verlust und die Gesten des Mitgefühls aufzunehmen, die nun folgen mußten. Sie würden folgen; Susans Verlust und das Leid anderer Menschen würden anschwellen, und Pankot konnte es nicht aufnehmen. Sarah hörte keine Stimmen. Sie ging wieder hinaus und blieb auf der Veranda stehen. Sie staunte über die leuchtenden Farben der Blumen im hellen Sonnenlicht und über ein paar tanzende Schmetterlinge, die Teddies Tod nicht berührte. Sie wartete auf ihre Mutter. Zu dieser Tageszeit hatte sie die ersten Drinks bereits hinter sich: Sie würde matt, aber reizbar sein, und Sarah würde sie weder lieben noch kritisieren können. Sie würde wortlos eine Erklärung verlangen, die Sarah ihr in diesem Fall nicht geben konnte.

Sie hörte die Schritte ihrer Mutter.

Mrs. Layton runzelte die Stirn. Die Unterbrechung verwirrte sie und machte sie ungeduldig. Die gerunzelte Stirn verriet, daß Tante Mabel ihr nichts über den Grund für Sarahs Anwesenheit gesagt hatte. Es war so charakteristisch für Mabel, nichts zu sagen, daß man es schon nicht mehr unfair nennen konnte. Sarah legte sich rasch ein paar Worte zurecht. Ich habe furchtbar schlechte Nachrichten, Mutter. Aber das ging nicht. Schlechte Nachrichten konnten auch von ihrem Vater kommen. Bei einem Fluchtversuch erschossen. An einer Krankheit gestorben, die durch Unterernährung noch verschlimmert worden war. Gestorben aus Hoffnungslosigkeit oder an gebrochenem Herzen.

Sie sagte: »Teddie ist gefallen.« Sie griff in die Tasche, holte das zerknitterte Telegramm heraus und reichte es ihrer Mutter, die es nahm, las, ins Haus ging, sich auf einen der harten Stühle in der Halle setzte, und es noch einmal las. Mabel kam aus dem Wohnzimmer, gefolgt von Barbie Batchelor, Mrs. Fosdick und Mrs. Paynton. Sie umringten Mrs. Layton. Als Mrs. Layton sie wahrnahm, hob sie den Kopf und sagte: »Teddie ist gefallen.«

Sarah ging an ihnen vorbei ins Wohnzimmer. Über dem verlassenen Bridgetisch hing immer noch Zigarettenrauch. Auch hier standen Vasen und Schalen mit Blumen; es gab tiefe, weiche Sessel und ein Sofa mit geblümten Kretonnebezügen. Die Verandatüren am anderen Ende standen offen. Sarah sah den gepolsterten Liegestuhl und Susans nackte, übereinandergeschlagene Füße, eine Haltung, die völlige Entspannung verriet. Die Schläfrigkeit und sinnliche Ruhe ihrer Schwester machten es ihr im Augenblick unmöglich, auf die Veranda hinauszutreten. Aber Sarah hatte sich vergewissert, daß keine Bewegung im Haus die Ruhe durchbrochen und die wohligen Gedanken über eine heile Welt gestört hatte.

Sie ging in die Halle zurück. Die Frauen unterhielten sich leise. Ihre Mutter saß immer noch auf dem Stuhl, die Finger einer Hand hatte sie leicht an die Stirn gepreßt. Miss Batchelor beugte sich über sie, stützte sie mit einem Arm im Rücken. Doch die Stütze war überflüssig, denn ihre Mutter hielt den Rücken gerade. Ihre Blicke trafen sich, und Sarah wußte, sie mußte einen Weg finden, Susan die Nachricht beizubringen. Vermutlich würde sie es ungeschickt tun, was Susan ihr vielleicht vergeben, aber nie vergessen würde.

Sie sagte zu Tante Mabel: »Ich gehe hinaus und versuche, es Susan zu sagen. Ich glaube, man sollte Dr. Travers anrufen, für den Fall, daß sie es sich sehr zu Herzen nimmt.«

Sie mußte laut und deutlich sprechen, damit Tante Mabel sie verstand. Die anderen drehten sich nach ihr um. Ihre Worte klangen hart, aber vernünftig. Diese Kombination war selbstverständlich. Wäre niemand von der Familie Layton dazu in der Lage gewesen, hätte eine von ihnen die Sache auf genau diese Art und Weise in die Hand genommen. Sarah wartete Tante Mabels Antwort nicht ab, sondern ging in das Wohnzimmer zurück, an den Stühlen vorbei, die um den Bridgetisch standen, und hinaus auf die Veranda mit dem Steinboden. Susan schlief. Auf ihrer Oberlippe standen winzige Schweißperlen. Das Umstandskleid spannte sich über dem dicken Bauch, und der Rock war über die nackten Knie hochgerutscht. Alles andere wirkte zu zerbrechlich für die Last der Entstellung, aber Susan lächelte im Schlaf. Die feuchten geschlossenen Lippen hoben sich in den Mundwinkeln leicht.

Sarah konnte sie nicht aufwecken und so viel Glück zerstören. Sie setzte sich auf einen Liegestuhl in der Nähe und beobachtete ihre Schwester, um auf das leiseste Anzeichens des Erwachens reagieren zu können. Sie hatte die alberne Vorstellung, Susan würde ewig weiter träumen und lächeln, und sie würde weiter hier in dieser lächerlichen Uniform (so kam sie ihr vor) auf dem Stuhl sitzen – in dieser Uniform, deren Ärmel gerade soweit aufgerollt waren, daß man die weißen Streifen noch sah, und mit den derben Dienstschuhen. An einem ihrer Baumwollstrümpfe war nahe am Knöchel eine Masche gezogen. Sie befeuchtete den Finger und drückte sie fest. Es würde nichts nützen. Es nützte nie etwas. Die leichte Brise, die einem hier selbst an den ruhigsten Tagen die Wangen streichelte, trug aus dem Garten und von den Hängen der Hügel mit den Kiefern, die aromatisches Harz absonderten, in Wellen den Duft herbei. Ihr Vater sagte, von der Veranda zum nächsten festen Punkt seien es fünf Meilen Luftlinie. Er hatte es selbst mit Karte und Kompaß gemessen, und zwar von dem Platz, auf dem sie jetzt saß. Damals hatte er ihr beigebracht, die Lage eines geographischen Punkts auf der Karte zu bestimmen und Peilungen vorzunehmen, um mit Hilfe von Kompaß und Längen- und Breitengraden eine Position auf die Karte zu übertragen. Susan hatte er solche Dinge nicht gezeigt. Aber ich bin eine erwachsene Frau, sagte sie sich, und kein langbeiniges Mädchen mehr, dem er Dinge beibrachte, die er seinen Sohn (den er nie bekam) gerne gelehrt hätte. Sie hatten ihm ein Bild von Teddie geschickt, und zu Weihnachten schrieb Oberst Layton in einem Brief: »Mein Schwiegersohn sieht gut aus. Es ist zwar nicht ganz dasselbe, wie ihn in Fleisch und Blut zu sehen, aber das wird noch kommen, so Gott will. Bis dahin kann ich nur voll und ganz zustimmen und beiden liebe Grüße schicken, ebenso wie Dir Millie, und natürlich auch Sarah.« *Natürlich, natürlich.* Sarah warf einen Blick auf Susan und entdeckte unter dem aufgeschlagenen Buch auf dem Boden einen Briefblock und einen Umschlag, der wahrscheinlich Teddies letzten Brief enthielt, zumindest den letzten, den sie bekommen hatte und den zu beantworten sie sich nicht gleich aufraffen konnte. Sie hatte ihn beiseite gelegt und war in der Absicht eingeschlafen, später zu schreiben. Sicher wollte sie ihren Antwortbrief nach dem Mittagessen anfangen und ihn nach dem Tee beenden, damit Mabels alter Diener Aziz ihn hinunter zur Post bringen konnte.

Sie hörte ein leises Geräusch und blickte über die Schulter zurück. Tante Mabel stand hinter ihr und betrachtete Susan ebenfalls. Sarah hatte nie gewußt, was Tante Mabel dachte. Jetzt, nachdem die echte Gehörlosigkeit einsetzte, erschien sogar der gewohnte Ausdruck, mit dem sie einen manchmal voll innerer Anteilnahme beobachtete (weil es sie interessierte, was man dachte, und weshalb man es dachte), nur noch selten auf dem alten, aber faltenlosen Gesicht. Ihre Mutter hatte einmal gesagt, Mabel habe keine Falten, weil sie sich um nichts und niemanden kümmere, nicht einmal um sich selbst, und sich auch nie Gedanken oder Sorgen mache wie jeder andere Mensch.

In der Eingangshalle klingelte das Telefon. Mabel hörte es nicht. Sie ging zur Brüstung und machte sich an den Blumen in Töpfen und aufgehängten Körben zu schaffen. Nicht aufwachen, bat Sarah stumm ihre Schwester. Das Telefon wurde sofort abgenommen. Sarah vermutete, daß Mrs. Rankin anrief. Mrs. Rankin würde erleichtert sein, daß Mildred nicht allein war, sondern Mrs. Paynton und Mrs. Fosdick ihr zur Seite standen. In Mrs. Rankins Augen zählten Mrs. Fosdick und Mrs. Paynton. Sarah wußte, sie zählte ebenfalls. Obwohl sie beinahe das Gegenteil beabsichtigte, entwickelte sie sich zu einer jungen Stütze der anglo-indischen Gemeinde. Nach der Rückkehr von der Hochzeit hatte sie eine gewisse Unruhe erfaßt. Dadurch, daß Susan verheiratet war, schien ihr die Rolle der älteren Tochter genommen worden zu sein. Eine verheiratete Frau rangierte vor einer Jungfer. Sarah empfand das als Erleichterung und spürte auch eine Herausforderung. Sie sagte sich: Ich muß in den Krieg. Sie erkundigte sich nach der Möglichkeit einer Versetzung in den Sanitätsdienst, denn das würde sie mit dem Krieg so eng in Berührung bringen, wie es einer Frau möglich war, enger jedenfalls, als ihre Arbeit im Büro. Ihre Mutter äußerte sich nicht dazu, als sie davon erfuhr, doch Mrs. Rankin nahm sie beiseite und sagte: »Meine Liebe, an so etwas dürfen Sie nicht denken. Es scheint ungerecht zu sein, denn Sie sind jung. Sie wollen Ihr Teil beitragen und nach Möglichkeit mehr als Ihr Teil, aber das müssen Sie hier tun. Haben Sie sich schon einmal überlegt, wie sehr Ihre Mutter Sie brauchen wird, wenn Susan ein Kind bekommt?« Eine Woche später verkündete Susan tatsächlich, sie würde ein Kind bekommen. Weder Sarah noch ihre Mutter erwähnten je wieder den Krieg, in den Sarah nicht ziehen konnte. Aber zwischen ihnen gab es jetzt außer dem Schweigen, das auf etwas Fehlendes hinwies, immer wieder dieses neue Schweigen, die Erinnerung an einen geplanten Verrat. Es war ein anklagendes Schweigen, und es gab Sarah das Gefühl, man werfe ihr vor, sie habe versucht, sich ihrer Verantwortung zu entziehen, weil die Mutter ihr gleichgültig und weil sie eifersüchtig auf ihre Schwester war, weil sie den Vater vergaß, dessen Seelenfrieden auf der Vorstellung beruhte, sie hielten alle drei zusammen und verteidigten die Familie wie eine Festung. Aber diese Vorwürfe machte sie sich manchmal selbst. Sie mußte nicht ihrer Mutter in die Augen blicken oder den Zug um ihren Mund sehen, um sich daran zu erinnern.

Sarah lehnte sich im Liegestuhl zurück und drehte den Kopf bei ihrer stummen Wache hin und her: Sie wachte über die schlafende, lächelnde Susan und über Tante Mabel, die welke Blüten von einer Azalee entfernte, um den noch nicht aufgeblühten Knospen Kraft zu geben. Aber das funktionierte nur bei Pflanzen. Die Knospe in Susans Bauch würde nicht dadurch erstarken, daß Teddies Leben abgebrochen worden war. Oder doch? Dieses Bild war grotesk, doch es hatte sich ihr aufgedrängt und wollte nicht weichen. Es verschmolz mit einem anderen, mit dem Bild eines unbestimmten, rücksichtslosen Hungers, der Susan verzehrte, der sie alle verzehrte, der sich gleichermaßen von Verlust, Glück und Leid nährte. Dieser Hunger machte jeden menschlichen Ehrgeiz völlig sinnlos, denn er war sich selbst genug.

Nicht aufwachen, bat sie Susan noch einmal und schloß die Augen, um die Überzeugungskraft der Hitze, der Düfte und des Sirenengeflüsters in der Luft zu verstärken. Sarah öffnete die Augen abrupt wieder, weil Susan sich regte. Sie bewegte die Beine, drehte den Kopf und wendete sich jetzt Sarah zu. Nach einer Weile hob sie mit immer noch geschlossenen Augen den rechten Arm und verschaffte sich mit der Armbeuge zusätzlichen Schatten für ihr Gesicht. Dann schien sie wieder einzuschlafen. Aber das Gewicht des Arms störte sie, und beim Erwachen hatte sie schwerere Gedanken als im Schlaf. Ohne zu lächeln, hob sie die Lider und betrachtete Sarah aus dem

Schatten des Ellbogens durch die Wimpern. Sarah wendete den Kopf. Bald hörte sie wieder eine Bewegung – vielleicht hob Susan den Arm, um den Schatten zu vertreiben, oder reckte den Kopf ein wenig, um sich von Sarahs Anwesenheit zu überzeugen. Gleich darauf fragte Susan schläfrig:

»Ist es schon Zeit zum Mittagessen?«

Sie hatte die Augen wieder geschlossen, den Arm bewegt und mit beiden Händen ein Kissen für ihr Gesicht geschaffen.

»Nein, ich bin früher gekommen.«

Am anderen Ende der Veranda stand Mabel, durch Susans Bewegungen aufmerksam geworden, und beobachtete sie. Sarah war ihr dafür dankbar. In einer echten Notsituation konnte man sich auf Mabel verlassen – davon war Sarah schon immer überzeugt gewesen –, obwohl sie sich von den Menschen zurückgezogen hatte. Mabel war wie ein Fels in der Brandung. Man konnte sie nicht umarmen, aber man konnte sich an sie lehnen, und wenn man es tat, stellte man vielleicht fest, daß sie auch Schutz bot. Sie stand fest und warf einen Schatten.

»Warum bist du so früh zurückgekommen?« fragte Susan, nachdem Sarah schon lange glaubte, sie sei wieder eingeschlafen. Und dann: »Wie spät ist es überhaupt?« Susan trug keine Uhr mehr. Sie hatte irgendwo gelesen, daß werdende Mütter sich nicht von künstlichen Zeiteinteilungen beeinflussen lassen sollten. Sarah warf einen Blick auf ihre Armbanduhr. Waren erst fünfunddreißig Minuten vergangen?

»Zwanzig nach elf.«

Sie sah Susan an und beobachtete, wie sie die Augen wieder öffnete. Eine gewisse Gereiztheit sprach aus ihnen.

»Hast du deine Tage oder geht es dir nicht gut?«

Sarah schüttelte den Kopf. Seit Susan nicht mehr menstruierte, gab sie entweder vor, nicht zu bemerken, wenn Sarah ihre Periode bekam, oder sie sprach darüber, als drohe dies, sie selbst aus dem Rhythmus zu bringen – zumindest hatte Sarah dieses Gefühl. Vielleicht war sie inzwischen jedoch befangen und las aus Susans Verhalten heraus, was sie selbst glaubte: Ihre Blutungen waren die Blutungen einer Jungfrau, riechende, kärgliche Rinnsale, wie Barbie Batchelor sie vermutlich gute dreißig Jahre ihres sterilen Lebens gehabt hatte.

Sarah erwiderte: »Nein«, und nutzte die Gelegenheit, um hinzuzufügen, »nein, das ist es nicht.« Sie ertappte sich dabei, daß sie die Laufmasche in ihrem Strumpf betrachtete; sie befeuchtete automatisch den Finger, betupfte sie, und durch den Druck kam ihr eine Idee: »Komm, wir helfen Tante Mabel bei den Blumen.« Sie hatte die Vorstellung, Susan sollte stehen, es sei schlecht für sie, im Liegen zu hören, was gesagt werden mußte.

Sarah stand auf. Susan betrachtete sie, blickte sich dann um und entdeckte Mabel, die an der Verandabrüstung stand und sich mit den Blumen beschäftigte, ohne wirklich etwas zu tun.

»Weshalb denn?« fragte sie. Sie war inzwischen hellwach, legte den gebeugten Arm wieder schützend auf die Stirn und sah Tante Mabel an, die regungslos dablieb, wie Sarah bemerkte, und der Versuchung widerstand, sich der Situation zu entziehen, die sich anbahnte.

»Nun komm schon«, rief Sarah, »du wirst noch unförmig wie eine Tonne, wenn du den ganzen Tag nur so herumliegst. Du solltest mehr Bewegung haben.«

»Ich bin eine unförmige Tonne, und ich habe meine Gymnastik heute schon gemacht.«

»Jedenfalls stelle ich dir die Rückenlehne hoch. Du liegst immer viel zu flach.« Sie trat hinter den Liegestuhl und drückte die Rückenlehne hoch.

»O nein! Um Himmelswillen, Sarah. Was soll das?«

»Ich setze dich aufrecht.« Sie arretierte die Rückenlehne. Ihre Hände zitterten. Sie trat vor den Liegestuhl. »Das Fußteil lasse ich besser herunter. Dann sitzt du beinahe ordentlich.« Sie kniete nieder und tat es, stand danach aber nicht auf. Sie sagte: »Es tut mir leid. Sitzt du jetzt schrecklich unbequem?«

Ihre Schwester beugte sich vor und umklammerte mit den Händen die Armlehnen. Die Beine waren leicht geöffnet, und das Umstandskleid hatte sich noch weiter über die Knie geschoben. Sarahs Aufmerksamkeit mißfiel ihr nicht, aber sie kam so plötzlich und ohne ersichtlichen Grund. Das verwirrte Susan. Jetzt lehnte sie sich wieder zurück, ohne jedoch den Griff um die Armlehne zu lockern.

»Was ist denn los? Haben sie dir einen Tag freigegeben?«

»So ungefähr.«

Susan wartete.

»Also?«

Sarah griff nach Susans Hand.

»Es ist etwas geschehen, was ich dir sagen muß.«

Susans Hand blieb regungslos liegen.

»Ich weiß nicht, wie ich es sagen soll, aber es muß sein. Ich glaube, ich kann es nur geradeheraus sagen. Es geht um Teddie.«

Sie machte bewußt eine Pause, um den Namen einsinken zu lassen. Als sie glaubte, das sei geschehen, fuhr sie fort.

»Das Telegramm ist heute morgen gekommen. Sie haben es nicht heraufgeschickt, sondern zurückgehalten, weil sie wußten, daß ich Dienst habe. Im Telegramm steht – im Telegramm steht, Teddie ist gefallen. Also müssen wir es glauben. Es kann kein Zweifel daran sein. Wenn es einen Zweifel gäbe, würde es nicht so dastehen. Aber so ist es, und es tut mir leid, es tut mir leid.«

Jetzt griff sie auch nach Susans anderer Hand, aber Susan zog beide Hände zurück.

»Nein«, sagte Susan.

Sie starrte auf Sarah hinunter.

»Nein.«

Mrs. Fosdick kam mit ihrer Mutter heraus, dann folgte Mrs. Paynton und dann Miss Batchelor. »Nein«, sagte Susan und wies sie alle ab. Sie schüttelte heftig jede Berührung einer Hand auf Arm oder Schulter ab. »Nein! Nein! Nein!«

Sie trat mit dem Fuß, als wollte sie Sarah wegstoßen. Sarah stand auf. Die anderen drängten herbei, füllten die Lücke und standen im Kreis um Susan. »Nein«, hörte Sarah sie wieder sagen, aber die Stimme klang gedämpft, als habe sie die Hände vor das Gesicht geschlagen.

Sarah ging die Stufen hinunter in den Garten. Am Ende des Gartens gab es eine von wilden Rosen überwucherte Pergola, hinter der eine Tanne stand. Dort war es schattig, und sie würde vermutlich Schutz vor dem heißen, gelben Licht finden. Plötzlich hörte sie einen Laut, der sie anhalten ließ: ein langgezogener Schrei, ein verzweifelter Angstschrei. Im Schatten unter der Tanne hinter der Pergola blieb sie erst mit verschränkten Armen stehen, setzte sich dann, überlegte, ob Susans Schrei über die errechneten fünf Meilen bis zur anderen Seite des Tals gedrungen war, und weinte – ohne genau zu wissen, weshalb. Es war sehr schnell vorbei. Sie fuhr sich mit der Hand über die Augen und wollte nicht mehr allein sein. Sie stand auf, verließ den Schatten und ging auf das Haus zu, während die Sonne auf ihrem Nacken brannte und die Kopfhaut erhitzte. Die Situation war vertraut. Es war alles schon einmal geschehen – Menschen auf einer Veranda, zu denen sie zurückkehrte. Wie viele Zyklen hatten sie also durchlebt? Wie oft war die Nachricht von Teddies Tod mitgeteilt worden? Wie oft hatte ihre Mutter die Arme um Susan gelegt und sie ins Haus geführt, sie beinahe geschleppt, weil sie sich steif machte, während Mrs. Fosdick und Mrs. Paynton danebenstanden wie die stummen Hüterinnen eines uralten Trauerrituals der Frauen. Tante Mabel hatte sich gesetzt; das Körbchen mit den welken Blüten stand auf ihrem Schoß.

»Ist alles in Ordnung, Tante?« fragte Sarah und beugte sich über sie.

»Ja, danke.«

»Brauchst du etwas?«

»Nein, danke.«

»Ich nehme dir das ab.« Sie griff nach dem Körbchen, doch Tante Mabel ließ es nicht los.

»Sag deiner Mutter, sie und Susan können mein Zimmer haben, wenn sie heute hierbleiben wollen. Ich würde es ihnen nicht raten, aber Aziz kann ein paar zusätzliche Betten zurechtmachen, und ich finde schon ein Plätzchen in Barbies Zimmer. Wenn sie beschließen zu bleiben, kannst du das kleine Gästezimmer haben.«

»Danke, aber ich will versuchen, sie nach Hause zu bringen.«

Mabel blickte zu ihr auf und nickte. Sarah ließ sie allein und ging zu Mrs. Paynton und Mrs. Fosdick, die inzwischen im Wohnzimmer standen. Im ganzen Haus hörte man keinen Laut.

»Sie sind in Barbies Zimmer«, sagte Mrs. Paynton leise. »Nehmen Sie es sich nicht zu Herzen, Sarah.«

»Nein«, sagte Mrs. Fosdick, »sie hat es nicht so gemeint. Sie wollte bestimmt nicht nach ihnen treten.«

»Ich nehme es mir nicht zu Herzen.«

Bei Dr. Travers war eine Nachricht hinterlassen worden. Isobel Rankin hatte angerufen und angeboten, Susan und ihre Mutter im Flagstaff House zu betreuen. Jeder würde tun, was er konnte. Es war schwer zu sagen, wie Susan es aufnahm. Bis jetzt hatte sie noch nicht geweint. Aber da war dieser Laut gewesen. Sarah vermutete, der Laut hatte sie alle aufgeschreckt. Es war kein Laut, wie eine Layton ihn von sich gab. Die Dienstboten hatten es gehört. Der Laut – dachte Sarah – hatte alle außer ihr schockiert. Sie hätten es lieber gesehen, wenn Susan ruhig in der Abgeschiedenheit ihres Zimmers geweint hätte. Dort hätte sie sich in den Armen ihrer Mutter nach Herzenslust ausweinen und sich die lebhafte Anteilnahme aller erwerben können. Sie waren weiß Gott keine harten Frauen. Aber ein Leid, das nicht von anständigen Tränen begleitet wurde, hatte etwas Haltloses, etwas Barbarisches an sich. Sie standen alle drei in dem Zimmer, das Barbie Batchelor mit Chintz und Kretonne gemütlich gemacht hatte. Miss Batchelor kam zurück. Mit ihrem großen dünnen Körper, den eisengrauen, kurzgeschnittenen Haaren und dem ungesund wirkenden Gesicht – ein Netz von Linien und Falten – wirkte sie auf Sarah plötzlich lächerlich. Das Indien der Mission hatte sie ausgetrocknet. Von Barbie Batchelor war nichts mehr übriggeblieben.

»Sie sitzt einfach da«, flüsterte Miss Batchelor, »sie gibt uns keine Antwort und legt sich auch nicht aufs Bett. Ich bin sicher, wenn sie sich nur hinlegen würde, wäre alles in Ordnung.« Sie zögerte. »Das sieht Susan gar nicht ähnlich. Das sieht Susan überhaupt nicht ähnlich. Die arme Mildred kann sie nicht erreichen. Man kommt sich so nutzlos vor. Man kommt sich so nutzlos vor.«

Überraschenderweise brach Miss Batchelor in Tränen aus und sank schwer in einen der Kretonnesessel. Niemand in Pankot hatte Barbie Batchelor je weinen sehen. Sie war vor ein paar Jahren, nach ihrer Pensionierung von der Mission, auf eine Anzeige hin gekommen, mit der die alte Mabel Layton in den Zeitungen von Ranpur eine alleinstehende Frau als Mitbewohnerin gesucht hatte. In Pankot war sie nur einmal besonders beachtet worden, und zwar 1942, zur Zeit der Augustunruhen in der Ebene. »Ich kenne sie!« hatte sie gerufen, als man die Berichte vom Überfall auf Edwina Crane, der Leiterin der protestantischen Missionsschulen in Majapur, vorlas, die auf dem Rückweg von Dibrapur nach Majapur hatte erleben müssen, wie ihr indischer Begleiter vor ihren Augen ermordet wurde, ehe der Pöbel sie bewußtlos schlug und den Wagen in Brand setzte. Als man sie fand, saß sie im strömenden Regen am Straßenrand und hielt die Hand des toten Mannes. »Ich kenne sie!« rief Miss Batchelor und schrieb ihr, bekam aber nie eine Antwort; und das war keine Überraschung, denn einige Zeit später erfuhr man, daß Edwina Crane nach diesem schrecklichen Erlebnis höchst eigenartig geworden war und sich im Schuppen ihres Gartens selbst verbrannt hatte. »Oh, die arme Miss Crane«, hörte man Miss Batchelor damals sagen. Aber sie hatte nicht geweint. »Ich war schon immer nutzlos, für alle nutzlos. Wie viele dieser kleinen indischen Kinder liebten Gott wirklich und kamen zu Jesus?« jammerte Miss Batchelor. Man tröstete sie mit gemurmelten: »Nun seien Sie doch vernünftig! Wie können Sie so etwas sagen! Es gibt sicher zahllose Kinder, die Ihnen dankbar sind.«

Sarah hatte das Gefühl einer erstickenden Klaustrophobie und den heftigen Drang, etwas zu zerstören, davonzulaufen, Luft und Licht zu finden.

Mit der Klaustrophobie begann der Traum, den sie bald darauf haben sollte. In diesem Traum nahmen sie alle von Teddie Abschied; sie rannte durch eine verlassene Straße und schlief mit einem Mann, den sie nicht sehen konnte, und den niemand zu kennen schien. Er war da, war nicht da und dann wieder da. Sein Verlangen nach ihr war groß und unersättlich, aber es versklavte sie nicht. Er war glücklich, und sie war glücklich mit ihm, nicht eifersüchtig und besitzergreifend. Er lebte nicht im Bereich der Klaustrophobie, sondern betrat und verließ ihn mühelos, ganz nach Belieben. Er kam zu ihr, weil sie nicht zu ihm kommen konnte. Weder sie noch er erreichten den Höhepunkt, doch das beeinträchtigte ihren Genuß nicht. Trotz der Unterbrechungen schenkte ihnen die Vereinigung Sicherheit, da sie immer das Versprechen des Höhepunkts enthielt.

---

»Sie möchte nach Hause«, erklärte der junge Travers, als er aus Barbie Batchelors Zimmer kam, wo Susan sich aufhielt. Er war nicht jung, lediglich jünger als Beames, der Chirurg in Pankot. »Und ich halte es auch für das Beste. Ich nehme sie und Mrs. Layton im Wagen mit.«

Susan wollte kein Beruhigungsmittel. Sie hatte sich auch nicht aufs Bett gelegt. Sie hatte kaum etwas gesagt, und sie sagte auch im Wagen nichts. Zu Hause angekommen, ging sie geradewegs auf ihr Zimmer. Dort legte sie sich auf das Bett, während Sarah und ihre Mutter die Läden schlossen und die Vorhänge zuzogen. Nein, sagte sie, sie wünsche nichts. Die beiden sollten ruhig zu Mittag essen und sich nicht weiter um sie bemühen. Nach einer Weile würde es ihr schon besser gehen.

Der Platz vor dem Dienstbungalow war von einer niedrigen Mauer umgeben. Direkt gegenüber, auf der anderen Straßenseite, sah man die Rückfront der düsteren Messe der Pankot Rifles – ein weitläufiges, L-förmiges Gebäude, das nur zum Teil hinter Bäumen verschwand. Die Fenster des Eßzimmers und des Elternschlafzimmers gingen auf diese Seite. Im hinteren Teil lagen zwei weitere Schlafzimmer und das Wohnzimmer. Von dort bot sich die freundlichere Aussicht auf den Versuch eines Gartens – ein Stück Rasen und eine Mauer. Hinter der Mauer befanden sich die Dienstbotenquartiere. Die Schlafzimmer von Susan und Sarah waren klein und durch eine Tür miteinander verbunden. Sie teilten sich ein Badezimmer, das man über die rückwärtige Veranda erreichte. Panther, der schwarze Labrador, war noch ein Welpe gewesen, als die beiden 1939 nach Indien kamen. Er hatte Oberst Layton nachgetrauert und sich dann Susan angeschlossen. Der Hund betrachtete das Stück Veranda vor ihrem Schlafzimmer als sein Territorium. Er winselte vor der Tür, und Sarah trug Mahmud auf, ihn in den Küchenhof zu bringen und zu versuchen, ihn dort zu halten. Sie erzählte Mahmud, was geschehen war. Mahmud gehörte nicht zu ihren Kindheitserinnerungen, aber er stand seit vielen Jahren – beinahe zehn – in den Diensten ihres Vaters. Als er den widerstrebenden Panther von der Veranda zog, wußte Sarah, daß die Familientrauer begonnen hatte. Das Leid würde Haus und Hof mit einer gewissen Förmlichkeit erfüllen. Selbst der Hund würde sich beruhigen. Sie machte sich auf die Suche nach ihrer Mutter und fand sie mit einem Glas in der Hand ziellos in ihrem Schlafzimmer hin- und hergehend. Mit einer für sie völlig uncharakteristischen Geste versuchte sie, das Glas zu verbergen, indem sie die andere Hand darüber hielt. Im Flur klingelte das Telefon. Sarah ging hinaus, um abzunehmen.

Als sie wieder zurückkam, sagte sie: »Es war die Frau des Pfarrers. Sie wollte gleich herüberkommen, aber ich habe sie auf heute abend vertröstet.«

Ihre Mutter mußte das Glas geleert und weggeräumt haben. »Weißt du, mir hat nie viel an Teddie gelegen«, sagte sie plötzlich. Sie saß aufrecht, beinahe auf der Kante des alten Sessels (der zur Diensteinrichtung gehörte), und rieb sich einen nackten Ellenbogen. »Deshalb kann ich jetzt nicht so tun, als sei ich todtraurig. Ich glaube nicht, daß Susan ihn wirklich geliebt hat. Sie hat sich kaum über die Flitterwochen geäußert. Zumindest mir gegenüber. Hat sie dir etwas gesagt?«

»Nein.« Die Direktheit verwirrte Sarah und machte sie verlegen.

»Ich glaube, Teddie war nicht sehr . . . erfahren. Natürlich ist das nicht besonders wichtig, obwohl es wichtig ist, wenn außerdem noch Rücksichtnahme fehlt. So kam er mir immer vor, wahrscheinlich unerfahren und rücksichtslos. Ich hatte immer gehofft, daß sein Freund von den Muzzy Guides, dieser Tony Bishop, ihn ausstechen würde. Aber er hat es nicht einmal versucht. Ich glaube, er hielt auch nicht viel von Teddie oder von Teddies Verhalten. Ihre einzige Gemeinsamkeit war das Regiment.«

»Wir sollten essen«, sagte Sarah.

»Wir haben kaltes Huhn und Salat. Mahmud soll ein Tablett zurechtmachen. Sie kann nicht einfach hungern.«

Aber Susan aß nichts. Beim Mittagessen klingelte immer wieder das Telefon, und danach trafen die ersten Karten ein. Sie schickten Mahmud zu Jalal-ud-din, um ihre Vorräte an Gin, Zitronen- und Limonadensaft und Kashew-Nüssen für den zu erwartenden Besucherandrang aufzufrischen. Sie kamen nach fünf: Isobel Rankin, Maisie Trehearne, die Frau von Oberst Trehearne, dem das Depot der Pankot Rifles unterstand, der Adjutant, der alte Hauptmann Coley, dessen Frau das Erdbeben von Quetta nicht überlebt hatte – er war seitdem nicht mehr befördert worden, weil auch sein Ehrgeiz nicht überlebt hatte –, Lucy Smalley, Mrs. Beames, Carol und Christine Beames, die zusammen mit Sarah im Hauptquartier arbeiteten; und Dicky Beauvais, stellvertretend für die letzte Schar von Susans Verehrern während ihrer Strohwitwenzeit (bevor man ihr die Schwangerschaft angesehen hatte); diese jungen Offiziere waren angeblich der älteren Schwester wegen gekommen, hatten im allgemeinen aber schließlich alles mögliche für Susan getan.

Die Besucher kamen, sprachen leise und gingen entweder einzeln oder zu zweit. Als letzte erschienen Dr. Travers und Reverend Arthur Peplow mit seiner Frau Clarissa, die Dr. Travers beide im Wagen mitgenommen hatte. Nur der Arzt und der Pfarrer betraten Susans Zimmer – Travers zuerst und dann, nachdem er herausgekommen war und erklärt hatte, Susan gehe es gut und sie wolle ihn sprechen, Peplow.

»Sie hat mich gebeten, einen Gedenkgottesdienst zu halten«, berichtete Peplow zehn Minuten später und nahm ein Glas Gin mit Limonensaft entgegen, »ich glaube, das ist sehr passend. Ich werde es mit Freuden in die Wege leiten.«

»Nicht mit Freuden, Liebling«, sagte Mrs. Peplow, die seine Ausdrucksweise ständig korrigierte.

»Natürlich nicht. Ich stelle mich mit Freuden zur Verfügung, die Umstände sind mehr als traurig. Ich denke an den Samstag in einer Woche. Dann kann ich den Gedenkgottesdienst am nächsten Sonntag im Frühgottesdienst und im Abendgottesdienst ankündigen – falls Sie einverstanden sind, Mrs. Layton.«

»Wenn Susan das will.«

Susan wollte. Sie sprach nur einmal darüber, und zwar am nächsten Tag, als sie ihre Mutter bat, nach dem *Durzi* zu schicken. Er sollte Ballen von allen grauen Stoffen mitbringen, die er auf Lager hatte – Seide und Chiffon. »Für den Gottesdienst«, erklärte sie. »Ich werde nicht in Schwarz gehen, und Grau kann man immer brauchen.« Sie entwarf den Schnitt selbst und orientierte sich dabei an einem der Umstandskleider, die der *Durzi* bereits für sie genäht hatte. Sie entschied sich für ein seidenes Unterkleid und einen Überwurf aus Chiffon, der weit und locker fallen sollte. Man sah sie kaum darin, als sie im Schatten der Veranda stand, während der Schneider mit Nadeln im Mund und der Kreide in der Hand vor ihr kniete: Susan wirkte wie ein kleiner graugekleideter Geist mit einem weißen Gesicht. Der Schleier aus weichem grauen Tüll fiel locker über einen Reif aus blauem Samt mit blaßblauen Blüten. Eine Handtasche aus grauem Wildleder, Handschuhe und Schuhe waren die einzigen zusätzlichen Ausgaben – und diese Dinge würde Susan noch gut brauchen können.

Sie machte Eindruck, jawohl Eindruck, als sie ohne stützenden Arm, jedoch neben ihrer Mutter durch den Mittelgang der Kirche schritt, in der sie getauft worden war. Sarah folgte den beiden in Uniform. Die Garnison war vollständig vertreten, alle Bänke waren dicht besetzt. In den Tagen vor dem Gedächtnisgottesdienst war in Pankot das Bewußtsein erwacht, daß man etwas Besonderes brauchte und daß ein Ereignis bevorstand, das dieses Bedürfnis befriedigen würde. Im Mittelpunkt stand die verschleierte Susan und enthüllte, worum es sich bei diesem Bedürfnis handelte. Sie ließ in ihnen die feste Entschlossenheit entstehen, es zu erfüllen, sich zu bestätigen. Sie hoben die Stimmen, als sie sangen: *Während fern von hier unsere Brüder kämpfen, fleht deine Kirche im Gebet zu DIR* – und senkten sie bei der dritten Strophe zu einem ernsten, zarten Klang inbrünstigen Verstehens:

Für Frauen und Mütter, die Kummer haben,
Für alle, die stumm in Angst vergehn,
Für Familien, die ihr Bestes gaben
Für verzweifelte Herzen, die um Hilfe flehn
Bitten wir: Gott unser Trost, hör unsren Schrei
Steh uns in unsrer dunkelsten Stunde bei!

Die letzten beiden Zeilen wurden mit zunehmender Inbrunst gesungen, denn das Lied weckte in ihnen ein Gefühl für das, was man Leuten wie den Laytons schuldete. Hatten die Laytons in Indien nicht immer ihr Bestes gegeben? In diesen beiden jungen Frauen – die eine trauernd in Grau, die andere tapfer in Khaki – rann das Blut der Muirs und der Laytons. Draußen auf dem Friedhof standen Grabsteine mit diesen beiden Namen, und sie waren so alt, daß man die Namen nur schwer entziffern konnte. Die Zeit würde kommen – die Gemeinde spürte es, als treibe ein Wind sie alle vor sich her, so daß man sich festklammern mußte, um nicht zerstreut zu werden –, in der ihrer aller Namen und Lebensgeschichten in diesem Dunkel versinken würden.

Nach dem Lied las Mr. Peplow den dreiundzwanzigsten Psalm. Als er geendet hatte, trat General Rankin ans Chorpult und las aus dem Korintherbrief: *»Sehet, ich enthülle Euch ein Geheimnis: Wir werden nicht alle schlafen.«* Er las bis zu der Stelle: *»O Tod, wo ist dein Stachel? O Grab, wo ist dein Sieg?«* Seine Stimme klang vor Befangenheit belegt. Er kehrte an seinen Platz zurück, und Mr. Peplow sagte ganz schlicht: »Wir wollen beten.« Sie knieten nieder und beteten für die Errettung vor dem Bösen und für das Kommen des Reichs, für die streitende Kirche Christi auf Erden, für ihren König George und – nach einer Pause – für den ewigen Frieden von Edward Arthur David Binghams Seele.

Nach der zweiten Lesung *(Dem Menschen, aus dem Weibe geboren, ist nur ein kurzes Erdenleben beschieden)*, die Oberst Trehearne mit seiner hohen, dünnen, singenden Stimme vortrug, erhoben sie sich wieder und sangen: »Bleibe bei mir«, und alle, die in Susans Nähe standen, registrierten, daß sie bei den ersten Worten der letzten Strophe: *Zeig mir dein Kreuz, wenn mir das Auge bricht; leucht in der Finsternis und führe mich zum Licht*, den Kopf senkte und sich nach dem *Amen* sehr schnell setzte, ohne den Kopf zu heben. In dieser Haltung blieb sie während der kurzen Ansprache von Mr. Peplow sitzen. Er sprach vom Mitgefühl aller für die junge Witwe eines tapferen Offiziers, den viele gekannt hatten und der ihnen wegen seiner Fröhlichkeit und seiner freundlichen Wesensart im Gedächtnis geblieben war. Er zweifelte nicht daran, daß Edward Binghams Fröhlichkeit auch im Unglück nicht von ihm gewichen sei, und sie alle müßten das Bild von diesem jungen, lächelnden Mann in der Blüte seiner Jahre im Herzen bewahren. Dies sei das beste Denkmal für einen tapferen Soldaten.

Dann sprach er über den Namen Bingham, vom Vater, der wie der Sohn in einem berühmten Regiment gedient hatte, und von der erst kürzlich stattgefundenen Hochzeit des jungen Bingham. Er hatte in eine Familie geheiratet, deren Geschichte im Dienst für Indien noch weiter zurückreichte. Er müsse nicht ausführlich (so sagte er) über diese Dinge sprechen, denn diese Gemeinde verstehe die Bedeutung eines solchen Dienstes für das Vaterland völlig, und die Bedeutung sei nie klarer und die Notwendigkeit zu dienen nie dringlicher gewesen als jetzt. Dieser junge Offizier war gestorben – nicht in einem fremden Land, sondern auf indischem Boden. Er war gestorben im Kampf gegen einen Feind, der den einfachen Menschen in Burma und Malaia unsägliches Leid gebracht hatte und dieses Leid auch über die Inder bringen würde, wenn wir in der elften Stunde versagen sollten. Aber ganz sicher war ein Versagen nicht möglich, und das Blatt wendete sich bereits. Vielleicht würden wir im nächsten Jahr um diese Zeit erleben, daß die Mächte des Bösen ins Meer getrieben würden, Burma zurückgewonnen, Malaia befreit und Indien vor Bedrohung gesichert, so daß die Menschen wieder ein friedliches Leben führen konnten. Der Sieg würde seinen Preis fordern, aber er hoffte, daß Männer wie dieser junge Offizier, an den sie heute morgen im Gebet gedacht hatten, nicht vergebens gestorben seien. Sie alle hatten schwere Zeiten durchlebt, durchlebten sie immer noch, und schwere Zeiten lagen auch vor ihnen. Sie mußten nicht nur für den Sieg ihrer Waffen beten, sondern auch darum, daß Gott jenen Weisheit schenken würde, in deren Händen die Zukunft, das Glück und der Fortschritt dieses großen Subkontinents mit all seinen schwierigen Problemen und mannigfaltigen Unterschieden der Kasten, Rassen und Religionen in erster Linie lagen. Er bat die Gemeinde, mit ihm eine Minute im stillen Gebet zu verharren. Sie wollten beten für die ewige Ruhe des tapferen Toten, für die Sicherheit der indischen und britischen Soldaten, die selbst in dieser Minute, während sie hier saßen, Schulter an Schulter an der Ostfront kämpften, für den Frieden und den Segen Gottes, für die trauernden Hinterbliebenen und für die Weisheit der Regierungen der Welt.

Er verließ die Kanzel, und als er vor dem Altar auf die Knie sank, folgten die Gläubigen in den Bänken geschlossen seinem Beispiel. Sie sprachen ihre Gebete und dachten ihre Gedanken. Es hieß, daß die indischen und englischen Soldaten, die an der Ostfront Schulter an Schulter kämpften, unter ihren Feinden indische Soldaten entdeckt hatten, die in japanische Kriegsgefangenschaft geraten waren, inzwischen jedoch mit dem Feind gemeinsame Sache machten. Das war ein bitterer Gedanke. Irgendwo hinten in der Kirche fiel eine für die Kollekte bereitgehaltene Münze auf den Steinboden. Doch das gab dem Schweigen nur noch ein größeres Gewicht und sprach von der Bereitschaft zu wohltätigem Handeln. Mr. Peplow erhob sich und kündigte das letzte Lied, Nr. 437, an: *Denn für all die Heil'gen, die von ihren Mühen ruhen*. Die Kollekte war für das Rote Kreuz bestimmt. Vier ernste Offiziere aus dem Hauptquartier schritten die Kirchenbänke ab und wurden mit dem Klingeln von Münzen und dem Rascheln von Scheinen in den Stoffbeuteln belohnt, die sie den Anwesenden an langen Holzstangen vorhielten. Als die Gemeinde die vorletzte Strophe anstimmte: *»Doch seht! Ein noch glorreich'rer Tag bricht an«*, übergaben sie die Kollekte Mr. Peplow, warteten, bis er sie demütig Gott dargeboten und ihm gedankt hatte, machten dann kehrt und erreichten ihre Sitze gerade noch rechtzeitig, um einzustimmen in das Lied:

> Von den Grenzen der Erde, von den fernsten Küsten
> der Meere,
> Strömt durch schimmernde Tore die Schar der
> Himmlischen Heere,
> Und singt dem Vater, dem Sohn und dem Heiligen Geist
> zur Ehre.
> Halleluja.

Sie knieten noch einmal nieder, um den Segen zu empfangen, erhoben sich wieder zu den verhaltenen Klängen der unsichtbaren Orgel, die Mr. Maybrick, der ehemalige Teepflanzer, spielte, und warteten, bis die Laytons, begleitet von Mr. Peplow, die Kirche verlassen hatten. Nach einer schicklichen Pause drängten sie sich in den Gängen. Ihre Gesichter waren erstarrt vor Würde; sie gewährten automatisch Vortritt oder nahmen ihn ebenso automatisch in Anspruch, so daß die Rankins als erste aus der Kirchentür und in die Vorhalle traten, wo Mr. Peplow stand und Susans Hände in seinen Händen hielt. Er gab sie frei, damit Isobel Rankin Susan umarmen konnte, was sie flüchtig tat, wobei sie die Luft in der Nähe einer verschleierten Wange küßte, und murmelte: »Es war ein schöner Gottesdienst. Ich hoffe, Sie haben es empfunden.« Susan murmelte auch etwas und streckte die Hand aus, um die dargebotene Hand von General Rankin zu ergreifen. Zu ihm sagte sie leise, aber mit fester Stimme:

»Vielen Dank. Sie haben so klar und deutlich gelesen. Danke für alles.«

Der General nickte, gerührt darüber, wie Sarah bemerkte, daß Susan überhaupt daran dachte, ihm zu danken. Die Rankins verabschiedeten sich verhalten, und andere nahmen ihren Platz ein. Dicky Beauvais berührte Sarah an der Schulter und sagte: »Ich ruf dich später an. Wo bist du denn?« Sie erwiderte, sie gingen zum Mittagessen nach Rose Cottage und müßten nur noch auf Barbie Batchelor warten, damit sie alle zusammen in dem Wagen hinauffahren könnten, den General Rankin ihnen zu diesem Anlaß zur Verfügung gestellt hatte. Dicky hob die Hand zur Mütze und ging. Sarah trat vor das Portal und hielt sich schützend die Hand vor die Augen. Da stand auch schon Miss Batchelor lächelnd (jedoch die Nase putzend) neben ihr, und die anderen kamen ebenfalls auf den Platz vor der Kirche. Mr. Peplow begleitete sie den Kiesweg hinunter, der im Bogen durch den Friedhof mit den Grabhügeln führte. Die Kirche stand auf einer Anhöhe inmitten von Kiefern und Zypressen.

In Rose Cottage verschwand Susan mit Barbie in Barbies Zimmer, um das geblümte Umstandskleid und die Sandalen anzuziehen, die Mahmud heraufgebracht hatte. Barbie kam und erklärte, Susan habe darum gebeten, daß man ihr das Mittagessen auf der Veranda serviere.

»Es war eine große Anstrengung für sie«, sagte Barbie, »ich glaube, ihr ist nicht nach Reden zumute. Ich werde Aziz Bescheid sagen. Ich glaube, wir sollten hineingehen und essen.«

Das taten sie. Es gab Curryeier und Reis. Mabel und Barbie gingen anschließend in ihre Zimmer und die Mutter in das Gästezimmer, um den geheiligten Mittagsschlaf zu halten. Sarah trat auf die Veranda hinaus. Auch Susan hatte inzwischen gegessen. Sie lag im gleichen Liegestuhl und in der gleichen Lage, wie Sarah sie zehn Tage zuvor angetroffen hatte. Sarah setzte sich, um das Bild zu vervollständigen, wendete den Kopf und sah, daß Susan sie beobachtete.

»Was hat Dicky Beauvais gesagt?« fragte sie.

»Nur, daß er anrufen will.«

Schweigen.

»Wartest du auf den Anruf?«

Sarah drehte den Kopf und blickte auf den fünf Meilen entfernten Hügel.

»Nein, Susan. Ich warte auf nichts.«

Schweigen.

»Du hast großes Glück.«

»Warum Glück?«

»Weil du nicht wartest.«

Susan hatte die Augen wieder geschlossen. Sie legte den Kopf langsam auf die gefalteten Hände, als ziehe sie sich in den Schlaf zurück.

Zuerst bemerkte Sarah den veränderten Atemrhythmus ihrer Schwester nicht. Doch schließlich wurde es ihr bewußt; ihr wurde bewußt, daß die Pausen zwischen dem Einatmen und Ausatmen ungewöhnlich lang waren, daß Susan unnatürlich heftig ein- und ausatmete. Sarah stand auf, trat näher und begriff. Sie streckte die Hand aus, um Susans Kopf zu berühren, fürchtete sich aber davor. So dicht neben ihr hörte sie die erstickten Versuche, den Ausbruch des aufgestauten Kummers zu verhindern. Aber was für ein Kummer? Sarah wußte es nicht. Sie dachte: Du hast den Mut von zehn meiner Sorte.

Sie setzte sich neben den Sessel, umfaßte einen Knöchel mit der Hand und wartete. Sie versuchte Susan zu vermitteln, daß sie da war, wenn sie gebraucht wurde. Nach einer Weile nahm Susan, die immer noch diese erstickten Laute hervorstieß, eine Hand vom Gesicht. Sie suchte tastend die Berührung, ließ Sarahs Hand nicht mehr los und bewegte den Kopf unter der Hand auf dem Gesicht hin und her, als wolle sie ihn bis zum Schädel und Sarahs Schulter bis zum Knochen abwetzen, um ihre Qual zu erleichtern.

»Es ist niemand hier«, murmelte Sarah, »laß es heraus.«

»Ich kann nicht«, sagte Susan mit kaum wiederzuerkennender Stimme. Es war ein heiseres Stöhnen, beinahe unhörbar, aber im Nachdruck überzeugend.

»Ich kann nicht. Ich muß durchhalten.«

Sarah beugte den Kopf, bis ihre Wange auf dem harten Knöchel lag.

»Ja«, sagte sie, »ja, wenn du das willst.«

»Dann ist es vielleicht in Ordnung. Ich dachte, der Gottesdienst würde mir helfen und alles wieder zurückbringen. Aber es ist nicht so. Und ich weiß nicht, wie ich es ohne das überstehen soll. Ich weiß nicht, wie ich es überstehen soll.«

Sie zog ihre Hand zurück und warf sich herum, so daß sie auf dem Rücken lag. So blieb sie mit geschlossenen Augen liegen, bewegte den Kopf von einer Seite auf die andere und preßte beide Hände auf den dicken Bauch.

»Im Gottesdienst habe ich darum gebetet, daß das Kind stirbt. Ich will, daß es stirbt, weil ich nicht weiß, wie ich alles allein schaffen soll. Wie kann ich es schaffen, wenn Teddie nie mehr zurückkommt? Ich wollte das Kind nicht. Aber er freute sich so. Er schrieb und schrieb darüber, und so konnte ich es schaffen. Aber allein kann ich es nicht. Ich kann es allein nicht ertragen.«

»Du bist nicht allein, Su . . .«

»Doch. Ich bin allein.«

Sie setzte sich plötzlich auf, beugte sich über die verschränkten Arme und wiegte sich ruckartig hin und her. »Das war ich schon vorher. Das war ich schon immer, als hätte ich es nie versucht. Und dabei habe ich es getan. Ich habe es versucht. Ich habe es versucht.«

»Was hast du versucht . . .?«

»Das würdest du nicht verstehen. Wie könntest du? Du bist nicht wie ich. Was du auch tust, und wohin du auch gehst, du wirst immer du selbst sein. Aber was bin ich? Was bin ich? Ich – ich bin überhaupt nichts. Nichts, überhaupt nichts.«

Sarah saß völlig regungslos und beobachtete die wiegende Bewegung. Sie war wie gebannt von dieser Bewegung und der Enthüllung, der scheinbaren Enthüllung all dessen, was hinter dem Spiel lag, das scheinbar zu Ende war: Das Spiel von Susan, die Susan spielte. Susan war nichts? Susan allein? Sarah grübelte über Susans Worte nach: *Was du auch tust, und wohin du auch gehst, du wirst immer du selbst sein.* Sie erkannte die Wahrheit, die darin lag. Sie war sie selbst, weil ihr Gefühl von sich selbst, das Bewußtsein ihrer Individualität hartnäckig und qualvoll ausdauernd der Versuchung widerstand, es im Tausch gegen einen Anteil an dieser kollektiven Illusion einer moralisch heilen Welt aufzugeben, die von ihrer Fähigkeit überzeugt war, Lösungen für jedes Problem zu finden, das sich stellte – und das einer Welt, in der alles als endgültig akzeptiert wurde, einer Welt, die zu wissen glaubte, was Menschen waren.

Doch diese Welt wußte nicht, was Susan war. Susan in Grau und auf den Knien, ja diese Susan kannte die Welt. Und sie kannte Susan in Weiß, mit einem Schleier, in dem der Wind spielte, oder Susan, die mit rosigen Wangen lächelnd am Fenster eines Abteils stand und zum letzten Mal an einem Blumenstrauß roch, ehe sie ihn mit der Geste einer Braut in die Luft warf, die ihre Bereitschaft verriet, Glück und Geschick mit anderen zu teilen. Diese Welt kannte die Susan im bunten Umstandskleid nicht, die sich hin und her wiegte. Diese Welt hatte keine Antwort auf ihren Schrei: *Ich bin nichts!*

Die Welt kannte sie nicht und hatte keine Antwort, und Sarah kannte sie auch nicht – nicht als Susan –, aber mit einem gewissen Schock erkannte sie in der jungen Frau, die sich auf dem Liegestuhl krümmte, die Schwester, deren hübsches Gesicht und gewinnendes Wesen am Ende vielleicht doch nur eine von der Angst geschmiedete Rüstung gegen die Schrecken der Nacht gewesen waren – ein Schild, den sie selbst nicht sah, der andere aber zu dem falschen Glauben verführte, sie sei geschützt. Wovon hatten sie sich sonst noch täuschen lassen? Möglicherweise von allem, aber ganz besonders von den Anzeichen der Selbstversunkenheit, diesem scheinbaren Kunststück und Talent, eine Welt um sich herum zu erschaffen, deren bestimmender und entschlossen glücklicher Mittelpunkt Susan war. So war es also keineswegs gewesen. Es hatte keinen geheimen Garten gegeben, sondern nur eine Susan, die weinend um Einlaß flehte, und die sich ein Bild dieses Gartens erschaffen hatte, weil sie glaubte, der geheime Garten sei der Ort, an dem sie alle wohnten, und den Gedanken nicht ertragen konnte, sie allein befinde sich in der Hölle unbekannter und bedrohlicher Leidenschaften.

Sarah verlagerte das Gewicht und legte die Arme um ihre Schwester.

»Du bist etwas, und du bist wirklich nicht allein«, sagte sie. Susan drehte sich um und erwiderte die Umarmung mit dem eigenartigen Laut eines Menschen, der insgeheim eine Zuflucht erkennt und das wortlos eingesteht.

## II

Mehrere Bilder fließen ineinander: Die Frau in der *Burkha*, flüchtig in Ranpur gesehen, die auf ihrem Weg zur Moschee durch die Straße der Geldverleiher geht: Man ist ihr zufällig begegnet und der Duft von Chanel Nr. 5 fiel einem auf; doch während sie in dieses Kleidungsstück gehüllt ohne Eile durch die Straße geht, trotzt sie den prosaischen Umständen von Ort und Zeit. Man kann sie sich Jahre früher vorstellen, nicht in Ranpur, sondern in Pankot, wo sie durch einen Teil des Basars geht, wie ein Geist, der dazu verurteilt ist, an einem bestimmten Ort eine gewisse Zahl von Schritten zu tun, und der Welt eine Fassade bietet, einen Beweis ihrer Existenz, der stumm die Aufmerksamkeit auf sie lenkt. Sie erscheint und verschwindet an denselben Plätzen, als sei der Weg ebenso von Bedeutung wie ihre Anwesenheit.

In Sarahs Traum gab es eine solche Frau; sie trug jedoch das Weiß einer Witwe und nicht den Schleier; sie ging nicht, sondern lag auf der Erde. Doch in ihrem wiederholten Auftauchen und der Ungewißheit im Hinblick auf die eigentliche Absicht bestanden Ähnlichkeiten. Insgesamt war Sarahs Traum wie die Frau in der *Burkha*. Er kam und ging und blieb ihr im Gedächtnis, so daß sich die Bilder des Traums im Tageslicht, im wachen Zustand manchmal übertrugen, und wenn sie dann Jalal-ud-dins Laden verließ, begegnete sie durch die Augen der Frau, die meist draußen um Almosen bettelte, dieser anderen Frau in Weiß, die im Staub lag und um ein Mitleid flehte, das niemand bezeigen konnte. Für Sarah kam eine Zeit, in der der ganze Sommer unentwirrbar verschlungen war, als träfen sich an diesem Punkt die aufeinander zulaufenden Fäden der Umstände, vermischten sich, jedoch ohne sich miteinander zu verbinden. In sie verwoben waren die Muster ihres Traums, von Barbies Traum und die Geschichte aus den Hügeln, die dem jungen Morland im Schlaf einen unerwarteten Tod durch Ertrinken gebracht hatte. Später fiel es Sarah schwer, sich an die Dinge in der Reihenfolge ihres Geschehens zu erinnern. In einem gewissen Sinn waren sie austauschbar.

Zum Beispiel: Bildete sie sich ein, Lady Manners im Basar gesehen zu haben, ehe die alte Dame auf eigenartige Weise ihre Anwesenheit in Pankot kundtat (auf eigenartige Weise, weil sie ihre Anwesenheit kundtat, dann aber entschlossen in selbstgewählter *Purdah* blieb), oder war Lady Manners wieder in ihr waches und schlafendes Bewußtsein gedrungen, ehe sie ihre Anwesenheit kundtat, so daß der flüchtige Blick, den Sarah zu erhaschen glaubte, Lady Manners, wie sie Jalal-ud-dins Laden in Begleitung einer vornehm wirkenden Inderin verließ, eher eine besondere Manifestation zu sein schien als die visuelle Bestätigung ihrer Anwesenheit, die Gegenstand des allgemeinen Klatschs war? Was kam zuerst? Lady Manners oder der Brief, der das andere Bild wieder ins Gedächtnis zurückrief – das Bild des Steins, der auf den Wagen geworfen wurde, in dem der arme Teddie und sein Trauzeuge zur Hochzeit fuhren? Und wann und weshalb wurde zum ersten Mal angedeutet, Susan sei bedenklich in sich zurückgezogen? Wann und weshalb erinnerte man sich plötzlich wieder an die Geschichte von Poppy Brownings Tochter, die drei Monate, nachdem sie vom Tod ihres Mannes bei dem Erdbeben in Quetta erfahren hatte, ihr Kind erstickte?

Die logischste Folge wäre, daß der Brief, der das Bild des Steins wiederbelebte, zuerst kam, denn man könnte sagen, er habe eine Wirkung auf Susan gehabt, die die Leute veranlaßte, über Poppy Brownings Tochter und die Sache mit dem erstickten Kind zu reden; und er hatte außerdem eine Wirkung auf Pankot, indem er die Leute schon vor Lady Manners Ankunft an die Affäre im Bibighar-Park erinnerte, so daß die Ankunft jenes besondere Gewicht bekam, an das Sarah sich in diesem Zusammenhang zu erinnern glaubte.

---

Es kamen viele Briefe aus ganz Indien: von Leuten, die von Teddies Tod in den amtlichen Bekanntmachungen oder durch die Anzeige in der *Times of India* erfahren hatten. Die meisten Briefe waren an Mrs. Layton adressiert, und Mrs. Layton beantwortete sie mit einer Hingabe, die Sarah teils für Therapie, teils für Genuß hielt. Jeden Vormittag und an vielen Abenden saß Mrs. Layton im Wohnzimmer des Dienstbungalows am Eichensekretär und schrieb Seite um Seite. Scheinbar ging der Vorrat an Worten nicht aus, fand die Flut der Worte kein Ende. Mrs. Layton wurde insgesamt mitteilsamer. Sie besprach die Briefe mit Sarah, und sie trank weniger.

Es mußten auch Benachrichtigungen verschickt werden: an Tante Lydia in Bayswater, an Oberst Layton in Deutschland, an diesen Onkel von Teddie in Shropshire, der durch die Heirat seinen alten Status als nächster Angehöriger verloren hatte, und den deshalb Susan oder Mrs. Layton von Teddies Tod im Felde unterrichten mußten. Der Onkel aus Shropshire hatte für die Zeit nach dem Krieg ein Hochzeitsgeschenk versprochen; es schien zweifelhaft, daß Susan es je bekommen würde, denn er hatte keinen besonders großzügigen Eindruck gemacht. Auch an Tante Fenny, die inzwischen nicht mehr in Delhi, sondern in Kalkutta lebte, wo Onkel Arthur endlich einen (etwas merkwürdigen) Posten erhalten hatte, der ihm Stern und Krone eines Oberstleutnants einbrachte, mußten Briefe geschrieben werden: der erste, um Fenny von Susans Verlust zu berichten, der zweite, um Fenny davon abzubringen, daß sie nach Pankot kam, wie sie angeboten hatte.

Es trafen Briefe ein, die man erwartet hatte: Für jede von ihnen ein Brief von Tony Bishop, der ohne seine Gelbsucht Teddies Trauzeuge geworden wäre, und mittlerweile in Bombay Dienst tat. Es trafen auch unerwartete Briefe ein: ein förmliches Beleidsschreiben des Nawab von Mirat an Susan und ein weniger offizielles Schreiben von Graf Bronowski an Mrs. Layton. Er schrieb, der Nawab sei über die Nachricht vom Soldatentod des Mannes der bezaubernden jungen Frau tief betroffen, deren Familie er im vergangenen Jahr die Ehre und das Vergnügen gehabt hatte, seine bescheidene Gastfreundschaft zu gewähren. Er wollte die Laytons wissen lassen, daß sie jederzeit, jetzt und in Zukunft, im Palast oder im Sommerpalast in Nanoora als seine Gäste willkommen seien. »Sehr freundlich«, murmelte Mrs. Layton, »aber völlig ausgeschlossen.« Sie bedankte sich beim Nawab und seinem Wesir und erklärte, Susan erwarte ein Kind.

Susan wollte mit der ganzen Korrespondenz nichts zu tun haben. Sie bat ihre Mutter und Sarah, die Briefe zu öffnen, für sie zu beantworten und alle beiseite zu legen, von denen sie glaubten, Susan würde sie später einmal lesen wollen. Es gab nur eine Ausnahme: der Brief, auf den sie alle warteten. Er kam (so dachte Sarah später, da es ihr nicht gelang, sich die genaue Reihenfolge der Ereignisse ins Gedächtnis zu rufen) am Sonntag in der Woche nach dem Gedenkgottesdienst. Der dünne Feldpostumschlag war an Susan adressiert, und man konnte nur den Rang, nicht den Namen des Offiziers der Zensurbehörde entziffern.

»Ich glaube, das ist er«, sagte Mrs. Layton. Sie reichte Sarah den Umschlag, die sie beim Aufstellen der Listen und beim Festsetzen der Prioritäten unterstützte. Susan spielte auf der Rückseite des Bungalows mit Panther. Sie warf einen Ball von der Veranda auf den

Rasen und wartete am Geländer, während er davonstürmte, um ihn zurückzubringen. Die beiden hörten das Geräusch der Pfoten und Krallen des Hundes, der die Stufen der Veranda hinunterjagte, nach einiger Zeit wieder hinaufraste, den Ball mit einem Plumps vor Susans Füße fallen ließ und vor Erregung und Freude darüber hechelte, daß seine Herrin sich wieder mit ihm beschäftigte.

Sarah gab ihrer Mutter den Umschlag zurück. »Bestimmt.« Sie drehte sich um, denn das erwartungsvolle Winseln des Hundes hatte sie auf eine Änderung des Spielverlaufs aufmerksam gemacht. Susan stand vor dem offenen Fenster und beobachtete sie.

»Ist er gekommen?«

Mrs. Layton hielt den Brief hoch. »Wir nehmen es an, Liebling. Möchtest du ihn haben?« Susan kam ins Zimmer, nahm den Brief und ging damit zurück auf die Veranda. Sie hörten Panther knurren, und Susan sagte: »Also gut, noch einmal.« Sie mußte den Ball geworfen haben, denn der Hund stürzte wieder davon. Mrs. Layton öffnete einen anderen Brief. »Von Agnes Ritchie in Lahore«, sagte sie zu Sarah. »Sie kommt auf die B-Liste.«

Sarah schrieb Agnes Ritchies Namen in die Spalte B ihrer Liste, und als die Mutter ihr den Brief reichte, heftete sie ihn zusammen mit einigen anderen in den B-Ordner. Susan mußte den Ball in die Bougainvilleenbüsche geworfen haben, denn es dauerte einige Zeit, bis sie den Hund wieder hörten. Er kam mit dem Ball im Maul ins Wohnzimmer, blickte sich suchend um und verschwand dann nach draußen. Kurz darauf hörten sie vom anderen Ende der Veranda, wie der Hund mit den Pfoten an der geschlossenen Tür von Susans Zimmer kratzte. Nach einer Weile verstummte das beharrliche Bitten. Sarah stand auf und ging hinaus. Der Labrador hob den Kopf und sah sie an. Den Ball hielt er sicher zwischen den ausgestreckten Vorderpfoten.

»Komm, Panther«, sagte sie, »ich werfe dir den Ball.«

Doch der Hund legte den Kopf wieder auf die Pfoten und wartete.

---

Mrs. Rankin rief an und unterhielt sich mit Mrs. Layton über das Treffen des Rotkreuz-Komitees. Mrs. Trehearne schickte eine Benachrichtigung über die Sitzung des Komitees für Truppen- und Krankenhausbetreuung englischer Soldaten. Dicky Beauvais kam vorbei und lud Sarah für fünf Uhr nachmittags zum Tennis mit anschließendem Abendessen und Kino ein. Mahmud beklagte sich, der *Dhobi* sei nicht aufgetaucht und bat um Erlaubnis, in der Kaserne, wenn notwendig, auch im Basar nach ihm zu suchen. In der Ferne hörten sie die Glocken von St. John, die zum Frühgottesdienst riefen, und in der Nähe die Klänge des Musikzugs der Pankot Rifles, der auf dem Gelände der Offiziersmesse übte. Die Krähen kreisten und krächzten. Es war ein ganz normaler Sonntagmorgen. Aber eine Stunde, nachdem Susan den Brief an sich genommen hatte, war sie mit diesem Beweisstück des Krieges immer noch in ihrem Zimmer.

»Das reicht«, sagte Mrs. Layton, »ich wasche mir jetzt die Haare.« Sie gab Sarah den Stapel Briefe – das Ergebnis der morgendlichen Sitzung – und verschwand in ihrem Zimmer. Sie rief nach Minnie, Mahmuds verwitweter Nichte, die ihn unterstützte, und sich der intimeren Dinge eines Frauenhaushalts annahm. Der Ruf nach Minnie rief den Hund auf den Plan. Er trottete unter dem Fenster vorbei, um die Ursache der wiedererwachten Aktivität zu ergründen. Sarah frankierte die letzten Umschläge, ging in die Diele und legte die Briefe auf das Messingtablett, wo Mahmud sie finden würde, wenn er von der Suche nach dem ausgebliebenen *Dhobi* zurückkam. Dann ging sie in ihr Zimmer. Minnie hatte das Bett gemacht, die Wäsche in ein Bettuch gepackt und Sarahs Liste an das Bündel geheftet. Die Verbindungstür zu Susans Zimmer war geschlossen, und sie hörte nebenan keine Bewegung.

Sarah klopfte und öffnete die Tür. Susan saß mit einem Album auf den Knien auf dem Bett. Sarah sah, daß es sich um das Album mit den Hochzeitsbildern und den Zeitungsausschnitten handelte. Der Brief lag auf dem Nachttisch. Susan hatte ihn zwischen die Lampe und ein gerahmtes Bild von Teddie gesteckt – Susans Lieblingsbild, weil er darauf ernst wirkte und nur den leichten Anflug eines Lächelns zeigte.

»Mutter wäscht sich die Haare, und ich dachte, ich wasche meine auch«, erklärte Sarah. »Möchtest du in den nächsten zehn Minuten ins Bad?«

Susan schüttelte den Kopf.

»Ist der Brief über Teddie?«

»Ja.« Susan ließ das Album sinken, griff nach dem Brief und begann zu lesen, schien aber etwa in der Mitte aufzuhören. Dann streckte sie Sarah das bräunlich-gelbe Armeebriefpapier entgegen.

»Liebe Mrs. Bingham. Da ich mit Ihrem Mann am engsten zusammengearbeitet habe, ist es, so glaube ich, meine Pflicht – eine sehr traurige Pflicht –, Ihnen im Namen seines Divisionskommandanten und seiner Offizierskameraden unser tiefes Beileid für den

Verlust auszusprechen, den Sie durch seinen Tod erlitten haben. Inzwischen werden Sie die offizielle Benachrichtigung wohl erhalten haben. Er starb an den Wunden, die er erhielt, als er befehlsgemäß mit Instruktionen zum Truppenführer einer kleineren Formation vorrückte, die Feindberührung hatte und sich in großer Bedrängnis befand. Bei diesem Einsatz begleitete ihn Hauptmann Merrick, den Sie natürlich in Mirat kennengelernt haben. Hauptmann Merrick wurde ebenfalls verwundet, leistete jedoch unter Einsatz seines Lebens Ihrem Mann jede erdenkliche Hilfe und blieb bei ihm, bis die Sanitäter eintrafen. Hauptmann Merrick berichtete dem Feldarzt, Ihr Mann sei nicht bei Bewußtsein gewesen, und möglicherweise ist es für Sie eine Erleichterung zu wissen, daß er nicht gelitten hat. Hauptmann Merrick ist inzwischen in ein Etappenlazarett verlegt worden, und der Divisionskommandant hat in Anbetracht von Hauptmann Merricks Einsatz einen Bericht in Form einer Empfehlung weitergeleitet. Teddie – so nannten ihn die meisten von uns – hat sich seinen Pflichten stets fröhlich gewidmet, und wir vermissen ihn schmerzlich. Alle, die Sie, Ihre Mutter und Ihre Schwester bei Ihrer Hochzeit in Mirat kennengelernt haben, sprechen Ihnen ihr persönliches Beileid aus. Hochachtungsvoll, Patrick Selby-Smith, Generalleutnant.«

Sarah steckte den Brief an seinen Platz hinter Teddies Bild. Susan blätterte wieder im Album.

»Es ist mir bisher gar nicht aufgefallen«, sagte sie, »aber scheinbar gibt es nur ein Bild von ihm.«

»Von Generalleutnant Selby-Smith?«

»Nein, von Hauptmann Merrick. Das ist er doch, nicht wahr? Man sieht eigentlich nur das halbe Gesicht.«

Sarah setzte sich neben ihre Schwester auf das Bett und betrachtete das Bild. Es war kurz vor dem Aufbruch zum Bahnhof zwischen den Säulen vor dem Portal des Gymkhana Clubs Mirat aufgenommen. Teddie mit dem Pflaster auf der Wange wendete sich von der Kamera ab und blickte auf Susan hinab, die in einem Schneiderkostüm aus Leinen adrett neben ihm stand, einen kleinen runden Hut trug und das Brautsträußchen in der Hand hielt. Auf den Stufen hinter ihnen standen, teils im Schatten, Tante Fenny und ihre Mutter, Onkel Arthur, Oberst Hobhouse und seine Frau. Dahinter gruppierten sich die meist unbekannten Offiziere, unter denen sie nur Ronald Merrick erkannte. Merricks Blick war nicht in die Kamera, sondern auf Onkel Arthurs Nacken gerichtet. In der kleinen Gruppe lachender junger Männer wirkte er kühl und humorlos. Aber jünger, dachte sie, als vorher im hellen Sonnenlicht auf dem Rasen. Die Kamera und die Schatten hatten die Falten geglättet und verrieten nichts von der rauhen Haut. Zu Hause, als junger Mann, mußte er mit seinen blonden Haaren und blauen Augen – Sarah war sich sicher, daß er blaue Augen hatte – auf alle hübsch und vielversprechend gewirkt haben. »Daphne kümmerte es nicht im geringsten, was man für Eltern hatte«, erzählte Merrick, als sie über Miss Manners sprachen, »oder auf welcher Schule man gewesen war.« Ihm konnte das jedoch nicht gleichgültig sein, und Sarah überlegte, was für Eltern er gehabt und was für einen Ehrgeiz ihn gepackt hatte. Welche Fähigkeiten besaß er, um das zu überwinden, was als Nachteil gelten mußte, wenn man ihn mit einem Mann wie Teddie Bingham und seinen Vorteilen verglich. Sie hatte Hauptmann Merrick nie geschrieben, aber schließlich hatte er ihr auch nie geschrieben. Einmal oder zweimal hatte er sie alle durch Teddie grüßen lassen, vielleicht auch öfter, als Teddie es geschrieben hatte. Sarah fragte sich, wie wörtlich er das Versprechen genommen hatte, ihm manchmal zu schreiben, das sie ihm, wie sie sich plötzlich wieder erinnerte, an jenem Abend auf der Terrasse gegeben hatte. Sie hatte die Bitte um Briefe für einen Teil der Absicht gehalten, bei anderen den Eindruck zu erwecken, er stehe ziemlich allein auf der Welt und sei ein Mann, dessen Herkunft und Erfahrung ihn von anderen entfernten, ihm aber die Kraftreserven gaben, dem zu widerstehen, was andere als Einsamkeit empfinden würden. Sarah erinnerte sich daran, wie sie damals bei ihrer letzten Begegnung auf der Terrasse gesessen und auf die Leuchtkäfer gewartet hatten, während das Licht schwand, und wie Hauptmann Merricks Körper dieser auflösenden Wirkung widerstand – ja sogar eher deutlicher, massiger und aggressiver wurde; und sie erinnerte sich an den Gedanken: Wenn ich die Hand ausstrecken und ihn berühren würde, könnte er das zarte Gewicht, das flüchtige Gefühl meiner Hand auf seinem Arm oder seiner Schulter in jene Regionen der Gefahr mitnehmen, die gleichzeitig neben den Regionen des unstörbaren Wohlbefindens existieren, in jene Regionen, die mich umgeben, schützen und mir den Ausweg versperren. Er hatte sie abgestoßen, sie hatte ihm nicht vertraut, ohne genau zu wissen, weshalb. Er hatte unter dem Licht gestanden, das sein Gesicht und sein Bedürfnis beleuchtete, sein unstillbares Verlangen, daß man auf ihn zuging, daß man ihm die Hand bot. Er drängte sich immer noch auf; was er für Teddie getan oder zu tun versucht hatte, schien ihr Bild von ihm in keinem Punkt zu ändern, sondern auf eine merkwürdige Art zu verstärken. Es war das Bild eines in sich selbst verbohrten

Mannes. Aber seine Bitte um einen Brief war vielleicht aufrichtig gewesen.

»Ja, das ist Ronald Merrick«, sagte sie. »Bist du sicher, es gibt nur dieses eine Bild?« Sie blätterte im Album. Es erschien ihr als ein beunruhigendes Zeichen des Versagens von ihnen allen, daß er auf den wichtigsten Hochzeitsbildern fehlte, daß damals sein Fehlen von niemand bemerkt worden und auch später, beim Aussuchen der Aufnahmen und Vergrößerungen nicht aufgefallen war. »Ja, ich erinnere mich«, sagte sie und schlug die Seite mit dem Bild von ihm wieder auf. »Tante Fenny konnte deine Hutschachtel nicht finden. Er machte sich auf die Suche und war kaum gegangen, als es diese Aufregung gab, weil die Fotos gemacht werden mußte, solange der Nawab noch im Garten war.«

»Ich wußte nicht einmal, daß meine Hutschachtel vermißt wurde«, sagte Susan. »Aber vermutlich würdest du sagen, das sei typisch für mich.«

»Vielleicht wollte er nicht fotografiert werden.«

»Ach, jeder läßt sich gern fotografieren.«

»Vielleicht hatte er sich überlegt, daß ein Bild im *Onlooker* erscheinen würde und die Leute ihn als den Polizisten aus dem Fall Manners erkennen könnten.«

Susan dachte darüber nach. Sie strich mit dem Finger über das Bild, als versuche sie, auf der Körnung des Papiers ein unsichtbares Muster zu finden, das ihrer Ansicht nach dort sein mußte. Plötzlich sagte sie: »Teddie hat sich schrecklich aufgeregt – ich meine deshalb. Ich glaube, er hat es ihm nie verziehen. Ich muß . . . nicht wahr? Ich meine, ich muß ihm schreiben und mich bei ihm dafür bedanken, daß er versucht hat, Teddie zu helfen. Es gehört sich einfach. Es gehört sich besonders deshalb, weil er keiner von uns ist, wie Tante Fenny es nennt.« Sie lächelte vor sich hin und strich immer wieder über das Bild. »Ich glaube, ich beneide ihn, weil er keiner von uns ist. Denn ich weiß nicht, was wir sind. Weißt du es, Sarah?« Sie schloß abrupt das Album. »Im Brief steht nicht, in welchem Lazarett er liegt, und wie schwer er verwundet ist. Aber wenn es ein Etappenlazarett ist, muß es ziemlich ernst sein, nicht wahr? Wenn ich Generalleutnant Selby-Smith antworte und einen Brief für ihn dazulege, wird man ihn doch nachschicken, nicht wahr?«

»Ja, das wäre das beste.«

»Ich sollte doch schreiben, oder?«

»Das wäre sehr freundlich.«

»Nicht freundlich. Ich weiß nicht, was freundlich ist. Ich weiß überhaupt nichts. Ich verlasse mich ganz auf dich.« Susan starrte den Brief an. »Ich brauche Hilfe. Ich brauche Hilfe von jemand, der Bescheid weiß wie du.«

»Bescheid worüber?«

»Was richtig und was falsch ist.«

»Soll ich dir bei dem Brief helfen?«

»Nein, nicht nur bei dem Brief. Bei allem.« Sie faltete den Brief und reichte ihn Sarah. »Gibst du ihn Mutter?«

»Ja. Aber es wäre nett, wenn du ihn ihr geben würdest.«

»Ich weiß.« Susan saß aufrecht auf dem Bett und strich über die Bettdecke. »Aber ich tue es lieber nicht.«

»Warum nicht?«

»Mutter mochte Teddie nicht. Sie wollte nicht, daß ich ihn heirate. Sie hat es zwar nie gesagt, aber es war deutlich zu spüren. Sie wollte eigentlich nicht, daß ich überhaupt heirate, ehe Vater zurück ist. Es soll alles offen bleiben, nicht wahr, denn für sie ist alles offen – besonders die Dinge zwischen Mann und Frau. Sie hat mit mir nicht darüber gesprochen, mußt du wissen.«

»Mit dir darüber gesprochen?«

»Sie hat Tante Fenny gebeten, es zu tun. Oder zumindest hat Tante Fenny es angeboten, und Mutter stimmte zu. Das war nicht richtig, oder? Was meinst du?«

Nach einer kurzen Pause fragte Sarah: »Hast du irgend etwas nicht gewußt?«

»Oh, das ist es nicht. Es geht darum, daß Mutter es Tante Fenny überlassen hat. Es gab mir das Gefühl, sie nehme es nicht wichtig genug, um sich selbst zu vergewissern, daß ich alles wußte, was ich Teddie mit mir tun lassen mußte. Sie wollte nicht, daß etwas geschah, und deshalb geschah für sie auch nichts. Aber mir schien das nur zu beweisen, daß es ihr nicht wichtig war – daß es eigentlich niemandem wichtig war.«

Sarah fröstelte. Wieder schwieg sie einen Augenblick und fragte dann: »Hast du es so gesehen, daß sich lieben einfach etwas war, was Teddie mit dir machen durfte?«

Susan hörte auf, die Bettdecke glattzustreichen. »Ich weiß es nicht. Ich habe kaum darüber nachgedacht. Das lag alles auf der anderen Seite.«

»Der anderen Seite? Auf welcher anderen Seite?«

Sarah bemerkte die Röte auf den Wangen ihrer Schwester. Susan schien es ebenfalls zu bemerken, denn sie hob die Hände vor das Gesicht. Sie trug den Verlobungsring nicht mehr, sondern nur noch den schlichten Goldring, der breit und altmodisch aussah, als stamme er von Teddies Mutter – vielleicht als das einzige Relikt ihres Lebens, das unglücklich in Mandalay geendet hatte –, obwohl Teddie das nie erwähnt hatte.

»Ich scheine den Trick nicht mehr zu beherrschen«, sagte Susan.

»Welchen Trick?«

»Meine wahren Gefühle zu verbergen. Es liegt alles offen, als ob man einen Stein hochhebt, und darunter ist so ein Tier, das wie wild im Kreis herumläuft.«

»O Susan.«

Aber sie empfand die Wahrheit dieses Vergleichs, bedauerte Susan und erschrak. Unvermittelt hatte die bleiche Hand einer Vorahnung ihren Nacken gestreift.

Susan starrte sie an, als habe sie die Hand gesehen, die Sarah nur gespürt hatte. Sie schlug die Hände vor das Gesicht und senkte den Kopf. Ihre Stimme hinter den Fingern klang undeutlich. »Ich bin mir immer wie eine Zeichnung vorgekommen, die jeder ausradieren konnte, der zufällig vorbeikam.«

»Unsinn.«

Susan nahm die Hände vom Gesicht und blickte Sarah an, musterte prüfend – so kam es Sarah vor – ihre kräftigen Umrisse. Sie sagte nicht: Dich könnte niemand ausradieren. Aber dieses Urteil, das Sarah plötzlich über sich selbst fällte, hellte das Gesicht ihrer Schwester flüchtig auf, ruhig, ohne Neid und ohne die hektische Röte zu vertreiben, die nach tagelangem Ausbleiben wieder aufgetreten war.

»Nein, es ist kein Unsinn.« Susan blickte auf die gefalteten Hände in ihrem Schoß. »Ich hatte dieses Gefühl schon, als wir noch Kinder waren und in Ranpur und hier oben in Pankot lebten. Ich glaube, es muß etwas damit zu tun haben, wie Vater und Mutter und alle von *zu Hause* redeten. Wenn wir nach Hause gehen . . . wenn du zu Hause bist. Ich wußte, ›zu Hause‹ war dort, wo die Leute lebten, und ich hatte die Vorstellung, daß ich im Geist bereits dort sein mußte, und dies erklärte, warum ich in Ranpur und Pankot nur eine Zeichnung war, die die Leute ausradieren konnten. Aber als wir nach Hause kamen, wurde es nicht besser, sondern schlimmer. Denn dort war ich auch nichts anderes. Ich wollte es jemandem sagen, aber es gab niemanden, mit dem ich darüber sprechen konnte. Wenn ich dich ansah, hatte ich das Gefühl, du würdest es nie verstehen, denn du hast noch nie ausgesehen wie jemand, den man ausradieren kann. Erinnerst du dich an diesen schrecklichen Sommer? An diesen Sommer, als alle nach Hause kamen und Urgroßvater starb? Damals habe ich sie mir angesehen und gedacht: Nein, sie sind nicht nach Hause gekommen. Man kann sie auch ausradieren. Vielleicht gehöre ich schließlich doch irgendwohin. Deshalb sehnte ich mich so danach, wieder in Indien zu sein. Ich sehnte und sehnte mich danach, und als wir zurückkamen, waren wir keine Kinder mehr. Ich fürchtete mich nicht mehr vor Indien, wie als Kind. Aber alle wirkten wieder so real, und ich wußte, ich gehörte immer noch nirgendwohin, denn an mir war nichts, außer meinem Namen und meinem Aussehen. Mehr besaß ich nie, mehr besitze ich nicht, und das ist nichts. Ich wußte, ich mußte mich damit abfinden, und ich versuchte es. Ich versuchte, etwas daraus zu machen.«

»Ich wußte nicht, daß du dich gefürchtet hast.«

»O ja. Ich glaube, ich habe mich sehr gefürchtet. Warum, weiß ich eigentlich nicht genau. Aber ich habe immer versucht, auf die andere Seite zu kommen – dorthin, wo du und alle anderen waren und sich nicht fürchteten. Es war eine Art Mauer wie diese.« Sie wies mit dem Kopf auf das geschlossene Fenster, durch das Panther versucht hatte, ins Zimmer zu kommen. Sarah folgte ihrem Blick und sah, daß sie die Mauer am Ende des Rasens meinte, hinter der die Dienstbotenunterkünfte lagen. »Gab es eine solche Mauer im Garten in der Kabul Road?«

»Ja.«

»Die die Dienstboten von uns trennte?«

»Ja.«

»Ich weiß, ich habe mich vor den Dienstboten gefürchtet. Niemand schien sich vor ihnen zu fürchten. Ich glaube, das gehörte dazu. Auf der anderen Seite der Mauer war alles sehr beängstigend. Allerdings nur beängstigend für mich. Ich glaube, ich schämte mich und hatte deshalb die Vorstellung, ich müßte nur auf die andere Seite gelangen, um zu sein wie alle anderen auch.«

»Das hast du dir gewünscht? Wie alle anderen zu sein?«

»Ja, ich glaube schon. Als Kinder wünschten wir uns das. Ja, ich glaube, das habe ich mir gewünscht. Als wir wieder nach Indien zurückkamen, fürchtete ich mich natürlich nicht mehr. Ich hatte eher den Wunsch, mir ein eigenes Leben zu schaffen, das Sinn hätte, wie das Leben aller anderen Sinn zu haben schien. Alle schienen so sicher zu sein, so schrecklich sicher, nur ich nicht. Ich war überhaupt nicht sicher. Ich dachte, wenn ich doch nur ein eigenes Leben führen könnte, ein Leben wie sie, ein Leben, das jeder als ein Leben betrachten würde. Dann könnte niemand mehr einfach vorbeikommen und mich ausradieren, niemand würde es versuchen. Meine Heirat mit Teddie gehörte dazu, sie war der beste Teil des Ganzen, obwohl ich ihn nicht wirklich geliebt habe.«

»Das dachte ich mir beinahe«, sagte Sarah.

»Das dachten sich alle beinahe, nicht wahr? Nun gut, hier hast du die Antwort: Ich habe ihn nicht geliebt. Ich glaubte ein dutzendmal, verliebt zu sein. Doch ich wußte immer, daß ich es eigentlich nicht war, nicht im Innern, worauf es eigentlich ankommen sollte. *Das* machte mir auch Angst. Es bewies, daß da innen *nichts* war. Aber ich wollte nicht länger allein sein. Ich kann mich sehr deutlich an den Tag erinnern, als ich dachte: Warum warten? Warum auf etwas warten, das sich nie ereignen wird? Dafür bin ich nicht geschaffen. Mir fehlt etwas. Ich konnte schon immer gut verbergen, was ich empfand. Also dachte ich, ich schaffe es schon; niemand wird es erfahren. Wen auch immer ich heirate, er wird es nicht wissen. Und dann kam der arme Teddie. Er tappte geradewegs in sein Unglück hinein, nicht wahr? Ich habe ihn geheiratet, weil ich ihn mochte und dachte, an ihm sei vermutlich nicht viel dran. Aber ich glaube, an ihm war doch etwas dran. Er gab mir beinahe das Gefühl, mit der Zeit könnte auch an mir etwas sein. Er hatte schreckliche Flitterwochen. Schrecklich!« Sie drehte sich um, sah Sarah an und sagte:

»Es lag nicht daran, daß ich Angst hatte oder daß er nicht *versucht* hätte, etwas zu ändern, sondern daran, daß ich ihm nichts zu geben hatte. Deshalb freute er sich so, als ich ihm die Sache mit dem Kind schrieb. Er hatte eine Frau geheiratet, an der nichts dran war. Aber sie würde ihm etwas schenken, um das wiedergutzumachen. Und da ich es ihm schenken mußte, hätte es vielleicht aus *mir* etwas gemacht, nicht wahr? Wem schenke ich das Kind jetzt, Sarah? Da ist *niemand.* Und ich habe ihm nichts zu bieten als mich. Es ist komisch, entsetzlich komisch, doch wenn ich jetzt darüber nachdenke, was irgend jemand von uns ihm geben könnte, finde ich keine Antwort.«

Susan zögerte und blieb regungslos sitzen. Sekundenlang beunruhigte Sarah ein undeutliches Bild von Susan, die als Kind einmal genauso dagesessen hatte – vor einer rauhen, rötlichen Backsteinmauer, die einen dunklen Hintergrund für den Lichtschimmer auf ihren Haaren abgab. Doch das Bild wurde nicht deutlicher oder lebendiger, und Sarah konnte nicht entscheiden, ob es eine indische oder eine englische Erinnerung war.

»Nein«, wiederholte Susan. »Ich versuche, versuche und versuche es, aber ich finde keine Antwort. Vermutlich liegt es daran, daß Leute wie wir schon vor Jahren am Ende waren. Wir wissen es, geben aber vor, es nicht zu wissen und leben weiter, als glaubten wir, wir zählen immer noch.« Susan zögerte wieder, blickte Sarah direkt ins Gesicht und fragte: »Warum sind wir am Ende? Warum zählen wir nicht?«

Sarah gab ihr stumm die Antwort: Weil wir nicht mehr daran glauben. Wir glauben nicht wirklich daran, wie Großvater Layton vermutlich daran glaubte – Großvater, und alle diese Laytons und Muirs, die nach einem erfüllten Leben friedlich in ihren Gräbern ruhen, die nun Erde von Indiens Erde sind. Und unser fehlender Glaube kommt uns wie ein Verrat an ihnen vor. Deshalb können wir uns nicht mehr in die Augen blicken und ein gutes Gefühl haben, können nicht einmal das Gefühl haben, daß die guten Dinge, die einige von uns vielleicht tun, irgend etwas bedeuten und so viel wert sind, daß man sich an sie erinnern wird. Also hassen wir uns, wagen aber nicht, darüber zu sprechen. Wir hassen, was uns umgibt, das Land, das Volk, unsere sich wandelnde Geschichte, deren Teil wir sind.

Aber das konnte sie Susan nicht sagen. Deshalb fragte sie: »Warum sagst du *wir*? *Wir* sind vielleicht am Ende oder zählen nicht oder was auch immer. Aber du zählst, ich zähle.« Sarah wünschte, mit dieser schlichten Direktheit daran glauben zu können, mit der sie es gesagt hatte. »Davon ist viel zuviel die Rede. Zuviel ›wir‹, ›uns‹, ›einer von uns‹. O ja, dem stimme ich zu – einer von uns. Ich weiß auch nicht, was *wir* noch sind. Hör auf, so zu denken, du bist ein Mensch, keine Masse.«

Wieder betrachtete Susan sie ruhig, aber diesmal, so dachte Sarah, nicht frei von Neid, obwohl die Erregung, die der Neid hervorrief, kaum sichtbar war. Susan sagte: »Wie selbstsicher du bist!« Sie sagte das in einem Ton, der Sarah schlagartig an jenen Nachmittag auf einem Hausboot in Srinagar erinnerte, als sie die alte Dame angesehen und gesagt hatte: »Sie wissen soviel!« *Sie wissen soviel! Wie selbstbewußt du bist!* Aber das bin ich nicht, nein, nein. War *sie* es auch nicht gewesen, diese alte, zerbrechliche, kleine, ausgeglichene Dame, deren Hand (plötzlich fiel es Sarah wieder ein) so beiläufig mit verblaßter edwardianischer Eleganz auf den kleinen Perlmuttknöpfen einer cremefarbenen plissierten Bluse ruhten? Nun ja, vielleicht hatte sie auch nichts gewußt, war sich nur darin sicher, daß die Jahre des Glaubens vorüber waren und die Jahre des Nichtglaubens begonnen hatten.

Sarah schüttelte den Kopf.

»Ich bin überhaupt nicht selbstsicher. Aber das eine weiß ich.

Auch das Kind zählt.« Ohne es auszusprechen, meinte sie damit, daß Susan ihm gegenüber eine Pflicht hatte. Sie wollte dieses Wort vermeiden. Es waren schon immer viel zu viele Worte über Pflicht und zu wenig über Liebe gemacht worden (und wurden auch jetzt noch gemacht).

»Ja, ich weiß«, sagte Susan. »Alles was möglich ist, muß getan werden. Ich wollte dich übrigens schon lange etwas fragen. Mutter meinte, wenn du es tust, wird Tante Mabel sicher nicht nein sagen.«

»Wenn ich was tue?«

»Sie nach dem Taufkleidchen fragen.«

»Warum soll ich sie nach dem Taufkleidchen fragen?«

»Ob sie es mir leiht.«

»Was für ein Taufkleid ist es denn?«

»Dein Taufkleid. Meins ist verlorengegangen. Aber sie hat deins immer noch. Barbie hat es mir erzählt. Sie hat es in einer von Tante Mabels Wäschetruhen gesehen, als Aziz es zum Lüften herausnahm.«

»Woher weiß Barbie, daß es mein Taufkleid ist?«

»Sie hat Tante Mabel danach gefragt. Und Tante Mabel hat es gesagt. Mutter hat mir erzählt, sie erinnert sich daran, daß Tante Mabel dein Taufkleid bekam, weil es beinahe ganz aus Spitze genäht ist, die der Mutter ihres ersten Mannes gehörte. Da Tante Mabel nie Kinder hatte, wurde die Spitze nicht gebraucht, und sie wollte, daß man dein Taufkleid daraus nähte.« Susan schwieg. »Ich dachte, du wüßtest das vielleicht. Hat Tante Mabel es nie herausgenommen, dir gezeigt und gesagt: Sieh mal, darin bist du getauft worden?«

»Nein, nie.«

»Ich dachte, es sei vielleicht ein Geheimnis, das ihr miteinander teilt.«

»Ich weiß nichts davon, daß Tante Mabel und ich Geheimnisse hätten. Bist du nicht auch darin getauft worden?«

»Nein, ich hatte etwas Modernes, wie Mami sagt. Aber es ist verlorengegangen oder hat sich nicht so gut gehalten wie die Spitze. Ich hätte gern, daß das Baby das Kleidchen anhat, in dem du getauft worden bist.«

»Ich werde Tante Mabel danach fragen. Aber vielleicht ist es alt und riecht nicht gut.«

»Nein. Barbie sagt, es ist sehr schön. Tante Mabel muß es besonders gehütet haben. Ich wollte dich noch etwas fragen – ich meine, wegen der Taufe. Wirst du Taufpatin sein? Mutter sagt, Tante Fenny erwartet, daß man sie darum bittet. Aber das will ich nicht.«

»Ich wäre sicher keine gute Taufpatin.« Sarah zögerte. »Ich glaube nicht daran.«

Sie hatte die Augen abgewendet, als sie das sagte, und sah im Geist Tante Mabel vor einer Wäschetruhe knien (Sarah hatte Tante Mabel nie so knien sehen). Sie hielt (wie Sarah Tante Mabel noch nie hatte etwas halten sehen) das mysteriöse Taufkleidchen hoch und untersuchte es auf Zeichen von Alter und Verschleiß, als sei es eine Reliquie, und der Gott, an den Sarah nicht glaubte, habe ihr auferlegt, diese Reliquie bis zur Wiederbelebung eines beinahe vergessenen Rituals aufzubewahren. Sarah warf einen Blick auf Susan und glaubte, in dem inzwischen volleren, aber immer noch hübschen Gesicht das krampfhafte Zucken einer uralten Angst zu entdecken.

»Ich weiß. Aber wenn mir etwas zustößt, wirst du dich doch um das Baby kümmern, nicht wahr?«

»Dir wird nichts zustoßen.«

»Aber *wenn*.«

»Ach, es gibt doch genug gute Waisenhäuser.«

»Sarah – so etwas darfst du nicht einmal im Spaß sagen.«

»Dann stell keine so albernen Fragen! Natürlich würde für das Baby gesorgt werden.«

»Davon rede ich nicht, und darum bitte ich nicht. Sorgen, sorgen! Ich frage dich, ob *du* dich um das Baby kümmerst, nicht einfach danach, ob für es gesorgt wird.«

»Mir könnte auch etwas zustoßen.«

Ihre Verlegenheit, dachte Sarah, wirkt unfreundlich. Natürlich würde sie sich um das Kind kümmern.

Susan wendete den Kopf und schien auf Teddies Bild zu blicken. Sie sagte: »Ja, dir könnte etwas zustoßen. Das wird auch geschehen: Du wirst heiraten. Du wirst selbst Kinder haben wollen – und nicht mein Kind und Teddies.«

»Du wirst auch heiraten.«

»O nein. Nicht, damit das Kind einen Vater hat. Nein, nicht noch einmal so, ohne wirkliche Liebe. Und wie kann ich das lernen?«

»Du wirst das Baby lieben.«

»Werde ich das?« fragte Susan und sah sie wieder an.

»Wenn du das Baby erst hast, ist alles gut. Und nach einiger Zeit wird jemand wie Dicky Beauvais dich heiraten wollen.«

»Nicht jemand wie Dicky Beauvais.«

Es klang, als sei ein Abschnitt von Susans Leben zu Ende.

»Nein, also gut. Aber irgend jemand wird dich heiraten.«

»Ich möchte nicht aus Mitleid geheiratet werden, und genau damit müßte ich doch rechnen. Die Witwe des armen Teddie Bingham. Sie ist selbst noch ein Kind, wie soll sie allein zurechtkommen?« Sie warf einen Blick auf das Bild ihres Mannes und suchte in seinem abgeklärten Gesicht vielleicht etwas, das nicht von Mitleid sprach, sondern von Mitgefühl für jene, die er unfreiwillig zurückgelassen hatte und die sich nun zurechtfinden mußten, so gut sie konnten.

»Ich glaube«, sagte Susan, »es wäre doch besser, wenn du für mich an Hauptmann Merrick schreiben würdest. Du kannst dich bei ihm sehr viel freundlicher bedanken und ihm zu verstehen geben, wie *verbunden* die Laytons ihm für alles sind, was er versucht hat, für Teddie zu tun. Was es auch sein mag. Was es auch sein mag.« Sie runzelte die Stirn und schien durch Teddies Foto kein klareres Bild von dem ungewollten Geschenk zu gewinnen, das er ihr mit seinem Tod gemacht hatte. Sarah bemerkte die gerunzelte Stirn, bedachte den Ton und den Rhythmus des wiederholten Satzes *was es auch sein mag* und registrierte einen gewissen Zweifel, der im Zusammenhang mit dem Tod plötzlich für sie beide bestand.

»Wenn es dir lieber ist«, erwiderte sie und fragte sich: Aber was soll ich ihm schreiben? Bei der Vorstellung, ihm überhaupt zu schreiben, regte sich in ihr ein gewisser Widerstand, als lasse sich der Brief als eine Niederlage werten, als Beweis dafür, daß es ihm schließlich doch gelungen war, sie so weit zu bringen, daß sie ihm entgegenkam – als Sarah für Sarah, und als eine Layton für die Laytons.

»Du kannst sagen, ich hätte mich noch nicht völlig von dem Schock erholt«, fuhr Susan fort, »und ihm die Sache mit dem Baby berichten – ihn vielmehr daran erinnern. Von dem Baby muß er wissen. Teddie muß ihnen allen von dem Baby erzählt haben. Ich nehme an, sie haben einen ihrer Männerwitze darüber gemacht: ›Dieser schlimme Teddie . . .‹, ich meine, darüber, daß er Vater werden würde. Vielleicht muß er nicht daran erinnert werden, aber du erwähnst es besser. Führe es als eines der Dinge an, die entschuldigen, daß ich ihm nicht selbst schreibe. Aber ich möchte, daß er weiß, ich möchte wirklich, daß er weiß, daß ich ihm verbunden bin.«

Dieses Wort schien sie zu faszinieren. Wenn sie es aussprach, schuf es in ihr ein beinahe klösterliches Gefühl des Friedens, des Rückzugs aus den wilden Strömungen einer von Katastrophen heimgesuchten Welt. Es linderte nicht die kleine Wunde des Zweifels, doch sie schmerzte weniger. Verbunden . . . verbunden. Es klang metaphysisch, selbstlos, vergebend.

»Wer weiß«, sagte Susan und wendete sich Sarah mit diesem eigenartigen Gesichtsausdruck zu, »vielleicht liegt er irgendwo und spürt es, spürt schmerzlich, daß er Teddie nur Unglück gebracht hat. In Mirat war es nur ein Stein, aber diesmal war es vermutlich eine Granate oder eine Kugel, und sie waren wieder zusammen. Ich möchte es herausfinden. Ich glaube, ich möchte es wissen. Ich glaube, ich möchte es wissen, weil ich es Teddie schuldig bin zu erfahren, was geschehen ist, sonst ist es so, als ob einer allein ausgeht. Hauptmann Merrick wird es wissen, und er kann es mir erzählen. Dann wird Teddie vielleicht wissen, daß ich es weiß. Glaubst du . . .« Sie brach ab, und Sarah mußte fragen:

»Was glaube ich?«

»Glaubst du, es wäre nett, wenn wir Hauptmann Merrick bitten, Taufpate zu sein?«

»Nein, das glaube ich nicht.«

»Warum nicht?«

»Ich weiß nicht. Ich glaube es einfach nicht.«

»Du meinst, er glaubt vielleicht auch nicht daran. Aber er hat christlich gehandelt, nicht wahr, und das zählt, nicht das In-die-Kirche-Gehen und Frommtun. Im Brief steht, er hat trotz seiner Verwundung alles Menschenmögliche getan, um ihm zu helfen. Er hat alles Menschenmögliche getan und ist bei Teddie geblieben, bis ärztliche Hilfe eintraf. Er hat versucht, Teddie das Leben zu retten. Vielleicht nicht nur wegen Teddie, sondern auch meinetwegen und auch wegen des Kindes. Also finde ich, wir sollten ihn bitten, Pate zu werden, und uns nicht darum kümmern, was Leute wie Tante Fenny denken.«

»Was denken denn Leute wie Tante Fenny?«

»Sie denken vielleicht, daß er nicht der Geeignete ist.«

»Weil er keiner von uns ist?«

»Ja.«

Sarah dachte wieder an den Abend mit den Leuchtkäfern und dachte: Aber in gewisser Weise ist er das. Er ist einer von uns. Er ist unsere dunkle, unsere verborgene Seite. Und sofort fiel ihr wieder die Frage ein, die sie sich damals gestellt hatte: »Weshalb sollte ich an seiner Aufrichtigkeit zweifeln?«

Ihr Widerstand wurde schwächer, doch als sie sagte: »Also ich würde mir keine Sorgen darüber machen, was Tante Fenny möglicherweise sagt«, und dadurch ihre Zustimmung zu seiner Patenschaft zu erkennen gab, spürte sie den Nachhall der seltsamen Furcht, mit der dieser Gedanke, die erinnerte Wirkung und der neue Eindruck von ihm als der dunklen Seite ihrer Geschichte sie erfüllte; und augenblicklich war er untrennbar mit dem Bild der Frau in Weiß verbunden, eines Menschen, irgendeines Menschen, der sich veranlaßt sah, ihn um die Erleichterung eines Leids zu bitten, dessen Ursache er – und sei es auch unbeabsichtigt – gewesen war.

»Es ist auch in Abwesenheit möglich, nicht wahr?« fragte Susan. »Wenn er zustimmt. Er kann Pate werden, ohne tatsächlich bei der Taufe anwesend zu sein.«

»Ich glaube schon.«

»Und vielleicht trägt es zu seiner Besserung bei, wenn er weiß, daß wir ihn darum bitten. Teddie erzählte, Hauptmann Merrick habe ihm leid getan, ehe er den ganzen Ärger bei der Hochzeit verursachte. Er bekam nie oder beinahe nie Briefe. Ich glaube, das war auch einer der Gründe dafür, daß Teddie ihn bat, Trauzeuge zu sein, nicht nur, weil sie das Quartier teilten. Teddie hat sich sehr über den Stein aufgeregt, aber er hatte ein weiches Herz.«

»Du auch.«

»O nein.« Sie betrachtete ihre Hände. »Ich habe überhaupt kein Herz.« Sie hob den Blick wieder. »Wirst du das für mich tun, Sarah? Schreibst du ihm, um herauszufinden, wo er ist?«

»Na gut.«

Aber diesen Brief zu schreiben war gar nicht nötig. Am nächsten Tag traf ein kurzer Brief von Hauptmann Merrick ein; ein Brief an Sarah, den sie Susan zeigte. Als Susan ihn gelesen hatte, war sie erschüttert, denn bestimmte Anzeichen und Hinweise hatten sie davon überzeugt, daß Hauptmann Merrick seine Augen und seine Hände nicht mehr gebrauchen konnte.

---

143 Britisches Militärkrankenhaus
AFPO 12
17. Mai 1944

Liebe Miss Layton,

Ich vermute, Sie werden inzwischen erfahren haben, daß Teddie vor drei Wochen gefallen ist. Ich hielt es trotzdem für klüger, Ihnen und nicht Susan zu schreiben, für den Fall, daß es zu einem Irrtum oder einer Verzögerung gekommen sein sollte. Vielleicht hätte ich Ihnen aber auf jeden Fall geschrieben. Es fällt mir nicht leicht, mich schriftlich auszudrücken, und es würde mir schwerfallen, Ihrer Schwester einen Brief zu schreiben. Ich bin sicher, Sie werden die richtigen Worte finden, um ihr meine Gefühle für sie zu übermitteln – Mitgefühl und vermutlich Hilflosigkeit angesichts dessen, was für sie, wie ich mir vorstellen kann, im Augenblick überwältigend traurig sein muß. Wie Sie an der Adresse und vielleicht auch an der Handschrift sehen können, schreibt eine Krankenschwester diesen Brief; ich bin *hors de combat*, aber mein Zustand bessert sich (wie man mir sagt und ich auch spüre) langsam aber stetig. Vielleicht hat jemand vom Regiment es Susan bereits berichtet, falls nicht, möchte ich Ihnen sagen, daß ich damals bei Teddie war. Es erscheint mir höchst unlogisch, daß von uns beiden ich davongekommen sein soll, denn Teddie hatte alles, wofür es sich zu leben lohnte, und ich im Vergleich dazu etliches weniger. Es hätte genau anders kommen müssen. Ja, wirklich, ganz anders.

Auf mich wartet noch eine Operation – allerdings nicht hier, sondern in Kalkutta, wie man mir sagt. Danach rechne ich mit einer Rekonvaleszenzzeit und anschließendem Krankenurlaub, und bis dahin wird sich die Zukunft wohl klarer abzeichnen. Natürlich wäre ich dankbar für Nachrichten, besonders über die seelische Verfassung und den Gesundheitszustand Ihrer Schwester, falls Sie die Zeit finden, mir zu schreiben (an diese Adresse. Man wird es mir nachsenden, denn möglicherweise werde ich in ein bis zwei Tagen verlegt). Die ganze Sache belastet mich. Mir gehen alle möglichen Gedanken durch den Kopf, und ich würde gern ausführlich mit Ihnen darüber sprechen. Für heute grüße ich Sie beide und Ihre Mutter und hoffe, daß Sie inzwischen gute Nachrichten von Ihrem Vater haben.

Hochachtungsvoll (gez.)
Ronald Merrick (S. P. Qaimns).

»Du könntest ihn doch besuchen«, sagte Susan. »Du könntest bei Tante Fenny wohnen und ihn besuchen, wenn er in Kalkutta im Krankenhaus liegt.«

»Tante Fenny könnte ihn besuchen.«

»Nein, doch nicht Tante Fenny. Du! Er mochte Tante Fenny nicht. Mich auch nicht. Aber er mochte dich. Dir hat er geschrieben. Er möchte mit dir sprechen.«

Susan versank wieder in Schweigen. Sie saß an diesem Tag fast nur auf der Veranda und starrte auf die rote Backsteinmauer, während Panther neben ihr lag und sie vor diesen unsichtbaren Dämonen bewachte, die in der Vorstellung von Tieren bei menschlichem Kummer und menschlicher Geistesabwesenheit immer anwesend sind. Und lange bevor man sich in Pankot erzählte, Susan Layton sei bedenklich in sich gekehrt (so daß alle, die sich an Poppy Brownings Tochter erinnerten, wieder über diese Geschichte sprachen), bemerkten die Dienstboten, die hinter der Mauer lebten, diese eigenartige Veränderung und erinnerten sich an das unheilvolle Omen der monströsen Geburt in den Hügeln. Sie brachten an versteckten Plätzen im Garten des Bungalows Milchopfer dar, um den Durst der guten und bösen Geister zu stillen, und stellten Blumen auf, um durch deren süßen Duft ihr launisches Wesen zu besänftigen.

Vor der Auffahrt zum Flagstaff House gab es ein kleines offenes Holzhäuschen, beinahe eine Kopie des Wachhäuschens, das hinter dem Tor stand; doch in diesem Häuschen befand sich ein Buch und keine Wache. Das Buch war an dem Bord festgekettet, auf dem es lag. Ein ebenfalls angeketteter Schreibstift lag in der Rille zwischen den aufgeschlagenen Seiten. Jeden Abend kam ein Dienstbote die Auffahrt herunter, schloß das Buch von der Kette, trug es ins Haus und legte es auf den Tisch in der Eingangshalle. Morgens wurde es wieder in die Hütte gebracht. Außer dem Buch befand sich in dem Häuschen ein kleines Holzkästchen mit einem Schlitz im Deckel, der breit genug für eine Visitenkarte war. Auch das Kästchen wurde jeden Abend ins Haus gebracht und am nächsten Morgen an seinen Platz zurückgestellt. Buch und Kästchen boten einem Besucher oder einem Neuankömmling in der Garnison die Möglichkeit, dem Gebietskommandanten einen offiziellen Besuch abzustatten. In früheren Zeiten war dieser Besuch obligatorisch gewesen, aber inzwischen war die Unterschrift im Buch oder die Visitenkarte im Kästchen ein Hinweis auf die Anwesenheit (oder Abreise) einer Person in (aus) Pankot, der diese alten Formen noch etwas bedeuteten – einer Person, die wußte, daß man sie in Flagstaff House immer noch wichtig nahm, und die das Gefühl hatte, es sei unhöflich, den Amtsträger zu verstimmen.

In diesem Buch gab Lady Manners eines Tages gegen Ende Mai ihre Anwesenheit bekannt – Lady Manners, oder ihr Geist oder jemand, der sich einen Spaß erlaubte, denn neben der ständigen Anschrift in Rawalpindi befand sich auch nicht der kleinste Hinweis auf ihre derzeitige Adresse. Niemand in Pankot hatte sie gesehen oder wußte, wo sie wohnen mochte. Auch die Wachen, die zwischen neun Uhr morgens und fünf Uhr nachmittags Dienst gehabt hatten, konnten sich nicht mit der Sicherheit erinnern, die Isobel Rankin sich erhofft hatte, als sie die Männer vom Hausdiener befragen ließ, daß jemand zu Fuß, im Wagen oder in einer Tonga am Tor aufgetaucht wäre, der nicht ins Haus, sondern zu dem Buch gegangen war, sich dort eingetragen hatte und wieder verschwunden war, jemand, auf den die Beschreibung ungefähr gepaßt hätte, die in Mrs. Rankins Vorstellung dem Namen, dem Rang und der ganzen Erscheinung dieser unglücklichen Frau entsprach.

Nun ja, die Dienstboten würden es wissen, die Dienstboten von anderen würden es wissen. Aber sie wußten es nicht oder gaben vor, es nicht zu wissen, und dies mit so unwahrscheinlicher Einhelligkeit, daß ein bloß vorgeschütztes Unwissen als ausgeschlossen erschien. Wo wohnte sie also? Mit Sicherheit nicht auf der Pankotseite von Pankot, der richtigen Seite, die man erreichte, wenn man die Straße nahm, die am Basar rechts abbog und allmählich zu den majestätischen Höhen führte, wo die – für diese Jahreszeit – nun wieder einmal unbewohnte Sommerresidenz stand, in der Lady Manners einst residiert hatte – vor vielen, so vielen Jahren, daß sich niemand in der Garnison daran erinnern konnte, selbst die alte Mabel nicht, die Rose Cottage erst in den dreißiger Jahren gekauft hatte, als die Amtszeit von Henry Manners schon vorbei war. Also wohnte sie auf der anderen Seite, wohin kein Engländer je einen Fuß setzte. Bestimmt, ja, das sah ihr ähnlich, nach Pankot zu kommen und sich bei jenen zu verkriechen, die zur anderen Seite gehörten. In Pankot gab es inzwischen mehrere indische Offiziere, und einige waren verheiratet. Ihre Frauen (zarte, schüchterne Wesen, mit denen Isobel Rankin sich die größte Mühe gab) würden vielleicht etwas wissen. Aber sie wußten nichts. Es war ein Geheimnis. Weshalb hatte sie sich überhaupt eingetragen (wenn sie tatsächlich hier war, wenn es sich nicht um einen Scherz oder um eine Geisterschrift handelte)? War sie allein oder in Begleitung? Wo war das Kind? Bedeutete die Unterschrift eine Art Entschuldigung, einen ersten zögernden Schritt zurück in die Arme der eigenen Rasse? Oder genau das Gegenteil?

Es war doch eigenartig, dachte ganz Pankot, oder wenn nicht eigenartig, dann doch gewiß nicht uninteressant, daß zwei Randfiguren der Komödie oder Tragödie im Bibighar-Park (je nachdem, in welcher Stimmung man sich befand, erschien einem die eine oder die andere Bezeichnung passender) sich in das Bewußtsein vernünftiger Leute drängten, die glaubten, es wäre angenehmer gewesen zu vergessen, daß diese Affäre sich je ereignet hatte: Lady Manners, die ruhig mit ansah, daß ihre Nichte ein auf so abscheuliche Weise empfangenes Kind zur Welt brachte, und es dann an ihr Herz drückte. Und Hauptmann Merrick, von dem man sagte, er habe seine Pflicht getan, was man ihm nicht gedankt hatte, und der jetzt verwundet im

Krankenhaus lag, weil er versucht hatte – die genauen Einzelheiten kannte man nicht –, dem Mann der armen Susan Bingham zu helfen, der bei einem Einsatz gefallen war.

Die Geschichte von dem Stein, die Mrs. Layton aus Mirat mitgebracht hatte (sie sprach ganz nebenbei darüber, als würden bei jeder Hochzeit Steine geworfen); der eigenartige Umstand, daß sich durch Teddie Binghams Kratzer herausstellte, wer der Trauzeuge wirklich war, und die Enthüllung, daß man Merrick nach dem Versagen der Polizei, im Fall Manners jemandem eine Schuld nachzuweisen, in irgend ein Nest abgeschoben und ihm dann erlaubt hatte, zur Armee überzuwechseln – diese Dinge wuchsen in der Wärme des Beifalls für einen Mann, der bei einem sterbenden Offizierskameraden ausgeharrt hatte, bis der Stein zum Symbol eines Märtyrertums wurde, das alle verstanden, weil sie überzeugt waren, es zu teilen. Auf diese Weise betrat Merrick ihr Bewußtsein, betrat er Pankot und war, solange das Interesse an ihm anhielt, Teil der alten Garnison in den Hügeln und stand im beständigen Mittelpunkt des Wissens, worin die Bedeutung der geheimen Losung lag: *Einer von uns. Einer von uns*. Daß man wußte, daß man glaubte, von rechts wegen gehörte er nicht ganz dazu, zählte nicht. Er war durch sein Beispiel einer von ihnen geworden.

»Natürlich hat er sie geliebt«, erklärte Barbie – durch Barbies intimeres Wissen und ihr hektisches Interpretieren von Dingen, von denen die Laytons nur vage wußten, drangen diese bruchstückhaften Erkenntnisse nach außen, deren Wahrheit man zwar nicht beweisen konnte, die den Fakten jedoch die dunkle, warme Handfestigkeit (Massivität) aktueller Themen gaben. Ja, er hatte diese Manners geliebt. Aber sie zog den Inder vor. Sie mußte mehr als jeder andere schuld daran gewesen sein, daß dieser Inder und seine Mitverschworenen nie ordentlich vor Gericht gestellt und verurteilt wurden. Es war ihr nicht gelungen zu verhindern, daß sie ins Gefängnis wanderten, aber sie ließ den Fall platzen, den Mr. Merrick so schnell und tüchtig aufgebaut hatte. Offensichtlich mußte er dafür büßen. Man ließ ihn bezahlen, so wie man eben Männer zahlen ließ. Man schickte ihn nach Sundernagar, als habe er sich etwas zuschulden kommen lassen. Diese Manners hatte seine Laufbahn ruiniert. Nun ja, sie war tot, und man durfte nicht schlecht über Tote sprechen. Vielleicht hatte sie ihre Verblendung bereut, ehe sie starb. »Und ich«, sagte Barbie, »wie könnte ich das als Christin nicht auch. Ich habe eigentlich nichts gegen das Kind wie manche andere. Wir sind alle Gottes Kinder. Aber man hat dieses Kind nicht zu Gott gebracht.« Der alte missionarische Eifer glühte in ihrem runzligen Pergamentgesicht. Wenn Barbie solche Dinge sagte, stand den Anwesenden ein Bild von Barbie vor Augen, wie sie den Hügel hinunterstürmte, die alte Lady Manners suchte und ihr eine solche Furcht vor dem HERRN einflößte, daß Lady Manners reuig mit dem Kind auf den Armen zu Mr. Peplow eilte; es mußte jedoch im Dunkel ungewisser Vermutungen bleiben, was er in einem solchen Fall tun würde, da man den Vater des Kindes nicht kannte, es einen heidnischen Namen hatte – nämlich Parvati (Barbie erinnerte sich daran, weil es der Name von Schiwas Gemahlin war) –, außerdem dunkelhäutig war (wie man erzählte) und so die Ursünde seiner Zeugung verriet.

»Nein«, erwiderte Sarah und wehrte mit dieser Lüge Barbies Frage ab, ob sie Lady Manners erkennen würde, wenn sie ihr begegnen sollte. Sarah überlegte, ob ihre Mutter doch etwas über ihren spontanen Besuch auf dem Hausboot hatte verlauten lassen.

»Aber Ihre Mutter hat gesagt, daß Sie im letzten Jahr in ihrer unmittelbaren Nähe waren.«

»So nahe nun auch wieder nicht.«

»Sie müssen sie doch wenigstens von weitem gesehen haben.«

»Von weitem ja.«

Es war Abend. Sie spazierten im Garten zwischen Tante Mabels Rosen und warteten darauf, daß sie von einer ihrer einsamen Wanderungen zurückkam – eine gehörlose alte Frau in kräftigen Schuhen, die stumm die steilen Hügel hinaufstieg.

Plötzlich fragte Barbie: »Wer ist Gillian Waller?«

»Ich weiß nicht. Warum?«

»Ich dachte, es sei vielleicht eine Verwandte. Mabel spricht von ihr.«

»Ohne zu sagen, wer sie ist?«

»Ich meine im Schlaf.« Barbie wirkte verlegen. »Ich gehe in ihr Zimmer, wissen Sie, um mich zu vergewissern. Sie ist so vergeßlich geworden. Sie vergißt das Licht, ihr Buch. Sie schläft ein, ohne die Brille abzusetzen. Es ist gefährlich. Die Gläser können zerbrechen – ein Splitter im Auge. In den kalten Nächten im Winter ist es nicht warm genug, um schlafend im Sessel zu sitzen, ohne richtig zugedeckt zu sein.«

»Sie decken sie zu?«

»Sie ahnt nichts davon. Aber wissen Sie, das bin ich ihr schuldig. Ich bin ihr dankbar, und ich habe einen leichten Schlaf. Ich wache beim leisesten Geräusch auf. Früher, in den einsamen Gegenden, hatte man das Gefühl, Gott habe einem die Pflicht auferlegt, wachsam zu sein. Es ist zur Gewohnheit geworden. Ich schlafe am tiefsten zwischen zwei und vier. Ich brauche nicht viel Schlaf. Ich vergewissere mich lieber, daß bei *ihr* alles in Ordnung ist. Ich hatte mit einem *einsamen* Alter gerechnet. Das tun die meisten von uns in der Mission. Mabel wußte das. Sie hat einige von uns gesehen, die alt wurden, fröhlich blieben und allein in der Welt standen. Nun ja, so ist es. In letzter Zeit ist sie sehr unruhig geworden. Sie redet, na ja, eigentlich murmelt sie: ›Gillian Waller . . .‹, also, wer es auch sein mag, dieser Name beschäftigt sie. Ich traue mich nicht zu fragen. Ich möchte nicht neugierig wirken. Sie ist so verschlossen. In der ersten Zeit in Rose Cottage machte sie mir Angst. Ich habe immer viel geredet. Reden, reden, reden! Gott hört zu, hat Mr. Cleghorn immer gesagt, wenn ich ihn dabei ertappte, daß *er* mir nicht zuhörte. Das war in Muzzafirabad. Er war der Leiter der Mission, als ich Edwina Cranes Posten übernahm und mir so große Sorgen machte, weil alle sie so bewunderten und weil ich so viel älter war als sie. Deshalb redete ich noch mehr. Reden, reden, reden! Es gleitet an ihr ab. Ich dachte, sie hält das nie aus, und deshalb redete ich noch mehr. Ich rede und rede, und es ist wie eine Flut, die sie umspült. Aber sie ist eine feste Burg, und ich erkannte, daß es ihr nichts ausmacht. Es gefällt ihr immer noch, wenn sie mich reden sieht, selbst wenn sie nicht mehr alle Worte hört. Sie ist ein Fels in der Brandung, den die Wellen umtoben. Solche Menschen gibt es. Sie gehört dazu. Ist Susan wieder etwas munterer?«

»Nicht munter, aber sie hält sich.«

»Sie hält sich?« Barbie faßte Sarah am Arm. »Woran hält sie sich?« Noch ehe Sarah etwas sagen konnte, fragte sie: »Wer war Poppy Browning?«

»Poppy Browning? Ich weiß nicht. Spricht Tante Mabel auch von Poppy Browning?«

»Nein, das ist Klatsch, den ich zufällig gehört habe. Würden Sie nicht sagen, Susan ist bedenklich in sich gekehrt?«

Sarah blieb stehen. Sie betrachtete eine rote Rose, beugte sich hinunter, um daran zu riechen. Sie spürte wieder die Berührung dieser plötzlichen Vorahnung im Nacken. Es kam ihr vor, als sei sie gebannt und schwebe zwischen einer ungewissen Zukunft und einer verblassenden Geschichte, die etwas damit zu tun hatte, daß sie den Kopf wie jetzt beugte, aber nicht über eine Rose, sondern über ein Sträußchen duftender Blumen – aber nicht über die Blumen, die Susan geworfen und die sie aufgefangen hatte, sondern jene Blumen auf einem alten Foto, die sie an Tante Fennys Hochzeit in der Hand gehalten hatte, während Tante Mabel, deren Gesicht halb unter einem breitkrempigen Hut verschwand, wie ein Fels, wie eine feste Burg irgendwo hinter ihr stand.

»Wir halten durch«, sagte sie zu Barbie, »wir sind dazu geschaffen. Auf eine merkwürdige Weise sind wir dazu geschaffen.« Aber Susan auch? Sie drehte sich nach Barbie um. »Haben Sie das gehört? Sagen die Leute, Susan sei in sich gekehrt?«

»Bedenklich in sich gekehrt. Sie waren sofort still, als sie mich sahen. Mrs. Fosdick, Mrs. Paynton, Lucy Smalley. Lucy Smalley sagte: Jawohl, als ich sie das letzte Mal gesehen habe, mußte ich unwillkürlich an Poppy Brownings Tochter denken. Dann wechselte sie das Thema.«

»Das ist nichts als Gerede, Barbie. Es hat nichts zu bedeuten, sonst hätte man Sie mit einbezogen. Sie gehören praktisch zur Familie. Für jemand, der sich wirklich Sorgen um Susan macht, sind Sie der ideale Gesprächspartner, um darüber zu reden.«

»Ach, ich wünschte . . .«, sagte Barbie, preßte Sarahs Arm und ließ ihn unvermittelt wieder los, ». . . aber ich kann nicht . . . mit Ihnen fahren. Wissen Sie, meine Mission hat ihren Hauptsitz in Kalkutta.«

---

Barbies Fürsorglichkeit war unauffällig. Sie hielt sich im Hintergrund, während Sarah Tante Mabel über die rückwärtige Veranda folgte und das Henkelkörbchen für die neue Ernte welker Blüten trug. Es war schon fast dunkel, Barbie schaltete im Haus die Kugellampen auf der Veranda an.

»Wann fährst du denn?« fragte Mabel.

»Morgen.«

Mabel nickte und beschäftigte sich weiter mit der Azalee.

»Und wo wohnst du?«

»Ich habe Tante Fenny angerufen. Sie nimmt mich für ein paar Nächte auf.«

»Ich dachte, sie sind in Delhi.«

»Sie sind im Januar nach Kalkutta gezogen.«

Sie gingen zur nächsten Pflanze. Sarah sagte: »Ich möchte dich etwas fragen, etwas Besonderes.« Es fiel ihr schwer, es auszusprechen und ihrer Bitte trotzdem die Härte einer Forderung zu nehmen. »Ich möchte dich nach einem alten Taufkleidchen fragen.«

Die geschickten alten Hände bewegten sich unablässig weiter: Sie streichelten, wendeten Blätter, suchten, zupften; sie erhielten die

Stärke der Pflanze, bewegten sie durch das Entfernen der welken Überbleibsel früheren Blühens zu neuem Leben und ermöglichten ein reifes Alter. Sarah dachte: Ich will ihr etwas Ähnliches nehmen. Sie überlegte, ob Mabel derselbe Gedanke gekommen war, ob er sie getroffen und eine tiefe Wunde gerissen hatte, die jedoch sofort wieder heilte, weil sie die Notwendigkeit einsah, denn Mabel drehte sich plötzlich wortlos um, ging hinein und ließ Sarah mit dem Körbchen allein zurück. Im Haus war alles still. Aber bald erschien Barbie in der Glastür und winkte.

»Sie ist in ihrem Zimmer und möchte. daß Sie kommen.«

Sarah stellte den Korb neben den Liegestuhl, in dem Susan gern lag, und folgte Barbie in die Eingangshalle. Die Tür von Mabels Zimmer, das Sarah nur selten betreten hatte, stand offen. Sie klopfte ziemlich laut. Mabel kniete vor der geöffneten Wäschetruhe am Fußende des Bettes und schlug das Seidenpapier zurück – es waren die gleichen Bewegungen, nur etwas ausladender, mit denen sie die Blätter der Pflanzen teilte, um die verborgenen Stengel verwelkter Blüten freizulegen. Sie hob die letzte Lage und enthüllte wortlos das Werk einer vergangenen Generation. Wie Sarah vorausgesehen hatte, wirkte es aus der Entfernung vergilbt und würde sich aus der Nähe vielleicht als brüchig erweisen. Aber als sie sich neben Mabel hinkniete und mit der Hand zwischen die Spitze und den feinen Batist fuhr, mit dem sie unterlegt war, erwachte die Spitze auf ihrer rosigen Haut zum Leben.

»Französisch«, sagte Tante Mabel, »wenn du willst, kann Susan es haben.«

»Ich wußte gar nichts davon«, erwiderte Sarah, »und du mußt das entscheiden.« Sie zögerte. »Es ist wunderbar.«

Der Duft von Lavendelzweigen mischte sich mit dem Duft von Sandelholz. Der Saum des Batistunterkleidchens hatte eine schmale Borte aus winzigen Perlen. Sarah bewunderte den Fleiß, der auf einen Schmuck verwendet worden war, den man beim Tragen nicht sah. An jenem Tag, ja, zumindest an jenem Tag, als sie dieses Kleidchen trug, war sie schön gewesen.

»Die Mutter meines ersten Mannes war Französin«, sagte Mabel, »nach der Hochzeit sind wir dorthin gefahren, um sie zu besuchen, zur Familie seiner Mutter. Wir fuhren von Marseille aus nach Indien. Ich habe sie nie mehr gesehen.«

»Und die Familie hat dir die Spitzen gegeben?«

»Nein, die hatte seine Mutter mir in London gegeben. Ich habe sie auch nie mehr gesehen. Sie war sehr hübsch. Er hatte ihr Aussehen. Und ihre Tapferkeit. Sie war todkrank, aber wir ahnten es nicht. Sie verheimlichte es uns. Sie sah, daß er glücklich war.«

Sarah schob die Hand unter die Spitzen. Sie staunte. Es war ein Schmetterlingsmuster. Die Schmetterlinge lebten, sie flatterten über ihre Hand.

»Es war ein altes Château. Sehr alt.«

»Wo ihre Familie lebte?«

»Ja. Es hatte einen Turm.« Sie schwieg. »Dort wohnte sie, eine alte Frau, und klöppelte. Sie war blind und hatte ihr ganzes Leben lang Spitzen geklöppelt. Ich glaube, es war eine arme Verwandte oder eine alte Dienerin. Ich zeigte ihnen die Spitzen, dieses Stück. Seine Mutter hatte es mir gegeben, für eine Taufe. Und sie sagten: ›Das sind Claudines Spitzen. Komm, wir gehen zu ihr. Claudine hat sie gemacht. Man sieht es an den Schmetterlingen.‹ Also stiegen wir den Turm hinauf und kamen ganz oben in das Zimmer, in dem sie lebte und arbeitete. Sie strich mit den Fingern über die Spitzen, legte die Hand darunter wie du und sagte: *›Ah, oui, pauvre papillon. C'est un de mes prisonniers.‹* Und sie sagte noch etwas, was ich nicht verstand. Aber sie erklärten mir, sie habe gesagt, ihr blute das Herz wegen der Schmetterlinge, denn sie könnten nie ihrem Gefängnis aus Spitzen entfliehen und sich im Sonnenschein lieben. Sie spürte die Sonne auf den Händen, und doch schufen ihre Hände nichts als ein Gefängnis für die zartesten Geschöpfe Gottes.« Sie schwieg. »Ich bat sie, ihr zu sagen, daß echte Schmetterlinge zwar im Sonnenschein tanzen, aber nur einen Tag leben. Das war ziemlich albern und sentimental. Aber sie lächelte und nickte. Sie betrachtete es als Kompliment, denn sie wußte, ich war sehr jung und verstand nichts.«

Sarah zog behutsam die Hand zurück. Die Schmetterlinge bewegten sich nicht mehr. Sie dachte an die bevorstehende Taufe, bei der sie vielleicht neben Ronald Merrick stehen und Gelübde im Namen eines Kindes ablegen würde, das in diesen Spitzen läge, und sie wußte, sie wollte nicht, daß die Spitzen für einen solchen Zweck und zu diesem Anlaß benutzt wurden. Sie wußte es, hätte es aber nicht erklären können.

»Nimm es bitte«, sagte Mabel. »Ich hatte ohnehin vorgesehen, daß du es eines Tages bekommen würdest.«

Sarah legte das Seidenpapier über die Spitzen. Sie schüttelte den Kopf. »Ich bin dir ungeheuer dankbar, aber ich glaube, es sollte hierbleiben.«

»Nein, nimm es«, wiederholte Mabel. Sie legte die letzte Lage Seidenpapier über das Taufkleid, hob es hoch und hielt es so, daß

Sarah unwillkürlich beide Hände ausstreckte, um es entgegenzunehmen. »Es gehört dir. Das steht in meinem Testament. Aber nimm es jetzt. Ich habe keine Verwendung dafür. Man sollte Dinge nicht behalten, wenn man sie nicht verwenden kann.« Sie stand langsam, aber sicher auf, während Sarah noch kniete und das Kleidchen im bauschigen Seidenpapier auf den Armen hielt. Ihre Blicke trafen sich, und sie sahen sich an. Als Mabel den Kopf wendete und gehen wollte, sagte sie:

»Du bist auch sehr jung. Aber ich nehme an, du verstehst mehr, als ich in deinem Alter verstanden habe.«

---

Die Tonga wartete noch, und der Kutscher zündete gerade die Lampen an. Sie befahl ihm, sie hinunter in den Basar zu Jalal-ud-dins Laden zu fahren. Außer dem Taufkleid hatte Mabel ihr zweihundert Rupien gegeben, um etwas zum Fahrgeld und den Ausgaben beizusteuern, wie sie sagte. »Aber sie haben mir doch einen Militärfahrschein für die Bahn besorgt«, widersprach Sarah, »und mir sogar einen Reisebefehl gegeben, damit es aussieht, als sei ich dienstlich unterwegs.« General Rankin billigte wie alle anderen rechtschaffenen Menschen Sarahs Mission. »Nun ja, dann nimm es für Rechnungen«, hatte Mabel geantwortet, »ich glaube, deine Mutter hat ein paar zu begleichen.«

Zwischen Rose Cottage und dem Club begegneten ihnen keine Fahrzeuge. Anfang Juni, kurz vor den sommerlichen Regenfällen war selbst in Pankot die Luft nicht mehr frisch. Die Hitze des Tages wich auch am Abend erst langsam. Sarah sehnte sich nach Regen. Susans Kind würde in den ersten Wochen der Regenzeit geboren werden. Dann war es morgens dunstig, und an den Tagen, an denen es nicht regnete, würden die Hügel in frischem Grün leuchten. Sie saß in der langsam rollenden Tonga, hielt das Paket fest und glaubte, das leichte Vibrieren, das Zucken winziger weißer Flügel zu spüren. Ihr wurde bewußt, wie ruhig, wie verlassen die Straße wirkte. Sie erinnerte sich an Barbies Traum von ihrer mutigen Fahrt zu St. John und an ihren eigenen Traum, der mit Teddie begann, der wußte, wohin er ging, und sie alle dadurch sprachlos machte.

Aber an der Einfahrt zum Club standen andere Tongas, und auf dem langen Abschnitt von dort bis zum Basar mit dem Golfplatz zur Rechten und den Bungalows zur Linken, die den Fuß des Hügels säumten – sie wurden von den Kirchen St. John und St. Edward überragt – begegneten sie anderen Tongas, einem Militärlastwagen, einem oder zwei Taxis und erreichten schließlich die Lichter am Anfang des Basars.

Am Tongastand stieg sie aus und sagte dem Kutscher, er solle warten und sie später hinunter zu den Pankot Rifles fahren. Einige Geschäfte waren so hell erleuchtet, daß die wenigen Straßenlampen verblaßten. Aber es war nicht die Stunde, zu der man einkaufte. Gruppen englischer Soldaten musterten sie, machten jedoch keine anzüglichen Bemerkungen, wenn sie vorüberging, da sie wußten, Sarah war nicht für sie. Auch das Rangabzeichen am Ärmel konnte sie nicht darüber hinwegtäuschen. Ein weißes Mädchen war die Freundin eines Offiziers und wahrscheinlich auch die Tochter eines Offiziers. Ein kleiner Junge lief neben ihr her und bot seine Dienste als Lastenträger an. Er wartete vor Gulab Singh-Sahibs Apotheke, wo sie eine Zahnbürste und Zahnpasta für Kalkutta kaufte und aus einem plötzlichen Impuls heraus eine Flasche Toilettenwasser, um sich die Reise angenehmer zu machen. Sie bezahlte die offenstehende Rechnung und überlegte, wo die Grenze zwischen Notwendigkeit und Luxus, zwischen hohen Lebenskosten und Verschwendung zu ziehen sei. Sie gab die drei Päckchen dem Jungen, lehnte aber sein Angebot ab, das Paket mit der in Seidenpapier gewickelten Spitze zu tragen.

»Zu Jalal-ud-din«, sagte sie und schlug den Weg dorthin ein. Sie ging unter den Arkaden an den Schaufenstern der Geschäfte im europäischen Stil vorbei und sah sie – die Bettlerin, die für Sarah mit der Frau im weißen Sari als Bittstellerin identisch geworden war. Und da die Bettlerin sie beschäftigte, erinnerte sie sich an die peinliche und traurige Szene auf dem Bahnhof von Mirat und an Merricks abweisendes Gesicht, an seine in der Landessprache gemurmelte Ablehnung ihrer Bitte, und sie war unsicher. Sie war ebenso unsicher wie beschämt – unsicher, ob die ältere weiße Frau, die von einer vornehm wirkenden Inderin im mittleren Alter halb verdeckt wurde, während sie sich vorbeugte und in einen Wagen stieg, dessen Schlag ein indischer Chauffeur offenhielt – seine kräftige Gestalt entzog sie Sarahs Blick beinahe augenblicklich ganz –, die Frau vom Hausboot war; sie war beschämt, weil der kurze Blick, die Überzeugung, daß es sich um Lady Manners handelte, sie automatisch dazu brachte, stehenzubleiben und sich halb abzuwenden (also alles zu vermeiden, was auf eine direkte Begegnung hinausgelaufen wäre), als wolle sie eine frühere, spontane Handlung wettmachen, sie ungeschehen machen, auslöschen und sich mit einer kollektiven Verschwörung identifizieren. Sarah schämte sich, als ihr bewußt wurde, wie sie linkisch dastand und mit übertriebener, gespielter Gestik und Mimik überzeugend das Bild eines jungen Mädchens abgab, das erschrocken feststellte, etwas in Gulab Singh Sahibs Apotheke liegengelassen zu haben. Sie spielte so überzeugend, daß der kleine Junge eifrig die drei Päckchen hochhielt und sie aufforderte nachzuzählen. Dann wies er auf das Paket, das sie selbst trug, als glaube er, eine momentane Geistesabwesenheit habe sie vergessen lassen, daß sie es trug.

Sie lächelte, nickte und drehte sich wieder in Richtung von Jalal-ud-din. Die Schamröte stieg ihr bereits ins Gesicht, doch von dem Wagen war nichts mehr zu sehen. Er war schnell und geräuschlos verschwunden und an der Ecke zweifellos in die steile Straße eingebogen, die zum Westhügel hinaufführte, wohin Leute wie die Laytons niemals kamen. Sarah ging zum Tongastand zurück und gab dem Jungen dort seinen Anna.

## III

»Nun erzähl mal«, sagte Tante Fenny, »warum du wirklich gekommen bist.«

Die Wohnung war klimatisiert. Der Schatten beruflicher Zurücksetzung, der anscheinend immer über Onkel Arthur lag, hatte sich vielleicht nicht verzogen, doch zumindest sah es so aus, als habe Onkel Arthur den Punkt erreicht, wo der dunkle Regenbogen die Erde berührte; und er hatte einen Topf voll Feengold gefunden: die Wohnung hoch über den Dächern alter vornehmer Häuser – wie er für sich und Tante Fenny nie eines hatte erwerben können – und für die Dauer des Krieges einen einträglichen, bequemen Posten, der, soweit Sarah inzwischen wußte, es mit sich brachte, daß er vor jungen Offizieren Vorträge paramilitärischen Inhalts über den Aufbau der indischen Militär- und Zivilverwaltung hielt. Sie nahm an, daß er einer Abteilung des Bildungs- und Sozialwesens zugeteilt worden war, die ein Auge auf junge Engländer hatte, die möglicherweise die Befähigung zeigten, sich mit den Problemen eines Landes zu identifizieren, mit dem sie nur durch den Krieg in Berührung gekommen waren. Hinter den Vorträgen stand die Lockung: Bleib hier! Bleib hier! »Weißt du«, erklärte Oberst Grace, »wir vermitteln ihnen ein Bild davon, wie es hier im Frieden aussieht und räumen mit ein paar von den Vorstellungen auf, daß wir ein reaktionärer Haufen sind, unter riesigen Fächern auf unserem dicken Hintern sitzen und *Koi Hai* brüllen.« Um solchen Vorstellungen entgegenzuwirken, erzählte man den jungen Offizieren, wie es wirklich war. Sarah nickte, und die jungen Männer – drei dieser Kandidaten – lächelten fröhlich. Wie Tante Fenny sagte, bevölkerten üblicherweise noch mehr von Onkel Arthurs »Jungs« die Wohnung, als Sarah diesmal vorgefunden hatte. Er betrachtete es als Pflicht der Abteilung, die er leitete, die Jungs mit nach Hause zu bringen oder sie gruppenweise dorthin einzuladen, um die eher bescheidenen Annehmlichkeiten der provisorischen Messe im Gebäude, in dem die Kurse abgehalten wurden, gegen die angemesseneren eines echten anglo-indischen *Pied-a-terre* einzutauschen, wo sie sich bei Frühstück, Mittag- oder Abendessen jene Lektionen zu Gemüte führen konnten, die tiefer gingen, als jeder Vortrag es vermochte. Seit Kriegsbeginn waren keine Engländer mehr in den indischen Staatsdienst aufgenommen worden, und in der indischen Armee wimmelte es von Reserveoffizieren aller Art, die nie davon geträumt hatten, eine militärische Laufbahn einzuschlagen, schon gar nicht in Indien. Darunter mußte es doch ein paar geben, die den Ruf hörten, die Vision sahen, die harten Realitäten im Dienst für König und Vaterland verstanden und den Drang verspürten, sich zur Verfügung zu stellen.

»Bei den meisten ist noch alles in der Schwebe, wie Arthur es nennt«, erzählte Fenny, als sie Sarah das Zimmer zeigte – ein bequemer kleiner Raum mit weißen Wänden, kalt wie ein Kühlschrank, und einem hermetisch verschlossenen Fenster, das ein schwerer, grauer bengalischer Monsunhimmel füllte, den Sarah noch nie zuvor gesehen hatte. Über Nacht war sie von Ranpur in den Juniregen gefahren. Es würde noch eine Weile dauern, ehe er Pankot erreichte. Allein das gab ihr das Gefühl, in eine andere Welt gereist zu sein; und sie staunte, daß es überhaupt möglich war, den Fehler zu begehen, Indien für ein Land zu halten.

»In was für einer Schwebe?« (Sie dachte an ihre Mutter.)

»Ach weißt du, die Zeit zwischen Versetzungen oder Rekonvaleszenz, oder sie gehören einfach zu denen, die in Ersatztruppen und Ausbildungslagern hängenbleiben und Kurse beantragen, um nicht völlig verrückt zu werden. Wir haben nicht viele, die *geborene* Drückeberger sind . . . zumindest bringt Arthur sie nicht hierher. Natürlich sind sie im allgemeinen nicht ganz unsere Art von Leuten (Sarah nickte wieder ernst), aber schließlich sind wir so etwas wie eine aussterbende Rasse, nicht wahr, Liebes? Die meisten sind fröhliche, nette Burschen. Ein paar *kommen* aus gutem Haus, und üblicherweise denken *sie* daran, nach dem Krieg zu bleiben. Arthur ist sehr beliebt bei ihnen, ich glaube, weil er auf sie eingeht. Er meint, daß sie ernsthaft etwas über Indien erfahren wollen, und darüber, was Indien für den Lebensstandard bedeutet hat, den sie zu Hause haben und alle für ganz selbstverständlich halten.«

»Ich nehme an, du bist bei ihnen auch sehr beliebt, Tante Fenny.«

»O ja! Und weißt du warum? Weil ich glücklich bin. Ist das nicht phantastisch?« Sie meinte damit weniger das Zimmer als die Wohnung, von der das Zimmer ein kalter, eher abgelegener und unbelebter Teil war. »Oh, es kühl zu haben. So richtig schön kühl!« Bestimmt hatte es eine Zeit gegeben, in der Tante Fenny die modernen Aspekte des britisch-indischen Lebens im zwanzigsten Jahrhundert als unerfreuliche Zeichen dafür angesehen hatte, daß alles vor die Hunde ging. Sarah lächelte. Sie hätte es lieber weniger kühl gehabt, aber es war schön zu sehen, daß Tante Fenny sich über etwas freute. An diesem Morgen wirkten die mißbilligenden Linien, die den Mund so starr machten, wie Spuren einer alten Krankheit, etwa Pokken, die keine anderen Narben hinterlassen hatten. Aber gerade als Sarah das dachte, freute sich Fenny schon nicht mehr über die Wohnung und war wieder ganz die alte, bohrende, eher mißtrauische Fenny.

»Nun erzähl mal, warum du wirklich gekommen bist.«

Sarah tat es. Hinterher sagte Tante Fenny: »Aber Liebes, hätte ich dir das nicht abnehmen können, und du hättest dir alle diese Umstände und Ausgaben gespart?«

»Ich habe einen Militärfahrschein.« Sie zögerte, bemerkte, wie Tante Fennys unsichtbare Federn vor Anstrengung, sich nicht zu sträuben, zitterten und fügte hinzu: »Susan hat die Vorstellung, daß er entweder blind ist oder irgendwelche Gliedmaßen verloren hat, und wenn ihn jemand besucht und schreibt, würde er ihr aus Rücksichtnahme vielleicht die Wahrheit verheimlichen.«

»Ich hätte ihn doch besuchen und dann nach Pankot kommen können.«

»Dann hättest du die Umstände und die Ausgaben gehabt – und wahrscheinlich aus Rücksichtnahme nicht die Wahrheit gesagt. Ich nehme an, sie wollte, daß ich ihn besuche, weil sie glaubt, mich zu durchschauen, falls ich versuche, ihr etwas zu verheimlichen.«

Tante Fenny lächelte und berührte Sarah am Arm.

»Wenn ich zwei und zwei zusammenzähle . . . ich meine, er hat sich in Mirat sehr für dich interessiert. Beruhte das auf Gegenseitigkeit?«

Sarah wendete den Blick ab. Es gelang ihr nicht, die Gelegenheit zu nutzen und Tante Fenny das Gefühl zu nehmen, sie könne über Hauptmann Merricks Gesundheitszustand gar nicht mitreden.

»Nein, überhaupt nicht. Außerdem glaube ich nicht, daß er sich sehr für mich interessiert hat. Ich habe eigentlich keine große Lust, aber es scheint für Susan wichtig zu sein. Ich hätte es am liebsten so schnell wie möglich hinter mir. Glaubst du, sie lassen mich zu ihm, wenn ich heute morgen ins Krankenhaus gehe?«

»Kommt überhaupt nicht in Frage! Du legst dich hier für den Rest des Vormittags hin und schläfst dich aus. Ich rufe im Krankenhaus an und werde sehen, was sich für den frühen Abend oder späten Nachmittag arrangieren läßt. Dann kannst du dich ein bißchen entspannen, gegen fünf Mr. Merrick besuchen und rechtzeitig zu den Drinks wieder hier sein. Ein paar von den Jungs kommen zum Abendessen. Muß du wirklich morgen zurück?«

»Ja, ich habe für morgen einen Platz im Schlafwagen von Ranpur nach Pankot gebucht.«

»Der alte Sonderzug um Mitternacht?«

»Ja.«

»Also mußt du mittags hier abfahren, um den Anschluß nicht zu verpassen. Wie ist es denn mit einer Platzreservierung? Das ist kurzfristig nicht so leicht.«

»Ach, irgendwie finde ich schon einen Platz. Das ist nicht so schwierig, wenn man kein Bett will. Irgend jemand, der nach Delhi fährt, läßt mich bestimmt in seinem Abteil sitzen. Wir erreichen Ranpur gegen neun Uhr abends, also lange ehe jemand sein Bett machen läßt.«

»Trotzdem werde ich deinem Onkel sagen, er möge seine Beziehungen spielen lassen. Das macht er gern. Er freut sich wie ein kleiner Junge, wenn er sagen kann: ›Hier spricht Oberst Grace.‹ Aber du legst dich jetzt hin, Liebes. Man kann sehen, daß du letzte Nacht nicht ins Bett gekommen bist. War es furchtbar?«

»Nein, eigentlich war es ganz lustig. Ich habe die ganze Nacht mit ein paar Krankenschwestern zusammen gesessen, die auf dem Weg nach Shillong waren. Ich habe sie beneidet, weil sie in den Krieg gehen, was ich anscheinend nie darf. Wir haben Karten gespielt und ziemlich viel Gin getrunken. Ich habe ihnen zugehört, wenn sie über die Männer im allgemeinen sprachen und über die beiden Offiziere im besonderen, die versuchten, sich mit den zwei hübschesten davonzumachen. In Benares mußte man diese Herren regelrecht aus dem Wagen vertreiben. Kurz vor Dhanbad bin ich eingeschlafen. Ich habe immer noch den Geschmack der Reise im Mund.«

Sarah setzte sich auf das Bett und spürte ganz plötzlich, wie müde sie war, überdreht wie ein Kind. Sie registrierte, daß Tante Fenny sich bückte und ihr die Schnürsenkel aufband. Sie protestierte, aber es nützte nichts. Ohne das Gewicht der Schuhe ließen sich die Beine mühelos auf das Bett legen. Die Vorhänge wurden zugezogen. Im wohligen Bewußtsein der Beweise familiärer Fürsorglichkeit und des weichen Kissens unter dem Kopf schlief Sarah ein.

Noch ehe das Taxi die Offiziersstation des Militärkrankenhauses erreichte, hörte der Regen auf. Sarah kam bei strahlendem Sonnenschein dort an, und als sie die Stufen zum Säulenportal hinaufschritt, zog sie Tante Fennys schweren Regenmantel aus. Sie hatte die Uniform mit Zivil vertauscht und trug ein einfaches leichtes Baumwollkleid. Sie war froh darüber, denn eine so hohe Luftfeuchtigkeit hatte sie noch nie erlebt. Der englische Gefreite an der Rezeption, an den sie sich wendete, bat sie zu warten. Sie setzte sich und rauchte, aber die Zigarette war feucht und Sarah drückte sie bald wieder in der Schale mit dem Sand aus. Der Gefreite erhielt einen Anruf und sprach dann mit einem jungen Mann, der keinerlei Rangabzeichen trug. Der Mann kam auf sie zu und fragte:

»Miss Layton für Hauptmann Merrick?«

Sie nickte und folgte ihm aus der Empfangshalle in einen Flur, wo sich die Fahrstühle befanden. Der Geruch nach Äther schlug ihr auf den Magen, und ihr wurde leicht schwindlig. Der Soldat gab dem indischen Fahrstuhlführer Anweisungen und sagte dann zu ihr: »Schwester Prior erwartet Sie oben.« Sie bedankte sich bei ihm und bemerkte die eitrigen Pickel auf Kinn und Wangen, die im grellen Fahrstuhllicht deutlich hervortraten – er tat ihr leid, weil ihm das sehr unangenehm sein mußte. Er wich ihrem Blick aus. Er roch stark nach billigem Haaröl. Der Fahrstuhlführer schloß das Gitter, und sie schwebten langsam nach oben. Eine Krankenschwester hatte Ronald Merricks Brief geschrieben, doch Sarah konnte sich nicht mehr an die Initialen erinnern. War es P für Prior gewesen? Nein. Möglicherweise war es ein P gewesen, aber nicht für Prior, denn der Brief kam aus Comilla. Aus Kalkutta hatte sie keinen Brief bekommen.

Der Fahrstuhl hielt, und der Fahrstuhlführer öffnete das Scherengitter. Sie dankte ihm und trat in den Gang. Es roch noch stärker als unten. Hinter einem Fenster sah sie Bäume. Davor standen ein Tisch mit einer Blumenvase und ein paar Stühle, aber außer ihr wartete hier niemand. Sie war die einzige Besucherin. Schwester Prior war nicht zu sehen. Die Gänge, die links und rechts vom Warteraum abgingen, waren leer. Hatte der Fahrstuhlführer sie im falschen Stockwerk abgesetzt? Oder hatte der junge Mann mit den Pickeln den Gefreiten falsch verstanden? Sarah trat ans Fenster, blickte auf die Bäume und hinunter auf den riesigen Maidan, hinter dem sich das niedrige Häusergewirr der Stadt drängte. Irgendwo in einem Gang wurde eine Tür geschlossen, und bald hörte sie die Schritte einer Frau näherkommen. Sie drehte sich um, wartete, und da erschien die Frau auch schon im Warteraum: eher ein Mädchen und nicht älter als Sarah. Sie hatte dunkle Haare, die unter einer glatten Haube ordentlich aufgesteckt waren.

»Miss Layton? Ich bin Schwester Prior.« Sie streckte die Hand aus, die Sarah ergriff. Ihr entging nicht, daß sie von Kopf bis Fuß gemustert wurde. Sie überlegte, ob Schwester Prior zu jenen Frauen gehörte, die sich in einen Patienten verliebten – beispielsweise in Merrick – und eifersüchtig und besitzergreifend über ihn wachten. Aber ihr blieb kaum Zeit zu solchen Gedanken.

»Komme ich außerhalb der regulären Besuchszeit?« fragte Sarah. Schwester Prior hatte ihre Hand ganz plötzlich wieder losgelassen.

»Schon gut. Die Nachricht von Ihrem . . . Onkel . . . Oberst . . .?«

»Oberst Grace.«

»Grace. Nun ja, er hat gesagt, daß Sie von weit her kommen.«

Schwester Prior rührte sich nicht von der Stelle. Die beiden Frauen musterten sich gegenseitig unverhüllt. Sie ist auch gleich groß, dachte Sarah, nicht nur gleich alt.

»Mir ist die Beziehung nicht ganz klar geworden. Sie *sind* doch eine Verwandte, nicht wahr?«

»Nein.«

»Nun ja, es kam mir etwas merkwürdig vor. Ich hatte immer gehört, er hätte keine Verwandten – ich meine zu Hause und hier erst recht nicht. Aber nach dem Gespräch mit Oberst Grace war die Oberschwester der Ansicht, es bestehe eine familiäre Bindung.«

»Ich nehme an, er hat meine Schwester erwähnt. Hauptmann Merrick war Trauzeuge bei ihrer Hochzeit.« Sie schwieg, da sie nicht beabsichtigte, weitere Erklärungen abzugeben. Dann stellte sie aber fest, daß sie es trotzdem tat. »Ich bin an ihrer Stelle hier. Wir haben einen Brief von ihm bekommen, als er noch in Comilla lag.«

»Ach so, ich verstehe. Ich habe ihm noch nichts gesagt. Ich wollte es nicht, damit er nicht enttäuscht sein sollte, wenn Sie nicht gekommen wären. Aber ich gehe und sage es ihm jetzt, daß Sie hier sind. Reicht es, wenn ich einfach sage Miss Layton?«

»Ja, aber es wird ihn überraschen, denn ich lebe in Pankot.«

»Wo?«

»Es ist ein Stützpunkt in den Hügeln nördlich von Ranpur.«

»Oh, ja. Sie kommen also von weit her. Ist Ihre Schwester auch in Kalkutta?«

»Sie kann nicht reisen.«

»Geht es ihr nicht gut?«

»Sie erwartet ein Kind. In drei Wochen ist es soweit.«

»Ich verstehe. Ich hoffe, Sie haben nichts dagegen, wenn ich alle diese Fragen stelle. Ronald ist für uns ein besonderer Fall. Er war unglaublich tapfer. Aber wir glauben, er ist schrecklich einsam. Wissen Sie etwas über seine Familie?«

»Nein, nichts.«

»In seinen Unterlagen wird irgendein Vetter als nächster Angehöriger genannt. Seine Eltern sind beide vor dem Krieg gestorben. Ich glaube, es war eine Spätehe – ich meine, sie waren beide ziemlich alt. Er hat keine Bürder und Schwestern. Natürlich ist er auch nicht verheiratet. Bis zu dem Anruf von Oberst Grace heute hatten wir den Eindruck, er habe auch keine Freunde. Ich meine, er bekommt nur dienstliche Schreiben. Seit er hier ist, hat er mich nicht einmal gebeten, einen persönlichen Brief zu schreiben. Und deshalb habe ich mich gefragt – ich meine, woher Sie wissen, daß er hier ist.«

»Er hat uns aus Comilla geschrieben und uns mitgeteilt, daß er nach Kalkutta verlegt wird. Jemand aus General Rankins Stab in Pankot hat sich für uns erkundigt und das Lazarett in Comilla veranlaßt, uns ein Telegramm mit der Adresse zu schicken, unter der wir ihn erreichen können. Meine Schwester macht sich besonders um ihn Sorgen. Hauptmann Merrick wurde verwundet, als ihr Mann fiel.«

»Oh, das tut mir leid – das mit dem Mann.«

Schwester Prior hatte nicht ein einziges Mal den Blick abgewendet. Sarah fühlte sich von ihr wie fixiert und mußte sie wie gebannt ebenfalls ansehen. »Sicher wird er sich freuen, Sie zu sehen. Ich finde es sehr nett, daß Sie diese lange Reise gemacht haben, aber ich hoffe, es wird nicht nötig sein, daß Sie ihm im Namen Ihrer Schwester zu viele Fragen stellen müssen. Wir versuchen, ihn davon abzubringen, sich zu sehr mit dem zu beschäftigen, was geschehen ist.«

»Ich bin nicht gekommen, um ihm Fragen zu stellen. Ich bin hauptsächlich gekommen, um ihm zu sagen, wie dankbar sie ist, daß er versucht hat, ihrem Mann zu helfen, obwohl er selbst verwundet war. Wir wissen nicht genau, was er getan hat, und ich bin sicher, er wird nicht darüber sprechen, selbst wenn ich ihn frage, aber immerhin hat es den Divisionskommandanten veranlaßt, eine Empfehlung einzureichen.«

»Eine Empfehlung?«
»Ja.«
»Sie meinen für einen Orden?«
»Ja.«
»Weiß er das?«
»Möglicherweise nicht.«
»Ich hoffe, Sie erwähnen es nicht.«
»Ich werde es nicht erwähnen.«

»Vermutlich haben Orden irgendeinen Sinn. Aber ich sehe nicht, welchen. Aber ich habe schließlich auch zu oft gesehen, was dazu gehört, wenn man sich einen verdient. Ich denke immer, ein richtig hoher Scheck würde die Rechnung besser begleichen. Was kann man denn mit Orden anderes tun, als sie den Leuten an die Brust zu stekken, damit sie die Orden später dann in die Schublade legen? Ich nehme an, das schockiert Sie – mit einem Oberst als Onkel.«

»Mein Vater ist auch Oberst.« Sie wollte hinzufügen: Und es schockiert mich nicht. Aber sie überlegte es sich anders und sagte statt dessen: »Ich warte hier, während Sie Hauptmann Merrick davon in Kenntnis setzen, daß ich hier bin, um ihn zu besuchen.«

Schwester Prior nickte. Ein Lächeln von feiner Ironie huschte über ihre hübschen Lippen. Sarah drehte sich um, verschanzte sich hinter den Barrieren ihrer Klasse und Tradition, denn diese Schwester hatte sie dazu herausgefordert, sie zu verteidigen. Sie hörte Schwester Priors Schritte, die sich entfernten, und erkannte, daß die Gelegenheit vorüber war, sich darauf vorzubereiten, was sie in Ronald Merricks Zimmer erwartete. Vielleicht wäre es ihr ohnedies bewußt vorenthalten worden. Vielleicht würde es ein erschreckender Anblick sein, und Schwester Prior würde genußvoll zusehen, wie sie darauf reagierte. Sarah zündete sich noch eine dieser feuchten Zigaretten an und sammelte ihre Sachen zusammen: Tante Fennys Regenmantel, das Obst und die Schachtel mit zweihundert *Three Castles* Zigaretten, in vier runden Dosen zu je fünfzig. Sie wollte bereit sein, um mit Schwester Prior sofort zu Ronald Merrick zu gehen, sobald sie zurückkam. Aber die Minuten vergingen. Es war inzwischen beinahe fünf. Hin und wieder hörte sie Schritte auf den Gängen und das Geräusch von Türen, die geöffnet und geschlossen wurden, einmal auch Stimmen und das Klappern und Surren des Fahrstuhls, der nach oben glitt. Um fünf kam eine dunkelhäutige anglo-indische Krankenschwester aus der Richtung, in der Schwester Prior verschwunden war.

»Miss Layton? Hauptmann Merrick ist bereit.«

Sie folgte dem Mädchen auf den Gang. Sie erreichten eine Tür mit der Nummer 27, an der unter einem runden Guckfenster in einem Metallrahmen eine Karte steckte, auf der mit schwarzer Tinte geschrieben *Hauptmann R. Merrick* stand. Das Mädchen klopfte an, öffnete die Tür und sagte: »Hier ist Miss Layton für Sie, Hauptmann Merrick.« Dann trat sie beiseite. Sarah ging an ihr vorbei ins Zimmer, blieb wie angewurzelt stehen, denn sie sah erschrocken, daß er auf einen Stock gestützt und mit einem Gipsbein auf sie zukam, bis sie sah, daß es nicht Merrick war, sondern ein großer stämmiger Mann, der sie anlächelte und sagte: »Er gehört jetzt ganz Ihnen. Vergessen Sie mich. Ich habe ihn nur besucht.« Automatisch lächelte sie zurück, blickte sich im Zimmer um und sah Merrick im Bett am Fenster, jedenfalls eine Gestalt, die dort auf Kissen gestützt lag. Um den Kopf saß ein dicker Verband wie ein weißer Helm, der nur Augen, Nase, Mund und einen schmalen Streifen Wange freiließ. Das Bettuch, das seinen Körper bedeckte, lag über einem halbrunden Rahmen. Sie sah nichts von ihm außer dem bißchen Gesicht und der blauen Schlafanzugjacke über Brust und Schultern. Seine Arme befanden sich unter dem gewölbten Bettuch. Der Kopf war leicht geneigt. Er sah sie an. Als sie auf ihn zuging, hörte sie, wie die Tür geschlossen wurde.

»Hallo Ronald«, sagte sie und stand dann neben seinem Bett. Der Luftzug eines Ventilators, der langsam an der Decke kreiste, drückte das Bettuch gegen den Rahmen. Sie konnte den Draht darunter sehen. Sie hatte die unangenehme Vorstellung, daß unter dem Rahmen nichts war und daß von ihm irgendwie nicht mehr übriggeblieben war, als das, was sie sah, obwohl sie wußte, das war unmöglich. Verlegen sah sie ihn schnell wieder an und nahm sich vor, den Blick nicht mehr von seinem Gesicht zu wenden. Er wirkte jünger, als sie ihn in Erinnerung hatte, jünger sogar als auf diesem einen und einzigen Foto, als habe der Schmerz sein Gesicht geglättet und seiner Haut einen Glanz der Unschuld geschenkt. Sie konnte sein Kinn nicht sehen, aber die Oberlippe war rasiert. Sie überlegte, wie ihm das gelang, und ihr fiel Schwester Prior ein.

»Ich habe Ihnen ein bißchen Obst und Zigaretten mitgebracht. Ich hoffe, es ist das Richtige. Ich erinnerte mich daran, daß Sie rauchen.« Sie legte die Päckchen auf den Nachttisch, der leer war bis auf eine Schnabeltasse, mit der man ihm vermutlich Wasser zu trinken gab. Dabei sah sie ihn wieder an. Er schluckte. Vielleicht hatte er Schwierigkeiten zu sprechen. Seine Augen waren geschlossen, doch als sie um das Bett herum ging und sich auf den Stuhl auf der anderen

Seite des Bettes setzte, öffnete er sie und sah sie an. Ja, die Augen waren blau, ungewöhnlich blau. Er schluckte wieder.

»Entschuldigen Sie«, sagte er, »ich dachte, Schwester Prior habe sich einen Scherz erlaubt, oder ich sei nicht ganz richtig im Kopf, denn sie ist eigentlich nicht der Typ, der Scherze macht. Wie geht es Susan?«

»Gut. Sie läßt Sie grüßen. Mutter natürlich auch und Tante Fenny. Sie und Onkel Arthur leben jetzt in Kalkutta. Tante Fenny wird Sie in ein oder zwei Tagen besuchen. Sie hat mich gebeten, Sie zu fragen, ob Sie etwas brauchen.«

»Das ist sehr freundlich von ihr und sehr freundlich von Ihnen. Sind Sie länger in Kalkutta?«

»Nein, ich fahre morgen zurück.«

»Nach Pankot?«

Sie nickte.

Er sagte: »Rauchen Sie bitte. In der Schublade liegen Zigaretten.«

»Soll ich Ihnen eine anzünden?«

»Ich fürchte, damit ist es nicht getan. Ich kann noch nichts halten.«

Sie zündete eine Zigarette aus ihrem Etui an, und dann überwand sie die Hemmung, die sie empfand (eine Mischung aus Verlegenheit und leichtem Ekel), beugte sich vor und hielt ihm die Zigarette vor den Mund. Er bewegte den Kopf, um ihr zu helfen, das Mundstück zwischen die Lippen zu schieben.

»Ich fürchte, sie sind ziemlich feucht.«

Er gab die Zigarette frei, ließ den Kopf in das Kissen sinken und stieß den Rauch langsam aus, ohne vorher einzuatmen. Nach einem kurzen Zögern nahm sie selbst einen Zug. Das Teilen einer Zigarette war etwas unerwartet Intimes. Eine Zeitlang rauchten sie abwechselnd.

»Ihre Hände«, sagte er, »riechen soviel besser als die von Schwester Prior. Sie ist so etwas Ähnliches wie ein Drachen.«

»Ein sehr hübscher Drachen.«

»Finden Sie?«

»Sie nicht?«

»Ein Mann im Krankenhaus kann das nicht beurteilen. Die Krankenschwestern sind alle hübsch, aber im Grunde zählen bald nur noch ihre Hände, der Hals und die Ellbogen. Schwester Prior hat kalte Hände und rote Ellbogen. Ich bin nicht sicher, daß sie nicht auch einen Kropf hat. Ich finde sie etwas deprimierend. Schwester

Pawle in Comilla war sehr viel netter. Sie hat diesen Brief für mich geschrieben. Ich habe mich langsam schon gefragt, ob Sie ihn überhaupt bekommen haben. Aber das ist bei weitem besser – viel, viel besser, vielen Dank! – daß Sie einfach gekommen sind. Man gewöhnt sich daran, die Tage zu nehmen, wie sie kommen, und es ist besser, wenn man nicht auf etwas wartet, was nicht zur Routine gehört. Aber wenn Sie gegangen sind, habe ich etwas Besonderes, auf das ich zurückblicken kann, etwas das zählt und das ich nicht erwartet habe.«

Sie hielt ihm die Zigarette hin, aber er schloß einen Moment die Augen, dankte ihr und sagte, er habe genug. Er könne nicht völlig aufhören zu rauchen, doch es mache ihn etwas benommen. Schwester Prior gewöhne es ihm langsam ab.

»Wann fahren Sie morgen zurück?« fragte er.

»Ich muß den Mittagszug nehmen.«

»Dann werde ich Sie nicht mehr sehen.«

»Ich könnte morgen vormittag noch einmal kommen. Möchten Sie das?«

Er hatte die Augen wieder geschlossen. »Oh, ich schon, aber das Krankenhaus nicht. Man hat morgen andere Pläne für mich. Es ist gut, daß Sie heute gekommen sind.«

Sarah wartete auf eine Erklärung. Nachdem es so aussah, als ob sie keine bekommen würde, fragte sie ihn: »Handelt es sich um die Operation, von der Sie in Ihrem Brief sprachen?«

Er nickte, öffnete die Augen, sah sie aber nicht an. »Sie war eigentlich früher geplant, aber ich habe den Transport nicht so gut überstanden, wie erwartet wurde. Als man mir das sagte, kam ich mir wie eine Flasche Wein vor. Den Transport nicht gut überstanden.«

»Hat man Sie hierher geflogen?«

»Ja, hat Spaß gemacht. Ich war noch nie in meinem Leben geflogen. Zuerst haben sie mich von Imphal nach Comilla geflogen und dann von Comilla hierher. Ich glaube, ich war ungefähr drei Stunden in der Luft, allerdings auf dem Rücken. Beim Fliegen auf dem Rükken zu liegen, ist ein merkwürdiges Gefühl. Man hat das Gefühl, es kann einem niemand etwas anhaben. So ist es auch, wenn man abhebt und durch die Luft fliegt. Das Landen ist ein bißchen holprig. Der Mann, der hier war, als Sie hereinkamen, hat vor ein paar Wochen in Dum-Dum eine Bruchlandung gemacht, als er von Agartala kam. Erstaunlich, die Maschine war völlig hinüber, aber er hat sich nur das Bein gebrochen.«

Nach einer längeren Pause sagte sie: »Möchten Sie mir erzählen, was morgen mit Ihnen gemacht wird?«

Er wendete ihr den Kopf zu, als wolle er sehen, wie echt ihr Interesse sei.

»Ach, sie suchen herum, finden irgend etwas und sagen es mir hinterher. Lassen Sie sich nicht täuschen, ich weiß, ich sehe schwach aus, aber unter dieser dämlichen Aufmachung bin ich voller Leben, sonst würden sie noch nicht operieren.«

»Um wieviel Uhr ist es soweit?«

»Um neun, wenn nicht ein Notfall dazwischen kommt – ich meine nicht mich, sondern jemand anderes. Bei mir ist es nicht dringend. Keine Angst. Es ist schon alles in Ordnung.«

»Ich nehme an, wenn ich gegen mittag anrufe, wird man mir sagen, wie alles gelaufen ist.«

»Ja, bestimmt.«

»Dann rufe ich an.«

»Danke.« Er schwieg. »Teddie erzählte mir, daß Susan ein Kind bekommt. Er war sehr stolz.«

»Im nächsten Monat ist es soweit. In etwa drei Wochen.«

Er sagte: »Ich nehme an, sie hofft, daß es ein Junge wird.«

»Ich glaube, ihr ist es egal.«

Er schloß wieder die Augen. »Was meinen Sie?« fragte er, »Sie war so glücklich. Die glücklichsten Leute trifft es am härtesten, wenn so etwas geschieht. Teddie war auch ein glücklicher Mensch. Sie schienen wie füreinander geschaffen. Nun ja, ich nehme an, diese Art Glück bedeutet eine grundsätzliche Beweglichkeit, und wenn sie den Schock überstanden hat, lächelt sie wieder. Obwohl . . .«

»Obwohl was?«

»Sie kam mir so glücklich vor, wie ein kleines Mädchen glücklich ist. Vielleicht ist das auch ein Schutz. Der Unterschied zwischen Ihnen beiden hat mich sehr interessiert.«

Er hörte abrupt auf zu sprechen. Sarah spürte den Punkt. Sie hatten eine Zone des Schweigens erreicht. Einen Augenblick lang glaubte sie, er sei wieder eingeschlafen. Sie glaubte, er sei erschöpft von dem Besuch und den damit verbundenen Anforderungen nicht gewachsen. Vielleicht stand er bereits unter Beruhigungsmitteln, zur Vorbereitung auf das, was ihn am nächsten Morgen erwartete. Sie empfand eine morbide Neugier, den Anflug eines abscheulichen Drangs, das Bettuch beiseite zu ziehen und den Zustand seiner Beine, seines Bauchs und der Arme von den Ellbogen an abwärts zu sehen.

»Ich nehme an, es gibt Dinge, die Sie beide wissen möchten.«

Sie hob schnell den Kopf.

»Ich hoffe, mein Brief hat Sie nicht beunruhigt«, fügte er hinzu, »haben Sie ihn Susan gezeigt?«

»Ja.« Sie zögerte. »Er hat uns etwas beunruhigt.«

»Das tut mir leid. Hat ihr jemand von der Division geschrieben?«

»Einen Tag davor war ein Brief von Generalleutnant Selby-Smith gekommen, und so wußte Susan, daß Sie und Teddie zusammengewesen sind, als es geschah. Der Generalleutnant schrieb, daß Sie Teddie geholfen haben. Das ist einer der Gründe dafür, daß ich hier bin – um Ihnen Susans Dank zu übermitteln. Wir sind Ihnen alle dankbar. Und natürlich möchte sie Gewißheit haben, daß es Ihnen gut geht oder bald wieder gut geht. Der Brief des Generalleutnants deutete darauf hin, daß Ihr Versuch, Teddie zu helfen, die Sache für Sie verschlimmert hat. Wir haben uns Sorgen gemacht, weil Sie Ihren Brief diktieren mußten.«

»Ich verstehe.«

Sarah wartete und hoffte auf eine Erklärung oder einen Kommentar, auf Gewißheit, die sie damit auch Susan geben konnte. Als er beharrlich schwieg, empfand sie eigenartigerweise keine Besorgnis um ihn – was der Fall hätte sein können –, sondern wieder diesen Widerwillen, zu ihm hingezogen zu werden; und das machte sie leer. Sie dachte ganz plötzlich: Ihm fehlt etwas, ihm fehlt die Aufrichtigkeit. Es kommt ein Punkt, und zwar ein wichtiger Punkt, an dem es schwierig wird, mit ihm umzugehen. Er verschließt sich nicht, nein, das ist es nicht. Er öffnet sich, öffnet sich ganz und möchte, daß ich in ihn dringe, ihn nach den Beinen frage, die ich nicht sehe, nach den Armen, die ich nicht sehe, nach dem widerwärtigen Geheimnis unter dem weißen Helm der Verbände. Aber das werde ich nicht tun. Das alles – oder ihr Nichtvorhandensein, ihr Geheimnis – finde ich ebenfalls abstoßend. Es ist nicht gerecht, und vielleicht sogar unmenschlich von mir. Andererseits kann es nicht unmenschlich sein, denn ich empfinde es, denn ich gehöre zur Gattung Mensch, bin ihr vollwertiges Mitglied.

Er hatte den Kopf abgewendet, weil er sich möglicherweise bewußt geworden war, daß dem Blickkontakt etwas fehlte. Als er zu sprechen begann, überlegte sie, ob der Weg in sein Inneres sich verbreiterte, ausgefahren war wie der Weg in eine gefährliche, aufgegebene Mine. Sie spürte, wie sie die Fußsohlen auf den Boden und den Rücken gegen die Stuhllehne preßte.

»Ich dachte, etwas anderes habe Sie möglicherweise beunruhigt«, sagte er, »ich habe in meinem Brief angedeutet, daß mir etwas auf der Seele lastet, und daß ich darüber sprechen möchte. Das klingt, als hätte ich eine Art Geständnis zu machen.«

»Müssen Sie das, Ronald?«

Er wendete den Kopf und sah sie an. Er lächelte.

»Nun ja, das geht uns vermutlich allen so. Ich fühle mich nämlich verantwortlich. Vielleicht habe ich etwas an mir, das Unglück anzieht. Nicht für mich, sondern für andere. Glauben Sie, daß ein Mensch Unglück bringen kann?«

»Vielleicht.«

»Einen schlechteren Trauzeugen als mich hätte Teddie sich nicht aussuchen können. Erinnern Sie sich daran, daß ich das gesagt habe? Es war an diesem Abend, als ich kam, um mich zu verabschieden, und Sie haben die Leuchtkäfer beobachtet.«

»Ich habe auf das Auftauchen der Leuchtkäfer gewartet. Ja, ich erinnere mich.«

»Sie haben bestritten, daß ich der schlechteste Trauzeuge war, aber ich habe mich nicht davon täuschen lassen. Teddie ließ sich auch nicht täuschen. Als ich ihn wiedersah, war er deutlich kühler geworden. Mir entging nicht, daß er sich von mir distanzierte. Ich bin sicher, da ist etwas dran. Man stellt fest, daß man ein . . . Opfer hat. Man hat dieses Opfer nicht gewählt, aber es ist ein Opfer. Später verfolgt es einen, als hätte man es auf dem Gewissen. Die Ironie liegt darin, daß man es eigentlich nicht auf dem Gewissen hat. Man kann sein Gewissen befragen und stellt fest, daß man eine reine Weste hat. Aber trotzdem verfolgt es einen. Teddie verfolgt mich. Und darin liegt eine gewisse Ironie. Tut mir leid, ich mache die Sache nur noch schlimmer. Ich meine, ich gebe Ihnen noch mehr Grund zur Beunruhigung, nicht weniger.«

»Susan war beunruhigt. Aber Sie machte sich nur Ihretwegen Sorgen, und darüber, wie weit Ihre Verwundung darauf zurückzuführen ist, daß Sie bei Teddie geblieben sind und sich um ihn gekümmert haben.«

»Bei ihm geblieben?«

»Man teilte ihr mit, daß Sie bei ihm geblieben sind, bis ärztliche Hilfe eintraf.«

»Ich nehme an, man kann es auch so ausdrücken. Aber es gab keine Alternative. Das sollten Sie ihr klarmachen. Wir saßen beide in der Falle. Die Frage ist nur, warum? Und in welcher Falle?«

Er schloß die Augen, und diesmal hatte sie den Eindruck, daß er es bewußt tat. Es gehörte zur Gesamtwirkung, die er beabsichtigte.

Seine Stimme klang kräftig, und es gab keine echten Anzeichen einer Erschöpfung.

»Verstehen Sie, ich frage mich, ich frage mich unablässig, ob es geschehen wäre, wenn ich nicht bei ihm gewesen wäre, ganz gleich, welchen Fehler er selbst gemacht hat? Die Antwort ist nein, es wäre nicht geschehen. Es war wieder der Stein, der Stein, der auf den Wagen geworfen wurde. Nur war es diesmal kein Stein, und natürlich galt er nicht nur mir. Alles war anders, aber genau betrachtet, trotzdem dasselbe.«

Sarah sagte: »Das reden Sie sich ein. Sie sollten es vergessen und sich darauf konzentrieren, wieder gesund zu werden.«

Er lag eine Weile still, ohne zu sprechen und ohne sie anzusehen.

»Nein«, sagte er plötzlich, und sie zuckte beinahe erschrocken zusammen. »Man wird nicht gesund, indem man sich einer Sache nicht stellt. Außerdem mochte ich ihn. Vielleicht habe ich ihn sogar beneidet. Sie wissen ja, wie das ist. Er hatte alle Voraussetzungen, nicht wahr? Das Spiel. Er spielte es. Ich meine, er hielt es wirklich für ein Spiel. Erstaunlich, denn es ist keines. Es sei denn, man spielt es, und dann wird es vermutlich ein Spiel. Ich sage mir immer wieder vor, daß er gestorben ist, weil er das Spiel spielte, und dadurch wird sein Tod eine Art Witz. Aber ich kann es nicht so sehen. Für mich ist es einfach ein Unglück, in das er ohne mich nicht geraten wäre.«

Er drehte den Kopf und sah sie wieder an.

»Ich sagen das Ihnen und nicht Susan. Susan könnte ich das nicht sagen. Für sie würde ich das Spiel selbst spielen. Aber bei Ihnen ist das nicht nötig, nicht wahr?«

»Nein, es ist nicht nötig.«

»Sie würden es sowieso durchschauen. Mir fehlen die Voraussetzungen. Sie merken so etwas, aber ich habe das Gefühl, es stört Sie nicht, daß ich nicht – nicht wie Teddie bin. Für Teddie zählte es, und deshalb hielt er sich so übergenau an die Regeln. Er versuchte, den Unterschied zwischen uns deutlich zu machen. Die Sache bei der Hochzeit hat er mir nie völlig vergeben. Er sagte nicht viel, aber er gab mir das Gefühl – versuchte, mir das Gefühl zu geben –, daß ich etwas getan hatte, das nicht ganz *pukka* war, indem ich mich auf eine solche Sache einließ, das Vertrauen annahm, das er mir entgegenbrachte, als er mich bat, sein Trauzeuge zu sein, es jedoch unterließ, ihm zu sagen, wer ich eigentlich bin, und wem er dieses Vertrauen entgegenbrachte. Es war eine Situation, von der man eigentlich nicht sagen konnte, daß etwas nicht stimmte. Man konnte nur sagen, es wäre nicht geschehen, wenn ich zum Beispiel ein Muzzy Guide gewesen wäre. Es wäre nicht geschehen, denn ein Offizierskamerad im wahren Sinn des Wortes hätte keine – ja was? – in seinem Beruf keine Bereiche gehabt, die er geheimhielt. Er machte mir keinen Vorwurf. Er begriff, daß es vernünftig war, nicht herumzulaufen und zu sagen: Ich bin der Polizeichef im Fall Manners gewesen. Ich bekomme anonyme Drohbriefe, und jederzeit kann irgend jemand einen Stein auf mich werfen und mich öffentlich in eine peinliche Szene verwikkeln, gleichgültig, in wessen Gesellschaft ich bin. O ja, das sah er alles ein. Aber trotzdem ärgerte er sich darüber, mit hineingezogen worden zu sein. Er betrachtete es als etwas unnötig Vulgäres, was den Unterschied zwischen seiner Welt und meiner kennzeichnete. Er sah ein, daß die beiden Welten sich begegnen mußten. Ich meine, in Kriegszeiten. Aber das bedeutete nicht, daß er diese Welt mögen oder etwas tun mußte, um das Vertrauen auch weiterhin aufrechtzuerhalten. Nachdem er aus Nanoora zurückkam, zum General stieß und zur Vorhut im Ausbildungslager, wo wir uns befanden, sprachen wir einmal kurz miteinander. Und natürlich sagte er die richtigen Dinge: Ich müsse mich überhaupt nicht entschuldigen oder etwas erklären. Aber danach erwähnte er Mirat mir gegenüber nie mehr. Wenn ich gesagt habe, er hätte mir erzählt, daß Susan ein Kind bekommt, stimmt das genaugenommen nicht. Er erzählte es einem anderen, und in der Messe wurde darüber gesprochen – es war ein Grund für allgemeine Glückwünsche. Nun ja, Sie wissen. Man macht so bestimmte Witze darüber. Es war vielleicht auch ein besonderer Abend. Wir waren abmarschbereit, denn gerade war der Befehl eingetroffen, die Division an die Front zu führen. Alle befanden sich in einer gewissen Hochstimmung, und Teddie sprach teilweise deshalb davon, daß er Vater werden würde. Und an diesem Abend wurde mir klar, daß es ihm mißfiel, gesellschaftlich mit jemandem auf einer Ebene verkehren zu müssen, der kein Muzzy Guide oder etwas Entsprechendes war. Er lachte über alles, was die anderen zu ihm sagten. Aber als ich ihn bat, Sie und Susan von mir zu grüßen, wurde er kühl und betont höflich.«

»Sie übertreiben. So war Teddie nicht.« Doch Sarah vermutete, daß Teddie genau so gewesen war. »Er hat jedenfalls Ihre Grüße übermittelt.«

»O ja, er hatte es versprochen. Er sagte: Aber natürlich. Ich werde es tun. Damit hatte er sein *Wort* gegeben. Die Kühle und Höflichkeit waren darauf zurückzuführen, daß er sich zuerst überlegen mußte, ob er zustimmen oder sagen sollte: ›Nein, Merrick, wenn es Ihnen nichts ausmacht, tu ich es lieber nicht.‹«

»Das klingt, als sei Teddie schrecklich altmodisch gewesen.«

»Das war er.« Merrick schwieg. »Er glaubte an die altmodischen Tugenden. Die jungen Offiziere eines Divisionshauptquartiers sind in Kriegszeiten ein ziemlich bunt gemischter Haufen. Man kann sie in Amateure und Profis einteilen. Aber darin liegt ein Paradox, denn die Profis sind unweigerlich nur Offiziere auf Zeit wie ich. Die Amateure sind Berufsoffiziere wie Teddie, und sie betrachten den Krieg als Spiel. Aber selbst unter *ihnen* ragte Teddie als Anachronismus heraus. Er hatte altmodische Grundsätze, und damit war er nicht allein. Aber bei Teddie hatte man das Gefühl, daß er auch noch den Mut besaß, der eigentlich dazugehörte. Und wenn ich es mir genau überlege, hat ihn genau diese Art Mut das Leben gekostet. Aber er starb als Amateur. Er hätte auf einem Pferd sitzen müssen.«

»Bei den Muzzy Guides war das früher auch der Fall.«

»Ich weiß.«

Er schloß die Augen.

Sie fragte: »Wie meinen Sie das, ›er starb als Amateur‹?«

»Ich werde es Ihnen sagen. Aber ich möchte nicht, daß Sie es Susan erzählen.«

»Das kann ich nicht versprechen.«

Er lächelte, öffnete jedoch nicht die Augen.

Sarah sagte: »Sie würde vermutlich lieber wissen, daß er auf diese Weise gestorben ist.«

»Ja«, erwiderte er. »In gewisser Hinsicht lag etwas Ritterliches darin.« Er schwieg, öffnete die Augen und sah sie an. »Haben Sie schon einmal von den Jiffs gehört?«

»Jiffs?«

»So nennen wir indische Soldaten, die in Burma und Malaia in japanische Kriegsgefangenschaft geraten sind, die Seite gewechselt und sich zu Einheiten formiert haben, um den Feind zu unterstützen. Viele solcher Einheiten wurden bei dem japanischen Versuch eingesetzt, über Imphal in Indien einzufallen.«

»Ja, ich habe davon gehört. Waren es wirklich so viele?«

»Ich fürchte, ja. Und Offiziere wie Teddie nahmen sich das sehr zu Herzen. Sie konnten einfach nicht glauben, daß indische Soldaten, die das Brot des Königs gegessen hatten und seit Generationen stolz im Heer dienten, sich zu so etwas überreden ließen und sich aus der Kriegsgefangenschaft freikauften, indem sie die Fronten wechselten und mit der Waffe in der Hand Seite an Seite mit den Japsen gegen ihre Landsleute kämpften, gegen die Offiziere kämpften, die sie ausgebildet, die für sie gesorgt und deren Achtung sie sich erworben hatten. Nun ja, Sie wissen, der Mythos des Regiments. Er sitzt tief. Teddie fürchtete immer, feststellen zu müssen, daß unter den Überläufern auch alte Muzzy Guides waren. Und natürlich mußte er genau das erleben. Ich glaube, wenn Teddie der Typ gewesen wäre, der Tränen vergießt, hätte er geweint. Es wäre auch besser gewesen, er hätte sich damit abgefunden, Rotz und Wasser geheult, mit den Schultern gezuckt und gesagt: ›Nun ja, so ist das Leben. Früher waren sie einmal gute Soldaten. Jetzt sind sie Verräter, also knallt sie alle ab.‹« Merrick zögerte. »Viele *wurden* abgeknallt. Unsere Soldaten verachteten die Überläufer. Es war ein armseliger Haufen, schlecht geführt, schlecht ausgerüstet. Ich vermute, unter dem Gefühl, das die Propaganda künstlich in ihnen geweckt hatte, sie seien die wahren Patrioten, die für Indiens Unabhängigkeit kämpften, schämten sie sich. Auch die Japaner verachteten sie, und man übertrug ihnen nur selten eine wirklich entscheidende Rolle. Im wesentlichen setzte man sie immer wieder nur als Kundschafter ein. Nun ja, jedenfalls hatten wir dieses Bild, und wir bekamen auch ein Bild von unseren Truppen, den Indern und Engländern, die solche Überläufer eher auf der Stelle erschossen, statt sie gefangenzunehmen. Aber das entsprach nicht unseren Absichten. Die ganze Sache mit den Jiffs wurde im Abwehrdienst der Division speziell mein Gebiet. Ich versuchte, ein anderes Bild zu bekommen. Ich wollte Gefangene. Gefangene würden sprechen, über die ganze Angelegenheit sprechen, über die Musterung in Malaia und Burma, über die Beweggründe, über den Druck, der auf sie ausgeübt, über die Versprechen, die ihnen gemacht worden waren. Darüber, welche indischen Offiziere sich wirklich damit identifiziert hatten und welche nur Mitläufer waren. Wenn die Rede darauf kam, welche indischen Offiziere mit einem königlichen Patent den Jiffs beigetreten waren, hüllte Teddie sich in verkniffenes Schweigen. Er gab einem das Gefühl, ein Offizier, der zum Verräter geworden war, wäre ohnehin am besten tot, ohne daß man darüber viele Worte macht. Es war (für ihn) unerhört, undenkbar. Vielleicht war es nicht gerade ein Schock, denn in seinen Augen war ein gebildeter Inder ein politischer Inder. Doch die Sepoys, die Unteroffiziere und unteren Ränge waren etwas anderes. Um sie hätte er geweint, um all diese Männer, deren Väter schon bei den Engländern gedient hatten, die Orden und kleine Empfehlungsschreiben von ihren ehemaligen Offizieren besaßen. Manchmal erklärte er, viele von ihnen seien vermutlich nur übergelaufen, um auf die eigene Seite zurückzukommen, und bei einer größeren Konfrontation würden die Jiffs auf der Seite der Engländer kämpfen und die

Japaner erledigen. Die ganze Angelegenheit beschäftigte ihn unglaublich. Mit mir redete er kaum über etwas anderes, denn die Jiffs waren meine Aufgabe. Und auf subtile Weise benutzte er die Jiffs, seine Ansichten und meine Ansichten über sie, um den Unterschied zwischen uns klarzustellen. Wissen Sie, woran man einen Amateur erkennt?«

Sarah schüttelte den Kopf.

»An der Liebe zu seiner Aufgabe – an der Liebe zu seinem Ziel, den Mitteln und Wegen, der Liebe zu jedem, der dabei mit ihm zu tun hat. Die meisten Berufssoldaten sind Amateure. Sie lieben ihre Männer, ihre Ausrüstung, ihre Regimenter. In gewisser Weise lieben sie auch ihre Feinde. Das gilt für die meisten Lebensbereiche, nicht wahr? Die Leute verlieben sich in die Mittel ebenso wie in die Ziele eines Berufs.«

»Halten Sie das für falsch?«

»Ich glaube, es ist falsch. Es schafft Verwirrung. Es verwässert die Reinheit des Handelns. Es macht einen blind für die Wahrheit einer Situation. Es hüllt alles in ein Mysterium ein. Man sollte sich nicht auf diese Weise verwirren lassen.«

»Lassen Sie sich nie verwirren, Ronald?«

»Ich – gerate immer wieder in Verwirrung. Aber ich versuche, emotionslos zu handeln. Ich bemühe mich um eine gewisse professionelle Distanz.«

»Wie komisch«, sagte sie, »ich hätte gesagt, Sie sind eigentlich ein sehr emotionaler Mensch – unter der Oberfläche. Und das bringt Sie manchmal in Schwierigkeiten.«

Er sah sie an, doch sie entdeckte in seinem Gesicht nichts, außer einer eigenartigen Ruhe, und diese Ruhe stellte sich so plötzlich ein, daß sie das Gefühl hatte, sie breite sich in ihm aus, während sie ihn betrachtete. »Natürlich haben Sie recht«, sagte er. »Natürlich hat mich das früher in Schwierigkeiten gebracht. Es ist eine Sache zu versuchen, emotionslos zu handeln, und etwas ganz anderes, es tatsächlich zu tun. Keine Handlung geschieht ohne die Entscheidung zu handeln. Ich glaube, Gefühle fließen in eine Entscheidung ein, besonders in wichtige Entscheidungen. Es war doch eine emotionelle Entscheidung, den Polizeidienst zu verlassen und zum Militär überzuwechseln, nicht wahr? Ebenso emotionell wie meine Entscheidung als Junge, zur indischen Polizei zu gehen. Aber ich war weder als Polizist noch als Soldat ein Amateur. In beiden Fällen liebte ich die Arbeit nicht. Aber ich habe sie getan und versucht, mich nicht verwirren zu lassen. Darin bestand der Unterschied zwischen Teddie und mir – der *eigentliche* Unterschied. Und es hatte nichts damit zu tun, daß er ein Muzzy Guide war, und ich ein – nun ja, was war ich, vielmehr bin ich? – ein Junge aus der Grundschule, der ein Stipendium für eine bessere Schule bekam und dem es später schwerfiel, sich seiner Eltern nicht ein bißchen zu schämen, und der sich seiner Großeltern sehr schämte. Doch Teddie führte jeden Unterschied, den er zwischen uns entdeckte, ausschließlich darauf zurück, daß ich nicht seiner Klasse angehörte. Man kann es nicht verheimlichen, nicht wahr? Es zeigt sich in Kleinigkeiten, selbst wenn man gelernt hat, die richtigen Dinge zu sagen, und sogar weiß wie. Es stellt sich heraus, wenn man nicht die entsprechenden Orte oder Leute kennt, die für jemanden wie Sie selbstverständlich sind, und es wird deutlich an den fehlenden Gemeinsamkeiten. Leute wie ich tragen das Vakuum ihrer anonymen Biographie mit sich herum, und der Augenblick kommt, in dem jemand wie Teddie uns ansieht und ehrlich davon überzeugt ist, uns fehle auch eine lebenswichtige Gabe, eine Art angeborene Anständigkeit, was zwar nicht unser Fehler ist, uns aber doch nicht ganz vertrauenswürdig macht. Es tut mir leid. Ich spreche nicht schlecht von ihm. Aber das hat er gedacht, und deshalb ist er umgekommen. Ich versuche nur, das klarzustellen, den Hintergrund deutlich zu machen. Er ist gestorben, weil er mir zeigen wollte, wie man etwas tun sollte, weil er mir nicht zutraute, es richtig zu machen. Es war sein eigener Fehler – aber denken Sie mich aus der Situation weg, und es wäre nicht geschehen.«

»Von welcher Situation sprechen Sie?«

Wieder schloß er die Augen und wendete den Kopf ab. »Von welcher Situation? Sie war einfacher als – eine andere, an die ich mich erinnere. Es fing mit einem Mann namens Mohammed Baksch an. Einem Jiff. Er war von einer Patrouille der Kompanie des britischen Brigadebataillons gefangengenommen worden, die auf unserer rechten Flanke vorrückte. Im Laufe der Nacht war die Lage völlig undurchsichtig geworden, und das britische Bataillon fand sich am nächsten Morgen in einer bedenklichen Lage. Der Vormarsch des indischen Bataillons an der linken Flanke war zum Stillstand gekommen, und es sah aus, als könnte das britische Bataillon abgeschnitten oder an der Flanke umgangen werden. Es befand sich auf einer Straße in hügeligem Gelände, und wir hatten kein klares Bild davon, wie stark der Feind war oder aus welcher Richtung wir mit dem Hauptangriff zu rechnen hatten. Und der Brigadier hatte die Hosen voll. Der Gedanke, sein britisches Bataillon zu verlieren, machte ihn nervös, und er wollte es zurückbeordern. Aber der General hatte andere Vorstellungen. Er plante, ein anderes Bataillon vorrücken zu lassen, um mit den beiden Bataillonen alle feindlichen Einheiten in der unmittelbaren Umgebung einzukreisen. Aber ohne persönliche Kontaktaufnahme mit dem Brigadier wollte er den Befehl nicht geben. Deshalb beschloß er, selbst zur Brigade zu fahren, um das Ganze in Gang zu setzen – es sei denn, durch die Einschätzung des Brigadiers vor Ort würden sich andere Aspekte ergeben, oder er würde ihn für ungeeignet halten, mit der richtigen Begeisterung vorzurücken. Bei dieser Visite sollte Teddie ihn begleiten. Im letzten Moment ordnete er an, daß ich ihn ebenfalls begleitete, damit der Nachrichtenoffizier der Brigade ein vollständiges Bild von dem erhielt, was wir wußten, und wir an Ort und Stelle alles an Informationen aufnehmen könnten, was für uns vielleicht neu sein würde.«

Merrick schwieg.

»Wir fuhren in zwei Jeeps. Im ersten saßen der General und Teddie mit dem indischen Fahrer, im zweiten ich und mein Fahrer. Teddie saß am Steuer. Er fuhr gern und besonders gern einen Jeep. Der Fahrer saß zufrieden mit einem leichten Maschinengewehr hinten. Es war ein herrlicher, klarer und frischer Morgen. Im Lauf des Tages wurde es natürlich sehr heiß. Waren Sie schon einmal in Manipur?«

»Nein.«

»Die Ebene in der Gegend um Imphal erinnert an das Gebiet um Abbotabad an der Nordwestgrenze; man hat einen ähnlichen Blick auf Hügel und Berge. Wir waren in den Ausläufern der Hügel im Süden. Es war eine ziemlich schwierige Straße: Auf der einen Seite eine hohe, baumbestandene Böschung, und auf der anderen steil abfallendes bewaldetes Gelände, jedenfalls auf dem größten Teil der Strecke. In den Dörfern verbreiterte sich die Straße. Wir erreichten das Brigadehauptquartier gegen 8 Uhr 30. Bei dem Gespräch zwischen dem Brigadier und dem General war ich nicht anwesend. Ich unterhielt mich mit dem Nachrichtenoffizier, der sich gerade mit dem Nachrichtenoffizier des britischen Bataillons verständigt und erfahren hatte, eine Patrouille habe diesen Mohammed Baksch, einen Jiff, gefangengenommen. Bislang hatte man noch keine Informationen aus ihm herausbekommen. Unsere Leute berichteten, er wirke halb verhungert und sei vermutlich vor einigen Tagen desertiert. Ich war mir da nicht so sicher. Nach meiner Erfahrung wirkten die meisten Jiffs ziemlich erschöpft. Ihnen fehlte das Durchhaltevermögen der Japaner. Sie hatten den Chindwin überquert und waren durch hügeliges Dschungelgelände vorgerückt. Die Japaner sind sehr geübt darin. Sie rücken vor und machen sich erst später Gedanken über

Nachschub und Nachrichtenverbindungen. Das ist ihre Technik. In Burma und Malaia hatten sie damit Erfolg, doch diesmal nicht, denn wir waren darauf vorbereitet. Deshalb wollte der General auch ein anderes Bataillon vorschicken. Er vermutete, daß das indische Bataillon auf der linken Flanke der Briten die Stärke des Gegners falsch einschätzte, auf den es in der Nacht gestoßen war. Ich erkannte, wie wichtig es war, mehr über den Jiff zu erfahren. Wenn dem britischen Bataillon nur eine Einheit Jiffs gegenüberstand, konnte der General seine Operation bedenkenlos durchführen.«

»Wußte das britische Bataillon, was für ein Gegner ihm gegenüberstand?«

»Nein, sie hatten ihr Etappenziel erreicht, und der einzige Grund für den Stillstand war die Entdeckung, daß ihre linke Flanke ungeschützt war, weil das indische Bataillon nicht Schritt mit ihnen gehalten hatte. Die Inder waren etwa zwei Meilen zurück steckengeblieben und wurden von japanischen Einheiten in der Größenordnung eines Bataillons festgehalten. Doch der General rechnete sich aus, daß die Japaner zwar das indische Bataillon festhielten, doch das indische Bataillon auch die Japaner, und das ergab eine Art taktisches Patt. Da das britische Bataillon die Straße sicherte, lag die Initiative nach wie vor hauptsächlich bei der Brigade. Das britische Bataillon hatte natürlich Patrouillen vorausgeschickt, die jedoch außer dem Jiff nichts gefunden hatten und berichteten, es bestehe keine erkennbare Gefahr für die Flanke oder im Rücken. Wissen Sie, in diesem Gebiet kann man sich nicht so leicht einen Überblick verschaffen, man muß es praktisch Schritt für Schritt erkunden. Aber sie hatten den Jiff gefangengenommen, und ich überlegte, ob er vielleicht deshalb keine Informationen gegeben hatte, weil er kein Englisch und der britische Nachrichtenoffizier kaum Urdu sprach. Ich frage den NO der Brigade, was man mit Baksch vorhabe. Er erwiderte, er habe das Bataillon aufgefordert, den Mann hierherzuschicken, habe aber als Antwort erhalten: ›Kommt doch selbst und holt ihn euch. Wir haben weder genug Männer noch Transportmöglichkeiten, um uns um einen einzigen Jiff zu kümmern.‹«

Merrick unterbrach sich und sagte:

»Entschuldigen Sie. Könnten Sie mir vielleicht helfen, aus diesem Ding etwas zu trinken?«

Sarah stand auf, ging um das Bett herum, nahm die Schnabeltasse und hielt sie ihm an die Lippen. Er trank.

»Danke.«

»Wollen wir noch eine Zigarette zusammen rauchen?«

»Nein, aber bitte rauchen Sie. Ich mag den Geruch.«

Während sie die Zigarette anzündete, erinnerte sie sich daran, an dem Abend mit den Leuchtkäfern ungefähr das gleiche gesagt zu haben.

»In diesem Augenblick«, fuhr er fort, »kamen der General und der Brigadier heraus. Ich sah, daß sie sich heftig gestritten hatten. Der Brigadier war etwa zehn Jahre älter und riet zur Vorsicht, denn es standen Menschenleben auf dem Spiel, das Leben von Männern, die er liebte. Der General dagegen war für den modernen Stil mit Vorrücken, Überraschen, volle Ausnutzung alles verfügbaren Materials und liebte das unpersönliche Machtspiel von Zug und Gegenzug.«

Merrick machte eine Pause.

»Sie waren beide Amateure, denn sie waren beide mit Leib und Seele bei der Sache. Sie versuchten, aus einer prosaischen Situation ein romantisches Abenteuer zu machen. Die Situation schien nur deshalb problematisch zu sein, weil uns Informationen fehlten. Aber da sie schon problematisch zu sein schien, suchte man die Lösung voll und ganz mit emotionalen Mitteln. Also bitte: Wenn man etwas nicht weiß, bezeichnet man die Lücke in seinem Wissen als Geheimnis und schließt sie mit einer rein emotionalen Antwort. An diesem Morgen kam mir das alles höchst albern vor, denn von Krieg war weit und breit nichts zu hören. Es war völlig still, beinahe friedlich; das Sonnenlicht fiel durch die Bäume. Ein Zitat kam mir in den Sinn: Die herrliche Gleichgültigkeit der Umgebung gegenüber den Problemen des Menschen. Sentimentaler Irrtum hin, sentimentaler Irrtum her, in diesem Augenblick empfand ich es so: eine Gleichgültigkeit uns gegenüber, die an Verachtung grenzte. Der Brigadier hatte in einem alten Bungalow, vermutlich einem Rasthaus, Quartier bezogen. In der Nähe lag ein Dorf, dessen Bewohner jedoch geflohen waren. Die Fahrzeuge der Brigade standen auf einer Art Lichtung, das heißt der Kommandowagen und der Funkwagen. Vermutlich können Sie es sich vorstellen, es sah ganz ähnlich aus wie ein Brigadekommandostand beim Manöver. Ich wurde nie das Bild von einem Manöver los, selbst wenn geschossen wurde. An den Vorbereitungen zu einem bewaffneten Konflikt ist etwas absolut Kindisches. Da stand der General, neben ihm der Brigadier, die beiden hatten rote Köpfe, und Teddie wirkte rosa und verlegen. Sie gingen zum Kommandowagen. Der Nachrichtenoffizier war immer noch bei mir, und ich sagte, falls der General mir Erlaubnis dazu gebe, würde ich selbst den Jiff herbeischaffen und sehen, was sich aus ihm herausholen lasse. Der NO stimmte begeistert zu, denn er war froh, nicht mit einem so unwichtigen Detail behelligt zu werden. Ich ging zum Kommandowagen und merkte, daß etwas geschehen sein mußte, denn der General war wieder bester Laune. Der Nachrichtenoffizier des indischen Bataillons hatte sich über Funk gemeldet. Sie hatten festgestellt, daß sie die Japaner umzingelt hatten und daß es sich nur um eine Kompanie handelte. Das bedeutete, die Inder konnten mit den Japsen aufräumen, weiter vorrücken und mit dem britischen Bataillon zusammentreffen. Der General wollte wissen, ob ich etwas zu berichten hätte. Also erzählte ich ihm von dem Jiff und fügte hinzu, ich würde gern selbst hinfahren, um ihn nach Möglichkeit zum Reden zu bringen. Ich würde ihn aber auf jeden Fall hierher bringen. Der General erwiderte: ›Ja, tun Sie das, und sehen Sie zu, daß man dort über unseren Einsatzplan Bescheid weiß.‹«

Merrich schloß die Augen und schwieg, als versuche er, die Szene an diesem Morgen wieder heraufzubeschwören. Doch Sarah wußte instinktiv, was kommen würde. Teddie mußte etwas gesagt und damit die Sache in Gang gesetzt haben, die für ihn tödlich endete.

»Natürlich war der Einsatzplan Teddies Sache und nicht meine. Aber es gab nichts an diesem Einsatzplan, was ein G. 3 N. dem Bataillonskommandanten nicht ebensogut hätte sagen können wie ein G. 3 Eins. Aber Teddie sagte: ›Das übernehme ich, Sir. Ich begleite ihn‹, und der General war so gut gelaunt, daß er zustimmte. Hätte er richtig darüber nachgedacht, hätte er natürlich nein gesagt. Es war absurd, zwei Generalstabsoffiziere zu einem Bataillon zu schicken, nur um einen armseligen Gefangenen abzuholen und den Einsatzplan mündlich weiterzugeben, den der Nachrichtenoffizier sowieso über Funk mitteilen würde. Aber so war es nun einmal. Als Folge der Euphorie des Generals, dessen Problem sich gelöst hatte, geschah genau das. Und es geschah in erster Linie, weil Teddie die fixe Idee hatte, ich sei nicht der richtige Mann, um mit einem indischen Soldaten richtig umzugehen, der zum Feind übergelaufen war. Ich hatte eben keine Ahnung, mir fehlte das Gespür oder der Sinn für die Tradition, die auf dem Spiel stand. Teddie glaubte natürlich, das alles zu haben. Der Jiff war der einzige Grund, daß Teddie sich freiwillig für diese Mission gemeldet hatte.

Ehe wir uns auf den Weg machten, geschah etwas, das Teddie noch einen besseren Grund lieferte. Ich glaube, wir beschäftigten uns etwa fünf Minuten damit, mit dem Brigadeoffizier Kontakt aufzunehmen und uns die Route durchgeben zu lassen. Wir wollten gerade losfahren, als man uns zurückrief. Ich glaubte, der General habe seine Meinung geändert, aber das war es nicht. Die Division hatte sich gemeldet, der ganze Einsatzplan wurde noch einmal geändert. Die Division war nach militärischen Begriffen in eine Sackgasse geraten. Auf der Karte rückte sie ungefähr nach Südwesten vor, um einer Gefahr aus dieser Richtung zuvorzukommen. Aber nun erwartete man die Hauptbedrohung aus Süden oder Südosten. In einem weniger schwierigen Gelände hätte man abschwenken können, in der Hoffnung, den vorrückenden Gegner zu spalten, aber das war in diesem hügeligen Gelände nicht so einfach. Nur die Reservebrigade stand nicht vor diesem Problem. Aber ich will Sie nicht mit Strategie langweilen. Es genügt für Sie zu wissen, daß eine gewisse Aufregung entstand und Teddies und meine Mission für den General und den Brigadier plötzlich von sehr viel größerer Bedeutung war. Der Brigadier stand bereits in Funkverbindung mit dem NO des britischen Bataillons und forderte ihn auf, eine Kompanie zur Verstärkung der Inder zurückzuschicken, die mit der japanischen Kompanie aufräumen sollten, um sicherzustellen, daß den Japsen kein Durchbruch auf die Straße gelang. Außerdem wollte er unbedingt genauere Informationen über die Jiffs haben. Er wollte sich vergewissern, daß keine Einheiten der Jiffs auf die Gelegenheit warteten, die Straße zu besetzen, wenn unsere Truppen abschwenkten. Ich setzte den NO I von unserem Kommen in Kenntnis, das heißt davon, daß zwei Offiziere kommen würden. Einer, um die Lage mit dem Jiff zu klären und den Gefangenen zu übernehmen, und der andere, um sie über den neuesten Einsatzplan des Generals zu informieren.

Also fuhren wir mit meinem Jeep los, wir beide und der Fahrer. Wir mußten nur drei Meilen fahren. Die Kompanie des britischen Bataillons mußte bereits vorgerückt sein, denn wir stießen auf sie, als sie gerade auf dem Hügel links von uns ausschwärmte. Wir erreichten das Bataillon und fanden den Kommandostand kurz hinter einem Dorf, wo die Männer eine Straßenkreuzung kontrollierten und einen Weg, der auf der rechten Seite in ein Tal hinunterführte. Die Kreuzung war das Etappenziel des vorigen Tages gewesen. Eine Kompanie lag im Dschungel zwischen der Straße und dem Weg, und eine weitere im Dschungel links von der Straße. Das Ganze wirkte schrecklich gefährlich und professionell, bis man erkannte, daß sich vor ihnen vermutlich kein Feind befand. Der Kommandeur war einer dieser fröhlichen Typen mit dichtem Schnurrbart und einem Halstuch in Marineblau mit weißen Punkten. Er saß auf einem Feldhocker und trank Kaffee. Er hatte schon zwei Becher neben sich stehen, die sein Bursche füllte, als er uns kommen sah. Der perfekte Gastgeber, der sich bemühte, ganz ruhig zu wirken.

Ich ließ Teddie erst einmal reden. Als er geendet hatte, nickte der Kommandeur nur, machte ein oder zwei Eintragungen auf seiner Karte und erklärte: ›Nun, das hätte ich Ihnen auch sagen können. Vor uns auf der Straße ist niemand, abgesehen vielleicht von ein paar desertierten Jiffs. Wenn sie alle so aussehen wie der, den wir gefangen haben, sind sie kein Problem.‹ Dann ließ er den Nachrichtenoffizier rufen, gab Order, mich zu den Maultieren zu führen, wo sie den Jiff bewachten. Teddie wollte mitkommen, aber der Kommandeur rief ihn zurück. Der NO war ein netter Bursche. Er sprach Französisch, Deutsch und hatte sogar etwas Japanisch gelernt. Aber er gab zu, daß sein Urdu im wesentlichen nur aus dem bestand, was ein Soldat in Indien in der Kaserne und im Basar aufschnappt. Bisher hatte er von Mohammed Baksch nur den Namen erfahren. Er war nicht einmal sicher, ob es sich bei Baksch um einen indischen Kriegsgefangenen oder um einen indischen Zivilisten aus Malaia oder Burma handelte.

Aber als ich ihn sah, war ich mir ziemlich sicher, daß er Soldat gewesen sein mußte. Er hockte unter einem Baum und wurde von einem jungen Soldaten bewacht, der Dienst bei den Mauleseln tat. Als der Inder uns kommen sah, stand er auf, salutierte und starrte geradeaus, wie alte Soldaten es tun, die einem nie in die Augen blicken, solange man ihnen keine persönliche Frage stellt. Als Zivilist hätte er das nie gelernt. Allerdings war er ziemlich heruntergekommen, schmutzig, unrasiert und unterernährt. Seine Uniform bestand nur noch aus Fetzen. Ich bombardierte ihn mit Fragen: Name, Alter, in welchem Dorf er geboren war, in welchem Jahr er sich gemeldet hatte, zu welchem Regiment, ob er Verwandte in der Armee hatte, ob seine Eltern noch lebten, was sein Vater war. Und das alles sehr schnell, ohne auf Antwort zu warten. Aber ich fragte ihn nicht nach den Jiffs oder den Japanern oder danach, wie er in Kriegsgefangenschaft geraten war. Ich wollte, daß er anfing, an seine Heimat zu denken. Er hatte Indien vermutlich seit zwei oder drei Jahren nicht mehr gesehen, und das Betreten des indischen Bodens hatte in ihm vielleicht starkes Heimweh ausgelöst. Dann stellte ich die Fragen noch einmal, gab ihm aber diesmal Zeit zu antworten. Ich fragte ihn zuerst nach seiner Familie, nach dem Namen seines Dorfes, was sein Vater tat, ob er noch lebte. Er sagte, er wisse nichts von seinem Vater, und ich konnte sehen, daß die Frage ihn getroffen hatte. Da erschien Teddie wieder auf der Bildfläche, und das war für Baksch das Signal, so stumm zu werden wie ein Fisch – gerade, als ich geglaubt hatte, er würde endlich reden.

Ich beschloß, die persönlichen Dinge zurückzustellen und befragte ihn über die letzten Tage. Mit Teddies Urdu war es nicht sehr weit her. Er wollte immer wieder von mir wissen, was der Mann geantwortet habe, und er fragte Baksch, ob er in der indischen Armee gedient habe, in welchem Regiment, und wer sein Kommandant gewesen sei. Der Mann wurde zunehmend unsicher und nervös, sah Teddie an, sah ihn aber auch wieder nicht an, sondern blickte auf eine bestimmte Stelle. Es dauerte eine Weile, bis ich verstand. Er starrte auf Teddies Regimentsabzeichen. Da begriff ich, was ihm so zu schaffen machte, und sagte: ›Baksch, du bist ein ehemaliger Soldat aus dem Regiment dieses Offiziers, nicht wahr?‹ Er starrte mich an und brach dann mehr oder weniger zusammen.

Teddie fuhr mich an und wollte wissen, was ich gerade gesagt hatte, also tat ich es. Ich sagte, Baksch sei früher ein Muzzy Guide gewesen. Er behauptete, ich würde phantasieren, und er glaubte mir nicht. Ein Sepoy der Muzzy Guides würde lieber sterben als zum Feind überlaufen, sagte er. In Burma sei nur ein Bataillon stationiert gewesen und in Malaia auch nur eins. Vom Burmabataillon sei ihm jeder Mann bekannt, denn es sei sein eigenes gewesen, und er kenne auch alle Offiziere des Bataillons in Malaia. Wenn Baksch ein Muzzy Guide sei, müsse er im Malaia-Bataillon gedient haben. Er forderte mich auf, ihn nach dem Namen des Kommandeurs zu fragen. Ich tat es, und Baksch schüttelte nur den Kopf. Einen Augenblick lang dachte ich, vielleicht hat Teddie recht, aber ich wiederholte die Frage immer wieder, und schließlich antwortete er: ›Hostein-Sahib, Hostein-Sahib.‹ Ich dachte, damit ist es bewiesen, Teddie *hat* recht. Die Muzzy Guides hätten nie einen indischen Kommandeur gehabt. Aber Teddie sagte: ›Das war Oberst Hastings. Sie nannten ihn Hostein-Sahib‹, und starrte mich an, als hätte ich etwas Furchtbares aufgedeckt, etwas so Furchtbares, daß man es nicht glauben konnte. Er fragte Baksch, was mit Hostein-Sahib geschehen sei. Der Mann antwortete, keiner von ihnen habe Hastings oder einen der anderen Offiziere seit der Nacht gesehen, in der das Bataillon, oder was davon übrig geblieben war, in Kriegsgefangenschaft geraten sei. Die Japaner hatten die indische Mannschaft von ihren Offizieren getrennt. Ein Gerücht wollte wissen, Hostein-Sahib sei erschossen worden, ein anderes, er befinde sich in einem Gefangenenlager im Landesinnern oder an der siamesischen Grenze. Der indische Offizier, der später in Singapur zu ihnen ins Lager kam und sich mit ihnen unterhielt, erzählte, Hostein-Sahib und die anderen Offiziere hätten geplant, nach Sumatra zu fliehen und die Sepoys ebenso wie die Mannschaft zurückzulassen. Aber die Japaner hätten sie gefaßt und daran gehindert. Keiner der Sepoys glaubte das, und alle weigerten sich wochenlang, Männern wie diesem indischen Offizier zuzuhören, der in einem japanischen Militärfahrzeug kam und ging und mit dem japanischen Lagerkommandanten auf freundschaftlichem Fuß stand.

Der Offizier versuchte, die Männer zu überreden, der Indischen Nationalarmee beizutreten. Baksch sagte, er sei ein Sikh namens Ranjit Singh gewesen. Er habe ihnen erzählt, er sei in Ipoh in Gefangenschaft geraten. Die britischen Offiziere seines Regiments hätten alle versucht, die eigene Haut zu retten, und hätten ihm das Kommando bei einem Nachhutgefecht übertragen. Er sei Oberstleutnant gewesen. Jetzt sei er Major. Er besuchte die Gefangenen zwei- oder dreimal in der Woche und erzählte ihnen von der Freien Indischen Regierung, die gebildet wurde, und erklärte, es sei die Pflicht jedes patriotischen indischen Soldaten, diese Regierung zu unterstützen, indem er der neuen indischen Armee beitrat, die nach Delhi marschieren und die Engländer aus dem Land jagen würde. Er behauptete, die Japaner seien nicht die Feinde Indiens, sondern nur die Feinde Englands. Weshalb wollten sie in Gefangenenlagern schmachten, in die britische Feigheit und Unfähigkeit so tapfere Männer gebracht hatten? Die Engländer hätten ihren Imperialismus stets damit entschuldigt, daß ihre Anwesenheit in Indien eine Garantie gegen eine Invasion sei. Doch es war ihnen nicht gelungen, die Japaner aus Burma und Malaia herauszuhalten. Die Japaner würden ganz Asien vom Joch des weißen Mannes befreien, und kein Inder, der Selbstachtung besäße, könne einfach die Hände in den Schoß legen und einer anderen Nation diese Aufgabe überlassen.

Baksch sagte, nach einigen Wochen seien andere Offiziere gekommen, darunter auch Moslems, die ihnen erzählten, ganz Indien erhebe sich gegen die weißen Imperialisten, und die Mannschaften in Indien würden gegen ihre Offiziere Front machen. Ich nehme an, das war ungefähr im August zweiundvierzig. Einige von Bakschs Mitgefangenen glaubten diese Geschichten. Bald holte man sie aus dem Lager, und kurze Zeit später kamen sie in der INA-Uniform zurück. Sie berichteten, wie gut man sie behandele, und überredeten die anderen, sich rekrutieren zu lassen. Baksch sagte: ›Man hat uns gezwungen, Sahib. Ein indischer Offizier hat einen Mann mißhandelt, der sich weigerte, den neuen Eid zu leisten. Wir wußten nicht, was wahr ist und was nicht. Wir sahen, daß weiße Sahibs wie Kulis beim Straßenbau schufteten. Die Welt stand auf dem Kopf.‹«

Merrick machte eine Pause.

»Auf solche Informationen hatte ich es abgesehen. Ich meine, ich wollte etwas über den Druck, der ausgeübt wurde, und über die Offiziere erfahren. Ich vermute, der Tag der Abrechnung wird kommen. Gott weiß, was dann mit all diesen Burschen geschieht. Die INA umfaßt ungefähr drei Divisionen. Das sind sehr viele Offiziere und sehr viele Soldaten. Und das bedeutet sehr viele Todesurteile. Zu viele. Dazu wird es nicht kommen. Ich nehme an, wir werden vielleicht Subha Chandra Bose hängen, den Kopf des Ganzen, aber im übrigen wird es vermutlich darauf hinauslaufen, die Schafe von den Wölfen zu trennen. Das heißt, diejenigen ausfindig zu machen, die ihre eigenen Leute mißhandelt haben. Baksch berichtete mir, was sie mit dem Mann getan haben, der versuchte, sich zu widersetzen. Es ist zu gräßlich, um es zu wiederholen.«

Merrick schloß die Augen. Doch als er weitersprach, klang seine Stimme nach wie vor kräftig.

»Ich fragte Baksch, was zu seiner Gefangennahme an diesem Morgen geführt habe. Er erzählte, die Japaner hätten vor zwei Tagen dem Kommandeur ihrer Einheit befohlen, an dem Weg ins Tal einen Horchposten aufzustellen. Baksch und zwei andere Männer, beides ehemalige Muzzafirabad Guides, waren dafür abgestellt worden. Ihre Einheit lag ungefähr drei Meilen südlich der Kreuzung in einem Dorf, und der Horchposten bezog im Dschungel etwa eine Meile vor dem Dorf Stellung. Von dort konnten sie ein großes Stück Weg unter Beobachtung halten. Patrouillen sollten den Horchposten alle zwei Stunden abgehen, doch wenn die drei etwas bemerkten, sollte einer von ihnen zurückgehen und selbst Bericht erstatten. Das sei Unsinn gewesen, sagt Baksch, aber solche Aufgaben hätten sie ständig übernehmen müssen, weil die Japaner sie nur selten mit einem richtigen Auftrag betrauten. Sie verbrachten den ganzen Tag mit der Überwachung des Wegs und erstatteten den Patrouillen Bericht. Sie erwarteten, bei Einbruch der Dunkelheit zu ihrer Einheit zurückbeordert zu werden, doch der Anführer der letzten Patrouille erklärte, er habe keinen Befehl, den Posten unbemannt zu lassen. Nach seiner Rückkehr würde er sich um die Angelegenheit kümmern und auf jeden Fall etwas Warmes zu essen schicken. Sie waren den ganzen Tag über auf eiserne Ration gesetzt und hatten nur Wasser zu trinken. Es geschah nichts. Die Männer wagten nicht, den Posten zu verlassen oder auch nur einen Mann zu ihrer Einheit zurückzuschicken, um herauszufinden, was eigentlich los war, denn ihr Offizier, Oberstleutnant Karim, hielt sie ständig dazu an, Befehle peinlich genau zu befolgen und sich in Ausdauer und Disziplin den Japanern als ebenbürtig zu erweisen. Karim war Leutnant in einem der Pandschabregimenter gewesen und hatte die japanische Art übernommen, die Soldaten zu schlagen, wenn er wütend war.

Wie Baksch sagte, saßen die drei nun die ganze Nacht über am Hang und erwarteten, bei Tagesanbruch würden die Patrouillen wieder auftauchen. Aber das geschah nicht. Inzwischen hatten sie nichts mehr zu essen und nur noch sehr wenig Wasser. Sie losten, wer von ihnen zur Einheit zurückgehen sollte, wenn die Sonne etwas höher stand. Das Los traf Baksch. Er rechnete damit, von Karim geschlagen zu werden.

Als er das Dorf erreichte, war es verlassen. Von der Einheit war nichts zu sehen. Das überraschte ihn nicht, denn die Japaner befahlen ihnen immer wieder, ohne jede Vorankündigung aufzubrechen, meist sogar mitten in der Nacht. Es überraschte ihn noch nicht einmal, wie er sagte, daß Oberstleutnant Karim aufgebrochen war, ohne an die drei Männer am Horchposten zu denken, und daß der Patrouillenführer, der versprochen hatte, ihnen eine heiße Mahlzeit zu schicken, sie völlig vergessen hatte. Baksch erzählte: ›Im Dschungel stellten sich unsere Zweifel wieder ein, und jeder dachte nur an sich selbst. Es herrschte kein guter Geist.‹ Das klang alles einleuchtend, und Teddie glaubte ihm. Der junge Nachrichtenoffizier ebenfalls. Ich war nicht völlig überzeugt. Ich blieb auf der Hut und versuchte herauszufinden, ob er die Wahrheit sagte oder nur zu verheimlichen suchte, daß er ein Deserteur oder ein Spion war. Der Mann erzählte, er habe die Gegend durchstreift, die Wasserflaschen im Bach gefüllt und ein paar Konservendosen gefunden, die jemand vergessen hatte, und sich dann wieder auf den Rückweg gemacht. Nachdem die drei etwas gegessen hatten, beschlossen sie, zum Dorf zu marschieren, da sie annahmen, inzwischen habe man ihr Fehlen bemerkt und würde sie dort abholen. Im Dorf hatten sie überlegt, in welche Richtung ihre Einheit marschiert sein könnte. Sie fürchteten, möglicherweise könnten Japaner auftauchen, die sie als Deserteure betrachten würden, und sie fürchteten sich vor den Dorfbewohnern, die zurückkommen und sich an ihnen für Dinge rächen würden, die zu Lasten der Japaner gingen. Ich fragte ihn nach der Stärke seiner Einheit, und er sagte, es sei ungefähr eine halbe Kompanie, und sie sei von einem INA-Bataillon für spezielle Aufgaben abgestellt worden. Worin diese speziellen Aufgaben bestanden, wußte er jedoch auch nicht, denn sie hätten nichts anderes getan, als hinter einer japanischen Kompanie herzumarschieren. Ich nahm ihm das nicht ganz ab, forderte ihn jedoch auf, weiter zu erzählen. Er sagte, er und die beiden anderen hätten sich gestritten. Ein Mann wollte zum Horchposten zurück, der andere war dafür, sich im Dorf zu verstekken, und Baksch wollte auf der Straße zurückgehen, und zwar in der Richtung, aus der sie in den Nächten davor gekommen waren. Also ließen sie wieder das Los entscheiden. Baksch gewann. Sie liefen ein paar Meilen zurück und blieben dabei im Dschungel am Straßenrand in Deckung, fanden jedoch nichts. Baksch erzählte, es sei ihm vorgekommen, als habe Gott die Hand gehoben, und alle Soldaten ihrer eigenen Einheiten und die Japaner seien verschwunden. Sie machten sich wieder auf den Weg zum Dorf und von dort zum Horchposten. Die beiden anderen schlugen vor, ins Tal hinunterzugehen, denn sie waren überzeugt, ihre Einheit sei in diese Richtung marschiert. Weshalb hätte man sonst den Weg, der ins Tal führte, überwachen lassen. Baksch widersprach. Es sei völlig sinnlos, Truppen dorthin zu schicken, denn außer den umliegenden Hügeln gab es dort nichts. Nur die Straße und das ansteigende Gelände auf der anderen Seite seien von strategischem Nutzen. Die drei Männer gingen auf der Straße zum Dorf zurück. Nach Ansicht von Baksch lagen ihre Truppen in den Hügeln, nicht im Tal. Er schlug vor, die Straße zu überqueren und die Hügel zu erkunden oder zu bleiben, wo sie waren. Dann würden sie wenigstens Vernunft und Initiative erkennen lassen oder zumindest dem letzten Befehl gehorchen. Ins Tal hinunterzusteigen, wäre dagegen Dummheit. Sie aßen am Horchposten zu Mittag, und da sie am Tag zuvor kaum geschlafen hatten und sehr müde und hungrig waren, beschlossen sie zu bleiben. Zwei Männer sollten Wache halten, während der dritte schlief. Baksch sagte: ›Wir hatten keine Kraft mehr, Sahib, und wir waren völlig entmutigt. Wir waren ohne unser Verschulden zu Deserteuren geworden. Wir dachten und verhielten uns wie Deserteure.‹ Sie einigten sich darauf, bei Einbruch der Dämmerung zum Dorf zurückzukehren. Baksch schlief als letzter. Er wachte im Dunkeln auf, und die anderen waren verschwunden. Die restlichen Lebensmittel hatten sie mitgenommen. Er ging ins Dorf, obwohl er wußte, daß sie unten im Tal waren. Er glaubte, sie seien wie er davon überzeugt, daß dies das Ende war, und es sei das beste, sich von englischen oder indischen Truppen gefangennehmen zu lassen. Er schlief in einer der verlassenen Hütten, wurde nachts durch das Geräusch von Schüssen vom Hügel auf der anderen Straßenseite geweckt; das heißt, er glaubte, daß die Schüsse aus dieser Richtung kamen, denn sie klangen entfernt. Als er wieder aufwachte, war es hell, das Schießen hatte aufgehört, aber dafür stießen ihn zwei englische Soldaten mit ihren Gewehren an. Er war froh, daß alles vorbei war. Er sagte, er wisse, er würde jetzt erschossen, und er verdiene den Tod, weil er die Uniform verraten habe, die sein Vater und sein Großvater getragen hatten.«

Merrick schwieg.

»Baksch brach weinend zusammen und bat Teddie, ihn auf der Stelle zu erschießen. Dem jungen NO war das schrecklich peinlich, Teddie jedoch seltsamerweise nicht. Er packte den Mann an den Schultern, schüttelte ihn und sagte: ›Du bist immer noch ein Soldat. Also benimm dich wie ein Soldat. Du hast falsch gehandelt, aber ich bin immer noch Vater und Mutter für dich.‹ Es war die alte Formel, und Teddie glaubte daran. Er glaubte tatsächlich daran. Trotz allem, was der Mann getan hatte, betrachtete er es als seine Pflicht, für ihn zu tun, was er konnte. Ich glaube, er hatte auch Mitleid mit ihm.«

»Und Sie?« fragte Sarah. »Hatten Sie auch Mitleid mit ihm, Ronald?«

»Nein. Für mich war Baksch lediglich eine Informationsquelle. Ich hatte keine Gefühle für den Mann. Er hatte sich entschieden und Pech gehabt. Nach dem Gesetz mußte er bestraft werden. Nun ja, das geschieht ständig: Man entscheidet, man handelt. Man bezahlt dafür oder wird bezahlt. So sehe ich es. Kritisieren Sie mich dafür?«

»Wie kann ich das?« sagte sie und fügte hinzu: »Schließlich stimmt es. Man bezahlt dafür, oder man wird bezahlt, obwohl es vielleicht Situationen gibt, in denen es besser ist, dafür zu bezahlen – ich meine, befriedigender.« Sie dachte: Befriedigender für die Seele, was immer das auch sein mag, wenn man weiß, daß man die falsche Entscheidung getroffen hat. Aber was meine ich mit *falsch?*

»Die meisten ziehen es vor, bezahlt zu werden. Wir wollen immer belohnt werden. Baksch bekam seinen Lohn. Teddie ebenfalls. Es war eigentlich eine lächerliche Szene. Für mich schien sie überhaupt nichts mit der Realität zu tun zu haben, mit dem tatsächlichen Geschehen. Baksch kniete nieder und legte den Kopf auf Teddies Stiefel. Selbst das brachte Teddie nicht in Verlegenheit. Ich glaube, es bewegte ihn, es bewegte ihn tief, als sei nun etwas bewiesen, an das er immer geglaubt und in das er sein ganzes Vertrauen gesetzt hatte. Er zog Baksch sanft hoch, und sie sahen sich in die Augen. Sie schätzten die Lage ein. Sie schätzten die Lage ein, einer für den anderen, nach irgend einer Norm, nun ja, dafür, was man machen konnte, was im

Verhalten möglich war. Und Baksch bekam allmählich wieder den alten Soldatenblick: das heißt, daß man nichts sieht, sondern auf irgendeinen unsichtbaren Punkt in der Nähe starrt. Teddie nickte und sagte: ›Ich erinnere mich an Hostein-Sahib in Muzzafirabad. Mein Name ist Bingham, Bingham. Vergiß meinen Namen nicht.‹ Darin lag ein Versprechen, das keiner großen Erklärung bedurfte. Sie wußten beide, Teddie würde für ihn tun, was in seinen Kräften stand. Der Mann gehörte wieder dazu. Das konnte man sehen. Man mochte ihn vor ein Kriegsgericht stellen, ihn erschießen oder ins Gefängnis werfen, aber selbst vor einem Erschießungskommando würde er zu dem System gehören, das ihn hinrichtete. Vermutlich hatte er seit Monaten nicht mehr das Gefühl gehabt, irgendwohin zu gehören. Es ist erstaunlich, was Menschen alles tun, um sich zu versichern, daß sie dazugehören.«

Merrick drehte den Kopf, blickte auf Sarah und sagte dann:

»In diesem Augenblick hörten wir Schüsse auf dem Hügel. Die Inder waren dabei, die umzingelten Japaner mit Unterstützung des britischen Bataillons anzugreifen. Der Nachrichtenoffizier warf einen Blick auf die Uhr und bat mich, Baksch nach den Waffen zu befragen, mit denen die Einheit der Jiffs kämpfte. Er wollte auch wissen, ob Baksch es für möglich hielt, daß sie trotz allem im Tal Stellung bezogen hatte. Baksch sagte, sie hätten außer den Gewehren einen Granatwerfer und ein paar Maschinengewehre. Sie hatten nicht viel Munition. Er blickte in die Richtung, aus der die Schüsse kamen, und dann ins Tal hinunter. Ich glaube, wir hatten alle gleichzeitig dieselbe Idee. Die Jiffs *hatten* im Tal Stellung bezogen und sollten den nächtlichen Vormarsch des britischen Bataillons aufhalten, oder sie sollten das Bataillon unter Beschuß nehmen, sobald sie sahen, daß die Engländer die Kreuzung erreicht hatten. Die Schüsse auf dem Hügel konnten durchaus das Signal zum Angriff sein. Aber eine Einheit von der Stärke einer halben Kompanie war einfach absurd. Wenn Baksch nicht gelogen hatte, hatten sich die Jiffs vielleicht mit japanischen Truppen vereinigt, die bereits im Tal in Stellung lagen. Der NO erklärte, er mache sich besser auf den Weg, um sich mit seinem Kommandeur zu besprechen. Aber er hatte sich kaum umgedreht, als wir hörten, daß der Kommandant nach ihm rufen ließ. Ich wollte von Baksch wissen, ob er uns über die Stärke der Jiff-Einheit belogen hatte und sagte ihm auf den Kopf zu, alles sei gelogen. Er gab mir keine Antwort, sondern sah nur stumm Teddie an. Teddie sagte: ›Lassen Sie den armen Teufel in Ruhe.‹ Aber er stellte ihm selbst eine Frage. Er wollte von Baksch die Namen der beiden ehemaligen Muzzy Guides erfahren, die mit ihm den Horchposten bemannt hatten.«

Merrick machte eine Pause.

»Aziz Khan und Fariqua Khan.«

Merrick machte wieder eine Pause.

»Ich glaube, ich werde sie nie vergessen – die Namen, nicht die Männer. Die Männer haben wir nie gesehen.«

Ich ließ Teddie allein und machte mich auf die Suche nach dem Kommandeur. Es ging um das Tal und die Frage, wer dort in Stellung liegen mochte. Wenn der Kommandeur beabsichtigte, es auskundschaften zu lassen, hielt ich es für richtig, noch eine halbe Stunde zu bleiben, aber nicht länger. Ich hatte den Auftrag erledigt, der mich hierhergeführt hatte, und Teddie ebenfalls. Ich wußte, wir sollten zur Division zurück und Baksch mitnehmen. Ich fand den Kommandeur an der Kreuzung. Auf beiden Seiten der Straße tauchten Männer aus dem Dschungel auf. Der Kommandeur berichtete, er habe Befehl erhalten, sich etwa eine Meile zurückzuziehen und an der Kreuzung eine Straßensperre zu errichten. Das Bataillon der Reservebrigade würde eine Kompanie dorthin schicken, um sie zu bemannen. Das Scharmützel auf dem Hügel war so gut wie zu Ende, und er sollte sich in Richtung Südwesten durch die Hügel in Bewegung setzen. Das entsprach dem geänderten Einsatzplan, den wir von der Division her bereits kannten. Ich fragte ihn, was er von der Möglichkeit halte, daß im Tal Jiffs oder Japaner steckten. Er erwiderte, die Kompanie, die an der Straßensperre Stellung beziehen sollte, würde schon mit ihnen aufräumen, falls sie dort unten steckten. Dann riet er mir zurückzufahren, denn wir waren ihm im Weg. Das stimmte. Nun ja, Sie können sich das selbst gut vorstellen, ein Bataillon plötzlich im Aufbruch. Ich ging zu den Mulis zurück, um Teddie und Baksch zu holen. Aber ich fand sie nicht. Die Mulis wurden gerade beladen, und ich wußte nicht mehr genau, wer Wachdienst gehabt hatte. Doch der Mann, den ich ansprach, sagte mir, der NO, der Jiff und der andere Stabsoffizier seien die, wie er es nannte, die Abkürzung hinuntergefahren. Ich ging zu unserem Jeep zurück. Er war auch weg, ebenso wie der Fahrer. Es dauerte ein paar Minuten, bis ich den NO fand. Er schien überrascht, mich zu sehen. Er hatte geglaubt, ich sei mit Hauptmann Bingham und dem Jiff losgefahren, um herauszufinden, ob sich die beiden anderen Jiffs in der Nähe aufhielten. Als ich ihm sagte, ich hätte keine Ahnung, wovon er rede, erklärte er mir, er sei zu den Maultieren zurückgegangen, aber auf einem kürzeren Weg und habe dort Teddie mit Baksch allein angetroffen. Teddie sagte ihm, Baksch glaube, die beiden anderen ehemaligen Muzzy Guides steckten im Tal und warteten vermutlich auf eine Gelegenheit, sich zu ergeben – natürlich am liebsten einem Offizier der Muzzy Guides. Der NO hatte erwidert: ›Wir marschieren ab. Sehen Sie nach, wenn es unbedingt sein muß. Das können Sie halten, wie Sie wollen.‹ Als er Teddie nach mir fragte, sagte er, ich sei zur Straße hinunter gegangen, er würde mich dort treffen. Vielleicht hatte er das auch vor. Ich weiß es nicht. Damals dachte ich nur, daß er verrückt geworden sein mußte. Ich fürchte, das habe ich dem NO auch gesagt. Das tut mir jetzt leid. Ich glaube, das hat man Teddie hinterher angekreidet. Der NO wollte von mir wissen, ob ich glaube, daß der Jiff etwas im Schilde führte. Ich sagte: ›Das weiß ich nicht. Aber ich will Baksch zurückhaben!‹

Wissen Sie, manchmal liege ich hier, und mir wird klar, daß ich vermutlich immer noch heil und ganz wäre, wenn dieser junge Nachrichtenoffizier stur gewesen wäre und Angst vor seinem Kommandeur gehabt hätte, wenn er zum Beispiel gesagt hätte: ›Nur zu, das ist Ihre Sache‹ und sich dann um seine Angelegenheiten gekümmert hätte. Aber er war so ein übereifriger Typ. Er ging mit mir zu einem Jeep, der neben der Straße parkte, forderte mich auf einzusteigen, denn er würde mich den Weg hinunterfahren. Es war der Jeep des Kommandeurs, aber dort, wohin das Bataillon unterwegs war, würde er ihn nicht brauchen – er meinte damit für den Marsch durch die Hügel. Die Fahrzeuge des Bataillons würden alle zur Brigade zurückgefahren, sie würden alles mit Maultieren transportieren, erklärte er mir. Er gab einem Unteroffizier den Auftrag, dem Kommandeur zu berichten, daß im Tal möglicherweise etwas los sei, und daß er die Lage auskundschaften würde. Gleichzeitig wollte er sich auch vergewissern, daß die Kompanie im Wald zwischen der Straße und dem Weg sich in Marsch setzte. Wir fuhren los und bogen in den Weg ein. Aus dem Dschungel tauchten Männer auf und marschierten im Gänsemarsch nach oben. Hinter der ersten Kurve sahen wir Teddie etwa eine halbe Meile vor uns. Er saß am Steuer und fuhr langsam. Baksch saß neben dem Fahrer auf dem Rücksitz. Man konnte aus der Entfernung nicht sehen, wie wachsam der Fahrer war, oder ob er Baksch mit seinem Maschinengewehr in Schach hielt. Auf der rechten Seite verlief parallel zum Weg eine flache Schlucht. Teddie erreichte gerade die Stelle, wo die Schlucht auslief, und hier befand sich zwischen dem Weg und dem steilen Hang ein Streifen ebenes, zum größten Teil bewaldetes Gelände – eine bequeme Verbindung zwischen Weg und Hang. Dahinter ging es offensichtlich steil ins Tal hinunter. Als wir bemerkten, daß Teddie anhielt, sagte der NO: ›Vermutlich will er sich nur einmal rasch umsehen. Aber er wird sie dort nicht finden. Wir haben diese Gegend durchkämmt.‹ Wie auch immer, Teddie hielt an, und ein oder zwei Sekunden später hörten wir ihn deutlich rufen. Er rief sie: ›Aziz Khan . . . Fariqua Khan! Aziz Khan . . . Fariqua Khan!‹ Teddie schien damit das Signal gegeben zu haben. Ein Gewehrschuß ertönte, und im nächsten Augenblick hörten wir eine Explosion im Wald links von uns, dann sahen wir einen Einschlag auf dem Weg zwischen uns und Teddies Jeep, und dann knallte es mehr oder weniger ununterbrochen im Wald. Die Kompanie, die dort in Stellung gelegen hatte, marschierte Trupp um Trupp ab und wurde von Granatwerfern auf der anderen Seite der Schlucht unter Beschuß genommen – und zwar von mehr als einem Granatwerfer, was bedeutete, Baksch hatte gelogen, oder es lagen dort auch Japaner.

Man muß es dem jungen Nachrichtenoffizier lassen. Die Versuchung war groß, aus dem Jeep zu springen und in Deckung zu gehen. Doch er fluchte nur und wendete den Wagen. Der Weg war schmal, und er mußte dreimal einschlagen. Beim Wenden befanden sich die Räder keine Handbreit vom Rand der Schlucht entfernt; plötzlich begriff ich, daß er zurückfahren wollte. Ich weiß noch, daß ich ihn anschrie: ›Was machen Sie denn? Haben Sie das nicht gesehen?‹ Ich glaube, er hatte es nicht gesehen. Er schrie zurück: ›Halten Sie sich fest!‹ Aber ich sprang aus dem Jeep und schrie: ›Ich muß ihn holen!‹ Ich glaube, er verstand nicht, was ich vorhatte. Später begriff er, was ich wollte. Doch in diesem Augenblick dachte er vermutlich, ich hätte keine Lust, im Feuerhagel den Weg zurückzufahren und wollte im Wald Schutz suchen. Vielleicht dachte er auch überhaupt nichts, sondern handelte nur instinktiv und wollte so schnell wie möglich dorthin zurück, wo er eigentlich sein sollte und gebraucht wurde. Die Männer, die den Weg hinaufmarschiert waren, hatten sich verstreut. Ein paar lehnten an der Böschung und schlugen die Hände vors Gesicht. Die Hölle war los. Ich registrierte es, aber nicht wie jemand, der etwas damit zu tun hat. Ich dachte in erster Linie an den anderen Jeep und daran, was ich in den wenigen Sekunden zwischen dem ersten Gewehrschuß, der ersten Explosion und der zweiten Granate gesehen hatte, die vor uns auf dem Weg explodiert war. Ich hatte drei Dinge gesehen: Ich sah, wie Teddie sich duckte, beziehungsweise anscheinend duckte. Ich sah, wie der Fahrer umkippte und auf ihn fiel, als sei er getroffen worden. Und ich sah Baksch, der sie anstarrte, aus dem Jeep sprang und auf das ebene Gelände zurannte. Dann sah ich wegen der Explosion auf dem Weg nichts mehr.

Ich erinnere mich auch nicht sehr deutlich daran, was geschah, nachdem ich aus dem Jeep gesprungen war und bis ich Teddies Jeep erreichte. Ich glaube, ich bin den Weg hinunter bis zum Granattrichter gerannt, der eine Art Warnsignal für mich war. Ich muß dann in den Wald ausgewichen und den Rest des Wegs in Deckung gerannt sein. Ich erinnere mich vage daran, daß es schwieriges Gelände war, daß ich hinfiel und wieder aufstand. Aber ich weiß, es traf mich wie ein Schock, als ich sah, daß der Jeep brannte, der Fahrer auf dem Boden und nicht mehr über Teddie lag. Teddie hing nicht mehr über dem Steuer, sondern seitlich aus dem Wagen. So hatte ich das nicht in Erinnerung. Ich begriff, daß eine Granate dicht vor dem Jeep explodiert sein mußte. Die Wucht der Explosion hatte den Fahrer aus dem Jeep geschleudert und Teddie zur Seite gerissen. Wieso der Wagen brannte, weiß ich nicht. Vermutlich waren die Reservekanister getroffen worden. Ich erinnere mich eigentlich nicht daran, zum Jeep gelaufen zu sein, sondern weiß nur noch, wie ich Teddie herauszog. Ich versuchte, einen Halt zu finden. Ich muß mich vorgebeugt, das Gesicht mit einem Arm geschützt und hineingegriffen haben, um ihn an der Hüfte oder am Arm herauszuzerren. Ich erinnere mich nicht daran, getroffen worden zu sein. Ich weiß auch nicht, ob ich in diesem Augenblick getroffen wurde, oder als ich ihn herausgeholt hatte und in den Wald schleppte, oder als ich zurückkehrte, um den Fahrer zu holen und ebenfalls in Sicherheit zu bringen. Ich weiß noch, daß von Baksch nichts zu sehen war. Sie haben ihn später gefunden, tot natürlich. Die anderen Jiffs müssen ihn erschossen haben, sie oder die Japaner. Denn wie sich herausstellte, waren dort auch Japaner.«

Sarah dachte: Ich weiß nicht – ich weiß nicht, woher diese Art Mut kommt. Weshalb ihn jemand aufbringt oder welchen Sinn er hat. Aber ich weiß, er hat einen Sinn. Er ist eine Art Irrsinn, ein totaler Wahnsinn. Selbst Ronald, der ihn erlebt hat, kann ihn nicht erklären. Er wollte Teddie in meinen Augen herabsetzen. Aber Teddie ist nicht herabgesetzt. Ronald begann, sich selbst herabzusetzen. Aber jetzt ist er es auch nicht. Für einen Augenblick sind sie beide überlebensgroß. Teddie ruft törichterweise nach diesen Männern, und Ronald riskiert törichterweise sein Leben, um ihn zu retten. So werden sie mir im Gedächtnis bleiben, ohne daß ich verstehen könnte, weshalb sie dadurch größer werden.

Merrick hielt die Augen wieder geschlossen; er hielt sie sogar seit einiger Zeit geschlossen, und sein Hals machte ihm wieder zu schaffen. Er schluckte und sagte:

»Zuerst dachte ich, Teddie sei auch tot. Aber leider war das nicht so. Auch der Fahrer lebte noch, aber er hatte keine Verbrennungen wie Teddie.«

»Aber Teddie war bewußtlos?«

»Nicht die ganze Zeit.«

»Generalleutnant Selby-Smith schrieb, Sie hätten gesagt, Teddie sei bewußtlos gewesen und habe nicht gelitten.«

»Lassen Sie Susan in diesem Glauben.« Er schwieg. »Ich schleppte sie beide vom Jeep weg und so weit in den Wald, wie ich konnte. Das Maschinengewehr des Fahrers lag immer noch in dem Jeep. Also hatte ich nur meine Pistole, und natürlich Teddies. Aber ich dachte, uns ginge es nun sowieso an den Kragen, entweder durch eine Granate oder durch die Jiffs. Ich erwartete nämlich, sie würden jeden Augenblick den Abhang hinunterstürmen. Ich glaube, als ich mir diese Situation klarmachte, stellte ich fest, daß mein linker Arm gefühllos war. Aber ich entdeckte kein Blut oder einen Einschuß. Der Arm und – noch andere Dinge – machten es mir schwer, Notverbände anzulegen, und ich konnte auch nicht feststellen, wo Teddie getroffen worden war. Ich habe ihn auf den Rücken gelegt und wollte ihn nicht umdrehen. Verletzte Menschen sind – etwas Merkwürdiges. Ich glaubte, der Fahrer würde sterben. Wer so aussah, konnte nicht überleben. Ich glaubte, Teddie würde überleben – obwohl ich es nicht hoffte.« Er schwieg. »Er wäre schrecklich entstellt gewesen.«

Sarah wartete einen Augenblick und sagte dann:

»Sie müssen mir nichts erzählen, worüber Sie nicht gerne sprechen wollen, Ronald. Es wäre mir lieber, Sie würden es nicht tun, denn ich könnte es Susan nicht wiederholen, und ich weiß, sie wird spüren, daß ich ihr etwas verheimliche. Dann wird sie sich noch mehr Sorgen machen.« Sie zögerte. »Sie haben mir noch nicht gesagt, was mit Ihnen los ist. Wo sind Sie verwundet, und was hat man mit Ihnen vor?«

»O nichts, was man nicht wieder in Ordnung bringen kann. Ich haben mich ein bißchen verbrannt, bin ein bißchen zerschossen, aber in ein paar Wochen bin ich wieder auf den Beinen. Ich nehme an, das ist schon etwas.«

Sie erinnerte sich an den Satz in seinem Brief: *Teddie hatte alles, wofür es sich lohnte zu leben, und ich – vergleichsweise – weniger.* Dieser Satz schien ihr nicht mehr eine Phrase, sondern die nackte Wahrheit zu sein. Sie hätte ihn gerne aufgefordert, es ihr zu erklären.

Aber sie spürte, daß die Erklärung vor ihren Augen und in ihrer Erinnerung lag; sie verbarg sich in den dunklen Winkeln ihrer Erinnerung an die kurzen Begegnungen mit ihm und mit seinem Ruf.

Sie sagte: »Dauerte es lange, bis Hilfe kam?«

»Es kam mir lang vor. Ich glaube, es war eine Stunde, vielleicht ein bißchen länger. Aber nach einiger Zeit fühlte ich mich ziemlich sicher, denn mir wurde klar, daß die Jiffs sich nicht in unsere Schußlinie begeben würden, indem sie auf den Weg kamen. Möglicherweise versuchten sie, ihn zu überqueren. Natürlich würden sie den Weg benutzen, wenn sie glaubten, das Bataillon in die Enge getrieben zu haben. Aber irgendwie glaubte ich an beides nicht. Mir kam nie die Idee, es könnten stärkere Verbände aus dem Tal heraufkommen. Das geschah auch nicht. Aber ich bin froh, daß ich mir darüber nicht den Kopf zerbrach. Ich versuche, Ihnen begreiflich zu machen, daß es keine Heldentat war, bei Teddie und dem Fahrer zu bleiben, obwohl es die Leute vielleicht dazu machen möchten.«

Er schwieg.

»Wenn man es richtig bedenkt, war es ganz gemütlich dort. Und da ist noch etwas. Wenn das alles eine Art Geständnis ist, dann geht es nur darum, wie ich es jetzt sehe, wenn ich hier liege, zurückdenke und es analysiere. Ich möchte, daß Sie das wissen, damit Sie den Unterschied verstehen, den Unterschied zwischen Teddie und mir und weshalb ich behaupte, daß er als Amateur gestorben ist. Er fuhr für das *Regiment* dort hinunter. Ich haben Ihnen gesagt, es hatte etwas altmodisch Ritterliches an sich; dieses ganze patriarchalische Gehabe bedeutete ihm wirklich etwas. *Man-bap: Ich bin dein Vater und deine Mutter.* Es wäre toll gewesen, wenn er in das Tal gefahren wäre und die Männer wären auf seinen Ruf mit hängenden Köpfen aufgetaucht und hätten sich ihm ergeben, im Vertrauen auf den Kodex, auf den alten Kodex. Das wollte er. Ich meine, sein Vorhaben hatte nichts Eitles oder Selbstsüchtiges an sich. Er tat es weder für sich noch für sie. Er tat es für das Regiment. Er riskierte alles dafür: sein Leben, das Leben des Fahrers, Bakschs Leben, seine Position. So viel, so viel, daß man es gar nicht abschätzen kann. Wer weiß, sein Auftauchen dort unten hat für die Jiffs und die Japaner, die geschickt genug gewesen waren, sich so nahe heranzuschleichen, ohne entdeckt zu werden, möglicherweise wie die Spitze eines Vormarsches ausgesehen. Möglicherweise hat es die ganze Sache ausgelöst. Auf jeden Fall stellte er das Regiment über seine Aufgabe. Ein Erfolg hätte ihn vielleicht zu einem jener Männer gemacht, an die ein Regiment sich erinnert, die es als Teil seiner Legende feiert. ›Teddie Bingham? Mein Gott, ja, aber das war vor deiner Zeit. Da waren diese armen fehlgeleiteten Burschen von einem Muzzy Guide-Bataillon, das 41/42 in Malaia aufgerieben worden war und in Gefangenschaft geriet. Dort zwang man sie, sich einem Haufen Verräter anzuschließen. Wir nannten sie Jiffs. Eine Menge von ihnen kämpfte mit den Japsen, als sie Anfang 44 auf indisches Gebiet vordrangen. Unsere eigenen Männer erschossen sie auf der Stelle, wenn sie ihnen über den Weg liefen. Es gab kaum Gefangene, bis dieser Muzzy Guide – Mohammed Baksch hieß er – sich ergab. Der junge Bingham war damals Divisionsstabsoffizier. Aber einmal ein Muzzy, immer ein Muzzy. Er hatte dem Kommandeur eines Bataillons, das in Gefahr stand, abgeschnitten zu werden, eine Nachricht des Generals überbracht und sah dort Baksch. Nun ja, als Baksch ihm gegenüberstand, brach der Bursche zusammen und forderte den jungen Bingham auf, ihn für seinen Verrat zu erschießen. Aber der junge Bingham brachte ihn dazu, wie ein Mann Haltung zu bewahren und sprach mit ihm, als sei er sein mißratener Sohn und gab ihm das Gefühl, immer noch dazuzugehören. Sind noch andere bei dir? fragte Bingham, und Baksch sagte: Ja. Sie waren beide von seinem alten Bataillon und hielten sich halb verhungert und völlig heruntergekommen versteckt, weil sie zu große Angst hatten, sich zu ergeben. Na ja, die Luft war ziemlich bleihaltig, aber der junge Bingham zögerte keinen Moment. Komm, sagte er, zeig mir, wo. Und sie fuhren zusammen geradewegs in den Feuerhagel hinein. Als sie die Stelle erreichten, wo Baksch die beiden anderen zurückgelassen hatte, fragte Bingham: Wie heißen sie? Aziz Khan und Fariqua Khan. Ich glaube, es waren Brüder. Und was tut der junge Bingham? Er steht auf, daß ihn alle sehen und aufs Korn nehmen können, ruft nach ihnen, befiehlt ihnen, sich auf ihre Pflicht zu besinnen und zu den Muzzy Guides zurückzukehren. Und bei Gott, innerhalb von ein paar Minuten tauchten sie auf, und er brachte sie zurück. Er nahm ihnen nicht einmal die Gewehre ab.‹«

Merrick sagte nach einem kurzen Schweigen:

»Natürlich hatte er keinen Erfolg, und niemand wird die Geschichte je so erzählen. Die Zeit für solche Geschichten ist sowieso vorbei. Hatte er deshalb keinen Erfolg?«

»Da ist auch noch Ihre Geschichte.«

»O nein, bei mir war es professionelles Handeln.« Er sah sie an, und wieder glaubte sie in seinem Gesicht diese eigenartige Ruhe zu entdecken. »Nur Amateure liefern Stoff für Legenden. Aber wenn man seine Aufgabe erfüllt, ist das nicht weiter denkwürdig. Ich sage, ich habe professionell gehandelt. Ich bin nicht dorthin gelaufen, um

Teddie zu retten. Ich wollte Mohammed Baksch. Ich möchte, daß Sie das glauben und die Tatsache, daß ich eigentlich nicht den Mut hatte, Baksch zu suchen. Ich zog Teddie aus dem Jeep, weil ich Angst davor hatte, was die Leute sagen würden, wenn ich ihn verbrennen ließ.«

Er schwieg.

»Verstehen Sie, das ging mir nicht bewußt durch den Kopf, aber rückblickend sehe ich keine andere Interpretation.« Er schwieg wieder. »Oder sehen Sie eine?«

Habe ich eine andere? fragte sie sich. Ja. Ich sehe einen Mann, der diese Legenden, dieses Leben liebte, all das, was aus einer gewissen Distanz Menschen wie uns von Menschen seiner Art, von Menschen, die er besser kannte, scheinbar unterscheidet. Ich sehe einen Mann, der sie immer noch liebt, der sich aber dafür entschieden hat, draußen in der Kälte zu leben, weil er nicht hineingelangen konnte, um seine Hände an diesem Herd zu wärmen, dessen Feuer er löscht. Eigenartigerweise sehne ich mich danach, diese schleichende Kälte gegen eine kalte Wirklichkeit einzutauschen. Aber ich spüre instinktiv, daß meine Art Kälte nicht seine Kälte sein würde, so wie die Wärme, die ich als Kind kannte, sich von der Wärme unterschied, die er sich vorgestellt hat. Ich verstehe nicht, welchen Unterschied er zwischen dem Amateur und dem Professionellen macht, wie er es nennt. Doch ich habe das Gefühl, er trifft diese Unterscheidung, um eine Wunde zu heilen. Schließlich gibt es nur Menschen, Aufgaben, Mythen und Wahrheit. Die Wahrheit ist ein Feuer, an dem sich wenige von uns verbrennen. Vielleicht ist sie eine imaginäre Flamme, und man kann sie nicht entzünden, indem man zwei Stöcke aneinander reibt.

Sie sagte: »Manche Leute hätten größere Angst davor gehabt, Teddie herauszuziehen, als davor, was die Leute sagen würden, wenn sie ihn hätten verbrennen lassen. Ich glaube nicht, daß Sie Ihr Leben riskiert haben, nur um Mohammed Baksch in die Hand zu bekommen.«

»Nein?«

»Sie sind hinuntergerannt, ohne darüber nachzudenken, weshalb Sie es tun – ich meine, nachdem die Schießerei angefangen hatte. Sie haben gesehen, daß die Männer in Schwierigkeit waren und Hilfe brauchten. Was Sie das Spiel nennen, wirkt nur auf Leute, die nicht in der Mannschaft sind, wie ein Spiel. Es tut mir leid, aber selbst als zwölfter Mann gehören Sie immer noch zur Mannschaft, nicht wahr?«

Er lächelte und wendete den Kopf, damit er sie nicht ansehen mußte. Dann sagte er: »Wenn es darauf ankommt, sind Sie, wie ich fürchte, doch die Tochter eines Obersts.«

»Das bin ich eben.«

Sie wartete. Er schwieg. Wieder empfand sie den Druck seines Willens, mit dem er sie zu zwingen versuchte, in die geheimnisvollen Bereiche seiner Besessenheit vorzudringen und sie zu erforschen. Sie dachte über andere Geheimnisse nach, um diesem Druck entgegenzuwirken, oder über Fragen, die unbeantwortet blieben: der Ausgang des Gefechts; war bewiesen worden, ob Baksch gelogen hatte und weshalb; waren andere Gefangene gemacht worden; die absurden Umstände seiner Wache bei dem halb verbrannten Teddie, der jedoch nicht die ganze Zeit ohne Bewußtsein war, während Merrick sich in einem Zustand der Gefühllosigkeit befand, über den er nicht gesprochen, der sich aber nach einiger Zeit gelegt hatte.
»Hat der Fahrer überlebt?« fragte sie. Er nickte. »Und Teddie – wußte Teddie, was Sie für ihn getan hatten?«

»Ich weiß nicht. Ich glaube es nicht. Wenn man das Wort Ausdruck bei jemandem in diesem Zustand anwenden könnte, würde ich sagen, Staunen spiegelte sich in seinem Gesicht. Er gab keinen Laut von sich. Ich bin nicht sicher, daß er mich sah. Aber seine Augen bewegten sich. Einmal glaubte ich, es sei vorüber, aber sein Herz schlug immer noch. Entschuldigen Sie, ich sollte Ihnen nicht solche Dinge erzählen. Es ist etwas Schreckliches, zu verbrennen. Ich war froh, als sie mir sagten, daß ihm eine Kugel im Rücken steckte. Ich vermute, die Flammen hatten die Wunde ausgebrannt. Damals dachte ich, er sterbe nur an den Verbrennungen.« Er sah sie wieder an. »Als ich neben ihm saß, mußte ich an meine letzte Aufgabe als Distriktspolizeichef in Majapur denken, kurz ehe ich – nach Sundernagar versetzt wurde. Es lebte dort eine englische Missionsschulleiterin, die Selbstmord beging, wie eine *Sati*.«

»Ach, sprechen Sie von Miss Crane?«

»Sie kannten diese Frau?«

»Nein, aber die Frau, die bei meiner Tante wohnt, war auch bei der Mission. Sie spricht oft von ihr. Edwina Crane.«

»Ja, das ist sie. Edwina Crane, eine merkwürdige Erscheinung. Sie lebte seit vielen Jahren in Majapur, aber vermutlich kannte sie außer den indischen Kindern in der Schule keinen Menschen richtig. Ihre Freunde waren Inder oder Mischlinge. Es lag eine besondere Ironie darin, daß sie bei den Augustunruhen als erster Mensch in Majapur zu leiden hatte. Sie war in Begleitung eines indischen Lehrers auf dem Rückweg von einem Ort namens Dibrapur. Gesindel hielt sie an, ermordete den Lehrer, schlug sie zusammen und steckte das Auto in Brand. Wir hatten sie an dem Abend gerade ins Krankenhaus gebracht, als diese andere Sache im Bibighar-Park passierte. Als man sie fand, saß sie im strömenden Regen am Straßenrand und hielt die Hand des toten Inders. Es war nicht viel von ihr zu erfahren. Sie war halb im Delirium, als ich sie aufsuchte, und konnte sich an nichts erinnern. Ich glaube, als sich ihr Zustand besserte, war sie schon übergeschnappt. Depressionen überfielen sie. Wie ich erfuhr, schied sie aus dem Missionsdienst aus und wollte keinen Menschen mehr sehen. Dann kam es zu dieser dramatischen Sache. Sie zog indische Kleider an, schloß sich in einem Schuppen in ihrem Garten ein und verbrannte sich – ich nehme an, es war eine symbolische Handlung. Sie muß das Gefühl gehabt haben, daß das Indien, das sie kannte, tot war. Deshalb stieg sie wie eine gute Witwe auf den Scheiterhaufen. Ich mußte dorthin, ihre Sachen untersuchen und den alten Diener befragen. Ich fand nicht viel. Sie hatte keinen Abschiedsbrief hinterlassen. Aber in einer Truhe entdeckte ich ein altes Bild von der Königin Victoria, die Tribute entgegennahm. Es war alles sehr stilisiert: Die alte Königin saß auf einem Thron unter Wolken und Engeln, alle möglichen Inder versammelten sich um die Königin wie Kinder. *Man-bap*. Ich bin dein Vater und deine Mutter. An einer anderen Stelle fand ich die kleine Plakette, die vom Rahmen abgelöst worden war. Sie mußte das Bild vor Jahren in Anerkennung besonderer Verdienste bekommen haben. Die Inschrift lautete etwa: ›Für Edwina Crane in Anerkennung ihrer Tapferkeit.‹ Die Mission war in Muzzafirabad. Es war schon lange her, ich glaube vor dem Ersten Weltkrieg. Aber als ich dort neben Teddie saß, schien es plötzlich zusammenzugehören. Ich meine, was sie vor Jahren in Muzzafirabad und was er getan oder versucht hatte. Und dann gab es noch eine Ähnlichkeit: Tod durch Verbrennen.«

Merrick lächelte Sarah an. »Ich glaube, es gab mir das Gefühl – so wie Sie es beschrieben haben. Ich meine, in diesem Augenblick war ich auch ein Amateur. Ich überließ mich dem Gefühl, ich überließ mich wirklich dem Gefühl, dem Ganzen, der Idee, daß so etwas möglich ist: Hingabe, Aufopferung, Selbstverleugnung, eine gute Sache, eine Verpflichtung, ein Verhaltenskodex, eine Art endgültige moralische Definition – ich meine, eine Definition von uns, eine Definition, die sagt, wozu wir da sind: Menschen, die in einer Umgebung zusammenleben, die irgendein Gott geschaffen hat – also der ganze unsinnige, unmögliche Traum.«

Sarah wartete. Merrick hatte den Kopf wieder abgewendet. Als das Schweigen anhielt, löste der Gedanke, daß er erschöpft eingeschlafen sein könnte, einen leichten Zweifel an ihrer Überzeugung aus – ohne sie jedoch ins Wanken zu bringen –, daß alles, was er sagte und tat, in dem akuten Bewußtsein von sich als Mittelpunkt eines Geschehens wurzelte. Plötzlich stand ihr wieder lebhaft das Bild von ihm auf dem Bahnsteig in Mirat vor Augen – hier war er der Mittelpunkt eines früheren Geschehens, das bekanntermaßen Opfer gefordert hatte, obwohl an diesem Tag – am Tag der Hochzeit – nur die Frau im weißen Sari anwesend war. Aber zum ersten Mal wurde ihr die Bedeutung dieser einsamen Bittstellerin bewußt, und in ihrer Vorstellung tauchte Bibighar als ein Ereignis auf, das andauerte, das man nicht als vorbei und erledigt abtun konnte. Vorher hatte sie in der weißgekleideten Gestalt immer die Repräsentantin eines zurückliegenden Unglücks gesehen, das seine Spuren hinterlassen hatte: Trauer im Herzen einer Fremden, ein unbekanntes und daher unerkennbares Leid. Erst jetzt, als sie die Gestalt des abgewandten Mannes betrachtete, dem die Frau sich genähert hatte, als sei er in der Lage, eine Linderung des Leids zu gewähren, erkannte sie das Bleibende dieses Unglück. Sie erkannte, daß der junge Mann, für den die Frau um Gnade flehte, zumindest damals noch einen Preis bezahlt haben mußte – gleichgültig, wie lange der Zeitpunkt seines Verschuldens zurücklag, wenn es je ein Verschulden gegeben hatte.

Ein neues beunruhigendes Element der Unsicherheit regte sich in ihr. Es brachte sie dazu, wieder die Füße auf den Boden und den Rücken an die Lehne des unbequemen Stuhls zu pressen – so stark war das Gefühl, nicht zu dem zentralen Bezugspunkt hingezogen zu werden, der in Merrick lag – der Merrick *war.* Sie hatte das Gefühl, nicht mehr sprechen zu können, und erkannte, daß dies ein Schutz war. Einen Moment lang wurde sie von einer heftigen Nervenanspannung zum Schweigen angehalten, die versprach, falls die Nerven reißen würden, ihr ein klares, absolutes, exemplarisches Verständnis dessen zu verschaffen, was der Vorfall auf dem Bahnhof ihr nur teilweise enthüllt hatte.

Aber der Augenblick ging vorüber. Noch immer beschäftigten sie die unbeantworteten Fragen. Abgesehen von der Erkenntnis, daß der junge Mann für sein Vergehen immer noch bezahlt hatte, beunruhigte sie der neue Gedanke, daß mit dem Tod der jungen Frau der Schatten eines bleibenden Unheils auf ihn gefallen war. Hatte die Frau davor oder ihre Tante seitdem versucht, den Preis, den er gezahlt hatte – vielleicht immer noch zahlte – zu verringern? Oder hatte sich ein so feines und unlösbares Netz um ihn gelegt, daß ihm nichts helfen konnte, was immer sie auch versuchen mochten? War Merrick allein dafür verantwortlich? Lasteten diese Opfer und nicht Teddie wie ein schweres Gewicht auf seinem Gewissen, das er – wie er sagte – untersuchen konnte, weil es rein war? Vielleicht war das der Weg, der in sein Inneres führte: Man wurde sein Opfer und quälte dann sein Gewissen. Doch wenn es so war, erschien es ihr als eine Annäherung ohne einen Zugang zum Ende. Aus irgendeinem Grund konnte man überhaupt nicht zu ihm vordringen. Und alle, die er sich als Opfer erkor, lagen zerschmettert auf seiner Schwelle.

Sie dachte: Ja, du bist unsere dunkle, unsere verborgene Seite. Du enthüllst etwas Trauriges an uns, als hätten wir uns hier in Indien ein prächtiges Haus ohne Türen und Fenster gebaut, in das kein Weg hinein- und kein Weg hinausführt. Ganz Indien liegt auf unserer Türschwelle, und wir können nicht herein, um uns zu wärmen oder um uns wärmen zu lassen. Wir leben in den Löchern und Rissen des bröckelnden Steins und sind nicht länger von dem Panzer der Geschichte geschützt, die uns hinter sich läßt. Eines Tages werden wir mit unserer zarten Haut völlig entblößt dem Licht ausgesetzt sein. Du ebenso wie wir.

Es war ungaublich, wie ähnlich sie sich waren, während sie doch gleichzeitig von einem unerbittlichen Antagonismus getrennt wurden, der – wie sie glaubte – auf Gegenseitigkeit beruhte. Sarah konnte den Gedanken nicht ertragen, daß dieser Mann sich durch eine Patenschaft an die Familie klammern würde, die sie liebte und verehrte und um die sie eine eigenartige, ärgerliche Angst empfand. Durch diese Patenschaft würde er sich wie eine Flechte auf der Mauer an dem bröckelnden Stein des fensterlosen Hauses festsetzen, das dazu verurteilt war, eine Ruine zu werden. Soll diese Ruine wenigstens so edel wie möglich sein, sagte sie sich und lachte dann über den absurden Stolz, über die übertrieben anspruchvolle Tochter eines Obersts, die einen Mann ablehnte, dem sie, ohne recht zu wissen warum, nicht trauen konnte. Da gab es noch ein Problem: Sie hatte Susan versprochen, ihn zu fragen.

Sie öffnete den Mund, brachte es aber nicht über die Lippen. Sie sagte das erste, was ihr in den Sinn kam.

»Kannten Sie nicht nur die Nichte, sondern auch die alte Lady Manners?« Sofort fiel ihr ein, daß Tante Fenny ihm dieselbe Frage auf der Hochzeit gestellt und er es verneint hatte.

Er drehte ihr den Kopf zu.

»Nein. Weshalb fragen Sie?«

»Ich dachte, Sie hätten sie vielleicht kennengelernt. Sie ist in Pankot.«

»Ach?« Er wartete. Sie gab keine weitere Erklärung ab. »Geht es ihr gut?«

»Wir wissen es nicht. Keiner von uns hat sie zu Gesicht bekommen.« Wirkte er erleichtert? »Sie trug sich im Flagstaff House in das Buch ein.«

»Lebt das Kind immer noch bei ihr?«

»Das wissen wir auch nicht.«

»Ich verstehe. Ist Pankot so groß?«

»Lady Manners muß auf der Westseite wohnen, auf der indischen Seite. Es ist eigentlich ein Rätsel, weshalb sie sich in das Buch eingetragen hat.« Sarah überlegte, was er wohl sagen würde, wenn sie ihm jetzt erzählen würde, daß sie in Srinagar Lady Manners auf dem Hausboot besucht hatte. Das weiße Krankenzimmer schien voller Schatten und Echos aus dem Leben geschiedener Stimmen zu sein. »Ach«, hörte sie sich plötzlich sagen, »da wir gerade von Kindern reden . . . ehe ich gehe, möchte ich Ihnen noch eine Frage von Susan stellen.« Sie zögerte und kämpfte mit ihrem Pflichtgefühl und der Abneigung, ihn zu fragen. »Sie überlegt, ob Sie vielleicht einer der Paten sein möchten.« Sarah wußte, ihre Stimme klang kalt vor strikter Höflichkeit. Auch ihr Gesicht mußte ihre mangelnde Begeisterung verraten. Schuldgefühle erfaßten sie. Genausogut hätte sie ihre Pflicht unerfüllt lassen können, wenn sie es so abweisend tat.

»Wie freundlich von ihr«, sagte Merrick. Er wendete den Kopf ab, als würde er über den Vorschlag nachdenken. Sie überlegte, ob er das volle Gewicht spürte, das sich herabgesenkt hatte – das Gewicht der Richtigkeit. Es lastete wie ein Stein auf ihnen und raubte ihnen die Kraft. Mit einer einfachen Bemerkung warf er das Gewicht ab. »Aber unter den Umständen wäre es nicht angemessen, nicht wahr?« Er sah sie wieder an: durchdringend und unerbittlich. Sie fühlte Erleichterung und kaum Gewissensbisse. Sie wußte einfach nicht, was sie so an ihm abstieß.

»Werden Sie Patin sein?«

Sie nickte.

Er lächelte schwach. Zum ersten Mal fiel ihr auf, was an dem Blau seiner Augen so ungewöhnlich war. Dieses Blau brachte sie mit Puppenaugen in Verbindung. Es war ein forderndes, blickloses Blau, das weder etwas annehmen noch ablehnen konnte. Würden sie sich schließen, wenn man die Kissen wegnahm und er flach lag, und sich nicht öffnen können, bis man mit neugierigen Fingern die leicht aufklappbaren Lider öffnete, um einen Blick auf diese kleinen Spiegel zu werfen, die einem die Illusion einer ernsten, aber überraschenden Reaktion vermittelten?

»Sie glauben doch auch nicht daran?« fragte er. »Aber sagen Sie Susan – sagen Sie ihr, ich bin gerührt und sehr dankbar.«

»Daß Sie nicht daran glauben, ist das Ihr einziger Grund?«

Er konnte ihr keine Antwort mehr geben. Die Tür ging auf. »Es tut mir leid, Miss Layton«, sagte Schwester Prior und kam adrett, geschäftig und asexuell attraktiv auf das Bett zu. »Man hat mir gesagt, Ihr Onkel ist gekommen, um Sie abzuholen. Leider konnte ich ihn nicht heraufkommen lassen. Ich werde Sie nämlich gleich hinauswerfen. Wie geht es uns?«

»Uns geht es gut«, erwiderte Merrick.

»Sind Sie sicher, daß mein Onkel hier ist? Das war nicht besprochen.«

»Ganz sicher. Es sei denn, es gibt zwei Leute, die Grace heißen und Oberst sind.«

»Ich glaube, es gibt nur einen. Also, auf Wiedersehen, Ronald. Ich nehme an, Tante Fenny wird Sie in ein oder zwei Tagen besuchen. Kann sie Ihnen etwas Besonderes mitbringen?«

»Ich glaube, das gibt es nicht zu kaufen.«

»Was ist es?«

»Nichts. Es war nur ein Witz. Vielen Dank, daß Sie gekommen sind.«

»Ich rufe morgen an, ehe ich abfahre.«

»Nun ja«, mischte sich Schwester Prior ein, »morgen ist wohl kein guter Tag, um uns anzurufen, nicht wahr, Hauptmann Merrick?«

»Nein, Schwester Prior. Wahrscheinlich nicht.«

»Wie wäre es denn mit übermorgen?« schlug Schwester Prior vor.

»Übermorgen bin ich wieder in Pankot. Ich wollte vor meiner Abreise anrufen.«

»Nun ja, Ihr Onkel kann Sie auf dem laufenden halten. Es tut mir leid, daß ich Sie so drängen muß, aber wir haben unsere kleinen Pflichten.«

Sarah lachte. Im Krankenzimmer, vor ihrem Patienten, war Schwester Prior ein anderer Mensch als im Wartezimmer. So gefiel sie Sarah jedoch auch nicht; sie zog den Sarkasmus der professionellen Liebenswürdigkeit vor. Sie sagte zu Merrick:

»Ich werde Ihnen aus Pankot schreiben.«

»Ja?«

Diese Antwort – so glaubte Sarah – war als Abfuhr gemeint, doch sie prallte von ihr ab. Nie zuvor war ihr so deutlich bewußt geworden, daß ihre dicke Haut zu ihrem Erbe gehörte. Doch dieses Bewußtsein machte sie sofort dünner. Vielleicht wollte er sie nicht an ihr früheres, ungehaltenes Versprechen erinnern, sondern hatte unfreiwillig seine echte Hoffnung erkennen lassen, ohne jedoch so recht daran zu glauben.

»Natürlich«, erwiderte sie, und legte dann eine bewußte Betonung in seinen Vornamen, denn er hatte sie immer noch nicht Sarah genannt, als sie sich verabschiedete: »Auf Wiedersehen, Ronald.«

»Auf Wiedersehen.« Er hatte wieder kurz die Beschwerden im Hals. »Auf Wiedersehen«, sagte er noch einmal und schloß die Augen, als sei er sich im klaren darüber, daß man lange genug mit ihm gespielt hatte.

---

Im Gang sagte Schwester Prior: »Er ist großartig, nicht wahr? Man käme nie auf den Gedanken, daß er ständig Schmerzen hat. Er wehrt sich dagegen, schmerzstillende Medikamente zu nehmen. Ist er religiös?«

»Religiös? Nein, das glaube ich nicht.«

»Ich frage, weil es Sekten gibt, die der Ansicht sind, man müsse Schmerzen ertragen. Bei Ronald müssen wir uns alle möglichen Tricks einfallen lassen. Aber das Merkwürdige ist, da er glaubt, keine Medikamente zu nehmen, wirken sie bei ihm auch nicht.«

Schwester Prior drückte auf den Knopf, um den Fahrstuhl zu holen. Der bengalische Himmel hinter dem Fenster des Warteraums triefte vor Regen, Wolken und Abend. Unten wartete Onkel Arthur, dem das Glück am Ende doch noch gelächelt hatte.

»Natürlich«, sagte Schwester Prior – war das ihre dritte Rolle: die redselige, informierte und doch uninformierte Angeberin? – »ist es nur gut, daß er nicht allzu abhängig ist. Dadurch wird er die Operation morgen sehr viel besser überstehen.«

Der Fahrstuhl hielt. Schwester Prior wartete, während der Fahrstuhlführer das Gitter zurückschob. Sarah stieg ein und legte die Hand auf das Gitter, damit es nicht geschlossen wurde und der Fahrstuhl hinunterfuhr, womit alles vorbei wäre, ohne zum logischen Ende gekommen zu sein.

»Es tut mir leid«, sagte sie, »aber wir wissen nichts, und er wollte auch nichts sagen.«

»Oh, das habe ich bemerkt. Und Sie sollten es wissen, nicht wahr? Der linke Arm.«

»Der linke Arm?«

»Sie haben ihm in Comilla die Hand amputiert. Morgen müssen wir ihm den Arm bis dicht über dem Ellbogen abnehmen. Verbrennungen dritten Grades, eine Kugel im Oberarm und eine im Unterarm. Der rechte Arm sieht auch schlimm aus, aber den können wir retten. Im Gesicht wird er Narben zurückbehalten, aber die Haare werden natürlich nachwachsen. Ohne Verband sieht er wahrscheinlich wieder einmal wie ein Mensch aus.«

Sarah zog die Hand vom Gitter, als habe sie etwas gestochen. Schwester Prior nutzte die Gelegenheit und schob es schnell zu. Der Fahrstuhl ruckte und schwebte abwärts. Du Biest, schrie Sarah stumm. Du verdammtes, verdammtes Biest! Und überlegte gleich darauf (während der Fahrstuhl unten ankam, und sie automatisch das breite, rotgesichtige Grinsen des dicken alten Onkel Arthur hinter dem Gitter mit einem Lächeln erwiderte – er kam ihr vor wie eine Cheshire-Katze, die sich in die kranke, unsichere Welt des Leidens verirrt hatte), ob sie damit sich selbst oder Schwester Prior meinte.

## IV

»Wir sind einmarschiert«, verkündete Onkel Arthur. »Wir sind heute morgen in der Normandie gelandet und haben einen Brückenkopf errichtet. Deine Mutter wird Luftsprünge machen. Ich möchte wetten, dein Vater ist Weihnachten zu Hause. Wir dachten, darauf sollten wir einen trinken.«

Unter den Blicken des Unteroffiziers und der Ordonnanz mit den Pickeln machte er sie in der Eingangshalle mit dem Offizier in seiner Begleitung bekannt – vermutlich einem der Männer, die sich eines Abendessens mit dem Kursleiter und seiner Frau erfreuen (oder es durchleiden) durften. Vermutlich war sein Abend durch die Aufforderung, die Nichte abzuholen, die einen Patienten im Militärkrankenhaus besuchte, noch mehr durcheinandergebracht worden.

»Das ist Major Clark. Aus irgend einem Grund, an den ich mich allerdings nicht mehr erinnere, wird er manchmal Nobby genannt. Vor ein paar Monaten mußte er meine endlosen Ergüsse noch als Hauptmann ertragen. Sehr anständig von ihm, wiederzukommen und uns zu besuchen. Meine Nichte, Sarah Layton. Seien Sie doch so gut und geben Sie dem Fahrer einen Wink.«

Clark ging hinaus unter den Säulenvorbau, und ihr drang dabei sein breiter Rücken, der kräftige Körper und die körperliche Unversehrtheit deutlich ins Bewußtsein. Keine Verbrennungen, keine Kugeln, keine Amputationen.

»Wie geht es dem jungen, wie heißt er gleich noch?«

»Gut, wenn man bedenkt . . .«

»Gut. Du kannst uns gleich alles erzählen. Ich habe mit deiner Tante vom Büro aus gesprochen, und sie hat mir aufgetragen, dich nach Möglichkeit abzuholen. Sie überlegt, ob sie deine Mutter anrufen soll.«

»Weshalb sollte sie Mutter anrufen?«

»Um sich zu vergewissern, daß sie es weiß.«

»Was weiß?«

»Die guten Nachrichten. Aber sie hat es sicher gehört. Sag mal, ist alles in Ordnung?«

»Danke, ja.« Sarah lächelte. Ihr Gesicht schien aus Gummi zu sein.

»Es sind diese Krankenhäuser. Der Geruch schlägt einem auf den Magen. Komm, der Karren ist da.«

Der ›Karren‹ war Onkel Arthurs Dienstwagen. Clark hielt ihnen beim Einsteigen die Türen auf und setzte sich dann neben den Fahrer. Als sie in die Straße einbogen, fing es an zu regnen. Blitze zuckten über den Horizont.

»Wann geht es denn wieder los?« fragte Onkel Arthur und hob die Stimme, um den prasselnden Regen und das lange dumpfe Donnergrollen zu übertönen. Aber seine Frage hatte Clark gegolten.

»Gleich morgen früh.«

Clark hatte einen Arm über die Lehne gelegt und preßte sich mit dem Rücken in die Ecke zwischen Tür und Sitz, damit man zu ihm reden und damit er reden konnte, damit er gesehen wurde und selbst sah. Undeutlich registrierte sie seine Stimme, den Tonfall, die Unbeschwertheit, und daß er sie musterte. Sie blickte aus dem Fenster und hörte der Unterhaltung kaum zu. Sie erreichten Chowringhi mit seinen vielen Lichtern, Fahrrädern und Straßenbahnen. Die Fensterscheibe beschlug. Die Lichter der Stadt beschleunigten den Einbruch der Dunkelheit. Sie wischte mit dem Handballen über die Scheibe und kam sich wie ein Kind vor, das von einem sicheren und bequemen Platz aus eine fremde und gefährliche Zauberwelt beobachten wollte.

»Also, wie gefällt dir die zweite Stadt im Reich?« erkundigte sich Onkel Arthur. »Sie ist zum ersten Mal hier«, erklärte er Clark, ohne eine Antwort abzuwarten. Sarah hielt diese Angewohnheit bei anderen meist für einen Fehler, bei Onkel Arthur jedoch für eine Tugend. Da er nicht neugierig war, konnte man immer gut mit ihm auskommen. Wahrscheinlich ist das eine Tugend, die einfach zur Spezies Onkel gehört, dachte sie. In seiner nicht besitzergreifenden, unengagierten Zuneigung konnte man vielleicht etwas von der felsenfesten, immer vorhandenen verwandtschaftlichen Liebe spüren. Falls sie weinen sollte – und ein paar Sekunden lang überkam sie alarmierenderweise die Versuchung, es zu tun – wäre ihm das schrecklich peinlich, doch er würde sie ohne Worte liebevoll trösten. »Du hättest vor ein paar Monaten hier sein sollen. Dann hätte Major Clark dir alles gezeigt, nicht wahr?«

»Meinen Sie, Sir?«

»Zum Teufel ja, Clark. Sie standen in einem gewissen Ruf. Ich bezweifle, daß Sie auch nur einmal vor Morgengrauen ins Bett gekommen sind. Aber niemand hätte das geahnt. Sie sahen immer taufrisch aus.«

Sarah warf einen Blick auf Onkel Arthur und erkannte, daß er entweder schon den ersten Drink zur Feier des fernen, unhörbaren Kanonendonners der Invasion hinter sich hatte, oder daß die Nachwirkungen eines ausgedehnten Mittagessens noch nicht abgeklungen waren. Ihre und Clarks Blicke trafen sich, und sie sah, daß sein Urteil oder Wissen mit dem ihren übereinstimmte. Auf seinem eher häßlichen Gesicht lag etwas Undurchsichtiges, ein Anflug von Eitelkeit und Belustigung auf Kosten eines anderen, was sie nicht verstand, und was ihr nicht gefiel. Sie glaubte von seiner berechneten Direktheit festgenagelt zu werden und blickte wieder aus dem Fenster, über das der Regen strömte. In ihr brannte das lächerliche Gefühl der Ungerechtigkeit, weil er ungezeichnet leben konnte und wortlose Bemerkungen über Onkel Arthur machen, der ihn nett zu finden schien, ihn zumindest jedoch im Wagen mitnahm, ihn einlud, ihn beriet, der vermutlich gute Berichte über ihn schrieb und ihn in den Kreis von Sarahs Sicherheit brachte, die im Augenblick hier in Kalkutta auf Tante Fenny beruhte, in Pankot – dunkel, stumm und unberührt von Regen, Kriegsgerüchten oder Amputationen – auf Susan und ihrer Mutter, und weit, weit weg, hinter der nassen Scheibe im Ruhepunkt der Geduld ihres Vaters, der sich nach seiner Entlassung und einer unbeschwerten Heimreise sehnte.

Sarah hatte die Straße nicht wiedererkannt. Als der Fahrer in die Auffahrt des Mietshauses abbog, kam das für sie völlig unerwartet. Sie empfand das seltsame Nachlassen des Entdeckungsgeistes, das ein Reisender erlebte, der weiß, daß er ohne Aufgabe ist und keinen Anteil am Geschick einer fremden Stadt hat. Sie stand zwischen Onkel Arthur und Major Clark (der, wie sie feststellte, einen aromatischen Duft verströmte, eine aggressive Ausdünstung seines nackten Körpers unter der dünnen Baumwolle des Khakibuschhemdes) und hatte den Eindruck, der Lift bringe sie von einer Ebene der Unerfahrenheit in eine andere. Ihr kam der Gedanke, daß sie sich wie Ronald Merrick nicht gut »transportieren« ließ, und dann, daß sie unversehrt war und sich, anders als Susan, nicht »verbunden« fühlte. Mir ist alles, aber auch alles gleichgültig, dachte sie. Die Furien jagten über einen leeren Himmel; sie jagten ihrem eigenen und keinem anderen Untergang entgegen. Die wirkliche Welt war ein harmloser, langweiliger Ort, und genaugenommen glich ein Teil weitgehend dem anderen; die Welt war ein chemisches Zufallsprodukt, ein Rohstofflager für die Herstellung willkürlicher Gebilde, die geschaffen wurden, um das Bedürfnis nach sinnlichem Genuß oder animalischer Bequemlichkeit aufzunehmen, zu hegen, zu wärmen oder zu befriedigen. Ein solches Gebilde war auch der Fahrstuhl. Er blieb ruckend stehen.

»Nein, erst einen Drink und dann ein Bad«, sagte sie zu Tante Fenny, die in Hausmantel, Pantoffeln und einem ordentlichen Chiffonturban um den Kopf mitten in den Vorbereitungen für den Abend durch die Wohnung segelte. Für Major Clark war das die Enthüllung eines sehr intimen, häuslichen Details. Sarah nahm es als Zeichen, daß für Tante Fenny eine neue Zeit begonnen hatte, in der die Werte von Flagstaff House als Versicherung gegen das Aussterben all jener, die sie hochgehalten hatten, geschickt korrigiert werden mußten. Sarah stand mit einem Glas und einer Zigarette in der Hand einen Augenblick allein im Flur und wurde sich bewußt, daß sie einer Klasse angehörte, die mit kleinen, sich ständig wiederholenden Handlungen beschäftigt war, deren Sinn darin lag, das Überleben durch partielle Teilnahme an einer Entwicklung zu sichern, die von der ganzen Familie nur Tante Lydia zu Hause in Bayswater vorausgesehen und aus der Nähe verfolgt hatte. Es ging um das Überleben im Exil. Der Feind war das Licht, nicht die Dunkelheit, das Licht der eigenen Art, der Leute zu Hause, von denen sie zu lange abgeschnitten waren, was dazu führte, daß sie bei den kurzen Besuchen zu Hause ein tiefes, heiliges Schweigen umgab und sie das Reale nur als Miniatur wahrnahmen. In Indien hatte eine Illusion topographischer Weite sie zur Sünde des Stolzes verführt, der ihrer insularen Zwergennatur fremd war. Vom hohen Fenster dieser Betonscheußlichkeit aus konnte man die Tragik und die komische Pracht der Kochtopfdeckeldächer sehen, die unten auf der Straße von neoklassizistischen Fassaden verborgen wurden, die auf perverse Weise das versunkene Zeitalter der Vernunft illustrierten. Welche Vernunft? Meine Geschichte (dachte Sarah, trank einen Schluck von dem süßen Cocktail und zog an ihrer bitteren Zigarette), meine Geschichte reduziert auf eine Säulenfassade, eine architektonisch perfekte, ausgewogene Lösung, in der Anordnung und Größe eines Fensters, auf eine unklare Abneigung in meinem Blut und einen lächerlichen Apparat zum Glücklichsein in meinem Herzen, und das trotz der Beweise, die mir sagen, daß ich nie glücklich gewesen bin und nie glücklich sein kann, solange ich hier lebe. Es ist höchste Zeit, daß wir verschwinden! Verschwinden – wir alle, bis auf den letzten dummen, klugen, grausamen, liebenswerten oder albernen Mann.

Offenbar trafen in diesem Augenblick noch mehr von Onkel Arthurs ›Jungs‹ ein – Sarah spürte, daß sich unter diesen jungen Männern die nächste Generation ihrer Kerkermeister befand. Jetzt rissen sie Sarah jedenfalls aus ihrer Betrachtung der Dächer. Sie wollte eine sofortige Begegnung vermeiden und schob sich an Major Clark vorbei, der neben ihr stand, als wolle er gerade etwas sagen, und erklärte Tante Fenny – die dem weißgekleideten Diener Anweisungen gab –, sie würde ihren Cocktail im Bad zu Ende trinken.

»Wenn du dich anziehst, komme ich«, rief Tante Fenny, »du mußt mir alles berichten. Ich muß mir nur noch etwas überwerfen, dann bin ich fertig. Hast du etwas Hübsches zum Anziehen dabei? Iris Braithwaite von unten hofft, daß sie kommen kann, und Dora Pedley auch. Sie sind immer todschick angezogen. Aber die kleine Party findet dir zu Ehren statt, Liebes. Nachher werden die Jungs dich vermutlich zum Tanzen oder ins Kino einladen. Also streng dich an!« Die letzten Worte flüsterte sie Sarah auf der Schwelle des kleinen Gästezimmers beinahe ins Ohr, während sie ihr die Tür aufhielt.

»Mehr als anstrengen kann ich mich nicht, Tante Fenny.«

»Ach du meine Güte. Das habe ich ja völlig vergessen. Du siehst richtig mitgenommen aus. War es schlimm?«

»Sie amputieren ihm den Arm.«

»O nein!«

Das Bad war bereits eingelassen. Sarah läutete und gab dem Diener das Glas mit der Bitte, es nachzufüllen und zurückzubringen. Sie fröstelte in der kalten Atmosphäre des klimatisierten Zimmers und flüchtete dankbar in die dampfende Wärme des Badezimmers, um sich dort in dem vertrauteren Unbehagen schwüler Hitze auszuziehen. Als sie nackt war, streifte sie den schäbigen Bademantel über und fühlte sich getröstet. Sie hielt aber die Weigerung, sich der kleinen Leidenschaft für persönliche Dinge hinzugeben, für eigensinnig.

Sie ging in das Zimmer zurück, das wie ein Kühlschrank war, setzte sich ein oder zwei Minuten auf das Bett, kämmte sich die hoffnungslosen Haare und trank ihren zweiten Cocktail. Dann trug sie Reinigungscreme auf das redliche Laytongesicht auf. Es war so unattraktiv (in ihren Augen), daß eine Welle von Mitleid für dieses Gesicht eine Welle erotischen Verlangens auslöste, daß es geliebt würde – ihr Gesicht und ihr Körper, der immer noch unberührt war unter dem Bademantel, dessen vernünftigen Stoff sie mit Barbie Batchelors Unterstützung ausgesucht hatte. Sie ging ins Bad und legte sich in die Wanne. Das Glas stellte sie in Reichweite auf den Rand und überlegte, was sonst wohl noch in Reichweite sein mochte.

»Jawohl, es ist mir egal«, wiederholte sie, »verdammt noch mal egal.« Aber sie wußte, daß es nicht stimmte. Selbst für Aziz Khan und Fariqua Khan, zu deren Namen sie sich bereits Gesichter vorgestellt hatte – die sie jetzt vor sich sah, mit aufgerissenen Augen und sprachlosen offenen Mündern, voll Entsetzen über die Ungerechtigkeit, nicht mehr als angemessen bestraft zu werden – formulierte sie Fragen: Aus welchem Grund hat Teddie sich wirklich eingemischt? Warum wollte er unbedingt dabeisein, wenn Ronald Merrick versuchte, aus gefangenen indischen Soldaten Informationen herauszuholen? Hatte er schon ein früheres Verhör erlebt? Oder lag es nur daran, daß er ihm nicht mehr über den Weg traute, wie Merrick angedeutet hatte? Als das Wasser zu sehr abkühlte, um noch angenehm zu sein, stieg sie aus der Wanne und hüllte sich in eines von Tante Fennys modernen Handtüchern – es war groß wie eine Zeltplane, weich wie Daunen und paßte nur zu einer verliebten Frau. Sarah trocknete sich schnell ab, als wolle sie vermeiden, sich anzustecken, blieb aber noch ein paar Minuten länger als nötig darin eingehüllt, ehe sie es mit dem schäbigen Bademantel vertauschte, der sich mit ihr aus dem schäbigen Pankot hierher verirrt hatte.

Die klimatisierte Luft umfing sie, als sie ihr Zimmer wieder betrat. Sie kam sich wie ein Versuchskaninchen vor, das man eingeschlossen hatte und pflegte, um es auf ein Experiment vorzubereiten, das Tante Fenny, die gerade klopfte und eintrat, bereits hinter sich gebracht hatte, so daß sie nun qualifiziert war, dieses Experiment an anderen vorzunehmen.

»Ich habe nichts Langes dabei«, erklärte Sarah. Fenny trug ein smaragdgrünes Abendkleid.

»Das macht nichts. Mr. Braithwaite hat gerade angerufen, um zu sagen, daß Iris sich den Magen verdorben hat. Und da sie bei den Pedleys sind, heißt das, Dora kommt auch nicht. Also bist du die einzige Attraktion, Kleines. Jetzt mußt du mir erzählen, was mit dem armen Mr. Merrick los ist.«

Sarah erzählte ihr alles, was sie wissen mußte, und als sie geendet hatte, fragte Fenny: »Warum bleibst du eigentlich nicht ein oder zwei Tage hier? Ich meine, wenn du es aushältst. Ich bin sicher, er würde sich freuen, wenn du ihn noch einmal besuchst. Von mir will er sicher nicht heimgesucht werden. Außerdem weiß ich nie, was ich kranken Leuten sagen soll. Ich glaube, ich könnte es nicht. Wenn es um Krankheiten geht, war ich schon immer schrecklich feige. Arthur sagt, wenn er nur eine Erkältung hat, benehme ich mich, als würde ich ihn nicht mehr lieben. Ich kann es nicht erklären, aber die körperlichen Leiden anderer nehmen mir völlig die Sprache. Also wenn du noch ein oder zwei Tage bleibst, bis er über das Schlimmste weg ist, verspreche ich, nachher den roten Teppich für ihn auszurollen. Das kann ich nämlich gut – ich meine, Leute aufmuntern.«

»Warum?« rief Sarah und unterbrach das Auftragen ihres Make-up. »Warum soll es einen roten Teppich geben? Warum sollen wir uns überhaupt auf diese Sache einlassen?«

Tante Fennys Gesicht, das hinter Sarahs Gesicht im Spiegel aufgetaucht war, wirkte einen Augenblick völlig ausdruckslos.

»Nun ja, Kleines, ich nehme an, du kennst die Antwort besser als ich. Schließlich bist du doch den weiten Weg hierher gekommen, um ihn zu sehen.«

»Für Susan.«

»Nur für Susan?«

»Ja.«

»Bist du sicher?«

»Ja, ich bin sicher. Warum fragst du?«

»Nun ja, er hat sich in Mirat sehr um dich bemüht. Ich dachte, du wärst ein bißchen in ihn vernarrt.«

»Wie könnte ich? Er ist keiner von uns.«

Sie erkannte, daß Fenny diese Ironie völlig entging.

»Nein, aber er hat etwas aus sich gemacht. Das andere bedeutet heutzutage nicht mehr soviel wie früher. Ich meine, die Leute sagen, es zählt nur, was ein Mann tut, und was für eine Persönlichkeit er ist. Und ich glaube, das stimmt.«

»Bin ich wirklich so unattraktiv, Tante? Ein Mann mit Grundschulbildung, mit Grips im Kopf, dem Anstrich eines Gentleman und nur einem Arm? Könnte ich keine bessere Partie machen?«

»Oh Sarah!« Fenny wurde rot. »Ich habe nur an dein Glück gedacht. Ich dachte, du findest ihn attraktiv und versuchst, deine

Gefühle zu verbergen, weil du dich davor fürchtest, was wir anderen dazu sagen könnten. Wenn du ihn liebst, würde ich über alles hinwegsehen, was gegen ihn spricht. Ich würde dich voll und ganz unterstützen, wirklich. Also liebst du ihn? Liebst du ihn, Kleines?«

»Ehrlich gesagt, er stößt mich ab.« Sie beendete die wenig lohnende Prozedur mit der Kosmetik, betrachtete sich und das Spiegelbild der armen Tante Fenny, die jetzt ebenso ratlos wirkte wie sie selbst. »Und übrigens wäre es falsch, sich der Illusion hinzugeben, er habe Teddie gemocht.«

Nach einer Weile sagte Fenny: »Ich werde dich nicht fragen, warum du das gesagt hast. Ich nehme es einfach hin. Aber ich frage dich etwas anderes. Das wollte ich schon lange. Hast du Teddie geliebt? Hat es dich geschmerzt, ihn an Susan zu verlieren?«

»Nein, ich habe auch Teddie nicht geliebt.« Sie stand auf, trat vor den weißen Einbauschrank und nahm das Kleid heraus, das sie als ihr bestes mitgenommen hatte. Es sah so absurd nach einem hübschen jungen Mädchen aus, daß es ihr auf die Nerven ging und abwechselnd Gereiztheit und Verzweiflung in ihr auslöste. Sie ließ den Bademantel fallen, stand ein paar Sekunden in der Unterwäsche da und spürte deutlich, daß Fenny ihre Figur musterte. Hastig zog sie das Kleid an – aber auch zögernd, wie eine notwendige Tarnung, der man jedoch entwachsen ist, und die niemanden mehr täuschen kann. Irgendwie erinnerte sie sich daran, einmal – aber sie brachte die Vorstellung nicht sofort mit dem Tag der Hochzeit in Verbindung – ein Kleid ausgezogen und danach das Gefühl gehabt zu haben, in eine Zone des Lichts gelangt zu sein. Geschickt schloß sie die einfachen Knöpfe und die etwas zu großen Hakenverschlüsse, für die sie sich immer entschied, weil sie keine Geduld und beim Ankleiden selten Hilfe hatte. Sie sagte: »Ich weiß nicht, was die Leute meinen, wenn sie dieses Wort benutzen, Tante Fenny. Vielen Dank, daß du dir um mich Gedanken machst. Aber das brauchst du nicht. Ich habe Männer kennengelernt, die ich attraktiv fand, und ein paar von ihnen haben mich auch attraktiv gefunden. Aber das andere, die Liebe, die Liebe habe ich noch nicht erlebt. Oder wenn, war es mir nie bewußt, also muß es überbewertet, muß es Propaganda sein.«

»Ja«, sagte Fenny etwas fröhlicher, »dann ist es in Ordnung. Dann hast du noch alles vor dir. Und das eine ist sicher: Wenn du liebst, wirst du es wissen!«

»Wußtest du es, Tante Fenny? Wußtest du es?«

Tante Fennys Lächeln wurde weniger fröhlich, verschwand aber nicht.

»Ich habe mehrere Male geglaubt zu lieben, und einmal wußte ich es.«

»Dann warst du also glücklich.«

»Nein, Kleines, nicht glücklich. Es war nicht Arthur.«

»Tut mir leid.«

»Nein, es darf einem nie leid tun. Nein, niemals. Das Leben besteht zu neunundneunzig Prozent aus Kompromissen. Das ist Teil der Abmachung. Ich war glücklich. Ich will nicht sagen, zufrieden. Zufriedenheit ist etwas anderes. Ich glaube, ich habe einen Zustand erreicht, in dem ich aufrichtig sagen könnte, wenn ich mich nicht immer noch als junge Frau betrachten würde, ich *bin* glücklich, ich hatte ein gutes Leben. Ich habe nichts Wunderbares erlebt, aber auch nichts Schlechtes. Ich nehme an, ich habe nicht viel Gutes getan, aber ich hoffe, es kann auch niemand sagen, ich hätte jemals ernsten Schaden angerichtet. Wenn ich einmal nicht mehr bin, wird es nichts geben, auf das man mit dem Finger deuten könnte, um zu beweisen, daß ich mehr getan habe, als mein Brot zu verdienen. Das ist nicht viel, aber selbst das erfordert so einiges, und mehr können die meisten von uns nicht erwarten.«

»Ich weiß.«

»Nun, dann lächle, damit ich sehe, daß du es weißt.«

Sarah lächelte.

»Und wenn du hierher kommst, werde ich dir mein Geheimnis anvertrauen.« Sarah setzte sich neben sie auf das Bett und ertrug das Gewicht von Tante Fennys rundlicher Hand auf ihrem kalten knochigen Arm. »Für deine Mutter ist es kein Geheimnis. Hat sie es dir nie erzählt?« Sarah schüttelte den Kopf. »Das überrascht mich nicht. Familien sind schon merkwürdig. Verwandte haben mehr Geheimnisse voreinander, als man für möglich hält. Wir wissen sehr viel über unsere Freunde und kaum etwas über unsere nächsten Angehörigen.« Sie schwieg, lächelte aber immer noch. Dann sagte sie: »Das Geheimnis ist, daß ich deinen Vater angebetet habe.«

»Meinen Vater?«

»Nur angebetet. Zwar nicht nur von ferne, aber er hatte nur Augen für Millie. Er hielt mich für albern und dumm, für ein kokettes kleines Mädchen, und er hat mich nie ernstgenommen. Das tut er immer noch nicht. Wenn ich heute zu ihm sagen würde: ›John, weißt du, ich habe dich einmal wahnsinnig geliebt‹, würde er das für einen schlechten Scherz halten, denn er hat es damals nicht gemerkt und seitdem auch nicht. Es ist nur Millie aufgefallen, und sie hat einfach vergessen, *was* ihr aufgefallen war. Weißt du, in gewisser Weise habe ich das auch vergessen, und zwar so, wie man etwas vergißt, das weit zurückliegt. Trotzdem, Kleines, selbst heute, ich meine selbst jetzt – jetzt vielleicht sogar ganz besonders, denn es ist schon unglaublich lange her, daß ich ihn zum letzten Mal gesehen habe – wenn er hier ins Zimmer käme, würde mein Herz anfangen heftig zu schlagen. Nur einen ganz kurzen Augenblick lang und dann, schwupps, wieder zurück in die Wirklichkeit finden. Denn zwischen uns war nie etwas, konnte nie etwas sein. Wenn etwas gewesen wäre, und er dasselbe für mich empfunden hätte, ich meine, selbst wenn wir nie geheiratet hätten, könnte ich unmöglich behaupten, daß sich in meinem Leben nie etwas Wunderbares ereignet habe. Doch er hat mich nicht geliebt, also hat es nichts Wunderbares gegeben. Aber es war genau *das*, wovon du behauptest, nichts zu wissen. Es geht dabei nicht nur um körperliche Anziehung. Und wenn es dir widerfährt, dann wirst du es sehr wohl wissen – denke an meine Worte.«

Sarah hatte eine Weile auf ihre gefalteten Hände gestarrt. Jetzt hob sie den Blick. Es fiel ihr schwer, ihre Tante so ernst zu nehmen, wie sie es vermutlich verdiente. Wie Sarahs Eltern gehörte Fenny einer Generation von Männern und Frauen an – der letzten, die es vielleicht je geben würde –, die sich in den Jahren ihrer Entwicklung in den Tugenden der Selbstsicherheit und der moralischen Gewißheit gesonnt hatten. Vermutlich hatte sie das als Kind für das ewige Licht gehalten, ein Licht, das (wenn sie an Tante Lydia dachte) auf ihre radikalen und konservativen Vorstellungen von den Aufgaben des Lebens fiel. Waren diese Dinge nicht eine Art Illusion? War diese Liebe, von der Tante Fenny behauptete, sie beruhe nicht nur auf körperlicher Anziehung, nicht auch eine Illusion? Sex konnte sie begreifen, auch eine große Leidenschaft, denn das war vermutlich eine Mischung aus körperlichem Verlangen, Neid, Eifersucht und Besitzgier. Aber Liebe, wie Tante Fenny sie beschrieben hatte, Liebe, wie Susan und sie selbst sie für richtig und erstrebenswert zu halten gelernt hatten, erschien ihr jetzt auch nur als eine menschliche Verhaltensnorm, die dieses Klima der Selbstsicherheit und der moralischen Gewißheit brauchte, um zu erblühen, wie all die anderen Blumen der bescheidenen, ruhigen Vollkommenheit, von denen Susan geglaubt hatte, sie würden in dem geheimnisvollen Garten auf der anderen Seite der Mauer wachsen.

»Susan . . .«, setzte sie an.

»Was ist mit Susan, Kleines?« Dann redete sie wie Onkel Arthur weiter, ohne eine Antwort abzuwarten. »Ich habe auch an Susan gedacht, und zwar daran, wie wir sie und Teddie auf dem Bahnhof verabschiedet haben, als sie nach Nanoora fuhren.«

»Ja? Und weshalb, Tante?«

»Weil ich an einen ähnlichen Anlaß denken mußte: Als wir deinen Vater und deine Mutter verabschiedeten, die in *ihre* Flitterwochen fuhren. Ich konnte es kaum verwinden. Später machten sich alle über mich lustig und sagten, ich sei so damit beschäftigt gewesen, alle jungen Offiziere um mich zu scharen, die das Brautpaar verabschieden wollten, daß ich kaum Zeit gefunden hätte, ebenfalls zu winken. In Mirat habe ich dich genau beobachtet, Kleines, denn da tauchten diese Erinnerungen in mir wieder auf. Ich wußte, etwas machte dich unglücklich, und ich überlegte, ob dich beim Abschied von Susan und Teddie die gleichen Gefühle quälten wie mich damals, vor vielen Jahren. Du hast so traurig ausgesehen.«

»Ich war nicht traurig.«

»Wirklich nicht?«

»Wirklich nicht.«

»Dann ist ja alles in Ordnung. Und jetzt« – sie drückte Sarahs Arm – »machst du dich fertig und kommst so schnell du kannst. Überleg dir, was ich gesagt habe – ich meine, ob du noch bleiben willst. Damit du dir ein paar schöne Tage machen kannst und ein paar neue Leute kennenlernst. Ich bin sicher, General Rankin wird ein Auge zudrücken, und deine Mutter kommt auch einmal ohne dich zurecht. Wenigstens ein einziges Mal. Gott weiß, wenn das Baby erst da ist, wirst du alle Hände voll zu tun haben. Also nutze die Gelegenheit, Kleines.« Fenny zögerte: »Ich weiß, es ist schwierig, und zwar aus *vielen* Gründen. Wenn man früher nach Indien kam, war das ein Riesenspaß. Du hast nichts anderes erlebt als diesen schrecklichen Krieg – und was er aus den Menschen gemacht hat.« Sarah dachte: Aus Menschen wie meiner Mutter, willst du sagen. »Wenn dein Vater nach Hause kommt und sieht, wie sehr du deiner Mutter und Su geholfen hast, wird er sehr stolz auf dich sein – aber auch schrecklich unglücklich, weil du so wenig Spaß gehabt hast.«

Wie auf ein Stichwort durchbrach das Lachen von Männern das Schweigen vor der geschlossenen Tür. Tante Fenny verzog das Gesicht. »Da haben wir es«, sagte sie. »Man muß sie nur zu lange allein lassen, und schon erzählen sie sich schreckliche Geschichten. Männer sind einfach keine ernsthaften Menschen. Sie machen sich über alles lustig. Ich gehe jetzt besser hinaus und bringe sie zur Vernunft. Was für ein Jammer, daß Jim Clark nur bis morgen bleibt. Im Kurs gehörte er zu Arthurs besten Leuten. Er ist so ein netter Mann, aber natürlich war er auch auf derselben Schule wie dein Vater. Sie schikken ihn zu irgendeiner Sonderausbildung nach Ceylon, aber es ist alles sehr geheim. Er ist erst dreißig, und Arthur prophezeit, daß er bald Oberstleutnant sein wird, wenn der Krieg noch ein Jahr dauert. Vermutlich dauert er wohl nicht mehr so lange. Er ist eingezogen worden, aber wir finden, er ist ein Mann, der vielleicht auch nach dem Krieg beim Militär bleibt, hier oder zu Hause. Übrigens hat er sich eingehend nach dir erkundigt.«

Fenny stand auf und verabschiedete sich mit einem, wie sie glaubte, beruhigenden Tätscheln. Sarah lächelte von unten zu ihr auf; sie empfand es als ihre Pflicht zu bleiben, wo sie war, wie in einem engen kleinen Kokon, dem sie – nach den zehn oder fünfzehn Minuten des Alleinseins, die ihr noch blieben, ermutigt durch die moralische Aufrichtung und den pflichtbewußten Wunsch, alle dunklen und düsteren Vorstellungen von der Welt als Schauplatz ausschließlich tragischer Bedingungen und Ereignisse zu vertreiben – als der robuste kleine Schmetterling entschlüpfen würde, der sie in Tante Fennys liebevoller Vorstellung war.

---

»Nein«, sagte Tante Fenny, »die Damen werden sich heute abend nicht zurückziehen. Zumindest nicht länger als ein paar Minuten. Wir sind nur zu zweit, und offen gesagt, Arthur, die Wände in der Wohnung sind zu dünn, als daß sich alle dabei wohlfühlen würden.« Die Jungs, angeheitert von Cocktails, einem anglo-indischen Curry, zwei Flaschen südafrikanischem Weißwein und in Erwartung von Brandy oder Likör, lachten pflichtschuldigst. Es waren sechs, einschließlich Jimmy Clark, der rechts von Sarah saß. Am Kopfende zu ihrer Linken saß Onkel Arthur, ziemlich angetrunken, aber trotzdem mit Haltung. Ihr gegenüber, links von Onkel Arthur, saß ein blasser junger Offizier mit spärlichem Haarwuchs. Er hatte den Abend, wie sie erriet, mit intellektuellen Vorbehalten begonnen, war aber jetzt, noch lange vor dem Ende, offenbar mehr als überwältigt und dicht davor, so blau wie ein Molch zu sein (wie sie wußte, bezeichneten so die Männer diesen Zustand). Warum wie ein Molch? In einem Sommer bei Großvater hatte sie Molche in einer großen quadratischen blauen Bonbondose gehalten, aber sie wußte nur noch, daß das Wasser schlecht wurde und die Molche starben. Vielleicht war das die Erklärung: Schlecht werden und Tod durch Ertrinken, wie Mr. Morland es geträumt hatte.

»Wir heben die Tafel auf und treffen uns alle nebenan zu Kaffee und so weiter. Haben Sie sich entschieden, meine Herren, wie der Abend enden soll? Im New Empire gibt es den neuen Film mit Ingrid Bergman und Gary Cooper.«

»Schicken Sie niemand hin«, ließ sich der junge blasse Offizier vernehmen, »um zu fragen, wem die Stunde schlägt. Sie schlägt jedem. Ich habe ihn gesehen. Er ist miserabel.«

»Und ohne Vorbestellung hat man überhaupt keine Chance«, sagte ein anderer.

»Arthur und ich gehen zu den Purvises«, verkündete Fenny. »Wir dachten, ihr jungen Leute habt eigene Pläne. Es tut mir leid, daß Iris und Dora nicht kommen konnten, sonst hättet ihr vielleicht hier bleiben und zum Grammophon tanzen können. Es gibt genug zu trinken und ein paar Happen zu essen, wenn ihr später Appetit bekommen solltet. Also bleibt, wenn ihr wollt oder geht alle zusammen irgendwohin. Ihr könnt das beim Kaffee besprechen. Er kommt in ein paar Minuten.«

Sie sah Sarah an, nickte und erhob sich. Die anderen folgten geräuschvoll ihrem Beispiel. Major Clark zog Sarahs Stuhl zurück.

Im Wohnzimmer erklärte Fenny: »Paß auf, Kleines: Du stimmst einfach allem zu, was sie entscheiden, ohne etwas Besonderes zu wünschen. Der hilflose, glückliche Typ ist bei den Männern am beliebtesten. Ich wette, sie wollen alle ins Grand Hotel. Inzwischen ist es ein Offiziershotel, und sie fühlen sich dort wie zu Hause. Vielleicht treffen sie noch andere Bekannte. Sei nur nicht zu zimperlich oder hochnäsig, wenn du plötzlich in eine Gruppe gerätst, in der ein paar Chichis sind. Die Jungs, die von zu Hause hierher kommen, glauben, wir behandeln solche Mädchen furchtbar schlecht, und vielleicht stimmt das. Sie lachen zwar auch über sie, aber sie tun ihnen auch leid. Jedenfalls können sie es nicht ausstehen, wenn eine Engländerin die Nase rümpft. Aber so bist du ja nicht, Kleines, nicht wahr? Du wirst dich köstlich amüsieren. Für sie ist es etwas Besonderes, eine Engländerin in ihrer Gesellschaft zu haben, und sie werden es genießen, mit dir dort gesehen zu werden. Und außerdem, Kleines, in der Menge liegt die Sicherheit. Also hör auf mich! Du weißt schon: Vögel und Bienen. Auch wenn es sehr viel später als Mitternacht wird, werde ich mir keine Sorgen machen. Jimmy Clark wird sich um dich kümmern. Er weiß genau, warum ich ihn neben dich gesetzt habe.«

»Wer sind die Purvises?«

»Ach, ein paar ziemlich langweilige Zivilisten, mit denen Arthur

Kontakt halten muß. Sie geben eine gemischte Party – mit Indern, meine ich, und sie wollen nach dem Essen alles aufbieten, wenn die Lage gespannt und peinlich wird, weil jeder alles bereits zweimal gesagt hat.«

»Ich bin noch nie auf einer gemischten Party gewesen.«

»Da kannst du dich glücklich schätzen. Solche Gesellschaften sind der Preis, den man dafür zahlen muß, daß man in eine solche Stadt versetzt wird. Komm, wir machen uns frisch und sehen zu, daß der Kaffee in Gang kommt. Ein paar von ihnen *brauchen* ihn.« Sie zögerte, weil ihr plötzlich Bedenken kamen. »O je. Sollte ich dich eigentlich überhaupt gehen lassen? Ich bin deiner Mutter gegenüber für dich verantwortlich.«

»Ich gehe nicht zum ersten Mal mit beschwipsten Männern aus.«

»Aber hier ist das etwas anderes. Kalkutta ist nicht Pankot, und ein paar sind bereits beschwipst. Nun ja, genaugenommen nur einer.«

»Ich glaube, um ihn brauchen wir uns keine Sorgen zu machen.«

Fenny sah sie groß an. Die Röte stieg ihr in die Wangen und wich wieder. »Nein, brauchen wir nicht? Mein Gott.« Sie lächelte. »Was kannst du denn schon von solchen Dingen wissen? Nun gut, machen wir uns frisch, und dann nichts wie auf in den Kampf.«

---

Die Party bei den Purvises war eine offizielle Angelegenheit, und deshalb fuhren Tante Fenny und Onkel Arthur mit dem Dienstwagen. Sie setzten Sarah und Major Clark am Eingang des Grand Hotels ab. Die fünf anderen folgten mit dem Taxi. Als der Wagen abgefahren und das Taxi noch nicht angekommen war, sagte Clark zu ihr – während er kleine Jungen und Bettler verscheuchte: »Sagen Sie mir bitte sofort, wenn Sie genug haben. Es kann da drinnen ziemlich turbulent werden. Es ist vielleicht nicht ganz Ihr Fall.«

»Ach, ich weiß nicht. Wieso nicht?«

»Nun ja, ich sollte besser sagen, es ist nicht ganz mein Fall.«

»Onkel Arthur schien diesen Eindruck von Ihnen nicht zu haben.«

»Nein.« Sie spürte, wie er auf sie herunterblickte – aber nicht von hoch oben, denn er war nicht groß. Sie entdeckte das Taxi mit den anderen. »Es wäre nicht sein erster falscher Eindruck. Gehen wir. Es ist ein elend langer Weg. Sie werden uns bald einholen.«

Der lange Weg führte durch eine Geschäftspassage. An ihrem Ende befand sich die Hotelhalle. Irgendwo in der Nähe dröhnte eine

Band; Susan hatte einmal gesagt, sie fände diesen Lärm nur eine Spur weniger faszinierend als den Lärm von Männern *en masse*, die beim Ball im Vorraum einer Messe auf die Damen warten. Auch Sarah hatte etwas für Bands übrig. Beim Klang dieser Musik wurde ihr unwillkürlich bewußt, daß sie unter dem Schein von Wachheit, der künstlich durch Alkohol und zu viel Reden verstärkt wurde, sehr erschöpft war. Hatte der Zug Ranpur wirklich erst gestern um diese Zeit verlassen? Sie lächelte den fünf anderen fröhlich zu, die gerade auftauchten, und ging in ihrer Mitte durch eine Halle mit Korbsesseln und Tischen, die alle besetzt waren – hauptsächlich von Männern in Uniform. Schließlich erreichten sie eine große Terrasse, wo hinter einer beinahe leeren Tanzfläche eine Band spielte – jetzt in der Regenzeit unter einem provisorischen Dach; in der Trockenzeit konnte man vermutlich unter Sternen tanzen. Die Kellner stellten Tische zusammen und rückten Stühle zurecht. Sie wollte sich gerade setzen, als sie spürte, daß sie festgehalten wurde.

Clark sagte: »Ich tanze nur, wenn viel Platz ist und mich die Leute sehen können. Also ist das jetzt Ihre Chance.« Er führte sie zur Tanzfläche. Ein Quickstep. Die Band spielte eine nur allzu vertraute Melodie. Susan hätte gewußt, was es war. Im ersten Moment freute sich Sarah, als sie entdeckte, daß er gut tanzte und sie ihm folgen konnte. Doch in der Mitte der zweiten Runde um die Tanzfläche tauchte das alte Problem wieder auf. Sie hatte nie gut reden und gleichzeitig tanzen können. Die beiden Pflichten schien miteinander unvereinbar zu sein. Sie versuchte, sich daran zu erinnern, welche Fragen sie ihm beim Essen gestellt hatte – nicht viele. Beim Abendessen hatte im wesentlichen Onkel Arthur das Gespräch beherrscht. Sie sagte das erste, was ihr einfiel.

»Tante Fenny hat erzählt, daß Sie in Chillingborough waren.«

Er nickte. Sie tanzten nicht eng. Doch das Wissen, daß er sie keinen Moment aus den Augen ließ, hemmte sie beinahe ebenso wie diese zu große Nähe, die Männer hin und wieder herzustellen suchten – zu Sarahs großer Verlegenheit manchmal mit Erfolg.

»Das ist Daddys alte Schule«, sagte sie.

»Ich weiß. Ich hoffe, er hat es überlebt.«

»Ich glaube schon.« Sie wußte nicht, was sie noch hätte sagen sollen.

»Gut. Ich habe es auch überlebt.«

Etwa eine Runde später fragte sie: »Sind Sie schon lange in Indien?«

»Sechs Monate.«

Sie überlegte, ob es für ihn eine lange oder eine kurze Zeit war. »Tante Fenny hat gesagt, Sie waren in der Wüste.«

»Das ist im wesentlichen eine Umschreibung für Kairo. Ja, ich war einige Zeit in der Wüste, wie man das nennt.« Er schwieg. »Soll ich jetzt die Fragen stellen, damit Sie sich ausruhen können?« Sie blickte auf. Er lächelte vage. In der Nähe wirkte seine Haut rauh, und eigentlich glaubte sie, es müßte ihr mißfallen, aber so war es nicht. »Wie geht es Ihrem Freund?«

»Meinem Freund?«

»Dem Mann, dem Sie die Bonbons gebracht haben.«

In diesem Augenblick brach die Musik mit einem Auftakt und einem dröhnenden Schlag des Beckens ab.

Er brachte sie zum Tisch zurück. Ein Kellner kam gerade mit einem Tablett voller Flaschen und Gläser. Nur drei der fünf anderen Männer saßen am Tisch.

»Ist es nicht etwas früh, um umzukippen?« fragte Clark. Der mit dem blonden Schnurrbart erklärte: »Es ist niemand umgekippt.« Die anderen bestätigten es. Sarah dachte: Sie mögen Clark nicht, und ihr fiel ein, daß er ein Fremder für sie war. Aus Clarks besitzergreifendem Verhalten schlossen sie vielleicht, er sei besser mit Oberst Grace und seiner Frau bekannt als sie und könne daher Rechte auf Sarah geltend machen, die Sarahs Onkel und Tante anerkannten. Möglicherweise wußten sie nicht einmal, daß Clark und Sarah sich erst heute kennengelernt hatten. Sie wollte etwas sagen, um die Lage zu klären, mußte jedoch mit schlechtem Gewissen feststellen, daß sie nicht einmal die Namen ihrer Begleiter richtig wußte, obwohl sie ihr vorgestellt worden waren. Sie fragte den Blonden mit dem Schnurrbart, der sich erkundigte, was sie trinken wollte (Freddie? Sie mußte genauer zuhören): »Wird man hier rausgeworfen, wenn man nur Kaffee will?« Er erwiderte etwas wie, man könnte es ja einmal versuchen. Dann erkundigte er sich: »Wie wäre es mit etwas dazu? Ein Gläschen grünes Zuckerwasser, zum Beispiel?!« Um ihm einen Gefallen zu tun, willigte sie ein, ehe ihr dämmerte, daß er damit *Creme de Menthe* meinte. Die Bestellung wurde aufgegeben, die Musik setzte wieder ein, und Freddie (oder war es Tony? Warum wurden Männer so oft mit der Verkleinerungsform ihres Namens angeredet?) fragte: »Darf ich bitten?« Er stand auf, als habe er begriffen, daß dies möglicherweise seine einzige Gelegenheit sein würde. Sie reagierte automatisch, und schon hielt er sie in seinen Armen. Sie tanzten Walzer, ehe sie sich eingestand, daß sie das ganz bestimmt nicht gewollt hatte: mit diesem blonden, schnurrbärtigen Mann zu tanzen. Schon am Tisch hatte sie bemerkt, daß er sehr schwitzte. Er hielt gnädig Abstand, aber seine Hände waren feucht. Susan sagte immer, Schweiß sei das Zeichen für einen Biertrinker. Deshalb schwitze das Fußvolk mehr als die Offiziere.

»Mrs. Grace hat mir gesagt, daß Sie von weither gekommen sind, um jemanden im BMK zu besuchen.«

»Ach nun, ja, nur aus Pankot.«

»Wo ist das?«

Sie sagte es ihm.

»Ich war letzten Monat auch dort – ich meine im BMK, nicht in Pankot. Aber es war nichts Romantisches. Blinddarm. Heutzutage bekommt man nur eine Teilnarkose. Es ist ganz interessant, man sieht zur Decke hinauf und spürt halb, was mit einem geschieht.«

»Es muß schrecklich gewesen sein.«

»Ach, ich weiß nicht. Interessant – man blickt zur Decke hoch . . .«

Er tat ihr leid. Offenbar konnte er auch nicht tanzen und gleichzeitig reden. Sie gestand es ihm. »Ich habe heute abend so viele Leute kennengelernt, daß ich die Namen durcheinanderbringe.«

»Leonard.«

»Ich heiße Sarah.«

»Ich weiß. Gerade hätte ich beinahe einen Schnitzer begangen. Zu Hause habe ich einen Labrador, der Sarah heißt. Ich meine, es ist eine Hündin. Ich hätte beinahe gesagt, so wie man das eben tut, wenn man nach etwas sucht, das man sagen könnte: ›Ich habe einen Hund, der so heißt wie Sie.‹ Ich habe es gerade noch rechtzeitig gemerkt, aber dann fiel mir absolut nichts mehr ein.« Ihre Füße berührten sich flüchtig. »Entschuldigung.«

»Wo ist das, zu Hause?«

»Shropshire. Ich bin ein Shropshire-Bub. Es gibt Gedichte über Shropshire, aber ich habe sie nie gelesen.«

»Was sind Sie, Landwirt?«

»Wie haben Sie das erraten?«

Hinter Leonards strohblonden Haaren und seinem hochroten, tropfenden Gesicht tauchte das Bild von Mr. Birtwhistles Kühen und Mr. Birtwhistles Feldern auf.

»Ich bin eigentlich kein richter Landwirt, das ist mein Vater.«

»Landwirte reden wenig, nicht wahr?«

»Vielleicht, aber ich hatte gerade erst angefangen bei ihm. Dad ist nicht so alt. Italienische Kriegsgefangene arbeiten jetzt für ihn. Er sagt, sie seien in Ordnung. Ich werde nicht vermißt, also nicht deshalb.«

»Wollen Sie wieder zurück zu Ihrem Vater?«

»Wahrscheinlich.« Er schwieg. »Wenn man Ihrem Onkel zuhört, dann ist Indien wirklich verlockend«, fügte er pflichtschuldigst hinzu. Sie wechselten bedeutungsvolle Blicke. »Ich nehme an«, sagte er, »Sie haben die meiste Zeit Ihres Lebens hier verbracht.«

»Ich war zu Hause auf der Schule. Was heißt, etwa die Hälfte hier und die Hälfte dort.«

»Würden Sie es empfehlen – in Indien zu leben?«

»Warum fragen Sie? Überlegen Sie es sich?«

»Ja, es klingt ganz gut. Eine verantwortungsvolle Arbeit und jede Menge Dienstboten. Ihr Onkel sagt, es wird noch Jahre dauern, ehe die Inder ganz ohne uns auskommen. Droben im Pandschab habe ich mich auf einer dieser landwirtschaftlichen Versuchsanstalten umgesehen und hatte das Gefühl, daß es da Arbeit für mich geben könnte. Wenn man aus England kommt und etwas von Landwirtschaft versteht, hat man in Indien im allgemeinen das Gefühl, ins Mittelalter zurückversetzt zu sein. Ich meine, ich versteh nichts von Politik, von Verwaltung oder Geschäften, aber ich verstehe ein bißchen was von Landwirtschaft. Manchmal stehen einem die Haare zu Berge, bei dem, was man hier manchmal so sieht. Aber wenn ich daran denke hierzubleiben, zu heiraten und Kinder zu haben – ich glaube, es würde mir nicht sehr gefallen. Ich meine, die Kinder nach Hause zu schicken, wäre nicht meine Vorstellung von einer Familie. Habe ich recht?«

»Ich weiß nicht.« Sarah überlegte. »Ich fände es schrecklich, nie zu Hause gewesen zu sein. Ich hätte das Gefühl, etwas Wichtiges versäumt zu haben, was mir zusteht – nämlich das, was mich zu einer Engländerin macht. Man geht zurück und fordert sein Erbe. Wenn man selbst Kinder hat, schickt man sie zurück, damit sie ihre Erbe fordern. Das ist ein Teil der Opfer, die Eltern bringen müssen.«

»Ich könnte es nicht bringen. Selbst wenn ich wüßte, meine Tochter würde wie Sie, wenn ich nicht nur einen Hund, sondern auch eine Tochter hätte, die Sarah heißt.«

Sie blickte zu ihm auf und dachte: Er ist ein einfacher, freundlicher Mann. Eine andere Frau als ich wird ihn lieben, heiraten und mit ihm glücklich sein können.

»Aber«, fügte er hinzu, »ich glaube, Sie sind nicht typisch. Junge Memsahibs jagen mir üblicherweise schreckliche Angst ein.«

Sie lachte; aber für den Rest des Walzers schien es ihnen beiden schwerzufallen, etwas zu sagen. Als er sie zum Tisch zurückbrachte, fragte er: »Fahren Sie wirklich morgen zurück?«

»Ich sollte.«

»Sie meinen, es besteht die Möglichkeit, daß Sie es nicht tun? Dieser Film im New Empire ist nicht so schlecht. Ich könnte ihn mir jederzeit noch einmal ansehen. Aber vielleicht haben Sie ihn ja auch schon gesehen.«

»Oh, nach Pankot kommen nie neue Filme.«

»Darf ich Sie dann also morgen vormittag anrufen? Wissen Sie bis dahin, ob Sie bleiben?«

»Ja.«

»Dann rufe ich Sie an, um zehn.« Er lieferte sie bei Major Clark ab. An ihrem Platz standen Kaffee und Brandy. »Ich hoffe, Sie haben nichts dagegen«, sagte Clark, »ich habe die Bestellung geändert, denn Sie kommen mir nicht wie eine Frau vor, die grünes Zuckerwasser trinkt.« Auch die Stühle standen inzwischen etwas anders. Sie und Clark saßen jetzt kaum wahrnehmbar von den anderen getrennt. Es fehlten immer noch zwei. Sie kamen zurück, als die Musik wieder einsetzte: der blasse Offizier, der beschwipst gewesen war und jetzt blasser als je aussah, und der dunkelhaarige, der – Sarah war sich ziemlich sicher – Tony hieß. Als sich die beiden dem Tisch näherten, flüsterte Clark ihr zu: »Lassen Sie uns tanzen. Ich sage Ihnen gleich weshalb.«

Ein Foxtrott. Sarah haßte Foxtrott. Sie sehnte sich danach, einfach am Tisch zu sitzen und Kaffee zu trinken. Sie ging aber folgsam auf die Tanzfläche zurück. Clark sagte: »Der Mann hat Probleme. Man sollte ihn nach Hause schicken.«

»Beim Abendessen war doch noch alles in Ordnung.«

»Nicht wirklich – die Luft hat ihm zugesetzt. Ich habe den anderen zu verstehen gegeben, er sollte nicht bleiben.«

Sarah blickte zum Tisch hinüber. Der Mann stützte den Kopf in beide Hände. Zwei seiner Kameraden beugten sich über ihn. Der Dunkelhaarige hatte ihm die Hand auf den Rücken gelegt. Es sah aus, als rieten sie ihrem Freund, es heute dabei bewenden zu lassen und nach Hause zu gehen, solange es noch unauffällig möglich war, also ehe sie und Clark an den Tisch zurückkamen. Leonard hatte den Kopf auf den Arm gestützt. Er beobachtete die anderen und hielt sich aus allem heraus. Inzwischen tanzten mehr Paare. Die Tanzfläche war ziemlich voll geworden. Der Blick wurde ihnen versperrt. Clark sagte:

»Würden Sie mir einen Gefallen tun, wenn der Tanz zu Ende ist?«

»Und zwar?«

»Gehen Sie zur Damentoilette. Ich zeige Ihnen, wo sie ist. In etwa zehn Minuten hole ich Sie dort ab. Es dürfte nicht länger dauern.«

»Ich habe nichts dagegen, daß er etwas beschwipst ist.«

Clark blickte auf sie hinunter.

»Ich schon – und Sie ebenfalls, wenn er bleiben würde, und er morgen auch. Er ist nicht nur leicht beschwipst. Er ist betrunken. Vermutlich fängt er an zu weinen. Glauben Sie nicht auch? Finden Sie nicht, er ist der Typ, der weint?«

»Ich weiß nicht.«

»Ich kann es Ihnen versichern.« Er schwieg. »Ich wäre dankbar, wenn Sie meinen Vorschlag befolgen würden.« Diesmal entdeckte sie keine Spur von Zurückhaltung. Sie fühlte sich plötzlich von einer unerklärbaren, aber belebenden Wärme umgeben. Die Musik endete. Als sie sich von ihm löste, ihm durch die Tür von der Terrasse in die Halle folgte, nahm sie deutlich seinen Körper wahr, und ihr wurde bewußt, daß ihr Körper sich unter seiner Führung und unter seinem Schutz befand. Clark hielt sie am Ellbogen. »Hier entlang.«

Ein paar Schritte vor der Tür sagte er: »Zehn Minuten. Ich warte hier. Sollte ich nicht da sein, gehen Sie wieder hinein und geben Sie mir noch fünf Minuten. Bleiben Sie nicht hier draußen stehen, es sei denn, es macht Ihnen nichts aus, von Fremden belästigt zu werden.«

---

Sie blieb eine Viertelstunde in der Damentoilette. Zwei Anglo-Inderinnen kamen herein. Sarahs Anwesenheit schien sie zu hemmen. Sie sprachen leise. Sarah hörte trotzdem den leicht singenden Tonfall. Wenn ihre Haut hell genug war, bekräftigte das die Behauptung solcher Mädchen, sie seien aus Cardiff oder Swansea. Sie überlegte, worüber sie mit ihnen reden könnte, wenn sie mit an ihrem Tisch säßen. Sarah stand vor dem Spiegel, bis die beiden gegangen waren. Als sie hinauskam, wartete Clark schon auf sie.

Sie sagte: »Ich bin gleich noch fünf Minuten länger geblieben.«

»Ich fürchte, zehn waren schon zu lange. Also das Programm sieht jetzt anders aus.« Er griff nach ihrem Arm, führte sie durch die Halle mit den Korbsesseln, Tischen und lärmenden Männern und hinaus durch die Passage zur Straße.

»Was ist geschehen?«

»Ich erkläre es Ihnen gleich.«

Wieder verscheuchte er die kleinen Jungen und Bettler. Ein Hoteldiener hielt den Schlag eines Taxis auf. Sie stieg ein und begriff, daß er den Mann vorausgeschickt hatte, um ein Taxi zu rufen.

Das »Salaam, Sahib«, verriet, daß er sein Bakschisch erhielt. Clark sprach mit dem Fahrer, aber sie verstand nicht, was er sagte. Möglicherweise hatte er Tante Fennys Adresse genannt. Er setzte sich neben sie. Das Taxi fuhr los.

»Wie meinten Sie das, zehn Minuten waren schon zu lange?«

»Der Bursche rührte sich nicht von der Stelle. Die anderen waren keine besonders große Hilfe. Tut mir leid.« Er bot ihr eine Zigarette an. Obwohl Sarah nicht rauchen wollte, griff sie automatisch danach. »Es ist dort sowieso langweilig. Aber die meisten von ihnen haben nichts anderes. Ich zeige Ihnen etwas Besseres – es sei denn, Sie wollen nach Hause. Aber es ist erst halb elf.«

Er gab ihr Feuer, und sie blickte durch das Fenster auf ein dunkles Meer: Es war die Maidan-Seite von Chowringhi.

»Sehen Sie dort drüben die Lichter?« fragte er, »dort habe ich Sie kennengelernt.«

»Oh«, sie blickte in die angegebene Richtung. »Sie sagen mir nicht die Wahrheit.«

»Ich denke schon. Ja, das ist das BMK.«

»Ich meine, warum wir uns von den anderen absetzen.«

»Ich habe Ihrer Tante versprochen, dafür zu sorgen, daß Ihnen nichts zustößt, Miss Layton.«

Nach einer Weile sagte sie: »Ich heiße Sarah«, und drehte sich um. Sie betrachtete ihn in den eigenartig entstellenden Lichtern, die durch das Taxi huschten. Sie dachte: Jetzt macht er gleich einen Annäherungsversuch. Aber das tat er nicht. Er sah sie einfach nur an. Sie fragte: »Wohin fahren wir?«

»Über die sogenannte Brücke.«

»Was heißt das?«

»Sie werden schon sehen.«

Sie sah, daß sie auf höfliche Weise entführt wurde. Er hatte nie die Absicht gehabt, sie mit den anderen zu teilen. Er hätte auf jeden Fall einen Weg gefunden, sie loszuwerden, selbst wenn der blasse Offizier nüchtern gewesen wäre. Es hätte ein bißchen länger gedauert, wäre aber auf dasselbe hinausgelaufen. Sarah nahm an, sie sollte sich geschmeichelt fühlen – aber auch ärgern. Vielleicht war es auch so, oder sie war zu müde, um sich große Gedanken darüber zu machen, wie sie den Rest des Abends verbrachte.

Als habe er ihre Gedanken erraten und wolle sie beruhigen, sagte er: »Wenn es Ihnen lieber ist, bringe ich Sie nach Hause.« Er legte jedoch dabei seine Hand auf ihre Hand. Sarah vermutete, diese Geste angeblicher Rücksichtnahme bedeutete in Wirklichkeit etwas anderes. Sie sollte seine bestimmte Wirkung haben, die sie auch hatte: Wenn er seine Hand zurückzog, wollte er ihr das Gefühl geben, der Quelle einer undeutlichen und deshalb unbefriedigenden physischen Reaktion beraubt zu sein. »Das Problem ist«, sagte er, »wenn Ihre Tante Sie beim Nachhausekommen vorfindet, weiß sie, daß der Abend schiefgelaufen ist. Der Bursche verdient es zwar nicht, aber je weniger Worte man darüber macht, desto besser. Finden Sie nicht auch? Sie und ich, wir reisen morgen aus Kalkutta ab. Aber die anderen sind noch eine Woche unter den Fittichen Ihres Onkels. Ich möchte nicht, daß einer von ihnen mit einem nachteiligen Bericht zu seiner Einheit zurückkehrt. Sie doch auch nicht?«

»Nein.«

»Wir müssen nicht vorgeben, wir hätten uns nie von den anderen getrennt oder seien nicht woanders hingegangen, aber Ihre Tante und Ihr Onkel müssen nicht erfahren, warum. Wenn er in Gegenwart der anderen etwas sagt, ist es seine Sache. Also«, schloß er und berührte wieder ihre Hand, »vergessen wir es und genießen wir den Abend. Das ist übrigens das echte Kalkutta. Ich habe gehört, letztes Jahr um diese Zeit lagen die Straßen hier voller Leichen. Die Leute waren hierher gekommen, weil sie versuchten, der Hungersnot zu entfliehen. Man kann nur hoffen, daß der Motor nicht streikt. Sie würden uns vermutlich die Kehle durchschneiden und uns in den Hugli werfen.«

Das Taxi fuhr schneller. Die Straße war schlecht beleuchtet. Sie fuhren durch ein Armenviertel. In Hauseingängen und unter Vordächern lagen zusammengekauerte Gestalten. Darüber befanden sich Wohnungen. Nach einiger Zeit bog das Taxi in eine Straße nach links ab und fuhr über eine gewölbte Brücke. Die Lichtkegel der Scheinwerfer bohrten sich in die Dunkelheit.

»Alles in Ordnung«, sagte Clark, »die Gefahrenzone liegt hinter uns.«

Die Straße wurde wieder *kuttcha*. Es gab Bäume und Plätze; Häusergruppen tauchten auf und verschwanden. »Früher lebten hier überall eine Menge reicher indischer Kaufleute. Die Gegend ist heruntergekommen. Aber keine Angst, wir fahren nicht in einen Slum.«

Die Fahrt dauerte noch zehn Minuten, und dann erreichten sie eine Kreuzung mit Verkaufsständen und Hütten. Sie überquerten wieder eine gewölbte Brücke. Der Fahrer mußte plötzlich scharf bremsen, um nicht mit einem Wasserbüffel zusammenzustoßen.

»Ja, das ist Indien«, kommentierte Clark, »Verbrennungsmotor kontra Wasserbüffel, ein Geschöpf, das sich aus dem Urschlamm entwickelt hat.« Vor ihnen tauchte eine niedrige verputzte Mauer auf. Sie bogen ab und fuhren durch ein Tor. Sarah sah flüchtig ein hohes, schmales Haus mit vielen beleuchteten Fenstern. Sie hielten vor einer offenen Tür. Der Taxifahrer stellte den Motor ab. Sie hörte die Klänge einer Sitar, von Tablas und einem Tambur. Clark öffnete den Wagenschlag auf seiner, dem Haus zugewandten Seite. Er half ihr beim Aussteigen.

»Gehen Sie schon hinauf und warten Sie«, sagte er, »ich muß ihn noch kurz überreden.«

Sarah stieg die wenigen Stufen hinauf. Sie roch Räucherwerk. Sie blieb vor der Schwelle des schmalen Flurs stehen, wo sie Vorhänge in Türöffnungen sah, die von einem schläfrigen Buddha und den Bronzestatuen agiler indischer Götter bewacht wurden. Sie beobachtete, wie Clark mit dem Taxifahrer verhandelte und ihn dazu überredete, entweder zu bleiben oder zu einer bestimmten Zeit zurückzukommen. Sie fühlte sich ganz ruhig. Das war seltsam, denn während sie hier stand, stellte sie fest, daß sie beinahe unmerklich zitterte, als habe sie einen leichten Schüttelfrost. Er kam die Stufen hinauf, lächelte zufrieden und sagte: »Erledigt.« Er legte den rechten Arm um sie und führte sie ins Haus. Durch die Vorhänge einer Tür war ein indischer Diener erschienen. Clark sagte: »Draußen ist ein Taxi-Wallah, Billy. Sieh zu, daß er sich nicht langweilt oder davonfährt. Aber gib ihm nichts Stärkeres als Bier.«

Der Mann nickte zustimmend. Clark teilte die Vorhänge und führte sie in einen Raum, der wie eine Bar wirkte. Die Musik kam aus dem dahinterliegenden Raum.

»Es ist ein offenes Haus«, erklärte er und trat hinter eine halbrunde Theke. »Was möchten Sie? Brandy? Sie hatten keine Gelegenheit, den anderen vorhin zu trinken. Aber der hier ist besser, drei Sterne, ich mache Ihnen einen Longdrink.« Er öffnete eine Sodaflasche und kam mit zwei gut gefüllten Gläsern zurück. *»Cheers!«* Sie hob ihr Glas. »Das Haus gehört einer Inderin namens Mira. Wir schleichen uns hinein und sitzen mucksmäuschenstill, solange die Musik noch spielt.« Wieder faßte er sie am Ellbogen und führte sie durch Vorhänge hindurch in einen Raum, dessen Länge Sarah überraschte. An der Decke kreisten langsam Ventilatoren und verteilten fremdartige Düfte. Eine Stehlampe beleuchtete ein Podium, auf dem die Musiker mit gekreuzten Beinen saßen. Sonst lag der Raum im Dunklen, aber Sarah konnte deutlich auf Divanen und Sofas Männer und Frauen erkennen, die alle das Gesicht der Lichtquelle zuwandten. Clark führte sie auf Zehenspitzen zu einem leeren Sofa an der Wand direkt neben dem Eingang. Nicht weit vor ihnen saß auf Kissen eine Inderin. Sie drehte sich um, schien zu lächeln und konzentrierte sich dann aber wieder schnell auf die Musik.

Sarah setzte sich. Clark beugte sich zu ihr und flüsterte: »Pyari spielt die Sitar.« Sie nickte, aber der Name kam ihr nur vage bekannt vor. Möglicherweise hatte jemand einmal erwähnt, daß er ein berühmter Mann war. Sarah wußte nie genau, ob ihr indische Musik gefiel oder ob sie die allgemeine Ansicht der Leute, die sie kannte, teilte, dies seien Laute, die deutlicher als alles andere zeigten, wie hoffnungslos der Versuch war, die Menschen zu verstehen, die sie hervorbrachten. Instinktiv spürte sie jedoch, daß es sich bei den Klängen, die sie hörte, zwar nicht wirklich um das handelte, was sie unter Musik verstand, daß sie aber mit großer Virtuosität vorgetragen wurden. Es sah so aus, als würde die Sitar auf Pyari spielen und nicht er – ein gewöhnlicher Mensch mit nur zehn Fingern – auf der Sitar. Pyari gab sich große Mühe, aber den ungewöhnlichen Klängen nach zu urteilen, mußte sich sein Einsatz wirklich lohnen. Ein dicker kleiner Mann mit kahlem braunrotem Kopf schlug die Tablas mit gleicher Gewandtheit. Im Hintergrund begleitete eine statuenhafte Frau die beiden auf dem vollklingenden, klagenden Tambur.

Sarah trank ihren Brandy mit Soda in kleinen Schlucken. Daß ein Mann wie Clark ihr einen Abend mit indischer Kultur bieten würde, hatte sie nun am allerwenigsten erwartet. Obwohl die Musik sie nicht sonderlich berührte, hoffte sie, sie würde noch eine Weile andauern, denn wenn sie zu Ende war, würde sie sich fehl am Platz vorkommen und nicht wissen, was sie zu der Frau sagen sollte, die so elegant auf dem Kissen ruhte. Sarah vermutete, daß Inder wie diese Frau über Engländer wie sie lachten. Wieder beugte sich Clark zu ihr und flüsterte: »Die Frau auf dem Sofa links im glitzernden Sari ist eine Maharani. Aber sie klagt auf Scheidung. Der ältere Engländer neben ihr hat im indischen Staatsdienst Karriere gemacht. Im Augenblick, das heißt solange sie hier in Kalkutta ist, fungiert er als ihr privater Rechtsbeistand und Begleiter. Aber ich vermute, das ist auch alles. Dieser junge Weiße in Zivil, dem er über den Kopf streichelt, scheint mir ein Matrose von einem Schiff der Königlichen Marine zu sein . . .«

Sarah blickte von der Maharini zu dem Mann. Zuerst betrachtete sie fasziniert und dann abgestoßen seine Hand, die in die dunklen Haare eines jungen Mannes faßte, sie wieder losließ, wieder hineinfaßte und wieder losließ, ohne daß der junge Mann sich darüber beschwerte, der zu seinen Füßen saß. Clark flüsterte: »Für solche Jungs ist das ein Weg, etwas von den schönen Seiten zu sehen, wenn sie an Land gehen. Dann kommen sie mit einem goldenen Zigarettenetui, wie die Offiziere es haben, wieder an Bord.«

Die Maharani drehte sich um, sprach mit dem ehemaligen Beamten, lächelte und berührte flüchtig seine freie Hand, ohne auf den jungen Mann und die Liebkosungen zu achten, mit denen er ihn bedachte. Sarah richtete den Blick wieder auf die Musiker und trank von ihrem Brandy. Sie hatte ein flaues Gefühl im Magen. Es war ihr peinlich, daß zwei Engländer sich in einem Raum voller Inder so benahmen. Ihre Verlegenheit verdrängte aber unlogischerweise nicht die Neugier. So wurde es für sie zu einer bewußten Anstrengung, zu einer Übung in Disziplin und Takt, *nicht* zu den beiden Männern hinzublicken. Damit beabsichtigte sie auch, Clark gegenüber zu beweisen, daß sie scheinbar an alle Absonderlichkeiten menschlicher Neigungen und an die unübersehbaren Zeichen ihrer Befriedigung gewöhnt war. Sarah hatte das Gefühl, daß Clark sie genauestens beobachtete. Sie unterdrückte den Impuls, sich zu vergewissern. Aber er machte eine Bewegung, die sie davon überzeugte, daß sie recht gehabt hatte. Er unterzog sie bewußt einer Prüfung. Doch sie wußte nicht, ob es in der Absicht geschah, das Vorhandensein einer physischen Empfänglichkeit oder das Fehlen einer moralischen Eigenschaft festzustellen.

Sie beschloß, sich ihm zu stellen, und sah ihn an. Wie erwartet, beobachtete er jetzt die Musiker. Sein rechter Arm lag auf der Rückenlehne des Sofas. Die Hand – entspannt, aber zu kraftvoll, um schlaff zu wirken – hing dicht über ihrer Schulter. In seinem Gesicht, das sie im Profil sah und das vom Licht gerade gestreift wurde (wie vielleicht ganz hinten im Zuschauerraum eines Theaters während der Vorstellung), spiegelte sich ebenfalls diese Selbstsicherheit und Gelassenheit. Sie wendete wieder den Kopf ab und richtete den Blick auf Pyari.

Es klang, als habe die Musik einen Höhepunkt erreicht und würde abrupt enden – was auch geschah. Für so wenige Zuschauer klang der Beifall bemerkenswert laut. Sarah stellte das Glas ab und klatschte aus Höflichkeit ebenfalls. Die Musiker verließen ihre Instrumente und machten *Namaste*. Diener kamen mit Tabletts herein, zogen an mehreren Stellen Vorhänge zurück; Licht drang in den Raum.

Die Frau auf dem Kissen drehte sich um.

»Jimmy, deine Dienststelle hat angerufen. Das Flugzeug nach Colombo startet eine halbe Stunde früher, als man dir gesagt hat.«

»Vielen Dank, Mira. Ach, ich habe jemanden mitgebracht, um Pyari zu hören. Das ist Sarah.«

Sarah murmelte: »Guten Tag.« Die Inderin nickte und wendete sich sofort wieder an Clark.

»Pyari ist in Hochform, nicht wahr? Die Regierung hat ihn zu einem Konzert eingeladen.«

»Hat er zugesagt?«

»Was glaubst du denn? Er hat gesagt, er würde vielleicht einen seiner Schüler aus dem dritten Jahr schicken, weil die Leute dort den Unterschied ohnehin nicht erkennen würden. Aber von seinen Schülern wollte keiner gehen – auch nicht, um sich einen Spaß zu erlauben. Es sei denn, er hätte ihnen erlaubt, eine Bombe in der Sitar zu verstecken. Er meinte: ›Weshalb soll man ein gutes Instrument zerstören?‹ Und damit war die Sache erledigt.«

Clark lachte und ignorierte, daß dieser Witz teilweise auf Sarahs Kosten ging. Ein Diener bot Betel an. Sarah schüttelte den Kopf.

»Sie sollten es probieren«, meinte er, nahm sich ein Blatt und kaute. »Es reinigt das Blut. Haben Sie noch nie Betel gegessen?«

»Doch, als Kind.«

»Dann trinken Sie statt dessen noch etwas.«

Sie überließ dem Diener das Glas, nachdem sie nervös ausgetrunken hatte. Die Inderin erhob sich anmutig und ging zu einem Mann und zu einer Frau, die etwas weiter vorne saßen und die Arme umeinander geschlungen hatten.

»Mira ist Klasse, finden Sie nicht auch?« fragte Clark.

»Ja, sie ist schön.«

»Sie finanziert ihren Mann, der trinkt, bezahlt alle seine Spielschulden und Hotelrechnungen, außerdem die Rechnungen seiner Freundin für Kleider und Schmuck.«

»Tatsächlich. Weshalb?«

»Weshalb nicht? Sie ist so reich, daß sie ihr Geld nicht zählen kann. Außerdem mag sie seine Freundin. Sie waren früher selbst liiert. Aber jetzt ist sie ganz verrückt nach der Maharani. Da das auf Gegenseitigkeit beruht, ist alles bestens. Man merkt es immer. Wenn Mira wütend ist, schließt sie sich tagelang in ihrem Zimmer ein. Aber diese Party läuft irgendwie seit vorgestern, zumindest habe ich den Eindruck. Ich bin erst heute morgen dazugestoßen. Wahrscheinlich bezahlt sie Pyari tausend Pfund für die Musik. Weshalb sollte er dann umsonst für die Regierung spielen? Er würde es natürlich so und so nicht tun. Er ist sehr gegen die Regierung, weil sie nie etwas getan hat, um die Kunst zu fördern. Die meisten seiner Schüler verwechseln Kunst mit Politik, und deshalb macht er immer wieder politische Gesten, weil er es als guter Guru für seine Pflicht hält. Aber er interessiert sich absolut nicht für Politik. Genau gesagt«, er sah sich in dem Raum um, »tut das niemand hier. Politik ist für die Armen und für die bürgerliche Mittelklasse. Die meisten dieser Leute hier haben ihr Vermögen bei den Banken von Lissabon und Zürich gehortet. Die Existenz kleiner, reicher, neutraler Länder ist ein deutlicher Hinweis darauf, worum es in diesem Weltkrieg wirklich geht. Oder ist Ihnen das noch nicht aufgefallen?«

Der Diener kam mit den Gläsern zurück.

»Vermutlich fragen Sie sich, wie ich hierhergekommen bin«, fuhr Clark fort, »Mira hat Freunde in Kairo. Als sie erfuhren, daß ich nach Indien gehen würde, haben sie ihr geschrieben. Wenn ich in Kalkutta bin, ist das jedesmal meine inoffizielle Adresse. Und das erklärt, warum Ihr Onkel Arthur die merkwürdige Vorstellung von meinem lockeren Lebenswandel hat. Ich nehme an, jemand hat ihm berichtet, daß ich nie in meinem Bett geschlafen habe. Ich meine im Bett in der komischen mönchischen kleinen Zelle, die man mir zuteilte, als ich diesen Kurs besuchte, den er gibt. Aber er war offensichtlich nett und hat ein Auge zugedrückt.«

»Ich verstehe.« Sie nippte an dem neuen, beträchtlich stärkeren Brandy-Soda und fragte: »Hat Mira auch Freunde in Ceylon?«

»Wir haben dort beide Freunde.«

»Dann werden Sie es da auch hübsch und bequem haben.«

»Das ist eines meiner Ziele im Leben. Ihres etwa nicht?«

Sie starrte ins Glas und ließ nach einem kurzen Zögern die absurde Wahrheit wie einen kühlen Luftzug durch die schlecht schließenden Türen ihrer ererbten Vorurteile und abergläubischen Vorstellungen in dieses Gespräch einfließen: »Wahrscheinlich habe ich nie viel darüber nachgedacht.«

»Das habe ich vermutet.« Er zögerte. »Aber Sie sind erfrischend ehrlich. Ich war sicher, daß ich mich nicht irre. Diese Ehre-des-Regiments-Schale ist hauchdünn, nicht wahr?«

Ja, dachte sie, erbärmlich dünn; aber es war weniger erbärmlich, daß sie dünn war, als daß sie überhaupt vorhanden war, wahrgenommen werden konnte und die einzige Haut war, die sie hatte. Sie spürte, wie er ihre Hand nahm und diesmal nicht wieder losließ.

»Ich frage mich, weshalb«, sagte er. »Hat die zweite Injektion nicht gewirkt?«

»Welche zweite Injektion?«

»Indien und die Ehre des Regiments. Meistens ist diese Dosis doch tödlich. Ist die erste nicht schon schlimm genug – ich meine zusammen mit all den anderen mondgesichtigen Kindern in einer Art gräßlicher Nonstop-Vorstellung von *Das Ende des Regenbogens* aufzuwachsen? Dann muß man eine Zeitlang zurück auf eine kleine Insel, die heruntergekommen ist, weil es dort nur noch ordinäre Geldraffer, Leute ohne Niveau und alle möglichen aufgeblasenen Bürokraten gibt, die versuchen, die rosa Stellen auf der Landkarte zu übermalen.«

Sie lächelte, aber sagte: »Vermutlich sieht es so aus. Aber es ist nur die halbe Wahrheit.«

»Und wie sieht die andere Hälfte aus?«

Sie zog ihre Hand unter seiner hervor. Sie verabscheute Vereinfachungen, besonders Vereinfachungen, auf die sich ihre eigenen Vorstellungen von der vielschichtigen Realität vielleicht reduzieren ließen. Er suchte nicht noch einmal die Berührung.

»Es ist doch erstaunlich«, sagte er, »daß die Leute, die sich in diesem Land im Umgang miteinander am stärksten als Fremde fühlen, Engländer sind, die gerade in Indien angekommen sind, und Engländer, die seit mehreren Jahren hier leben. Im letzten Jahr nach dem Kurs hier fuhr ich über Weihnachten nach Pindi zu einem Freund eines Freundes von zu Hause, der seit etwa zehn Jahren hier lebt. Da waren sie: der Mann, die Frau, zwei mondgesichtige Kinder, und von Anfang an empfanden wir füreinander so etwas wie diese Leute, die unter dem komischen rassischen Vorurteil leiden, als sei einer von uns schwarz – ich – und die anderen – sie – weiß, obwohl wir dieselbe Hautfarbe hatten und zur selben Klasse gehörten. Wir gingen ungemein höflich miteinander um, aber wir hatten uns einfach nichts zu sagen. Ich hatte das Gefühl, in eine Familie geraten zu sein, die von einer Art immerwährender edwardianischer Sonne, die man etwa um die Jahrhundertwende zwischen dem Indischen Ozean und dem Arabischen Meer eingefangen hatte, konserviert worden war. Da ich geradewegs von Mira kam, war ich natürlich geneigt zu glauben, das sei etwas Ungewöhnliches. Aber so war es wohl nicht, oder? Ich habe in solchen Situationen immer das Gefühl, ich müßte sagen: Wo seid ihr denn gewesen? Kommt zurück! Alles ist vergessen und vergeben.«

Sarah lächelte immer noch. Sie sagte: »Kommt zurück? Wohin zurück? Vergeben? Wer vergibt und was?«

Aber er meinte es erstaunlicherweise ganz im Ernst. »Ich nehme an, man muß euch unter anderem vergeben, daß ihr den Indern wie euch selbst einredet, die Werte von 1911 seien zu Hause immer noch gültig.«

»Warum gerade 1911?«

»1911 fand doch das *Durbar* in Delhi statt. *Post*-edwardianisch, das gebe ich zu. Aber alles vor 1900 wäre die Übertreibung eines Journalisten und alles nach 1914–18 völlig irrelevant. Wenn ich sage, den Indern einreden, meine ich nicht Leuten wie diesen hier im Raum. Ich meine Leuten, die euch ernstnehmen und dazugehören, Burschen wie Gandhi und Nehru. Wissen Sie, ich hasse das Wort verwestlicht. Es wird so pauschal gebraucht. Man könnte sagen, Mira ist verwestlicht. Aber sie ist der moderne Westen. Das bedeutet, auch ein ganzes Stück moderner Osten. Nehru und alle anderen, die liberale indische Ober- und dic bürgerliche Mittelklasse sind hundert Prozent altmodischer Westen. Das ist alles ebenso vorbei wie der gestrige Tag. Ihr solltet die Leiche begraben oder sie den Geiern überlassen, wie es die Parsen tun. Sie liegt schon seit dem Ersten Weltkrieg herum und verbreitet einen abscheulichen Gestank. Natürlich gibt es auch zu Hause Schmutzecken. Eure Leute gehen dorthin zurück. Ich bin in einer erzogen worden . . . aber erfolglos. In Chillingborough hatte man die künftigen Kolonialadministratoren im Auge. Es war sogar geplant, einen Inder dort aufzunehmen, der *nicht* Sohn eines Maharadscha war. In meinem letzten Jahr kam er mit seinem Vater angereist, um eine der traditionellen Quellen der ganzen liberal-imperialen Weisheit in Augenschein zu nehmen. Ich dachte, du armer Wicht, du glaubst, hier gibt man dir deine Zukunft in die Hand wie ein Stück Schokolade. Aber vermutlich hatte er keine Zukunft.«

»Nein?«

»Als Friedhofswärter? Ich nehme an, er ist inzwischen Beamter in einer Unterabteilung und überlegt sich, ob er in der Verwaltung bleiben oder in die Justiz überwechseln soll. Sein Distriktskommissar ist vermutlich eher ein Inder als ein Engländer, aber seine Arbeit und die Einstellung, die damit einhergeht, ist sicher nicht anders als vor vierzig Jahren, als ein Grünschnabel aus Wiltshire unter demselben Fächer saß und seiner Mutter zu Hause mannhafte Briefe schrieb.«

»Was machen Sie denn beruflich?«

»Sie meinen im Frieden. Ich mache dasselbe wie im Krieg, ich lebe.«

»Von Luft?«

»Nein, ich verdiene auch Geld.«

»Womit?«

»Womit verdiene ich mein Geld? Das ist doch völlig unwichtig. Wenn man einen Beruf von dem ganzen Brimborium befreit, was bleibt dann übrig? Eine Möglichkeit, Geld zu verdienen. Und sagen

Sie mir bitte nicht, jemand muß das Ganze in Gang halten. Ich weiß, das tun sie. Das Ganze in Gang halten heißt, dafür sorgen, daß es sich auszahlt. Ich kümmere mich soweit um das Ganze, wie es sich auszahlt. Ein Vizekönig ist für mich etwa ebenso wichtig oder unwichtig wie der Chefbuchhalter eines Unternehmens, der den Jahresbericht für die Anteilseigner erstellt, damit sie wissen, was die Geschäftsleitung getan hat. Eure Geschäftsleitung hier hat ihre Sache mehr als schlecht gemacht. Das Ganze ist eine Goldmine, aber es wimmelt nur so von arbeitslosen Akademikern und Leuten, die auf der Straße vor Hunger sterben. Das ist ein Erbe dieser blauäugigen Bibelschwenker und edlen Neohumanisten, die hierher kamen, weil sie den kommerziellen Fortschritt zu Hause nicht ertragen konnten. Diese alte Handelskompanie, die bis zur industriellen Revolution die Sache hier in der Hand hielt, hat ihre Sache gut gemacht. Damals hättet ihr eine Schar rücksichtsloser Industrieller und eisenharter Männer gebraucht, die den indischen Bauern einen Tritt gegeben, ein paar Millionen erbeutet und Indien unter lautem Gebrüll ins neunzehnte Jahrhundert gezerrt hätten. Aber statt dessen kamen die Leute, die den Rauch und die dunklen und satanischen Fabriken nicht mochten, weil so etwas vulgär war, und danach kamen Leute, die diese Dinge wegen der Unmenschlichkeit nicht mochten, die dazu gehörte. Erspart geblieben ist euch der verdammte Rauch. Und das ist das Problem. Im indischen Reich versammelten sich nur englische Neinsager. Hier hat es immer nur die negative Seite gegeben, die Reaktionäre und die Konterrevolutionäre, aber nie Revolutionäre. Deshalb liegt die Lebenserwartung eines indischen Stadtbewohners immer noch bei fünfunddreißig, und deshalb sterben die Leute vor Hunger, während im Regierungspalast die Band und Pyari bei Mira die Sitar spielt. Nun ja, wenn der Krieg vorbei ist, werden wir zu Hause euer Reich ohne Gewissensbisse seinem Schicksal überlassen. Es ist ein überreifes Geschwür, eine eiternde Wunde. Vom Standpunkt der Leute, die wirklich die Dinge in der Hand haben, ist es wie ein Bein, das man eines Morgens betrachtet und erkennt, es ist schon so brandig, daß es sich nicht mehr lohnt, dieses Bein zu retten. Hinken ist besser. Es ist dann Sache der Inder, einen Körper aus diesem Bein entstehen zu lassen. Natürlich werden die meisten den Fehler begehen zu glauben, ihre unabhängige politische Körperschaft sei ein ganzer Körper. Und zu Hause werden wir vorgeben, wir hätten eine moralische Pflicht erfüllt, da wir es ihnen zurückgegeben haben. Aber das wird nicht der Grund sein. Wir werden uns davon trennen, weil es sich nicht auszahlt, dieses Bein zu behalten.

Und es ist zu spät, als daß es sich je auszahlen könnte. Sagen wir, der Krieg dauert noch ein Jahr – in Europa auf jeden Fall, und der Krieg gegen Japan auch. Sagen wir also Sommer 1946. Spätestens im Sommer 1946 kann man in England mit Wahlen rechnen. Dann werden die Sozialisten an die Macht kommen, weil der gemeine Soldat und der Fabrikarbeiter sie wählen. Die Amputation Indiens steht im Glaubensbekenntnis der Sozialisten, aber wenn sie sehen, daß es sich nicht auszahlt, Indien zu behalten, werden sie sich doppelt so schnell davon trennen. Wer möchte Indiens hungernde Millionen als eines unserer Nachkriegsprobleme, wie wir es nennen?«

»Sind Sie Sozialist?«

»Mein Gott, nein! Wenn überhaupt, dann bin ich ein glühender Tory.«

»Weshalb sind Sie so sicher, daß die Sozialisten eine Wahl gewinnen werden? Fällt Mr. Churchills Name überhaupt nicht ins Gewicht?«

Er lachte und gab die Frage zurück.

»Weshalb sprechen Frauen immer von Mr. Churchill? Das klingt, als sei er ein Vikar, der von der Frau des Hauses eingeladen wird, um die selbstgemachte Kalbsfußsülze zu probieren. Aber natürlich wird sein Name ins Gewicht fallen. Er steht für alles, was patriotisch, stolz, siegreich ist und ausgedient hat. Ich nehme an, Sie unterhalten sich nicht oft mit einfachen britischen Soldaten, den Männern, die Sie als Fußvolk bezeichnen. Das sollten Sie tun. Erkundigen Sie sich einmal, was sie von dem Leben hier halten. Ich meine die Eingezogenen und nicht die Berufssoldaten. Dann werden Sie es wissen. Wenn der Krieg dem Mann auf der Straße eines zeigt, dann den Unterschied zwischen ihm und der Offizierskaste. Zu Hause ist er deutlich genug. Aber in der Fremde empfindet er ihn wie einen Schlag ins Gesicht. Ich werde Ihnen sagen, was jemand vom Fußvolk in Deolali oder was der Cockney sprechende Automechaniker bei den Wüstenratten oder der Vertreter für Wingate in Burma denkt. Er denkt: ›Also gut, Kamerad. Mach es dir bequem, wenn du kannst und sei ein Pfadfinder, wenn dir die Scheiße um die Ohren fliegt. Gewinne den Krieg, den dein Haufen angefangen hat. Am Ende klatsche ich dir sogar Beifall. Und wenn du diesen ganzen stinkenden Mist wieder in Ordnung gebracht hast, dann sei ein lieber Junge und verzieh dich, verschwinde, verschwinde aus meiner Regierung und aus meinem beschissenen Leben. Aber für immer!‹ Und was für die Offizierskaste gilt, gilt auch für Churchill. Der arme Teufel vom Fußvolk glaubt, das sei alles wahr. Er hört das Knallen der Korken in den Zelten der Offiziere und trinkt verbissen seinen Becher Tee oder schales Armeebier und weiß, daß alles in Ordnung wäre, wenn er statt dessen Brandy saufen könnte oder wenn der Oberst an einem Becher Tee mit Brom würgen müßte, was ihn, den einfachen Soldaten davon abhalten soll, geil zu werden. Er glaubt, seinesgleichen sollte das Sagen haben, weil es mehr von seinesgleichen gibt, die Tee mit Brom trinken, als arrogange Schnösel, wie er sie nennt, die sich Brandy hinter die Binde kippen und scharf auf Frauen sind, die sie nicht einmal richtig bumsen können.«

Sarah gab sich große Mühe, ihm ungerührt in die Augen zu blikken. Sie begriff, dieser Test und der Gassenjargon gehörten zur Verführung. Er griff bei unterschiedlichen Frauen zu unterschiedlichen Methoden. Die Worte, die er bei ihr wählte, und der ganze Tenor seiner Argumentation zielten darauf ab, sie als einen Menschen bloßzustellen, den er in erster Linie verachtete. Er wollte sie herausfordern oder in schreckliche Verlegenheit bringen. Oder sie sollte schwach und besiegt passen, aufgeben und sich geschlagen fühlen. Sie wußte es nicht genau.

»Nur weiter«, sagte sie. Er lachte, griff wieder nach ihrer Hand und drückte sie fest. »Sie sind mir aber ein Mädchen, Sarah Layton.«

»Nein«, sagte sie, »ich bin nicht ein Mädchen. Ich bin das Mädchen Sarah.« Sie war sich bewußt, daß sie ihn damit zu der überraschenden Erkenntnis gezwungen hatte, sie sei als Individuum und nicht als Typ anzusehen. Sie erriet das an seiner schweren Hand, die ein oder zwei Sekunden lang uncharakteristisch reglos wirkte.

»In gewisser Weise sieht er das richtig, der einfache Soldat«, fuhr Clark fort, »der Brandy ist real und der Tee mit Brom ebenfalls. Sein Fehler liegt darin, daß er glaubt, der Unterschied zwischen Offizier und Soldat habe eine Art moralische Bedeutung und beweise, daß seine Menschenrechte verletzt werden. Aber was er als seine Rechte als Mensch bezeichnet, beginnt dort, wo seine ehrlichen Gefühle aufhören. Seine ehrlichen Gefühle sagen ihm: Schlag den Oberst zusammen und klau ihm seinen Brandy! Aber davor hat er Angst und deshalb fängt er an, Groll mit sich herumzutragen und ein *Recht* zu erfinden, das Recht auf einen fairen Anteil. Aber läßt man die moralischen Phrasen beiseite, ist der *faire* Anteil an irgend etwas genau soviel, wie man sich nehmen kann. Oder wäre Ihnen das Wort ›verdienen‹ lieber? In der Praxis läuft das aufs gleiche hinaus. Der faire Anteil ist das, was man sich nimmt. Stimmen Sie mir da nicht zu?«

Stimmte sie zu? Sarah hatte das Gefühl, daß die Anstrengung, ihm die Stirn zu bieten, ihre Konzentrationsfähigkeit beeinträchtigte. Irgendwie hatte sie ein paar Worte verpaßt. Die plötzliche Unfähigkeit, ihm zu antworten, verriet beiden den wahren Grund, weshalb sie, ohne zu protestieren, hier saß. Mit einer halb liebevollen, halb spöttischen Geste legte er ihr die Hand hinter das Ohr und strich mit den Fingerknöcheln über die Haare. Sie begriff, es würde ihn nur amüsieren, wenn sie unter dieser Berührung zusammenzuckte. Deshalb wendete sie bewußt langsam Kopf und Körper. Seine Hand glitt tiefer und blieb auf dem Nacken liegen.

»Sie sind so angespannt«, sagte er, »hat der Besuch im Krankenhaus Sie so mitgenommen?«

»Vermutlich.«

»Geht es ihm schlecht – dem Mann, den Sie besucht haben?«

»Sie amputieren ihm den Arm.«

»Oh. Ja, das *ist* schlimm. Aber das erklärt etwas, was mich beschäftigt hat. Sie schienen sofort eine Abneigung gegen mich zu haben. Das heißt, Sie müssen mich wahrgenommen haben, und die Abneigung war lediglich eine Projektion des körperlichen Ekels, den Sie für den armen Kerl empfanden, den sie operieren. Das ist nicht ungewöhnlich. Eine Amputation *ist* etwas Abstoßendes. Aber besonders Frauen wollen das nicht wahrhaben, bis sie jemanden sehen, der ihnen gefällt. Dann denken sie: ›Du bist geradezu widerlich unversehrt. Warum hast du zwei Arme, verdammt noch mal?‹ Oder Beine, oder was immer es ist, was dem armen Kerl, den sie einmal mochten, inzwischen fehlt.«

»Aber ich habe ihn nie gemocht.«

»Nein?« Die Hand in ihrem Nacken bewegte sich. »Sie sind weit gereist, um ihn zu besuchen. Aber ich glaube Ihnen. Trotzdem ändert sich an der Sache nichts. Der Abscheu war da. Sie haben ihn an mir abreagiert. Soll ich Ihnen etwas sagen?«

»Was?«

»Jetzt sind Sie nicht mehr so angespannt.«

Es stimmte. Ihr Körper war plötzlich zu kontrollierten und weichen Bewegungen fähig. Ein neues Gefühl hatte ihr Selbstvertrauen gestärkt. Sie fühlte sich ihm dafür auf eine Weise verpflichtet, die sie nicht erklären konnte. Sie konnte sich nur eingestehen, daß seine Hand es übertrug. Seine Augen und die Umrisse der Wange, die das Licht schwach traf, verliehen seinem Gesicht, das er ihr inzwischen ganz zuwendete, eine Ironie, die sie zu verstehen glaubte.

»Natürlich sind Sie immer noch Jungfrau, nicht wahr?«

Die schockierende Direktheit dieser Feststellung brachte sie dazu, ruckartig den Blick abzuwenden. Sie hatte das Gefühl, er habe sie geschlagen. So klar und gelassen wie möglich antwortete sie: »Ja, natürlich bin ich eine Immer-Noch-Jungfrau.« Damit verhinderte sie den Entzug der Wärme. Aber sie brachte es nicht fertig, ihn anzusehen. Eine Zeitlang war sie sich bewußt, daß er sie ununterbrochen beobachtete und daß die Ruhe ihres Körpers zunehmend von der stützenden Hand abhängig war. Als er die Hand wegzog und sie kurz auf ihre Hand legte, ehe er sie endgültig wegnahm, empfand sie das als eine Geste des Abschieds. Er erkannte den Menschen, den sie ihm unter der hauchdünnen Schale gezeigt hatte: An dieses Mädchen hatte er sich herangepirscht; er hatte es angegriffen und versucht, es so zu schockieren, daß es eine voraussehbare Herdenreaktion zeigen würde. Aber als er die Hand wegnahm, hatte sie das Gefühl, er nahm ihr auch das wahre Selbst, und zurück blieb nur die Schale. Sie saß betäubt und berauscht auf dem Sofa und überlegte, ob er überhaupt etwas genommen hatte. Vielleicht hatte er statt dessen etwas gesehen, das sie nicht sehen konnte, aber allmählich ahnte. Es gab nur die Schale, denn sie hatte die Dinge ersatzlos aufgegeben, die sie einmal füllten. Die Ansichten, Neigungen und Erwartungen der Kindheit waren eine nach der anderen verschwunden. Aber wann? Sie starrte auf das mit Teppichen belegte Podest am anderen Ende des Raums, wo die zurückgelassenen Instrumente lagen, und fühlte sich selbst zurückgelassen. Vielleicht waren bei ihrer Taufe wie ungebetene Gäste gewisse Geister gekommen, Geister des Aussterbens-durch-Exil, das die Muirs, die Laytons und alle ihresgleichen erwartete, und hatten sich ungesehen wieder davongemacht, nachdem sie Sarah mit dem Bewußtsein ihres Vorhandenseins gesegnet oder verflucht hatten; ein Bewußtsein, das sie beharrlich verfolgen und ihren Geist erfüllen würde, bis sie, wie befohlen, Stück um Stück ihr ganzes Erbe weggeworfen hätte und ihr nur noch ein Relikt, eine Schale bliebe, deren Leere für künftige Generationen den Beweis dafür lieferte, wo die Schuld gelegen hatte und weshalb es kein anderes Ende gegeben haben konnte, nicht einmal für sie. Vielleicht ganz besonders nicht für sie, denn sie hatte einmal (zusammengekauert in einer Fensternische) ihren Stammbaum gezeichnet und ihre indische Familie stolz mit roten Ringen umgeben. Vielleicht war es eine Bedingung des Taufgeschenks, daß alles, was sie stückweise abwarf, ebenso stolz abgeworfen werden sollte, wie es einmal angelegt worden war, so daß keine Möglichkeit bestand, einen Ersatz zu suchen, der das Überleben garantierte. Wenn man unterging, ging man unter. Die mutigste Methode verlangte, nicht im Kampf für ausgehöhlte Werte unterzugehen, sondern einfach mit ihnen – ganz gleich wie wenig man für sie verantwortlich war. Auch diese Werte gehörten zur Schale. Sie blieben zurück, nachdem man ihre Substanz verworfen hatte. Die Sache blieb unveränderlich.

Er sagte: »Ich glaube, ich habe den Spalt in der Rüstung entdeckt. Aber sind Sie mir böse, weil ich gefragt habe, oder weil Sie eingestehen müssen, daß Sie es sind, oder ist es von beidem etwas? Ich kann nicht glauben, daß Sie ganz einfach altmodisch schockiert oder verlegen sind. Sie sehen nicht wie ein Mädchen aus, das glaubt, ein Mann sollte automatisch annehmen, das Fehlen eines Eherings an der Hand einer wohlerzogenen jungen Dame bedeute, sie warte auf den Richtigen. Irre ich mich?«

Sie konnte diese Fragen nicht beantworten, es sei denn aus dem Fundus der Klischees; er würde darauf nur mit leichtem Spott reagieren und vorgeben, so etwas nicht erwartet zu haben. Die Alternative war Schweigen. Und dafür entschied sie sich.

»Auf jeden Fall«, sagte er, »muß ich mich entschuldigen.«

Die Hand lag wieder auf ihrem Nacken. Die Wärme floß wieder dorthin und offenbarte den einen gleichbleibenden Zweck, für den sie auch als Schale dienen konnte. Sarahs Brustwarzen richteten sich auf, als stille sie ein Kind. Aber sie starrte weiterhin auf das Podest. Im Raum entstand plötzlich Bewegung. Der Tablaspieler war in Begleitung eines jungen Mädchens zurückgekommen.

»Mira *verwöhnt* uns wirklich«, flüsterte er und beugte sich zu ihr. »Es ist Lakshmi Kripalani. Sie singt, falls Sie das nicht wissen sollten.«

Sarah nickte, aber mehr als Reaktion auf seinen Atem, der zart ihr Ohr umschmeichelte, als auf seine Worte. Mira kam auf sie zu. Auch die Maharani hatte sich erhoben und folgte ihr, ging aber weiter und durch die Vorhänge hindurch aus dem Raum. Mira blieb am Sofa stehen, beugte sich vor und sagte zu ihr, ohne Clark einzubeziehen:

»Sie fangen bald wieder an zu spielen. Ich zeige Ihnen, wo Sie sich frisch machen können.«

Clark zog die Hand zurück und befreite sie von dem noch nicht ausgetrunkenen Glas.

»Eine gute Idee«, sagte er, »sie spielen vielleicht eine Stunde. Es hängt ganz davon ab, wie inspiriert sie sich fühlen. Ich halte Ihnen das Glas warm.«

Sarah erhob sich in der vagen Absicht, ihm zu sagen, daß eine Stunde zu lang sei. Sie sollte nach Hause gehen, weil sie beide am nächsten Tag früh aufstehen mußten. Aber sie konnte sich nicht dazu aufraffen. Sie folgte Mira in die Bar, hinaus in die Eingangshalle, dann in einen Flur und eine Treppe mit zwei Absätzen hinauf. Sie erreichten einen Gang mit vergitterten Fenstern, aber ohne Läden. Durch sie drang der erdige Geruch der bengalischen Nacht. Der Gang bog im rechten Winkel ab und zog sich an der ganzen Hausseite entlang. Das Licht kam von nackten Glühbirnen, die in Fassungen an der Decke hingen. Manchmal haben die Inder eine geschmacklose, saloppe Art in punkto Elektrizität, dachte Sarah. Nicht selten fanden sie sogar eine Glühbirne attraktiv. Mira trug unter dem dunklen Sari keine *Chola*. Sie sah das Gummiband ihres Büstenhalters. Am Ende des Gangs verschwand sie in einer offenen Tür. Sarah folgte ihr und blieb stehen. Der luxuriöse Raum überraschte sie. In der Mitte stand ein Doppelbett auf einem niedrigen großen Podest. Darüber hing ein weißes Moskitonetz, wodurch es wie ein prächtiger Baldachin wirkte. Der zarte Schleier bewegte sich unter den sanften Wellen der Luft, die zwei kreisende Ventilatoren an der Decke in Bewegung hielten. Über dem Podest lag ein weißer Teppich, und die Bettbezüge waren aus cremeweißen Satin. Die Nußbaummöbel waren mit Satin bezogen. Mira ging wortlos zu einer Tür, öffnete sie und schaltete ein Licht ein.

»Vermutlich finden Sie alles, was Sie suchen. Wenn nicht, klingeln Sie einfach. Dann kommt eines der Mädchen.«

Ein Duft, eine Kühle – das Badezimmer war klimatisiert. Es war größer als ihr Zimmer in Pankot und hatte einen Marmorboden, auf dem Schaffelle lagen. Über der halb versenkten Badewanne befanden sich auf grünen Marmorplatten vergoldete Wasserhähne. Eine rosa Milchglasscheibe an einem Ende des Badezimmers trennte die Dusche ab.

Sarah sah Mira an, fürchtete sie, wurde von ihr entmutigt, war aber bereit zu loben, was ihr gehörte. Doch Mira wirkte völlig gleichgültig und hielt die Tür offen, als habe sie es eilig. »Vielen Dank«, sagte Sarah und ging an ihr vorbei. Die Tür wurde geschlossen. Die Toilette befand sich in einem angrenzenden kleinen Raum. Sie hatte einen modernen Wasserkasten mit einem Hebel. Das Wasser floß geräuschlos und prompt. Am Waschbecken mit dem Säulenfuß hielt sie die Hände unter kochendheißes Wasser. Sie setzte sich im Badezimmer auf einen luxuriösen Hocker mit geschwungenen Beinen und vergoldeten Klauenfüßen und einem gepolsterten grünen Samtsitz. Die Beine des Marmortischs paßten zu den Hockerbeinen. Sie betrachtete sich prüfend in einem riesigen und schmeichelhaften Spiegel. Mit einem Blick auf die vielen Fläschchen, Sprays und Cremetöpfchen öffnete sie ihre Handtasche mit berechtigten Zweifeln an der Qualität ihres Inhalts. Sie war entschlossen, nichts zu benutzen, was nicht ihr gehörte, hielt aber plötzlich in einer verzögerten Reaktion inne. Ihr Blick war auf Dinge gefallen, die ihr fehl am Platze vorkamen. Zwischen den Düften, Lotions, inmitten ausschließlich femininer Dinge sah sie zwei harte Haarbürsten mit einem Holzrücken und eine lederne Toilettentasche. Der Reißverschluß stand halb offen. Sie griff danach, zog ihn erst weiter auf, dann ganz, klappte die Tasche auf und starrte verblüfft auf den Inhalt: Vier vergoldete Toilettensachen und ein dazu passender Rasierapparat lagen darin.

Sie drehte sich um und suchte im Bad nach anderen Hinweisen auf einen männlichen Benutzer, ohne recht zu wissen, wonach sie Ausschau halten sollte. In einer Ecke entdeckte sie einen Wäschebehälter mit einem Deckel. Sie sah wieder in den Spiegel, legte Puder aus ihrer Puderdose auf und warf dabei hin und wieder einen Blick auf das Spiegelbild des Wäschebehälters. Sie beendete die Verschönerungsprozedur mit einer Spur Lippenstift. Sie schloß die Handtasche. Es klickte sehr laut. Eine Weile blieb sie sitzen und hatte das Bedürfnis nach einer Demonstration von Freundlichkeit, wie Tante Fenny sie gezeigt hatte, als sie ihr die Schuhe aufband und sie aufforderte, sich auszuruhen. Ihr fiel wieder ein, daß sie seit zwei Tagen nicht richtig geschlafen hatte – eigentlich seit drei, wenn man die Nacht in Pankot dazurechnete, in der das Geschenk der Spitzen, eine vermiedene Begegnung, die Erwartung von Neuland und einer langen Reise sie beunruhigt hatten. Sarah warf einen Blick auf die Armbanduhr. Eine halbe Stunde vor Mitternacht. Vor weniger als sechs Stunden hatte sie sich von Ronald verabschiedet und war von ihm nicht mit dem Segen und der Absolution ihres Namens entlassen worden.

Ihr Name – sie stand auf – ihr großer, knochiger, quälender Name! Sie ging zum Wäschebehälter, öffnete den Deckel, starrte auf die benutzte teure Unterwäsche – Maschen eines Gefängnisses geheimnisvoller und komplizierter Zellen. Sie schloß den Deckel und wußte, daß seine beiläufige Anwesenheit und sein lächerliches Talent für beiläufige, spöttische Erregung ihre Spuren in Bad und Schlafzimmer hinterlassen hatten.

Ich werde jetzt vernünftig sein, beschloß sie, und nach Hause gehen, nachdem Pyari gespielt hat, notfalls auch allein. Sie griff nach der Türklinke und dem Lichtschalter, um das Licht auszuschalten, nachdem sie die Tür geöffnet hatte; kaum hatte sie das getan, als tiefe Dunkelheit sie umgab. Sie blieb stehen, da sie Dunkelheit stets mit Neuland und Gefahren gleichsetzte.

Instinktiv, aber ohne rechte Überzeugung machte sie für die Dunkelheit Mira verantwortlich, die offenbar nicht einmal die Tür zwischen Schlafzimmer und Gang offengelassen hatte, denn sonst wäre wenigstens etwas Licht hereingefallen. Sie tastete sich an der Wand entlang und suchte nach einem anderen Lichtschalter. Ihr langer Schatten schob sich vorsichtig in den Lichtstreifen, der aus dem Badezimmer auf den Boden und die gegenüberliegende leere Wand fiel. Sie fand keinen Lichtschalter, aber sie hatte die Orientierung wiedergefunden: der fünf Meilen entfernte Hügel, die fünf Meilen entfernte Tür. Dort drüben, sagte sie sich, und wurde belohnt durch einen plötzlich sichtbaren fahlen Lichtstreifen, der die Grenze von Zimmer und Gang markierte. Sie ging darauf zu und blieb stehen.

»Du gehst in die falsche Richtung«, sagte er. »Ich bin hier.«

Seine Stimme drang von einem unglaublich durchdachten, zentralen Bezugspunkt zu ihr. Sie drehte sich um; das Licht aus dem Badezimmer, das zu ihrer Falle geworden war, blendete sie. Eine der Badezimmerwände, die in das Zimmer ragte, warf einen dunklen Schatten auf das Bett.

»Du scheinst überrascht zu sein. Hast du mich nicht erwartet?«

»Nein.«

Sarah drehte sich um und näherte sich in Erwartung einer verschlossenen Tür und eines abgezogenen Schlüssels dem Lichtstreifen. Sie drückte die Klinke energisch nach unten. Die Absurdität, daß der Griff zwar gehorsam nachgab, aber nichts bewirkte, vereitelte ihren Versuch, Haltung zu bewahren. Denn nichts ist alberner als der Versuch, eine Tür zu öffnen, wenn der Zuschauer weiß, daß man selbst weiß, daß sie verschlossen ist. Sie drehte sich nach dem ebenfalls absurd dunklen zentralen Bezugspunkt, dem Bett um.

»Wie schade«, sagte er. »Ich dachte, du hättest begriffen, daß wir eine Verabredung haben. Mira hat es verstanden, also brauchst du dir keine Sorgen darüber zu machen, daß unsere Abwesenheit zu irgendwelchen Bemerkungen führt. Stört dich die Dunkelheit? Ich dachte, es wäre dir lieber so, zumindest am Anfang.«

»Wir haben keine Verabredung. Machen Sie bitte das Licht an und schließen Sie die Tür auf.«

Während sie sprach, erkannte sie, daß ihre Augen sich bereits an das Dunkel hinter dem Lichtstreif aus dem Badezimmer gewöhnt hatten. Es entstand eine langsame, rhythmische Bewegung, und im Bruchteil der Sekunde, in der die Nachttischlampe das Negativ in ein Positiv verwandelte, entdeckte sie den ausgestreckten Arm, ahnte den Druck der Hand auf den Lichtschalter und schloß aus der schlanken glatten Silhouette, daß er nackt war.

Er saß auf dem Bettrand und sah über die Schulter und den immer noch ausgestreckten Arm zu ihr hinüber. Er war in der zeitlosen, klassischen Pose der Gestalt eines Deckengemäldes aus der Renaissance gefangen und erstarrt. Dieser Anblick versetzte ihr einen Schock, denn es erstaunte sie, daß ein nackter Mann genauso aussehen konnte, wie er seit Jahrhunderten in Stein und auf Leinwand dargestellt wurde. Er senkte den Arm, und eine gemeißelte Brust kam zu Vorschein.

»Bist du sicher, daß ich die Tür öffnen soll?«

»Ja.«

»Der Schlüssel liegt auf dem Tisch. Ich habe sogar daran gedacht, unsere Gläser mitzubringen. Habe ich mich verrechnet? Das kommt nicht oft vor, aber es wäre nicht das erste Mal. Ein Berufsrisiko des Mannes. Man bekommt ein paar Ohrfeigen mehr, als man verdient, aber man bekommt auch seine Ficks, also kann man sich nicht beklagen. Bist du wirklich sicher, daß du deine Unschuld nicht verlieren willst?«

»Ganz sicher. Ich gebe Ihnen eine Minute, um die Tür aufzuschließen.«

Sie drehte sich um und ging zum Bad. Er stand lässig auf und war vor ihr dort. Sie blieb stehen. Er war nackt, und dadurch verringerte sich der geringfügige Größenunterschied zwischen ihnen noch weiter. Mit den hohen Absätzen befanden sich ihre Augen beinahe in gleicher Höhe mit seinen. Aber der deutlich sichtbare Nachteil in Hinblick auf Körperkraft und Masse wurde ihr so deutlich bewußt, als spüre sie den Druck seines Körpers. Sie wendete sich ab und setzte sich auf einen satinbezogenen Polsterstuhl. Dadurch wurde ihr schamvoll bewußt, daß sie zitterte. Sie richtete bewußt den Blick wieder auf ihn und betrachtete ihn gleichgültig von Kopf bis Fuß. Nach dieser Musterung blickte sie vor sich auf den Fußboden. »Ich habe Sie gesehen. Kann ich jetzt gehen?«

»Ich habe mich nicht deshalb ausgezogen. Vergiß nicht, ich habe das Licht ausgeschaltet. Der einzige Grund dafür ist, daß es mir immer als sehr komisch erscheint, mit einem Mädchen zu flirten, sie aufzugeilen, und dann kommt immer diese verheerende praktische Unterbrechung, um sich auszuziehen. Wenn ein Mann Sex will, sollte er nicht lange drum herumreden. Bei einer Frau ist es etwas anderes. Sie kann ihre Kleider anmutig ausziehen. Habe ich wirklich umsonst gewartet?«

»Ja.«

»Nun, das ist auch ein Berufsrisiko.«

Es entstand eine Pause. Dann lief er durch ihr Blickfeld. Am Bett griff er unter das Moskitonetz und zog etwas hervor. Etwas Blaues, seine Schlafanzughose. Er zog sie an. Der gebauschte Bund der Hose machte seine Hüfte etwas dicker. Er zündete sich eine Zigarette an und kam mit den beiden Gläsern zurück, stellte sie auf den Boden und ging zum Tisch, um einen Aschenbecher zu holen. Dann setzte er sich auf den Boden und blickte zu ihr auf.

»Du bist eigentlich nicht häßlich, sondern sehr hübsch. Du hast schmale Schultern, und ich nehme an, nackt wirken deine Brüste sehr viel größer.« Er legte den Kopf schief und betrachtete sie. »Aber deine Hüften sind eine Spur zu schmal. Ich wette, du hast einen festen kleinen Hintern. Aber am besten gefällt mir an dir, daß du nie etwas zu Vordergründiges sagst. Ich kenne den Dialog, der in einer solchen Situation stattfinden kann, auswendig, und er ist ziemlich langweilig. Deshalb gefällt mir das so am besten. Du sagst nichts Vordergründiges und hast den Mumm einer Offizierstochter. Eine ungewöhnliche Kombination.« Er trank und wies auf ihr Glas. »Trink aus, es wird dir gut tun. Ich schlafe nie mit einer Frau, die betrunken ist. Also bist du sicher. Du brauchst nicht deshalb nichts zu trinken, weil du befürchtest, ich könnte mir zunutze machen, daß du zuviel getrunken hast. Aber vermutlich hast du noch nie zuviel getrunken. Das spricht auch für dich. Deine Tante hat mir erzählt, du hast zu Hause so einiges durchzumachen, weil deine Mutter trinkt. Das ist sehr unangenehm, nicht wahr? Mein Vater hat getrunken. Bei ihm flossen dann immer die Tränen. Weint deine Mutter? Sie sollte aufhören zu trinken, sich einen jungen Offizier suchen, der sie fickt, wann immer sie will, und sich ohne Schwierigkeiten zu machen zurückzieht, wenn der Oberst wieder auftaucht. Das wäre für den Oberst auch besser. Er würde zu Hause eine zufriedene liebevolle Frau vorfinden und keine neurotische Alkoholikerin, die sich ihre Ficks aus der Flasche holt.«

»Wie dein Vater?«

»Ja, wie er.«

»Und wie hat *deine* Mutter sich ihre Ficks verschafft?«

»Oh, Mutter war da nie in Verlegenheit. Sie stand auf hübschen Chauffeuren. Aber mit achtzehn habe ich eingegriffen und verlangt, daß ein Chauffeur, der mit ihr schlief, mich trotzdem mit Master James oder Sir anzureden hatte.«

»Haben sie es getan?«

»Ja, aber vermutlich mußte sie dafür in den Herrenbekleidungsgeschäften in der Bond Street noch ein kleines Vermögen extra ausgeben.« Er lächelte. »Weiter so. Du hältst dich gut. Ich befürchtete einen Moment lang, du würdest etwas Ähnliches sagen wie: ›Laß bitte meine Mutter und meinen Vater da raus‹. Ich hoffe übrigens, du bist Tante Fenny nicht allzu böse. Sie versuchte, mir nur ein Bild von dir zu geben, um meine Beschützerinstinkte wachzurufen. Sie hat mehr gesagt, als sie beabsichtigte, aber daran bin ich schuld.«

»Das war mir klar.«

»Betrachten dich alle in der Familie mit der gleichen Mischung von Besorgnis und Zuneigung wie sie?«

»Schon möglich.«

»Weshalb zitterst du?«

»Es fällt mir schwer, mich zu beherrschen.«

»Glaubst du, das mußt du? Warum fällt es dir schwer, dich zu beherrschen? Bist du wütend?«

»Ja.«

Zum ersten Mal, seit er auf dem Boden saß, entband er sie von der selbstauferlegten Pflicht, den Blick nicht von ihm zu wenden. Er betrachtete sein Glas, und Sarah flüchtete einen Augenblick lang in das sichere Vergessen persönlicher Dunkelheit. Als sie die Augen öffnete, betrachtete er sie wieder. Sie sagte: »Es wäre mir lieb, du würdest jetzt die Tür öffnen. Wenn das Taxi noch wartet, kann ich nach Hause fahren, ohne dir besondere Umstände zu machen. Wenn nicht, fürchte ich, mußt du mir eins rufen, ich weiß nicht, wo wir sind.«

»Mach dir wegen des Taxis keine Sorgen. Du vergißt, ich habe Tante Fenny versprochen, dich sicher nach Hause zu bringen.«

»Sie ist meine Tante Fenny, nicht deine.«

Die bequeme Haltung von Kopf und Oberkörper, die lässige, ungezwungene Lage von Armen und Beinen riefen in ihrer Vorstellung verwirrende Bilder von Kraft, von Trägheit und zuversichtlicher Geduld hervor. Diese Bilder verwirrten sie, denn Sarah spürte, daß sie nicht mehr weiter wußte.

Er ließ das Glas los, drückte die Zigarette aus und stand auf. Sie erwartete, er würde sich auf sie stürzen, aber das tat er nicht. Er ging zum Nachttisch, holte den Schlüssel und kam damit zurück. Wie zuvor setzte er sich auf den Boden, warf den Schlüssel wie eine Münze zwei- oder dreimal in die Luft und legte ihn dann auf den Boden zwischen sie.

»*Mein* Schlüssel für *deine* Tante Fenny«, erklärte er. »Ich bezahle die Buße und behalte Tante Fenny. In ihr geht nicht viel vor, und was in ihr vorgeht, ist so zäh wie ein paar alte Stiefel. Das gefällt mir. Wenn sie fünf Jahre jünger und ich fünf Jahre älter wäre, würden wir miteinander schlafen, und sie weiß es. In diesem gemütlichen kleinen Kämmerchen ihres Spatzengehirns, wo die wahre Tante Fenny lebt, weiß sie es, so wie sie in diesem gemütlichen kleinen Kämmerchen auch weiß, daß es das größtmögliche Risiko für deine Unschuld war, mich aufzufordern, daß ich mich um dich kümmere. In Wirklichkeit glaubt sie, du solltest deine Unschuld verlieren, was heißt, sie ist derselben Meinung wie ich, allerdings unbewußt. Ich will dir noch etwas anderes sagen. Du bist zäher als sie, vermutlich sehr viel zäher, als du weißt. Deine Zähigkeit ist so viel größer, weil du nicht nur ein Spatzengehirn hast. Du hast Gedanken im Kopf. Potentiell bist du zwanzig Tante Fennys wert. Aber die Gedanken und die Zähigkeit sind keinen Pfifferling wert, solange die Freude fehlt. Dir fehlt die Freude, die Tante Fenny besitzt. Freude. Nicht viel. Sie ist zu oberflächlich, um von irgend etwas viel zu haben. Aber ich wette, als junges Mädchen war sie heiß umschwärmt. Ich wette, sie hat in erster Linie Freude gesucht und sparte sich Gedanken und Zähigkeit für später auf. Das heißt, sie erinnert sich in ihren späten mittleren Jahren immer noch daran, wie sie das Leben genossen hat. Aber es kommt nicht auf die Reihenfolge an, solange man beides tut. Weshalb dann nicht beides von Anfang an tun? Wäre das nicht vernünftig? Ist die Welt nicht schon von Leuten überschwemmt, die so lange gedacht haben, bis sie nicht mehr wissen, was Glück ist? Oder von Leuten, die alles darangesetzt haben, glücklich zu sein, so daß ihnen keine Zeit zum Denken blieb, und die deshalb nicht mehr wissen, was Glück überhaupt ist. Um Himmelswillen, Sarah Layton, du hast überhaupt keine Ahnung von Freude.«

»Nein«, sagte sie, »nein, ich habe keine Ahnung.« Sie streckte die Hand nach dem Schlüssel aus und verlor ihn dummerweise plötzlich aus den Augen, weil ihre Augen wie aus eigenem Antrieb auf eine Demütigung reagiert hatten, auf ein unbestimmbares Verlangen und eine dunkle Erinnerung an eine leere Geste, die etwas mit dem Parieren und Wenden eines Pferdes zu tun hatte, um vorstellbaren, aber in weiter Ferne liegenden Möglichkeiten tiefer Zufriedenheit ins Auge zu blicken. Sie spürte das Metall des Schlüssels unter den Fingern und den Schock der Berührung auf ihren Knöcheln.

»Du weinst«, sagte er. »Warum? Weil du eigentlich willst, daß ich dich liebe? Das könnte ich nicht versprechen. Keine Liebe. Nicht mit mir. Wenn du möchtest, können wir so tun, als sei es Liebe. Aber das wäre nicht ehrlich, und deine Ehrlichkeit ist mit ein Grund dafür, daß ich dich attraktiv finde. Du gehörst nirgends dazu, nicht wahr? Und dein Problem ist, daß du es weißt. Aber vermutlich hast du das Gefühl, solange dein Vater nicht da ist, seinetwegen so tun zu müssen, als ob du dazugehörst.«

»Nein«, sagte sie, »ich gehöre dazu. Das weiß ich, und darin liegt das Problem. Bitte nimm deine Hand weg!«

Er tat es. Sie umklammerte den Schlüssel. Der Schlüssel wog nichts und würde nur eine Art Gefängnis öffnen.

»Warte«, sagte er. Er stand auf und ging zur anderen Seite des Bettes. Durch das Moskitonetz sah sie verschwommen die Bilder eines Fremden, der sich anzog. Ihn umgab ein tiefes Geheimnis. In ihrem Traum hatte es keine Probleme, keine drohende Gewalt gegeben. Sie hatte sich ihm ganz selbstverständlich überlassen. Das Fehlen des Höhepunkts schien die einzig vertraute Note zu sein – das und ein Bewußtsein der wortlosen Gegenwart ihres Vaters, seiner stummen Kritik, weil es ihr nicht gelang, die Flut der sich ändernden Umstände für ihn zurückzuhalten; weil es ihr nicht gelang, Tage zu bewahren, die er verloren hatte, die ihm gehörten; Tage, die für ihn ein unschätzbar hoher Teil der wenigen, noch verbliebenen Tage sein mußten, an denen das einst ewig erscheinende Licht unbeeinträchtigt von dem helleren, ehrlicheren Licht leuchten würde, in dessen Hitze das alte zu einem Schatten verbrennen würde.

Der Fremde kam hinter dem Netz hervor, blieb einen Augenblick stehen und betrachtete sie. ›Wer ist dieser Mann?‹ fragten die Leute im Traum. ›Ich weiß nicht‹, antwortete sie. Sie war nie davon überzeugt gewesen, daß sie die Wahrheit sagte, aber wie auch immer, nun kannte sie die Antwort. ›Wer ist dieser Mann?‹ ›Oh, einer von uns, einer der Menschen, die wir wirklich sind.‹

»Also«, fragte er, »sollen wir gehen, Sarah Layton? Wenn ja, solltest du dir die Augen auswaschen. Meine Tante Fenny würde das Schlimmste glauben, wenn sie dich jetzt sehen könnte.«

Sarah hielt den Schlüssel in der einen und die Handtasche in der anderen Hand. Sein verschwommenes, dunkles Gesicht wurde deutlich. Er beugte sich vor, griff nach dem Ende des Schlüssels und nahm ihn ihr vorsichtig ab. Er streckte die andere Hand aus, und als sie reglos stehenblieb, bückte er sich und griff nach ihrer Handtasche. Langsam öffnete sie die Hand, spürte, wie das glatte Leder durch ihre Finger glitt und sah, wie er mit den beiden Dingen in der Hand, die sie ihm überlassen hatte, zurücktrat. Er schien sie ihr zu zeigen, auf eine Bestätigung zu warten, daß sie gesehen hatte, daß er sie hatte. Er nahm den Schlüssel in die Hand, in der er die Tasche hielt, bückte sich, griff nach dem Aschenbecher und nahm die Gläser zwischen Daumen, Zeige- und Mittelfinger der freien Hand, ging zum Nachttisch, stellte Gläser und Aschenbecher neben die Lampe und nach einem Zögern auch die Handtasche. Mit dem Schlüssel ging er zur Tür und steckte ihn ins Schloß, drehte ihn jedoch nicht um. Dann kam er zurück, stellte sich vor sie und betrachtete sie noch einmal kurz. Dann ging er wieder zum Nachttisch, schaltete die Lampe aus, und der Raum war wieder so dunkel wie am Anfang. Der Lichtschein aus dem Badezimmer fiel wieder über den Boden und trennte sie, bis er im Schatten auf der anderen Seite auftauchte, ihn durchquerte und sich neben sie kauerte. Er berührte ihr rechtes Fußgelenk, hob es sanft, zog ihr den Schuh vom Fuß und dann auch den anderen. Er stellte die Schuhe ordentlich neben den Sessel. Die Hand, in der sie den Schlüssel gehalten hatte, war geschlossen. Er ergriff sie, dann die andere und führte sie an sein Gesicht, so daß es aussah, als habe sie die Hände ausgestreckt und in einer Geste der Bewunderung auf seine Wangen gelegt. Sie schloß die Augen, erforschte die Illusion des Besitzens, das eine solche Bewunderung bei zwei Menschen vielleicht hervorruft, und wurde sich bewußt, daß nur noch das Verlangen, zu erforschen, ihre Hände auf seinen Wangen hielt. Er umfaßte ihren Kopf. Eine Weile blieben sie so stehen. Sie verkörperten die Zärtlichkeit stummer Liebender, dann senkte sie langsam den Kopf und überließ es ihm, die altjüngferlichen Haken und Ösen zu öffnen.

## V

Seine Hand auf ihrem Arm weckte sie sanft aus dem Schlaf; in dem kurzen Augenblick vor dem Erwachen schenkte ihr diese Tatsache die köstliche Erleichterung zu wissen, daß sie nur geträumt hatte, Tante Fenny habe ihr gesagt, Susan liege nach einem Schock vorzeitig in den Wehen; die Wirklichkeit war die warme Ruhe, mit der ihr Körper ins Leben und ins Bewußtsein zurückfand, Körper an Körper mit dem Mann, der in sie eingedrungen war, sie befreit hatte und sie nach einer tiefen Ruhe weckte, damit sie ihn und er sie umfassen würde, um wieder verzückt an die Grenze aller Gefühle zu gelangen.

»Entschuldigung«, sagte die Stimme, »aber wir sind gleich da.« Ein seltsames, unwirkliches, geräuschloses Bersten, eine unglaubliche Verwirrung von Zeit und Raum erfaßte sie. Sie öffnete die Augen und sah die Frau, die Mrs. Roper hieß. »Wir fahren in Ranpur ein, Miss Layton. Es tut mir leid, Sie wecken zu müssen.«

Sarah setzte sich auf, begriff mit einem Schlag, wo sie sich befand, begriff es aber doch nicht völlig. Sie wußte nur, sie mußte Mrs. Roper und ihrer Freundin, Mrs. Perryman, dankbar sein, denn die beiden hatten sie in ihr Abteil aufgenommen und sogar das obere Bett heruntergeklappt, damit Sarah sich richtig ausruhen konnte. Die Lampen an der Decke dicht über ihrem Kopf verrieten ihr, daß es Nacht war, während es noch Tag gewesen war, als sie das Bett heruntergeklappt hatten. Ihre Uniform war zerknittert.

»Kommen Sie zurecht, meine Liebe?«

Mrs. Ropers Kopf ragte kaum über den Bettrand. Die Ventilatoren spielten mit den verirrten grauen Haarsträhnen einer Frisur, die darauf hinwies, daß Mrs. Roper sich daran erinnerte, einmal ein hübsches Mädchen gewesen zu sein. Mrs. Ropers Mann war Forstbeamter in Burma gewesen. Er hatte sie 1941 nach Indien geschickt, und seit der japanischen Invasion hatte sie kein Wort mehr von ihm gehört. Sie vermutete, daß er sich bei den Stämmen in den Hügeln versteckt hielt, die zu ihren Freunden zählten. Mrs. Perryman hatte rötlichblonde Haare. Ihr Mann war im Sanitätsdienst gewesen und 1939 an Cholera gestorben. Sie vermietete Zimmer, unter anderem auch an Mrs. Roper. Die beiden hatten bei der Familie von Mrs. Ropers Bruder in Ootacamund Ferien gemacht und fuhren jetzt wieder zurück nach Simla. Sie hatten in Kalkutta Zwischenstation gemacht, um eine Freundin von Mrs. Perryman zu besuchen, deren Mann mit Jute zu tun hatte. Seit Ausbruch des Krieges war dies ihr erster Urlaub, und vermutlich hatten sie lange darauf gespart. Über Geld war jedoch nicht geredet worden.

Sarah wußte das alles, weil sie seit mittags, als der Zug aus dem Bahnhof Howrah gerollt war, bis eine Stunde nach dem Mittagessen ununterbrochen geredet hatten. Es war gut gemeint, denn Onkel Arthur hatte sie beiseite genommen, um sich bei ihnen dafür zu bedanken, daß sie Sarah in ihrem Abteil einen Platz anboten, und hatte sie gebeten, sich Sarahs etwas anzunehmen, da ihre Großtante, die sie sehr geliebt habe, plötzlich gestorben sei, und durch den Schock bei ihrer Schwester vorzeitig die Wehen eingesetzt hätten. Sarah schwang die Beine über den Bettrand, und eine Reaktion ihres Kreislaufs, die ihr nicht unvertraut war, sie aber trotzdem überraschte, ließ sie mitten in der Bewegung innehalten: Alles Hör- und Sehbare rückte weit weg und wurde winzig klein. Sie hörte Mrs. Roper hinter Messinggittern sagen: »Kein Grund zur Eile. Ich dachte nur, Sie wollen genug Zeit haben, denn in Ranpur hat der Zug nur zehn Minuten Aufenthalt.«

Sarah tastete mit dem Fuß nach der obersten Stufe der Leiter, die sich weit, sehr weit unten, in der verzerrten Tiefe des Abteils befand, spürte sie und stieg hinunter.

»Sie haben lange und tief geschlafen. Wir sind auch eingenickt. Kümmern Sie sich nicht um uns. Können wir irgend etwas für Sie tun?«

»Nein, vielen Dank, Mrs. Roper. Es ist alles in Ordnung.«

»Lassen Sie das Bett nur. Mrs. Perryman und ich werden uns nach dem Abendessen sofort hinlegen.«

Im Waschraum wusch sie sich das Gesicht mit dem langsam rinnenden, abgestandenen Wasser. Sie entdeckte Rußflecken. Der Zug fuhr über eine Weiche nach der anderen. Sie umklammerte den Haltegriff und betrachtete ihr Spiegelbild. Sah man es? Würde es jemand merken? Daß sie sich geöffnet hatte wie andere Frauen? Ja, sie sah es; deutlicher als die Angst um Susan, deutlicher als die von Ungläubigkeit gemilderte Trauer um Tante Mabel, die immer wieder vor ihr auftauchte, von einer Erinnerung dazu verdammt, der Aufgabe nachzugehen, die sie sich hartnäckig so viele Stunden ihrer letzten Tage gewidmet hatte. Sie sah es stärker als die Sorge um ihre Mutter, die mit dieser Situation hatte allein fertigwerden müssen, und um ihren Vater, für den Tante Mabel nun ein unwiederbringlich verlorener Teil einer Zeit war, die sie für ihn nicht hatte festhalten können. Sarah wußte nicht, weshalb sie diese Zeit hätte festhalten sollen. Sie wußte nicht einmal, daß sie es versucht hatte und begriff es erst, als sie sah, daß die Zeit vorüber war. Sie hatte versagt. Aber sie hatte sich geöffnet. Sie hatte sich dem Zustand der Gnade ihres Körpers geöffnet.

Mrs. Roper bestimmte persönlich, welcher Kuli Sarahs Koffer tragen sollte. Dreißig Jahre Erfahrung hätten ihr einen Blick dafür gegeben (erklärte sie), auf welche Art Kuli sich eine alleinreisende weiße Frau verlassen konnte, ohne zu befürchten, mehr für einen Kuli bezahlen zu müssen, als ihm zustand. Außerdem mußte es in diesem Fall ein Kuli sein, der dafür sorgen würde, daß das Umsteigen von einem Zug in den anderen problemlos vonstatten ging.

»Sollten wir nicht jemand finden, der sich Ihrer annimmt?« erkundigte sich Mrs. Perryman. »Auf dem Bahnsteig muß es doch wenigstens einen jungen Offizier geben, den wir finden könnten.«

Doch Sarah stand bereits an der offenen Tür des Waggons. Ihr blieben beinahe zwei Stunden Zeit, ehe der Zug von Ranpur nach

Pankot abfuhr. »Ich gehe ins Restaurant und wenn nötig in den Warteraum. Es ist alles bestens. Nochmals vielen Dank für Ihre Freundlichkeit.« Sie gab ihnen die Hand und stieg dann aus. Auf dem Bahnsteig wimmelte es von Menschen. Sarah fielen Kellner auf, die sich mit beladenen Tabletts einen Weg zu dem Abteil bahnten, aus dem sie gerade ausgestiegen war; sie rief Mrs. Roper zu, ihr Essen sei auf dem Weg. Sie winkte noch einmal und folgte dann dem älteren Kuli, der ihren Koffer auf dem Kopf trug. Die kindliche Freude an nächtlichen Reisen hatte nichts von ihrer Intensität verloren. Der Koffer schwebte in Augenhöhe vor ihr her, und als sich andere zwischen sie und den Kuli schoben, wirkte es, als schwebe er aus eigener Kraft durch die Luft. Sie sah darin ein Symbol für das Ende ihrer Kindheit und dachte: Was für ein merkwürdiges Ding doch so ein Koffer ist. Man vertraut ihm die wenigen wichtigen tragbaren Dinge an, die die unsichtbaren Zeichen persönlichen Besitzes aufweisen, doch der Koffer ist dazu bestimmt, die meiste Zeit den Blicken aller ausgesetzt und in den Händen von Fremden zu sein.

Am Eingang des Bahnhofsrestaurants blieb der Kuli stehen. Er hielt den Kopf mit dem Turban, der ihm für alles, was er tragen konnte, einen Anna einbrachte, starr aufgerichtet, was seinen Augen unter den faltigen, hängenden Lidern einen besorgten, ängstlichen Ausdruck verlieh. Sarah änderte ihre Absicht, als erstes ins Restaurant zu gehen. Der Zug nach Pankot würde schon auf dem Bahnsteig warten. Sie konnte nach ihrem reservierten Platz suchen, und mit etwas Glück würde man ihr das Abteil aufschließen. Dann konnte sie sich das Abendessen auf einem Tablett bringen lassen. Sie gab dem Kuli entsprechende Anweisungen und folgte ihm zurück zum Ende des Bahnsteigs dorthin, wo in einer Einbuchtung zwei von einem Bahnsteig getrennte Nebengleise an Prellböcken endeten. Auf dem einen Gleis standen drei erleuchtete Wagen. Einer war blauweiß bemalt, diese Farben hatte sie noch nie gesehen. Auf dem anderen Gleis wartete der Zug nach Pankot: Sie erkannte ihn an den alten, eckigen Wagen mit dekorativen Holzornamenten. Nur wenige Menschen befanden sich auf dem Bahnsteig, darunter zwei indische Polizisten und ein Bahnbeamter mit einem weißen Tropenhelm. Der Zug nach Pankot war noch unbeleuchtet. Etwas weiter entfernt saßen unter einer Lampe ein paar einfache Soldaten und spielten Karten, Männer, die aus dem Urlaub zurückkamen oder zu ihrer neuen Einheit fuhren, möglicherweise beides. Morgen abend spielten sie vielleicht in der Kantine in Pankot Karten oder schrieben nach Hause, und vielleicht würden Mrs. Fosdick oder Mrs. Paynton den Tee ausschenken. Sarah empfand zum ersten Mal Heimweh nach den Hügeln von Pankot, unterdrückte es jedoch sofort, denn seine Wellen mochten die Trauer herbeitragen. Sarah sprach den Inder mit dem weißen Tropenhelm an. Nein, der Zug war noch nicht bereit. Nein, er hatte keine Schlüssel, um ihr das Abteil aufzuschließen. Aber er begleitete sie und suchte mit der Taschenlampe nach dieser merkwürdigen Zurschaustellung ihres Namens, den jemand entgegengenommen und auf eine Karte geschrieben hatte; sie würde diesen Menschen nie sehen; aber vielleicht hatte jemand diese Karte in den Metallrahmen an der Seite des Wagens gesteckt, jemand, den sie möglicherweise sehen würde, ohne zu wissen, wer es war.

In der Nähe der Soldaten fanden sie die Karte. Ein halbes Abteil war für sie reserviert. Die Entdeckung bereitete ihr ein ebenso kindliches Vergnügen wie die Entdeckung, daß auf der Karte nur ihr Name stand. Miss Layton. Sie würde also ungestört schlafen können. Sie drehte sich nach dem geduldigen Kuli um und gebrauchte die alten, alten Befehlsworte. *Idhar thairo. Idhar thairo* . . . Bleib hier. Bleib hier . . . Pflichtschuldig stellte der Kuli den Koffer ab und hockte sich daneben, als sei der Koffer ein Kind, das er weit getragen hatte, in uralter Knechtschaft, die ihm selbst noch eine Gewohnheit war, von der er aber hoffte, daß sie nicht in seine Erbmasse eingehen müßte; und so würde es auch sein, denn was an dem Koffer zu vererben war, ging nur Sarah und nicht ihn an.

»Was ist das für ein blauweißer Wagen?« erkundigte sie sich bei dem Mann im weißen Tropenhelm.

«Oh, das ist ein Privatzug. Er gehört einem Maharadscha.«

»Welchem Maharadscha?«

»Ich weiß nicht. Es gibt so viele.«

Sie dankte ihm dafür, daß er ihr Abteil gefunden hatte, und ging in der Erwartung von Licht und Lärm in Richtung Restaurant. Dieser Bahnsteig war düster und öde. Sie mußte an Clarks Worte denken: Ein Friedhofswärter? Aus dem blauweißen Wagen vor ihr stieg ein Mann. Er trug einen weißen Anzug und einen Panamahut. Er hatte einen Stock bei sich und stieg sehr vorsichtig die Stufen hinunter. Er fiel ihr auf, weil sie dachte, es sei möglicherweise der Maharadscha. Sie erkannte aber schnell, daß dieser Mann kein Maharadscha sein konnte. Im Lichtschein auf dem Bahnsteig sah sie, daß es sich um einen Europäer handelte. Er zog ein Zigarettenetui aus der Jackentasche. Also war er ausgestiegen, um zu rauchen. Vielleicht befand sich der Maharadscha im Wagen und empfand es als unangenehm, wenn jemand rauchte. Der Mann warf ihr einen kurzen Blick zu, beschäftigte sich aber sofort wieder mit seiner Zigarette. Ihre Anwesenheit schien ihn nicht weiter zu interessieren. Es entging ihm, daß sie sich geöffnet hatte . . . geöffnet hatte. Er nahm vermutlich als selbstverständlich an, daß sich alle Frauen dem Zustand der Gnade ihres Körpers geöffnet hatten.

Sie ging an ihm vorüber, zögerte und drehte sich um. Daraufhin blickte er mit seinem einen Auge in ihre Richtung. Das andere war das blinde, lederne Auge eines Nachttiers. Sie trat auf ihn zu.

»Graf Bronowski?«

Er hatte bereits den Hut gezogen, aber ihr war klar, daß er sie nicht erkannte, und einen Augenblick lang fürchtete sie, einen Mann angesprochen zu haben, der wie Bronowski aussah, ohne es tatsächlich zu sein. Er sagte: »Ja, ich bin Graf Bronowski.«

»Ich bin Sarah Layton. Wir haben im vergangenen Oktober, als meine Schwester heiratete, im Gästehaus des Palastes gewohnt.«

»Miss Layton? Vergeben Sie mir! Weshalb habe ich Sie nicht erkannt? Ich weiß schon, es ist die Uniform. Natürlich sind Sie es.« Er streckte ihr die Hand entgegen, sie reichte ihm die ihre. Er führte sie mit der Höflichkeit eines alten Herrn an die Lippen und ließ sie dann nicht wieder los. Sie konnte sich nicht daran erinnern, daß ihr in Mirat aufgefallen wäre, daß er eine komische, übertriebene Aussprache hatte. Sie mußte an eine Scharade denken, was vermutlich an ihm lag, denn am Morgen der Hochzeit, als er in Mirat zu der Gruppe der Gäste auf den Rasen des Gymkhana Club Mirat getreten war, hatte sie denselben Eindruck gehabt: eine Scharade, ein Puppenspiel, Marionetten, die bis kurz vor den Höhepunkt geführt wurden.

»Nawab-Sahib hat mit größtem Bedauern von Hauptmann Binghams Tod gehört«, sagte er. Wie erstaunlich, daß er sich noch an Teddies Namen erinnerte, aber zu seinen vielen – offensichtlich sehr vielen – Talenten gehörte offenbar ein gutes Namensgedächtnis. Er hatte sich auch an Merricks Namen erinnert.

»Es war sehr freundlich von Ihnen, zu schreiben. Waren Sie länger in Ranpur?« Sie vermutete, daß er bald wie sie selbst abfahren würde.

»Nein, nein nicht länger.« Er ließ ihre Hand los. »Und Sie?«

»Ich steige nur um. Ich komme gerade aus Kalkutta.«

»Fährt dieser Zug nach Pankot?«

»Ja, um Mitternacht. Ich habe mich nur vergewissert, daß mein Platz reserviert ist. Jetzt werde ich etwas essen.«

»Im Restaurant?«

»Ja, es ist noch geöffnet.«

»Und Sie sind allein?« Sarah nickte. »Meine liebe Miss Layton, das kann ich nicht zulassen. Wir können Ihnen etwas Besseres bieten. Ich bin sicher, im Restaurant müssen sie zwanzig Minuten auf etwas schlecht Gekochtes warten. Und hinterher machen Sie kein Auge zu, und was es für Folgen haben kann, wenn Sie ohne Begleitung einen solchen Ort betreten, weiß ich nicht.« Er nahm ihren Arm, hielt Hut, Stock und die unangezündete Zigarette in der anderen Hand und führte sie zu den Stufen des blauweißen Wagens.

»Aber . . .«

»Ich lade Sie ein, im Namen von Nawab-Sahib, der im übrigen nicht hier ist. Ich lade Sie in eine etwas angemessenere Umgebung ein. Und abgesehen von dem Vergnügen, das Sie mir mit Ihrer Gesellschaft bereiten, haben wir da noch einen hübschen jungen Engländer, den ich bereits langweile, der aber zu gut erzogen ist, um es zu zeigen. Nun ja, sein Pflichtgefühl bringt ihn dazu, mir zuzuhören, als sei jedes Wort aus meinem Mund von größter Wichtigkeit. Auch Achmed wird bald hier sein. Sie erinnern sich doch an Achmed? Sie sind zusammen ausgeritten. Mögen Sie Champagner? Natürlich mögen Sie Champagner. Vielleicht mit etwas Kaviar und kalter Wildpastete. Oder geräucherter Schinken mit Melone. Wenn Nawab-Sahib nicht im Wagen ist, kann ich mir geräucherten Schinken leisten. Der Champagner stammt aus meinen eigenen Vorkriegsbeständen. Ich habe ihn mühsam über das letzte Jahr gerettet, aber die Invasion der Alliierten in Frankreich berechtigt mich zu der Hoffnung, nicht mehr allzu lange auf Nachschub warten zu müssen. Kennen Sie die Geschichte von der Prinzessin auf der Erbse?«

»Die Prinzessin mit den zwölf Matratzen?«

»Ja. Aber selbst durch die zwölf Matratzen bereitete ihr eine einzige kleine Erbse Unbehagen. Wie könnte ich zulassen, daß Sie das Unbehagen auf sich nehmen müssen, ein öffentliches Restaurant zu betreten?«

»Nun, ich bin daran gewöhnt. Aber vielen Dank.«

Sie kam sich wie in einem Pullmanwagen vor, aber der dicke Teppich verriet sofort den hohen Rang des Besitzers. Die Tür zum Innenraum war geschlossen. Sarah wartete, bis Bronowski die Stufen erklommen hatte und neben ihr stand. Die Behinderung war ihr ebenso neu wie seine Aussprache. Vielleicht machte sie sich nur bemerkbar, wenn er etwas tat, was mehr Bewegung erforderte als das Gehen. Er öffnete die Tür zu einem rotgoldenen Salon: ein rollender Thronsaal, in dem sich ihrer Ansicht nach der letzte Zar zu Hause gefühlt hätte. Auf den Tischen entdeckte sie Lampen mit roten

Schirmen; es gab vergoldete Armsessel mit roten Sitz- und Rückenpolstern, Schemel und Sofas. In der Türöffnung am anderen Ende hingen geraffte Samtvorhänge, und dahinter sah sie einen Eßtisch mit einem schneeweißen Tischtuch, den man für ein kaltes Buffet gedeckt hatte.

Beim Eintreten hob der Mann, auf den Graf Bronowski sie vorbereitet hatte, den Kopf von einer Akte, die er studierte. Ihr Erscheinen überraschte ihn offenbar, und um aufzustehen, mußte er das Papier erst in die Mappe schieben, die er auf den Knien liegen hatte. Es war ein Armeeoffizier in seiner besten Ausgehuniform.

»Darf ich Ihnen Hauptmann Rowan vorstellen?« sagte Bronowski. »Dies ist Miss Layton. Ich habe sie gerade davor bewahren können, allein ins Restaurant zu gehen. Nawab-Sahib und ich hatten das Vergnügen ihrer Gesellschaft, als sie aus Anlaß der Hochzeit ihrer Schwester im letzten Jahr unsere Gäste waren.«

Rowan nickte. Sarah fand, man konnte ihn nicht als hübsch bezeichnen. Im wesentlichen hatte sie den Eindruck von ihm, daß er ein Mann war, der vielleicht etwas jünger als Clark und sehr schwer kennenzulernen war. Es lag etwas besonders Vorsichtiges in der Art, wie er seine Überraschung verborgen, sein Interesse vorübergehend von der Akte abgewendet und sich erhoben hatte, wobei er die Tasche, in der sie lag, immer noch in der Hand hielt. All das wies darauf hin, daß er mit seiner Energie vorsichtig umging, daß er ein Mißtrauen gegen jede spontane Reaktion hegte und stets an die Wichtigkeit glaubte, seine Fähigkeiten, worin sie auch liegen mochten, zurückzuhalten. Sarah kam zu dem Schluß, daß er vermutlich beträchtliche Fähigkeiten besaß.

Ein Diener erschien im Eingang des Speiseraums. »Zuerst«, sagte Bronowski, »Champagner. Wir wollten auf Achmed warten, aber nur als puritanische Übung in Selbstdisziplin. Champagner sollte immer besonderen Gelegenheiten vorbehalten sein, und eine solche haben Sie uns freundlicherweise beschert. Bitte nehmen Sie Platz. Rauchen Sie?« Er bot ihr in einer silbernen Dose rosa Zigaretten mit goldenem Mundstück an. Als sie alle Platz genommen hatten, begann er: »Ich rauche nur am Abend, und ich fürchte, ich rauche zuviel, aber diese hier sind mild. Ich bin auf höchst ungewöhnliche Weise dazu gekommen zu rauchen. Mein Vater bestrafte mich nämlich nicht, *weil* ich rauchte, sondern weil ich eine Abneigung gegen Tabak zeigte, die er für unmännlich hielt. Einen ganzen Sommer lang – wir waren auf dem Land, und ich war erst sechzehn, mußte ich jeden morgen um zehn Uhr in seinem Arbeitszimmer erscheinen, ihm gegenübersitzen und eine Zigarre rauchen, und zwar unter der Drohung, von meinem englischen Erzieher geschlagen zu werden, falls sich meine Nasenspitze auch nur eine Spur blasser färben sollte. Mein Erzieher konnte keiner Fliege etwas zuleide tun, und ich wußte, die Drohung war nicht mehr als eine Drohung, das leere Gerede eines Mannes, dessen moralische Feigheit ich zutiefst verachtete, aber das änderte nichts daran, daß ich heldenhaft darum kämpfte, meine Übelkeit zu verbergen. Verstehen Sie, es wurde für mich zur Ehrensache, das abscheuliche Ding bis zum bitteren Ende zu rauchen und mich dann, scheinbar in bester Verfassung, zurückzuziehen. Aber meine Abneigung gegen Zigarrentabak habe ich nie überwunden. Im Winter darauf, in St. Petersburg, entwickelte ich eine absonderliche Vorliebe für Zigaretten mit Goldmundstück, die eine Dame rauchte, die uns häufig besuchte. Ich hätte hinzufügen sollen, daß meine Mutter starb, als ich zehn war. Wann immer sich die Gelegenheit bot, stahl ich dieser Dame eine Zigarette aus der Handtasche. Sie bewahrte sie in einem Schildpattetui auf. Ich erinnere mich noch sehr deutlich an das Etui, das sich so wunderbar glatt anfühlte. Und wenn ich eine Zigarette gestohlen hatte, rauchte ich sie nach dem Zubettgehen und genoß, daß ich sie gestohlen hatte und daß diese Zigaretten so entsetzlich effeminiert wirkten, obwohl das Rauchen damals als wenig damenhaft galt. Daraus wurde eine lebenslange Gewohnheit. Vorzugsweise rosa Zigaretten mit einem goldenen Mundstück, die ich nach Sonnenuntergang rauche. Mit solchen Kleinigkeiten halten wir die Erinnerungen unserer Jugend lebendig und bleiben in dieser Hinsicht ewig jung. Welche Erinnerungen, Miss Layton, oder sollte ich sagen, welche Gewohnheiten werden Erinnerungen sein, die Sie in meinem Alter immer noch lebendig halten?«

»Das weiß ich nicht. Aber ich bin sicher, es wird einige geben.«

»Bei Frauen ist es vielleicht anders. Sie werden erwachsen, heiraten, haben selbst Kinder, und alles aus ihrer Kindheit wird achtlos abgetan. Vielleicht ist das traurig, weil das, was als erledigt und vergessen abgetan wurde, sehr viel später wieder auftauchen kann, und dann quält sie eine große Wehmut. Die Kinder werden erwachsen, gehen aus dem Haus, und die vielen Jahre, die eine Frau ihnen widmet, sind vorüber, als seien sie nie gewesen. Aber Frauen sind mutiger als Männer. Vielleicht akzeptieren sie, daß ihre Lebensaufgabe, ich meine im biologischen Sinn, sehr schnell zu Ende ist. Aber ein Mann und sein Beruf, das ist etwas anderes. Sein Beruf ist sein Leben. Er kann es sich leisten, absurde Züge hineinzubringen. Vielleicht braucht er das. Sein Körper macht keine biologischen Veränderungen durch. Sein Leben ist nicht auf diese Weise gespalten; ihm widerfährt körperlich nichts Dramatisches. Er trägt nie ein selbstgeschaffenes Wesen in sich. Der arme Mann muß sich mit dem einen Körper zufriedengeben, mit dem er geboren wurde. Vielleicht erklärt das, weshalb ihm die Erinnerungen aus seinen einzelnen Entwicklungsstadien so teuer sind und er in der Hoffnung daran hängt, einmal etwas Ganzes zu sehen.«

Der Korken der Champagnerflasche knallte. Sie waren alle drei stumme Zeugen beim Ritual des Einschenkens. Der Diener trug weiße Handschuhe. Er reichte die Gläser auf einem Silbertablett. Bronowski sagte: »Hauptmann Rowan, ich hatte nicht beabsichtigt, dem Abend eine persönliche Note zu verleihen, aber es gibt einen persönlichen Grund für den Champagner. Das Geschenk von Miss Laytons Anwesenheit veranlaßt mich, mein Geheimnis mit Ihnen beiden zu teilen. Heute ist mein siebzigster Geburtstag, und ich möchte einen Toast ausbringen.« Er lachte breit. »Als Engländer werden Sie ihn vermutlich mehr zu schätzen wissen als Nawab-Sahib, der sich rührenderweise an den Tag erinnert und mir aus Nanoora ein Telegramm geschickt hat.« Bronowski hob das Glas: »Ich geh ganz selten zu den Spielen in den Süden, mögen meine Farben auch im Wind dort wehn. Ich geh ganz selten zu den Spielen in den Süden, mag man meine Farben an den Kappen dort auch sehn. Denn das Feld ist voller Schatten nah der Ränge. Und ein Geist wirft den dunklen Ball ins Gedränge. Durch meine Tränen seh ich die lautlos klatschende Menge. Die Fänger huschen hin und her, hin und her: O mein Hornby, o mein Barlow, seh ich euch doch nimmermehr!«

Er hob das Glas noch höher, dann senkte er es und trank; und als sie beide seinem Beispiel folgten (beide – dachte Sarah – leicht aus der Fassung gebracht von dem unerwarteten Anlaß und dem rätselhaften, ja ungereimten Zusammenhang zwischen den Worten und dem Mann, der sie gesprochen hatte), fuhr Bronowski fort: »Der charmante junge Mann, von dem ich das Gedicht 1919 gelernt habe, erklärte es mir damals. Aber ich fürchte, mir ist nur meine eigene Interpretation im Gedächtnis geblieben. Der junge Mann war gerade achtzehn geworden, und seine Eltern hatten ihn zu einer französischen Familie, die Ferien an der Riviera machte, geschickt, um dort französische Konversation zu lernen. Man stellte mich, einen armen russischen Emigranten an, um ihm die Grammatik und die syntaktischen Besonderheiten beizubringen: ohne großen Erfolg, wie ich fürchte, denn er verliebte sich in das spanische Dienstmädchen einer Familie in der Nachbarschaft. Sein einziges anderes Interesse war

Kricket. Eines Tages kam er zu mir und sagte: ›Bitte Monsieur Bronowski, bringen Sie mir ein französisches Gedicht bei.‹ Nun, ich wußte, aus welchem Grund, denn ich hatte gesehen, wie die beiden Händchen hielten und sich wortlos in die Augen sahen, denn das Mädchen sprach nur seine Muttersprache, und das bißchen Französisch, mit dem sie sich vielleicht hätten unterhalten können, ließ ihn in ihrer anbetungswürdigen Gegenwart augenblicklich im Stich. ›Aber was nützt ein französisches Gedicht, wenn sie nur Spanisch spricht?‹ sagte ich. ›Warum kein englisches?‹ Er sagte, er habe auch schon daran gedacht, doch er kenne nur ein Gedicht, und es sei völlig ungeeignet. Ich bat ihn, es vorzutragen und mir das Urteil zu überlassen. Das Gedicht rührte mich außerordentlich, und ich riet ihm, es ihr genauso zu wiederholen, vielleicht etwas langsamer und mit etwas mehr Ausdruck. Ich überredete ihn sogar dazu, es mir aufzuschreiben.«

»Hatte es Erfolg?« erkundigte sich Sarah. »Ich meine bei dem spanischen Dienstmädchen.«

»Leider nein. Er überraschte sie noch am selben Nachmittag Händchen haltend mit einem Fischerjungen. Er erzählte mir von der Katastrophe, als er abends zum Unterricht kam. Er war sichtlich niedergeschlagen, aber er nahm sich sehr zusammen, wie die Engländer das tun. Er fuhr bald darauf nach Hause, um, wie er sagte, noch ein bißchen Kricket zu spielen, ehe der Sommer vorüber sei. Der arme Junge war fertig mit den Frauen, das konnte man sehen – zumindest für eine Woche oder so.«

»Welch eine traurige Geschichte«, sagte Sarah.

»Nicht wahr? Ich freue mich, daß Sie sehen, daß die Geschichte nicht nur komisch, sondern auch traurig ist. Und ich dachte immer daran, um wieviel die Erinnerungen dieser koketten jungen Dame ärmer sind, weil sie die Chance verpaßte, daß ein junger Mann ihre Hand hielt und ihr gleichzeitig ein Gedicht ins Ohr hauchte, von dem sie kein Wort verstand, obwohl ihr kaum hätte entgehen können, daß es ihm von Herzen kam. Verstehen Sie, Kricket war seine ganze Leidenschaft, und da sie nicht geahnt hätte, worum es in diesem Gedicht ging, wäre es ein perfektes Vehikel gewesen, der einen Leidenschaft durch die andere Ausdruck zu verleihen. Sie hätte den Rhythmus gehört, die langsamen alliterativen und wiederkehrenden Kadenzen, die sich an der Erinnerung festklammern, um nicht so schnell wieder daraus zu schwinden. Sie hätte die seltsam harten gutturalen Laute einer nördlichen Sprache gehört, die leise gesprochen wird und sich so sehr von den laut gesprochenen Sprachen des Südens unterscheiden, die in der Sonne geschmolzen zu sein scheinen, so daß sie unaufhörlich schnell dahinfließen, beinahe ohne Pause, wie die Zeit selbst. Und vor allem, wie hätte ihr der Anflug von Stolz in der Klage entgehen können! Ich an ihrer Stelle wäre ganz bestimmt sofort in Ohnmacht gefallen.«

»Meinen Glückwunsch«, sagte Rowan. »Ihre eigene Reise in den Süden war jedenfalls von deutlichen Erfolgen gekrönt.«

»Ah«, sagte Bronowski. »Ich befinde mich in Gesellschaft intelligenter Menschen. Vielen Dank. Noch mehr Champagner bitte! Miss Layton, haben Sie Neuigkeiten von Ihrem Vater?«

»Wir haben seit einiger Zeit nichts mehr gehört. Aber wir glauben, es geht ihm gut.«

»Er wird doch sicher bald nach Hause zurückkommen. Und wie geht es Ihrer Mutter und Ihrer Schwester? Ihrer Schwester ganz besonders?«

»Danke, es geht ihnen beiden gut.« Sie wollte ihn nicht mit ihrer Sorge oder ihrer Trauer behelligen.

»Und was hat Sie allein nach Kalkutta geführt?«

»Meine Tante lebt jetzt dort.«

»Ach ja, ich erinnere mich: Mrs. Grace. Und Ihr Onkel, der Brautführer? Sie sind beide in Kalkutta? Und der Offizier, der Trauzeuge, Hauptmann Merrick. Haben Sie Neuigkeiten von ihm?«

Wieder zögerte sie, ein so trauriges Thema am Geburtstag des alten Mannes zur Sprache zu bringen. Vermutlich erkundigte er sich ohnehin nur auf Höflichkeit.

»Ich hielt ihn für sehr interessant«, fuhr Bronowski fort, als beabsichtige er ihr ein Stichwort zu liefern. »Ich finde, er ist ein ungewöhnlicher Mann.«

»Eigentlich bin ich nach Kalkutta gefahren, um ihn im Krankenhaus zu besuchen.«

»Ach! Was fehlt ihm denn?«

»Er wurde schwer verwundet, als Hauptmann Bingham fiel, und meine Schwester wollte herausfinden, ob wir etwas für ihn tun können, denn man hat ihr berichtet, er habe versucht, Teddie zu helfen. Es gab eine Empfehlung – für einen Orden.«

»Ja«, sagte Bronowski nach kurzem Nachdenken. »Mut. Er hat Mut. Das konnte man sehen. Es bekümmert mich zu hören, daß er verwundet wurde. Wie schwer?«

»Er hat einen Arm verloren. Er zog Teddie aus einem brennenden Wagen, während sie unter Beschuß standen.«

»Ach ja?« Schweigen. »Welchen Arm?«

»Den linken.«

Schweigen. »Das ist immerhin etwas. Ich habe beobachtet, wie er Konfetti auflas, und wie er eine Zigarette ausdrückte. Er ist Rechtshänder.« Er wendete sich an Rowan. »Sie erinnern sich vielleicht an den Mann, von dem wir sprechen: Merrick.«

»Nein, ich glaube nicht.«

»Ich meine, Sie werden sich nicht an ihn persönlich erinnern. Er wechselte von der indischen Polizei zum Militär über. Er spielte 1942 in diesem Fall in Majapur eine große Rolle, in dem es um eine Engländerin ging. Im Fall Bibighar-Park.«

Rowan sog an seiner Zigarette und nickte. »Ach ja. Dieser Fall.«

»Er war Distriktspolizeichef. Ich führte in Mirat ein langes und interessantes Gespräch mit ihm. Er war immer noch völlig von der Schuld der verhafteten Männer überzeugt. Ich und vermutlich die meisten anderen sind inzwischen zu der Überzeugung gelangt, daß sie nicht die Schuldigen gewesen sein können. Es wäre nur verständlich gewesen, wenn Merrick inzwischen in seiner Meinung schwankend geworden wäre – es sei denn, man geht davon aus, daß er die Polizei vorübergehend in Ungnade verlassen hat und einen Groll hegt. Aber er hatte schon seit Jahren versucht, von der Polizei zum Militär überzuwechseln. An der Oberfläche ist er ein sehr durchschnittlicher Mensch, doch darunter vermute ich einen Mann mit ungewöhnlichen Talenten. Sitzen die jungen Männer immer noch im Gefängnis?«

»Welche jungen Männer?«

»Die jungen Männer, die man verhaftet, aber nie vor Gericht gestellt, sondern als politische Gefangene inhaftiert hat.«

»Tut mir leid, das weiß ich nicht, Graf.«

»Ich hoffe, man hat sie nicht vergessen und überläßt sie einfach ihrem Schicksal. Die Provinzbehörden haben in diesem Fall eindeutig eine Verpflichtung.«

»Ich bin sicher, man hat sie nicht einfach vergessen.«

»Die Inder erinnern sich. Bedauerlicherweise nicht nur die Inder der richtigen Sorte. Es gibt einen würdigen Herrn aus Majapur, der im letzten Jahr Mirat besucht und ein paar dunkle Einschüchterungsversuche inszeniert hat. Der Steinwurf – Miss Layton, Sie erinnern sich an den Stein – geht beinahe mit Sicherheit auf Anstiftung dieses gerissenen Zeitgenossen zurück. Er gehört zu den Leuten, auf die wir ein Auge haben. Man hat mir berichtet, daß er Majapur vor kurzem verlassen hat, aber man hat mir nicht berichtet, wohin oder warum. Verzeihen Sie, das ist kein heiteres Thema, und Miss Layton muß etwas essen. Wir werden nicht auf Achmed warten. Er ist vermutlich doch nur am Champagner interessiert.«

Rowan warf einen Blick auf seine Uhr, und Bronowski, der sich gerade erhob, legte ihm die Hand auf den Arm. »Wir werden planmäßig abfahren können. Achmed wird dafür sorgen. Kommen Sie.« Er geleitete sie in den Speiseraum. Zwei Diener nahmen die Hauben von den wartenden Gerichten.

»Ich fürchte, ich muß gehen«, sagte Sarah und stellte die Kaffeetasse ab. Auf ihrer Uhr waren es noch zwanzig Minuten bis Mitternacht, und seit einiger Zeit registrierte sie das zunehmende Treiben auf dem Bahnsteig. Einmal hatte sie die roten Samtvorhänge des Fensters geteilt, an dem sie saß, und hatte Soldaten und Offiziere gesehen, außerdem indische Familien mit Bergen von verschnürtem Gepäck und einige Frauen in Purdah. Der Zug nach Pankot war inzwischen erleuchtet, doch es blieb trotzdem so dunkel auf dem Bahnsteig, daß sie den geduldigen Kuli nicht sehen konnte, der neben ihrem Koffer wartete.

»Noch fünf Minuten«, bat Bronowski. Er hatte sie fürstlich mit Champagner und Erzählungen aus dem Rußland vor 1914 und dem Europa nach 1918 bewirtet. Doch in den letzten zehn Minuten war ihr zu deutlich bewußt geworden, wie schnell der Abstand zwischen Minutenzeiger und Stundenzeiger sich verringerte, um viel von dem aufnehmen zu können, was der Graf sagte. Sie glaubte zu bemerken, daß Hauptmann Rowan mit ähnlichen Gedanken beschäftigt war, er seine Ungeduld jedoch besser tarnte. Hin und wieder warf er ihr einen Blick zu, als wolle er sagen: Ich weiß, wie Ihnen zumute ist. Aber machen Sie sich keine Sorgen.

»Wenn ich noch fünf Minuten bleibe, werde ich überhaupt nicht mehr gehen wollen, und ich muß mir noch das Abteil aufschließen lassen.«

Bronowski stellte das Glas auf den Tisch. »Dann darf ich nicht egoistisch sein. Aber Achmed wird enttäuscht sein. Er spricht oft von Ihnen.« Sie standen jetzt alle drei. Er nahm ihre Hand und küßte sie. »Ich bedanke mich für dieses Geburtstagsgeschenk. Werden Sie Mirat besuchen? Irgendwann oder vielleicht auch in nächster Zeit?«

»Ja, das würde ich gerne«, sagte sie, erkannte plötzlich, daß sie es tatsächlich meinte, und wußte, daß es höchst unwahrscheinlich war, daß sie je wieder nach Mirat kommen würde. Und deshalb empfand sie einen Trennungsschmerz, der in keinem Verhältnis zu dem tatsächlichen Verlust oder der Unwahrscheinlichkeit eines Wiedersehens stand. Sie wendete sich Rowan zu.

»Auf Wiedersehen, Hauptmann Rowan.«

Er ergriff ihre Hand, aber nicht um sich zu verabschieden. »Ich bringe Sie zu Ihrem Abteil«, erklärte er. Doch Bronowski widersprach und bestand darauf, dies sei ein Privileg, das er für sich in Anspruch nehme. Sarah glaubte zu sehen, daß Rowans Gesicht eine momentane Ratlosigkeit verriet, als habe Bronowskis Intervention es erforderlich gemacht, daß er einen Plan aufgab, den er sich zurechtgelegt hatte. Aber da sie sich erst kennengelernt hatten und sich höchstwahrscheinlich nie wieder begegnen würden, glaubte Sarah, sich geirrt zu haben. Doch der Eindruck haftete, auch noch als sie sich verabschiedet hatten und Bronowski ihr beim Hinuntersteigen die Hand reichte. Auf dem Bahnsteig drängte ihre Überraschung diesen Eindruck in den Hintergrund.

»Oh, wir sind hinter einer Sperre«, sagte sie.

»Sie bewahrt uns davor, daß Leute einsteigen und wir ständig erklären müssen, daß wir kein öffentliches Transportmittel sind«, erklärte er und führte sie an den Seilen entlang, die die Menge von den drei Wagen fernhielt, bis sie einen der wachhabenden Polizisten erreichten. Zuerst waren es nur zwei Polizisten gewesen, inzwischen waren es jedoch vier oder fünf. Der Polizist ließ sie passieren. Sie hätte die Absperrung und die Anwesenheit von Polizisten eingesehen, wenn der Nawab sich im Zug befunden hätte, doch der Nawab war in Nanoora. Aus einigen Dingen, die Bronowski und Rowan in den zurückliegenden eineinhalb Stunden gesagt hatten, schloß Sarah, daß Bronowski ebenfalls nach Nanoora fuhr.

Sarah blickte über den Bahnsteig. Sie standen am ersten der drei Wagen, denen sich langsam eine Lokomotive näherte.

»Hier kommt unsere Lokomotive«, sagte der Graf und wies mit dem Stock hin. Er ging links von ihr und hielt ihren rechten Ellbogen. »Wir sollen eine halbe Stunde nach Mitternacht abfahren und können nur hoffen, daß Achmed sich nicht noch länger verspätet. Wenn wir nämlich um Null Uhr dreißig nicht abfahren, können die Leute von der Bahn uns erst wieder um zwei Uhr in ihrem Fahrplan unterbringen. Hier ist Ihr Kuli, der Sie auf sich aufmerksam machen will. So, wo ist ein Beamter, der Ihnen das Abteil aufschließt. Der Mann dort mit dem weißen Helm?« Bronowski winkte mit dem Stock. Der Kuli hob den Koffer auf den Kopf und stand wieder mit starrem, aufgerichteten Kopf da und wartete.

Es war zwar der gleiche Tropenhelm, aber ein anderer Mann, und er hatte den Schlüssel. Er öffnete das Abteil, ging vor, schaltete die Lampen und die Ventilatoren ein. Dann stieg der Kuli ein, stellte das Gepäck ab, kam zurück und hob die Hand an den Turban. Sarah hielt zwei Rupien bereit, doch Bronowski wehrte ab und gab dem alten Mann einen gefalteten Geldschein, der nach fünf Rupien aussah, und soviel mußten es auch gewesen sein, denn der Mann verbeugte sich, ging aber nicht, sondern wartete in der Nähe, als halte er es für seine Pflicht, dafür zu sorgen, daß der Zug Sarah sicher aus seinen Händen in die Hände Gottes tragen würde.

Die drei jungen Unteroffiziere im Nebenabteil, die aussahen, als kämen sie direkt von der Offiziersschule, beobachteten sie neugierig. Zweifellos vermuteten sie, der ältere Mann mit einer Augenklappe und dem Elfenbeinstock sei ihr Vater – ein Sahib der alten Schule. Nein (wollte sie ihnen zurufen), es ist nicht so, wie ihr das seht. Ihr seht nur einen Trick – alles hier ist ein Trick. Sie wendete sich Bronowski zu, da ihr einige Fragen auf dem Herzen lagen.

»Haben Sie eine Decke und alles, was man so braucht?« fragte er, bevor sie etwas sagen konnte.

»Ja, das habe ich alles in meinem Koffer.«

»Und haben Sie auch den Kofferschlüssel nicht in Kalkutta liegengelassen?«

Sie lachte, warf einen Blick in ihre Handtasche und beruhigte ihn. Ihre Fragen hatte sie vergessen. »Bitte warten Sie nicht, Graf Bronowski«, sagte sie und streckte ihm die Hand entgegen. »Vielen Dank für ein wundervolles Abendessen und dafür, daß Sie mich vor dem Restaurant gerettet haben. Und alles Gute zum Geburtstag!«

Er ergriff ihre Hand, schwieg jedoch eine Weile und blickte nachdenklich mit seinem einen Auge auf sie herunter.

»Welche Haltung Sie haben! Ich kann mich nicht daran erinnern, das in Mirat bemerkt zu haben. Aber natürlich haben wir kaum miteinander gesprochen, und Sie standen etwas im Schatten. Eine Braut ist immer der Mittelpunkt der Aufmerksamkeit. Aber Achmed sind Sie aufgefallen. Er gibt vor, nicht empfänglich für die Reize weißer Damen zu sein. Aber nachdem Sie abgereist waren, beobachtete ich oft, wie er morgens über das freie Gelände vor meinem Haus ritt und genau den Weg nahm, den Sie zusammen geritten waren. Er hielt unter denselben Bäumen an und galoppierte über dieselbe Strecke.« Bronowski lächelte. »Ich gestehe damit, nicht wahr, daß ich Sie vom Fenster meines Schlafzimmers aus beobachtet habe. Ja, das ist wahr. Aber es lag keine Absicht dahinter. Ich habe Sie zufällig gesehen, und das Schauspiel fesselte mich. Ich beobachtete amüsiert, daß er sich genau so verhielt, wie er es am Abend zuvor angekündigt hatte, als er mir berichtete, er werde mit Ihnen ausreiten. Er sagte: ›Oh, ich werde meine Distanz bewahren. Ich werde auf meinem Platz bleiben.‹ Das war natürlich ein Scherz und nicht bitter gemeint. Achmed besitzt eine große Objektivität – vielleicht eine zu große. Man könnte ihn mit einem Schauspieler vergleichen, der ein Theaterstück Wort für Wort auswendig kennt und seine Rolle vollkommen spielt, die Gestalt jedoch nicht mit Leben erfüllen kann, so daß sie für ihn immer nur eine Rolle bleibt. Er sagt sich: Hier haben wir also Achmed Kasim, der dazu verpflichtet ist, mit dieser Engländerin auszureiten. Was erwartet man von ihm? Was sagt die Welt? Sie sagt natürlich: Du mußt fünf Schritte hinter ihr bleiben. Wie amüsant! Allerdings amüsiert es ihn weniger, als er uns glauben machen will. Verstehen Sie?«

»Ja, ich verstehe.«

»Sie verstehen, was ich sage, aber nicht weshalb ich es sage. Um ehrlich zu sein, ich bin mir selbst nicht sicher. Vielleicht liegt es am Champagner. Andererseits machen mich im Unterschied zu den meisten Leuten Bahnhöfe und Abschiedsszenen keineswegs stumm. Das muß an der Furcht liegen, die sich vor vielen Jahren in mir festgesetzt hat, daß selbst das harmloseste Aufwiedersehen sich als ein Nimmerwiedersehen herausstellen kann und in einem das Gefühl der Reue hinterläßt, weil wichtige und unwichtige Dinge unausgesprochen blieben. Das heißt nicht, daß man je überhaupt etwas sagen sollte. Vielleicht rede ich, um zu verhindern, daß Sie jene Fragen stellen, die Sie stellen wollen und die ich nicht beantworten kann. Vergeben Sie mir. Ich – ich mache das Rätsel nur noch undurchsichtiger. Aber Rätsel sind nichts Schlechtes, besonders nicht für die Jungen. Sie beleben die Wahrnehmungskraft und können für sich genommen schön sein.«

Die Trillerpfeife ließ sich warnend vernehmen. Bronowski drückte ihre Hand fester und versicherte ihr, es sei immer noch Zeit – weit mehr für sie als für ihn. »Aber verstehen Sie mich nicht falsch. Sie haben jetzt von Achmed das Bild, wie er den Weg über das Gelände immer wieder abreitet, den Sie zusammen genommen hatten; aber eine romantische Anspielung lag nicht in meiner Absicht. Ich habe gesagt, er besitzt große Objektivität. Er ist ein Zuschauer, ein Beobachter, und wenn es notwendig wird, kann er eine Rolle spielen – aber nicht mit dem Herzen, denn er weiß nicht, welche Rolle er spielen möchte. Falls er es ahnt, weiß er nicht, wo sie sich einfügt.

Alle die Leidenschaften, die die Menschen in diesem Land am meisten erregen, lassen ihn gleichgültig. Ich nehme an, bei einer Familie wie der seinen, die nur von und für Politik gelebt, sie geatmet und gedacht hat, ist das nichts Unnatürliches. Aber in Indien ist es selten. Weil es selten ist, hält Achmed es für eine Krankheit, an der er allein leidet. Er sagte einmal zu mir: Meine Mutter hat mich gebeten, immer an etwas zu denken, was mein Vater ihr einmal geschrieben hat: ›Wir suchen ein Land.‹ Aber wenn ich darüber nachdenke, kann ich dazu nur sagen: Das Land ist da, ich bin da, sollten wir deshalb nicht besser aufhören, uns darüber zu streiten und endlich anfangen, darin zu leben? Was bedeutet es in Wirklichkeit schon, wer es regiert? Wer an Allah glaubt oder an Christus? Oder an die Avatare der Hindumythologie, und wer ein dunkles Gesicht oder ein helles hat?«

»Ja«, sagte Sarah, »was bedeutet es?«

Bronowski betrachtete sie, und zum ersten Mal ging ihr auf, wie konzentriert, wie zielstrebig ein einäugiger Mann sein mußte, wie sehr er des tragisch-komischen menschlichen Rechts beraubt war, wie der König im Märchen mit einem Auge zu lachen und mit dem anderen zu weinen. Sie fühlte sich durchbohrt von einem unbeirrbaren Ziel und einer Absicht. Aber das war auch ein Rätsel. Vielleicht war es schön. Sie wußte es nicht. In ein paar Minuten würde die Möglichkeit, es zu erfahren, vorüber sein. Sie würde zu dem kläglichen Durcheinander all der anderen beschränkten Möglichkeiten gehören, die – wie sie (beim Gedanken, der Zug könnte plötzlich ohne sie abfahren, voll Panik erfaßt) glaubte, jeder Mensch erhielt.

»Achmed hat mir einige Zeit, *nachdem* Sie zusammen ausgeritten, nachdem Sie bereits wieder aus Mirat abgereist waren, vom Brief seines Vaters und seiner Reaktion darauf erzählt.«

Die Trillerpfeife ertönte wieder.

»Sehen Sie, so offen hatte er noch nie mit mir gesprochen. Und ich erinnerte mich an die einsamen Ausritte, die ich – wie ich gestehen muß – anfangs in einem rein romantischen Licht sah. Aber wenn ich jetzt vor mir sehe, wie er wieder und wieder diesen morgendlichen Ausritt nachvollzieht, glaube ich zu sehen, daß er versucht, etwas zurückzuholen, vielleicht einen Augenblick, den er verpaßt oder nicht ergriffen hatte und dessen Bedeutung er erst später erkannte.«

»Ja«, sagte sie, »es gab einen Augenblick.«

»Bitte erzählen Sie.«

»Das kann ich nicht. Es war nicht so klar. Es hatte damit zu tun, daß er den Abstand hielt.«

»Haben Sie etwas gesagt?«

»Nein. Haben Sie es nicht gesehen?«

»Als Sie hinter dem Nullah galoppierten, verschwanden Sie aus meinem Blick und wurden nur noch zwei undeutliche Flecken in der Landschaft. Aber als Sie zurückritten, hatten Sie, glaube ich, Schwierigkeiten mit dem Pferd.«

»Keine Schwierigkeiten. Ich habe ihn überlistet. Für einen Augenblick habe ich die Kluft überbrückt.«

»Und dann?«

»Das war alles. Er wartete, bis ich weiterritt.«

Die Trillerpfeife ertönte zum dritten Mal.

»Vielen Dank, Miss Layton«, sagte er, »jetzt – gehen Sie besser zu Ihrem Platz. Aber schließen Sie nicht die Tür. Mein Diener hat noch Gepäck für Sie.« Sarah drehte sich um und entdeckte den Diener, der einen kleinen Korb vor der Brust hielt. »Kommen Sie.« Er half ihr in den Wagen. Sie trat zurück, ließ den Diener herein, der den Korb auf den Boden stellte. Nachdem er das Abteil verlassen hatte, schloß Bronowski die Tür. Sie stand am offenen Fenster. »Es ist Champagner«, sagte er und hob die Stimme, »für eine Taufe, die in allernächster Zukunft sein wird, wenn meine Berechnungen stimmen. Aber es sind auch noch ein paar Dinge darin, für den Fall, daß Sie hungrig werden sollten. Schließen Sie das Fenster, verriegeln Sie die Tür und ziehen Sie die Rollos herunter. Falls Sie Probleme haben, klopfen Sie energisch an die Wand zwischen Ihnen und den jungen Offizieren nebenan, die uns mit verständlichem Interesse beobachtet haben. Wenn Sie das nächste Mal Hauptmann Merrick schreiben, grüßen Sie ihn und sagen Sie ihm, ich habe unsere Unterhaltung nicht vergessen. Er wird wissen, was ich meine.«

»Das werde ich, und nochmals vielen Dank.«

»Und befolgen Sie einem alten Mann zuliebe einen alten russischen Aberglauben. Es sind nicht die richtigen Umstände, doch die Geste wird das vielleicht wettmachen. Bitte setzen Sie sich einen Augenblick lang ganz ruhig hin, wie man das immer tun sollte, ehe man eine Reise antritt.«

Sarah setzte sich, und sie lächelten sich durch das Fenster zu. Bald ertönte die Pfeife noch einmal, ein langes, drängendes Trillern. Sie stand auf. Als sie das Fenster erreichte, rollte der Zug bereits. Bronowski stand regungslos, den Panamahut vor der Brust, auf dem Bahnsteig. Er entfernte sich jedoch von ihr, wurde teilweise von Menschengruppen verdeckt, die vorbeiglitten, als werde der Bahnsteig durch ein eigenartiges Gesetz lateraler Schwerkraft zurückgezogen. Als ihr Blickfeld sich vergrößerte, sah sie weit weg die drei

Wagen des Privatzugs einsam unter kleiner werdenden Lichtpunkten. Sarah glaubte zu sehen, daß zwei Gestalten, ein Mann und eine Frau in Purdah, die Absperrung passierten. Sie war sich jedoch nicht sicher, denn der kurze Eindruck war eigentlich kein Eindruck, sondern vielleicht ein kurzes Trugbild, und ihr Auge hatte möglicherweise einen Eindruck auf einen anderen Teil des Bahnsteigs verlagert.

Sie schloß die Fenster, ließ die Rollos herunter und schloß die Tür ab. Vierundzwanzig Stunden waren vergangen, seit sie sich geöffnet hatte – seit sie sich dem Zustand der Gnade ihres Körpers geöffnet hatte. Sie machte sich das Bett mit einem Leintuch und einer Decke zurecht, blies das kleine Luftkissen auf, blieb aber dann sitzen und fuhr mit dem rechten Zeigefinger das rotgrüne Tartanmuster auf dem Kissenbezug nach. Weshalb rotgrün? Weshalb Tartan? Sie drückte das Kissen an sich, streckte sich aus und ließ ihren Kopf darauf ruhen.

Bist du glücklich? (fragte er). Ich bin zufrieden. Dann sind wir Freunde? Nicht Freunde. Feinde? Nein, nicht Feinde, immer noch Fremde. Wollen wir uns noch einmal lieben? Sie schmiegte das Gesicht an das Kissen und wollte es, weil sie keinen anderen Mann kannte. Das schmerzliche Wollen war köstlich. Sie öffnete den Mund, um einen Eindruck seiner Lippen zu empfangen, fand jedoch nur das warme Fleisch ihrer eigenen Hand, die nicht geschickt und nicht schnell genug war, um Tage festzuhalten oder einen einzigen Leuchtkäfer aus der Schar all jener zu retten, die Lichtzeichen aussandten, Lichtsignale von Seelen, die sich wie Zugvögel für eine lange Reise sammeln, weil die Heimat, die sie kannten, unbewohnbar geworden ist.

Sie fiel in einen leichten Schlummer, wachte auf und zog sich die Decke als Schutz vor der Kälte über, die mit dem Erreichen der Hügel kommen würde. Aber sie brachte nicht die Energie auf, das Licht und die Ventilatoren auszuschalten. Wieder schlummerte sie ein, doch ein Instinkt, der ihr befahl, die arglistige Nacht zu durchwachen, hielt den Schlaf von ihr fern. In zehn Minuten würde es halb drei sein. Sie ging mit ihm zurück in die Gefahrenzone. Bist du traurig? (fragte er.) Nur still. Still und zufrieden (sagte er). Das ist eine gute Grundlage, auf der man aufbauen kann. Du wirst ein gutes Leben haben. Und dort oben in den Hügeln (diesen Hügeln) war Tante Mabel bereits heimgegangen und, wie üblich, schnell begraben worden. Wer wußte, ob sie ein gutes Leben gehabt hatte? Ich habe gewartet, sagte Tante Fenny, ich habe auf dich gewartet. Deine Mutter hat angerufen. Vierundzwanzig Minuten vor Drei. Um fünf würde es sechsunddreißig Stunden her sein, daß sie auf Schwester Prior gewartet hatte und daß Susan – die auf der Veranda von Rose Cottage lag – beobachtet hatte, wie Tante Mabel plötzlich den Korb auf das Geländer zwischen zwei Azaleen stellte, sich setzte und ebenso ruhig starb, wie sie gelebt hatte.

## VI

Um vier wurde Achmed von einem der Diener geweckt. Eine halbe Stunde später ging er in einem neuen dunkelgrauen Tropenanzug, den Bronowskis Schneider ihm gemacht hatte, den Gang entlang und klopfte an die Abteiltür seiner Mutter. Sie lag angekleidet auf dem Bett. Im Bett gegenüber schnarchte ihre Zofe mit dem Rücken zum einzigen Licht, das auf das Gesicht seiner Mutter fiel.

»Ist es soweit?« fragte Mrs. Kasim leise.

»Ja, Mutter. Aber bleibe ruhig liegen.«

»Hast du denn eigentlich geschlafen?«

»Ja, kann ich dir etwas bringen?«

»Nein, Achmed, nichts.«

»Du hättest nicht wach bleiben sollen.«

Sie ließ seine Hand nicht los. »Das fiel mir nicht schwer. Aber bleibe bei mir, bis der Zug hält. Aber wir wollen nicht sprechen. Die arme Farina ist völlig erschöpft.« Er setzte sich auf den Bettrand. Seine Mutter nickte und schloß die Augen. »Du siehst elegant aus«, murmelte sie und drückte seine Hand noch fester, als wolle sie ihm dafür danken, daß er sich soviel Mühe gegeben hatte. Ihre Haare waren grauer als vor sechs Monaten. Er wußte nicht, was sie wirklich dachte – er hatte es nie gewußt. Sie hatte sich scheinbar immer damit zufriedengegeben, das Echo seines Vaters zu sein. Was hast du davon gehabt, wollte er sie fragen, von all diesen Kämpfen, deiner Hingabe und deiner Aufopferung? Wie bist du dafür entschädigt worden? War es so wenig, daß dir der Anzug auffällt, und daß es dich tröstet, wenn ich schweigend bei dir sitze?

Nach einer Weile machte er sich Sorgen, der Zug könne Verspätung haben, und er sei dazu verurteilt, lange in dieser unbequemen Haltung sitzen zu bleiben. Aber plötzlich änderte sich der Rhythmus des schnell fahrenden Wagens. Es fiel auch seiner Mutter auf. Tiefe, zu tiefe Konzentrationsfalten erschienen auf seiner Stirn. Der Zug verlor an Geschwindigkeit. Bald rollten sie nur noch zögernd durch die Nacht; Achmed hatte in solchen Augenblicken immer das Gefühl, ein Zug sei nicht länger eine geistlose, dahinjagende Maschine, sondern habe sich in ein wachsames, intelligentes Wesen verwandelt, das sich vorsichtig seinen Weg durch ein Labyrinth von Hindernissen suchte.

Seine Mutter öffnete die Augen und stützte sich auf einen Ellbogen. »Du gehst jetzt besser.«

Er beugte sich hinunter, damit sie ihn küssen konnte.

»Hast du den Brief gut aufbewahrt?«

»Ja, Mutter. Ich habe ihn gut aufbewahrt.« Er klopfte sich auf die Brusttasche.

Sie sah ihm nach, bis er die Tür zugezogen hatte. Auf dem Gang zündete er sich eine Zigarette an. In Speisesalon herrschte immer noch eine festliche Atmosphäre. Sie war zu frisch, um schon abgestanden zu wirken. Trotzdem schien sie einer anderen Zeit anzugehören. Ein schlafender Diener fuhr aufgeschreckt in die Höhe, als Achmed an ihm vorüberging. Er fand Bronowski im Salon. Er las in einem dünnen, ledergebundenen Buch und rauchte eine seiner rosa Zigaretten.

»Ich habe mich einem meiner höchst intimen Laster hingegeben«, sagte der Graf, »wach sein, wenn die Welt träumt, Puschkins Poesie und eine angebrochene Flasche. Ein Glas ist immer noch da – oder ziehen Sie etwas Stärkeres vor? Ja. Diener, bringe Kasim-Sahib einen großen Scotch mit Soda. Kein Soda? Kein Soda.«

»Ist Hauptmann Rowan bereits aufgestanden?«

»Ich hoffe es. Man hat ihn um vier Uhr fünfzehn geweckt. Ich habe ebenfalls Wache gehalten. Aber das ist eine Tugend. Hat Ihre Mutter geschlafen?«

»Nein, sie verspricht, es zu tun.«

Der Scotch wurde serviert. Achmed trank einen großen Schluck.

»Hier«, sagte Bronowski und griff in seine Tasche, »ich habe ein Geschenk für Sie.« Er reichte ihm eine Knoblauchzehe. »Kauen Sie das, ehe Sie das Circuit House erreichen.«

»Danke.«

»Aber achten Sie darauf, Hauptmann Rowan nicht zu nahe zu kommen. Er wäre zu höflich, um den Kopf abzuwenden. Wie er mir gesagt hat, rechnet er mit einer Stellung im diplomatischen Dienst. Wir haben uns noch eine Weile unterhalten, nachdem Sie zu Bett gegangen waren. Ich vermute, Sir George Malcolm hat ihm diese Angelegenheit hauptsächlich deshalb übertragen, damit er sich einarbeiten kann. Er wird es vermutlich weit bringen. Er hat eine Begabung dafür, herauszufinden, was er wissen will, scheinbar ohne es darauf abzusehen, daß das Gespräch die Ebene der leichten Konversation verläßt. Und er hat das Talent, auch dann noch gleichgültig zu wirken, wenn er die Information bekommen hat.«

»Was wollte er heute nacht wissen?«

»Er interessierte sich brennend für Merrick, den Stein und Pandit Baba Sahib. Er spielte Gleichgültigkeit, als er vorgab, der Name Merrick bedeute ihm nichts. Aber ich bin ein zu alter Fuchs, um nicht hellhörig zu werden, wenn gespielte Gleichgültigkeit eine Aura der Wachsamkeit tarnen soll. Ich spürte es, als Miss Layton und ich uns unterhielten. Ich spürte es wieder, als ich Ihnen in seinem Beisein erzählte, daß Merrick einen Arm verloren hat. Als wir allein waren, brachte er das Gespräch sehr geschickt wieder auf dieses Thema. Er begann damit, mich danach zu fragen, wie und wo ich mein Auge verloren habe. Ich half ihm natürlich. Wir sind schließlich beide Profis.«

»Wollen Sie mich davor warnen, zu offen mit ihm zu sprechen? Sie wissen, daß ich das nie tun würde.« Achmed lächelte und trank noch einen Schluck Whisky. Hatte er wirklich schon Geschmack daran gefunden? Er war sich nicht sicher.

»Ich gebe Ihnen möglicherweise ein Beispiel für die diskrete Art, in der die Engländer um ihres Seelenfriedens willen einem Grundsatz der Gerechtigkeit wieder zu seinem Recht verhelfen, während sie gleichzeitig versuchen, den *Status quo* aufrechtzuerhalten, der durch den Verstoß gegen diesen Grundsatz entstanden ist. Also wenn Rowan etwas über Merrick wußte – und davon bin ich überzeugt –, weist sein vorgebliches Nichtwissen darauf hin, daß Seine Exzellenz die Akten der sechs bedauernswerten Gefangenen im Fall Manners in letzter Zeit auf dem Schreibtisch hatte. Das bedeutet, die Inhaftierungsbefehle werden überprüft, und der Ruf des armen Mr. Merrick hat möglicherweise einen sehr viel ernsteren Schaden genommen als damals, als ihn seine Behörde in die Wüste schickte, weil man verhindern wollte, daß seine Fehler an die Ohren einer höheren Instanz dringen könnten, die sicherstellen muß, daß der Grundsatz unparteiischer Gerechtigkeit nach außen hin unantastbar bleibt. Angenommen, meine Interpretation ist richtig, verstehen Sie dann Hauptmann Rowans Interesse an der jüngsten Vergangenheit des ehemaligen Distriktspolizeichefs von Majapur?«

»Nein, dazu ist es zu früh am Morgen, Graf-Sahib. Und er wird jeden Augenblick hier sein.« Der Zug kroch immer noch sehr langsam vorwärts. Er löste unbeirrbar das Mosaik-Ratespiel aus Stahlgliedern, die sich ihm in den Weg stellten.

»Achmed, manchmal sind Sie bewußt so schwer von Begriff, daß ich Sie am liebsten für eine Woche bei Wasser und Brot ins Bett schikken würde.« Der Graf machte eine Pause. »Der Grund ist – und Sie täten gut daran, das nicht zu vergessen –, Hauptmann Rowan hat mit dem sicheren Instinkt seines Volkes erkannt, daß Merricks jüngste Vergangenheit der Schlüssel für die Wahrung des *Status quo* ist. Möglicherweise hat man bereits entschieden, daß die sechs jungen Männer ungerechtfertigt im Gefängnis sitzen und freigelassen werden müssen. Das ist das Prinzip der wiederhergestellten Gerechtigkeit. Aber wie kann man den *Status quo* wahren, wenn Merrick eindeutig einen Fehler begangen hat und eine übergeordnete Instanz ihn laufenläßt? Auf dem Papier ist Merrick der Sündenbock. Aber wie unangenehm, überhaupt einen Sündenbock zu haben! Stellen Sie sich die Erleichterung vor, mit der Hauptmann Rowan nach Ranpur zurückkehrt und mit Zustimmung des Gouverneurs diskrete Erkundigungen über die Wahrheit dessen einholt, was er heute nacht hier gehört hat. Eine ehrenvolle Erwähnung für Tapferkeit an der Front und ein amputierter Arm. Welches Glück! Damit ist die Ehre wieder unbefleckt und löst das Problem der künftigen Beschäftigung von Merrick, sei es nun beim Militär oder im Zivildienst. Die jungen Männer läßt man frei, die Akten werden geschlossen, und alles ist, wie sie sagen, so wie es war. Die Engländer fürchten nur den Skandal, ich meine den privaten Skandal. Hätte Merrick sein Vorgehen je rechtfertigen müssen, hätte die Außenwelt nie etwas davon erfahren.«

»Glauben Sie, er hat Dinge begangen, die er rechtfertigen muß?«

»Zweifellos.«

Der Zug hielt mit einem Ruck. Irgendwo unter ihren Füßen und ein Stück hinter ihnen klirrte etwas. Achmed trat ans Fenster, schob die Vorhänge beiseite und sah diffuse Lichtkreise auf dem Schlackenboden. Unter einer der Laternen stand eine Limousine aus dem Palast und ein Militärwagen. Er zog den Vorhang wieder zu, leerte das Glas und sah Bronowski an.

*»Courage, mon ami«*, sagte Bronowski, *»le diable est mort.«*

Achmed wiederholte die Worte, um sie zu übersetzen. Er lächelte. »Wirklich?« fragte er.

Schließlich lag die Stadt hinter ihnen. Die Fenster der Limousine waren halb geöffnet. Wetterleuchten warf einen zuckenden Lichtschein über den nächtlichen Himmel und die kahle Landschaft.

»Es ist sehr nahe«, sagte Rowan, »wenn wir ein wenig Glück haben, wird es morgen regnen.«

Achmed stimmte Rowan zu, daß es, wenn man ein wenig Glück hätte, regnen würde, und war auf der Hut. Aber wohin konnte das höfliche Gespräch über das Wetter anders führen als zu der gegenseitigen Erkenntnis, daß sie nichts zu sagen hatten, was ihre nur allzu fertigen Vorstellungen voneinander zerstören würde? Rowan – der Archetypus eines Engländers, unpathetisch in Sprache und Gestik und innerlich zweifellos vom Glauben erfüllt, sein Tun werde einen bescheidenen Platz in den Annalen der Geschichte einnehmen; und er, der jüngste Sohn eines Moslems, eines Kongreßveteranen, der Sohn, der versagt hatte und der in eines der alten Fürstentümer geschickt worden war, wo er niemanden in Verlegenheit bringen konnte und wo er sich die Zeit vertrieb; man wußte, daß er trank und hinter Frauen her war, daß ihn Politik gleichgültig ließ; ein potentieller Nichtsnutz und der lebende Beweis für die Gültigkeit der klassischen Regel, die besagte, daß auch geachtete Eltern vom Unglück ungeratener Kinder nicht verschont wurden!

»Gibt es Ihrer Ansicht nach noch etwas, worüber wir uns unterhalten sollten, ehe wir ankommen?« fragte Rowan.

»Nein, es ist alles klar.« Er ist mir klarer (dachte Achmed), als Rowan vielleicht ahnt. Obwohl es falsch wäre, in diesem Punkt zu sicher zu sein. Er tastete in seiner Tasche nach der Knoblauchzehe und steckte sie sich etwas verlegen in den Mund. Rowan warf ihm einen kurzen Blick zu, als sei er ein Wächter, der einen Gefangenen zum Verhör bringen und auf der Hut vor Selbstmordversuchen sein mußte. Der Wagen fuhr ruhiger über den unausgebesserten Asphalt als der Militärwagen vor ihnen, unter dessen Plane zwei britische Militärpolizisten stoisch und hypnotisiert von den folgenden Scheinwerfern saßen.

Der Abstand zwischen Lastwagen und Limousine verkürzte sich abrupt.

»Ich glaube, wir sind da«, sagte Rowan. Der Lastwagen bog in eine Unterführung ein, die die Straße von der nackten Landschaft trennte. Die Limousine folgte. Sie befanden sich in einem Hof, der nicht ummauert war. Im Circuit House brannten Lichter. Auf der Veranda bewegten sich Gestalten. Es parkten bereits zwei andere Fahrzeuge. Achmed stieg aus dem Wagen und ließ den Blick über das Land hinter dem Hof schweifen. Aber die Nacht war sehr dunkel, und man sah die Festung nicht. Er folgte Rowan zur Veranda. Rowan begrüßte mit Handschlag einen Engländer in Zivil und einen zweiten in der Uniform der Zivilpolizei. Aber als er sich umwendete, um Achmed vorzustellen, sagte Achmed: »Ich warte hier, wenn Sie nichts dagegen haben.« Er ging zu einem Tisch und zu einem Stuhl und setzte sich.

Rowan kam zu ihm. »Möchten Sie nicht den Bezirkskommissar kennenlernen?«

»Nein, jetzt nicht, wenn es nicht unbedingt nötig ist.«

»Na gut«, sagte Rowan und verließ ihn.

*Gut.* Es war eine der englischen Floskeln, die Achmed nie verstanden hatte. Rowan und die anderen würden seine Distanz und Isolation möglicherweise als eine Trotzreaktion deuten, die ihnen beweisen sollte, daß auch er eine patriotische Gesinnung besaß. Sie konnten nicht wissen, daß er sich zurückzog, um so lange wie möglich sein Gefühl der Distanziertheit von den Problemen einer Situation zu bewahren, die er nicht herbeigeführt hatte.

Nach einer Weile tauchte in der Ferne ein Licht auf, verschwand aber sofort wieder, als er es sah. Achmeds Muskeln spannten sich, als wollten sie seinen Körper zwingen aufzuspringen, einen Arm auszustrecken, um das Licht an sich zu ziehen, ehe es erlosch. Aber er blieb still sitzen. Es dauerte lange, ehe das Licht wieder auftauchte, sich bewegte und eindeutig etwa eine Meile entfernt sich mit großer Geschwindigkeit auf der Straße näherte.

Er stand auf, ging zum Geländer der Veranda und dann zur obersten Treppenstufe, ohne auf Rowan zu achten, dessen schräger Schatten von der offenen Tür über den Boden fiel. Er hörte, daß Rowan ins Haus zurückging und etwas zu den anderen sagte. Der näherkommende Wagen fuhr langsamer, bog ab und kam durch die Unterführung. Das plötzliche grelle Licht der Scheinwerfer blendete ihn. Aber er sah auch dann noch nichts in dem Halbdunkel, das noch lange anhielt, nachdem sie ausgeschaltet worden waren. Ein Offizier saß vorne neben dem Fahrer. Er stieg aus und öffnete die hintere Tür auf seiner Seite. Achmed tastete sich vorsichtig über die Treppe nach unten.

Ein alter Mann stieg aus, griff nach dem Arm des Offiziers und richtete sich langsam auf. Das Licht von der Veranda enthüllte eingesunkene Augen, die durch den Schock des Wechsels in eine fremde Umgebung weit offen standen. Der alte Mann hielt die freie Hand schützend über die Augen.

»Achmed? Achmed? Bist du es?« Diese Stimme gehörte nicht zu dem alten Mann. Es war die Stimme seines Vaters. Die Offizier trat beiseite, und Achmed spürte, wie der alte Mann ihn mit beiden Händen am linken Arm ergriff.

»Achmed?«

»Ja, Vater.«

»Deine Mutter, Achmed. Deine Mutter. Wie geht es deiner Mutter?«

»Gut. Du wirst sie sehr bald sehen.«

»Sie haben den Mahatma freigelassen, und die arme Kasturba war tot.«

»Ich weiß. Aber es ist nichts dergleichen.«

»Dann meint Gott es gut mit mir.« Er klammerte sich an ihn. Achmed spürte, daß sein Vater zitterte. Der Offizier hatte sich umgedreht.

»Komm mit und setz dich«, sagte Achmed.

Der alte Mann ließ ihn los, trat zurück und betrachtete argwöhnisch das Haus. »Wer ist dort?«

»Ein Offizier vom Stab des Gouverneurs und zwei andere, die ich nicht kenne.«

»So viele Leute? Gibt es ein Zimmer, wo ich allein sein kann?«

»Wir können uns auf der Veranda unterhalten.«

»Nein. Bitte frag sie nach einem Zimmer. Ich muß ein paar Minuten allein sein. Dann müssen wir reden. Danach werde ich mit ihnen sprechen. Erst dann. Bitte den Offizier hier, hineinzugehen und es ihnen zu sagen.«

»Ich gehe selbst. Warte hier.«

Achmed betrat einen nur spärlich möblierten Raum. Rowan und die anderen standen um einen roh gezimmerten Holztisch. Achmed wendete sich an Rowan und ignorierte den Kommissar und den Polizisten.

»Mein Vater wünscht einen Raum, in dem er eine Zeitlang alleinsein kann.«

Rowan fragte den Kommissar: »Gibt es noch einen Raum, Sir?«

»Am anderen Ende, wo Mr. Kasim saß. Die Tür ist nicht abgeschlossen.«

»Möchte Ihr Vater seine Gebete verrichten?« fragte Rowan und blickte in Achmeds Richtung.

»Offenbar hat sich niemand in der Festung die Mühe gemacht, ihm zu versichern, daß meine Mutter weder krank ist noch im Sterben liegt. Er hatte sich auf das Schlimmste gefaßt gemacht und sieht sich deshalb nicht in der Lage, mit jemandem zu sprechen.«

»Der Festungskommandant hatte sicher nur die allernotwendigsten Anweisungen. Aber ich bedaure, wenn dadurch Befürchtungen heraufbeschworen wurden.« Er wendete sich wieder an den Kommissar: »Ich glaube, wir stellen Mr. Kasim besser diesen Raum zur Verfügung und warten in dem anderen. Kann man ihn auf andere Weise als über die Veranda erreichen?«

Der Kommissar murmelte etwas und führte die anderen beiden durch eine Hintertür hinaus. Achmed wartete, bis er sie nicht mehr hören konnte, und ging dann zurück zu seinem Vater, der im Wagen saß. Er half ihm beim Aussteigen und führte ihn die Stufen hinauf. Im grellen Licht der Lampe in dem Raum sah man deutlich den Tribut, den beinahe zwei Jahre im Gefängnis gefordert hatten. Die lange, hochgeschlossene Jacke hing lose über dem früher gut genährten, kräftigen Körper. Die Wangen unter den stark hervortretenden Backenknochen waren eingefallen, der Haarkranz war völlig ergraut. Die weiße Kongreßmütze schien ihm zu groß zu sein. Die gekrümmte Nase wirkte forschend und hungrig.

»Ich lasse dich damit allein, Vater.« Achmed reichte ihm den Umschlag mit dem Brief seiner Mutter. »Er ist von Mutter. Sie hat ihn vor ein paar Stunden geschrieben.«

»Ist sie in der Nähe?«

»Nicht weit entfernt. Melde dich, wenn du mich sehen willst.«

Zum ersten Mal seit Betreten des Raums sah sein Vater Achmed an.

»Nein, es ist alles in Ordnung. Bleib hier. Wir müssen miteinander reden. Du bist größer und kräftiger. Wie lange haben wir uns nicht mehr gesehen?«

»Beinahe drei Jahre.«

»Du bist jetzt völlig erwachsen. Neben dir wirke ich klein . . . wirke ich klein.«

Der Moment war vorüber. In den wenigen Augenblicken allein im Wagen hatte sein Vater sich gefangen und die Barrieren wieder aufgerichtet.

»Sie haben mir erst gestern nachmittag um fünf etwas davon gesagt, und dann auch nur, daß ich meine Sachen packen und ein paar Stunden schlafen soll. Bin ich frei oder auf dem Weg in ein anderes Gefängnis?«

»Du bist frei«, erwiderte Achmed; aber er hatte bei seiner Antwort gezögert.

»Unter welchen Bedingungen? Gibt es eine Amnestie? Nein – sag nichts. Laß mich zuerst den Brief von deiner Mutter lesen. Setz dich.« Sein Vater setzte sich an den Tisch. Achmed wählte einen Stuhl an der Tür, die immer noch offenstand. Im Zimmer war es sehr warm. Der Ventilator war nicht eingeschaltet. Sein Vater zog ohne

Eile das Brillenetui hervor und setzte die Brille auf. Nur ein leichtes Zittern der Hände verriet, daß er seine Haltung noch nicht ganz wiedergefunden hatte. Es war ein sehr kurzer Brief, aber der alte Mann beschäftigte sich sehr konzentriert damit – etwas, was Achmed als charakteristisch in Erinnerung hatte. Schriftsätze, Protokolle, Resolutionen, Korrespondenz: Er unterzog alles schon immer dieser langsamen suchenden Analyse. »Warum braucht er so lange?« hatte Achmed einmal gefragt. Seine Mutter erwiderte: »Er liest zwischen den Zeilen.«

Kasim faltete den Brief und schob ihn in den Umschlag zurück. Er nahm die Brille ab, legte sie in das Etui und steckte das Etui in seine Jackentasche.

»Deine Mutter sagt, sie hofft, ich stimme zu, aber ich soll mich nicht von emotionalen oder persönlichen Erwägungen leiten lassen. Du sagst mir besser zuerst, wozu ich meine Zustimmung geben soll. Sonst entnehme ich dem Brief nur, daß sie auf dem Weg nach Nanoora, zu meinem Verwandten, dem Nawab ist, und daß wir uns dort wiedersehen könnten. Bin ich ebenfalls eingeladen, nach Mirat zu kommen?«

»Ja.«

»Als Gast des Nawab?«

»Ja. Unter seinem Schutz, wie sie es nennen.«

»Ich verstehe.« Kasim lehnte sich zurück. »Im souveränen Staat Mirat würde ich die Rechte eines Privatmannes genießen, vorausgesetzt, ich tue nichts, um meinen Gastgeber in Verlegenheit zu bringen, das heißt, nichts, was das Mißfallen der indischen Regierung erregt. Sollte ich jedoch den Staat verlassen und nach Ranpur zurückkehren, würde man mich vermutlich wieder verhaften.«

»Das hat man nicht gesagt, Vater.«

»Man?«

»Der Gouverneur in Ranpur.«

»Du hast mit dem Gouverneur gesprochen?«

»Nicht persönlich. Mutter auch nicht. Aber er hat seine Beauftragten geschickt. Einer ist heute anwesend.«

»Wer hat ihn ersucht, Beauftragte zu schicken? Der Vizekönig? Den Zeitungen und Briefen habe ich entnommen, daß Wavell bemüht ist, aus der politischen Sackgasse der letzten beiden Jahre herauszufinden. Wer wird noch in diese Art Schutz entlassen? Nehru?«

»Der Vizekönig ist informiert, aber die Initiative geht von Malcolm aus. Es handelt sich nicht um eine allgemeine Regelung.«

Vater Kasim / Achmed

»Ich werde als einziges Kongreßmitglied von Bedeutung begnadigt?«

»Ja, Vater. Soweit ich weiß, bist du der Einzige.«

»Warum?«

Die Frage klang wie ein Peitschenhieb. In der Vergangenheit hatten der Ton und dieses schneidende Wort meineidige Zeugen verwirrt und die aufrichtigen eingeschüchtert. Kein Weg führte an der Wahrheit vorbei.

»Der Grund ist mein Bruder.«

Es entstand eine Pause.

»Es gibt also Neuigkeiten von Sayed?« fragte Kasim ruhig.

»Ja.«

»Ist er tot? Im Kriegsgefangenenlager umgekommen?«

»Nein, Vater, er ist gefangengenommen worden.«

»Ich weiß, daß er in Gefangenschaft geraten ist. Die Japaner haben ihn 1942 in Kuala Lumpur gefangengenommen. Wir haben schon lange nichts mehr von ihm gehört.«

Der alte Mann wirkte plötzlich noch älter.

»Jetzt haben wir von ihm gehört«, sagte Achmed. Sein Vater würde ihm vielleicht nie verzeihen, was er ihm sagen mußte. Sayed war immer der Lieblingssohn gewesen, der Sohn, auf den er seine Hoffnungen gesetzt, und der ihm nicht ständig Enttäuschungen bereitet hatte. Sayed hätte eigentlich hier sitzen sollen. Dann würde der alte Mann nicht so alt wirken.

»Sayed geriet vor einem Monat in Manipur in Gefangenschaft«, sagte Achmed. »Wir wissen nur, daß er mit einigen anderen in einem Gefangenenlager in Indien sitzt. Sobald man wußte, wer er ist, wurden die Zivilbehörden in Kalkutta informiert, und diese Behörden haben die Behörden in Ranpur davon in Kenntnis gesetzt. Malcolm bat Mutter zu einem Gespräch in seinen Amtssitz, aber ohne Angabe von Gründen. Sie lehnte ab, und deshalb schickte er jemand zu ihr. Daraufhin schrieb sie mir nach Mirat. Sie erklärte, sie habe seit einiger Zeit den Verdacht gehabt, daß Sayed der INA beigetreten sei. Sie erhielt vor etwa sechs Monaten durch einen Boten einen Brief, in dem Sayed ihr viele Grüße schickte und ankündigte, sie würden sich bald wiedersehen. Ich glaube zu wissen, wer ihn geschickt haben könnte, aber das ist nicht weiter wichtig. Und schon vorher hatte eine von Mutters Freundinnen ihr gesagt, sie glaube, Sayeds Stimme in einer japanischen Radiosendung erkannt zu haben.«

»In der INA?«

»Der Indischen Nationalen Armee.«

»Ich weiß, wofür die Abkürzung steht. Ich wollte sagen – Sayed in der INA?« Der alte Mann lächelte. »In Manipur in Gefangenschaft geraten? Ja. Vielleicht ein Mann mit diesem Namen. Oberstleutnant Sayed Kasim.«

»Major Kasim.«

»Bitte. Kriegsgefangene werden nicht befördert.«

»Major ist sein Rang in der INA.«

»Rang? Sein *Rang* in der INA? Gibt es das? Nein. Sayed ist kein Major der INA. Er ist Oberstleutant Kasim, und sein Regiment sind die Ranpur Rifles. Wie konntest du diese lächerliche Geschichte glauben? Jemand hat sich geirrt, hat einen albernen Irrtum begangen. Vermutlich auf Grund dieser schwachsinnigen Propaganda, die die Engländer richtigerweise versucht haben zu unterdrücken. Wie es aussieht, scheinen sie mittlerweile selbst daran zu glauben. Eine Indische Nationale Armee? Was kann das schon sein?! Eine Handvoll Verrückter unter Führung dieses Verrückten, Subhas Chandra Bose, der dem Kongreß noch nie etwas genützt hat. Er litt schon immer an Größenwahn. Zuerst flieht er aus Indien und taucht in Berlin und danach in Tokio auf. Er bildet auf dem Papier eine Exilregierung, und vielleicht ziehen ein paar Inder, die in Malaia leben, eine Uniform an und machen mit ihm zusammen Kotaus vor den Japanern. Sie reden sich ein, daß die Japaner nach einem Sieg in Indien Subhas erlauben werden, seine Exilregierung in Delhi zu bilden. Aber das ist alles reines Wunschdenken und Propaganda. Es gibt keine Indische Nationale Regierung, die diesen Namen verdienen würde. Wenn in Manipur ein Major Kasim in Gefangenschaft geraten ist, muß es sich um einen Unglückseligen handeln, der die Japaner als Boses Beobachter begleitete. Aber das ist nicht Sayed. Sayed würde nie gegen Inder kämpfen und auf Inder schießen. Er würde niemals den Japanern beim Einmarsch in sein eigenes Land helfen.«

»In Burma und Malaia sind Tausende von Indern in Gefangenschaft geraten, und viele von ihnen fühlten sich von ihren britischen Offizieren im Stich gelassen. Es gab Geschichten von einem Fluchtweg der Weißen und einem Fluchtweg der Schwarzen.«

»Du verteidigst sie? Du glaubst, dein Bruder gehört zu ihnen? Du nennst deinen Bruder einen Verräter?« Kasim erhob sich, und Achmed fand es richtig, ebenfalls aufzustehen. Aber jeder blieb an seinem Platz. »Du vergißt, Sayed ist ein indischer Offizier. Er hat, wenn er nicht tot ist, das Patent des Königs und Kaisers. Es war seine Entscheidung. Er war ein guter Offizier, der erste indische Offizier im

Regiment seiner Wahl. Es machte mir Kummer, daß er ein Offizierspatent anstrebte. Aber schließlich bin ich Politiker. Er wollte Soldat sein. Ich habe ihn einmal gefragt: ›Bedauerst du es?‹ Er lachte nur. ›In der Messe‹, sagte er, ›sind wir alle gleich. Es gibt nur eine Norm, und wenn man sie erfüllt, wird man akzeptiert.‹ Mir erschien das alles sehr einfach und naiv, aber Sayed *war* naiv. Er war naiv, als Politiker hätte er nie Erfolg haben können, aber er war nicht der Typ des Verräters. 1939 sagte er mir einmal: ›Du bist Regierungspräsident, ich bin Offizier der indischen Armee. Wir werden beide gebraucht.‹ Er hatte keine Klagen und keine Schwierigkeiten. Ich hatte die Schwierigkeiten, weil mein Sohn Offizier des englischen Königs geworden war. Aber ich betrachtete sie nicht als Schwierigkeiten. Die Welt ist voll von Narren, die nicht weiter als bis zu ihrer Nasenspitze sehen. Was für eine Unabhängigkeit streben wir an, wenn wir sie nicht verteidigen können? Wie sollten wir sie verteidigen können, wenn es keine Männer wie Sayed gibt, die bereit sind, die Disziplin aufzubringen und die Fähigkeit zu entwickeln, treu und standhaft diese Seite unserer nationalen Verantwortung zu tragen. Leben wir im Busch? Als die Briten Indern ermöglichten, Offiziere des Königs zu werden, stellten sie unter Beweis, was mein Vater ihre Aufrichtigkeit nannte. Man übergibt die Streitkräfte nicht Männern, die sich gegen einen stellen werden. Was für ein Heer soll das sein, in dem Offiziere ihr Patent als ein bedeutungsloses Stück Papier betrachten? Es ist ein Vertrag, ein Vertrag! Das gesamte Gesetz der Moslems beruht auf der Unantastbarkeit des Vertrags, des Wortes, das ein Mann dem anderen gibt. Man muß bereit sein, dafür zu leiden und zu sterben. So steht es geschrieben. So ist es uns offenbart worden. Wir tragen es in unserem Herzen. Was willst du mir sagen? Daß Sayed es nicht im Herzen trägt? Daß er ein Mann ist, der seinen Vertrag nicht hält, daß er ein Opportunist ist, ein feiger Schuft? Denkt er nicht an seine Ehre, an meine Ehre, an die Ehre seiner Mutter und an deine Ehre? Du willst mir sagen, daß ich für dieses Indien im Gefängnis gesessen habe. Wenn es so ist, dann laß mich lieber hier! Dieses Indien kenne ich nicht. Diesen Menschen kenne ich nicht. Er ist nicht Sayed. Er ist nicht mein Sohn.«

»Wir haben einen Brief, Vater. Er hat Mutter geschrieben.«

»Eine Fälschung.«

»Er sagt, du wirst ihm helfen.«

»Das sagt er?«

»Es wird Prozesse vor dem Kriegsgericht geben.«

»So?«

»Er schreibt, er habe sich geweigert, der INA beizutreten, bis man ihm von deiner Verhaftung erzählte.«

»Und?«

»Er bittet uns, dich von ihm zu grüßen. Er bedauert, versagt zu haben.«

»Versagt?«

»Weil er nicht in Delhi einmarschieren konnte.«

Im Gesicht seines Vaters arbeitete es. »In Delhi einmarschieren? Was soll das heißen? Ist Delhi eine Stadt auf dem Mond? Oder marschiert man heutzutage in der eigenen Hauptstadt ein? Glaubt er vielleicht, das Mogulreich existiere noch und sei von Barbaren überfallen worden? Glaubt er, ich schmachte in Ketten in einem mittelalterlichen Kerker und flehe meinen Sohn an, mit einem Heer zu meiner Rettung herbeizueilen? Gott bewahre mich vor einer solchen Befreiung. Ich müßte um mein Leben fürchten. Ein solcher Sohn würde mich erschlagen. Er würde mich aus dem Gefängnis schleppen und mich unter den Hufen der Pferde zertrampeln lassen. Ich bedanke mich für seine Liebe, ich will seine Entschuldigung nicht hören!«

Die Stimme des alten Mannes gewann an Kraft und nahm den Ton an, der einmal Geschworene beeinflußt, eine lärmende Abgeordnetenversammlung zur Ordnung gerufen und Minister um Mitternacht durch die Gänge des Ministeriums hatte eilen lassen. Achmed schloß die Tür. Das beruhigte ihn und festigte seine Entschlossenheit. Er konnte sich dem Engagement nicht entziehen. Er mußte klar und deutlich sprechen. »Ich habe die Tür geschlossen, weil es besser ist, wenn sie dich nicht hören. Es *gibt* eine Indische Nationale Armee, und es handelt sich dabei nicht nur um ein paar Verrückte. Es wäre den Engländern nur recht, wenn jedes Kongreßmitglied sagen würde, was du gerade gesagt hast. Aber glaubst du wirklich, sie werden das tun? Eine Handvoll indischer Offiziere, die Japaner unterstützen, wären politisch ohne Bedeutung. Die Engländer würden sie wegen Verrat erschießen, und niemand mußte auch nur einen Finger zu ihrer Verteidigung rühren. Aber Hunderte von Offizieren und Tausende von Männern sind politisch von Bedeutung. Gleichgültig, wie die einzelnen Mitglieder deiner Partei persönlich dazu stehen, gemeinsam müssen sie diese Männer verteidigen, denn der einfache Inder sieht keinen Unterschied zwischen Männern wie diesen, die mit dem Gewehr in der Hand mit den Japanern durch Burma marschiert sind, und Männern, die gesagt haben, die Inder seien nicht die Feinde der Japaner, und die das ganze Land aufgerufen haben, die englischen Kriegsvorbereitungen zu sabotieren. Natürlich werden die jungen Männer, die das Gewehr geschultert haben und marschiert sind, sehr viel heroischer wirken, als die alten Männer, die ins Gefängnis gegangen sind und nur persönliche Unannehmlichkeiten auf sich genommen haben.«

»Dann gehe ich besser wieder ins Gefängnis und kehre zu dem relativ bequemen Zustand persönlicher Unbequemlichkeit zurück.«

»Du kannst nicht zurück, Vater. Sie lassen dich nicht zurück. Ich weiß, Mutter sagt, sie hofft, du wirst zustimmen. Aber sie hat sich angewöhnt zu glauben, du hättest eine Wahl, und würdest dich jetzt für das entscheiden, was du als den ehrenhaften Weg betrachtest. Die nackte Wahrheit ist jedoch, daß sie dich aus der Festung hinauswerfen. Offiziell handelt es sich um eine Entlassung aus humanitären Gründen, und Leute wie der Gouverneur bedauern dich möglicherweise sogar. Offenbar kannte er dich gut genug, um zu erraten, daß du dich wegen Sayed schämen und nicht stolz auf ihn sein würdest. Doch wenn er dich so gut kennt, wäre es das Menschlichste gewesen, er hätte dich im Gefängnis gelassen, denn im Gefängnis zu sein, ist zur Zeit dein öffentliches Ehrenzeichen.«

»So hast du es noch nie gesehen!« rief der alte Mann. »Du hast dich immer geschämt. Weshalb? Glaubst du, ich hätte mich nicht ebenfalls geschämt? Glaubst du, es macht einen stolz, mit dem Bewußtsein aus dem Fenster zu blicken, daß einem nicht erlaubt ist, mehr von der Welt zu sehen? Nein, es ist keine Ehre, sondern eine Demütigung. Aber es gibt Umstände, in denen man eine Demütigung gegen die andere abwägt und seine Wahl trifft. Ich habe schon oft zuvor gewählt, und ich kann wieder wählen.«

Kasim setzte sich. Er nahm die weiße Mütze ab und legte sie vor sich auf den Tisch.

»Nein, Vater, du kannst nicht wählen. Zumindest glaube ich es nicht.«

»Du glaubst es nicht. Wir werden sehen. Sollen sie mich doch mit Gewalt nach Mirat bringen. Aber dann sollen sie auch versuchen, mich daran zu hindern, nach Ranpur zurückzukehren.«

»Um was zu tun? Etwas, das sie zwingen wird, dich wieder zu verhaften? Was denn zum Beispiel? Sie haben dich das letzte Mal nur wegen deiner Loyalität gegenüber dem Kongreß verhaftet. Wärst du nicht die meiste Zeit damit beschäftigt, deine Freunde und die Frauen deiner Kollegen, die immer noch im Gefängnis sitzen, davon zu überzeugen, daß deine Entlassung *nicht* der Lohn dafür ist, daß du dich mit dem Gouverneur oder mit Dschinna geeinigt hast? Wenn ein Mann aus politischer Haft entlassen wird, ohne daß es eine Amnestie gibt, die seinen Freunden eine Erklärung liefert, dann wollen sie den Grund wissen.«

»Es gibt immer die Wahrheit.«

»Die Wahrheit über Sayed? Was hast du vor? Willst du deinen Freunden vom Kongreß sagen, was du zu mir gesagt hast? Willst du Sayed als Verräter bezeichnen? Dann könntest du ebensogut gleich jetzt deinen Austritt erklären und bei Dschinna um Mitgliedschaft in der Liga nachsuchen. Wenn du diesen Kurs einschlagen willst, wird Dschinna natürlich nicht das geringste mit dir zu tun haben wollen. Auch er wird Sayed einen Patrioten nennen müssen, wenn ihm etwas daran liegt, Minister zu werden.«

Kasim hatte die weiße Mütze betrachtet und hob nun den Kopf. Die tiefliegenden Augen funkelten. »Mit wem hast du gesprochen? Offensichtlich nicht mit deiner Mutter. Vielleicht mit den Vertretern der Regierung? Mit meinem schwachsinnigen Verwandten, dem Nawab? Oder mit diesem europäischen Päderasten, seinem *emigré* Wesir?«

»Ich habe mit ihnen allen gesprochen. Aber nicht darüber.«

»Nein?«

Kasim betrachtete wieder die Mütze. »Dann muß ich mich dafür entschuldigen, daß ich dich unterschätzt habe. Ich hatte angenommen, durch deine Distanz zu all den Dingen, um die mein Leben kreist, wolltest du verbergen, daß du sie nicht verstehst. Doch deine Einschätzung meiner augenblicklichen Lage ist sehr klug, und ich muß dir dafür dankbar sein, daß du dir die Mühe gemacht hast, mir die Augen zu öffnen. Da einer meiner Söhne sich als Deserteur und Verräter entpuppt hat, verschafft es mir eine gewisse Genugtuung zu erkennen, daß der andere nicht so dumm ist, wie ich geglaubt habe.«

Achmed senkte den Kopf. Wahrscheinlich hatte er es herausgefordert. Es war nur recht und billig, daß sein Vater ihn ebenfalls verletzte. Aber als er wieder aufblickte, hatte sein Vater die Augen geschlossen und den Kopf gesenkt. Lange sprach keiner von beiden ein Wort. Sein Vater brach das Schweigen.

»Es tut mir leid. Das hast du nicht verdient. Verzeih mir. Und dabei bist du den ganzen Weg hierhergekommen, um mich zu sehen. Im Gefängnis vergißt man, daß die Zeit nicht stillsteht, daß die Umstände sich ändern, und daß man von ihnen, ohne es zu wissen, mit davongetragen wird. Es ist ein Schock, wenn man herauskommt und das feststellt. Da fällt es schwer, sich anzupassen. Ich muß dir dankbar sein, weil du mich vielleicht vor ungeschickten oder anachronistischen Äußerungen bewahrt hast.«

Er legte die Hände auf den Tisch und faltete sie, um die Illusion unveränderter Kompetenz und Fähigkeit zu erwecken, doch Achmed vermutete, daß er durch das Falten der Hände einen plötzlichen und erschreckenden Mangel an Selbstvertrauen verbergen wollte.

Dann sagte der ehemalige Regierungschef: »Du mußt jetzt diese geduldigen englischen Beamten hereinbitten. Aber es gibt noch ein paar Punkte, über die ich vorher Klarheit haben möchte. Hat der Gouverneur oder der Nawab vorgeschlagen, mich nach der Entlassung nach Mirat zu bringen?«

»Der Gouverneur durch seinen Beauftragten. Mutter hat mich gebeten herauszufinden, ob der Nawab zustimmen würde.«

»Dann müssen wir uns jetzt nicht mit den Motiven des Nawab oder seines Wesirs beschäftigen, sondern nur im Gedächtnis behalten, welchen politischen Vorteil sie sich für die Zukunft von ihrer Großzügigkeit erhoffen. Zweitens: Welche Gründe hat der Gouverneur für seinen Vorschlag genannt?«

»Keine, zumindest wurde nicht ausdrücklich davon gesprochen. Aber der Zusammenhang war klar. Sein Beauftragter informierte Mutter über die Neuigkeiten von Sayed und erklärte dann, der Gouverneur habe den Rat erhalten . . .«

»Rat?«

»Es wurde damit stillschweigend angedeutet, daß ein Gespräch mit dem Vizekönig stattgefunden hatte. Der Gouverneur erklärte sich bereit, dich zu entlassen und unter den Schutz von jemandem zu stellen, der für beide Seiten akzeptabel sei. Er schlug den Nawab vor. Er versprach Mutter, die Entlassung würde sofort in die Wege geleitet, nachdem sie die Zustimmung des Nawab erhalten habe.«

»Aber . . .?«

»Es gab kein Aber. Nur die einzige Bedingung, daß die Sache bis zur Entlassung absolut geheimgehalten werden sollte. Die Regierung wird danach offiziell mitteilen, sie sei aus gesundheitlichen Gründen erfolgt.«

»Gesundheitliche Gründe? Wegen meiner Gesundheit?«

»Von ihrem Standpunkt aus ist es so akzeptabler. Denn ich kann mir nicht vorstellen, daß sie eine Epidemie unheilbarer Erkrankungen der Frauen von Kongreßmitgliedern heraufbeschwören möchten, die von kongreßfreundlichen Ärzten diagnostiziert wurden.«

»Du übersiehst, daß der Gouverneur glaubt, es sei auch von meinem Standpunkt aus akzeptabler. Er bietet mir ein Alibi, das mir später einen guten Stand verschafft, wenn meine weniger glücklichen Kollegen entlassen werden.«

»Nein, Vater, das habe ich nicht übersehen.« Achmed zögerte. »Da ist noch etwas. Wie der Gouverneur sagte, könnte man es einrichten, daß du mit Sayed sprichst.«

Sie blickten sich wortlos an.

»Ist das alles?« fragte Kasim und überging Achmeds letzte Bemerkung. »Wurde nichts über die voraussichtliche Dauer meiner Krankheit gesagt oder über die Bedingungen, unter denen ich leben werde?«

»Man stellt dir eine Suite im Sommerpalast in Nanoora zu Verfügung. Aber wir fahren zuerst nach Mirat. Der Privatzug des Nawab erwartet uns dort. Mutter befindet sich im Zug. Bronowski ebenfalls. Der Nawab hält sich zur Zeit im Sommerpalast auf.«

»Der natürlich schwer bewacht wird.«

»Nicht schwer.«

»Wo ich aber trotzdem unerreichbar sein werde. Ich hoffe, Bronowski ist sich darüber im klaren, daß die Bevölkerung von Nanoora leicht anwachsen wird – infolge neugieriger Reporter, die gierig auf jede kleinste Neuigkeit über meine Gesundheit oder meinen Geisteszustand sind oder solche Einzelheiten erfinden.«

»Er wird Bulletins herausgeben. Man wird dich nicht belästigen.«

»Du willst damit sagen, man wird mir nicht erlauben, belästigt zu werden. Nun ja, mein Verwandter, der Nawab von Mirat wird als Kermeister rücksichtsvoller sein als die Regierung. Insofern hast du recht. Mir bleibt keine Wahl. Trotzdem bin ich ihr Gefangener, nur daß deine Mutter nun das Gefängnis mit mir teilt. Sie bringt dieses Opfer bereitwillig, doch ich hätte es ihr gern erspart. Verstehst du das, Achmed?«

»Ja, ich glaube.« Er wartete, aber sein Vater schien nichts mehr sagen zu wollen. Er starrte wieder auf die weiße Mütze. »Soll ich ihnen sagen, daß du bereit bist, mit ihnen zu sprechen?« Der alte Mann nickte, aber als Achmed die Tür öffnen wollte, hinderte ihn die Stimme seines Vaters daran.

»Was hast du eigentlich versucht, mir zu sagen?«

Achmed drehte sich um.

»Soll ich mich dem Unvermeidlichen ebenso beugen wie dieser neuen Demütigung? Soll ich mich darauf vorbereiten, mit dem Strom zu schwimmen, und so meine politische Zukunft sichern? Oder sollte ich mich geschlagen geben und von der politischen Bühne abtreten und Zwiebeln gegen die Beschwerden des Alters anpflanzen? Hast du schon einmal Zwiebeln gegessen, die in der Trockenzeit mit dem Rasierwasser gegossen wurden, um das man den Gefängnisbarbier jeden zweiten Tag bittet? Sie haben einen interessanten Geschmack. Vielleicht ist es nur Einbildung, daß sie schwach nach Seife schmekken. Doch die Einbildungskraft eines alten Mannes ist sehr begrenzt und ein leichtes Opfer skurriler Illusionen und Erwartungen.«

Kasim hob den Kopf. »Leider«, sagte der alte Mann, »haben wir nur ein Leben, und uns ist nur eine Erkenntnis von dem gegeben, was es lebenswert macht. Es fällt nicht leicht, diese Erkenntnis als Irrtum abzuschreiben, oder das Leben, das wir dieser Erkenntnis zuliebe gelebt haben, als vergeudet abzutun.«

»Ich weiß.«

»Wirklich? Du wirst es einmal wissen. Jetzt noch nicht. Du bist jung, und das Leben liegt noch vor dir.«

Ja. Aber was für ein Leben, dachte Achmed. Sein Leben gehörte nicht ihm, denn er führte es im undurchdringlichen Schatten des Lebens seines Vaters und des Lebens von Männern wie ihm. Er sehnte sich danach, auszubrechen, selbst einen Schatten zu werfen. Diese Sehnsucht war so stark, daß sein Blut in Wallung geriet, als rufe eine Stimme in ihm: Rebelliere! Rebelliere!

Aber wogegen rebellieren? In Indien war nur eine Art Rebellion möglich, und sie war zum Spiel alter Männer geworden. Sie hatten dieses Spiel lange gespielt, doch jetzt war es damit vorbei. Das Spiel und die Männer waren alt geworden, und Indien war mit ihnen gealtert.

»Also«, fragte Kasim, »worauf wartest du noch? Geh und hole sie – oder willst du mir erklären, was du versucht hast, mir zu sagen. Für welche der beiden Alternativen sollte ich mich deiner Meinung nach entscheiden?«

Achmed zögerte. Das Spiel war schlecht ausgegangen, aber sein Vater hatte es stets ehrenhaft gespielt. Zweifellos würde er das bis zum Schluß tun. Traurig war, daß sein Vater nicht ein Land für sich, sondern für seine Söhne suchte; und sie konnten in diesem Land nie leben, denn ein Land war ein Bewußtseinszustand, und ein Mensch konnte nur richtig in seinem eigenen Bewußtsein leben. Im Indien seines Vaters, dem Indien, das sein Vater *war*, fühlte Achmed sich im Exil; aber er wußte nicht, aus welchem Land er gekommen war. Sein Bewußtsein war nicht klar genug, um die Schatten zu durchdringen, die die Ansichten anderer Menschen darüber warfen. Und angesichts dieser Ansichten, die sie so sicher, so entschlossen, so energisch mit herausfordernden Worten und Opfertaten verteidigten, kam er sich unfertig und unzulänglich vor. Vielleicht war ein erster Schritt, daß er das Wesentliche am Problem seines Vaters verstanden und es ausgesprochen hatte. Aber weiter konnte er nicht gehen. Konnte oder sollte er nicht? Es war das Problem seines Vaters, nicht sein Problem. Und die Hände, in denen dieses Problem lag, konnten gut damit umgehen. Der alte Mann würde keinen Kompromiß schließen. Er würde auch nicht aufhören zu kämpfen. Der Anblick seines Vaters, der dort saß und darauf wartete, sich drei Männern zu stellen, die er als Unterdrücker seines Landes betrachtete, riefen in Achmed Verzweiflung und einen melancholischen Stolz wach. Ihn durchzuckte die absurde Vorstellung, daß, wenn es hier im Zimmer einen Spiegel gäbe, er ihn von der Wand nehmen, vor ihn hinstellen und sagen würde: »Hier ist das Indien, nach dem du dich verzehrst.« In der Gestalt seines Vaters, dem vom Gefängnis gezeichneten Körper, empfand er für dieses Indien eine grenzenlose, bedingungslose Liebe, und einen Augenblick lang spürte er in seinem Herzen und in seinem Innersten die jugendliche Sehnsucht seines Vaters und das Engagement; und er begriff, wieso es nie wirklich befriedigt, aber auch nie zerstört werden konnte, so daß es selbst im Körper eines alten Mannes neu, unerprobt und vielversprechend leuchtete.

Aber etwas fehlte. Er wußte, was es war, und wie er sein Schweigen und die Unentschlossenheit verdecken und gleichzeitig seinem Vater etwas von dem vermitteln konnte, was er empfand. Er ging zum Tisch, nahm die weiße Kongreßmütze und hielt sie ihm entgegen.

»Das hast du vergessen«, sagte er. »Sie geben vor, darüber zu lachen, aber im Grunde fürchten sie sich natürlich davor. Wenn sie sehen, daß sie auf dem Tisch liegt, könnten sie falsche Schlüsse daraus ziehen.«

Sein Vater starrte auf die Mütze und senkte dann den Kopf. Achmed setzte ihm die Mütze schräg auf, wodurch sie irgendwie fröhlich wirkte. Die Hände seines Vaters berührten Achmeds Hände und versuchten, sie zu führen. »Nein, gerade«, sagte er, »und fest.« Dann murmelte er etwas, was Achmed nur halb verstand. Draußen auf der Veranda verstand er es ganz. Der Himmel war heller geworden, und die Festung ragte massig, dunkel und unerbittlich auf. Sie schien gnadenlos nahe zu sein. »Gerade und fest«, hatte sein Vater gesagt, »wie eine Dornenkrone.«

# EPILOG

Anscheinend hatte Susan sich doch an den Tag erinnert, den sie, wie sie Sarah einmal sagte, vergessen habe: Der Tag, an dem Dost Mohammed aus petroleumgetränkter Putzwolle einen kleinen Ring legte, ihn anzündete, eine runde Dose öffnete, sie schüttelte, bis ein kleiner schwarzer Skorpion in die Mitte des Feuerrings fiel. Das gepanzerte Tier richtete sich angriffslustig auf, bewegte sich schnell und ruckartig hin und her und stieß einmal, zweimal, dreimal mit dem gekrümmten Schwanz in die Luft. Sarah spürte die Hitze auf dem Gesicht und wich zurück. Die Flammen erloschen, und der Skorpion lag bewegungslos am Boden. Dost Mohammed berührte ihn vorsichtig mit einem Zweig, und als der Skorpion nicht reagierte, schob er ihn in die Blechdose.

»Ist es gesund?« fragte Susan. Sie hatte die merkwürdige Vorstellung, das Kind könne nicht gesund sein, weil es beinahe einen Monat zu früh auf die Welt gekommen war. Als man ihr das Kind gab, nahm sie es zögernd in die Arme, weil sie selbst zu diesem Zeitpunkt noch fürchtete, sie könnten sich gegenseitig das Leben nehmen; und wenn nicht das, dann würde sie bestimmt an dem Kind Anzeichen von Verkümmerung oder Mißwuchs entdecken, die nach ein paar weiteren Wochen der Schwangerschaft verschwunden gewesen wären. »Wie wollen Sie ihn nennen?« fragten die Leute. »Ich weiß nicht«, erwiderte sie, »ein Name ist so wichtig. Wie kann ich ganz allein so etwas Wichtiges wie einen Namen wählen?«

Susan hatte Schweres durchmachen müssen. »Aber«, sagte Mrs. Layton, »sie war tapfer.« Und dem stimmte man allgemein zu. Tapfer, wie ihre Mutter. Von allen, die die Laytons kannten, stimmte nur ein Mensch nicht in das Lob darüber ein, wie Mildred Layton in Sarahs Abwesenheit die Situation gemeistert hatte, und das war Barbie. Sie hüllte sich mit zusammengepreßten Lippen und roten Augen in Schweigen und traf Vorbereitungen für den Auszug aus einem Zufluchtsort, der sich als nicht dauerhaft erwiesen hatte. Vielleicht unterhielt sie sich unter vier Augen mit Mr. Maybrick, und er brachte die Geschichte in Umlauf, Mildred Layton habe sich rücksichtslos über Barbies Hinweis hinweggesetzt, daß Mabel auf dem Friedhof St. Luke in Ranpur neben ihrem zweiten Mann begraben sein wollte und nicht auf dem Friedhof von St. John. Hatte Mabel je einen solchen Wunsch geäußert? Vielleicht, aber nur Barbie gegenüber, und nichts im Testament stützte Barbies Aussage. Selbst wenn es so gewesen wäre, wer hätte Mildred einen Vorwurf daraus machen können, daß sie unverzüglich Anordnungen traf, um ihre Schwiegermutter innerhalb von vierundzwanzig Stunden nach dem plötzlichen Tod der alten Frau in Pankot zu beerdigen? Was hätte sie anderes tun können, nachdem Susan durch den Schock über den Tod, den sie allein auf der Veranda von Rose Cottage miterlebt hatte, vorzeitig in den Wehen lag? Die Kosten, die Unannehmlichkeiten (das Entsetzliche, wenn man so wollte), die Leiche der alten Frau in Eis zu packen und sie nach Ranpur zu transportieren, wären unerträglich gewesen. Es war wichtiger, einem neuen Leben in die Welt zu helfen, als sicherzustellen, daß die sterblichen Überreste eines beendeten an einem Ort begraben wurden, den die Verstorbene gewünscht hatte, noch dazu, wenn es für diesen Wunsch nur die Aussage einer alten Jungfer gab.

So fand die alte Mabel Layton am Tag nach ihrem Tod spät nachmittags ihre letzte Ruhestätte. Berge von Blumen auf dem Grab sollten wettmachen, daß sich nur sehr wenige Leute von ihren anderen Verpflichtungen hatten freimachen können, um an dem Begräbnis teilzunehmen. Man registrierte die Anwesenheit der nervösen Mrs. Layton und respektierte sie. Man hätte ihr verziehen, wenn sie nicht erschienen wäre, denn Susan lag immer noch in einem Zimmer der Privatklinik in den Wehen. Ihre Mutter hatte die Nacht dort verbracht und würde nach der Beerdigung sofort wieder zurückkehren, um notfalls eine weitere Nacht bei ihr zu verbringen. War es ein falscher Alarm? fragte man sich. Es wäre durchaus verständlich gewesen. Für eine junge Frau im letzten Stadium der Schwangerschaft war es schrecklich zu entdecken, daß sie mit einer Toten auf der Veranda saß. Eine Vorwarnung wäre besser gewesen: Wenn die alte Mabel vielleicht gefallen wäre, aufgeschrien oder zumindest zu erkennen gegeben hätte, daß es ihr nicht gut ging. Statt dessen hatte sie einfach aufgehört, sich mit den Pflanzen auf der Brüstung zu beschäftigen, hatte sich in einen Sessel neben Susan gesetzt und den Geist aufgegeben. Nun ja, sie war eine alte Frau, und es war eine gute Art zu gehen – allerdings nicht gut für Susan, die erst allmählich durch die schiefe Kopfhaltung der alten Frau verwirrt und dann beunruhigt worden war. »Bist du wach, Tante Mabel?« fragte sie und hob wegen der Gehörlosigkeit ihrer Tante die Stimme.

Drei Stunden später, nachdem beinahe alle Leute, die durch Susans vernünftiges und beherztes Verhalten herbeigerufen worden waren, Rose Cottage wieder verlassen hatten, fand ihre Mutter

Susan im kleinen Gästezimmer. Sie preßte die Hände auf den Leib, und ihre Augen waren groß vor Entsetzen und Fassungslosigkeit.

»Das kann nicht sein«, erklärte sie, als Dr. Travers ihr zwanzig Minuten später sagte, offenbar hätten die Wehen eingesetzt. »Das kann nicht sein. Es ist noch zu früh. Das Kind ist noch nicht fertig.« Dreiunddreißig Stunden lag sie in einem Zimmer der Privatklinik, das dank Isobel Rankins Bemühungen zur Verfügung stand – ein hübsches Zimmer, das offiziell ausschließlich den Frauen der hohen Stabsoffiziere vorbehalten war. Um fünf Uhr morgens – als Sarah im Zug von Ranpur nach Pankot unruhig schlief und den Gang der Nacht verfolgte (und Achmed Kasim auf der Veranda des Circuit House in der Nähe von Premanagar eine andere Art Wache hielt), wurde Susan von einem Jungen entbunden, der rührend und absurd wie Teddie aussah.

»Das macht nichts«, sagte Susan, als Sarah ihr berichtete, Mr. Merrick sei dankbar, glaube jedoch, das Angebot nicht annehmen zu können. »Ich werde General Rankin bitten. Aber ein Junge braucht zwei Paten, also fragst du am besten auch Dickie. Er hat zumindest zwei Arme.« Es war die einzige Bemerkung, die verriet, wie wenig oder wieviel sie von Sarahs Bericht über Teddies Tod, Merricks Handeln und den unglücklichen Folgen aufgenommen hatte. Danach zeigte sie eine zärtliche Zuneigung für das Kind, und wie Dr. Travers sagte, war das ein Zeichen dafür, daß sie alles überstanden hatte und die Äußerungen jener Schwarzseher widerlegt waren, die einmal behauptet hatten, sie sei bedenklich in sich gekehrt, wie die Tochter einer Frau namens Poppy Browning. »Wer hat das gesagt?« wollte Mrs. Layton wissen, da sie die Gerüchte nicht kannte, sich aber aus der Zeit in Lahore gut an Poppy Browning erinnerte. Dr. Travers glaubte, Miss Batchelor habe es einmal erwähnt. »Dieses Weib!« rief Mrs. Layton, und das war ein weiterer Nagel für Barbies Sarg.

Einen Tag bevor Barbie Rose Cottage verließ und vorübergehend bei den Peplows Unterkunft fand, entdeckte Sarah sie mit Mabels Körbchen und Mabels Rosenschere im Garten. »Ich hätte den Mund halten sollen«, sagte sie, »ich meine wegen St. Luke in Ranpur. Aber sie *wollte* es. Sie *hat* es mir gesagt – ganz deutlich – im letzten Jahr. Ich schlug vor, wir sollten nach Ranpur fahren, um Weihnachtseinkäufe zu machen, aber sie erwiderte: ›Ich werde nie mehr nach Ranpur zurückkehren, oder zumindest erst, wenn ich begraben werde.‹ Ich dachte, Ihre Mutter wüßte das und hätte es in der ganzen Aufregung und Verwirrung vergessen. Aber so ist es eben. Ich habe meinen Mund einmal zu oft aufgemacht. Rose Cottage gehört jetzt Ihnen.

Ich habe nicht erwartet, bleiben zu können, oder länger als ein oder zwei Wochen Zeit für meinen Auszug haben, falls Mabel vor mir sterben würde. Aber es schmerzt, falsch verstanden worden zu sein, und einen Ort, an dem ich glücklich war, in Ungnade verlassen zu müssen. Ich weiß, meine Anwesenheit hier war Ihnen gegenüber unfair. Ohne mich wäre gerade genug Platz für Sie, Ihre Mutter und Susan gewesen. Das habe ich Mabel mehr als einmal gesagt. Sollte ich nicht ausziehen, Mabel? habe ich gefragt. Schließlich gehöre ich nicht zur Familie, und Sie fühlen sich dort unten im Dienstbungalow nicht wohl. Aber sie wollte nichts davon hören. Ich weiß nicht, weshalb. Sie lebte ihr eigenes Leben. Ich wußte nie, was sie dachte. Manchmal kam es mir vor, als habe sie zu sich selbst *gefunden* – ich meine zu ihrem wahren Selbst, und wollte einfach allein sein, aber doch jemand um sich haben, der mit ihr redete. Weiß Gott, das habe ich getan. Nun ja, es ist alles vorbei. Ich habe an die Mission geschrieben. Ich dachte, ich könnte vielleicht noch irgend etwas tun. Es gibt Leute, die hungern und sterben. Es muß etwas geben, was ich tun kann, und wenn ich nur Leichen aufbahre. Ich will nicht dafür bezahlt werden. Ich habe meine Pension und die kleine Leibrente, die sie mir ausgesetzt hat. Ich bin nicht gerade glücklich darüber. Es sollte mich wundern, wenn Ihre Mutter es wäre.«

»So dürfen Sie nicht denken, Barbie. Sie haben Tante Mabels letzten Jahre sehr angenehm gemacht. Es ist die einzige Art, in der sie es Ihnen vergelten konnte. Wir haben immer noch genug. Uns geht es finanziell jetzt sehr gut.«

Barbies Blick schweifte über den Garten. Mabels Gegenwart war wie ein Duft. »Werden Sie alle hier glücklich sein?«

»Ich weiß nicht. Ich weiß es wirklich nicht, Barbie.«

»Wird sie Hauptmann Beauvais heiraten?«

»Susan?«

»Die Leute vermuten es. Sie sagen, das Kind braucht einen Vater. An Ihrer Stelle würde ich Susan zureden. Wenn sie nicht wieder heiratet, kommen Sie nie los.« Barbie errötete plötzlich und griff nach Sarahs Arm. »Das wollen Sie doch, nicht wahr? Sie wollen weg von hier. Aber manche Menschen sind dazu geschaffen zu leben und andere dazu, ihnen zu helfen. Wenn Sie bleiben, wird es Ihnen gehen wir mir – vielleicht noch schlimmer. Denn das alles . . .«, sie ließ Sarahs Arm los und wies mit einer weit ausholenden Geste auf den Garten und die Hügel, » . . . geht irgendwie zu Ende, und zwar sehr bald.«

Barbie verließ sie abrupt, und Sarah sah sie erst wieder am Morgen der Taufe, als sie allein in einer Bank nahe beim Altar saß, während Sarah und Dickie, General Rankin und seine Frau und Sarahs Mutter am Taufbecken standen, und Mr. Peplow den neuen Edward Arthur David Bingham in die Heilige Kirche aufnahm. Die Taufe fand eilig, beinahe verstohlen statt. Anschließend verabschiedeten sich die Rankins sofort von den Laytons. Es gab keine Feier. Dickie kehrte mit Sarah und ihrer Mutter in den Dienstbungalow zurück, wo das Verpacken der privaten Dinge in Umzugskisten am Tag zuvor unterbrochen worden war. Man übergab das Kind Minnie, die in den Rang der Aja erhoben war und ihren Wert bereits denkwürdig unter Beweis gestellt hatte. Trotzdem übernahm es Sarah, die Milch vorzubereiten, das Fläschchen zu füllen und ihm den Schnuller zwischen die Lippen zu schieben, während Minnie lernbegierig zusah. Bisher war es ihr nicht gelungen, das Kind zu überreden, diesen Ersatz für die Mutterbrust anzunehmen.

Dickie fuhr Sarah nachmittags zur Privatklinik – genau eine Woche später und beinahe genau um die gleiche Zeit, wie er Susan von dort mit dem Kind im Arm nach Hause gefahren hatte. Er begleitete Sarah nicht hinein, und sie sagte, sie würde für den Rückweg eine Tonga nehmen. »Soll ich heute abend vorbeikommen?« fragte er. Sarah wollte das eigentlich nicht, hielt es aber für besser – und sei es auch nur wegen ihrer Mutter –, jemanden im Haus zu haben, mit dem sie sich beide unterhalten konnten. »Ja«, sagte sie, »komm rechtzeitig zum Drink.«

»Ich hoffe, es geht ihr besser«, sagte er.

»Das hoffe ich sehr.«

Er verabschiedete sich, und Sarah ging hinein. Zwanzig Minuten später betrat sie – allerdings nicht allein – das Zimmer, in dem Susan sich befand (keineswegs ein hübsches Zimmer). Das Fenster war vergittert. Susan saß, die Hände im Schoß gefaltet, auf einem Stuhl und blickte lächelnd in den sanft fallenden Regen hinaus. Neben ihr stand ein zweiter Stuhl. Sarah nahm darauf Platz und wartete, bis Susan langsam den Kopf wendete und sie ansah.

»Hallo, Su! Ich bin gekommen, um zu sehen, ob du etwas möchtest.«

Wie hübsch du aussiehst, dachte Sarah, hübsch und glücklich – nein, mehr als glücklich: völlig zufrieden, ganz in dich gekehrt. Du hast einen Weg nach innen gefunden. Warum sollte uns das Schmerzen und Kummer bereiten? Weshalb sollte mich der Gedanke schmerzen, daß du mich nicht erkennst? Oder nur als jemanden erkennst, der in eine Welt gehört, die für dich unwirklich geworden ist, die sich nicht mit der Welt vergleichen läßt, die du dir immer vorgestellt hast, und in der du jetzt lebst, der du zulächelst, weil ihr Schutz dich umgibt wie eine Art Wärme?

Jetzt blickst du wieder zum Fenster und durch die Gitter, die du nicht siehst. Die leichte Röte auf deinen Wangen, die immer hektisch wirkte, ist nun eine Röte, aus der Vergnügen spricht. Das Lächeln ist ein glückliches, beinahe glückseliges Lächeln. Weshalb nennen wir es eine Krankheit und beten darum, daß du zu uns zurückkommst? Wenn du zurückkommst, wirst du dich vielleicht daran erinnern, was du getan hast oder versucht hast zu tun und aus welchen Gründen. Wir sind egoistisch genug zu wollen, daß du dich erinnerst und es uns sagst, weil wir nicht zu den Menschen gehören, die Geheimnisse akzeptieren, wenn wir glauben, daß es dafür Erklärungen gibt.

Aber du machst uns Angst. Die Dunkelheit in dir gibt uns eine Ahnung von der Dunkelheit in uns – einer Dunkelheit und einem Todeswunsch. Beides ist nicht zulässig. Wir jagen der Illusion von einem immerwährenden Licht nach. Aber das gibt es nicht. Wenn das Licht auf uns fällt, ist es hart und kommt unerwartet, und wir wirken darin außerordentlich häßlich und untauglich.

Sie drehte sich um und fragte den jungen Psychiater, der neben Dr. Travers wartete, flüsternd: »Darf ich sie berühren?« Der Mann nickte. Sarah hatte kein Vertrauen zu ihm, nicht weil er jung war – das war gut – sondern weil er ausschließlich Männer behandelte. Sie beugte sich vor.

»Susan! Ich bin es, Sarah!«

Doch Susan sah sie nicht noch einmal an, und Sarah scheute sich, sie zu berühren. Sie wollte nicht in die Versunkenheit ihrer Schwester eindringen oder sie stören. Nach einer Weile sagte sie: »Auf Wiedersehen, Susan. Bis morgen.« Die Worte blieben unbeachtet und ungehört. Sie erhob sich und ging mit den Ärzten zur Tür. »Können Sie meine Schwester hier behalten?« fragte sie. Travers sagte, er hoffe es. Die Alternative – die Mrs. Layton sehr fürchtete – war eine Anstalt in Ranpur. Doch die Patientin verhielt sich sehr ruhig. Möglicherweise handelte es sich nur um einen vorübergehenden Zustand. Travers sagte, er hätte schwören können, daß ihre Einstellung zu dem Kind vor einer Woche noch normal gewesen sei: mütterlich, liebevoll und besitzergreifend.

Sie war nicht normal, wollte Sarah sagen. Aber außer Mahmuds verwitweter Nichte hatte es keiner gesehen; und es hatte Minnie nicht zugestanden, etwas zu sagen, sondern nur zu beobachten, zu lernen, wachsam zu sein und den alten Stammesgöttern der Hügelbewohner Opfer zu bringen. Offenbar hatten sie und die anderen Dienstboten sich angewöhnt, das insgeheim zu tun, um das Übel einer Mißgeburt abzuwehren, von der die Gerüchte erzählten. Minnie tat das immer noch, denn für Minnie war das Leid, das sie in der Liebe der jungen Memsahib zu dem Kind entdeckt hatte, göttlichen Ursprungs, wie jeder Wahnsinn es war, ein Zeichen für Gottes besondere Anteilnahme und besonderes Interesse.

Sarah wartete, bis es aufhörte zu regnen, dann verließ sie die Klinik und nahm die erste Tonga in der Reihe. »Zu St. John«, befahl sie dem Tonga-Wallah. Sie wollte nicht allein mit ihrer Mutter sein. An der Kirche befahl sie dem Mann zu warten und ging über den Friedhof, vorbei an den Grabhügeln mit den alten, von Flechten bewachsenen Kreuzen, die schief aus dem langen, nassen Gras aufragten. Sie nahm den Weg um die Südseite der Kirche zum neueren Teil des Friedhofs und stand schließlich an Tante Mabels Grab mit seinen welken Kränzen. Ihr kleiner Strauß, den sie nach der Beerdigung im Garten von Rose Cottage gepflückt hatte, war ebenfalls verwelkt. Die Tinte auf den Karten war ausgelaufen und hatte geisterhafte Spuren anonymen Gedenkens zurückgelassen. *Ah, oui. Elle est une de mes prisonnières*. Auch das war ein Nagel für den Sarg der armen Barbie gewesen, denn sie hatte Susan von den Schmetterlingen und der Spitze erzählt. Hatte sie gelauscht, oder hatte Mabel ihr die Geschichte ebenfalls erzählt, nachdem Sarah gegangen war? Wie auch immer. »Kleiner Gefangener, kleiner Gefangener, soll ich dich befreien? Soll ich dich befreien?« hatte Susan gefragt und dem Baby mit dem Finger sanft über die Wange gestrichen. Doch selbst das hielten sie nur für eine sanfte Belehrung.

Sarah verließ das Grab und betrat, einem Impuls folgend, die Kirche durch das Südportal, das Mr. Peplow tagsüber nicht abschloß. Sie setzte sich in eine der vorderen Bänke, und nach einiger Zeit hatte sie das eigenartige Gefühl, nicht allein zu sein. Kleiner Gefangener, kleiner Gefangener, soll ich dich befreien? Hatte Susan das beabsichtigt? Hatte Susan erst gestern, als sie mit den Dienstboten allein im Haus war, weil Sarah Dienst hatte und ihre Mutter in Rose Cottage Vorhänge ausmaß, Mahmud beauftragt, im Basar blaue Bänder zu kaufen, und dann Minnie hinterher geschickt, um ihm auszurichten, sie sollten weiß und nicht blau sein?

Beunruhigt drehte Sarah sich um, sah aber niemanden und hing weiter ihren Gedanken über die geistige Verwirrung ihrer Schwester nach. Aber in der Stille hörte sie vor der Kirche das Quietschen einer anhaltenden Limousine oder eines Taxis, nach ein oder zwei Sekunden das kurze Signal der Hupe, und bald darauf sehr viel näher, in der Kirche, das unverkennbare Geräusch von Schritten auf dem Steinboden. Sie drehte sich wieder um. Eine Frau in einem altmodischen Tropenhelm mit Schleier näherte sich im Mittelgang auf dem Weg zum Südportal dem Altar. Die Frau mußte die ganze Zeit über auf der dunklen Seite des Mittelschiffs gesessen haben. Sarah erkannte sie. Am Ende des Gangs beugte die Frau das Knie und hielt sich dabei mit einer Hand an der Stirnseite der Bank fest.

Sie wissen soviel (sagte Sarah stumm zu ihr), soviel, so schrecklich, schrecklich viel. Doch inzwischen weiß ich auch einiges davon. Ich weiß, daß diese Art Wissen nicht Wissen bedeutet, sondern den Kopf unter dieser Last zu beugen wie Sie.

Die Frau kam näher. Eine Hand hielt sie an der Brust und umklammerte ein Kreuz, das nur in Form von Fältchen und Knöpfen vorhanden war. Auf gleicher Höhe mit ihr zögerte die Frau. Sarah konnte durch den Schleier kaum etwas von dem Gesicht erkennen. Doch sie lächelte, weil sie sich verbunden fühlte, wie Susan gesagt hätte. Die Frau hob wortlos die Hand in einer Geste, die nicht ganz ein Gruß und nicht ganz ein Abschied war, und verließ dann die Kirche durch das Südportal. Als sie gegangen war, stand Sarah auf und stolperte dabei über die Kniepolster, weil sie Fragen . . . Fragen stellen wollte . . . aber was sie fragen wollte, wußte sie nicht. Sarah zögerte und war hilflos. Draußen bog sie gerade um den Stützpfeiler an der Ecke der Kirche, als die Frau das Friedhofstor öffnete. Sarah begann zu rennen, dann blieb sie jedoch stehen. Es regnete wieder. Ein sanfter Regen fiel. Die Hügel von Pankot waren weich und grün. Sie rannte über den Kiesweg vorbei an den Gräbern der Muirs und Laytons und begriff, daß dies Teil ihres Traums war: das Rennen und das fehlende Ende des Wegs. Als sie die Straße erreichte, war die Limousine verschwunden.

Kleiner Gefangener, soll ich dich befreien? Göttliches Eingreifen! Minnie hatte verstanden und war nicht hinter Mahmud her und aus dem Tor gelaufen, um den Auftrag in weiße Bänder zu ändern. Sie schlich vorsichtig zum Ende der Veranda zurück, zu den Wäschebündeln, die sie für den *Dhobi* sortiert hatte, und wo Susan-Mem das Kind in die Spitze kleidete, die es morgen tragen sollte und dabei in ihrer fremden gutturalen Sprache mit ihm redete.

Göttliches Eingreifen, ein eigenartiger, fremder Brauch – was war es? Wie sollte Minnie das wissen? Sie konnte nichts anderes tun, als zusehen und warten. Nach einiger Zeit war das Kind eingeschlafen. Die Mutter drückte es an sich, ging hinunter in den hellen Sonnenschein des regenlosen Nachmittags und über den Rasen zur Mauer, hinter der sich die Dienstbotenquartiere verbargen. Dort hatte Mahmoud viele Tage lang Feuer angezündet, um die angesammelten Dinge ungewünschter Jahre zu verbrennen. Susan legte das Kind ins Gras, griff nach der bereitstehenden Kanne und goß das Petroleum in einem weiten Ring auf den Boden. Minnie sah eine Weile fasziniert zu und glaubte, Zeugin einer geheimen Initiation zu werden. Aber als Susan-Mem das Petroleum anzündete, die Flammen emporzüngelten und allmählich einen Kreis beschrieben, zog sie ein Bettuch aus dem Wäschebündel und rannte hinüber, warf das Bettuch auf die Flammen, ging in den Kreis, riß das Kind an sich und trug es in Sicherheit.

In einiger Entfernung blieb sie stehen. Susan-Mem hatte sich nicht bewegt. Sie kniete im Gras, blickte in die erlöschenden Flammen und schien weder das zerknitterte Bettuch noch das fehlende Kind zu bemerken. Das Gras war zu naß, und die Flammen fanden keine Nahrung. Nur das Petroleum verbrannte und hinterließ einen schwarzen, rauchenden Ring.

»Zum Depot der Pankot Rifles, *ki taraf jao*«, befahl Sarah dem Tonga-Wallah, der mit der Peitsche knallte und mit der Zunge schnalzte. Sie rollten den Weg von St. John hinunter, von der Anhöhe ins Tal. Als sie an der Privatklinik vorbeifuhren, die in einiger Entfernung von der Straße unter Bäumen stand, lehnte Sarah den Kopf an das Faltdach und stellte sich vor, sie sei Susan und lehne den Kopf gegen die Gitterstäbe, die sie von der Glasscheibe trennten. Sie schloß die Augen, wie Susan es vielleicht gerade tat, und spürte nach einer Weile die Ruhe ihres eigenen Glücks und ihrer Gnade in sich aufsteigen; sie lächelte und achtete nicht auf den Regen, der auf ihr Gesicht zu fallen schien.

# INHALT

Verlagsgemeinschaft Ernst Klett Verlag –
J. G. Cotta'sche Buchhandlung
Die Originalausgabe erschien 1968 unter dem Titel
*The Day of the Scorpion*
im Verlag William Heinemann Ltd.

Printed in Germany 1986
Schutzumschlag: Klett-Cotta-Design
Gesetzt aus der Times von Hans Janß, Pfungstadt
Druck- und Bindearbeiten von May u. Co, Darmstadt

CIP-Kurztitelaufnahme der Deutschen Bibliothek

*Scott, Paul:*
Das Reich der Sahibs / Paul Scott.
[Aus dem Englischen übersetzt von Manfred Ohl
und Hans Sartorius]. –
Stuttgart: Klett-Cotta
2. Scott, Paul: Der Skorpion. – 1986

*Scott, Paul:*
Der Skorpion / Paul Scott.
Aus dem Englischen übersetzt von Manfred Ohl
und Hans Sartorius. –
Stuttgart: Klett-Cotta, 1986.
(Das Reich der Sahibs / Paul Scott; 2)
Einheitssacht.: The day of the scorpion ⟨dt.⟩
ISBN 3-608-95326-4